AKA MORTSCHILADSE

LIEBE UND TOD IN TIFLIS

ROMAN

—

Aus dem Georgischen von Rachel Gratzfeld

mitteldeutscher verlag

The book is published with the support of the Writers' House of Georgia

WRITERS'
HOUSE
OF GEORGIA

Die Arbeit der Übersetzerin an diesem Text wurde
vom Deutschen Übersetzerfonds gefördert.

Deutsche Erstausgabe 2021

Die deutsche Übersetzung berücksichtigt geringfügige Kürzungen
von Autor und Übersetzerin.

www.mitteldeutscherverlag.de

GESAMTHERSTELLUNG: Mitteldeutscher Verlag, Halle (Saale)
SATZ UND UMSCHLAGGESTALTUNG: Stefanie Bader, Leipzig
UMSCHLAGABBILDUNG: »My Vannilla« by Mai Lashauri, Tbilisi, Georgia;
the artwork is now part of the private collection of Elena Berezhnaia

ISBN 978-3-96311-226-3

Printed in the EU

MIX
Papier aus verantwortungsvollen Quellen
FSC® C008322

Printed matter
3041 0984

INHALT

EIN PAAR WORTE VORAB FÜR JENE, DIE DIE GESCHICHTE WEITERSPINNEN WOLLEN

Die hier versammelten zwölf Büchlein erzählen lesenden Menschen von den Abenteuern und dem Verschwinden zweier Freunde, Lewiko aus der Barnow- und Mogela aus der Plechanow-Straße.*

Allerdings ist dem Kompilator dieser als ein Ganzes zu lesenden Geschichte ein Missgeschick passiert. Er schrieb sie nämlich mit Tinte nieder, und einmal, während er sie überlas, schlief er am Tisch ein und stieß, weil er im Sitzen unruhig zu schlafen pflegte, eine Flasche mit Rotwein um, ohne davon aufzuwachen. Wein floss aus der umgekippten Flasche, ergoss sich über die Hefte und tränkte sie tüchtig mit Rotwein, besonders das zuunterst liegende letzte Heft wurde vom Wein erquickt, und zwar so sehr, dass es völlig aufweichte, und als der Verfasser erwachte, war das Wetter schön, das Manuskript jedoch ruiniert.

Er grämte sich nicht lang, gestand sich ein, dass er die weinverwaschenen oder gelöschten Stellen nicht neu schreiben wollte, sondern den Leser, die Leserin glauben machen, dass es wohl so sein müsse, ja, er beabsichtigte sogar, falls ein Verleger das Buch in die Hände bekäme, diesem nahezulegen, die Seiten mit den Weinpassagen leer zu lassen, sozusagen im Gedenken an die verlorene Liebesmüh.

Die Leser indes müssen sich nicht verdrießen lassen; sollten sie zu dem Schluss kommen, dass sie den Zusammenhang der Geschichten in den zwölf Büchern spitzgekriegt haben, können sie an den fehlenden Stellen das Geschehen selbst weiterspinnen.

Den Verfasser kann es nur freuen – in Bücher Reinschrei-

* Siehe Anmerkungsteil S. 533 ff.

ben und sie Weiterspinnen ist ohnedies althergebrachter georgischer Brauch. Das ist alles eins und urgeorgisch, auch der Wein und dass er verschüttet wurde, die kecke Weigerung des Verfassers, etwas neu zu schreiben, und der Wunsch des Weiterspinners, sich die Geschichte von Lewiko dem Barnower und Mogela dem Plechanower selbst zusammenzureimen.

Sehen Sie, meiner Ansicht nach gleicht ein Menschenhirn ursprünglich einer leeren Dachkammer, die man nach eigener Wahl mit Möbeln und Geräten ausstatten kann. Nur ein Tor füllt sie mit allerlei Gerümpel an, wie es ihm gerade in den Weg kommt, und versperrt sich damit den Raum, welchen er für die Dinge braucht, die ihm nützlich sind.

ARTHUR CONAN DOYLE, SPÄTE RACHE

Manchmal ist es tröstlich zu wissen, dass es eine Welt gibt, die nur einem selbst gehört. Die Erfahrungen in dieser Welt – die Reisen, die Gefahren, das Glück – haben wir mit niemandem gemein. Es gibt keine Zeugen. Keine Verleumdungsklagen.

GRAHAM GREENE, IN MEINER EIGENEN WELT

Vorstellung und Phantasien stürmen unentwegt auf die Erinnerung ein, und da wir versucht sind, der Realität des Imaginären zu glauben, machen wir schließlich aus unserer Lüge eine Wahrheit. Was übrigens auch nur von relativer Bedeutung ist, denn beide sind ebenso gelebt, ebenso persönlich.

LUIS BUÑUEL, MEIN LETZTER SEUFZER

Einige von denen, die an Geister glauben, sind der Ansicht, dass diese umherirrende Seelen sind, die nach dem Tode keine Ruhe fanden.

AUS EINER ENZYKLOPÄDIE

Paperback writer, paperback writer.
Dear Sir or Madam, will you read my book?
It took me years to write, will you take a look?
It's based on a novel by a man named Lear,
And I need a job,
So I want to be a paperback writer,
Paperback writer.

JOHN LENNON / PAUL McCARTNEY, PAPERBACK WRITER

SINDBADS LETZTE REISE

*Die reich ist an Gedanken,
Erinnerungen, Erscheinungen und
imperialen Häppchen*

DIESE FRAU(EN)

1.

Mogela der Plechanower ließ sich gerne von der Sonne braten. Er drehte seine Schirmmütze nach hinten in den Nacken, richtete die Sonnenbrille, krempelte die Ärmel hoch, legte die Füße auf einen zweiten Stuhl und senkte die Lider.

Die Sonne an diesem Ort war überraschend mild und freundlich. Sie stach nicht, sondern schmeichelte dem Stadtbewohner wie Samtstoff einem alten Möbel.

Der Ort war die Caféterrasse vor dem Hotel »City Piazza«; auf der gegenüberliegenden Straßenseite begann schon der berühmte alte Sandstrand. Deshalb blinzelte Mogela der Plechanower, wohlig auf der Terrasse installiert und vor sich hin dösend, ab und an zu den über die Straße rennenden Mädchen, ansonsten aber konnte er bis zum nächsten Hungerast reglos, mit halb geschlossenen Lidern hinter den sumpfbraunen Brillengläsern dasitzen.

Auf den gewöhnlichen ersten Blick hätte niemand ausmachen können, wo Mogela in diesen Momenten umherschweifte: ob er zwischen Traum und Wachen war oder ob er über Alltägliches nachdachte und einer von denen war, die nie träumten, und einfach wie ein normaler müder Mensch auf der Terrasse eingenickt war.

In dieser Stadt fiel er nicht auf, und das war gut so: Gerade deshalb hatte er sich nach Santa City geflüchtet, weil er hier niemandem auffiel. Mogela der Plechanower war ein junger Mann, der nach allem, was er durchgemacht hatte, zu seinem Leben auf Abstand gegangen war.

Er wusste sich so gut in die verschiedensten Orte einzufügen, dass man hätte meinen können, alles sei extra nach seinem Wunsch und Willen eingerichtet. Was den Ort anging, konnte es sich um eine ganze Stadt handeln oder um einen weißen Stuhl, nur wählen musste er können, und diese Wahl traf er immer körperlich. Deshalb war Mogela wohl auch der Auffassung, Körper und Verstand hätten nicht viel miteinander zu tun. Über das Thema referiert hatte ihm einmal Lewiko der Barnower, für den philosophische Lektüre keine langweilige Beschäftigung war. Mogela für seinen Teil mochte weder derlei Denkereien noch Bücher.

Wenn sich Mogela zwei, drei Tage nicht rasierte, hätte man denken können, er wäre plötzlich gealtert. Wer sein Kinn sah, hätte ihn niemals für einen jungen Mann gehalten, obwohl, man hätte ihn auch niemals einen reifen Mann genannt. Er bewegte sich lässig und war zu Zeiten herangewachsen, wo mit hochgezogenen Schultern rumstehen und zu Boden starren der Inbegriff eines echten Kerls war.

Ehhhh, was hatte Mogela der Plechanower nicht schon alles erlebt! Wie viel bitterer Senf hatte seine Seele verkleistert, und wie viel Kandis hatte er gelutscht im Leben! Gegeneinander abzuwiegen und miteinander abzugleichen war das nicht: Empfindungen haben kein Gewicht, na, sonst könntest du dich wie der bucklige Lastenträger dort drüben nie mehr gerade aufrichten, kistenweise würden dir die Gefühle auf den ohnehin gebeugten Schultern lasten, Mensch, und immer mehr und mehr kämen noch dazu!

Wenn Mogela solches Zeug dachte, war er nicht mehr ganz nüchtern. Na, wie hätte ihm im Wachzustand Lewikos Gerede aus ihrer Studentenzeit über die lose Verbindung von Körper und Geist in den Sinn kommen können?

Mogela der Plechanower war sich im Klaren darüber, wie lang das Leben ist, obwohl ihm fernlag, es zu verkürzen.

Seit seiner Jugendzeit hatte er eine Schwäche für allerlei berauschendes Kraut. Und da er mithilfe seines Körpers alles Mögliche erspüren konnte, fand er in fremden Städten auch leicht Orte, wo Kraut zu haben war.

So auch in dieser Stadt: Mogela hatte sich keine zehn Minuten an den Rand des Sklavenplatzes stellen und die Passanten mustern müssen, um einen langhaarigen Typen zu entdecken, ihn anzulächeln und leise, mit vertraulicher Miene geradeheraus zu fragen: »He, mein Freund, kannst du mir vielleicht sagen, wo ich hier Verbotenes zu kaufen kriege?«

Ohne viel nachzudenken, hatte der Junge erwidert: »Beim alten Hafengebäude, aber eher gegen Abend.«

Mogela hatte sich mit einem Stadtplan bewaffnet, knappe fünfundzwanzig hiesige Pfund in die Tasche gesteckt – auch das entsprach dem Verhalten eines alten Hasen, denn es wäre nicht ratsam gewesen, sich beim ersten Mal mit viel Geld an einem fremden Umschlagplatz einzufinden und aus den Rauschkrauthändlern auch noch Räuber zu machen, die Beute hätte sie ohnehin enttäuscht – und den Weg zum alten Hafen eingeschlagen. Rauschkrauthändler hatte er dort nicht angetroffen, aber dafür eine tüchtige Partnerin und Freundin gefunden und danach nie mehr Mangel an nötigen Rauschmitteln gehabt.

Gewöhnlich schon nach dem Frühstück blies er den Grasrauch durch ein gekonnt in eine Limonadenplastikflasche gebohrtes Loch, sodass sich der Genuss durch diese Öffnung noch verstärkte. Danach ging er aus dem Haus, setzte die Sonnenbrille auf und nahm die City-Piazza-Stühle in Beschlag, saß da und döste, döste und dachte sich tausend Dinge.

Zu tun hatte Mogela der Plechanower absolut nichts, außer sein Leben zu retten und über Leben und Sterben anderer nachzudenken. So wie er aussah, hatten ihn schon ein-, zweimal auf der Straße irgendwelche Typen eingeholt und ihm Rauschkraut angeboten. Da rette einer sein Leben, wenn's ihm so ergeht.

Trotzdem, Mogela konnte auch unbemerkt bleiben, vor allem wenn er seinen Bart nicht rasierte und sein Kinn einem alten Mann Ehre gemacht hätte.

Besonders gerne döste und dachte er nach dem Frühstück. Dafür eignete sich die Caféterrasse des »City Piazza« exzellent. Die braungebrannten Mädchen, die vom alten Strand über die Straße Richtung Hotel liefen, wurden in seiner Vorstellung sogar zu Sirenen. Meerjungfrauen, dachte er und ließ sich von seinen Gedanken auf weite Rauschkrautwiesen leiten. Nein, ein Nichtträumer war er in der Tat keinesfalls: Aus einem Wettstreit mit anderen Haschern wäre er als wahrer Traumkino-Champion hervorgegangen. Doch Mogela liebte das Alleinsein – das Schweigen und das Alleinsein.

Die unsägliche Trivialität des Daseins ermüdete ihn, auch wenn er nicht fähig war, dies in Worte zu fassen. Erstmals aufgefallen war das siebzehn Jahre zuvor Lewiko dem Barnower, als Mogela der Plechanower während einer Fete volle vier Stunden still dasaß und in eine Zimmerecke starrte. Damals hatte er ganz schön viel Gras intus gehabt und den Bezug zur Wirklichkeit vollkommen verloren; eine Zeitlang glaubte er, er wäre ein Flugzeug und wer immer wollte, könnte sich reinsetzen und würde von ihm um die Welt geflogen. Nur dass Mogelas Flugzeug immer ganz allein flog, ohne imstande zu sein, Mitreisende aufzunehmen. Wahrscheinlich lag das an seiner Jugend, aber später, als es ihm schließlich gelang, dachte er, wie schwierig es doch sei, andere zu tragen.

Mogela der Plechanower wunderte sich, dass er schon vierzig war und immer noch am Leben.

Am Leben war er deshalb noch, weil es ihm leichtfiel, stillzuhalten und sich unsichtbar zu machen.

Er hatte einen Stadtplan, und in seiner Gesäßtasche steckte eine Plastikkarte. Auf diese Karte wurden Anfang jeden Monats vierhundert esperantinische Pfund überwiesen. Viel war das nicht, aber es reichte aus: Eine Hälfte brauchte er für die Wohnung, die andere für den Lebensunterhalt. Mogela nutzte die Summe nur widerwillig, da er nicht gern vom Geld anderer lebte und lieber arm gewesen wäre, als von jemand anders unterhalten zu werden, aber da er in seine Lebensrettung eingewilligt hatte, nahm er das Geld. Denn die Frau, die ihn mit der Plastikkarte verproviantierte, hatte ihn folgendermaßen überzeugt: »Sie ist nicht für dich, sondern das Geld ist für mich, weil du um meinetwillen überleben musst, ich tu das nur für mich. Du bist zwar abscheulich und vollkommen unausstehlich, aber trotzdem so wunderlich und wichtig für mich, dass ich mich, wenn ich dich nicht rette, genauso gut aufraffen und mir bei lebendigem Leib ein Pfund Fleisch rausschneiden und den Kaufleuten aus Venedig hinwerfen kann.« So war das, jawohl. Trotzdem hatte Mogela noch eigenes Geld: Vor seiner Abreise hatte er aus der großväterlichen Hinterlassenschaft so einiges zu einem guten Preis verkauft.

Tief in seinem Herzen freute es Mogela den Plechanower, dass er geliebt wurde, obwohl er sich das nie hätte anmerken lassen.

Einmal, als er vor dem »City Piazza« saß, stellte er sich hinter seinen sumpfbraunen Brillengläsern leibhaftig vor, wie diese Frau auf den Markusplatz geführt und ihr das Fleisch herausgeschnitten wurde. Wo er selbst sich in seiner Vorstellung befand, wusste er nicht, denn er fragte sich unaufhörlich: ›Und ich, wo bin ich? Wo bin ich?‹

Mogela war noch nie in Venedig gewesen; die Kaufmannsgeschichte hatte er in der eben gerade laufenden Shakespeare-Verfilmung gesehen, den Markusplatz kannte er, weil er als Kind oft die Postkartensammlung seines Großvaters betrachtet hatte. Die Karten waren überwiegend schwarzweiß gewesen, und auf einer stand: »Markusplatz 1907.« Darauf kniete ein Mann mit Hut und fütterte die Tauben. Jedenfalls, bevor Kaufleute aus Venedig der Frau das Fleisch rausschnitten, war Mogela der Plechanower jener Mann mit Hut gewesen und hatte Tauben gefüttert. Bloß gut, lief das alles hinter sumpfbraunen Sonnenbrillengläsern ab, denn als auf einmal eine wilde Meute herbeijagte und die Tauben niederzumetzeln begann, hatte Mogela die Augen so weit aufgerissen, dass sie ohne die undurchdringliche, immerwährende Robustheit seiner sumpfbraunen Plechanower Brillengläser wie von irgendwo aus der Hinterhauptsregion abgeschossene Doppelkugeln weggeschnellt und geradewegs ins Schwarze Meer gestürzt wären.

Die Brille hielt alles in Schach.

›Was Brillengläser nicht alles abhalten‹, hatte Mogela gedacht. ›Die ganze Welt halten sie treu ab, und hätten sie nicht auch meine armen Augen aufgehalten, tja, was dann, wie wären dann meine Augen im Meer wiederzufinden? Bei den vielen Menschen mit Augen wie meinen könntest du lange suchen, dazu nicht nur eines, sondern die verflixten sind auch noch paarig.‹

Kurz, Mogela dem Plechanower war's nie langweilig, besonders nachdem er Daniela über den Weg gelaufen war.

Passiert war das an ebendem Abend, als er sich mit der Touristenkarte bewaffnet zum alten Hafen aufgemacht hatte, um Marihuana zu besorgen.

Das alte Hafengebäude schien menschenleer.

Tja, woher hätte Mogela wissen sollen, dass sich hier schon seit fünfundzwanzig Jahren kein einziges nennenswertes Hafenbüro mehr befindet und in dem riesigen Haus nur noch Bootsvermietungen abgewickelt werden.

Vor dem Gebäude stand Zigarette rauchend ein Junge, bartlos und in einem verblichenen gelben Pyjama. Mogelas Körper spürte, die gelben Pyjamataschen mussten vollgestopft sein mit Marihuana-Brocken und verwandtem Stoff.

Die Mauer des alten Hafengebäudes war mit allerlei Seefahrerszenerien bemalt, aber die Bilder waren so verblasst und moosüberwachsen, dass mit Bestimmtheit nur noch Schwerter und Fernrohre auszumachen waren.

»Illigäl söbstäncis?«, stellte Mogela augenzwinkernd und mit gedämpfter Stimme die übliche Frage.

Wen er zuerst für einen fünfzehnjährigen Jungen gehalten hatte, stellte sich als zweiundzwanzigjähriges Mädchen heraus; am Kinn hatte sie ein fingernagelgroßes Tattoo, ein Kleeblatt oder sonst was Blumiges. Sie hieß Daniela und stand offenbar ganz zufällig hier. Bevor sie den Mund aufmachte und lachte, hätte niemand sie für ein weibliches Wesen gehalten.

›Was für ein geiles Lachen sie hat‹, dachte er.

Sie verlangte drei Pfund für ihre Lotsendienste und, falls sie per Taxi hinfuhren, die Taxikosten extra.

Mogela verließ sich wieder auf sein Körpergefühl und hielt ein Taxi an.

Daniela erwies sich als überaus ehrliche und anständige Führerin. Sie durchquerten die halbe Stadt, bis sie in eine Gegend kamen, wo Mogela noch nie gewesen war; bei einem Abzweig zur Kalivan Street mussten sie zu Fuß weiter.

Der Fahrer lächelte verständnisinnig.

Sie gingen eine Weile, bogen mehrmals ab, traten irgendwo ein, stiegen hinunter, und dort ließen dann irgend so ein junger Kerl mit Boxernase und eine Frau mit Nasenring ihn gewissenhaft abgewogenes Gras zuerst probieren, bevor sie es ihm zu einem extrem fairen Preis verkauften.

»Kalmar«, sagte der Mann und stach sich den Daumen in die Brust. »Kalmar.«

»Nobodi«, erwiderte Mogela der Plechanower grinsend, und Kalmar sah, wie sein Kunde das Bein auf einen Barhocker stützte und sich das Gras in die rechte Socke schüttete.

»Nobody?«, fragte Kalmar.

Mogela grinste ihn wieder an. »Nobodi.«

»Which country?«

»Plechanoff.«

»Ah …« Kalmar schüttelte den Kopf. »Bad police?«, fragte er, mit dem Finger auf die Socke deutend.

»Bäd, bäd«, bestätigte Mogela. »Häbit … Gewohnheit.«

Währenddessen stand Daniela dabei und kicherte.

Nachdem sie wieder hinaufgestiegen, hinausgetreten und mehrmals abgebogen waren, blieben sie am Straßenrand stehen, und Daniela sagte: »Massage ten pounds, oral ten pounds.«

Mogela schüttelte ablehnend den Kopf. Er hatte da so eine Regel: Mogela der Plechanower ging nicht zu Huren.

Und er gab ihr fünf Pfund.

Daniela zeichnete einen Kreis in die Luft und sagte: »Seven Hundred Steps' Street … Women, drinks, smoke, live music, hotels.« Und zeichnete noch einmal einen Kreis in die Luft. »Call me. Daniela.« Dabei zeigte sie auf ein schäbiges Café.

»Okay.« Mogela lächelte sie an und streifte mit einem Finger über ihre gelbe Kluft. »Kill Bill?«

Sie lachte. »Kill Bill.«

Seitdem hatte er nicht mehr zugelassen, dass die unsägliche Trivialität des Daseins sein Herz beschwerte, er gewährte dem Kummer einfach keinen Zutritt mehr. Stattdessen widmete er sich pragmatischen Kümmernissen: Er saß in der Sonne, ließ sich von ihr braten und ging alle drei, vier Tage bei Kalmar vorbei oder schickte Daniela hin.

»Ich bin kein Fixer, nur ein idealistischer Kiffer«, hatte er einmal zu der Frau gesagt, die er Rose von Schiras nannte.

»Bist du ein Sufi? Zum Teufel mit dir«, erwiderte die Frau.

Wenn er unbekannte Wörter hörte, musste Mogela der Plechanower immer an Lewiko den Barnower denken, und Myriaden Feuersteine schlugen Funken in seinem Herzen. Funken stechender Trauer.

Zu viel Trauer würde Lewiko gar nicht freuen, er würde ihn sicher auslachen.

»Sufi oder was immer … Ich bin eben scharf drauf. Ich misch mich bei dir ja auch nicht ein …«

»Bei was?«, fragte sie. »Bei was mischst du dich nicht ein?«

»Ich misch mich nie in was ein. Es ist nur, ich find's nicht scharf, wenn Frauen …« Er sprach den Satz nicht zu Ende, es wurde ihm auf einmal zu viel.

»Bei was? Was?«, drängte sie.

»Ehhh …« Er machte eine wegwerfende Handbewegung. »… roter Lippenstift, schwarze Klamotten.«

»Na und, hast du mich schon in so was gesehen? Übrigens, hast du in die Zeitung geschaut? Da ist ein Gutschein für eine dreitägige Reise nach Venedig drin, wir kämen hier mal raus, und es ist nicht so weit.«

Mogela der Plechanower konnte keine holländischen Zeitungen lesen. Abgesehen davon, stellte er sich Venedig immer als verschlammten, nach stehendem Wasser riechenden Ort vor, wo ihm das Atmen schwerfiele. In seiner Vorstellung waren die Mauern der großartigen Palazzi so feucht, dass dir beim Berühren ganze Mauerstücke an der Hand kleben bleiben und die Mauern immer dünner und dünner und durchsichtiger werden, an den Fingern jedoch Gips und alte Farbe zurückbleiben, dann aber die Polizei kommt, deine Fingerabdrücke nimmt und die Ausweisung verfügt. Und überhaupt gefielen ihm die Gondeln, die er im Fernsehen gesehen hatte, gar nicht.

Während der Schulzeit war er städtischer Schwimmchampion gewesen; er liebte Meereswellen und schwankende Schiffe, trotzdem war er der Meinung, dass Venedigs Wasser nach Sumpf rieche und die Gondeln ganz einfach Kartonspielzeuge wären. Zudem glaubte er, Venedig sei dürftig und menschenleer.

Wenn er etwas abgrundtief hasste, dann waren es Dürftigkeit und leere Straßen. Wahrscheinlich dachte er: ›Wie schauderhaft muss der Nachteinbruch in dieser Stadt sein‹, und wahrscheinlich auch: ›Die armen moskito- und kriebelmückengeplagten Menschen, die dort ihr Leben fristen.‹ Kurz, besonders wenn er bekifft war, stellte er sich die Stadt als düsteren, mit Brückenschattenfeuchte gesättigten, vermoosten Ort vor.

Die Rose von Schiras jedoch war aus irgendwelchen Gründen ganz verrückt nach Venedig, das sie noch nie gesehen hatte. Ständig kam sie mit Venedig. Sie redete auch ständig von Büchern, die die Stadt unsterblich gemacht hatten, warf mit Byron-Zitaten um sich über die Straßen der trauerwolkenverhangenen Stadt, aber Mogela war das alles schnuppe. Gespielt naiv pflegte er sie zu unterbrechen und zu fragen: »Bin ich ein Byron?«

»Dir fehlt das Duende. Nicht dass ich das bräuchte. Du mit Duende wärst zu viel des Guten.«

»Sag noch was in der Art. Los, komm schon.« Mogela lachte leise, während ihn die Frage beschäftigte: Hätte er ihr auch in Tiflis begegnen können? Wohl nicht. Wenn er ihr dort begegnet wäre, hätte sie den *Rückwärtsgang** eingelegt. Im Ausland war meist alles anders. Es machte einen großen Unterschied, welches Pflaster sich unter deinen Füßen befand.

Sie hatte eine resignierte Geste gemacht, und Venedig war flachgefallen.

Drei Dinge machten für Mogela den Plechanower eine Stadt aus: ein Stadtplan, das Wetter und das gewisse Etwas. Fehlte eins davon, existierte die Stadt für ihn nicht.

Der Stadtplan bedeutete, dass er sich die Stadt nach und nach in Fleisch und Blut übergehen lassen konnte; das Wetter verwies darauf, dass er noch nie einen Regenmantel besessen hatte und eine Stadt, wo er einen nötig hätte, Arrest bedeutete; das gewisse Etwas darauf, dass Mogela eine Stadt mit seinem Körper spüren wollte und sie ihn ihrerseits leuchtenden Auges zu sich rief.

Aufgrund dieser Einstellung war »Stadt« für Mogela den Plechanower gleichbedeutend mit seiner heimatlichen Straße in der Stadt Tiflis. Seinem Viertel gegenüber war er voller Nachsicht, und schon seit geraumer Zeit pflegte er auf die Fra-

* Im Original vorkommende Leihwörter aus dem Russischen sind kursiviert. Siehe auch »Anmerkung zur Sprache« S. 531.

ge, woher er sei, in seinem selbsterlernten Englisch zu antworten: »From siti of Plechanoff.«

Erst war diese Antwort scherzhaft gemeint gewesen, aber sie passte so gut in sein Antwortrepertoire, dass er später mit größtem Ernst und wie aus der Pistole geschossen erwiderte, eben von dort sei er.

Mysteriös, äußerlich schwer fassbar und ein Allerweltsaussehen: Man musste Mogela den Plechanower ungeheuer gut und durch und durch kennen, um ihn nicht als Schatten, sondern als jemanden mit festen Umrissen wahrzunehmen.

Mit einfachen Umrissen, meinetwegen mit blassgelbem Stift gezogen, aber doch mit Umrissen und nicht eine zu irgendetwas Durchsichtigem neigende Erscheinung von undefinierbarer Gestalt.

Wäre Lewiko der Barnower in der Nähe gewesen, hätte der eine ganze Weile fröhlich drauflos erzählen können, warum Mogela der Plechanower sich selbst als Einwohner von »Siti of Plechanoff« bezeichnete, und obwohl im Kern vielleicht zutreffend, wäre die Geschichte doch unzutreffend gewesen. Die Stadt Plechanow war in einem Amsterdamer Hotel aus ausgelassenem Herumgeblödel entstanden, in einem Zimmer, dessen Fenster auf eine unmittelbar davor aufragende kahle Wand starrte wie ein Blinder, der eine Stimme fokussiert.

In diesem Zimmer logierte damals ein Engländer, der die Zeit totschlug, indem er sich tagsüber auf seiner Gitarre herumklimpernd auf Parkwiesen lümmelte und abends Bier soff, und der ein so passionierter Rauschkrautliebhaber war, dass es nicht mit rechten Dingen zugegangen wäre, wenn Mogela der Plechanower, der sich mit den Papieren des belarussischen Staatsbürgers Nikolai Perwoj in Amsterdam aufhielt, ihm nicht über den Weg gelaufen wäre.

Jedenfalls, sie trafen sich recht häufig auf dem Rasen oder in dem gemütlichen Hotelzimmer, das einen Fernseher hatte, der manchmal sogar ganze drei Kanäle zeigte, und redeten und wieherten und gammelten herum und kamen vom Hundertsten ins Tausendste, das reinste Irrenhaus. Sie krochen über die nicht gerade sauberen Bettvorleger und funktionierten den Duschschlauch zum Mikrofon um.

In Amsterdam gab es immer prima Rauschkraut.

Kurzum, eines Tages sagte Mogela, auf dem Rücken liegend und zur Decke starrend: »Wenn du die Wahrheit wissen willst, Bruder – eine Stadt wie Plechanow sucht auf dieser Welt ihresgleichen.«

»Wo zum Teufel ist das?«, fragte der Engländer, der in jener Nacht einen Ohrring verschluckte und ganz schön Schiss bekam.

»Die Stadt Plechanow liegt am ödesten Arsch des Universums«, verkündete Mogela, »sie besteht aus einer langen, gewundenen Straße, die, wenn man so sagen will, nicht über festen Boden führt, sondern über einem Autofriedhof errichtet wurde. Will heißen, in der Öde gab's einen Autofriedhof, und auf dem ist die Stadt entstanden.« Der Engländer sagte, er möge keine amerikanischen Städte. Wie die meisten Menschen dachte er, die Stadt Plechanow befinde sich in Amerika, in einer großen Wüste, so einer, wo diese brutal blutrünstigen, von jähen Sexeruptionen und schläfrigen Staubschwaden erfüllten Filme immer spielen.

»Ehhhh, du weißt ja gar nichts«, erwiderte Mogela darauf. »Darum geht's in der Stadt Plechanow überhaupt nicht; in Plechanow gibt es das beste Sprudelwasser und die beste *Eiscreme* der Welt zu kaufen, außerdem wird es in der Stadt Plechanow als Schande angesehen, einen Hut zu tragen, und einen bunten Schlips umzubinden heißt so viel wie homosexuell zu sein mit dem entsprechenden Beigeschmack, ganz zu schweigen von langen, über die Wange sich fortsetzenden Koteletten – und was Homosexualität angeht, gilt diese dort als das wirklich Allerletzte. Übrigens ist es in Plechanow überhaupt nicht obligatorisch, ein Haus durch die Tür zu betreten oder vorher zu klopfen, du kannst genauso gut durchs Fenster einsteigen, ohne dass sich jemand wundert.«

Diese Vorstellung gefiel dem vagabundierenden Engländer, er meinte: »Das scheint ja ganz der Ort meiner Träume zu sein.« Doch Mogela erwiderte, bevor er sich an seinem Traumort sehen lasse, müsse erst eine Schere her, um seinem Haar und seinem Äußeren zu etwas Respektabilität zu verhelfen, und es komme nicht infrage, die Stadt Plechanow mit Ohrring dekoriert und nackten Zehen in Sandalen zu betreten. In seinem Englisch redete er so lange auf ihn ein, dass der Engländer schließlich den Ohrring ablegte; und so kam es, dass er ihn dann nach Mitternacht versehentlich verschluckte.

Damit dem Engländer Leben und Alltag in Plechanow nicht allzu rosig vorkämen, schilderte ihm Mogela auch die Bedingungen, unter denen die Plechanower jungen Männer ihre Tage verlebten. Dass das Leben in der Liebe zum Mitbruder besteht, würde der Engländer wohl ohnehin wissen, aber in Plechanow, so erzählte Mogela, gäbe es nichts, was dieser Liebe gleichkäme. Ein sich selbst respektierender junger Mann müsse es schaffen, einmal am Tag mindestens ein Klümpchen gepressten Haschischs aufzutreiben und gut in Zellophan einzuwickeln, um es im Mund zu tragen. Der Engländer wunderte sich, wozu das, warum man's sich nicht in die Tasche stecken dürfe. Weil er, erklärte Mogela, dieses eine kleine Piece neben Orangen, Würsten, Streichhölzern, Toilettenpapier und anderem ins Krankenhaus am Ende der Stadt bringen müsse. »Was ist denn mit dem Krankenhaus?«, sinnierte der Engländer, und Mogela erläuterte es ihm: »Ich hab dir doch gesagt, eine freundlichere Stadt als Plechanow kannst du auf dieser Welt nicht finden. Dieses Krankenhaus ist in Wirklichkeit ein Gefängnis, und wenn einer etwas verbrochen hat, bringen sie ihn dorthin, weil, wenn in der Stadt Plechanow einer Mist baut und was anstellt, wird er gleich krank vor lauter Nachdenken darüber, wie's mit ihm nur so weit hat kommen können. Und deshalb bringt man ihn ins Krankenhaus, wo er gepflegt wird und man sich um ihn kümmert, und weil die Tradition besteht, dass man mit Geschenken ins Krankenhaus geht, und Gras nun eben mal als ausgesuchte Delikatesse gilt, deshalb besteht auch die Tradition, dass der Besucher einem Mitbruder heimlich dieses besondere Geschenk mitbringt, wobei's unter den Krankenhauswärtern ihrerseits die Tradition gibt, einen Besucher zu filzen, ihnen jedoch keinesfalls in die Mundhöhle zu schauen, denn das gilt in der Stadt Plechanow als große Beleidigung, die möglicherweise damit endet, dass die Filzer umgebracht werden.«

»Na, das sind ja hoch achtbare Leute«, rief der Engländer aus.

Den Ohrring verschluckte er dann erst beim dritten Ausruf: Sie hatten so viel über unter der Zunge versteckte Geschenke geredet, dass er es selbst auszuprobieren begann.

Sein ganzes Leben in der Heimatstadt habe darin bestanden, Mitbrüdern behilflich zu sein, erklärte Mogela. Er sei hierhergekommen, um sich zu erholen, damit er mit zehnfacher Energie zurückkehren und den Mitbrüdern weiter beistehen könnte. Auf die betrübte Frage des Engländers, ob sich denn in diesem Krankenhaus viele Menschen auskurierten, erwiderte Mogela: »Während eine Hälfte der Stadt sich dort pflegen lässt, ist die andere Hälfte damit beschäftigt, sie zu unterstützen und sich ihrerseits für die Kur bereit zu machen, denn es passiert häufig, dass sich einer ein Vergehen zuschulden kommen lässt, obwohl er das eigentlich nicht will, nur damit er ins Krankenhaus kann. In der Stadt Plechanow herrscht dieser Geist der Solidarität, man kann sich schwerlich einen Ort auf der Welt vorstellen, wo die Menschen einander so lieben wie in Plechanow. An welch anderem Ort kannst du schon durchs Fenster ins Haus eines anderen einsteigen, den Kühlschrank aufmachen, dich tüchtig vollstopfen und dann, sollte dich der Hausherr überraschen, Dankesworte von ihm hören: ›Wie schön, bist du vorbeigekommen, wunderbar!‹? Noch dazu wird dir der Hausherr das mit so entwaffnender Offenherzigkeit sagen, dass du auch noch die Nacht über dableibst, seine Frau dir das Bett mit dem besten Bettzeug bezieht und dich sogar mit der Decke zudeckt. Wohl wahr, besteht auch die Tradition, dass deine Gastgeber, wenn du wieder weg bist, ihren Freunden umschweifig erzählen, was für schlechte Manieren das sind, den Kühlschrank ohne zu fragen aufzumachen. Doch auch dies ist eben eine Tradition und mehr nicht. Und was die Natur betrifft, die will ich schon gar nicht zu beschreiben versuchen, weil du dir ohnehin keinen Begriff davon machen kannst, dass in der Öde, auf einem Berg alter Autowracks so etwas existieren kann, zum Beispiel Hühner, die herumflattern. Hast du, Engländer, je eine Stadt gesehen, in der die Hühner herumflattern?«

Leider hatte der Engländer Hühner bisher nur gerupft und kopflos gesehen oder dann, früher, in Bilderbüchern.

»Die Hühner flattern herum, und die streunenden Hunde kannst du von Menschen gar nicht unterscheiden, so klug und menschlich sind die, mehr noch, wie die Menschen versammeln sie sich auf Müllhaufen und wie die Menschen ärgern sie sich über irgendwas, wie die Menschen attackieren sie dich, wenn's was zum Streiten gibt, und wie die Menschen folgen sie dir freudig, wenn du ihnen was spendierst. Überhaupt ist dort nichts so, wie du's anderswo antriffst. Wo hast du je Taxis mit nur einer Wagentür erlebt oder Restaurants, die wie Eisenbahnwaggons aussehen?«

Der Engländer war hingerissen, diese Wüstenstadt schien in der Tat sehenswert – warum hieß sie denn Plechanow, und was bedeutete dieses Plechanow? Die Sache sei die, dass dieser Name eben die Freundlichkeit und Wärme ihrer Bewohner bekräftige. Plechanow sei der Nachname eines Mannes; wer er gewesen sei, wisse in der Stadt niemand so richtig, man erzähle sich lediglich, er hätte einen großen Schnurrbart gehabt und für die Befreiung des unterdrückten Volkes gekämpft, und auch wenn er keiner von ihnen gewesen sei, so sei's nichts als recht und billig, dass die Stadt seinen Namen trägt. Erzählt werde auch, dieser Plechanow sei der Patron des Autofriedhofs gewesen und deswegen sei der Stadt sein Name geblieben. Wie auch immer, in beiden Fällen kämen die Freundlichkeit und Leichtherzigkeit der Bevölkerung zum Ausdruck. Wer sonst würde seine Stadt nach einem Unbekannten, und hätte er noch so einen großen Schnurrbart, benennen?

Tja, solche Dinge gab Mogela der Plechanower, wenn er in Stimmung war, zum Besten, und er schwadronierte so ausgiebig von der Stadt Plechanow, dass er am anderen Tag meist nicht mehr wusste, was er am Vortag erzählt hatte, und dieselbe Geschichte noch einmal, aber völlig anders erzählte.

Dem Engländer machte das nichts aus; auf den ausgedehnten Leinwänden seines Bewusstseins malte er die Stadt Plechanow mit kräftigen, ungehemmten Strichen aus. Eine tolle Stadt kam da heraus, und was das menschliche Bewusstsein auch immer an halluzinativen Spielereien hergibt, das Stadt-Plechanow-Spiel stellte allmählich alle in den Schatten, sodass sich Mogela einmal, als er schon wieder in Tiflis war, derart nach Plechanow sehnte, dass er nächtelang in Lachen und abgrundtiefe Melancholie zugleich verfiel. Danach erzählte er überall, er sei in der Stadt Plechanow geboren und aufgewachsen, weswegen seine Freunde behaupteten, dem Mogela hätte das viele Rauschkraut das Gehirn ausgetrocknet und nur noch eine Stelle übriggelassen, die ein verzerrtes Bild von Plechanow wiedergab.

Vielleicht war Mogela dem Plechanower das Hirn tatsächlich eine Zeitlang ausgetrocknet, damals, noch in den alten Zeiten, während der großen Schießereien in Tiflis, als er eben in Amsterdam war und verfügt wurde, er sei mit Gewalt in ein Flugzeug zu setzen und nach Hause abzuschieben. Sie hatten ihn damals mit nur einer schwarzen Plastiktüte unter der Achsel aus der hübschen Stadt ausgewiesen, doch mochte sein

Hirn auch tatsächlich ein wenig eingetrocknet sein – Mogela der Plechanower war ein Vogel Phönix. Zu Asche verbrannt, abgebrannt, niedergetreten wie das Gras im Herbst und zugeschneit, rührte sich sein Körper zu seiner eigenen Überraschung, und irgendwo in seinem Herzen, in seinem Bauch schlugen Funken aus Feuerstein und Zunder, er rappelte sich auf, schüttelte sich, was abzuschütteln war, vom Leib und machte sich auf zu neuen Abenteuern.

Die Abenteuer von Mogela dem Plechanower waren unsichtbare Abenteuer.

Sie glichen den in Büchern beschriebenen großen Abenteuern, nur dass keiner sie je lesen würde. Zu der Ansicht war Mogela selbst gelangt, während er zu Hause auf dem Diwan lag und die Regale betrachtete. In dem Raum befanden sich an die zwanzigtausend Bücher. Mogelas Großvater war ein bibliophiler Mensch gewesen. Die Bücher in dem Haus waren unzählbar. Jedenfalls, Mogela lag dösend auf dem Diwan, die Bücher im Blick, und dachte: ›So wie ich mich niemals aufraffen können werde, diese Bücher da aus dem Regal zu nehmen und zu lesen, wird auch niemals jemand von meinen Abenteuern erfahren.‹

Natürlich formte sich der wunderliche Gedanke nicht in diesen Worten in Mogelas Kopf, aber dem Sinn nach war er so.

Dabei dachte er nicht: ›Ich will mich nicht aufraffen und diese Bücher lesen‹, sondern: ›Ich werde mich niemals aufraffen und diese Bücher lesen können‹, das heißt, er gestand sich die naturgemäße Unmöglichkeit ein, und von diesem Augenblick an schien ihm, dass seine Abenteuer nur für ihn selbst, in ihm selbst waren und allein für ihn stattfanden.

Hätten ihn früher schon solche Anwandlungen überkommen, hätte er Lewiko dem Barnower davon erzählt, und diesem hätten sie bestimmt gefallen, denn so was gefiel dem meist. Mogela sinnierte weiter und dachte, dass ihn überhaupt erst Lewikos Geschichte auf solche Gedanken brachte.

›Dessen Geschichte steht in dem Buch geschrieben, das da liegt und das du nie lesen wirst, genauso wie du nie wissen wirst, was der Mann denkt, der immer auf der Straße vor deinem Fenster vorbeigeht.‹

»Und dieser Mann bin ich.« Mogela kicherte und dachte auf dem Diwan liegend: ›Wo in aller Welt Kongo wohl sein mag?‹

Dieser Kongo war ein absolut erstaunlicher Mensch. Ihre Hauseingänge an der schmalen Straße befanden sich einander genau gegenüber, und das seit den Zeiten, als man noch Hüte trug. Mogela freute sich immer, wenn Kongo bei ihm vorbeischaute, denn er erzählte ihm jeweils Gefängnisneuigkeiten.

Wer sonst als Kongo hätte ihm erzählen können, was gerade diesen Morgen im Gefängnis passiert war? Meist kam auch Kongos Frau vorbei, um ihm die Hausschlüssel dazulassen, bevor sie in den Laden ging, wo sie als Verkäuferin arbeitete. Seine Frau war keine ehrliche Verkäuferin, behauptete Kongo; heimlich schmuggelte sie selbstgekaufte Zigaretten in den Laden, um sie dort zu verkaufen, während sie dem Ladeninhaber vormachte, Zigaretten würden schlecht gehen. Und wenn schon! Es waren harte Zeiten.

Einmal, als sie Gras pafften, kam Mogela auf die Idee, Kongo einen Schrecken einzujagen, und nahm ein Buch aus dem Regal. Dasselbe Buch hatte etwa neun Jahre zuvor, gerade als der Krieg ausgebrochen war, Lewiko aus demselben Regal genommen. Es war eine Rembrandt-Biografie, 1923 erschienen, und enthielt Gemäldereproduktionen, allerdings in Schwarzweiß. Von den fünfzehn eingehefteten Abbildungen trug eine die Legende: »Die Anatomie des Dr. Tulp«. Ärzte mit schwarzen Hüten und weißen Halskrausen inspizieren eine Leiche, während einer von ihnen mit dem Skalpell vorsichtig den bleichen Leichnam seziert.

Lewiko der Barnower hatte auf das Bild gestarrt und im Ton eines bedächtigen kartlischen Bauern verkündet: »Der da ... das ist der Arzt ... Und der da bin ich.«

Damals hatten sie sich ausgeschüttet vor Lachen, und jetzt blätterte Mogela, der Kongo einen Schrecken einjagen wollte, das Buch durch, zeigte auf »Die Anatomie des Dr. Tulp« und fragte: »Weißt du, wer das ist?«

»Wer?«

»Na, der ...«

»Nein.«

»Das ist Lewiko. Kennst du den Barnower Lewiko nicht? Der mich immer besucht?«

»Lewiko?«

»Ja.«

»Das ist Lewiko?«

»Ja, bei einer Blinddarmoperation.«

»Hör mir auf! Das ist doch gemalt, Alter.« Kongo wurde nachdenklich. »Das sind doch alles altmodische Männer.«

»Na, das wurde während der Operation gemalt.«

»Und diese Typen tragen *extra* solche Hüte?«

»Ja. Der Maler hat ihnen die verpasst, das ist eben künstlerische Freiheit.«

»Boah, ist ja irr, sieh mal, er hat sich einen Bart wachsen lassen. Aber scheiße sieht er aus. Wann ist er operiert worden?«

Mogela machte eine bedauernde Geste. »Er ist draufgegangen, Alter. Sie haben ihn auf dem Saburtalo-Friedhof begraben. Auch die Ärzte, alle draufgegangen. Seine Kumpels haben sie kaltgemacht, weil sie ihn nicht haben retten können.«

Kongo überlegte. »Ich versteh nicht, warum ich so was nicht erfahren hab.«

»Was weiß ich« – Mogela knallte das Buch zu – »du bist eben doof. Weißt du, wie er begraben wurde? Acht *Kästen* Champagner kriegte er ins Grab geschüttet.«

»Acht, Alter?«

»Ja, acht. Das wollte er so. ›Wer als Erster stirbt, kriegt sie reingeschüttet‹, hat er gesagt.«

»Boahhh!«

»Was sollen wir dir denn reinschütten?«

Kongo überlegte. »Was soll man mir schon reinschütten? Ich steh nicht auf so was ... Erstens würd ich mir den Blinddarm überhaupt gar nicht operieren lassen.«

»Du hast ja keine Ahnung.« Mogela schüttelte den Kopf. »Das ist *obligatorisch*. Erst nehmen sie Wake-Saburtalo dran und dann uns. Alle werden operiert, Lewiko hat's ja auch nicht gewollt.«

Kongo war das nicht recht geheuer. »Mit Gewalt, oder was? Ich lass mich nicht operieren, *wsio**.«

»Du hast keinen Schimmer. Wenn wir in die EU aufgenommen werden sollen, muss das sein. Sobald dort ein Kind auf die Welt kommt, wird es operiert, damit es später keine Beschwerden hat. Wenn du deinen Blinddarm nicht operiert hast, nimmt dich keiner in die EU auf.«

»Und wenn ich dabei draufgehe? Der arme Lewiko ist ja auch draufgegangen.«

»Leider, *dafür* kommt das Land in die EU.«

Mogela hatte seinen Spaß an solchem Zeug.

Damals war Lewiko noch am Leben gewesen. Jetzt dachte Mogela ganz anders über die Sache: ›Warum nur hatte Lewiko gesagt, dieser Tote sei er?‹ Warum? Darum!

Dieser Gedanke suchte Mogela oft heim, wie ein Freund trat er ohne zu klopfen ein und rief die Erinnerung wach. Er tauchte genauso unvermutet auf wie Lewiko der Barnower, bei dem du auch nie wusstest, wann er kam.

»Jugendlichen sollte Hasch zu rauchen nicht gestattet sein«, hatte er einmal verkündet.

»Iss Joghurt, das ist bekömmlich«, hatte Mogela ebenso hochtrabend erwidert.

Das war vor langer Zeit gewesen, aber es kam oft urplötzlich wieder hoch.

* basta/es reicht

Später war allerlei passiert, doch Mogelas Abenteuerbuch, das jemand anders wohl in mehrere Bände aufgeteilt hätte, verzeichnete nun noch ein neues Abenteuer, das der Sonnenanbeter insgeheim und bei entsprechender Stimmung »Sindbads siebente Reise« nannte – nach diesem Film, der wie im Rausch aufgenommen schien, mit Ungeheuern, einem durch Wasser und Feuer gestählten, in Atlasgewändern umherschweifenden Sindbad und anderen Wunderlichkeiten. Ausnahmsweise einmal hatte Mogela auf die Rose von Schiras gehört, wahrscheinlich weil er ihr wirklich glauben wollte. Seine Gedanken drehten sich ständig um Frauen. Das hatte sich so ergeben. In Wirklichkeit dachte er aber nur an die Rose von Schiras und Lewiko den Barnower.

Was anderes beschäftigte Mogela nicht.

›Ich geh noch drauf vor lauter Nachdenken‹, sagte er sich oft.

Damals, vor seiner ersten Auslandsreise, als er packte und loswollte, hatte Lewiko zu ihm gesagt: »Ich geb dir ein Zauberwort mit. Es wird dich immer retten.«

»Schieß los.«

»Wenn du nach deinem Namen gefragt wirst, musst du sagen, Nobodi.«

Mogela hatte lachen müssen. »Noubodi?«

»Nein, besser, du sagst Nobodi. In welcher Schwierigkeit auch immer du steckst, du bist sofort gerettet.«

»*Charascho*.«*

2.

Also, es war so ein Mittag auf der Terrasse des »City Piazza«, wo Nobodi aus der Stadt Plechanow sich wohlig auf dem Stuhl fläzte, die Kappe in den Nacken schob und hinter seinen sumpfbraunen Sonnenbrillengläsern, die Augen zusammengekniffen oder dösend, auf die Straße und den gegenüber-

* Alles klar, einverstanden.

liegenden, immer noch alten Sandstrand schaute. In seiner Tasche steckte ein holländischer, auf den Namen Nikolai Perwoj lautender Pass, und unversehens packte ihn ein leichter Ärger über die Rose von Schiras, wegen der es ihn auf diese Insel verschlagen hatte, gerade als er in Tiflis dabei war, mehr über Lewiko den Barnower herauszufinden.

»Die hat mich echt verarscht, die Intelligentsia!« Als Intelligentsia bezeichnete er die Rose von Schiras immer, wenn er sich über sie ärgerte.

Jedenfalls, es war wie gesagt so ein Mittag, an dem Mogela die Schlaf- und Abschottungsphase in sein konkretes Leben hineinverlängerte. Körper und Geist befanden sich in je eigenen Sphären, er schaute auf den berühmten alten Strand und erblickte plötzlich eine Frau, die ebenfalls eine Sonnenbrille trug und, einen weißen Hut in der Hand, vom Strand herkommend die Straße überquerte.

Während der Saison rühmte sich die Terrasse vor allem einer Attraktion, nämlich dass das hier versammelte Volk die zu Dutzenden, ja Hunderten vom Strand über die Straße Richtung Hotel laufenden Frauen eingehend ins Visier nehmen konnte. Aber jetzt war erst Frühling und nicht viel los, weswegen sich am Strand nur vereinzelt Leute aufhielten und auch das Hotel nicht voll war.

Die Frau war, vermutlich, schokoladenbraun.

Mogela nahm die Brille nicht ab. Sie kam ihm sehr bekannt vor, und er wunderte sich, wo er sich doch äußerst selten wunderte. Im Allgemeinen wunderte ihn ja gar nichts; Sichwundern war bei ihm mit Ärger gekoppelt, wobei er sich Verärgerung nie anmerken ließ.

Die Frau trug weiße Shorts und hatte das Haar genau so hochgesteckt wie ...

›Ist das nicht sie?‹ Er war hellwach und dachte: ›Mensch, Lewiko, Alter ... Du bist doch nicht etwa auch hier? Ist das nicht diese Frau?‹

Von Lewiko dem Barnower war alles Mögliche zu erwarten. Alles. Einfach alles.

Mogela nahm die Füße vom Stuhl, drehte die Kappe wieder um und zog sie in die Stirn, sodass die Frau im Vorbeigehen wenigstens seine obere Gesichtspartie nicht erkennen konnte, und war endgültig wach. Sein Körper spürte, dass ... Doch die Frau war nicht allein, ein Mann ging neben ihr her. Sie wandte sich ihm zu und sagte etwas zu ihm. Nicht auf Russisch und auch nicht auf Englisch oder Italienisch.

›Sie hat Türkisch gesprochen‹, dachte Mogela. ›Der Kerl ist Türke.‹

Und als sie vorbei waren, stand er auf und spähte vorsichtig zum Eingang des »City Piazza«. Die Frau ging hinter den Glastüren zum Lift, während der Mann in der Lobby blieb, sich in einen Sessel fallen ließ und nach einer Zeitung griff.

›Er wartet auf sie‹, dachte Mogela. ›Dann warte ich auch.‹

Er hatte gar nicht bemerkt, dass sein träger Körper zu einem völlig anderen geworden war.

›Was stehst du da wie ein Torero, du Arsch?‹, schalt er sich selbst und befahl dem Rauschkraut in seinem Hirn: ›*Wsio*, gib jetzt Ruh!‹

Eigentlich begann genau damit Sindbads letzte Reise.

Wer hätte das geahnt? Die ganze Geschichte mit der Rose von Schiras hatte ja nur zu tun mit Dämmerschlaf und unsichtbarer Gefahr.

Lewiko der Barnower war wieder da. Diesmal in voller Bewaffnung, hoch zu Ross und im schwarzen Nabadi, bereit, unter die Abragen zu gehen.

MOGELAS GEFÄHRTEN

Der alte Wasserhahn, aus dem köstlich und freigebig sprudelnd Wasser rann; die Zwillingszwerge; der Mann in Schwarz, der immer ein gehäkeltes Käppi trug; die Rose von Schiras; der Großvater; der schwarzbebrillte Mann aus Kislowodsk, der am Schießstand arbeitete; die gesichtslosen Typen, die immer etwas umräumten und bei denen man nie wusste, zu wievielt sie überhaupt waren; die alte Garage; und auch Lewiko der Barnower: Sie alle können wir als Mogelas Gefährten bezeichnen.

Jawohl, seit Kindertagen hatte Mogela der Plechanower Gefährten. Schon als ganz kleiner Junge hatte er Kameraden, die oft bei ihm zu Besuch waren.

Erwähnenswert ist, dass sie ihr Leben zu Ende leben konnten und manche von ihnen, die er verstorben oder verschollen glaubte, in Situationen wieder auftauchten, dass er im Nachhinein über ihr Erscheinen immer staunte.

Sie waren echte Kameraden, halfen ihm in allerlei Dingen und kamen ihm nie in die Quere. Im Gegenteil, sie zogen in den Kampf gegen seine Feinde, und sie schlugen sich immer prächtig.

Einer von ihnen war der Wasserhahn in der Toilette im Untergeschoss des Mogeladse'schen Hauses. Hier gab es Toilette und Badezimmer in einem, während sie oben separat waren, denn als das städtische Wasserleitungssystem erneuert wurde, hatte der Großvater die Hähne und die Duschen nur oben auswechseln lassen, unten sollte es bleiben, wie es war, genauso wie er den Gasboiler beließ, weil den Behörden bestimmt nicht zu trauen sei und das Warmwasser eines Tages ausbleiben könnte.

Er sollte recht behalten: Der Großvater erlebte den Tag zwar nicht, aber das Wasser blieb tatsächlich aus.

Der Hauptprotagonist in der unteren Toilette also war der alte, goldfarbene Hahn mit seiner kreuzförmigen Armatur. Aus diesem Hahn floss seit jeher nur kaltes Wasser, und er lief oft schwarz an, aber dann nahm ihn sich die Großmutter vor und scheuerte ihn, bis er wieder glänzte. Außer dem

Großvater wusch sich dort niemand. Alle zogen warmes Wasser vor.

Mogela machte ganz zufällig Bekanntschaft mit dem Hahn. Im Allgemeinen hielt er sich selten in den unteren Zimmern auf, lief nur durch den Flur nach draußen in den Hof. Kurzum, einmal hatte er etwas angestellt und wollte dem zornigen Geschrei seiner Mutter aus dem Weg gehen, stahl sich nach unten und schloss sich in der Toilette ein. Die Stimme der Mutter war noch immer zu hören, und völlig gedankenlos öffnete er den alten Hahn.

Na, und wenn etwas Krach machen konnte, dann er: Das Wasser sprudelte so gewaltig, dass es das mütterliche Geschrei vollkommen übertönte. Geradezu wie ein Wasserfall floss es und gab eine absonderliche, fauchende, saugende, glucksende, aggressive Musik von sich. Mogela starrte auf das strömende Wasser, lauschte auf seine Musik, und auch später ließ ihn der Hahn nie im Stich: Wenn er sich irgendwo hinsetzen und über ganz anderes nachdenken wollte als darüber, was um ihn herum passierte, tat er das bei dem Hahn, der wie von selbst das Ventil aufdrehte und freigebig, saugend-fauchend Wasser fließen ließ.

Als er das erste Pornoheft in die Hände bekam, durchforschte er es begleitet von ebendieser Wasserhahnmusik. Einen abgelegeneren Ort als diesen gab es im Haus nicht. Die Zeit drängte, denn auf der anderen Straßenseite wartete aufgeregt sein Freund Kongo auf das Heft, dessen Besitzer gesagt hatte: »Wenn sie das bei dir finden, kommst du sieben Jahre ins Loch«; Kongo konnte sich dann doch nicht beherrschen und musste ein paar Seiten herausreißen, um sie zu behalten, was für Mogela Krach mit dem Pornoheftbesitzer zur Folge hatte, denn er verpfiff keinen Freund und nahm die Verantwortung für die herausgerissenen Seiten auf sich.

Der Wasserhahn war freigebig und beständig. Sein Geräusch hatte Mogela immer im Ohr, aus irgendwelchen Gründen im linken, von dem aus es sich dann im ganzen Schädel ausbreitete, er hatte den alten Hahn vor Augen, egal wo er gerade war und unter welchen Umständen er ins Sinnieren kam.

Ein weiterer Gefährte war der schweigsame Mann, der ebenfalls während seiner Kindheit auftauchte, dann jedoch beinahe fünfundzwanzig Jahre verschwunden blieb, bis er unverhofft wiederkehrte, was Mogela so interpretierte, dass nun Platz für ihn frei geworden war. Bloß, welcher Art dieser Platz war, hätte er nicht zu sagen gewusst.

Zuerst dachte er, der Mann wäre wiedergekommen, weil er Hilfe brauchte oder einfach um daran zu erinnern, dass nichts spurlos verschwindet.

Dieser hagere, fahle, dunkelhäutige Mann war altmodisch gekleidet: Er trug immer kurzärmlige schwarze Sechzigerjahrehemden und -röhrenhosen, hatte magere, spitze Ellbogen und kam langsam und unsicheren Schritts, beinahe verhalten eine Zigarette rauchend die Straße herunter. Auf dem Kopf hatte er ein staubfarbenes gehäkeltes Käppi, etwa so wie das vom Großvater, nur dass Letzteres grau war.

Das Käppi war winterlich, die restliche Bekleidung sommerlich. Der Mann war stumm, und wenn er nahe an einem vorbeiging, sah man, dass er einen Schnurrbart hatte. Mogelas Schläfen waren schon grau, als er zu dem Schluss kam, dass der Mann Kurde sein musste; im Viertel gab es viele, die aussahen wie er.

Als Mogela in der achten Klasse war, verschwand der Mann. Irgendwie verzog er sich und war bis vor Kurzem nicht mehr aufgetaucht.

Ganz plötzlich war er wieder da: Mogela stand am Fenster und rauchte, schaute dabei auf die leere Straße, und da ging er in aller Ruhe vorbei. Genau wie früher. Ja, er kam eher häufiger an dem Fenster vorbei. Mogela sprach ihn nie an, sagte nie etwas, immer ging der Mann irgendwo hin, nicht besonders eilig und auch nicht zielstrebig, paffte seine Zigarette und ging vorüber. Als Kind hatte Mogela immer interessiert, ob er wohl »Daissi« rauchte oder »Msiuri« oder »Grusia«, aber da er sich anfangs ziemlich gefürchtet hatte vor dem Mann – Was wollte er? Was trieb er sich da herum? –, vermied er es sogar im Stillen, ihm etwas zuzurufen.

Als er den fast fünfundzwanzig Jahre lang verschwundenen Mann sah, wusste er, er war gekommen, um etwas zu holen. Er war nicht gerade gut drauf, als ihm dieser Gedanke kam; er saß bekifft mit schweren Lidern im Sessel, doch der Verdacht erwies sich als hartnäckig, er begann sich zu fragen, was es mit dem Wiederauftauchen des Mannes auf sich hatte. Und da war ihm eingefallen, wann er ihn überhaupt zuletzt gesehen hatte: Am Ende der achten Klasse nach den Prüfungen waren sie alle in den Park gegangen und hatten sich betrunken, Mogela war mit einer Mitschülerin im Tälchen gelandet und sie hatten begonnen einander zu küssen, ähnlich zwei Hunden, die aufeinander gehetzt werden und erbarmungslos die Oberhand zu gewinnen beziehungsweise sich zu retten suchen.

Die Geschichte von Mogela und diesem Mädchen ist auf diesen Seiten schwerlich unterzubringen; der Mann jedenfalls tauchte gerade in dem Moment auf, als sie bei Einbruch der Nacht aus dem Tälchen heraufgekraxelt kamen und sich der eine links, die andere rechts davonmachte. Mogela hatte vor Angst zwei Nächte lang nicht schlafen können: ›Was, wenn jetzt die Miliz kommt und mich verhaftet?‹ – Aber das ist noch mal eine ganz andere Geschichte, nicht wahr?

Der Vorstellung, dass der Mann irgendetwas holen wollte, haftete etwas Unangenehmes an: ›Wenn er jetzt etwas mitnimmt, hat's in all den Jahren meines Lebens zuvor offenbar nichts zum Mitnehmen gegeben‹, dachte Mogela, und wenn ihn der Gedankenfluss mit sich riss, wiederholte er: ›Dann hab ich vorher offenbar umsonst gelebt.‹

Hinzu kam, dass der Mann sich immer häufiger sehen ließ, was Mogela sogar zum Scherzen veranlasste: ›Wenn der sich so viel Zeug holt, kann es ja doch nicht so schlecht um mich stehen.‹

Noch ein anderer Mann fand sich bei ihm ein, ein ganz anderer. Mogela war zwölf Jahre alt gewesen, als er im Sommer ins russische Thermalbad Kislowodsk mitdurfte. Dort gab es einen Freiluftschießstand; der Büchsenmacher trug eine schwarze Brille, glich Sowjetführer Leonid Breschnew, und seine kräftigen Altmännerarme waren mit Tätowierungen besetzt. Ja, regelrecht besetzt.

Dieser Mann, dessen Name Mogela nicht kannte, brachte ihm das Schießen bei. Er machte nicht viel Aufhebens davon, die Hauptsache sei Zielsicherheit. Ab und zu bekam er Besuch von einem Kumpel mit Käppi; den Schnaps kippten sie verstohlen, denn sie hatten Angst vor der Miliz, verzogen sich hinter den Schießstand, und der Büchsenmacher sagte zu Mogela: »Ti pastriliai, sinok. Mi skora.«* Ein Schuss kostete zwei Kopeken. Er zwinkerte ihm zu, zeigte auf das Mineralwasserglas und sagte: »Nada litschitsia.«**

Dieser Büchsenmacher war nun wohl schon lange tot, aber Mogela sah ihn öfter vor sich, wie er in seinem Freiluftschießstand saß und ihm alles Mögliche erzählte, wenn auch auf Russisch.

Mogela legte das Kleinkalibergewehr an und zielte, und der Mann half ihm dabei. Ein einziges Mal nur hatte er ihm keine Munition gegeben, weil nämlich Abendzeit war und der Schießstand schloss. Hinter der Theke saßen sich zu der Zeit außerdem eine Frau und ein Mann auf Kisten gegenüber und spielten gewöhnliches Durak. Der Mann hielt eine qualmende Papirossa mit Mundstück zwischen den Lippen. Die Frau steckte in einem salatgrünen Synthetikkleid.

* Schieß nur, Söhnchen. Wir sind bald wieder da.
** Wir müssen kuren.

»Idi, sinok, idi, tut wsroslie na dsengi igraiut«,* hatte der Büchsenmacher zu ihm gesagt. Auf der Kiste lagen tatsächlich zwei Rubelstücke, und Mogela hatte sich sehr gewundert, wie man mit einer Frau – und dazu noch um Geld – spielen konnte. Wie auch immer, er wurde weggeschickt und gab das Geld für fünfundzwanzig Schuss für anderes aus. Der Büchsenmacher jedoch hatte ihn nie losgelassen, ja, er erschien immer dann, wenn Mogela die schwärzesten Gedanken zu überwältigen drohten. Dann kam er und reichte ihm ein geladenes Gewehr: »Spuskai bistra, ne dumai mnoga. Postaw i … Streliai. Ne tuga, bistra …«**

Und Mogela der Plechanower schoss. Danach waren die tiefschwarzen Aufwallungen verflogen; jedenfalls kehrten sie nicht mehr so bald mit derselben Gewalt zurück. Es musste erst einige Zeit vergehen, bevor sie erneut erstarkten und ihn wieder bedrängten.

Und dann war da natürlich der Großvater. Er trat in den Flur, zog den Sommerhut vom Kopf, hängte ihn an einen Haken und lugte danach immer unfehlbar in seine Hemdbrusttasche, indem er sie aufhielt und hineinschielte. Darin steckten irgendwelche Papiere, doch war auch offensichtlich, dass er Geldscheine zählte. Geld stopfte er nie nur in die Hosentasche, sondern verwahrte immer auch ein wenig in der Brusttasche. Dort steckten außerdem ein Füller und ein dünner, durchsichtiger Kamm, mit dem er sich, bevor er aus dem Haus ging, durch das schüttere Haar zu fahren pflegte.

Wenn er sich bei Mogela einfand, zeigte er sich auf ganz unterschiedliche Weise: im grünen Pyjama mit den hellgrünen Streifen, im Hof eines Ferienhauses in Kodschori, zu Hause die Zeitung »Landleben« oder im Kalender lesend und dabei stumm die Lippen bewegend.

* Geh, Söhnchen, geh, hier spielen die Erwachsenen um Geld.
** Drück ab, schnell, denk nicht lange nach. Stütz dich auf … Schieß. Es ist nicht schwer, schnell …

Seine Medaillen trug der Großvater nie, er sagte immer, er besitze keine, was Mogela empörte, denn lange wusste er nicht, dass es in seinem Land rühmlicher war, keine Medaille bekommen zu haben. Einmal jedoch förderte die Großmutter irgendwoher alte, zerknäulte Strümpfe zutage, aus denen zwei Medaillen mit kyrillischer Inschrift glitten: »Für heldenmütige Arbeit« und »Für die Verteidigung des Kaukasus«. Mogela hatte sie sich sofort an die Brust gesteckt und sich dem Großvater präsentiert: »Sieh mal, du hast doch welche gehabt.« Der Großvater dagegen hatte eine abschätzige Geste gemacht und erwidert: »Die zählen nicht, solche haben damals alle bekommen.«

Der Großvater war Mogela eine große Stütze, wenn er auch nicht wusste, wie das zustande kam. Er war ein Meister in allerhand Hilfestellungen und erschien unweigerlich binnen Sekunden, kaum dass der Enkel an ihn dachte.

Warum und wie die Erscheinungen sich bei ihm einfanden oder zu welchen Gelegenheiten sie seine Gedanken besetzten, verstand Mogela der Plechanower nicht, aber da es sie nun mal gab, kämpfte er nicht dagegen an, umso weniger, als sie ihm ja halfen.

Zum Beispiel waren da die gesichtslosen Unbekannten, in altmodischer Arbeiterkleidung, in Leinenkaftanen, weiten Hosen, mit speckigen Käppis, die gehobelten Brettern ähnliche Gegenstände schulterten. Mogela nannte sie »die Räumer«. Es war, als hätte bei ihnen alles mit dem Entfernen von irgendetwas zu tun. Diese Räumer waren zu dritt oder zu viert und erledigten ihre Sache schweigsam, packten tüchtig an, standen darin dem Großvater in nichts nach. Es schienen stille, großzügige Leute zu sein, und Mogela hätte sich gerne irgendwie erkenntlich gezeigt bei ihnen, aber das ging nicht, denn sie hatten ja keine Gesichter, wie sollte man sich da bedanken können?

Hingegen bedankte er sich bei den Zwillingszwergen, die sich zusammen mit dem goldfarbenen Kürbis in seinen Einschlafgedanken einfanden. Mogela erinnerte sich, dass seine Großmutter zu Beginn der November-Feiertage in der unteren Küche der Wand entlang Kürbisse aufreihte. Sie war aus Imeretien und kochte begeistert Kürbisse ein, röstete und salzte die Kerne. Manchmal liefen diese Kürbisreihen wie ein Nachtzug durch Mogelas Gedanken – an sich schon eine herzerwärmende Vorstellung –, ein Zug, der mit erleuchteten Schlafwaggonfenstern durchs Dunkel gen Sochumi rollte. Bloß, auf die Kürbisreihe kam es nicht an, die Hauptrolle spielte ein einzelner, goldfarbener Kürbis, dessen Erscheinen ihm immer wie ein gutes Omen vorkam.

Der Kürbis stammte nicht allein aus der unteren Küche, sondern auch aus einem Buch. Das Buch handelte von einem jungen Esel namens Muffin. In einer der Geschichten war die Rede von einer Landwirtschaftsausstellung, an der ein Riesenkürbis teilnehmen sollte; es gab eine Abbildung von diesem Kürbis mit Mäusen, die in seinem Inneren hausten. Gewöhnlich fand sich der goldfarbene Kürbis nur selten bei Mogela ein, aber dann war es, als sei er nie weggewesen. Zum ersten Mal erschien er, als Mogela als kleiner Junge krank wurde und hohes Fieber bekam. Erschöpft und fiebrig lallte er im Schlaf, und am nächsten Morgen machte sein Vater Witze darüber, dass er von einem Kürbis gesprochen hätte. Kurz, was ihm damals halluzinierte, blieb Mogela für immer im Gedächtnis: Wie er einen riesenhaften, vergoldeten Kürbis betrat und dort wohnen wollte, der Kürbis jedoch erbarmungslos von oben auf ihn hinunterdrückte, ganz langsam und mit ganzem Gewicht, als wollte er ihn zermalmen. Schließlich aber begann er von innen heraus goldhell zu leuchten, und Mogela atmete erleichtert auf, ließ sich häuslich in dem Kürbis nieder, öffnete ein goldenes Fenster und erblickte einen unnatürlich blau blitzenden See. Der See hatte genau dieselben Umrisse wie das Kaspische Meer; wahrscheinlich waren ihm die noch aus dem Schulatlas in Erinnerung.

Jedenfalls verschwand der Kürbis nie mehr, ebenso wenig wie die langen Züge verschiedenster Bestimmung, je nach Richtung freude- oder leidbefrachtet, wovon einer aus Sibirien kommend eben auch nach Sochumi fuhr, wo Mogela eines Sommers den beiden Zwergen begegnet war.

Damals musste er etwa so groß wie die Zwerge gewesen sein und war in Begleitung seiner Großeltern. Der Großvater kannte unbekannte Seiten der Stadt. Noch das alte Sochumi. Obwohl, einfach alt konnte man es auch nicht nennen. Einmal waren sie herumgestreift, und der Großvater war in eine Straße abgebogen. Es war am Stadtrand; da waren ein kleines, eingezäuntes Spielfeld, ein Kiosk, ein Mann mit Käppi, und auf dem Feld spielten Zwerge Fußball. Echte Zwerge, keine Disney-Trickfilm-Zwerge. Zweiundzwanzig Zwerge spielten Fußball.

Für Mogela sahen alle gleich aus, und verdutzt und ein wenig verängstigt verfolgte er das unverhoffte Schauspiel, als sein Großvater sagte: »Dort, Zwillinge.«

Mogela konnte die Zwillinge partout nicht ausmachen, und weil er, wenn er aufgeregt war, immer die Sprache verlor, fragte er nicht nach.

Später sollten sich die Zwillingszwerge ganz unerwartet bei ihm einfinden: Sie lachten und lachten, platzten vor Lachen. Sie taugten nicht viel, aber sie trugen weiße Fußballkleidung, und sie lachten immer dann, wenn Mogela lachte. Auch wenn ihm in den letzten Jahren das Lachen vergangen war – sie schneiten trotzdem immer wieder herein.

Der ganz große Rausch jedoch war, wenn all diese Gefährten sich einer nach dem anderen einstellten. Und allesamt um ihn herumschwirrten. Gelegentlich rief er sie ganz gezielt alle herbei und folgte dann spielerisch mit ihnen zusammen seinen Gedankengängen.

Oft schaute auch Lewiko der Barnower bei ihm vorbei, aber als der, der er in der Kindheit gewesen war, nicht der am

Schluss. Er saß auf einem Stuhl im Park, die Füße auf einem zweiten Stuhl, und kicherte vor sich hin.

Die Rose von Schiras war eine Frau, vor der sich Mogela in acht nahm, da sie sich ganz unerwartet bemerkbar machte. Außerdem war sie noch am Leben und real, was ihr darüber hinaus zahlreiche Vorteile gegenüber den Gefährten verschaffte und dazu führte, dass sie einen Großteil von Mogelas täglichen Grübeleien ausmachte.

Sie alle waren freundlich gesinnt. Es gab aber auch die Bösen, die ihn heimsuchten.

Zum Beispiel der Mann, der Mogela als Kind eine Ohrfeige verpasst hatte, als er mit Schneebällen auf Autos warf. Der Mann hatte einen großen Schnurrbart und eine Glatze; er hielt seinen grünen Wolga an, stieg aus und haute Mogela, der sich vor Angst in die Hose machte, eine rein. Tja, diesem Mann ging er tunlichst aus dem Weg, genauso wie dieser einen Frau aus einem fremden Land.

Ja, es gab solche und solche Gefährten.

Über die Bösen zu grübeln mochte er nicht besonders.

Es gab auch die alte Garage, wohin man sich zurückziehen und Benzin und Schmieröl schnüffeln konnte.

Doch über die bösen Gefährten ein andermal mehr, vor allem, da sie nicht zu zählen sind. Absolut nicht.

Die Rose von Schiras pflegte sie »Mogelas wahres Gesicht« zu nennen. Die reale Rose von Schiras. Aber nur im Spaß.

DAS ABGEBROCHENE LIED

NA, PUPPE?

»Weißt du, was wir machen?«, sagte Mogela der Plechanower zu Daniela. »Ich lad dich in das russische Restaurant ein. Sofern wir es finden, okay?«

»Mich lassen sie dort nicht rein«, sagte Daniela. »Geh du hin. Ich find raus, wo's ist.«

»Nein«, sagte Mogela, »so geht das nicht. Wir müssen zusammen hin.«

»Weißt du, was?« Daniela zwinkerte ihm zu. »Du scheinst ein ganz Gefährlicher zu sein. Meiner Meinung nach müsstest du ganz woanders leben, nur nicht hier.«

»Wo hier?«

»Hier, in der Siebenhundert-Schritt-Straße ... Aus irgendwelchen Gründen bist du hier, weißt selbst nicht, warum. Von irgendwem deportiert. Glaub ich jedenfalls. Ich glaub, du bist ein Spion und brauchst Helfer. Spione haben viel Geld. So viel wie erforderlich. Also, wenn du mich ins Restaurant führen willst, musst du mich anwerben. So gehört sich das. Wenn du mich anwirbst, kann nichts schiefgehen.«

›Ich hab einfach kein Glück, warum wollen alle mit mir feilschen‹, dachte Mogela und fragte schließlich: »Wie viel willst du?«

»Zwanzig Pfund –«

»Geht klar.«

»Nein, zwanzig Pfund dafür, dass ich mitkomme. Außerdem dreißig Pfund für Klamotten, denn so lässt mich niemand rein, und dann will ich noch zwanzig Pfund fürs Make-up.«

Mogela klatschte in die Hände. »Und was umfasst das?«

»Was immer du willst. Du kannst mir auch einen Strick um den Hals binden und mich erdrosseln, wenn ich sterbe, ist das dein Problem. Du kannst mich schlagen, aber bevor ich sterbe, kann es sein, dass ich dir ein Messer reinramme. Könnte ja sein, dass ich nicht sterben will. Schmerz kann ich ertragen ...«

Mogela wurde sehr nervös.

»Make-up ist nötig, damit ich das verdecken kann« – sie tippte sich ans Kinn – »damit kommt man nicht ins Restaurant, damit wird man nur in ein einziges Café gelassen.«

»Und für dreißig Pfund, was ziehst du da an?«

»Ich leih mir was. Braucht dich nicht zu kümmern. Ich zieh mich Katschaga-Style an, du wirst mich nicht wiedererkennen. Aber ich muss es heimlich tun, sonst verprügeln die mich.«

»Warum?«

»Weil sich eine Kalo nicht wie eine Katschaga anziehen darf. Und ich bin immer noch eine Kalo, da« – sie tippte sich wieder ans Kinn – »das hier bedeutet, dass ich eine Kalo bin.«

›Schön bist du nicht gerade, Daniela‹, dachte Mogela, und laut fragte er: »Machst du das Restaurant ausfindig?«

»Kein Problem. Ich komm am Abend wieder hierher. Wenn du willst, gib mir deine Telefonnummer, dann ruf ich dich an.«

»Nein, können wir uns um sechs hier treffen?«

»Um acht. Abendessen gibt's bei uns um neun.«

»Gut.« Er lachte. »Ich werde eine Zeitung in der Hand halten.«

»Was soll das heißen?«

»Ein Spion muss doch den anderen erkennen können.«

Daniela lachte leise. »Bist du wirklich ein Spion?«

»Und die Losung ist ... Du kommst und sagst: Tante Marta hat sich mit Syphilis angesteckt.«

Daniela lachte hell auf. »Toll!«

»Ja, und ich antworte: Die schönsten Kastanienbäume in Paris stehen auf der Place Pigalle.«

»Okay, bye.« Daniela nahm sich zwei Kippen aus Mogelas Zigarettenpäckchen und ging. Hüpfte davon wie ein übermütiges Kind. Mogela sah, wie sie über die Straße ins gegenüberliegende Café rannte.

Er selbst schlüpfte ins Café »Melissa« am Anfang der Siebenhundert-Schritt-Straße und winkte der Kellnerin: »Eine Coca-Cola mit viel Eis.«

»Zitrone?«

»Mit Zitrone.«

Die Kellnerin ging. »Mein Gott, was für ein Irrer«, sagte sie und kicherte verstohlen. »Trinkt schon die dritte Cola. Kommt schon zum dritten Mal rein. Spricht die Kalos an.«

»Erweisen wir ihm die Ehre«, sagte der Barmann, »ich geb einen Schuss Schnaps dazu.«

»Sir, Ihre Coca-Cola.«

»Danke.« Mogela der Plechanower fixierte seine John-Player-Special-Schachtel und versank wie immer in Gedanken; er beschwor alle und alles herbei, wie er das immer tat.

Es waren viele, immer kamen noch welche dazu, fiese Typen, die ihn störten. Aber das war er gewohnt. Die Hilfreichen arbeiteten hart, machten gründlich sauber, brachten alles geradezu auf Hochglanz, während irgendwelche Kanaillen, wie immer, wortlos und hämisch dastanden und es schafften, Mogela zu ärgern.

Wenn sie sehr aufdringlich waren, bekämpfte Mogela sie mit Schlaf. Seit er denken konnte, rettete er sich in den Schlaf. Im Traum war alles einfach, im Traum war es einfach, die Oberhand zu gewinnen, denn Mogela der Plechanower hatte Träume wie Hollywood-Filme. Manchmal war er sogar imstande, auf Bestellung zu träumen.

SEWASTOPOL

Der bestellte Traum der vergangenen Nacht hatte Mogela gutgetan:

Wie er hingeraten ist, weiß er nicht, aber er befindet sich auf einer breiten, langen, geraden, von großen, rosa getünchten Häusern gesäumten Straße. Es ist eine reinliche Straße, eingehüllt ins Halbdunkel der Morgendämmerung oder überhaupt schattig, und Mogelas erster Gedanke ist: Tiflis ist das nicht.

Er geht die Straße entlang und sucht einen Laden, will irgendetwas kaufen. Irgendetwas zum Frühstück. Plötzlich sieht er am Ende der Straße halb aus dem Asphalt ragend ein altes Schlachtschiff, ziemlich groß, aber nicht so groß, dass es einen aus der Fassung gebracht hätte.

Das Schiff ist so hübsch angestrichen und gut in Schuss, dass Mogela denkt, es muss ein Denkmal sein, und ihm wird klar, dass er sich in einer russischen Küstenstadt befindet, wo man immer noch das Andenken an den Zweiten Weltkrieg pflegt und hochhält.

Ein alter Mann mit Fellmütze spricht ihn an: »Ja, so ist es, Söhnchen, immer hat es hier Schlachten gegeben. Diese Häuser da haben damals noch nicht gestanden, es gab nur kleine Holzhäuser, alles ist verbrannt. Genau hier, an dieser Stelle, sind die Jungs von dem Schiff verbrannt. Die Stelle hieß ›Punkt Nummer fünf‹. Wir nennen sie noch immer so: Punktplatz. Es war ein Artilleriestützpunkt, jenseits der Häuser ist ja das Meer ... Von dort haben die Deutschen bombardiert. Ihr Jungen, ihr kennt den Krieg nicht ... So Gott will.«

›Der Kerl ist verrückt‹, denkt Mogela, ›ich hab nichts als Krieg gekannt. Oder haben wir 1983?‹

Wahrscheinlich ist es 1983 oder 1984. Wirklich. Mogela setzt seinen Weg fort, befindet sich plötzlich in einem Hauseingang und klopft ganz normal an eine Tür.

Ein Mann mit schütterem Haar und freundlichem Gesicht öffnet; er hat einen angegrauten Bart, die Wangen sind glattrasiert.

»Treten Sie ein, treten Sie ein, mein Freund. Komm rein ...«

Mogela tritt widerstrebend ein und kommt direkt in die Küche. Der Mann hat sich schon eine Schürze umgebunden und macht sich am Gasherd zu schaffen.

»Heute haben wir Ente. Ich koch uns was Tolles aus *Entenbrust*. Wenn ich auf See bin, vermiss ich meine Küche immer. Ich bin Schiffsingenieur. Natalia hat's dir wahrscheinlich erzählt.«

Auf einem Brettchen hackt er gekochte Eier, Knoblauchzehen, Kräuter klein. Daneben liegt mit starren Beinen die Ente.

»Was kann man auf See schon kochen. Immer wenn ich Landgang hab, sag ich Natalia: Won is kuchni!* Ich kann gut kochen, warum sollte ich's nicht tun?«

* Raus aus der Küche!

Dann kommt Natalia herein. Sie hat schwarzes Haar, eine Plastiktüte in der Hand und eine dunkle Sonnenbrille auf.

»Wir haben einen Gast, milaia*.«

»Tatsächlich? Wer ist es?«, fragt die Frau, als sähe sie Mogela nicht.

»Liowuschka.«

Die Frau schaut zu Mogela hinüber. »Ui, tatsächlich, Liowuschka, du hast dich aber verändert! Ich hab dich gar nicht erkannt.«

Unversehens und ganz selbstverständlich setzt sie sich auf seinen Schoß und streicht ihm übers Haar.

»Du hast dich verändert, wirklich.« Und sie küsst ihn.

Mogela blickt zu dem Mann, aber der ist mit dem Zerteilen der Ente beschäftigt.

»Du bist ganz anders, aber immer noch so ein Guter ... Wie schön, dass du vorbeigekommen bist. Ich hab dich so vermisst.«

Mogela will etwas sagen – Liowuschka, woher denn, ich bin Mogela der Plechanower –, aber die Frau küsst ihn wieder, auf die Nase, und Mogela erwacht um sieben Uhr morgens. Kurz vor sieben, heißt das.

»Was für einen imperialen Traum ich da geträumt hab!«, sagte er zu sich selbst und langte nach einer Zigarette. »Die hat mich für Lewiko gehalten. *Hundertpro*. Sie hat dieser Frau, Lewikos Geliebter, geglichen. Entweder sie hat mich verwechselt oder ich hab ihm geglichen. Hab mich selber schon lange nicht mehr angeschaut ...«

Mogela wusste sehr gut, warum er solches Zeug träumte. Und kam zum Schluss, dass er im Traum die Frau wiedergefunden hatte, die er ins »City Piazza« hatte gehen sehen.

An dem Morgen kamen Mogela dem Plechanower zwei Gedanken: ein luftig-vager und ein äußerst profaner. Einer-

* Liebling

seits: Lewiko der Barnower lebte und hatte in einem fremden Land Zuflucht gesucht; andererseits: Lewiko der Barnower hatte sich umgebracht, und schuld daran war eine dieser Frauen.

Och ...

LEWIKO DER BARNOWER

Mogela der Plechanower hat in seinem Leben schon viel gesehen. Mehr als im Fernsehen, und ihn wunderte nichts mehr. Ihm selbst ging's ja ebenso: Entweder befand er sich im Exil, oder er war tot. Exil und Totsein gleichen einander ja sehr. »Tod ist Schweigen«, sagte Lewiko oft, wenn er ein wenig getrunken hatte. Sie saßen im alten Mogeladse'schen Haus beisammen, in dem langen Bücherzimmer mit all dem Staub in den Mauerrissen: Mogela holte für Lewiko immer den alten, noch aus Großvaters Zeiten stammenden Kognak hervor. Er selbst mochte keinen Alkohol – er mache ihn müde, er bevorzuge Rauschkraut –, trotzdem kippte er meist ein, zwei Glas mit. Andererseits hatte er vom Großvater gelernt, schmackhafte Happen zuzubereiten: Er schnitt einen Apfel auf und spickte ihn mit kleinen Walnussstückchen. Lewiko mochte das; er sagte: »Früher war Gaumenfreude noch was anderes, einmalig und unvergesslich, heutzutage gleicht ein Tag dem anderen.«

Einmalig und unvergesslich – diese Worte waren Mogela in Erinnerung geblieben. Damals hatten sie sehr gelacht, gegrölt: »Einmalig, so wie Dings ...« – »Wie ein One-Night-Stand.« Natürlich war Mogela auf den trivialen Einfall gekommen, sie hatten gelacht, und dann hatte Lewiko gesagt: »Immer musst du was in den Dreck ziehen. In Wirklichkeit vergisst du sie nicht und nimmst sie ein andermal wieder.« Da hatte er auch wieder recht.

An dem Tag, als er die Frau mit dem Türken gesehen hatte und alles wieder hochkam, dachte er: ›Wenn ich nicht rausfinde, was mit Lewiko passiert ist, geh ich drauf‹, und er dachte auch: ›Wie merkwürdig das Leben ist, scheinbar ganz gewöhnlich, und gleichzeitig, wenn du etwas auf den Grund gehst, reicht dir die Zeit nicht aus. Obendrein haben's Gedanken so an sich, zu wachsen und wachsen. Was hab ich mich wegen Lewikos Geschichte verrückt gemacht, was in Tiflis ihm zuliebe alles in Kauf genommen, als wär's nichts. Und jetzt sind sie herangewachsen, die Gedanken.‹

HÖREN SIE, WATSON

In der Sonne bratend, rührte sich Mogela der Plechanower lange nicht von der Caféterrasse des »City Piazza«. Er dachte, die Russin würde gleich wieder aus dem Hotel kommen, gleich käme sie, aber sie kam nicht mehr heraus, und es war leicht zu erraten, dass sie zusammen mit dem Türken dort logierte.

›Gar nicht so lange her, hast du mir in Tiflis wegen Lewiko noch was vorgeflennt‹, dachte er erbittert.

Da hast du eine Frau in einer traurigen Situation, über einem Grabstein weinend, erlebt, und ein paar Jahre später triffst du sie an einem anderen Ort wieder und bist irritiert, nicht so sehr wegen der Frage, wieso sie ausgerechnet hier ist, sondern weil du dich fragst, was eigentlich in ihrem Innern vorgeht. So ist das Leben, bekommst du leichthin die Antwort, damals hat sie es aufrichtig gemeint und jetzt auch, die Zeit heilt alle Wunden und solches Zeug, aber Mogela fiel es schwer, sowohl an damalige als auch heutige Aufrichtigkeit zu glauben; er war eher der Meinung, dass sie entweder damals aufrichtig gewesen war oder jetzt, und da die damalige Aufrichtigkeit für ihn eine unerschütterliche Tatsache blieb, entschied er, dass die Frau jetzt nicht aufrichtig sein konnte, und fügte hinzu: ›Und weil sie nicht aufrichtig ist, wird unweigerlich was passieren.‹

Das war der Gedankengang, in den sich Mogela im Halbschlaf verhedderte, so wie sich in den siebziger Jahren die Hosenbeine deiner schönen Schlaghose in der Fahrradkette verhedderten, wenn du zu faul warst, sie für eine schnelle *Runde* auf einem geliehenen Rad hochzukrempeln.

Wo ist die Frau hin?

Seine Gedankengänge führten ihn meist weit weg, kehrten aber am Ende dank der großen Anstrengungen seiner Gefährten immer wieder zur Hauptsache zurück.

Mogela der Plechanower war keiner von denen, die über eine vom Strand kommende Frau hergezogen wären – »Du Luder, früher bist du die Sowieso meines Blutsbruders gewesen, und jetzt ...« –, nein, so ein Tifliser Kerl war er auch wieder nicht, aber er hatte so lange auf der Caféterrasse des »City Piazza« gedöst und so viele kommen und gehen sehen, die nicht mehr am Leben, aber trotzdem lebendig waren, dass er, seit er die Frau erblickt hatte, an seinem ganzen sozusagen ordinären Körper bebte und erschauerte wie jemand, dem eine Liebkosung zu viel wird, und nach einer Weile raffte er sich auf und ging zum Empfangstresen des »City Piazza«.

»Hey«, sagte er freundlich zu der jungen Frau hinter dem Tresen und schob seine sumpfbraune Brille auf die Stirn, damit er seine gefährlichen treuherzigen, verloren blickenden Augen sprechen lassen konnte, »ich glaube, bei Ihnen logiert eine Freundin von mir ...«

»Okay, und wie heißt Ihre Freundin?«

»Sie ist Russin.«

»Ja, wie ist der Name?«

»Maschkow.« Er buchstabierte es ihr auf Englisch.

Die junge Frau rückte ihr Namensschildchen an der Brust zurecht und starrte auf den Computerbildschirm.

»Maschkow ... nein, so jemand haben wir nicht.«

»Wie merkwürdig«, sagte Mogela butterweich, »ich hab hier auf der Terrasse gesessen und gesehen, wie sie vor einer Stunde reingegangen ist. Ich bin ihr nachgegangen, aber sie war schon im Lift. Der Lift hat im zehnten Stock gehalten.«

»Sie wohnt nicht hier, tut mir leid.«

»Gut, dann vielleicht unter ihrem Mädchennamen.«

»Ja, Sir ...«

»Sagen wir mal, Fux.«

Sie zog eine Grimasse. »Auch nicht, Sir, tut mir leid.«

»Was für schreckliche Nachnamen diese Russen haben, nicht wahr? Da haben die Johannesen bessere Namen.«

Sie lächelte.

»Wissen Sie was? Ich hinterlasse ihr eine Nachricht. Ich bin ganz sicher, dass sie hier ist. Sie ist in den Aufzug gestiegen. Sie ist eine langjährige Freundin ... Kann sein, dass sie mit ihrem Mann hier ist. Aber« – er lächelte die Rezeptionistin an – »wir sind hier in Santa City, woanders würde ich nicht so viel rumreden, Sie verstehen« – Rauschkraut verwandelte ihn immer in einen rhetorischen Zauberkünstler – »Sie verstehen mich doch, da sitzt man für sich allein im Café, und plötzlich überkommt's einen aus dem Nichts. Wissen Sie, eine lang vergessene Geschichte ... eine alte Geschichte ... Alt und wunderbar, verstehen Sie?«

Die Rezeptionistin hörte ihm lächelnd zu.

»Ich möchte nicht, dass ... Nein, nichts, aber« – er lächelte sein unnachahmliches Lächeln, das drüben in Tiflis nur wenigen Leuten verblieben war und das er vom Großvater hatte – »mein Haar wird schon weiß, sehen Sie?«

»Ich seh's«, sagte sie, »alt und lang vergessen ...«

»In keinem Land der Welt gibt es Hotelrezeptionistinnen wie die auf Santa Esperanza. Mit Ihnen zu sprechen ist schon ein Vergnügen. Wirklich. Es ist schön, wenn was Kules dabei herauskommt, nicht wahr? Wenn eine Stimme der anderen begegnet.«

Tja, Mogela der Plechanower konnte Süßholz raspeln.

»Ich glaube, Sie sollten bei Sam vorbeischauen. Sam freut sich über den Besuch von einem wie Ihnen.«

»Säm?«

»Ja, auf der anderen Seite des alten Hafens, dort gibt's eine Bar. Unten, beim Leuchtturm. ›Childe Harold‹ heißt sie. Sam ist der Inhaber. Ich glaube, Sie beide werden sich verstehen.«

»Sie sollten nicht solche Einheitskluft tragen müssen, die ist viel zu gewöhnlich für Sie ... Säm, also ... Haben Sie Dank.«

Er reckte den Daumen in die Höhe, und während er die blitzblanke Lobby durchquerte, dachte er: ›Wozu bin ich nur hier reingekommen? Das Mädchen hab ich schön vollgequasselt‹, und auch: ›Wie in alten Zeiten.‹ Plötzlich machte er kehrt und ging zum Tresen zurück.

»Hey.«

Die junge Frau lächelte. »Hey.«

»Es lässt mir keine Ruh. Ich kann Ihnen auch noch andere Nachnamen sagen.«

Sie brach in perlendes Lachen aus. »Was wollen Sie von mir, Sir?«

»Ein Zimmer mit Meerblick und einen Feldstecher.«

Sie lachte erneut hell auf.

›Die hab ich‹, dachte der vierzig Jahre alte Mogela und fragte sie unvermittelt: »Gibt's in dieser Stadt zufällig ein russisches Restaurant?«

»Wahrscheinlich ... Hab ich zwar noch nie gehört« – sie nahm ein Booklet hervor und blätterte es durch – »ja, gibt es. Das ›Three Chinamen‹. Aber die Adresse steht hier nicht. Kein bekanntes Restaurant.«

»Sri Tschainamen? So heißt es? Dass Russen ein chinesisches Restaurant eröffnen ...«

»Nein, kein chinesisches, es ist ein russisches.«

»Alle Russen gehen am Ende dorthin« – er klatschte die Hand auf den Tresen – »das Geld geht ihnen aus, und dann gehen sie ins russische Restaurant.«

»Ich weiß nicht, ich kenne keine Russen«, sagte die Rezeptionistin und schob ihr Käppi zurecht. »Man sagt doch, sie seien reich.«

»Wer? Die Russen?« Mogela lachte. »Ärmere als die gibt's kaum. Entschuldigung, bin schon weg. Was die drei Chinesen mit Russen zu tun haben, begreif ich trotzdem nicht.«

DIE ANDERE DANIELA

Danach legte sich Mogela in seinem Zimmer über dem Hutladen an der Porta-Nova-Straße schlafen. Unterwegs hatte er eine Orange gekauft und sie essen wollen, aber der Schlaf übermannte ihn, und er vergaß, sie zu schälen; er legte sie aufs Fenstersims, wo sie zwei Wochen später, ganz schwammig und aufgeheizt, Daniela fand.

»Die Erde ist ein Ball, und das ist die Sonne«, sagte er. Er erwähnte nicht, dass es ein Zitat von Lewiko dem Barnower war. Daniela wusste nicht, wer Lewiko der Barnower war.

Später erwachte er aus einem flüchtigen Traum und machte sich eilig zum anderen Ende der Stadt auf, wo er sich beim Café »Melissa« mit Daniela verabredet hatte.

»Der Coca-Cola-Irre ist da«, sagte die Kellnerin zum Barmann, »schon wieder.«

»Eine Cola«, sagte Mogela und setzte sich ans Fenster.

»Ich sag dir, der ist zwölf Jahre alt.« Die Kellnerin kicherte.

Daniela ließ sich nicht blicken.

»Der raucht JPS-Zigaretten«, fügte die Kellnerin hinzu.

Die Uhr im Café zeigte zwanzig nach acht, als ein sehr viel jüngerer Mann an Mogela herantrat und sagte: »Signor, an der Tramhaltestelle auf der Kalivan Street wartet man auf Sie.«

»Wer?«, fragte Mogela.

»Wer sich mit Ihnen treffen sollte.«

Das »Melissa« lag an einer Abzweigung; eines seiner Fenster ging genau auf die Kalivan Street hinaus.

Mogela trat aus dem Café und rannte die Kalivan Street entlang. Es dämmerte, und es war ziemlich viel Volk unterwegs, Touristen oder was auch immer. Mogela ahnte, dass nachts wohl ganz schön was los war, und er nahm sich vor, hier mal einzuschweben, wenn er bei Laune war.

»Hey!« Vor ihm stand eine blonde Frau mit Riesenbusen, flammendroten Lippen und glänzenden Schenkeln.

»Hä?«

»Hier bin ich. Hey!«

Daniela sah überhaupt nicht aus wie Daniela.

Mogela dachte: ›Wer ist denn dieser Transvestit?‹, ließ sich aber seine Verblüffung nicht anmerken. »Jetzt siehst du wirklich aus wie eine Russin. Aus Serpuchow, aus Nachodka.« Er lachte.

»Ich konnte so nicht ins Café, die hätten gleich gesagt, da kommt eine neue Katschaga, und hätten mir alles vom Leib gerissen. Ich darf mich sonst nicht so anziehen. Hab ich speziell für dich gemacht.« Sie lachte und zündete sich eine Zigarette an.

Mogela nahm das Mädchen in Augenschein, während sie sich so unter der Straßenlaterne positionierte, dass das Licht alle ihre Vorzüge zur Geltung brachte.

»Katschaga-Style« – Daniela lachte wieder – »das und das und das und das auch. Und das da ist alles künstlich. Ich weiß sogar, wie ich posieren muss: Du musst so unter der Laterne stehen, dass du einem Mann auf den ersten Blick gefällst. Der Rest ist dann reine Technik. Du musst ihn täuschen. Leichte Arbeit, die einer Kalo ist da schwieriger. Wenn du dich so anziehst, bearbeitest du betrunkene Touristen mittleren Alters, während wir uns nie mit Touristen abgeben dürfen.«

Mogela musterte ihr Kinn.

»Tja, man sieht es nicht« – sie nahm einen kleinen Spiegel hervor – »da, den hab ich mir geborgt.«

»Nein, man sieht es nicht«, bestätigte er.

»Eben. Wir brauchen ein Taxi. Bis zu diesem russischen Restaurant ist es weit, außerdem, zum Dinieren mit der Trambahn fahren ...«

Mogela lachte.

»Da, das grüne Taxi, der Fahrer heißt Muras ... Ein guter Fahrer, der Muras. Komm.«

»Wo ist denn nun dieses russische Restaurant?«

DREI CHINESEN

Das russische Restaurant »Three Chinamen« befand sich am äußersten Rand der Insel, an der Nordwestküste weitab von den gängigen Lokalen, jenseits des Klosters und der Sommervillen, hinter der Gegend, die als »Strand der Karianis« bekannt war. Es war ein langes, einstöckiges, fensterloses Gebäude, glich ein wenig einer Isolierstation und doch auch wieder nicht, und Mogela der Plechanower dachte: ›Das ist ja eine Isolierstation. Wie könnte es auch anders sein.‹ Über dem Eingang flammte in roter Schrift auf Russisch: »Tri kitaiza« – Drei Chinesen –, und darunter stand merkwürdigerweise in – fehlerhaftem – Italienisch: »Prego etrato«.

»Na dann«, sagte Mogela und stieß die Tür auf.

Der Geruch, der ihm entgegenschlug, katapultierte ihn in die Zeiten zurück, als er Student an der Fakultät für Halbleiterphysik war und sich in russischen Städten, insbesondere in Moskau, herumtrieb, wo er dank Großvaters Kungeleien und Kognakflaschen im Hotel »Minsk«, ein-, zweimal sogar im »Rossija« untergekommen war und erfolgreich russischen Mädchen nachgestellt hatte. Eigentlich war er aber wegen Lewiko dem Barnower dort gewesen.

»Boah!«, rief Mogela aus, als sie sich an ihren Tisch setzten.

Das Restaurant war schlecht besucht, nur zwei, drei Tische waren besetzt.

»Hauptsache, ich fang nicht an, mich anders zu benehmen«, verkündete Mogela.

»Wie, anders?« Daniela breitete das Menü vor sich aus. Eine Bedienung war nicht in Sicht.

»Es gibt da so ein altes Automodell – den *Georgian in Russia*. Ein alter Wagen, ramponiert, trotzdem weißt du nie, wann er nicht doch wieder anspringt.« Er lachte. »Du verstehst das nicht. Brauchst du auch nicht.«

Die Kellnerin war keine Russin.

»Sind Sie Russin?«, fragte Mogela.

»Nein, ich bin Johannesin.«

»Gibt's Russen in dem Restaurant?«

»Mein Chef ist Russe, aber er ist nicht hier. Wir haben ihn überhaupt noch nie gesehen.«

»Und der Manager?«

»Der ist Jude. Aus Israel. Ich glaub, der Chef ist auch Jude. Bin aber nicht sicher. Wissen Sie schon, was Sie möchten?«

»Ja, den Fisch da und diesen Wodka und eine große Coca-Cola. Und diesen Salat ... für zwei, oder, Daniela?«

»Mach nur!«

»Und warum heißt das Restaurant ›Drei Chinesen‹?«

»Kann ich Ihnen nicht sagen, Sir.«

»Und es gibt sonst keine Russen, die hier arbeiten?«

»Bei uns nicht.«

»Ich hab hier auch noch nie Russen gesehen«, sagte Daniela. »Ganz selten ein, zwei.«

»Gut, okay. Entschuldigen Sie die Umstände.«

Und dann dinierten sie.

»Scheinen hier gutes Essen zu haben«, sagte Daniela.

Mogela nickte. »Besonders Fisch. Willst du nicht noch Wodka?«

»Du trinkst ja überhaupt nicht«, erwiderte sie, »wie soll ich das alles leertrinken? Da bin ich ja betrunken.«

»Na und?« Er lachte. »Gut, aber dass du's weißt, wenn ich trink, wird's mir ganz anders.«

Hinten im Restaurant auf einer kleinen Bühne stellten sich Musiker auf.

»Sogar Livemusik gibt's«, sagte Daniela erfreut.

Die Musiker begannen, ihre Instrumente zu stimmen. Besonders die Gitarre quälte sich.

»Hach«, sagte Mogela, »die fangen gleich an.«

Ein bebrillter, älterer Mann setzte sich das Akkordeon auf die Knie und faltete es auseinander. Er sah elend und leidend drein.

»Das ist ein russisches Bajan«, erklärte Mogela.

Auch der Drummer übte noch. Der Gitarrist, ein hagerer junger Mann, setzte sich auf einen hohen Stuhl und richtete das Mikrofon. Der Geiger blies aus irgendeinem Grund auf seine Violine und polierte sie mit dem Ärmel seines abgetragenen Jacketts. Der Keyboarder klimperte irgendetwas Leichtes.

»Das ist ein Tappeur«, sagte Mogela.

»Bist du Russe?«

»Nie im Leben.«

»Nie im Leben?«

»Russe, niemals. Die Russen sind viele, wir nur wenige.«

»Good evening. Buona sera«, sagte der hagere Typ auf einmal ins Mikrofon und lockerte seine mehr als ordinäre Krawatte. Dann krempelte er in aller Ruhe den rechten Hemdsärmel hoch. »Good evening. Dobri wetscher. Priatnaja appetita. Enjoy your meal and drinks. We'll try our best to help you in this.« Und er schlug ein paar Akkorde an.

»Boah«, sagte Mogela, »jetzt hab ich schon wieder diese Erscheinungen.«

»Erscheinungen?«

»Ja. Diese Stimme hab ich zwanzig Jahre lang nicht mehr gehört. Länger.«

»Und freust du dich?«

»Nein«, sagte Mogela, »nein.«

»Willst du gehen?«

»Nein, ich kann jetzt nicht weg.«

»Our first song is dedicated to this restaurant«, sagte der Sänger. »It's about … old poor man, who is awaiting a parcel from China, city of Shanghai …«

Und nun ging Mogela dem Plechanower ein Licht auf, warum das Restaurant »Drei Chinesen« hieß.

»Nu, ruskie liudsi minia paimut lutschsche«, sagte der Sänger. »Pra starawa Josepha.«*

An den zwei, drei Tischen wurde geklatscht.

»*Dawai*, Arkascha, *dawai*!«

Mogela hätte beinahe aufgejault.

»A, guliai, rebiata!«**, rief der Sänger und ließ die Finger über die Saiten gleiten.

Und dann sang er:

S dobrim utrom zozia chaia ... ai-aia-ai ...
wam pasilka is schanchaia, ai-aia-ai ...
a wpasilke tri kitaiza, oi-oi-oi ...
*tri kitaiza, krasiat iaiza oi-oi-oi ...****

Er hatte eine brüchige Stimme, schnarrend, kaputt, gequält; im Aschenbecher auf dem Verstärker qualmte eine Zigarette vor sich hin. Es war eine leidvolle, in ferner Vergangenheit in langen Eisenbahnzügen vernommene, unverfälschte, tausend Dinge in Erinnerung rufende, merkwürdige Stimme, erfüllt von Ganoventraurigkeit, sodass einem schien: In Wirklichkeit gibt es gar keine Traurigkeit, nur das Gaunertum, aber die Traurigkeit war doch da. Die Traurigkeit war da, die Schlampe, und Mogela winkte der Kellnerin.

»Noch so einen Wodka und eine große Coca-Cola.«

»Kaviar, Sir?«, fragte sie.

»Ist er echt oder aus Benzin?«

Das Mädchen verstand nicht, was der Gast sie fragte, der trotz des schummrigen Lichts seine sumpfbraune Sonnen-

* Nun, die Russen unter euch werden mich besser verstehen. Vom alten Joseph.

** Und los geht's, Jungs!

*** Guten Morgen, Tante Chaia, ai-aia-ai / Ein Paket für Sie aus Schanghai, ai-aia-ai / im Paket drei Chinesen, oi-oi-oi / drei Chinesen färben Eier, oi-oi-oi ...

brille aufbehielt und beim Sprechen die Lippen absonderlich verzog.

»Bringen Sie schon.«

»Hey, du Spion, musst du mich mit Kaviar füttern?« Daniela brach in Lachen aus.

»Löffelweise.«

Der Mann sang:

Nadsenu ia tschornuiu schliapu,
paedu ia wgorod anapu,
i zeluiu schisna proleschu,
na salionam kak wobla pliaschu ...
ai umru pad poesdom datschnim,
ulibaias is pod kalios ...
uuulibaias is pod kalios ...
astanetsia tschornaia schliapa,
astanetsia, gorad anapa,
astanetsia bereg marskoi,
*sa swaeiu niuiomnoi taskoi ...**

»Los, runter damit« – Mogela kippte den Wodka und schüttete Cola-Cola hinterher – »so, auf ex.«

»Ich bin das nicht gewohnt«, sagte Daniela. »Du siehst doch, ich hab kaum was getrunken.«

Mogela rief die Kellnerin herbei. »Hey, ich möchte Sie um was bitten. Könnte dieser Mann da einen Augenblick an unseren Tisch kommen? Okay?«

Das Mädchen zuckte die Schultern. »Ich sag's ihm.«

* Ich setz mir den schwarzen Hut auf / ich fahre nach Anapa / und werde das ganze Leben lang liegen am Strand / der so salzig wie Dörrfisch ist ... / ai, ich sterbe unter dem Zug auf dem Weg in die Datscha / ich lächle unter den Rädern hervor / ich lächle unter den Rädern hervor ... / es bleibt der schwarze Hut / es bleibt die Stadt Anapa / es bleibt das Meeresufer / mit meiner nie nachlassenden Schwermut ...

»Schön. Sie haben was gut bei mir. Aber der Kaviar fehlt uns noch.« Er schenkte Daniela nach, und als der Kaviar kam, sagte er: »Jetzt nimmst diesen Löffel voll, leerst das Glas und schiebst ihn gleich hinterher. Ah, so ist's gut ...«

»Die tanzen«, sagte Daniela.

Ein Paar war aufgestanden und wiegte sich vor dem Sänger.

»Sind das Russen?«, fragte sie.

»Zu diesem Lied tanzt sonst kein Mensch auf der ganzen Welt. Natürlich sind das Russen. Los, noch ein Löffel. So ist's recht.« Mogela trank weiter seine Cola-Cola. »Jetzt gehen wir zur dritten Flasche über.«

»Oh, no ...«

»Bi schur ...«

»Bist du übergeschnappt, Nobodi? Bist du kein Spion mehr?«

»Pa tundre, pa schilesnai daroooge, gdse mtschitsia skori, Workuta-Leningraaad ... mi beschali pa tundre ... pa schilesnoi pa darogeee ... gdse mtschitsia skooori ...* Das Lied von den Zügen. Es geht um einen Zug und um zwei Männer, die aus dem Gefängnis geflohen sind.«

Daniela lachte. »Hier gibt's keine Züge. Hör mal, warum willst du nicht mein Kunde werden? Weil ich eine Zehn-Pfund-Kalo bin?«

Mogela seufzte. »Nein, das ist es nicht. Ich bin einfach kein Kunde. Ich kann kein Geld ausgeben für etwas, was von selbst geschehen muss.«

Sie tippte sich mit dem Finger an die Schläfe.

Von den Tischen drang Geschrei herüber.

* Durch die Tundra auf dem Schienenstrang, wo der Schnellzug eilt, Workuta–Leningrad ... durch die Tundra flohen wir ... auf den Schienen, auf dem Strang ... wo der Schnellzug dahineilt ...

Mi bischali s taboiu, salitoiui taigoiu
kagda tundra nadsela swoi asenni nariad
a kto pul ne baitsia, tawo smerti ne wsiaz
*a nuschna nam swabodaa, a iio mi wasmiom …**

»Wär spitze, wenn die *Trompete* echt wär«, sagte Mogela. »Synthesizer-*Trompete* ist kacke.«

»Bitte?«

»Ja … Nein. Hab was vor mich hin gesagt.«

Inzwischen hatte sich das Restaurant gefüllt. Der Sänger begrüßte sozusagen jeden Einzelnen persönlich. »Und jetzt singen wir Michal Efraimowitschs Lieblingslied. *Los geht's.*«

TJAAAAAAAAAA

»Sirenewi tuman, nad nami prapliwaet … nad tamburam gariit, palnotschnaia swisdaa … kanduktor ne speschit, kanduktor paniimaet, tschto s dewuschkoiu ia, praschtschaius nawsegda …** Das Mädchen werd ich nie wiedersehen, singt er«, erklärte Mogela und schenkte wieder nach. »*Dawai*, trinken wir.«

»Wie traurig.« Daniela hatte plötzlich Tränen in den Augen, ein Tropfen blieb an den getuschten Wimpern hängen, wurde größer und größer, bis er platzte und die Wange hinunterkullerte.

Mogela holte ein Taschentuch hervor und wischte ihr über die Wange.

»Wenn ich betrunken bin, muss ich immer weinen.« Sie lächelte krampfhaft und schaute auf das Taschentuch. »Sind meine Wimpern noch dran?«

* Wir beide flohen durch die goldene Taiga, / als die Tundra ihr Herbstornat anzog / und wer die Kugeln nicht fürchtet, den kriegt der Tod nicht / wir brauchen nun mal die Freiheit, und die nehmen wir uns …

** Fliederduft schwebt über uns … Über dem Bahnsteig leuchtet der Mitternachtsstern … Der Schaffner hat keine Eile, der Schaffner versteht, ich verabschiede mich für immer von meinem Mädchen …

»Ja, alles in Ordnung.«

»Sorry ... Can I dance with your lady?«

A moschet nawsigdaaa, a moschet, ni na dolga ...
a moschet nawisigda, ia pazeriaiu druuuga ...[*]

Ein großer, stattlicher Mann mit breitem Gesicht und im grauen Anzug lächelte sie freundlich an.

Wäre Mogela bei Sinnen gewesen, so hätte er den Mann mit Daniela tanzen lassen, hätte ihn danach an ihren Tisch eingeladen und ein paar Worte mit ihm gewechselt, aber er war nicht mehr bei Sinnen, stattdessen setzte sich ratternd der alte *Georgian in Russia* in Bewegung, warum, weiß Gott allein, denn Mogela hatte gar keine Erinnerung mehr an das große Imperium. Genauer gesagt, es kam ihm nur der sonderbaren Situation wegen in den Sinn; nie hätte er gedacht, das alte und aus der Mode gekommene lächerliche Gefährt irgendwann noch nötig zu haben.

Und Mogela der Plechanower sagte, ohne den Mann auch nur anzublicken: »Ana ni tanziut ... s russkimi.«[**]

Der Mann konnte ihm nicht in die Augen sehen, weil Mogela seine Sonnenbrille aufhatte. Seine Miene schien sich zu verdüstern, er schüttelte den Kopf, schüttelte erneut den Kopf und machte kehrt.

Rund um sie herum schmetterte die Musik. »Ischtschio adsin swanook, i uischaiu ia ...«[***]

»Was ist los?«, fragte Daniela.

»Nichts.« Mogela lächelte und langte nach der Wodkaflasche. »Er wollte mit dir tanzen.«

»Und dann?«

* Vielleicht für immer, vielleicht auch nicht für lange / vielleicht auch für immer, ich küsse den Freund ...

** Sie tanzt nicht ... mit Russen.

*** Noch ein Pfeifsignal, und dann fahr ich los ...

»Dann hab ich ihm gesagt, du tanzt nicht.«

»Wenn Sie das sagen, Signor ...«

»Wie kann ich einem Russen eine Frau zum Tanz überlassen?«, sagte er auf Georgisch.

»Bitte?«

»Hey« – er winkte der Kellnerin – »hey, ich hab doch darum gebeten, dass er nach dem nächsten Lied zu uns kommt. Tickt der nicht richtig? Neun Stücke non-stop hintereinander, was soll das? Der verliert noch seine Stimme.«

»Der hat gar keine Stimme.« Daniela prustete vor Lachen.

Mogela der Plechanower schaute zum Tisch des Russen hinüber, sprich, verlegte sich auf die traditionelle Überwachung. Dort tat sich nichts Besonderes. Zwei Frauen und drei Männer saßen gemütlich beisammen ...

DER TOTE

Der Sänger legte die Gitarre auf seinen hohen Stuhl, sagte etwas zu den Musikern und schaute sich im Saal um.

»Hey!« Mogela winkte ihm.

Der Sänger kam auf sie zu, Mogela stand auf und reichte ihm die Hand.

Der Mann war hager und klein, das Hemd klebte ihm am Leib, und sein Gesicht war schweißüberströmt.

»*Maladez, spasiba!** Trinkst du was?«, fragte Mogela und zog einen Stuhl hervor. »Du spielst spitze.«

»Ich bin fix und fertig«, sagte der Sänger. »Muss ein bisschen zu Atem kommen, während die Band weiterspielt, und die Dame hab ich ja noch nicht mal begrüßt, bin total erschöpft ...«

Daniela hielt den Daumen hoch. Sie hatte nichts verstanden von dem Wortwechsel.

»Diese Lieder hab ich, seit ich Kind war, nicht mehr gehört. Damals haben wir sie auf Kassetten aufgenommen. Wenn ihr

* Bravo, danke!

eine Trompete hättet, wär's richtiger Blatnjak. Das waren Zeiten!« Mogela lachte und schenkte ihm Wodka ein.

»Ja, vielleicht hattest du meine Lieder sogar. Alle haben meine Lieder gehört.«

»Deine Stimme kommt mir so was von bekannt vor.« Mogela stieß mit ihm an. »So was von bekannt. Ich schließ die Augen, und ...«

Sie kippten den Schnaps.

»Ja, bestimmt hattest du meine Lieder ... Ich bin k. o., todmüde ... Bist du Georgier?«

»Ja.« Mogela schenkte nach.

»Georgier erkenne ich gleich. Goldige Leute ...«

»Hat mich voll gepackt und Erinnerungen geweckt«, log Mogela, »trink.«

»Eigentlich arbeite ich.« Der Sänger sah sich um und feixte, und in seinem Mundwinkel leuchtete Metall auf. Dann kippte er ein weiteres Glas und pickte am Brot herum.

»Nimm dir ein Häppchen, nimm!« Mogela reichte ihm den Kaviar. »Wie heißt du?«

»Arkadi, Arkascha.«

»Arkadi?«

»Arkadi Sewerny. Bestimmt hattest du eine Kassette von mir, ganz bestimmt.« Er lächelte.

Der ist doch tot, wollte Mogela sagen, aber er tat es nicht.

»Echt?«

»Ja. Er ist nicht tot. Alle meinen, er sei gestorben.« Arkadi Sewerny zwinkerte ihm zu. »Dabei ist er noch nicht mal älter geworden.«

Er hatte tatsächlich genau die gleiche Stimme.

»Ja, natürlich hatte ich eine Kassette von dir.«

»Machst du hier Urlaub?«, fragte Arkadi.

Mogela schenkte ihm schnell nach.

»*Wsio*, das ist das letzte«, sagte der Sänger.

»Ich mach hier ... na ja, Urlaub ... Hör mal, Arkascha, gestern hab ich eine alte Bekannte von mir gesehen, konnte sie aber dann nirgendwo mehr ausfindig machen. Sie heißt Mascha oder Katia … oder Sweta. Sie ist dir nicht zufällig über den Weg gelaufen?«

Arkadi überlegte. »Hier gibt's nicht viele Russen. Im Großen und Ganzen, was hier im Restaurant sitzt. Mehr sind's wohl nicht. Mascha, Raia, Sweta« – er lachte – »russische Frauennamen sind so simpel. Danke, Bruder, ich sing für dich.« Er erhob sich. »Verzeihung die Dame«, sagte er lächelnd und ging zur Bühne.

»Apropos, ich bin auch noch hier«, sagte Daniela.

»Ich weiß«, erwiderte Mogela lachend.

»Die Typen dort werden dich noch verprügeln«, sagte sie unvermittelt, »die gucken schon die längste Zeit zu uns rüber und bereden sich leise.«

»Echt? Leise? Eine Flasche nehmen wir noch.«

»Was hast du dem Mann gesagt?«

»Dass meine Dame nicht mit Russen tanzt, hab ich gesagt.« Er schenkte die Gläser voll.

»Magst du keine Russen?«

»Nein.«

»Na, warum hast du dann dem Typen vorhin auf die Schulter geklopft? Warum wolltest du überhaupt in dieses Restaurant, wenn du keine Russen magst?«

»Weißt du, man sagt, Kopf und Körper seien zwei verschiedene Dinge. Der Kopf denkt sich ganz für sich was zusammen. Und überhaupt, es gibt zwei Russlands …« Mogela lachte so dröhnend auf, dass er die Musik übertönte.

»Zwei Russlands?«

»Ja. Schewardnadse sagte –«

»Wer ist Schewardnadse?«

Mogela machte eine resignierte Geste. »Zwei Russlands – das Russland der Russen und unseres, das Russland der Georgier.«

»Nasch wetscher pradalschaetsia.* This song is dedicated to our friend from Georgia and his attractive companion«, sagte Arkadi Sewerny.

»Weißt du was, wir sollten gehen«, sagte Daniela, »ich … ich bin zwar sozusagen geboren dafür, geschlagen zu werden, aber ich will diese geborgte Perücke nicht verlieren. Der Typ dort ist der Rausschmeißerchef. Ein Sungale.«

»Was zum Teufel ist ein Sungale?«

»So heißen die, ein Volk. Und dein Russe spricht jetzt mit dem.«

»Dir wird grad ein Lied gewidmet.«

»Wirklich? Einen schönen Abend bescherst du mir da, Nobodi.«

S odesskogo kitschmana
beschali dwa urkana
beschali dwa urkana
da na woliu ehe-hehe-heee …
na sonkinoi maline,
ani sonkinoi maline,
ani astanawilis,
ani astnawilis atdachnuz …
adsin geroi graschdanskoi,
machnowez partisanski,
dabratsia niwridsimim
*ne sumeeee-ehe-hehe-heel…***

»Willst du's dir nicht anders überlegen?«

»Was denn?«

* Unser Abend geht weiter.

** Aus einem Odessaer Knast / sind zwei Gangster abgehauen / in die Freiheit ehe-hehe-heee … / Sie hielten bei Sonkas Räubernest / sie hielten, / um sich auszuruhen, / einer war ein Held des Bürgerkriegs [November 1917–Oktober 1922], / ein Machno-Partisan [Anhänger des ukrainischen anarcho-kommunistischen Revolutionärs Nestor Machno] / unversehrt zurückzukommen / ist ihm nicht gelungen ehe-hehe-heel …

»Was Frauen und Geld anbelangt.«

»Weißt du was? Alle sind tot – und gleichzeitig lebendig. Da, der Mann ist eigentlich tot, und jetzt stellt sich raus, er ist am Leben.«

Daniela schaute in die Runde und sagte: »Wir müssen zur Hintertür raus, Nobodi. Ich glaub, es ist besser so.« Sie stand auf. »Ich bin gleich wieder da. Gib mir mal zehn Pfund.«

»Wozu zum Teufel willst du zehn Pfund?«

»Für die Toilette.«

Gedankenlos streckte er ihr das Geld hin.

»Das ist eine Zwanzigernote.«

»Egal.« Sie zuckte die Schultern und ging.

Mogela blieb allein und verdrossen zurück; nicht einmal mehr die Musik hörte er.

»Steh auf« – Daniela stand hinter ihm – »setz die Brille ab. Ein Taxi können wir nicht rufen, aber wir gehen hinten raus, ein Typ nimmt uns mit.«

»Wieso?«

»Weil ein paar Leute beleidigt sind wegen dir. Dieser Mann ist der Bruder des Restaurantbesitzers.«

»Und wenn schon?« Mogela stand auf.

»Langsam. Geh Richtung Toilette. Ich komm gleich nach.«

»Sind wir hier in Russland?«, fragte Mogela und brüllte auf einmal: »Sind wir hier in Russland? Maz waschu iob … sdes ni Rassia. Sdses swabodnaia strana. Ibal ia waschi padwodnie lodki i biriosowi sok!!«*

Daniela hatte kein Wort verstanden, aber sie begriff, dass es nichts Gutes sein konnte, denn zwei Rausschmeißer kamen ohne Hast auf sie zu.

»Ich geh nur zur Toilette mit ihm«, sagte sie flehend.

* Fickt eure Mutter … Hier ist nicht Russland. Das hier ist ein freies Land. Ich fick eure U-Boote und euren Birkensaft!!

Mogela stand schwankend im Vorraum der Toilette und betrachtete sich im Spiegel, als hinter ihm eine Frau hereinkam; er drückte die Nase an den Spiegel, wie um etwas in seinem Gesicht näher zu inspizieren.

»Hey, du bist das?«, rief er plötzlich. »Wie konntest du mich heut früh einfach *wie Luft* behandeln?«

»Spinnst, du? Heut früh war ich nicht allein.« Sie lächelte kess.

Ihre Handtasche war aus Krokodilleder.

»Hör mal, ich muss unbedingt mit dir reden«, sagte Mogela und hörte plötzlich hinter sich:

»Slisai s maei babi, ponial, suka?«*

Er schaute sich um, und die Frau schrie: »Ni nada Walodia!«**

»Ponial?« Es war der Mann, den er nicht mit Daniela hatte tanzen lassen, mit noch zwei Typen.

»Paschol nachui«, rief Mogela, »maz twaiu iob!«***

Der Mann sprang vor, seine große Bärenpranke präzis gegen Mogelas Kinn schwingend, aber Mogela der Plechanower duckte sich routiniert weg, und die Faust prallte an seiner Stirn ab; im Wegducken sah er, wie die Frau die drei Männer mit Händen und Füßen gestikulierend und unter Nitschiwonebila****-Rufen anflehte, und griff, noch immer geduckt, nach dem Jägermesser in seiner Gesäßtasche, zückte es und brüllte, sich aufrichtend: »Ich reiß euch den Arsch auf!«, kriegte einen Fußtritt in die Flanke und stürzte stolpernd und messerschwingend auf die drei Russen los.

Er erinnerte sich nicht, wohin und wen er traf oder wie tief er stach, ob er überhaupt zustach, denn im nächsten Augenblick landete er bei den Spiegeln, und zwar blöd: In der Ecke in

* Hände weg von meiner Braut, capito, du Schwein?

** Lass mal, Walodia!

*** Verpiss dich, fick deine Mutter!

**** Es war nichts

die Enge getrieben, fuchtelte er unter unbeschreiblichem Gefluche mit dem Messer herum.

»Bist du Georgier, Bruder?!«, rief Wunder über Wunder plötzlich jemand, und Mogela brüllte:

»Ich bin Georgier, und ich reiß denen den Arsch auf!«

»Aus welchem Viertel?«, kam die zweite Frage.

»Plechanow, ich bin Mogela …«

»Hach, die Schweine machen wir platt!«, tönte es hinter den Russen. »Die haben einen unserer Jungs zusammengeschlagen!!!«, und er sah, wie auf dem Kopf des einen eine große Vase zerschmetterte.

Eine hitzige Keilerei brach los: Zwar waren die Helfer nur zu zweit, aber sie machten sich den engen Raum zunutze, während Mogela zu Atem kam und die Russen mit Fußtritten traktierte, dabei immer noch wie toll das Messer schwingend.

»Wir machen euch scheißfertig! Wir sind aus Ober-Were, Bruder … Die Hurensöhne machen wir fertig!«, und Mogela sah, wie die beiden mageren Schwarzgekleideten *Klappmesser* zückten und wirbeln ließen.

»Gib's ihnen, in den Arsch! In den Arsch! Aber nicht zu *fest*«, war die Losung.

Ein ziemliches Handgemenge war das.

Die Russen leisteten Gegenwehr, wenn auch offenbar konfus.

»Die haben wir plattgemacht, Bruder, zu Kleinholz, die Hucke haben die vollgekriegt. Raus, bevor die Bullerei kommt!«, rief der eine Georgier, bevor sie alle drei aus der Toilette stürmten.

Daniela kam ihnen entgegengelaufen. »Los, komm! An der Hintertür wartet ein Taxi!«

»Bist du verletzt, Bruder?«

»Ne, ne …«

»War das wegen der Frau?« Sie rannten den Flur entlang, dann irgendwo rein, und Mogela schlug die kühle Luft eines

Lagerraums entgegen, vor dessen offenem Tor ein Auto mit aufgeblendeten Scheinwerfern stand.

»Schnell, schnell!« Sie stürzten sich so hastig ins Wageninnere, dass sie übereinander purzelten. »*Dawai, fahr schon los, Onkel.*«

»Den einen hab ich aber in den Arsch getroffen.«

»Die sind *gefährlich*, Mann, wenn die trinken, plötzlich schwillt denen der Kamm.«

»Arschlöcher!«

Das Auto fuhr in die Nacht hinein, und einer der Ober-Wereler sagte kumpelhaft: »Egal, ›ne klasse Frau war das, Bruder.«

Und Mogela der Plechanower sagte zu Daniela: »Weißt du, was wir machen? Ich lad dich in das russische Restaurant ein.«

»Danke, Nobodi«, erwiderte Daniela hastig, »du bist ein netter Typ.« Und sie griff nach seiner Hand.

›Meine Güte‹, dachte er, ›Daniela hat mir grad noch gefehlt *in meiner Sammlung*. Was für Zeugs ich mir zusammenfantasiere. Hab ich mir die Frau auch nur eingebildet? Und was hat ein russisches Restaurant hier zu suchen?‹

Mogela der Plechanower saß vor dem »City Piazza« und dachte über Sein oder Nichtsein Lewikos des Barnowers nach. Vor ihm war immer noch die Straße und jenseits davon der berühmte alte Sandstrand.

»Was ich mir alles zusammenfantasiere, du liebe Zeit, Intelligentsia!«, rief er aus, als riefe er es der Rose von Schiras zu.

MOGELAS BEGEGNUNGEN

KREUZFEUER-NOVELLEN

It's been a hard day's night
And I've been working like a dog
It's been a hard day's night
I should be sleeping like a log
But when I get home to you …

JOHN LENNON / PAUL McCARTNEY

CARMEN MIRANDA

Das Ende vom Lied war, dass es Zoff gab zwischen den ehemaligen Jungs der Dritten Kompanie – Schakro, Gluchoi und Bedianaschwili – und den Ehemaligen der »Kämpfer«-Bruderschaft.

Die »Kämpfer«-Bruderschaft hatte sich damals bereits aufgelöst: Die Hitzigeren waren in Kriegen und Krisen umgekommen, die Schlaueren abgehauen, als Frieden einkehrte und der Arm des Gesetzes nach ihnen griff, während die Dümmeren wieder in ihre Schlupflöcher krochen und sich mit allen möglichen Mauscheleien über Wasser zu halten versuchten. Und gerade sie trieb wohl der Mut der Verzweiflung.

Aufgelöst war auch die Dritte Kompanie, die volkstümlich nur »die Dritte«, auf dem Papier jedoch »König-Erekle-Hundertschaft« genannt wurde. Die Spitze war in den Kriegen aufgerieben worden. Schakro, Gluchoi und Bedianaschwili waren erst später hinzugestoßen, als Freiwillige. Wo immer es Streit gab, sie waren dabei. Dafür waren sie berüchtigt.

Aufseiten der »Kämpfer« nahmen an der Kontroverse Berischwili Irakli, genannt der Jüngere, Nika Salachaschwili, Kozo und Didmanidse teil. Sie waren gut angezogen und trugen modische Armbänder.

Die ehemaligen Kompaniemitglieder waren schlecht angezogen, die Schuhe stammten noch aus der Hundertschaft, die Goldkreuze aus verschiedensten Episoden.

Die Kontroverse betraf eine Tanke, wo die Hundertschaftler drei Mal auf Kredit vollgetankt hatten und dann ein viertes Mal aufgekreuzt waren.

Das Ganze trug sich in der Vorstadt zu; Mitglieder der »Kämpfer« empfingen die ein viertes Mal Aufkreuzenden, und die nachfolgende Unterredung fand vor Ort statt.

Die Unterredung erwies sich als lautstark, mit jeder Menge Auslassungspunkten, die für Maschinengewehrfeuer standen. Es gab auch Schlusspunkte. Obwohl, verglichen mit den Auslassungspunkten, waren sie nicht so beeindruckend.

Sie fand an einer Stelle in der Nähe der Tanke statt, wo drei Pappeln standen. Außer dem Tankhäuschen und dem eigenen Auto gab es keine Deckung.

Die Pappeln waren vom Wind schief gebogen.

Den Hundertschaftlern war nicht bewusst gewesen, dass die von einem bedauernswerten Expensionär mit rotgefrorenen, schrundigen Händen bediente Tanke für die »Kämpfer« die letzte Hoffnung darstellte auf dem schmalen Weg Richtung Lebensglück. Außer dieser Tanke hatten sie alles verloren, und sie hüteten sie wie der Taucher die Sauerstoffflasche.

Als Folge der Unterredung kam der rotverfrorene Tankstellenwärter zu Tode: Er geriet zwischen die Kontrahenten, und die Worte, die gewechselt wurden, trafen lanzengleich sein Herz, obwohl sie gar nicht ihm galten.

Die Unterredung hatte ebenfalls zur Folge, dass von dem Alten sorgfältig im Häuschen verstaute Kanister zum Leben erwachten und in die Luft gingen, durchaus nicht überraschend, denn die entzündliche Natur des Kanisterinhalts und ihre Unvereinbarkeit mit lautstarker, erregter Rede sind hinreichend bekannt. Als Folge der Explosion fiel das Tankstellenhäuschen, hinter dem die Hundertschaftler sich verschanzt hatten, in nichts zusammen.

Nachdem das Häuschen das Zeitliche gesegnet hatte, wurde es heiß für die Hundertschaft; Schakros eine Gesichtshälfte und Redehand lief rot an, Bedianaschwilis Körper wurde schwerer und schwerer, vor allem als die Unterredung immer heftiger wurde, Gluchoi jedoch, der schon vorher aufgrund einer bei einem Unfall erlittenen Kontusion schwer hörte, war besonders übel dran, denn er verstand plötzlich nichts mehr von der erbitterten und harten Diskussion. Er fand sich jäh an einem höchst sonderbaren, unmöglich zu beschreibenden

Ort wieder. An einem ganz anderen als der arme, rechtschaffene Tankstellenwärter.

Für die »Kämpfer« ging die Unterredung besser aus: Zum einen deswegen, weil das Recht auf ihrer Seite war, zum anderen jedoch eher deshalb, weil sie sich schon früh auf die Diskussion eingestellt hatten und somit besser vorbereitet gewesen waren.

Die Unterredung hatte ihr Auto ein wenig beschädigt, das sich »Land Cruiser« nannte und dem die Diskussion dreiundsechzig Einschüsse eingebracht hatte; seiner Standhaftigkeit war es zu verdanken, dass von den »Kämpfern« nur zwei Verletzungen erlitten, Salachaschwili und Kozo. Ersterer, weil unverhofft ein explodierendes Teil vom Himmel auf ihn herunterfiel; nur seiner großen Erfahrung war es zu verdanken, dass er nicht seiner angeborenen Fähigkeit zur Dislozierung verlustig ging, sondern sie nur teilweise verlor, sie auch bald fast gänzlich wieder erlangte, bloß sollte ihm für den Rest seines Lebens ein schöner, hübsch vergoldeter und lackierter Stock in der Hand verbleiben. Seitdem hatte Salachaschwili immer beide Hände voll zu tun, in der einen den Stock, in der anderen die Zigarette oder eine Wurfkette oder sonst irgendeins dieser verbotenen Objekte, von denen er am respekteinflößendsten ein haifischförmiges Springmesser benutzte, dessen Auf- und Zuklappgeräusch ihm großen Genuss bereitete.

Kozo seinerseits war während der heißen Diskussion ein Fehler unterlaufen: Er war einen überraschenden Augenblick, dessen Ursprung nicht in aller Klarheit auszumachen ist, aufgesprungen und »Mensch, Alter, sie haben Nika getroffen!!!« brüllend zum überaus mannhaften Angriff auf das noch stehende Tankstellenhäuschen übergegangen; allein das Gebrüll war für die ehemaligen Kompaniemitglieder offenbar absolut unhörbar und Kozos Mannhaftigkeit glich eher blinder Selbstopferung, denn er fiel wie niedergemäht hin und wurde erst viel später dank der inbrünstigen Gebete seiner Freunde und im Operationssaal einem Arzt gegenüber bisher nie ausgesprochener Worte von dem Ort zurückgeholt, wo ihn der Hundertschaftler und Altersgenosse Gluchoi erwartet hätte, um ihn brüderlich zu empfangen, denn an jenem Ort gibt es keine Tankstellenhäuschen, die Grund zum Streit gegeben hätten, zumal Leidensgenossen dort wohl lieber beisammen sind und sich bei der Hand nehmen, weil das die Pein vielleicht leichter macht. Hätten sie einander mal besser gleich zu Anfang der Unterredung die Hand gereicht, irgendwann ist es für alles zu spät.

Freilich, das Leben ist viel komplizierter, weswegen Hundertschaftler und »Kämpfer« einander niemals die Hände reichen würden und nur im Jenseits brüderlicher Gemeinschaftlichkeit zustreben, um innezuwerden: Es ist zu spät – und dessen müssen sie sich immer und immer innewerden, denn sie sind an jenen Ort gelangt, wo ihnen nichts anderes bleibt als die Pein des Innewerdens.

Kozos und Salachaschwilis Genesung trug nichts zur Besänftigung der ehemaligen »Kämpfer« bei; sie hatten jetzt nämlich weder Tankstellenhäuschen noch Benzin mehr.

Deshalb kam der Wunsch nach einer Folgeunterredung auf, was sowohl bei dem schwer versengten und versehrten Schakro als auch bei Bedianaschwili auf Anklang stieß, und sei es nur deshalb, weil Gluchoi nicht mehr war und sie sich ein Leben ohne ihn nicht vorstellen konnten, denn sie waren in Treu und Liebe verbundene Bluts- und Schwurbrüder.

So sammelten sich auf beiden Seiten des Flusses die Heere, um der Unterredung zu besserem Gelingen und zu Nachdruck zu verhelfen. Doch war dieser nicht beschieden, geführt zu werden, denn ein Stimmungsumschwung in der Öffentlichkeit hatte die Möglichkeit großer Unterredungen ganz allmählich zunichtegemacht, sodass selbst die allerverwegensten Helden diesen aus dem Weg gingen, sei es, weil sie sich nicht mehr auf die Straße trauten, sei es, weil sie sich durch Schluchten und Wälder aus dem Land davonmachten.

Obendrein war Schakro während der Planung der großen Unterredung im Gefängnis gelandet, als Pistolenheld alter Zeiten sozusagen. Salachaschwili Nika führte in den Niederlanden sein Leben weiter, während Didmanidse zusammen mit irgendeinem Biaschwili in eine so offenherzige, farbige Stadt wie Moskau exilierte. Kozo kam in eine Besserungsanstalt, aber auf norwegischem Boden, besser gesagt, Eis, wo er von seinem Fenster aus einen See, wieder See und nichts als See sehen konnte. Der war allerdings weiß und man sah ihm nicht an, dass er ein See war.

Neun Jahre nach der obenerwähnten heißen Tankstellendiskussion hielt sich als der stillste und unauffälligste unter den alten Kämpfern nur noch Berischwili der Jüngere in Tiflis auf.

Jedenfalls, neun Jahre nach der Auseinandersetzung kamen Berischwili der Jüngere und zwei Kumpel – deren Namen wir hier jetzt nicht nennen, weil sie vielleicht immer noch mehr oder weniger ernsthaft gesucht werden – vollkommen nüchtern, aber gut gesättigt nach einem Abendessen aus dem Restaurant »Amores Perros« und setzten sich, da sie ohne Auto waren, in das nächststehende Taxi.

Anzumerken ist, dass sich Berischwili der Jüngere auf die Rückbank und einer der Freunde neben den Fahrer setzte.

Es war ein milder Abend. Eigentlich schon Nacht, aber in dieser Stadt sagen sie echt südlichem Naturell entsprechend trotzdem Abend dazu. Träge nach dem Essen, teilten die drei Freunde einander in nicht besonders elaborierten Worten ihre Eindrücke über den Verlauf des Abends mit; der eine schien häufig Gast zu sein im »Amores Perros« und betonte, er hätte sie doch wohl ganz richtig beraten bei der Menüwahl; da hätten sie sich vor den scharfen Crevetten gefürchtet und sie am Ende doch lecker gefunden, und Zitrone hätte ja noch eine völlig andere Funktion, als nur Tee oder Heroin beigemischt zu werden. Berischwili der Jüngere war ein-, zweimal in dem Restaurant gewesen und nicht groß erstaunt, sondern äußerte ein paar belanglose zustimmende Worte, um dann taktvoll hinzuzufügen: »Ey Alter, ich schwör, ich steh eher auf chinesische Küche.« Er war schläfrig und sah nicht, wie der Taxifahrer ein wenig zusammenzuckte und verstohlen in den Rückspiegel schaute, ganz umsonst, weil er ja genau hinter dessen Rücken saß.

Sie hatten abgemacht, zuerst den Dritten von ihnen nach Hause zu bringen, und den Fahrer angewiesen, auf die andere Flussseite zu fahren. Eben das ist anständiges Verhalten, wahre Freundschaft, statt in separaten Taxis zu fahren.

Jedenfalls, als sie Richtung Fluss in die Hangstraße hinunter zur Brücke bogen, bremste der Fahrer überraschend ab und fuhr den Wagen auf den Rand des Gehsteigs.

Auf die Frage, ob alles in Ordnung sei, brummte er etwas, stieg aus und öffnete die Motorhaube seines schnittigen Taxis.

Die Freunde mit ihren vollen Bäuchen ärgerten sich: »Na siehste, das ist wieder typisch Tiflis!« Aus heruntergekurbelten Fenstern machten sie, wie es Leuten ihres Schlags eigen ist, den Fahrer gehörig an: »Bruder, wenn deine Karre nichts taugt, was fährst du dann Taxi?«

Der Fahrer ignorierte sie genauso wie die vereinzelten Passanten. Er starrte in den Motor.

Dann ging er mit schnellen Schritten um den Wagen herum und öffnete den Kofferraum.

»Er braucht den Schraubenschlüssel«, sagte missmutig der dritte Freund, gerade als der Fahrer hastig zurückkam, die Tür aufriss, hinter der Berischwili der Jüngere saß, und brüllte, die Augen funkelnd vor Wut: »Jetzt mach ich dich alle, ich schwör's beim Andenken meiner Brüder!«

Berischwili fuhr wie der Blitz zurück, holte zu einem sogenannten Dropkick aus und traf ihn in den Magen. Er fiel rücklings auf den Gehsteig, in der Dunkelheit sprühten seine Augen violette Funken.

Die drei Freunde sprangen Hals über Kopf aus dem Auto und stürzten unter »Wer is'n das, wer is'n das, verdammtes Arschloch«-Rufen auf die Straße, hechteten über die Steinbrüstung und verschanzten sich auf dem feuchten Rasen dahinter, wo sie, zu Atem gekommen, bemerkten, dass Berischwili der Jüngere eine Waffe trug.

Der Taxifahrer hatte sich inzwischen aufgerappelt und ging vollkommen deckungslos, mitten auf der Hangstraße, ohne die vorbeifahrenden Autos zu beachten, zum Angriff über.

Er schoss hervorragend, mit altgedienter und erfahrener Hand. Das war sogar im Dunkeln spürbar.

Unter den Fußgängern waren auch Frauen, die, obwohl der Taxifahrer sie verschonte und ihnen, Salven auf die Brüstung feuernd, zuschrie: »Weg da, ich muss die Arschlöcher fertigmachen«, von männlichen Passanten heldenhaft über die Steinbrüstung gehievt wurden, was nicht ohne irres Gekreische vor sich ging.

Weit und breit keine Polizei.

Die Frauen kreischten, dass der Mond sich versteckte.

Berischwili forderte die Passanten, die sich hinter der Brüstung auf den Boden geworfen hatten, sich zu entfernen auf, sonst könne er die Schüsse nicht erwidern; er wollte offensichtlich nicht, dass auf dieser Seite jemand zu Schaden kam.

Die Frauen kreischten, die Männer spähten kennerhaft aufs Schlachtfeld. Der Taxifahrer hielt einen Moment inne, rannte geduckt ums Auto; offenbar genügte ihm die Pistole nicht mehr, denn er holte ein Maschinengewehr heraus und rief: »Ahhh, jetzt habt ihr verschissen!«

Seinen lauten, rasenden Herzschlag konterte der ebenso rasende, aber leisere Herzschlag Berischwilis des Jüngeren. Die Freunde waren dafür, zu verduften, doch Berischwili, Spross einer guten Familie, gab zurück: »Schafft die Leute aus dem

Weg, ich werd allein mit dem fertig«, und begann auf allen vieren mit der Evakuierung der Frauen und zweier Rentner, doch mit den Frauen war es schwierig, denn sie kreischten immer wieder auf und waren natürlich nicht gerade passend angezogen.

»Zieh ab, Bruder, verzieh dich nach unten«, forderte er einen im Dunkeln am Gebüsch hockenden Passanten auf, der eine Zigarette hervorgeklaubt hatte und das Feuerzeug zückte, als wollte er abwarten, bis sich der Taxifahrer wieder beruhigt hatte.

»Bist du nicht Mogela?«, fragte Berischwili der Jüngere auf einmal, mitten im Maschinengewehrgeknatter.

Der Typ, der beim Gesträuch kauerte, nickte.

»Bist du's wirklich, Mogela der Plechanower?«, fragte Berischwili, als hätte er die Antwort in dem Geknatter nicht mitbekommen.

»Ja, ja doch ... Wer is'n das, was will der?«

»Keine Ahnung. Der ist einfach auf uns los ... Du, Mogel, ich muss was bereden mit dir. Komm später mal bei mir vorbei ...«

»Ja, klar.«

»Und bring doch diese Frauen fort, bevor die Bullen kommen.«

»Ja.«

»Los, mach schon.«

Der Taxifahrer ballerte noch immer, die Schüsse peitschten auf die Steinbrüstung.

»Köpfe runter!«, rief einer der Rentner.

»Opa, zisch ab, Opaaaa!«, brüllte der Fahrer. »Mach nicht, dass ich dich erschieße!«

»He, Mogel, komm vorbei, ja? Ich hab dich gesucht. Lewiko hat was für dich dagelassen. Eine Kassette. Egal, weißt ja, was für einer er war. ›Gib sie Mogela‹, hat er gesagt. Ich hab sie im Auto. Nicht in dem da natürlich. Also, komm vorbei ...«

»Ja, ja, *charascho*.«

»Bringt die Frauen fort! Tantchen, wenn du so schreist, trifft er dich noch eher.«

»Ich war im Theater, zwanzig Jahre bin ich nicht mehr im Theater gewesen …«

»Wurde ›Salome‹ gegeben?«, fragte Mogela der Plechanower aus heiterem Himmel.

»Ja, genau.«

»Vergiss die Kassette nicht! Hast du schon mal was von Carmen Miranda gehört?«

»Nein.«

»Lewiko hatte einen Narren gefressen an ihr … Los, Alter, macht, dass ihr wegkommt!« Er robbte davon.

Mogela griff nach dem Arm der Theatergängerin und kroch mit ihr den Hang hinunter.

»*Dawai*, verzieht euch!«

»Gleich, wir müssen ihm die Waffe wegnehmen!«, rief der sich mit mexikanischer Küche auskennende Freund.

Berischwili wälzte sich herum und prallte in eine Frau. Sie ließ ein so fürchterlich gellendes Gekreisch los, dass der Mond sich noch stärker in Wolken hüllte.

»Bitte, meine Dame, schnell weg, Sie sehen doch, wir haben eine Schießerei«, flehte er sie an.

Als Antwort kreischte sie ihn nur an; Männer, die aus der Kneipe dem Theater gegenüber kamen, schleiften sie, immer noch kreischend, endlich den Hang hinunter.

Der Taxifahrer hielt sich aus irgendeinem Grund plötzlich still.

Weiter unten waren neun Polizeiautos aufgetaucht. Sie blinkten wunderschön, so lieblich, dass man bei dem Anblick in süßen Schlaf hätte sinken können. Insbesondere falls man noch klein und pummelig war und nicht wusste, was Polizei ist.

»Die Bullerei kommt.«

»Na, dann hauen wir ab. Sollen die sich ihn schnappen«, beschlossen die Freunde.

Als der Taxifahrer merkte, dass die Polizisten sich bereits auf der Brücke befanden, rannte er im Zickzack auf die Seite mit dem Weingeschäft und brachte sich dort in Deckung.

»Was für ein Depp«, sagte Berischwili und stützte den Revolver auf dem Geländer ab.

»Lass uns abhauen, Bero.«

»Gleich«, sagte Berischwili und spannte den Hahn.

»Au, du Scheiße!«, schrie der Fahrer auf. »Wir sehen uns wieder, das versprech ich dir!«

»Ey, ich schwör, ich hab ihn allegemacht!« Berischwili bewegte sich im Krebsgang den Hang hinunter und rief: »*Dawai*, hauen wir ab!«

Der Taxifahrer schleuderte das Maschinengewehr über eine Abzäunung, ließ die Pistole hinterherfolgen und hinkte schreiend die Straße hinunter: »Ich bin Chauffeur, ich bin Chauffeur! Verdammte Wichser, wie viel Knete ist denn bei mir schon zu finden?!«

Die Polizisten kamen ihm entgegengerannt, als liefen sie um die Wette. »Sind Sie verletzt? Sind Sie verletzt?« Sie umringten ihn.

»Ich bin Chauffeur ...«

»Mensch, gib's durch, schnell, im ganzen Revier.«

»Ich bin Chauffeur. Mein Bein ist getroffen.«

»Wie heißen Sie? Name ... Wir haben einen Verletzten hier ...«

»Mein Bein –«

»Papiere, Name?«

»Ich bin in allen Kriegen gewesen, müssen die mich mitten in der Stadt umbringen?«

Schakro hieß er. Anders hätte er ja wohl kaum heißen können, nicht?

Berischwili der Jüngere und seine Freunde saßen bereits in einem anderen Taxi. Schweigsam. Ein bisschen erschöpft.

»Wir schaffen's doch noch zum Ligaspiel?«, fragte Berischwili plötzlich.

»Bitte setzen Sie mich hier ab«, sagte der eine der beiden Freunde.

Der Fahrer bremste.

»*Dawai*, meld dich.«

»*Dawai*, macht's gut, *spasiba*.«

Unterdessen schleppte sich empört und mühsam eine Frau den Hang hinauf, so eilig sie nur konnte. Der Mond hatte sich beruhigt und schien auf ihre massigen, bemitleidenswerten Beine und müden Arme.

»Der Knilch, der wüste. Taxifahrer ... Ist der überhaupt Taxifahrer? Geballert und geballert hat der ... Da bin ich nun seit zwanzig Jahren nicht mehr im Theater gewesen ... Geballert und geballert hat er, wegen dem hab ich mir die Knie wundgeschunden!«

DER INHABER DES CAFÉS »SIPHON«

DER VERSCHOLLENE

1.

Frühmorgens küsste er seine Frau, die noch schlief und seinen Kuss nicht spürte, denn sie hatte einen festen Schlaf. Er nahm den Revolver vom oberen Garderobenbrett, prüfte, ob er geladen war, und steckte ihn hinten in den Bund.

Er zog die Jacke an, ging in die Küche, riss einen Brotkanten ab und öffnete den Kühlschrank. Er griff nach einer Tomate und biss hinein, legte sie auf den Tisch und schaute zum Fenster hinaus. Dann kehrte er wieder zum Kühlschrank zurück, öffnete und schloss ihn, sah zum Teekocher auf dem Gasherd, hielt eine Tasse unter den Wasserhahn und schwenkte sie aus.

Erneut nahm er einen Bissen von der Tomate und öffnete erneut den Kühlschrank. Nahm ein großes Stück Käse heraus, biss hinein, zog eine Schublade auf, nahm ein Messer heraus und schnitt die Bissstelle vom Käse. Dann riss er wieder ein Stück Brot ab und ging zum Fenster. Stand eine Weile dort, aß immer mal wieder einen Happen und rauchte zwischendurch.

Weil er keinen Aschenbecher fand, drückte er die Zigarette an der Fensterscheibe aus und ging sich im Badezimmer die Zähne putzen. Er fuhr sich mit den Fingern über die wasserbespritzte Vorderseite des Hemds wie über die Saiten einer Gitarre und kehrte ins Schlafzimmer zurück, deckte seine Frau fürsorglich-sachte zu und betrachtete die Schlafende.

Seine Frau schlief auf Büchern; drei Bücher lagen unter ihr. Vorsichtig, obwohl er wusste, dass sie nicht aufwachen würde – »Ich schlafe wie ein ausgeschalteter Fernseher«, sagte sie immer –, zog er erst das eine, dann das zweite hervor.

Er legte die Bücher auf den Boden, kniete sich neben das Bett, küsste seine Frau auf die Nase und stand schwerfällig auf.

Dann ging er wieder in die Küche, schaute wieder aus dem Fenster. Schaute zur Wanduhr, nahm noch einen Bissen von der Tomate, bevor er in den Flur ging und die Treppe hinuntereilte.

Er trat aus dem Hauseingang, öffnete die Fahrertür des Autos, setzte sich hinters Steuer und startete den Motor.

Es war ein schwarzer Wagen, tief liegend und leistungsstark.

Niemand hat ihn je wiedergesehen.

2.

Seine Handynummer zuletzt angerufen hatten seine Frau, seine Mutter, sein Vater und dessen zweite Frau sowie sein Bruder. Sein Vor- und Nachname standen auf der Flugpassagierliste: Abgeflogen nach Moskau.

Verschwunden blieben sein Revolver, sein Pass, seine

Jacke, sein Handy, seine Schuhe, sein Feuerzeug, das Päckchen Marlboro, sein Schlüsselbund, seine schwarzen Strümpfe, sein himmelblaues Taschentuch, sein hellblau-weiß gestreiftes Hemd, seine schwarze Hose, das zum Revolver gehörende Magazin, das Goldkettchen mit dem Goldkreuz, das Goldarmband, seine Uhr, zwar nicht aus Gold, aber wertvoll. Verschwunden auch die schwarze Brille – supercool, wie neureiche Brillenliebhaber und deren Sprösslinge sagen würden.

Nicht verschwunden waren sein Rasierzeug und Eau de Cologne (sieben Fläschchen), seine Sprays, seine Nagelschere. Ebenso wenig wie die Solidität und Stilbewusstsein verströmende Garderobe inklusive Schuhe. Außerdem war seine zweite Pistole noch da samt den zwei zugehörigen Magazinen. Auf dem Dachboden lagen das Maschinengewehr und Jagdgewehre, eine Tweedkappe, die er nie getragen hatte, Steuerunterlagen, Wohnungsdokumente und je eine ungeöffnete Flasche Courvoisier und Armagnac.

Der Vater kam aus Wien nach Tiflis und flog nach Moskau weiter.

Nach einem Monat flog er zurück nach Tiflis, und ohne viele Worte wieder heim nach Wien.

Vor dem Abflug schaute er bei der verstörten Schwiegertochter vorbei, die krank vor Sorge war und zu der er sagte: »Du bist die Frau meines Sohns.«

»Habt ihr was rausgefunden?«, fragte die Schwiegertochter.

»Du bist die Frau meines Sohns.«

Er hatte einen Mann dabei, der mit dem Rücken zu ihnen am Fenster der Veranda stand und ständig die Achseln hochzog, als probierte er ein Jackett an.

»Und, habt ihr was rausgefunden?«

»Du bist die Frau meines Sohns. Sag das allen.«

Dann ging er wieder, zusammen mit dem Mann.

Die Frau rief die Mutter ihres Mannes an. »Ist er auch bei euch gewesen?«

»Wir haben nicht miteinander gesprochen. Was hat er dir gesagt? Bitte, sag's mir.«

»Nichts. Ich sei die Frau seines Sohns, hat er gesagt.«

»Mein Gott, das ist mein Tod.«

Sie weinten ins Telefon. Die Mutter laut, die Frau mit zusammengepressten Lippen.

»Komm zu mir, ich fleh dich an«, sagte die Mutter schließlich.

Zwei Wochen später rief sein Vater aus Wien an. »Hör zu«, sagte er, »heut Abend kommt ein Mann und bringt dir was.«

»So sagen Sie doch, was soll ich tun? Sagen Sie's uns. Haben sie ihn umgebracht?« Sie brach in Tränen aus.

»Du bist die Frau meines Sohns«, war die Antwort.

3.

Am Abend kam der Mann, zog wieder die Achseln hoch.

Er brachte einen tabakfarbenen, länglichen Umschlag, zückte eine weiße Karte und überreichte sie der Frau. »Da steht meine Nummer drauf. Melden Sie sich weswegen auch immer; Herr Robert ist auf dem Laufenden.«

Er hatte sorgfältig gekämmtes, graumeliertes Haar, trug einen zerknitterten grauen Anzug und sah aus wie die Bösen in alten Kinofilmen.

Wahrscheinlich war er ein Böser, was sonst?

In dem Umschlag befanden sich zusammen mit den nötigen Unterlagen die Angaben für ein neu eröffnetes Bankkonto und eine Bankkarte.

Nach und nach merkte sie, dass das Konto sich monatlich füllte, bis zwanzigtausend Dollar erreicht waren.

Die Zeit verging.

In der Stadt wussten wie gewöhnlich alle, was sie von einem Vorfall wie diesem zu halten hatten: Es hieß, ihr Mann sei ermordet worden, weil er in irgendwelche üblen Geschäfte verwickelt gewesen sei. Sie hatten ihn in Moskau umgebracht, wo schnell, billig und einfach getötet wird, etwa so wie ein »McDonald's«-Menü zubereitet wird.

Das bekam sie zu hören. Und auch sie selbst wusste, dass er umgebracht worden war. Dessen war sie sich sicher.

Sie las ihre Bücher, ging zu Geburtstagsfeiern, lachte, wurde bemitleidet.

Sah jemand sie aus einem Schritt Entfernung an, war es, als trennte sie nicht ein, sondern tausend Schritt voneinander. Sie dachte: ›Ich bin eine undeklarierte Witwe.‹ Einmal, als ihr das Auto gestohlen wurde und sie es der Polizei meldete, wurde es anderntags von dem Mann zurückgebracht, dessen Telefonnummer, nicht aber Namen sie kannte.

»Entschuldigung«, sagte er und war wieder gegangen.

4.

Es war eine scheußliche Situation, und es fiel ihr immer schwerer, das Geld zu verwenden. Einmal begleitete sie ein Typ nach Hause, der sie zwei Tage später sogar anrief.

Nichts von Bedeutung.

Eine einsame Frau. Witwe. Warum auch nicht?

Nur darum.

Sie wusste, es war nur darum. Mehr war da nicht. Sie weinte im Stillen. Traf ihn im Café.

Und dann hatte er sich nicht mehr blicken lassen. Der Winter ging vorbei, der Frühling kam. Mehrmals.

Sie begann sich eine Stelle zu suchen.

Der Böse aus den guten Kinofilmen kam wieder. »Es gibt eine gute Räumlichkeit in sehr günstiger Lage. Es lohnt sich nicht, sich einen Kopf zu machen wegen der Cafégeschichte, das ist nichts für Sie. Machen Sie eine Galerie auf.«

Sie war perplex.

»Keine Sorge. Herr Robert ist einverstanden.«

»Pardon, und wie ist Ihr Name?«

»Mein Name? Nennen Sie mich ... Flingo. Abgekürzt für

Flamingo« – der Mann kicherte – »Sie wissen ja, wie das bei uns mit Namen so ist.«

»Und Sie …«

»Ich bin ein Freund von Robert. Ein alter, treuer Freund.«

»Sagen Sie, haben Sie irgendwelche Neuigkeiten? Bitte.«

»Ich fliege nach Wien. Sobald ich wieder da bin, melde ich mich bei Ihnen. Denken Sie über die Galerie nach, und ich … Sobald ich Neues erfahre, melde ich mich.«

Die Galerie war großartig.

Alle erinnerten sich plötzlich wieder an sie. Alle kamen sie.

Die verheirateten Männer sahen sie komisch an. Als hätten sie die tausend Schritt überwunden, aber als würde noch etwas fehlen. Die Todesbescheinigung zuhanden von Herrn Robert.

5.

Sie schlief schlecht.

Furchtbar schlecht.

Seinen Kleiderschrank öffnete sie nicht mehr.

Dann fand sich ein Mensch; durch Zufall fand er sich ein. Er kam in die Galerie geschlendert, wo sie, ebenfalls zufällig, allein war.

Die Wucht war unmenschlich, vollkommen irrsinnig, ihre Tränen unerwartet und verstörend, aber die Wucht auf jeden Fall unmenschlich, die Tannennadeln stechend spitz, der Himmel über dem Wald kaum merklich verschliert, die Hände steif, die Fingernägel rücksichtslos und messerscharf. Wolfsgleich, wahrscheinlich.

Tollen, erschöpften Wölfen gleich, nacheinander lechzend, obwohl sie nichts voneinander wussten.

So war es und wahrscheinlich musste es so sein, doch an sein Gesicht erinnerte sie sich nicht. So wie der Wolf sich nicht erinnert. Sie erinnerte sich an den gleichsam windverwehten Duft, merkwürdig, kriegserfahren, erschöpft, aber kämpferisch: den Atem, der vielleicht auch Worte trug, Wolfsworte im Wald.

Danach trafen sie sich nachts, nach Mitternacht, zu Hause, wo es ihr widerstrebte, das Schlafzimmer zu betreten. Nachts deshalb, weil es diesen grau-distinguierten Mann aus den Schwarzweißfilmen gab. Aber er war real, das wusste sie. Er war der Mann, der einem Wahn Wirklichkeit verlieh und ihn lebendig hielt.

Dann bekam sie einen Anruf. »Mädel, du begreifst wohl nicht, du bist die Frau meines Sohns –«

»Ihr Sohn ist tot. Man hat ihn umgebracht.«

Sie redeten wie in einer Seifenoper. Genau gleich. Sie dachte sogar, wie unheimlich ähnlich einer Seifenoper das Leben doch war.

»Sie reden, als ob ich ihn betrügen würde.«

»Mein Sohn ist nicht tot. Du bist die Frau meines Sohns. Du begreifst es nicht.«

»Ich will nichts von Ihrem ... Nehmen Sie alles ... Ich brauch das nicht. Nehmen Sie's zurück. Ihr Sohn wurde umgebracht. Alle wissen das, nur Sie nicht.«

»Du begreifst es nicht. Der Tote ist nicht mein Sohn. Was willst du ihm antworten, wenn er zurückkehrt?«

»Ihr Sohn ist tot. Warum zwingen Sie mich, das immer wieder zu wiederholen?« Sie begann zu weinen. »Warum? Was wollen Sie? Wenn Sie's nicht glauben wollen, glauben Sie's eben nicht. Sie haben ihn umgebracht. Umgebracht haben sie ihn. Lassen Sie mich in Frieden. Ich hasse dieses Haus. Lassen Sie mich in Frieden.«

»Du bist die Frau meines Sohns. Wenn er tot sein soll, geh samstags auf den Friedhof und zieh Trauerkleidung an. Sonst bring ich euch da drüben alle um.«

Er hängte auf.

6.

Den Menschen jedoch gab es nicht mehr. Wohl für lange Zeit. Er war kein Mensch mehr, und es war schwer zu sagen, wann er wieder zum Menschen werden würde.

Er lag im Krankenhaus. Arme und Beine zertrümmert, das Gesicht unkenntlich.

Der Mann aus den Schwarzweißfilmen, der so gern die Schultern spielen ließ, tauchte nicht wieder auf.

Das Konto füllte sich jeden Monat.

Wenn sie im Café saß, wurde getuschelt, und man warf ihr verstohlene Blicke zu.

Die Stadt war widerwärtig. Sie kaufte Bücher und ging öfter bei der Mutter ihres Mannes vorbei.

Sie weinten zusammen. Sie erzählte ihr, sein Vater sage, er lebe.

Manchmal glaubte sie selbst, dass ihr Mann noch lebte.

Es war ein merkwürdiges Glauben. Etwa so, als hielte man einen Witz für wahr.

7.

Eines Morgens jedoch erwachte sie und sagte: »Sie haben ihn umgebracht.« Sagte es laut. Dann schrie sie es: »Sie haben ihn umgebracht! Umgebracht!«

Sie lag auf dem Boden und fror.

Lange lag sie so, wie ein ganzes Leben, so lang. Was sie durchlebt hatte, durchlebte sie von Neuem, und vor ihr war nur Leere.

Tote kommen nicht zurück.

»Guten Tag, ich bin's, Flingo. Wie geht es Ihnen? Ich dachte, vielleicht sind Sie krank. Kann ich Ihnen irgendwie behilflich sein?«

»Nein, danke, Flingo.«

Dann rief der Schwiegervater an. »Wie geht es dir?«

»Sie wollen bloß meinen Tod ...«

»Ich hasse den Tod. Ich will, dass es dir gut geht. Du bist die Frau meines Sohns.«

8.

Sie überlegte.

Wog Länder gegeneinander ab.

Ein Malerbekannter bat einen Amsterdamer Künstler um eine Einladung für die Inhaberin einer Tifliser Galerie.

Die Einladung traf ein. Der Konsul hatte nichts einzuwenden. Ein Monatsvisum.

Sie blieb Monate länger.

Stahl sich fort. Verschwand. Verscholl. Sie war klug.

Sie hatte Angst. Der Mann aus den Schwarzweißfilmen würde alles nachverfolgen und achselrollend bei ihr ankommen.

Auch ich bin am Leben und tot zugleich. Mich gibt es nicht mehr und fertig. So wie meinen Mann. Wir leben, irgendwo, irgendwo bin ich am Leben, an einem Ort, der nur mir gehört. Sonst niemandem. Dort ist mein Leben. Dort ist alles, was meins ist und nicht eures.

Bis zum Ende.

Bloß weit weg, versteckt im Menschenstrom.

Oh, eine erstaunliche Geschichte war das. Eine gewöhnliche Geschichte.

Sie floh. Weil sie Witwe sein wollte, der Vater jedoch um das Leben seines Sohns kämpfte. Mit einem fremden Herz als Kampfplatz.

Womöglich begriff sie nicht: Für ihn ging es um Ehre.

Ehre jedoch wechselt die Gestalt, je nachdem, bei wem sie sich einfindet. Allmählich wachsen ihr ein Buckel und Fangzähne, und die Nackenhaare sträuben sich ihr.

Sie war geflohen.

Sie schlief, wohl vier Tage lang. Auf der Hut, wie sie immer schlief.

9.

Immer wollte sie das Fürchterliche aussprechen:

»Russland ist so riesig, es ist schwierig genug, dort einen Lebenden ausfindig zu machen, geschweige denn, irgendwo in den Wäldern, einen Toten!

Nach dem Leben, das er führte ... Habt ihr's nicht kommen sehen? Er war einer von euch. Aus ihm ist geworden, was ihr ihm beigebracht habt. Und es hat ihn das Leben gekostet. Nicht ihr habt die Kugel abbekommen, ihn hat sie getroffen.

Warum ich ihn geheiratet hab? Weil alle so waren. Wer es nicht war und solchen wie euch in die Quere kam, wurde abgeschlachtet und zerfleischt. Es ist meine Schuld. Ich hab ihn nicht geliebt! Ich hab ihn nicht geliebt! Keine fünf Minuten hab ich ihn geliebt. Ja, ich bin ein Scheusal. Ich wollte keine Kinder. Und wir haben auch keine gehabt. Habt ihr deshalb keinen Mucks gemacht, weil ihr dachtet, es sei seine Schuld? Er hat die Spritzen ja gar nicht mehr in den Mülleimer geschmissen ... Ich hab immer vorgegeben, tief zu schlafen. Sie haben ihn umgebracht, und tschau! Umgebracht ... Er war mein Mann! Er war mein Mann ... Wie oft ihr ihn auch schlagt und umbringt – immer wird er mein Mann sein!«

Aber sie sagte nichts.

Diese Worte würde sie jetzt für immer vergessen.

Alles würde sie vergessen.

MACH NICHT MIT MEINEM LULU-MÄDCHEN RUM, SONST KANNST DU WAS ERLEBEN

Es war eine scheußliche, dunkle Januarnacht; der Winterwind drosch einem in die Eingeweide, wie ein erfahrener Folterknecht seinem Opfer mit spitzen Schuhen in die Rippen tritt.

Auf den gähnenden, unbeleuchteten Straßen war keine

Menschenseele zu sehen, und in den Häusern herrschte Schweigen und wahrscheinlich auch Trübsinn. Oder Variationen von Trübsinn, denn Trübsinn hat unzählige Namen.

Nur da und dort flimmerte das schwache Licht einer Lampe, so wie nur ab und zu ein spätes Auto die Straße entlangbrauste und für ein paar Sekunden die Umgebung erhellte.

Die Katzen raunzten, rannten über die leeren Straßen und raschelten in den zugigen Korridoren der stillen Hauseingänge herum.

Lewiko der Barnower lag im Bett und las im Licht einer Kerze, die er auf der Brust platziert hatte. Er hielt das Buch so geschickt, dass ihm nur zwei Finger gefroren. Auf dem Kopf trug er tief in die Stirn gezogen eine Strickmütze.

Neben ihm schlief seine Frau Pepo. Allerdings war sie nicht zu sehen. Zu sehen war nur eine Art Hügel unter zwei Decken. Eine namenlose Anhöhe, wie es in sowjetischen Kriegsliedern immer hieß.

Vorsorglich war dazu aufgerufen worden, die Kerosinöfen, mit denen die Häuser tagsüber geheizt wurden, keinesfalls über Nacht angestellt zu lassen; wegen plötzlicher Explosionen war es nämlich bereits zu zahllosen Unglücksfällen gekommen.

Die Front war weit weg, in der Stadt explodierten statt der Bomben die Heizöfen und brachten Menschen ums Leben.

Aus diesem Grund war es nachts in den Häusern eiskalt.

Ohnehin froren ihre Bewohner besonders leicht. Ebenso leicht wurde ihnen heiß, denn im Sommer jammerten sie über die Hitze, im Winter klagten sie über die Kälte, während der Herbst sich so schnell wie eine tropfende Kerze verbrauchte und der Frühling wie eine geraubte Braut entfloh.

So gab es eigentlich nur noch Winter und Sommer, und die Menschen jammerten, mal weil es sie fror, mal weil ihnen heiß war – kein Wunder, dass ihnen in diesem Wechselfieber nicht nach Existenzphilosophie war.

Die Mehrheit der Zeitungen schrieb, das Verschwinden des Übergangs vom Winter zum Sommer sei die Schuld von wissenschaftlichen Experimenten der Amerikaner, eine Minderheit präzisierte, angeblich sei es die Schuld von wissenschaftlichen Experimenten der Amerikaner. Allerdings lasen in dieser Stadt nur diejenigen Zeitung, welche sich unbedingt alles Schlimme reinziehen wollten. Im Übrigen war Zeitunglesen unnötig, begegnete man doch den allerkleinsten Scheußlichkeiten der Welt auch ausgesprochen direkt, und das auf Schritt und Tritt. Ein Reporter kam da immer zu spät.

Lewiko ließ sich durch zwei entfernte Schüsse nicht im Mindesten von seiner Lektüre ablenken. Ganz anderes verdross ihn: Im Schlafzimmer durfte er nicht rauchen. Nur, wie sollte er in dieser Eiseskälte in die Küche raus und dort rauchen? Also musste er lesend einzuschlafen versuchen und es schaffen, beim Eindösen die Kerze zu löschen, damit das Bett nicht in Flammen aufging; er hatte sich auch schon ausgedacht, wie das zu bewerkstelligen war, aber der Schlaf wollte und wollte nicht kommen: Das Buch fesselte ihn offenbar zu sehr.

Dass er es schon mehrfach gelesen hatte, war auch keine Hilfe.

Dann war wieder ein Schuss zu hören, und Lewiko, Meister im Abschätzen der Entfernung von Geräuschen, sagte sich, die Schießerei müsse keine dreihundert Schritt entfernt sein, und er verfiel in Trübsinn, hörte aber nicht zu lesen auf.

Als er zu den Zeilen »Und Callahan schaute auf den dunklen Flur hinaus: Dort, am Ende des Flurs wartete der Tod« kam, klopfte es an der Tür, hastig und nervös.

Lewiko schaute auf die Uhr und dann zu seiner Frau hinüber.

›Hoffentlich wacht sie von dem Klopfen nicht auf‹, dachte er. Dann: ›Wer kommt denn jetzt noch vorbei in dieser Horrornacht?‹

Erst glaubte er, der Chartschaschoer Bischof sei es, ein alter

Freund, der die Angewohnheit hatte, überraschend hereinzuschneien, wenn er in dienstlichen Angelegenheiten aus seiner Eparchie in die Stadt kam, aber das war nicht sein Klopfen. Der Bischof pflegte mit seinem Stab anzuklopfen, und das sehr zurückhaltend, wenn auch durchaus vernehmlich. Außerdem war es für den Bischof wirklich zu spät in der Nacht.

Lewiko sprang auf und schaute zum Fenster hinaus. Da stand kein Bischofsauto.

Er nahm die Kerze, holte die ungeladene Browning vom Dachboden, obwohl, ein Raubüberfall konnte es ja kaum sein, umso weniger als sich das Klopfen noch nachdrücklicher wiederholte.

Ein Angehöriger, entschied Lewiko und stellte sich schon qualvolles Wodkatrinken bis in den frühen Morgen vor. Er steckte sich die Browning hinten in die Unterhose und horchte an der Tür.

»Wer ist da?«, fragte er leise.

»Ich bin's, Alter, Bero. Mach auf.«

Das hätte er zuallerletzt erwartet – Besuch von Berischwili dem Älteren, einem Freund aus Schulzeiten. Er riss die Tür auf und fragte entgeistert in die Dunkelheit hinaus: »Ist alles in Ordnung, Alter?«

»Ja, ja ...«

Ehe er sich's versah, war Berischwili in die Wohnung gestürzt und hatte die Tür abgeschlossen. Lewiko stand, die schwere Pistole in der Unterhose, mit der Kerze in Hand da und betrachtete seinen Freund, der bei der Tür zusammengesunken war.

»Ich hab meine Knarre zurückgelassen«, sagte Berischwili.

Er war vom Gürtel aufwärts nackt, vermutlich leichenblass und völlig neben der Spur.

Lewiko leuchtete ihn mit der Kerze an und bemerkte, dass er nur eine einzelne Socke trug.

»Was ist passiert?« Lewiko der Barnower wusste bereits,

was seinem alten Freund zugestoßen war. »Steh auf, komm mit, steh schon auf.« Er ging voraus ins große Zimmer und kniete sich vor den Kerosinofen. »Ich mach ihn gleich an. Zieh dir was über.«

»Was denn?«, fragte Berischwili, der immer noch bei der Tür kauerte.

»Komm, komm her. Der Ofen geht gleich an.«

Im Zimmer breitete sich Kerosingeruch aus.

»Wir wollen das Kind nicht aufwecken, Alter.« Ächzend mühte er sich auf die Beine.

Lewiko sah, dass er humpelte, und zwar ziemlich schlimm. »Du hast dir doch nicht etwa was gebrochen, Alter, oder?«

Er verstaute die Browning im Schlafzimmer und kam mit einem Pullover und Socken zurück; Berischwili lag schon auf dem Sofa und starrte auf die glutroten Ofenwände. Lewiko warf ihm die Kleidungsstücke zu und holte dann den Teekocher aus der Küche.

»Ich mach uns Tee.«

Berischwili schwieg. Er ließ die Hose runter und leuchtete mit der Kerze auf sein Knie.

»Lass mal sehen, strecken und beugen ...«

Er streckte das Bein langsam aus und beugte es wieder. »Der Knöchel tut auch weh. Ich bin draufgefallen.«

»Ich weck jetzt Pepo.«

»Nein, warte ...«

»Was heißt, warte? Wärst du wieder gegangen, wenn sie die Tür aufgemacht hätte?«

Berischwili winkte ab, stellte die Kerze auf den Couchtisch und fragte: »Hast du Zigaretten da?«

»Dieser Knöchel sieht schlimm aus, nur dass du's weißt.«

»Mit dem Bein bin ich gesprungen, hab ich doch gesagt, werd mir alles zerschmettert haben. Hab mich zwar abgerollt, aber es hat trotzdem einen Schlag abbekommen, da sind überall Löcher im Asphalt«, jammerte er.

Lewiko zündete kopfschüttelnd eine zweite Kerze an. »Deck dich mit dem Plumeau da zu, ich geh jetzt Pepo wecken«, sagte er und ging hinaus.

Berischwili der Ältere gehörte zu jener wunderlichen Sorte Menschen, die nicht imstande sind, ein normales Leben zu führen, und dies von Kindheit an. Mit dreizehn war er zusammen mit seinem elfjährigen Bruder Irakli, Berischwili dem Jüngeren, von sowjetischen Grenzwächtern in einem kleinen Dorf unweit von Batumi verhaftet worden, weil sie versucht hatten, illegal über die sowjetisch-türkische Grenze zu kommen. Selbstverständlich tat der KGB alles, um die beiden Berischwilis gründlich zu grillen und für antisowjetische Elemente zu erklären, was aber nicht gelang, denn Mischa, der Ältere, gab an, es habe ihn bloß interessiert, was auf der anderen Seite sei, und der Jüngere sagte, er sei einfach seinem Bruder hinterher. Auch konnten weder der Schuldirektor noch die Pionier- und kommunistischen Jugendverbandsorganisationen zur Rechenschaft gezogen werden. Die Berischwilis waren faule Schüler, zu den Pionieren zählten sie nicht mehr, und in den kommunistischen Jugendverband hatte man sie noch nicht aufgenommen. Am Ende wurde ihr Vater weder aus der Partei ausgeschlossen noch verlor er die Arbeit, auch die Schule blieb ungeschoren, außer dass der Direktor aus dem Urlaub gerufen wurde; es war Sommer, und er machte sich Sorgen, denn dass vor allem von Berischwili dem Älteren nichts Gutes zu erwarten wäre, hatte er immer gewusst.

Politik interessierte Berischwili den Älteren nicht, hingegen interessierte ihn weiterhin, was auf der anderen Seite war, und deshalb wurde er immer wieder verhaftet, und es wurde immer schwieriger, ihn aus den Händen der Miliz zu befreien.

Er wurde zum Inbegriff des unbekümmerten, freien Bürgers, der sich nicht nur nicht für Politik interessierte, auch um Gesetze scherte er sich keinen Deut, und entsprechend hatte er es Gott allein zu verdanken, dass es nie zu einer Kollision zwischen seiner Weltanschauung und jener der Allgemeinheit kam.

Er war noch nicht ganz trocken hinter den Ohren, als es ihn zu den Frauen zog und er den unbezwingbaren Wunsch verspürte, eine Familie zu gründen. Im Alter von fünfundzwanzig Jahren besaß er bereits vier Eheringe, die freilich völlig umsonst waren, weil er doch immer wieder ehelos blieb.

Erprobt im Straßenleben und in diversen Kriegen, mit Narben davongekommen, dabei herzensgut und vollkommen vernunftsblind, entschied er, als er die dreißig hinter sich hatte, Heiraten lohne sich nicht mehr – die Kinder, die er mit seinen Exfrauen hatte, waren bereits herangewachsen –, und verlegte sich auf einen neuen Spleen: der Suche nach Geliebten.

Er wollte nicht einfach eine Frau, mochte sich nicht mit Nutten abgeben oder banalen Flittchen. Er brauchte andere Kost.

Das Herz zog ihn zu verheirateten Frauen. Von Ruhe und Frieden hatte er demnach nicht den geringsten Schimmer.

Beide Berischwilis hatten himmelblaue Augen. Der Ältere glich ein wenig Yul Brynner. Das behaupteten jedenfalls die Frauen. Nichtsdestoweniger verdross ihn, dass sein Haar sich lichtete.

Was mit seinem Leben spielen bedeutet, davon machte er sich keinen Begriff. Überhaupt keinen. Ein durchlebter Augenblick war für ihn simple Vergangenheit, ein Foto, das du betrachtest und dir nichts dabei denkst.

»Hat man auf dich geschossen?«, fragte Lewiko.

»Aus dem zweiten Stock gesprungen bin ich«, sagte Berischwili und zog eine Grimasse. »Die Knarre hab ich dort gelassen. Hast du eine Waffe? Ich hab nur noch denken können: Zieh dir was über, erkält dich ja nicht, hab überlegt: Wohin, nichts als zu Lewiko …«

»Wissen die, wer du bist?«

Berischwili feixte. »Was weiß ich. Vielleicht wissen sie's,

vielleicht auch nicht. Der hinter mir her war, war allein. Als ich die Tür gehen hörte, bin ich sofort in die Hose gestiegen. Hopp und krach bum ... Er mir stracks hinterher. Wahrscheinlich. Zum Glück nicht mit dem Auto. Bin gerannt wie verrückt. Was rauchst du denn für Zigaretten? Boah, mein Bein!«

»Du weißt aber, wer er ist?«

»Klar, weiß ich's. Verdammter Wichser. Boah, das tut so was von weh!«

»Ich geh jetzt Pepo wecken.«

»Nein, nein«, sagte Berischwili, »warten wir, bis es ein bisschen hell wird, ich mach dann ein paar Anrufe und bring in Erfahrung, was draußen *läuft*, und je nachdem ... »

»Du bist unmöglich, da sagt dir einer guten Tag, und schon bist du mit seiner Frau ...« Lewiko lachte.

»Wie konnte ich nur die Knarre liegen lassen? Vielleicht besser so, sonst hätte ich noch auf ihn geschossen. Du nicht? Ich leg Eis auf. Hast du Eis?«

»Im Kühlschrank, aber wir haben ja keinen Strom.«

»Oder *einfach* kaltes Wasser.«

»Ich kratz was aus dem Tiefkühlfach und mach ein Handtuch nass. Dein Bein wird ganz schön anschwellen.«

»Weck das Kind nicht auf, Alter.«

Eis war da, und sie wickelten es in Zellophan. Berischwili saß wie ein kampfesmüder Fußballer auf dem Sofa.

»Die kümmern sich nicht um ihre Frauen, Bruder«, sagte er, seinen Tee schlürfend. »Weißt du, was *komisch* ist? Ich hab noch nie einen *Korb* bekommen.«

»Weil du sie dir entsprechend aussuchst.«

»Nein, nein, ich such sie mir *überhaupt* nicht aus, die laufen mir über den Weg.«

Lewiko beschäftigte etwas ganz anderes. »Mann, bis wohin ist er dir gefolgt? Wenn er spitzkriegt, wer du bist –«

»... wird er die arme Frau zur Rede stellen. Aber die sagt nichts, ausgeschlossen. So wie der gleich hinter mir her ist, hat sie den Revolver und die Unterhosen vielleicht verstecken können.«

»Und den Pullover, die Jacke und eine Socke. Und auch das T-Shirt.«

Berischwili fand die Aufzählung gar nicht lustig.

»Einmal ist mir schon so was Ähnliches passiert, äh, erinnerst du dich? Meinem Vater sagte ich immer, ich ginge zu den Demos, damals, während der Hungerstreiks. Ich bin dort und dort, hab ich gesagt und bin runter, weißt ja, zu dieser ...«

Lewiko lachte leise.

»Ja, und morgens steh ich kuschelgemütlich auf und geh nach Hause. Ich komm zur Tür rein, und meine Mutter weint, mein Vater ist weg. Mich suchen. Anscheinend hat er alle Demos abgelaufen. Und ich ... Erinnerst du dich nicht?«

»Natürlich erinnere ich mich.«

»Boah, mein Bein! Dem Nikulina seine Schwester war das, was heißt, war, sie ist's immer noch.«

»Und er, wer ist er?«, fragte Lewiko unvermittelt. Ihn interessierte eher, wie gefährlich die Chose war, in die sich sein alter Freund da verwickelt hatte. Der schien jedoch absolut kein Gespür zu haben für die Gefahr. Viel mehr Sorge bereitete ihm sein Bein.

»Sie wird nichts sagen. Weißt du, was für ein Typ der ist? Einer von denen, die nach außen ungeheuer cool tun und zu Hause kuschen. Hat sie mir erzählt. So einer ist das. Der ist so scharf auf seine Frau, dass es ihn verblödet, zum Waschlappen macht. So sieht's aus ... Statt auf mich sollte er besser auf seine Frau schießen. Was hat der auf mich zu schießen? Wie kann man wegen einer Frau einen anderen Menschen umbringen?« Er kicherte. »Um dann mit Höchststrafe in den Knast zu wandern?«

»Da wandert keiner in den Knast. Wer kommt schon wegen so was ins Gefängnis?«

»Na, *egal*. Wär ich an seiner Stelle, ich würd die Frau glatt rausschmeißen. Würd ihr ein paar knallen und sie rausschmeißen. Das erste Mal ist's schwer, danach …«

Sie schwiegen.

»Nicht der Rede wert. Wenn's hell wird, ruf ich meinen Bruder an, der soll mich mit 'nem Auto abholen. Falls ich nicht laufen kann … Wir werden's sehen morgen früh. Wir wollen leise sein und das Schnuckelmäuschen nicht wecken, Alter, das wäre so was von …« Er stand auf und begann sein Bein zu untersuchen. Ein höchst bemerkenswerter Anblick war das, wie er da im Kerzenlicht mit heruntergelassener Hose die Standfestigkeit seines rechten Beins prüfte.

»Nitschewo. Ich brauch meinen Bruder *überhaupt* nicht. Ich geh allein nach Hause.«

»Das wird gegen Morgen anschwellen.«

»Mensch, Alter! Sag Pepo *einfach*, dass ich besoffen war. Ich schaff's bis nach Hause. Bin *bloß* als Erstes hierher geflüchtet, sonst wär ich nach Hause gegangen.«

»Na gut.« Lewiko machte eine resignierte Geste. »Warst du mit dem Auto unterwegs?«

»Nein, mit was für 'nem Auto denn? Das Auto war meinem Bruder. Was brauch ich ein Auto, für nur mal eben rüber und zurück. Geh schon schlafen, geh!«

»Was soll ich jetzt schlafen? Wart doch mal.«

»*Wsio!* Ich hab das Eis, das Handtuch hier. Ich hab das Plumeau, ich hab den Ofen. Geh schlafen, leg dich hin. Am Morgen mach ich mich vom Acker, ruf meinen Bruder an … Hast du eine Waffe im Haus?«

»Ich hab keine Munition.«

Berischwili musste lachen. »Wozu hast du dann die Knarre?«

»Was weiß ich, Tonia hat sie mir geschenkt.«

»Tonia«, brummte er und legte sich vorsichtig aufs Sofa zurück. »Geh schlafen, ich deck mich hier mit dem Plumeau zu. Sag Pepo, ich hätte mich besoffen und sei hingefallen, ja?«

»Na gut. Dann schlaf du auch, ich rück den Ofen hier weg.«

»Nicht dass der mich in die Luft jagt.«

»Wenn du willst, mach ich ihn aus.«

»Nein, lass nur. Geh schlafen.«

Lewiko nahm die Kerze und ging auf Zehenspitzen ins Schlafzimmer hinüber.

Pepo redete manchmal im Schlaf. Sie hatte sich auf die andere Seite gedreht, und ihre Nase schaute aus den Decken hervor.

»Wo sind sie? Wo sind sie?«, fragte sie erregt.

»Gegangen.« Wenn immer möglich, antwortete Lewiko seiner im Schlaf vor sich hin redenden Frau.

»Wohin gegangen?«

»Nach Amerika«, sagte er und schlüpfte aus dem Pullover.

»Nach Amerika?«

»Ja, um Äpfel zu holen.«

»Was sagst du?«, fragte Pepo im Schlaf.

»Dass ich dich mehr und fester als alles auf der Welt liebe, mein Herz.« Wieder platzierte Lewiko die Kerze auf seiner Brust und zog das Buch unter dem Kopf hervor. »Gott, wie ich dich liebe ...«

Pepo sagte etwas Unverständliches.

Dann schlief Lewiko der Barnower ein und träumte etwas Schönes, bloß konnte er sich nicht daran erinnern, weil er nämlich ganz plötzlich erwachte und sich der Traum verflüchtigte.

Gewehrschüsse hatten ihn aufgeweckt. Drei, vier waren es wohl, ganz in der Nähe. Es war noch gar nicht richtig hell.

»Sie schießen«, sagte Pepo, die ebenfalls aufgewacht war. »Ich schau mal nach dem Schnuckelmäuschen.«

»Warte, ich schau erst raus.« Er stand auf, zog den Vorhang ein wenig beiseite und schaute hinaus.

Vor dem Hauseingang lag Berischwili der Ältere auf dem Rücken.

Lewiko sagte nichts.

»Was ist?«, fragte Pepo. »Was ist?«

Er zog sich von einem Bein aufs andere hüpfend die Hose an. »Wohin wollte er nur? Warum ist er raus?«, murmelte er vor sich hin.

Zu allem anderen war Berischwili der Ältere ein scheuer, höflicher Mann, wenn auch nur im vertrauten Kreis.

Im Krankenhaus lebte er noch bis zum Abend, konnte aber nicht mehr sagen, warum er nicht gewartet hatte, bis seine Gastgeber aufwachten, beziehungsweise warum er seinen Bruder nicht angerufen hatte.

Hätte der erboste Ehemann seinen Aufenthaltsort nicht ausfindig gemacht und ihn in dieser eisigen Nacht Ende Januar abgepasst, hätte er sich wohl damit gerechtfertigt: »Hab eben nicht präsentabel ausgesehen.«

Die Frau hatte ihrem Mann schließlich doch gesagt, wer er war. Wohl deshalb, weil sie dem Ehemann zu verstehen geben wollte: Der hat mehr drauf als du.

Begreif mal einer die Frauen.

AM KLOSTERTOR

Autoscheinwerfer fielen auf das Klostertor.

Vier Wagentüren öffneten sich. Aus dem Auto stiegen ein paar merkwürdige Gestalten: dürr, ganz in Schwarz und mit der Nacht verschmelzend.

Sie gingen auf das Tor zu und musterten es.

»Keine Klingel«, sagte der eine, »da ist keine Klingel!«

»Klopf mit dem Eisending da.«

»Ich sag dir, die schlafen.«

»Die schlafen nicht, im Prinzip beten sie zu dieser Zeit.«

Nicht mehr lange, und es würde hell werden.

Einer von ihnen ließ den Türklopfer gnadenlos gegen das Tor donnern und rief lauthals: »Heeeedaaaa!«

»Na los, lass es poltern, die werden's schon hören.«

»Vielleicht ist sie eh offen. Probier mal die Tür«, sagte ein anderer.

»Verriegelt, die ist nicht offen.«

»Heeeedaaaa!«, brüllte der eine wieder und begann erneut frenetisch den eisernen Türklopfer zu betätigen.

»Wenn sie beten, wie sollen sie uns dann hören? Und selbst wenn, die brechen doch das Gebet nicht ab.«

»Macht die Tür auf! Macht die Tür auf, heee!«

Jetzt polterten sie zu zweit gegen das Tor.

»Alter, die Hände tun mir weh«, sagte der eine, der direkt mit der Hand dagegen schlug.

»*Eigentlich* könnten wir's ja aufbrechen. Das schaffen wir ja wohl.«

»Halt, warte, die werden's schon hören.«

»Aufmachen, heeeeeeee, Pater!«

»Pater, aufmachen!«

Sie schauten zur Mauereinfriedung hoch.

»Wir könnten drüberklettern und von innen aufmachen.«

»Was hast du, bitteschön, da drüberzuklettern? Die machen schon auf.«

»Ist doch simpel, halt mal, ich kletter drüber.«

»Dann gibt's bloß Geklön.«

»Na und? *Dawai*, hilf mir, damit ich drüberkomm.«

Der andere fuhr fort, gegen das Tor zu poltern und zu schreien: »Heeeedaaaa! Aufmachen! Macht doch die Tür auf!«

»Drück mal gegen die *Luke* da, vielleicht ist die offen. Dann können wir von dort aus aufmachen.«

»Zu.«

»Das könnte ich ganz leicht einschlagen.«

»Halt, warte!«

»Hedaaa, aufmachen, Pater, mach die Tür auf!«

Plötzlich ging der Laden des Fensterchens auf.

Im Scheinwerferlicht zeigte sich ein mürrisches Gesicht.

»Mach uns schon auf, Pater!«

»Wer seid ihr?«

»Mach uns auf. Wir sind keine Räuber. Mach schon auf!«

»Sagt erst, wer ihr seid.«

»Heda, mach auf, ein bisschen plötzlich.«

»Nu mach mal halblang, Alter, halt die Klappe!«

»Wir haben was zu erledigen, Pater, wir sind eine Riesenstrecke hergefahren. Haben was zu erledigen, und dann gehen wir wieder.«

»Wer seid ihr?« Der Laden ging wieder zu.

»Mann, brechen wir die Tür doch auf, was sollen diese Höflichkeitsfloskeln.«

»*Dawai*, geh weg da! Weißt du *überhaupt*, was ein Mönch ist? Mit so einem muss man höflich reden.«

»Wenn der nicht aufmacht, Bruder, wie soll ich dann mit ihm reden? Ich schlag die *Luke* ein.«

Der Laden ging wieder auf. Ein anderes Gesicht erschien.

»Pater, macht uns auf, wir haben nur was zu erledigen. Wir sind den ganzen Weg doch nicht umsonst hergefahren.«

»Wer seid ihr?«

»Und du, wer bist du?«

»Komm, lass gut sein.«

»Ich bin Ighumeni«, tönte es aus dem Fensterchen, »wollt ihr mir nicht sagen, was ihr wünscht?«

»Hä, was sagt er, wer er ist?«

»Komm, lass gut sein ... Pater, wir haben was zu erledigen. Euch betrifft es nicht. Das geht nur uns was an. Wir sind auch sofort wieder weg.«

»Das geht mich schon was an«, sagte Ighumeni. »Wen soll's sonst angehen?«

»Ey, komm schon –«

»Pater, einen Augenblick« – einer der Typen schob seinen Kumpel von der Luke weg – »Entschuldigung, dass wir Euch geweckt haben. Aber wir haben was zu erledigen, lasst uns rein. Wir sind doch hier nicht im Knast, dass wir durch eine Luke miteinander reden müssen.«

»Ihr habt uns nicht geweckt, wir stehen früh auf.«

»Wir wollen nur reden. Ich dachte immer, Klostertüren stehen stets offen und jeder kann rein.«

»So ist es.«

»Dann lass uns rein, Bruder ... Pater ...«

»Wisst Ihr was, Pater, früher, im Krieg, haben die Leute doch hier Zuflucht gesucht, und der Feind hat sich nicht unterstanden hinterherzukommen. Kann sein, dass wir in Not sind ...«

Ighumeni lächelte. »Na dann, untersteht euch! Gott helfe euch.« Und der Laden schloss sich.

»Ey, Alter, ich schwör, es wird schon hell, los, brechen wir die Tür auf, zum Teufel!«

»Wozu aufbrechen, Dicker, wir sind hier in einem Tempel Gottes, was gibt's da aufzubrechen, der Herrgott wird dir was ganz anderes aufbrechen –«

»*Egal*, entweder wir gehen jetzt da rein oder ... Ich lass mich hier jedenfalls nicht *zur Schnecke machen*.«

Wieder hämmerten sie drauflos.

Der Laden ging auf.

»Lasst uns rein, Pater, wir tun euch nichts. Ganz bestimmt nicht, voll versprochen. Wir wollen *einfach* nur reden, und dann gehen wir wieder.«

»Ihr könnt mit mir reden.«

»Puh, der geht mir auf den Sack! Heeee –«

»Lass, halt die Klappe, Alter!«

»Nicht mit Euch, mit wem anders haben wir zu reden. Wir wissen, dass der hier ist. Lasst uns rein, wir sprechen mit ihm und gehen dann unserer Wege.«

»Mit wem wollt ihr reden?«

»Komm schon, Pater, lassen wir das Geplänkel, du weißt genau so gut wie ich, mit wem. Wir reden *bloß* mit ihm und gehen wieder. Wir haben da was zu klären.«

»Er versteckt sich hier, das wissen wir definitiv.«

»Hier versteckt sich niemand«, sagte Ighumeni. »Hier verbringt man sein Leben.«

Und der Laden schloss sich.

Sie polterten weiter herum, aber niemand schaute mehr heraus.

»Wer bin ich, Alter, dass der so mit mir umspringt? Was tust du so nett mit dem? Wer bin ich? Warum respektiert man mich? Deswegen, Bruder, weil ich ein klasse Eintreiber bin. Was bist du so nett zu dem? Ich schlag dieses Tor ein und mach Kleinholz draus. Was ist das für ein Typ, Alter, was für ein *Gauner*. Hol mal die Waffe raus!«

»Halt, wozu die Waffe, du hast sie wohl nicht mehr alle!«

»Na, was sollen wir denn machen, Bruder, stehst da und quatschst mit irgendeinem Fenster.« Ein Gewehrkolben hieb brutal gegen den Laden. Der Laden schlug auf. »Na, was sag ich! Guck rein, ist dort jemand?«

»Da ist keiner, nur Bäume«, erwiderte der andere.

»Jedenfalls, Bruder, egal ob mit dem Chef von denen oder wer das ist, ich red nicht mit dem, und zwar deshalb, weil nicht infrage kommt, dass ich *den Schwanz einzieh*.«

»Vielleicht hat der ja den Kies, wer weiß?«

»Moment, spinnst du?«

»Ja, wer weiß?«

»Jetzt hört doch auf, hört auf. Komm, schieß mal in die Luft.«

»Doch nicht in die Luft, schieß auf das *Schloss*, Alter, und wir bringen das Ganze zu Ende, bevor's ganz hell wird. Merkst du nicht, wie kalt es ist, Dicker, wie lange sollen wir hier noch rumstehen?«

»Kein Wunder ist es kalt, mit den Bergen und dem Wald, da wird's halt kalt.«

»Na, wie die hier leben, Alter, nicht mal Strom haben die.«

»Die feuern mit Holz, Dicker, und leben halt so. Holz haben

sie und Fressalien. Deshalb ist er auch hier, was glaubst du denn!«

»Was hat das damit zu tun?«

»Alter, worüber zofft ihr euch da?! Wegen so was zofft ihr euch!!! Sollen wir wie blöde Ärsche abziehen, ohne nachgesehen zu haben?«

»Wir sehen nach. Aber wenn ich mit dem Mann red, keine Mätzchen, das stört bloß.«

»Das stört? *Charascho!* Ich stör dich also? Ich stör dich … Meine Fresse … Kapierst du, was du mir da sagst? Ich stör ihn. *Charascho*, los, dann ruf ihn, und wenn er kommt, geh ich und setz mich ins Auto. Los, *dawai*, ruf ihn. Heeeeeeee, *dawai*, kommt raus, ich bin schon weg.«

»Jetzt wart doch mal, Alter. He, wart doch mal!«

»Lass mich los, was willst du … Und du auch, Pfoten weg!«

»Moment, warte, komm mal einen Augenblick mit, komm mit da rüber. Ich will dir was sagen, Dicker –«

»Ich stör euch? Und dich stör ich wohl auch –«

»Ey, mach keinen Scheiß jetzt!«

»Na los, *dawai*, ruf ihn, ruf den … wie heißt er schon wieder?«

»Mach mal halblang, Alter, was hast du denn, bist doch kein kleines Kind.«

»Kind? Dicker, was für ein Kind? Du stehst hier rum und rauchst, worauf wartest du? Ich sag dir, wir schlagen die Tür ein, und rein geht's.«

»Na, dann los, schlag sie ein! Nervensäge! Los, schlag sie ein, mach schon!«

»Und ob ich sie einschlag, und nicht nur das, ich reiß dem den Arsch auf, hörst du?«

»Mach schon, schlag sie ein.«

»Ich schlag sie ein.«

»Halt, was machst du da. Hör doch auf, hör auf! So helft mir doch mal! Mann, hör auf, lass das, hör auf –«

»He, wartet mal, da kommt jemand, he!«

»Na und, kommt eben jemand!«

»Wo denn?«

Sie spähten wieder durch die Luke.

»Nein, Alter, das kommt von unten, das ist ein Auto. Gleich passiert es die *Kurve* ... da ...«

Es war ein großer flaschengrüner Geländewagen.

»Wer kann das sein?«

»Na, so ein Pilger.«

»Ein Pilger?«

»Ja, ein Pilger. Der kommt, um hier zu beten.«

»Setz dich endlich ins Auto. Leg die Waffe weg. Nimm sie ihm weg, Alter, besser du hast sie. Hörst du?«

»Ja, gut ...«

»Wartet mal, wenn der jetzt reingeht, können wir auch rein. Versteht ihr? Wir spazieren *seelenruhig* mit rein und dort –«

»Und was dort? Raus in den Wald schleif ich den und bind das Arschloch fest.«

»Und wie soll er dir dann das Geld bringen?«

»Er wird's mir schon bringen, keine Sorge, und wie er mir's bringen wird.«

Der Geländewagen kam schwerfällig die Biegung hoch und hielt hinter ihrem Auto.

»Halt, bleib hier!«

»Wir halten uns doch an die Regeln! Wir sind korrekt! Ha! Hörst du? Wir sind korrekt!«

»Halt die Klappe, Dicker, wir bleiben schön hier und fertig!«

Die Fahrertür des Geländewagens ging auf, und ein untersetzter, feister Mann in Soutane und mit langem schwarzem Bart sprang heraus. Er fuhr sich durch das zerstrubbelte Haar und band es am Hinterkopf zusammen.

»Das ist ja ein Hippie, Alter.«

»Klappe, Dicker!«

Der Mann kam mit eiligen Schritten auf sie zu. Er hatte lebhafte, flinke Augen. »Gott segne euch«, sagte er unerschrocken, beinahe leichtherzig.

Irgendwo unter seiner Soutane summte ein Handy.

»Entschuldigt.« Er holte das Telefon hervor, sagte: »Ja, ja … Nein, jetzt gerade … Mach's gut, Gottes Segen«, und verstaute es in der Brusttasche.

Die Typen wussten nicht, was antworten, und nickten ihm zu.

»Was habt ihr auf dem Herzen? Ich bin der Bischof von Chartschascho, das ist meine Eparchie hier und –«

»Die haben den Natschalnik geholt«, sagte der eine, der sich doch noch ins Auto gesetzt hatte.

»*Verstärkung*«, pflichtete ein anderer kichernd bei.

»Schsch, er redet mit ihm.«

»Vater … Hochwürden, es ist alles kein Problem. Wir mögen keine Probleme. Im Gegenteil, wir regeln sie.«

»Umso besser.«

»Wir möchten Einlass.«

»Bitte, geht rein, wer hindert euch daran? Wer wird so mannhafte junge Leute wie euch hindern?« Der Chartschaschoer Bischof zog das Handy hervor und wählte eine Nummer. »Ihre Akkus sind ständig leer, hier gibt's keinen Strom«, sagte er fast entschuldigend. »Wir laden sie immer mit der Autobatterie auf. – Ja, ich bin's, mach doch bitte diesen Leuten das Tor auf …«

»Er hat sich verdünnisiert, das Arschloch«, sagte der im Auto.

»Er kommt gleich.«

»Der hat seinen Wagen hinter uns geparkt, damit wir nicht wenden können. Wen ruft er da an?«

»Wir können gleich rein, wart's ab.«

»Der ruft hier die Speznas.«

»Ich hab einen Anruf bekommen, es gäbe ein Problem … Ich bin vor dem Tor«, sagte der Geistliche wieder fast entschuldigend.

»Wird's bald.« Der im Auto regte sich auf.

»Vater … Hochwürden, *also*, um es direkt zu sagen, in dem Kloster gibt es einen Mann, mit dem wir reden müssen. Wir tun niemand was zuleide. *Einfach* mit ihm reden wollen wir.«

»Wir gehen *bloß* zu zweit rein, was braucht's da so viel Gedöns.«

Der Bischof senkte den Kopf.

In diesem Augenblick öffnete sich knarzend das Tor. Auf der anderen Seite stand Ighumeni mit zwei Mönchen. Als der Bischof auf sie zuging, bückten sich alle drei und küssten ihm die Hand, während er das Kreuzzeichen über ihnen schlug.

»Irre, sieh mal an, jetzt geht's rein!«

»Treten Sie ein«, sagte Ighumeni, ohne sie eines Blickes zu würdigen.

Sie bekreuzigten sich, und der Bischof wartete, bis alle in der Einfriedung waren; dann gingen sie mit ihm an der Spitze den ausgetretenen Weg zwischen den Bäumen entlang.

»Geiler Ort.«

»Dort drüben ist der Garten.«

Plötzlich blieb der Letzte stehen.

»Moment mal, was wollen wir drinnen? Sagt diesen Patres, er soll rauskommen zu uns.«

»Ja, damit wir die Patres nicht stören.«

»Hochwürden, dürften wir Sie bitten –«

»Kommt mit, kommt mit«, sagte der Bischof, ohne den Schritt zu verlangsamen.

»Hier entlang«, sagte Ighumeni.

Sie bogen vom Pfad ab und gingen Büschen entlang weiter, bis sie auf eine kleine Wiese kamen.

»Hier entlang«, sagte der Bischof, »hier entlang.«

Da standen Grabsteine, alte und neue.

Der Bischof blieb unvermittelt stehen und schlug das Kreuz. »Hier, das ist es.«

Sie starrten auf den Grabstein mit dem eingemeißelten Kreuz.

»Was … ach!«

»Den habt ihr doch gesucht, oder?«, sagte der Bischof und trat, den Kopf betrübt gesenkt, zur Seite.

»Ach, er ist gestorben …«

»Der Stein ist noch unbearbeitet. Wir haben ihn erst mal hingelegt. Es hat stark geregnet und … Die Patres selbst behauen die Steine. Ja, er ist verstorben, falls euch das interessiert. Am siebten. Vor einundzwanzig Tagen«, sagte der Bischof.

Ighumeni nickte bestätigend.

»Wir waren gute Freunde, gute, alte Freunde«, sagte der Chartschaschoer Bischof. »Sein Herz … Ein Infarkt … Er hat ja schon mal einen gehabt. Und hier gibt's ja keinen Rettungsdienst. Herrgott, schau gnädig auf ihn nieder.« Wieder schlug er das Kreuzzeichen.

Die Typen schauten auf das Grab.

Dann drehten sie sich um und gingen.

»Nach links«, rief Ighumeni, der ihnen folgte.

»Moment«, sagte einer, als sie schon am Tor waren, »woher wollen wir wissen, dass er abgekratzt ist? Vielleicht haben die uns hinters Licht geführt und das Grab von jemand anders gezeigt?«

»Bestimmt.«

»Ins Auto jetzt, sonst …«

»Wie konnte er so wie *bestellt* abkratzen?«

»Was soll ich im Auto, es ist blockiert, wie soll ich da rausfahren?«

»Schau erst mal, wie wir stehen.«

Das Tor knarzte. Der Bischof trat heraus und ging zu seinem Wagen.

»Hatte er bei Ihnen auch Schulden?«, fragte er.

»Der hatte Schulden in ganz Tiflis.«

»Ich weiß … Bei Ihnen auch?«

Der im Auto stieg aus und trat auf den Bischof zu. »Ob der Schulden bei mir hatte oder nicht«, sagte er kalt, »willst du gar nicht wissen. Die Forderung ist auf mich übertragen worden, und er hätte blechen müssen.«

Der Bischof schlug das Kreuz, öffnete hastig die Wagentür, setzte sich in sein Auto und parkte es im Rückwärtsgang am Wegrand bei den Bäumen.

»Ich komm nicht an ihm vorbei. Zu eng.«

»Vater, Hochwürden, wir kommen da nicht vorbei.«

Der Bischof stieg aus, schaute auf die Straße, dann auf die Wagenseite und sagte: »Ihr seid problemlos hergekommen und kommt auch problemlos wieder weg. Ihr passt da schon vorbei.«

Sie stiegen ins Auto.

»Was hat er gesagt?«

»›Ihr passt da schon vorbei.‹«

»Ich komm da nicht weg.«

»Fahrt raus«, sagte der Chartschaschoer Bischof, »fahrt raus, egal wie.«

»Hey, ich werd ihn schrammen.«

»Fahr schon raus, was soll's!«

»Hochwürden, setzen Sie noch ein wenig zurück.«

Der Bischof schien sie nicht zu hören. Er brummte etwas, kniete sich dann bei der Wagentür nieder und schaute immer wieder murmelnd zum Himmel auf.

»Hey, der betet.«

»Ja.«

Sie hielten an und warteten.

Der Bischof stand schwerfällig wieder auf und sagte: »Wisst ihr, seine Schulden hab ich übernommen. Vor seinem Tod hab ich ihn darum gebeten. Tut also, was ihr für nötig haltet oder wie es euch das Gewissen eingibt. Auf dem Weg hierher hat es euch doch etwas gesagt?«

Die Typen wechselten Blicke.

»Boaaaaah, ich dreh durch. Bringt mich hier *Scheiße noch mal* weg«, rief der Eintreiber.

Der Chartschaschoer Bischof schlug das Kreuz über ihn und sagte: »Hier seinen Weg zu gehen ist sehr schwer. Wirklich. Das sage ich ohne Umschweife. Also, wie entscheiden Sie sich?«

SCHATZINSEL

That's an invitation
Roll up for the Mystery Tour
Roll up
To make a reservation
Roll up for the Mystery Tour
The Magical Mystery Tour
Is waiting to take you away

JOHN LENNON / PAUL McCARTNEY

1.

Eine dermaßen verstaubte Story, die Ellbogen abgewetzt, der Schlips verschossen, vor Großvaters Fernseher gähnend und die Zeitung im Wegdösen den Händen entglitten, ist euch im Leben noch nicht vorgekommen.

Vielleicht lohnt es sich auch gar nicht, ihr bis zum Ende zu folgen, aber die Verkettung nervenkitzelnder Geheimnisse – glänzende schwarze Jeeps, Kätzchen, Rotstiftkorrekturen und dreistimmige Lieder –, drängt einen unaufhaltsam vorwärts. Obwohl, leicht sind sie auf den ersten Blick nicht zu entdecken.

Die dreistimmigen Lieder wurden immer im Radio übertragen, auf dem Lokalsender. Die Übertragung begann stets zu der Zeit, wo Mogela der Plechanower erwachte, das heißt, um zwanzig nach zwölf.

Nachts hörte er einen ganz anderen Sender, aber das Radio hatte, ließ man es unbeaufsichtigt, die Eigenart, auf den Lokalsender überzuspringen. Diese Sonderbarkeit war völlig unverbesserlich, und Mogela hatte sich daran gewöhnt.

Es war ein altes Radio und wahrscheinlich schwerer als ein leerer Kühlschrank, ein Rigaer Fabrikat aus Genosse Stalins Zeiten; der Großvater hatte es von Anfang an in das Zimmer gestellt, das später Mogelas Zimmer wurde.

Das Radio hatte die Visage eines Bösewichts, doch Mogela mochte es trotzdem sehr, weil er damit für ihn unverzichtbare Musik und Sendungen in der Sowjetunion verbotener ausländischer Rundfunkstationen empfangen konnte. Wie diese Wellen zu finden waren, hatte ihm noch der Großvater beigebracht, weswegen er es niemals hergegeben hätte. ›Es mag ja böse aussehen, aber ich hab auch nicht grade ein freundliches Gesicht‹, dachte er wohl. Zudem war es so groß, dass es als Schrank und Tisch dienen konnte. Und man musste die wackligen Fixierungen auf der Rückseite nur ein bisschen aufziehen, um ein Geheimfach zu bekommen. Dort, hinter der Rückwand des Radios, verwahrte Mogela Zigaretten, bei Wetten gewonnenes Geld und manchmal auch Rauschkraut. Einen sichereren Ort gab es im Haus nicht, und da er ein reservierter, verschwiegener Mensch war, wurde ihm das Radio unentbehrlich.

Auf dem Radio stand ein Telefon, meist auch eine Wasserflasche und eine Reihe Zigaretten, die Mogela nach Schülergewohnheit aus der Schachtel zu nehmen und in der Hosentasche zu verbergen pflegte.

An diesem auf einen frühherbstlichen Morgen folgenden Mittag jedoch waren es nicht Radiostimmen, die Mogela den Plechanower weckten. Ein Radio, insbesondere ein altes Radio aus Zeiten, als man Genosse Stalin mit Liebe begegnete, braucht nun einmal Strom. Und der blieb in Mogelas Land öfter aus.

An dem Mittag war es Kongo, der ihn weckte.

Kongo war ein imposanter Mensch, ein Gentleman mit dichten Brauen, mit einer Vorliebe für schwarze Kleidung, genüssliches Fingernägelkauen und für alles, was verboten war. Kongos Welt war grenzenlos und undurchdringlich wie wahrscheinlich im wirklichen Kongo der Dschungel.

Kongo zog den Vorhang auf und setzte sich ans Kopfende von Mogelas Bett.

»Hab was zu bereden«, sagte er. »Muss Kohle auftreiben. Das ist kein Leben mehr. Tamrikos Geld reicht nicht mehr.«

Bevor er auf nüchternen Magen nicht eine geraucht hatte, war mit Mogela nichts anzufangen. Erst dann begann für ihn das Leben.

»*Na toll.* Und?«

»Du kennst dich damit doch aus. Ich muss beim Pescheschkian Ansor Geld kassieren.«

Mogela verkniff sich ein ironisches Erstaunen. »Willst du ihn überfallen? Ihm die Knarre auf die Brust setzen?«

Kongo überlegte. »Geht nicht. Die Pescheschkians sind besser bewaffnet als ich. Bei denen aus den Fenstern ragen immer Maschinengewehre. Wer bin ich schon? Doch nur ein *Rumtreiber*. Wenn ich da reingehe, schießen die aus allen Himmelsrichtungen auf mich.«

»Na, dann hast du ja die richtige Entscheidung getroffen. Es lohnt sich nicht. Was gibt's auf unserer Straße schon einzutreiben? Und wenn du ins Kittchen wanderst, hast du dann einen Beschützer oder was? Bei wem willst du Tamriko und die Kinder lassen? Ich geh weg, das weißt du doch.«

»Tja, du gehst weg.« Kongo ließ verdrossen den Kopf hängen. »Ich hätte mich ja woanders umgeschaut, aber da müsste man sich erst erkundigen. Und wenn man sich erkundigt, verlangen die ihren Anteil. Müsste erst eine Menge herausspringen, damit man teilen könnte. Millionäre lassen mich ja wohl nicht rein. Ich will sie auch gar nicht überfallen. Pescheschkian soll ja schließlich meinem Großvater oft Geld geliehen haben. Sein Vater jedenfalls. Das war ein großartiger Mann.«

»Stimmt. Erwand Pescheschkian. Der hat doch immer Nardi gespielt.«

»Jetzt spielt er im Jenseits und hat keine Sorgen mehr. Aber ich hab Sorgen, ich!« Er sprang auf.

Bei Mogela fiel der Groschen. »Hat Tamriko sich gezankt mit dir?«

»Im Gegenteil, ich hab mich mit ihr gezankt. Hab mit Töpfen geschmissen. Ich muss den Pescheschkians das Geld rausleiern. *Zehntausend*. Was meinst du? Du bekommst auch deinen Teil davon.«

»Ich bitte dich –«

»Nein, Bruder, ich muss dir das sagen, der Rest ist dann deine Entscheidung«, sagte Kongo so aufrichtig, wie er im tiefsten Innern war. »Du musst mir helfen, Bruder, und bekommst auch deinen Teil dafür, Mogel.«

Zu der Zeit, als sich diese Szene abspielte, hatte Mogela seine Fähigkeit zu lachen beinahe schon verloren. In der letzten Zeit hatte er nur ein einziges Mal gelacht, über sich selbst, und auch das nur im Stillen.

Er setzte sich im Bett auf, drückte seine Zigarette aus und fragte: »Kongo, wie alt bist du?«

»So alt wie du«, erwiderte Kongo.

»Wie ich?«

»Dein Jahrgang. Du hast wohl einen an der Birne, Mogel!?« Kongo tippte sich mit dem Finger an die Schläfe. »Wir sind doch Klassenkameraden.«

Ach, warum nur konnte Mogela der Plechanower über solches Zeug nicht mehr lachen?

»Hab ich oder hast du einen an der Birne? Wann hab ich zuletzt mit jemand zusammen ein Ding gedreht? Oder du, wann hast du zuletzt ein Ding gedreht? Zwei Wassermelonen geklaut hast du – vor fünfundzwanzig Jahren. Außerdem hab ich sie geklaut, und dich hat man beschuldigt, Dicker.«

»Puh« – Kongo tigerte im Zimmer auf und ab – »verstehst du kein Georgisch? Ich muss Geld kassieren, hab ich gesagt, hilf mir. Wer spricht denn von Ding drehen? Hilf mir *einfach* beim Kassieren. Ich weiß nicht, wie ich das angehen soll, also was soll ich tun?« Beinahe wäre er in Tränen ausgebrochen.

Mogela zündete eine zweite Zigarette an.

»Nicht mal ein *Feuerzeug* hab ich.« Kongo seufzte. »Also, wen kennst du noch außer den Pescheschkians?«

Mogela schüttelte den Kopf.

»Hilf mir doch, ich muss denen was rausleiern. Die haben Geld wie Heu. Fabriken in Isani und oberhalb. Also, wie soll ich die abkassieren?«

»Nimm dieses Wort nicht mehr in den Mund«, sagte Mogela. »Du sagst es genau so, wie sie's im Fernsehen sagen.«

»Hilf mir. Mogel, ich revanchier mich auch bei dir.«

»Wobei soll ich dir denn helfen, Alter? Bist du völlig durch den Wind?«

»Na, wie ich kassieren muss. So, dass ich gar nicht in Erscheinung treten muss. So, dass er's bringt und, *sagen wir*, im Hof vor der Tür lässt oder sonst wo. So wie man das eben macht.«

»Soll er's nicht gleich bei Tamriko lassen?«

»Nein«, sagte Kongo, »er muss es wo deponieren, wo ich's mir nehmen kann.«

»Sobald du wegen dem Geld anrufst, geht der doch sofort zur Bullerei.«

»Eine Entführung wär auch 'ne Möglichkeit, ich könnte Arkada kidnappen, der ist dick und schlaff. Aber ich hab auch schon überlegt, dass sie die Bullerei einschalten«, sagte Kongo treuherzig.

»Und, hast du lange überlegt?«, fragte Mogela.

»Puh, die ganze Nacht hab ich überlegt. Außerdem, wenn ich den kidnappe, muss ich den Dieb im Viertel darüber ins Bild setzen. Und dann wird's schwer, an das Geld ranzukommen. Nein, ich muss Knall auf Fall kassieren, sodass er gar nicht dahintersteigt, wer ich bin.«

Mogela grinste. »Du musst ihm einen Brief schreiben.«

»Um ihm einen Schrecken einzujagen?«

»Ja, schreib ihm einen Brief mit lauter Anspielungen, sodass er schnallt, du weißt Bescheid.«

Kongo überlegte. »Ja, das ist genial. Hilf mir dabei, ich sag dir, du bekommst deinen Anteil. Aber den Brief musst du mir schreiben, ich hab keine Ahnung, wie man das macht.«

»Ich bitte dich –«

»Oder du sagst mir wie oder diktierst ihn mir. Und ich schieb ihn dann unter seiner Tür durch, nicht wahr? Was soll ich ihm denn sagen, wo er das Geld hinbringen soll?«

»Er soll's um sieben Uhr am Treppenaufgang der Metrostation ›Achmeteli‹ deponieren oder bei der Blumenverkäuferin lassen, du kämst dann und holst es dort ab.«

Kongo sah ihn misstrauisch an. »Der passt mich dort doch ab und sieht, wer ich bin.«

»Ich weiß nicht, Kongo, ich weiß nicht. Lass uns später noch mal überlegen.«

»Ich muss das heut noch erledigt kriegen. Ich hab keine Zeit mehr.«

»Moment, Alter, lässt man dich etwa nicht mehr ins Haus?« Mogela war bestürzt.

»Wer soll mich nicht mehr reinlassen? Es ist mein Haus, Alter!« Kongo plusterte sich übermäßig künstlich auf. »Ich soll schauen, dass ich Geld auftreibe, hat sie gesagt – ja, wo denn?«

»Drei Briefe musst du ihm schreiben«, sagte Mogela unvermittelt.

»Hä?«

»Drei Briefe.«

»Drei?«

»Ja, drei. Im ersten schreibst du irgendwelche Geschichten, die du über ihn weißt, und jagst ihm einen Schrecken ein. Im zweiten schreibst du: ›Entschuldigung, der vorige Brief betrifft nicht Sie, sondern war für jemand anders bestimmt‹, und im letzten schreibst du: ›Es hat sich nun doch herausgestellt, dass er Sie betrifft‹, und dass du zusätzliche Beweise hättest. Kurz, du erpresst ihn.«

Kongo überlegte. »Drei Briefe sind viel, Mogel. Außerdem, wann kommen die per Post überhaupt an. Die Post funktioniert mies. Nein, ich steck ihm doch *einfach* ›Her mit dem Geld, du Spitzelsau!‹ unter der Tür durch. Reicht das nicht?«

»Das wird ihm keine Angst machen. Der hat ja selber Waffen, und er wird auch gleich die Bullerei alarmieren. Wer gibt dir auf diese Art schon Geld?«

Kongo überlegte.

»Verzieh dich jetzt und denk gut nach, was du über den Pescheschkian weißt, bring noch einiges in Erfahrung, und dann sehen wir weiter.«

Kongo setzte sich aufs Bett, sodass Mogela sich nicht mehr bewegen konnte.

»Mensch, Mogel, hast du eine Freundin?«, fragte er aus heiterem Himmel.

»Wie, brauchst du eine bei dem Ding?«

»Nein. Interessiert mich nur. Hab nicht gesehen, dass du jemand mitgebracht hättest, oder jemand gekommen wär, oder –«

»Hast du eigentlich nichts zu tun?«

»Was soll ich zu tun haben, ich sitz dort drüben nur so rum.« Er deutete mit der Hand zum Fenster. »Mogel, wir müssen die Pescheschkians abkassieren, wir müssen einfach.« Er legte die Arme um Mogela und begann ihn freundschaftlich zu rütteln.

»Moment! Kann Pescheschkian überhaupt Georgisch lesen?«, fragte Mogela auf einmal. »Der ist doch Armenier. Dem muss man auf Armenisch schreiben. Wie sollen wir jemand finden, der Armenisch schreiben kann?«

Kongo ließ seinen alten Freund los und sagte: »In der Schule lernen sie Georgisch. Die Jüngeren heute. Das weiß ich ganz genau. Kann er sich nicht den Brief von einem von ihnen vorlesen lassen?«

2.

An einem milden Herbstabend, vielmehr in einer milden Herbstnacht beziehungsweise zu jener Tageszeit, wo bei schönem Wetter die Fenster der Häuser an der stillen Uferstraße offen stehen und die Bäume mit den Blättern rascheln, betrat Mogela der Plechanower den kleinen Eckladen, um sich eine Coca-Cola zu kaufen.

Kongos Frau Tamriko stand dort hinter der Theke.

Tamriko ist ein ganz gewöhnlicher Name, doch Kongos Frau war genauso speziell wie Kongo, ja, man könnte sagen, noch spezieller.

Tamriko feuchtete den Finger an und tippte auf der Registrierkasse herum. Sie trug meist einen schwarzen Pullover, so einen, der in der Stadt zu Ehren von Mick Jagger »Rollingstone« genannt wird, obwohl Mick Jagger davon nichts weiß, genau so wenig wie die meisten hierzulande je etwas von Mick Jagger gehört haben. Des Weiteren war Tamriko imstande, ein Kuddelmuddel zu veranstalten, wenn zwei Ladenkunden etwas anschreiben lassen wollten, und verrechnete die Schuld der einen Ketino einer anderen Ketino, oder sie konnte sich überhaupt nicht erklären, warum sie »drei vierzig« dort hinschrieb, wo sie's nicht hätte hinschreiben dürfen, oder warum die in Lamaras Liste vermerkten Mengen Zigarettenschachteln wuchsen und wuchsen, wo doch Lamaras Mann Porphile seit dem Zusammenbruch der Sowjetunion nicht mehr rauchte: Ihm war nämlich schon sehr früh klar gewesen, dass unruhige Zeiten auf sie zukamen, und er hatte gleich begonnen, den Gürtel enger zu schnallen. Außerdem war Porphile tot. Doch solcherlei bedachte Tamriko nicht. Wahrscheinlich deshalb, weil sie sich so aufopferungsvoll abrackerte. Sie verrechnete sich auch oft mit dem Bier, das Menschen unterschiedlichsten Alters sowie die Arbeiter einer nahegelegenen Restaurantbaustelle im Laden und davor zu trinken pflegten. Und weil sie niemanden auch nur eine Plastikflasche gratis mitnehmen ließ, forderte sie ihre Kunden auf, die Flaschen dazulassen, um sie dann für zwei Tetri den Schubkarrenmännern zu verkaufen, welche sie in die Bierbrauerei oder vor die Brauerei brachten, wo die Leute für gezapftes Bier anstanden und Plastikflaschen brauchten. Außerdem schmuggelte Tamriko Selbsterworbenes in den Laden und verkaufte dieses anstelle der Ware ihres Arbeitgebers. Freilich unauffällig und ohne Schweinereien, also so, dass ihr Boss es nicht merkte.

Die Familie war Tamrikos Ein und Alles, aber sie kam einfach nie auf einen grünen Zweig. Ihr Mann war arbeitslos und bemühte sich nur ins Wettbüro, um dort alle möglichen bunten Scheine auszufüllen, die er erst zu küssen und später zu zerreißen und Tamriko hinzuschmeißen pflegte. Tamriko verfluchte ihn, worauf sie sich wieder versöhnten, und solchen Versöhnungen waren zwei Kinder entsprossen.

Ab und zu half ihr Mogela aus, wenn er etwas gewonnen hatte. Wenn nicht, ließ er es die Kinder trotzdem an nichts fehlen, so wie es ihn inzwischen vergessener Tifliser Brauch einst gelehrt hatte.

»Ein Päckchen Winston Light, Tamro«, bat Mogela sie an dem Abend, »und eine Coca-Cola.«

»In dieser Coca-Cola soll irgendwelches Zeug drinsein.« Sie reichte ihm die Flasche. »Hab ich von meiner Schwester. Die vergiften uns, Mogel, echt, die vergiften uns. Die vergiften uns die Kinder.«

»Wer?«, fragte er nachdenklich.

»Die Ausländer. Du solltest sehen, was da so alles geschrieben wird.«

»Eh, was bist du für eine Trine.«

»Meine Schwester hat's gelesen, Mensch, alles schwarz auf weiß von so Professoren.«

»Ich dachte, du redest von Amerika.« Drei Giftträger hatte er plötzlich vor seinem geistigen Auge: Ausländer, Amerika und einen Mann namens Soros, der Michael Douglas ähnlich sah. »Hab verloren heut. Dein Mann und ich haben kein Glück beim Wetten.«

»Mensch, manchmal hab ich solche Angst. ›Der bringt dich noch mal um, Mädel, erwürgt dich‹, sag ich mir immer, wenn ich ihm mal wieder Vorwürfe mache ... Aber, Mogel, ich geh kaputt, schau mich doch an, den ganzen Tag bin ich hier. Spring rüber, füttere die Kinder. ›Wärm ihnen doch wenigstens das Essen auf, Mann‹, sag ich ihm immer. Aber nein, meine Schwester muss extra herkommen, unzählige Metrostationen wechseln, um bei uns das Essen aufzuwärmen.«

»Der ist irgendwas am Deichseln. Macht sich rar, weil er Geld aufzutreiben versucht, wie immer.« Er warf ihr einen prüfenden Blick zu.

Eine ziemlich lange Nase hatte sie und eher kurze, dickliche Unterarme. Der Ehering saß unabstreifbar am Finger.

»Rumlungern wird er irgendwo, was weiß ich denn schon.« Sie wich seinem Blick aus. »Du bist ja auch nicht mehr vorbeigekommen.«

In der Sprache der Armen hieß das so viel wie: Mogela hatte Kongo und Tamriko schon die längste Zeit nicht mehr ausgeholfen.

»Hab eben grad kein Geld.« Er sah ihr in die Augen. »Hat er denn nichts zuwege gebracht?«

»Was soll er zuwege gebracht haben, Mann. Fläzt sich ja nur rum«, erwiderte sie. »Ich dachte, vielleicht hat er eine Frau gefunden.«

»Wer? Kongo?«

»Doch nicht Kongo, du, weil du dich nicht mehr hast blicken lassen.«

»Eine Frau gefunden! Eher fallen Ostern und Pfingsten auf einen Tag ...«

»Na, was ist, steht dir etwa kein gutes Mädel zu? Lungerst immer noch so herum ... Wie alt bist du? Doch gleich alt wie mein Kongo. Wie meine Schwester neulich sagte: ›Einen Jungen wie den – also dich – gibt's auf unserer Straße keinen Zweiten mehr.‹«

Mogela nahm die Cola-Flasche in Empfang, steckte sie in die Tasche und ging.

Es war bereits Nacht. Nächte wie diese waren es, die Mogela den Plechanower in dieser Straße hielten, in dem großen alten Haus, das sein Großvater erbaut hatte.

Er ging heimwärts und rief, kaum war er im Haus: »Mama, wo bist du?«

Das Haus war groß. Sie verloren einander darin oft aus den

Augen, weshalb Mogela schon beim Eintreten nach ihr zu rufen pflegte.

Das Haus war auch merkwürdig: Von außen schien es nicht nur klein, sondern sogar sehr klein. Früher wusste man: Wolltest du ein großes Haus bauen, wäre es genialerweise so zu bauen, dass seine Größe niemandem in die Augen stach. Denn die Kommunisten hätten Fragen gestellt: Woher? Warum? Gleichfalls geniale Fragen waren das, aber die Menschen wurden meist ziemlich nervös, wenn sie gestellt wurden.

Mogelas Haus war also von seinem Großvater erbaut worden, und was das für ein Haus war! Zu Beginn der Bauzeit, während der Winterkälte, war Lenin gestorben. Der Bau dauerte dann noch an die vier Jahre. Ein Haus aus solchen Zeiten war das, damals an einer noch häuserlosen Straße, weil auch die sich gerade im Bau befand, einer Querstraße zu den vom Prospekt zum Ufer führenden Straßen. Zur Straßenseite hin hatte es zwei Fenster und die Eingangstür, zum Fluss hin auf den Hang hinausgebaut zwei geräumige Stockwerke. An die vierzehn Zimmer hatte es, denn die Familie war damals groß gewesen. Der Großvater wandelte in jungen Jahren das aus Zarenzeiten stammende väterliche Gold in Hausmauern um. Wenn er Ziegel buckelte, warnten ihn die männlichen Angehörigen: »Du machst dich noch zum armen Schlucker, verpflasterst das Gold, und dann nehmen die Kommunisten dir das Haus weg.« – »Am Ende geben sie's mir doch zurück«, erwiderte der Großvater, der damals drei-, vierundzwanzig Jahre alt war und schon eine Frau hatte. Er war Buchhalter, ein zu allen Zeiten nützlicher Mann, später bezeichneten sie ihn eher als Ökonom, denn ganz am Schluss arbeitete er im Handelsministerium und fertigte Normalsterblichen rätselhafte Papiere aus.

Es kam vor, dass die Zahl gleichzeitiger Bewohner bis auf sechzehn stieg. Großvaters ledige und verheiratete Schwestern, ihre Kinder und Kindeskinder, Verwandte aus Imeretien, seine Mutter, sogar Patenkinder und Paten von irgendwem, die Tante von Mogelas Mutter, Mogelas Tanten und Großvaters Bruder, der nach der Rückkehr aus der Verbannung sein eigenes Haus nicht mehr vorfand und die Frau mit einem anderen verheiratet. Und immer noch weitere: Mal kamen Leute hinzu, mal wurden es weniger. In Großmutters Küche standen riesige Kochtöpfe. Eine Zufallsbekanntschaft oder einen Bekannten, der sich geschäftlich in Tiflis aufhielt, nach Hause mitzubringen war für den Großvater nichts Außergewöhnliches gewesen. Wenn er, inzwischen ein alter Mann, Mogela in sein Zimmer lud, sagte er immer: »Da haben sie sich beim Bau des Hauses ständig eingemischt, und jetzt haben alle davon profitiert.«

Der Großvater war ein leidgeprüfter Mann: Er selbst blieb verschont, aber seine Schwiegersöhne wurden erschossen, ein alter Onkel deportiert, der Bruder verhaftet. Er war ein Bibliomane gewesen (obwohl Mogela nie bemerkte, dass der Opa gelesen hätte; er erinnerte sich nur, dass er ständig in Kalenderlektüre vertieft war). Zu Zeiten, als auf den Tifliser Märkten alte Bücher nach Gewicht verkauft wurden, hatte er Geschmack daran gefunden, Bücher aufzukaufen. Zur selben Zeit hatte er mit dem Bau des Hauses begonnen. Es herrschte große Not, die Russen waren gerade wieder ins Land zurückgekehrt, und viele Dinge aus vergangenen Zeiten waren für billiges Geld zu haben: feinste Geschirrservices, Gold und Silber, Gürtel und Dolche aus Schamils höchsteigenem Besitz, König Erekles Umhang, Kaschaner Keramik, Truhen und Büfetts. Das alles wurde gegen Brot getauscht, desgleichen Bücher, die immer zu Zehner- oder Zwanzigerpaketen zusammengebunden waren. Darunter fanden sich auch alte Schenkungsurkunden, mit Wappen versehene Dokumente, alte Rechnungsbücher über Einnahmen und Ausgaben, Kuverts und Postkarten. Verkauft wurde von Leuten aus guten Familien, und nach dem ersten Bücherkauf kaufte der

Großvater wieder und wieder. Zu Großmutter bemerkte er damals, er müsse diese Bücher retten. Während beinahe sechzig Jahren rettete er so viele, dass das Haus zur regelrechten Bibliothek wurde. In separaten Schachteln lagerten überdies Schenkungsurkunden und alte Briefe und Papiere, die er statt Rückgeld bekommen hatte.

Mogela sagte immer: »Da, das ist mein Besitz.« Tatsächlich hielten er und seine Mutter sich, seit das Land ins Chaos gestürzt war, mit ebendiesen Schenkungsurkunden und Büchern über Wasser. Der Handel mit seltenen Büchern lief noch, und wahrscheinlich verfrachteten die Händler die Mogeladse'schen Raritäten nach Moskau. Schenkungsurkunden dagegen kauften manchmal auch geschichtswissenschaftliche Institutionen.

Nicht nur Mogela, auch die Mutter verkaufte, doch die Regale blieben so voll wie eh und je. Mogela war kein Büchermensch, obwohl er Bücher im Allgemeinen mochte und eigentlich auch den Bücherstaub, der sich in allen Zimmern des Hauses eingenistet hatte. Es gab Zimmer, die seit Jahren nicht mehr betreten worden waren. In ihnen hatten sich zu verschiedenen Zeiten die schweren Jungs aus Mogelas Viertel versteckt gehalten und oft monatelang im Haus gewohnt. Dort wurden auch diverse Gegenstände aufbewahrt, um deren Aufbewahrung diese oder auch andere Jungs Mogela gebeten hatten. Alles gab es da, angefangen von Revolvern über Aufnahmegeräte bis zu irgendwelchen mysteriösen Motoren. In denselben Zimmern hatten eine Zeitlang Frau und Tochter eines Moskauer Freunds seines Vaters gewohnt, Tania und Irischka – Letztere Mogelas erste und bisher unauslöschliche Liebe –, außerdem Mogelas Cousine Kussi mit ihrem Mann.

Achtzig Jahre nach dem Friedensvertrag von Brest-Litowsk waren nur noch Mogela und seine Mutter in dem Haus verblieben. Alle waren sie umgekommen, alle, die zu Großvaters Zeiten hier gelebt hatten.

Auch Mogelas Vater. Noch vor dem Großvater.

»In diesem Zimmer würd ich sterben wollen«, hatte Lewiko der Barnower einmal gesagt, als ihn Mogela in eines der unteren Zimmer geführt hatte, um ihm die dort auf dem Boden gestapelten Bücher zu zeigen.

»Mama, wie geht's dir, wo bist du?«, rief Mogela erneut und begriff im selben Moment, dass nun er allein übrig war. Seine Mutter müsste nie mehr zwei Mal gerufen werden.

Er stellte die Coca-Cola-Flasche auf den Boden und lief zum hinteren Teil des Hauses.

Der Fernseher war eingeschaltet.

Medizinfläschchen standen auf dem niedrigen Tischchen aufgereiht.

Die Mutter war nicht mehr.

Auf der hinteren Veranda brannte Licht, und ein vom Fluss her wehendes Lüftchen bauschte die Vorhänge ganz sacht. Präzis so, wie Mogela es mochte in frühherbstlichen Nächten.

Er wollte nicht auf die Veranda hinausgehen. Absolut nicht. Er blieb auf der Schwelle stehen und verstand, dass er allein war.

3.

»Ich wollte eh weg«, sagte Mogela und stand auf.

Das Café war leer, draußen war ein sonnenloser Tag.

»Für einmal glaubst du mir was«, sagte die Rose von Schiras.

Normalerweise war das Lokal immer voll, deshalb hatten sie es auch ausgewählt. Es war ein »McDonald's«, das wollen wir nicht verhehlen. Meist schrien und kreischten dort Kinder herum.

Auf Mogelas Hassliste stand der Tod weit oben. Viel weiter oben, als ihm zukam.

Nachts, wenn ihm Radioklänge übers Gesicht strömten,

rief er im Stillen, die Augen geschlossen: ›Fick dich, Tod.‹ Dem Tod konnte er überhaupt gar nichts abgewinnen und er hatte keinerlei Respekt vor ihm. Eine gewisse Scheu, ja, aber keinen Respekt. Wenn er Radio hörte, musste er immer denken, was er da hörte, war allermeistens von Toten gesungen, und die Bücher, die er las, stammten alle von Toten, und er stellte sich vor, wie sein Haus von unzähligen Toten bevölkert war, vielmehr von ihren Stimmen, ihren Gedanken, ihren Lieben, ihren Hassgefühlen und ihren Talenten.

›Jawohl, jawohl, von Toten sind wir umgeben, und wenn wir schon von ihnen umgeben sind, warum nur müssen wir dann noch sterben?‹, sinnierte er. Doch war das wie so oft eher dem Rauschkraut geschuldet, das er vor dem Schlafengehen immer unbedingt paffen musste.

In diesen Momenten vor dem Einschlafen, wenn er melancholische Songs vergangener Zeiten hörte, Count Basie oder Paul Desmond auflegte, stellte er sich oft vor, dass ein Toter manchmal möglicherweise überhaupt nicht tot war.

Er drehte und wendete diese Vorstellung so lange, bis er irgendwie zu dem Beweis gelangte, dass ein Toter vielleicht auch lebendig sein konnte. Morgens wusste er dann nicht mehr, wie er es drehen musste, damit sich die Theorie auch bei Tageslicht und Nüchternheit beweisen ließ.

Dann, als die Mutter begraben war und das Leichenmahl beendet, Mogela aber, was bemerkenswert war, keine Frau mit nach Hause nahm, erwartete ihn in die Haustür geklemmt ein Umschlag.

Auf dem Umschlag stand nichts. Mogela ließ ihn ungeöffnet im Flur liegen. Nicht zu Unrecht dachte er, jemand hätte ihm seinen Beitrag an die Begräbniskosten nicht direkt übergeben wollen und ihm diesen so hinterlassen. Ein feiner Kerl musste das sein, stellte Mogela sich vor, wahrscheinlich ein alter Freund seines Vaters, den er nicht kannte, jemand wirklich Feines, da ihm Mogelas Gefühlslage wichtiger war, als das

Geld persönlich zu übergeben, denn es hätte ja auch passieren können, dass irgendwer den Umschlag aus der Tür klaute, aber diesem großherzigen Menschen war es lieber, das Geld kam weg, als dass er es Mogela offen übergeben hätte.

Den großherzigen Menschen, der in alten Zeiten mit Mogelas Vater zusammen gerne auf Kneipentour gegangen war und jetzt ohne große Worte dem Sohn unter die Arme griff, so wie sich das in Tiflis traditionsgemäß gehört, gab es jedoch nicht.

Dies wurde Mogela drei Tage später klar.

Das Begräbnis hatte ihm eine Zweihundert-Dollar-Schuld eingebrockt, und er dachte: ›Schauen wir doch mal in Mutters Schubladen nach, sicherlich hat die Arme was zur Seite gelegt.‹ Als er an der Kommode war, fiel ihm der Umschlag wieder ein. Bestimmt würde er nicht weniger als hundert Dollar enthalten: die unter den *kai bitschebi* im Viertel übliche Summe.

Mogela fand den Umschlag, riss ihn auf, und heraus fiel ein säuberlich auf Karopapier geschriebener Brief.

»Werter Freund,
wir sind über alles auf dem Laufenden. Drogensüchtige versammeln sich bei dir im Haus, diese Abscheulichkeiten sind allbekannt. Was hat die arme Frau alles mit dir durchmachen müssen!
Falls du nicht Geld lockermachst, informieren wir die Polizei. 2000 Dollar. Wir wissen alles über dich. Bring das Geld übermorgen zum Friedhof (leg es hinter den Grabstein der Deinigen). Wir wissen alles, auch mit was für einer du dich herumtreibst, und wir lassen es die zuständige Seite wissen, und die bringt dich um.«

Mogela schmiss den Brief hin und trat aus dem Haus. Sah zu dem ärmlichen Eingang hinüber, hinter dem Kongos unglückselige Familie hauste, und rief: »Kongooooo!«

Tamriko schaute heraus. »O je, Mensch ... Was hast du? Komm rein. Ich konnte letzthin nicht mehr zum letzten Geleit kommen. Meine Schwester wartete auf mich und war schon am Gehen.«

»Wo ist Kongo?«

»Ist er nicht zum Leichenmahl mitgekommen?«, fragte Tamriko betroffen.

»Das Leichenmahl war doch schon vor drei Tagen, Tamro.« Mogela machte kehrt.

»Soll er rüberkommen?«

»Ja, von mir aus.«

Als Kongo schließlich herüberkam, setzte er sich betrübt, zutiefst und aufrichtigst betrübt, hin und sagte: »Sie hat mir immer Erdbeeren aufgetischt. Solche Erdbeeren hab ich nie wieder gegessen.«

»Bist du übergeschnappt, Dicker?«, fragte Mogela geradeheraus, ohne dass Kongo sich einen Reim auf den Angriff machen konnte. »Schreibst du die Briefe jetzt mir?« Und er schmiss ihm das Blatt hin.

Kongo las, indem er leise die Lippen bewegte, brachte aber zunächst kein Wort heraus. »Was soll das?«, fragte er schließlich.

»Das weißt du nicht?«

»Der ist zu dir gekommen?«

Mogela begriff, dass Kongo nichts von dem Brief wusste. »Hast du den Pescheschkians geschrieben?«

»Nee. Tamriko hat gesagt: ›Die buchten dich ein, und dort kann ich mich dann nicht um dich kümmern.‹«

Mogela zündete sich eine Zigarette an und fragte nun vollkommen ruhig: »Ist das Tamros Handschrift?«

»Handschrift?«

»Ja, Handschrift. Hat das nicht Tamro geschrieben?«

Kongo blickte ihn grenzenlos verwundert an und sah dann wieder auf das Blatt hinunter. »Nein. Wie denn? Woher sollte Tamro so schreiben können? ›Werter Freund‹ und so weiter.«

Mogela seufzte. »Die Handschrift. Hat sie so eine Handschrift? Vielleicht hat sie sich einen Scherz erlaubt. Ich hab gefragt, ob Tamriko das geschrieben hat, verstehst du? Hast du ihr etwa nicht erzählt, dass ich dir geraten hab, Briefe zu schreiben? Ich hab doch Spaß gemacht, erinnerst du dich?«

»Du hast Spaß gemacht? Ah, ja, als Tamriko sich mit mir gestritten hat und ich dem Pescheschkian den Zaster hätte abknöpfen sollen. Nee. Was hat Tamriko damit zu tun, woher weiß die, wie man so was schreibt? Sie hat gesagt, ich soll ja nicht schreiben, die würden mich sonst einlochen und sie könne mich dann nicht rausholen und sich auch nicht um mich kümmern. Weshalb sollte Tamriko das geschrieben haben?«

Die Geschichte mit den drei Briefen hatte Mogela als Junge gehört. Der Großvater erzählte ihm immer alte Tifliser Anekdoten: über Prinzen, Karatschochelis, Bacchanten, Diebe und manch andere Typen. Darunter war auch die Geschichte eines Tifliser Erpressers namens Kot Michalitsch, der in der Nähe des Woronzower Platzes wohnte. Kot Michalitsch war ein kreativer Erpresser-Poet, wie Lewiko der Barnower ihn einmal nannte, nachdem ihm Mogela eines der drei Abenteuer Kot Michalitschs weitererzählt hatte, jenes, das ihm unter den unzähligen großväterlichen Anekdoten am besten in Erinnerung war.

Es war die Geschichte mit den drei Briefen, ebendie Geschichte, die Mogela an jenem Morgen während des Gesprächs mit Kongo einfiel. Kot Michalitsch soll eine schöne kyrillische *Handschrift* gehabt haben, im Ausbaldowern und Erpressungsgründe Finden außerdem geradezu wundersam geschickt gewesen sein. Wegen seiner Ungeselligkeit – er war ein verschlossener Mann und sah sich selbst als Opfer der besseren Gesellschaft – konnte der großartige Erpresser jedoch nicht alleine arbeiten, sondern war auf einen tüchtigen Kontaktmann angewiesen. Dieser war eine Frau, die Prinzessin genannt wurde und deren erfundener Nachname auf Aradeli-Ischchneli lautete. Nun, ebendieser Kot Michalitsch soll sich den Trick mit den drei Briefen ausgedacht haben; wenn er Zeit hatte, sollen es sogar fünf oder sieben gewesen sein. Die Opfer konnte man so noch genüsslicher auf die Folter spannen. Die Anzahl der Briefe musste unbedingt ungerade sein, weil die Erpressung mit einer schlechten Nachricht begann und auch mit einer schlechten endete. Das Opfer erhielt zuerst einen Brief, der seine Geschäfte und Geheimnisse enthüllte, danach einen beruhigenden Brief mit dem Wortlaut, es liege ein Irrtum vor. Das Opfer wunderte sich, wieso ein Irrtum vorlag, wo doch sein ganzer Privatkram beschrieben war, und sobald es sich ein wenig beruhigt hatte, erhielt es einen weiteren, weit härter formulierten Brief.

Es war wie bei Spielkarten: schwarz, dann rot, dann wieder schwarz. Kot Michalitsch komponierte die Briefe so meisterlich, dass er einen Mann damit um den Verstand bringen konnte. Eine Frau natürlich auch. Aber dann wurde Kot Michalitsch von irgendeinem moralischen Menschen umgebracht, der deswegen nach Sibirien wanderte. Erstaunlich, so viele Schurken hatte er gegen sich aufgebracht und wurde letztlich von einem Moralapostel ermordet. Seine Tricks jedoch blieben dem Volk in Erinnerung.

Hätte er einen weiteren Horizont gehabt oder wäre gebildet gewesen, wäre Kot Michalitsch sicherlich Schriftsteller geworden, hatte Lewiko damals gesagt und das Bild auszumalen begonnen. Dem, was Mogela aus den großväterlichen Erzählungen geblieben war, fügte er Eigenes hinzu, fabulierte, damals hätte man sich nicht nur einfach mit dem Revolver umgebracht, sondern sich Säure ins Gesicht gegossen, denn sich selbst zu entstellen sei in Mode gewesen. Wer wisse schon, wie viele gepeinigte und vom Schicksal geschlagene Frauen sich wegen Kot Michalitschs Quälereien selbst verunstaltet hätten. Alle seien ja wohl nicht in der Lage gewesen zu zahlen? Das Erstaunlichste an Kot Michalitsch und seiner Chefin-Mitarbeiterin, der falschen Prinzessin, war, dass sie einen Zahlungsunfähigen irgendwie herausfiltern konnten. Wohl weil ein Erpressermotto lautet: »Hast du kein Geld und musst es auftreiben, geht mich das nichts an. Schließlich hast du eine Vergangenheit, die du nicht einfach ignorieren kannst.«

Mogela kam der Gedanke, sollte sich jemand einen Scherz mit ihm erlauben, dann nur Lewiko der Barnower, aber Lewiko war doch tot? Er war tot. Dass Mogela der Plechanower nicht an seinen Tod glauben konnte und oft sogar seine Stimme hörte, war eine andere Geschichte.

Viele alte Sprüche hörte er da. Zum Beispiel sagte Lewiko der Barnower: »In Wirklichkeit bin ich ein abscheulicher Mensch.« Und lachte in sich hinein. Mogela erwiderte nie: »Das bist du nicht«, er klatschte Beifall, das war's.

Und nun saß Kongo da und starrte auf den Brief. »Spinnst du, Alter, woher sollte Tamro so studiert schreiben können?«

»Na gut, lass mich in Ruh«, erwiderte Mogela und dachte: ›Haben nicht beide, er und seine Frau, mich nach einer Freundin gefragt?‹

Drei Tage später erhielt er einen weiteren Brief, in dem um Entschuldigung gebeten wurde:

»Werter Freund,
wir haben uns in der Adresse geirrt. Sei außer Sorge.«

Der Brief steckte wie schon zuvor in der Tür, der Umschlag war unbeschriftet.

Mogela nahm seine Jacke und ging zum Eckladen, um Coca-Cola zu kaufen und ein Wörtchen mit Tamriko zu reden.

Tamriko empfing ihn übellaunig.

»Was macht deine Schwester?«, fragte Mogela. »Scheint Briefschreiberin geworden zu sein.«

»Briefschreiberin?« Tamriko wunderte sich.

»Was für ein Theater«, ließ Lewikos Stimme sich vernehmen.

»Ich komm abends zu euch rüber«, kündigte Mogela an und ging nach Hause.

4.

»Ich wollte eh weg«, sagte Mogela der Plechanower, blätterte den Pass auf und betrachtete sein Passbild. »Weißt du überhaupt noch, was für ein Landsmann ich bin?«

Die Rose von Schiras zog eine Plastikkarte aus ihrer Handtasche und legte sie neben den Pass. »Bitte …«

»Nein«, sagte Mogela. »Nein, steck das sofort wieder ein.«

»Bitte. Niemand wird das jetzt mehr überprüfen. Es ist meine eigene, private. Ich hab die Wohnung vermietet. Bitte.«

»Lass das«, sagte er, »lass mich in Ruh damit. Ich hab eigenes Geld, hab ein paar Sachen verkauft.«

»Kommt nicht infrage.« Sie lachte. »Schluss damit … Du reist über Istanbul. Von da aus ist es ein Katzensprung.«

»Ich bin noch nie dort gewesen.«

»Ich komm nach«, sagte die Rose von Schiras, stand auf und hängte sich die Tasche über die Schulter.

»Puh, wär's nicht besser, uns nicht mehr zu verstecken?«

»Nein«, erwiderte sie, »wir leben nur einmal.«

›Warum gerate ich immer an kluge Frauen?‹, dachte Mogela und steckte Pass und Kreditkarte in die Brusttasche.

Kongo hatte den ganzen Tag hinter dem Fenster verbracht, dort gegessen und war auch dort eingenickt. Er saß hinter dem geschickt drapierten Vorhang, wie Mogela ihn instruiert hatte. Drei Tage hatte er so hinter dem Fenster gesessen und die

Mogeladse'sche Haustür beobachtet. Manchmal schaute er auch Fernsehen, meistenteils jedoch auf die Tür.

Kam Mogela nach Hause, schaute er zu dem Fenster hinüber, grüßte Kongo mit erhobener Hand und ging in sein Haus. Der stand dann auf und lief über die Straße zum Freund.

»Niemand gekommen, Mogel, den ganzen Tag ist keiner gekommen.«

Trotzdem traf ein neuer Brief ein:

»Werter Freund,
wir machen keine Scherze. Wenn du nicht 3 000 Dollar auf dem Grab der Deinigen, hinter dem Grabstein deines Vaters, deponierst, kontaktiere ich augenblicklich Herrn Robert in Wien und sag ihm, dass du immer noch der Geliebte seiner Schwiegertochter bist.«

»Dreitausend sind wenig«, sagte Mogela.

»Hä?« Kongo blickte ihn verdutzt an.

»Dreitausend sind wenig. Die wollen mich umlegen, das ist dir doch klar, oder, Kongo?«

»Moment!«, rief Kongo bestürzt.

»Ja. Obwohl ich *überhaupt* nichts damit zu tun hab. Lohnt es sich, dreitausend zu bezahlen, um drei Monate später sowieso umgelegt zu werden?«

»Natürlich lohnt sich das, aber –«

»Und wenn ich das Geld nicht hab?«

»Ja, hast du nicht ...«

»Der ist von deiner Schwägerin«, sagte Mogela. »Bloß, woher weiß sie davon?«

»Von Tamila? Die Arschgeige«, sagte Kongo freimütig.

»Bestimmt von ihr geschrieben, wenn sie von der Geschichte weiß.«

»Von welcher Geschichte?«

»Es gibt da was ...«

Nachts rief Mogela die Rose von Schiras an.

»Ich komme«, war ihre Antwort.

»Nein«, sagte er, »komm nicht her.«

»Bist du nicht allein?«

Er musste lachen.

Nichts hätte besser ausgedrückt als dieses Lachen, dass er mutterseelenallein war auf dieser Welt.

»Morgen, im Wake-Park«, sagte er schließlich. »Welche Uhrzeit?«

»Wann du willst. Hör mal, ich komm doch her.«

»Sag mal, wie heißt dein Metier genau?«, fragte er.

»Kunstwissenschaft und Kunstgeschichte.«

»Und warum hast du das studiert?«

»Ich komm jetzt vorbei.«

»Nein, das interessiert mich wirklich. Warum hast du das studiert? War das in eurer Familie so was wie eine Berufung? Dass ihr euch mit, wie heißt er schon, Leonardo da Vinci beschäftigt?«

»Ich bin noch nie in deinem Haus gewesen. Ich komm jetzt.«

»Nein. Das sähe aus, als hätte ich damit bis zum Tod meiner Mutter gewartet.«

»Du bist verrückt. Aber der allerbeste Typ, den ich kenne, der Beste.«

»Tja ... Also morgen. Wenn du willst, in der Früh. In der Früh, *charascho*?«

Der Wake-Park gehört zu jenen verkannten Parks der Welt, die über namenlosen Gräbern angelegt sind. Das heißt, unten befinden sich Knochen, oben Karussells. Sein Gegenstück ist ein zweiter weltweit verkannter Park, der Were-Park, ebenfalls auf Gräbern errichtet, jedoch namhaften. Das heißt, unten befinden sich Knochen, oben wird Schach gespielt. Zwischen diesen beiden Parks wohnte die Rose von Schiras.

Mogela erschien bekifft und verkündete: »Überall sind Tote, immer nur Tote. Weißt du, wie der Tod ist?«

»Wie?«, fragte die Rose von Schiras.

»Wie Schlaflosigkeit. Wenn du überhaupt nicht schlafen kannst.«

»Armer Mogela«, sagte die Rose von Schiras. »Wie kommst du auf die Idee?«

»Das ist nicht meine Idee, sondern Lewikos«, sagte er. »Lewiko hat sich so was immer ausgedacht.«

Sie schaute an ihm vorbei. »Hab ich's mir doch gedacht, dass ich mit diesem deinem Lewiko spreche und nicht mir dir.«

»Ja, mit einem Toten sprichst du ... Drüben, ganz in der Nähe hat er gewohnt«, sagte Mogela.

»Hätte ich diesen Lewiko wenigstens gekannt, ständig hör ich seine Sprüche.« Sie lachte leise.

»Lewiko kannte keine Leute wie dich.« Er zündete sich eine Zigarette an. »Der kannte nur solche wie mich. Rundherum sind lauter Tote, die sich auf alle möglichen Arten betätigen. Sie singen, tanzen, lieben dich, hassen dich ... Nur am Steuer sitzen sie nicht, sonst ... Du redest kluges Zeug, wie Lewiko. Das hilft mir ...«

»Schon gut, schon gut.«

»Sag, was soll ich tun? Wenn's um mich ginge, wär's klar. Es geht um dich ... Um dich und mich. Ich bin jetzt so weit, dass es mir egal ist, ich wollte eh weg. Nicht wegen den Briefen, überhaupt. Meine Mutter hätte ich nicht allein gelassen. Aber jetzt will ich eh weg. Du kannst dann ja frotzeln: ›Der ist vor den Briefen geflohen.‹«

»Die sind unwichtig. Wichtig ist: Wer schickt sie dir?«

»Ich würde sagen, Lewiko, aber der wusste nichts von uns.«

»Mein Gott«, sagte die Rose von Schiras leise, »jetzt drehst du durch.«

»Nein«, sagte Mogela, »ich werd nur anders, wenn du bei mir bist.«

Sie sah ihn aufmerksam an, fuhr ihm mit den Daumen über die Brauen und sagte lachend: »Du bist ja ganz ansehnlich. Über die Grenze werden sie dich lassen.«

»Moment, ich muss die Brille abnehmen.« Er lachte. »So?«

»Was für ein ehrliches Gesicht du hast.« Die Rose von Schiras lachte wieder.

»So ist es, in diesem Land muss man den Anschein eines lebendigen Toten haben.«

»Steh auf, steh auf, komm!«

»Ich mag nicht aufstehen. Weißt du, was Kongo mich gefragt hat? Ob's im Himmel einen Gott oder nur die Challenger gibt. Da sind wir zusammen aufgewachsen, er hat nie was gefragt, und plötzlich das ...«

»Wer ist Kongo?«

»Der, von dem die Schwägerin die ersten beiden Briefe geschrieben hat, wie ich glaube. Aber mit dem dritten hatte sie nichts mehr zu tun. Der dritte ... Andererseits war's ein und dieselbe Handschrift.«

Sie schüttelte den Kopf. »Gut, steh jetzt auf. Alles wird sich finden. Du gehst fort und damit hat's sich. Ruf mich an und dann treffen wir uns.«

»Tareko matschli«, sagte Mogela unvermittelt.

»Was?«

»Tareko matschli, Palak pakora, Aloo tschaat, Sadsch bhagi, Brindschal bhadschi ... und, wie heißt das schon wieder, Aloo dopiasa ... Dazu Keema naan ...«

»Was faselst du da?«

»Als wir in diesem indischen Restaurant waren, erinnerst du dich? So hießen die Gerichte.«

Wieder schüttelte die Rose von Schiras den Kopf. »Wann soll das gewesen sein?«

Und als sie im Auto saßen, sagte sie: »Jetzt hör mir mal zu: Was immer passiert, geh nicht drauf ein. Bis er's erfährt, bist du nicht mehr hier. Du musst unbedingt weg.«

»Lass mich am Platz raus«, bat Mogela. »Ich will noch zum Wettbüro.«

»Ich bin wirklich neugierig auf dein Haus«, sagte sie plötzlich. »Warum darf ich nicht kommen?«

»Wegen der sich zuspitzenden Ereignisse der letzten Zeit«, erwiderte Mogela.

»Blödsinn. Ich komm heut Nacht.«

»Dann komm«, sagte er auf einmal, »und wir trinken was.«

Sie lachte. »Wie ich dich beneide, Mogela aus Plechanow.«

»Warum, wo ich doch dreitausend abliefern muss?«

»Die dreitausend sind kein Problem.«

»Ja, aber ich hab so eine Ahnung, dass ich nächsten Monat wieder liefern muss. Ich steig hier aus, dort ist das Wettbüro ... Ach, da hab ich mir ja diesen Vor- und Nachnamen notiert. Ich frag dich später danach. Du kennst ihn wahrscheinlich oder –«

»Was für ein Vor- und Nachname?«

»Ich kann's nicht aussprechen. Ein alter Name. Guillaume ... den Rest kann ich nicht lesen.«

»Ich darf hier nicht anhalten, mach, dass du rauskommst«, sagte die Rose von Schiras.

Tamriko war guter Laune, als Mogela abends auf dem Nachhauseweg in den Eckladen trat, um Coca-Cola und Zigaretten zu kaufen.

»Mensch, danke, dass du ihm was zu tun gegeben hast. Sitzt am Fenster und regt sich nicht vom Fleck.«

»Die Gage ist ja auch ganz gut«, sagte er augenzwinkernd.

»Mensch, musst du ihm wieder Flausen in den Kopf setzen?«, erwiderte sie, schmerzlich berührt und gleichzeitig sichtlich stolz auf Mogelas Freundschaft. »Was die Kinder dazu sagen werden?«

»Um die Kinder musst du dich kümmern. Was soll Kongo sich schon kümmern?«

»Mensch, wenn er zu Hause ist, ist das schon gut, ist auch

für meine Schwester eine Erleichterung, sie muss ja immer von so weit her kommen. Jetzt bleibt er wenigstens zu Hause.«

Mogela steckte die Cola-Flasche in die Brusttasche, öffnete das Zigarettenpäckchen und zündete sich eine Kippe an, bevor er im bereits empfindlich frischen Wind die Straße langging.

An der Haustür traf er auf Kongo, der auf der obersten Treppenstufe sitzend an der Mauer lehnte und schlief.

In der Hand hielt er einen Umschlag.

»Hey, du bist mir ja ein feiner Wächter! Müde geworden, was?« Und er nahm ihm den Umschlag aus der Hand.

Kongo rührte sich nicht.

»He, Kongolese! *Dawai*, steh auf, du erkältest dich ...«

Kongo war tot.

Wirklich tot.

»Entschuldigung, nichts für ungut. Leb dein Leben ruhig weiter. Zu dir wollten wir nicht.«

5.

»Sieh an, was für ein Haus du hast, voller Bücher«, sagte die Rose von Schiras, »wie bei Isabel Allende, bei der kommt doch so was vor.«

»Komm vom Fenster weg, um Gottes willen.« Mogela riss den Vorhang zu. »Nicht dass dir jemand eine reinballert.«

»Und dort drüben hat er immer gesessen?«

»Ja. Keine Ahnung, warum er rübergekommen ist. Wahrscheinlich hat er gesehen, dass ein Brief in der Tür steckte. Hat nicht aufgepasst. Ist aus dem Haus gekommen und ...

»... etwas hat ihn zu Tode erschreckt?«

»Weißt du, was? Das Herz ist ihm stehengeblieben. Einen *Nadelstich* hatte er jedenfalls nicht. Obwohl, die Jungs sagen, irgendwer hätte ihm was gespritzt. Gift. Saß da, als ob nichts wär. Aber warum saß er überhaupt hier? Außerdem, im Blut war nichts. Dem ist nichts gespritzt worden. Das Herz ist ihm stehengeblieben.«

Die Rose von Schiras entfernte sich vom Vorhang.

»Er sah, wie jemand den Brief reingesteckt hat, und ist nervös geworden. Es muss jemand gewesen sein, der ihn in Panik versetzte. Er ist rübergekommen, und als ihm schlecht wurde, hat er sich hingesetzt, und dann ist ihm das Herz stehengeblieben.«

Mogela verstummte. Dann sagte er: »Alle sterben. *Überhaupt* alle. Das ist kein Land, das ist eine einzige Trauerfeier: Du machst die *Runde*, gehst raus, stehst rum, rauchst ein paar Kippen, gehst wieder. Und am nächsten Tag woanders. Nirgendwo anders gibt es so viele Trauerfeiern, Tränen, Wehklagen und so viele Grabsteinhauer.«

»Steinmetze.«

»Steinmetze und, wie heißt das schon wieder, Skulpteure. Da stehen sie und meißeln ... Gerade hab ich Mutters Stein schneiden lassen. Von einem Steinhauer. Der Grabstein meiner Mutter. Was ist das nur für ein Ausdruck.«

»Zeig mir dein Zimmer.«

»Das sind alles meine Zimmer hier, kannst runtergehen oder hier schauen.«

»Nein. Wo schläfst du?«

»Wo immer ich einschlafe.«

»Steh auf. Zeig mir dein Zimmer.«

Auf dem Radioapparat standen sieben leere Cola-Flaschen, zwei Aschenbecher, und auch die vier Umschläge lagen da.

An der Wand hingen drei Landschaftsbilder, die Mogela nie bemerkte. Das Bett war total zerwühlt.

»Das Bett eines nervösen Menschen«, sagte die Rose von Schiras. »Wie schläfst du?«

»Dass ich schlafe, ist ein Wunder.«

»Ein Wunder?«

»Schlaflos sind nur die, die auf dem Friedhof liegen. Wir, Mann, wir schlafen und ängstigen uns. Und wenn wir uns zu sehr ängstigen, sind wir auch bald hinüber.«

»Was hast du nur für Anfälle?«

»Anfälle? In diesem Land spielt der Tod die *Hauptrolle*.«

Die Rose von Schiras strich ihm übers Kinn und sah ihm in die Augen: »Weißt du, was du bist? Du bist meine Hauptsache. Du bist das Hauptereignis meines Lebens. Ich kann gar nicht sagen, wie –«

»Komm nicht immer mit solchen Wörtern an. Damit kenn ich mich nicht aus. Sexuelle Gewalt, Myokardinfarkt, Grundkataster ... Solche Wörter kenn ich nicht. Lewiko kannte so was.«

»Auch Grundkataster?«

»Ja. So was wusste der und sprach es auch aus. Ganz plötzlich rief er: ›Grundkataster!‹ – Lass den Vorhang los und komm vom Fenster weg!«

»Lass mich, ich hab keine Angst. Sieh doch mal raus!«

Jenseits des Vorhangs befand sich Mogelas Hauptfernseher. So nannte er im Stillen dieses Fenster. Von da aus sah man den Mond. Es war das Zielfenster des Monds. Astronomisch-wissenschaftlich gesehen wahrscheinlich vollkommen unglaublich, aber so war es: Sobald der Mond am Himmel zu erscheinen geruhte und aus den Wolken hervorkroch, hielt er genau an diesem Fenster des Mogeladse'schen Hauses inne.

Die Rose von Schiras lachte leise. »Ein toller Ausblick. Wo sonst sieht man den Mond so groß?«

»Ja, und so schön platziert. Wenn du dich im Bett zum Fenster drehst und raussiehst, schläfst du friedlich ein.«

»Wer hat das Haus gebaut? Offenbar ein kluger Architekt.«

»Kein Architekt, Kolia, mein Großvater, hat es gebaut. Meiner Großmutter sagte er, das hier würde das Kinderzimmer.

Also das Zimmer meines Vaters und meines Onkels. Das der Tanten war auf der anderen Seite. Dann starb mein Onkel, an irgendwas, man hat ihn damals nicht retten können. Irgendeine Krankheit hatte er. Ist mit zwölf Jahren gestorben. Dort an der Wand hat sein Bett gestanden. Das hier war das von meinem Vater. Nach dem Tod seines Bruders drehte er sich im Bett nie wieder in diese Richtung, immer schlief er gegen das Fenster gedreht.«

»Wahrscheinlich hat er zum Mond geguckt. Wollte nicht auf die Stelle sehen, wo sein Bruder immer schlief.«

»Ja, vielleicht. Mein Vater redete nicht viel. Kolia hat mir immer viel mehr erzählt.«

»Dein Großvater? Ein tolles Fenster. So was hab ich noch nie gesehen.«

»Wo auch? Es ist einzigartig«, sagte Mogela stolz. »Das ist das Schlaf-Zimmer. Hierher kommt man, um zu schlafen. Du machst das Radio an, drehst dich um und schläfst. Und wachst dann am Morgen auf. Stellt sich von selbst auf Volkslieder.«

»Was stellt sich?«

»Na das Radio«, ereiferte sich Mogela, »es stellt sich auf Volkslieder. Ganz von selbst.«

»Warum?«

»Was weiß ich, ist eben so ein Radio.«

»Und so ein Haus«, sagte die Rose von Schiras. »Komm, zeig's mir.«

In manchen Zimmern gab es kein Licht. Die Lampen waren ausgebrannt, vielleicht schon seit zehn Jahren. Die Rose von Schiras knipste das Feuerzeug an.

»Das alles hast du vor mir verheimlicht, Mogela? Warum zum Teufel bist du eigentlich davongelaufen?«

»Eh, bin eben weg, was wäre denn daraus geworden, wenn du mich hier gefunden hättest?«

»Du kannst nicht wieder weg. Willst du das Haus sich selbst überlassen?«

»Ich überlass es dir. Du kannst herkommen und es ab und zu auskehren.«

Im nächsten Zimmer gab es Licht.

»Und wer hat hier gewohnt?«

Mogela kratzte sich am Hinterkopf. »Hier? Hier hat Großvaters Bruder gewohnt, Wanitschka. Als Wanitschka aus der Verbannung zurückkehrte, dachte er, er hätte noch eine Frau, Elena; in seiner Abwesenheit war mein Großvater für sie aufgekommen. Elena aber legte sich einen mageren Liebhaber zu. Lag Großvater auf der Tasche, wie Großmutter immer sagte. Opa hat die beiden mal in flagranti erwischt, aber nichts gesagt, sich nichts anmerken lassen und sie weiter unterhalten. Bis er ihr eines Tages sagte: ›Heirate endlich, sonst bring ich deinen Liebhaber um.‹«

»Er hätte ihn umgebracht? War er so einer?«

»Weiß nicht, ob er ihn umgebracht hätte. Geh ich hin und mach jemand alle? Vielleicht würd ich mit einem Stuhl nach ihm schmeißen, aber ...«

»Verstehe.«

»Elena weigerte sich. Offenbar war dieser Liebhaber ein kompletter Habenichts. Großvater sagte ihr: ›Heirate und ich unterhalte dich weiter.‹ Dafür brauchte es aber erst die Scheidung. Er hat irgendwas gedeichselt, falsche Papiere ausfertigen lassen, die besagten, mein Onkel hätte sich aus dem Lager heraus mit der Scheidung einverstanden erklärt. Opa kannte irgendwelche Typen, solche, weißt du, die Stempel präparieren, Dokumente klauen, Unterschriften fälschen. Er hat also eine falsche Einverständniserklärung machen lassen, und die hat Elena zum Scheidungsgericht mitgenommen, und mein Großvater hat dann auch mit dem Richter was gemauschelt. *Egal*, er hat's geregelt, und Elena hat geheiratet.«

»Und der Bruder?«

»Er wusste von nichts. Schickte Elena immer Briefe. Mein Großvater beschwatzte auf dem *Hauptpostamt* den Vorgesetzten der Briefträger, alle an Elena adressierten Briefe zu uns nach Hause zu schicken, und weißt du, was er dann gemacht hat? Er hat in Elenas Namen Antwortbriefe gebastelt. Hat langsam, langsam meinen Onkel eingelullt, darauf eingestimmt und schließlich so weit gebracht, dass der von sich aus sagte: ›Warte nicht auf mich, Elena, wir haben ja nicht einmal Kinder, es ist schade um dich.‹«

Die Rose von Schiras setzte sich auf das alte eiserne Sprungfederbett. »Hat dir das die Großmutter erzählt?«

»Wahrscheinlich, oder meine Mutter. Großvater hat immer von anderen Sachen erzählt.«

»Ja, aber wie konnte dein Onkel nicht merken, dass nicht seine Frau die Briefe verfasste?«

»Er hat's nicht gemerkt. Großvater hat das hingekriegt. Hat ihre Handschrift imitiert. In so was war er super. Irgendwelche Typen haben ihm das gegen Geld beigebracht. Dieselben Typen, die ihm die Papiere fabriziert haben. Als der Bruder meines Großvaters sechsundfünfzig zurückkehrte, ist er direkt hierhergekommen. – Schluss jetzt, ich bin doch nicht der *Fremdenführer* hier.«

»Es interessiert mich. Wirklich.«

»Das Verrückte ist, dass Elena wieder bei uns wohnte, als ihr Mann starb. Ihre Kinder haben sie aus dem Haus geworfen. Die von dem zweiten Mann. Wanitschka war damals schon tot. An Elena kann ich mich noch erinnern, sie ist zur gleichen Zeit wie Breschnew gestorben. Auch sie hat hier geschlafen. In diesem Bett.«

»War doch eine gute Idee von mir herzukommen?! Das ist alles so interessant. Was sind das für Schachteln? Alles von dir interessiert mich.«

»Ich lass dir den Schlüssel da. Dann kannst du kommen, wann immer du willst, und hier rumstreunen.«

»Was anderes bleibt dir ja nicht übrig, als sie mir dazulassen. Was ist in diesen Schachteln?«

»Weiß ich nicht.« Er betrachtete die Schachteln. »Wahrscheinlich Opas Papiere und so. Er hat doch dieses alte Zeug gekauft, Urkunden, Dokumente. Was weiß ich. Ich hab da noch nie reingeguckt.«

»Lass mir einfach den Schlüssel da.«

»Wenn dein Clan mich nicht vorher umbringt.« Er kicherte vor sich hin.

Die Rose von Schiras schaute auf die Uhr, zog dann das Handy hervor und tippte eine Nummer.

Mogela verließ das Zimmer. Gegenüber befand sich das langgestreckte, dunkle, vom immerwährenden Geruch alten Papiers gesättigte Bücherzimmer. Diesen Geruch hatte er von Kindheit an gemocht: den Geruch, den die Masse Tausender unbeweglich verharrender, enggereihter Bücher von sich gab. Dieses Zimmer hatte keine Fenster, nur drei Türen.

Er mochte den Geruch nicht nur, er war ihm lang vertraut. Wenn er den Raum betrat, wurde er ganz ruhig. Niemand im Haus hatte es je Bibliothek genannt und auch nicht Studierzimmer. Bibliothek wohl deshalb nicht, weil überall im Haus Bücher herumlagen, und für ein Studierzimmer hatte der Großvater keine Verwendung, da er die meiste Zeit des Tages hinter dem Haus im Garten oder draußen vor dem Küchenfenster und winters in der Küche verbrachte. Mogela war als Kind, wenn er etwas angestellt hatte, zur Strafe immer in ebendieses Zimmer verbannt worden, die Mutter schloss alle drei Türen und sagte: »Dass du mir ja nicht rauskommst!« Hier, auf dem Diwan, kriegte Mogela sich wieder ein, blieb still und rührte sich nicht, bis er zum Essen gerufen wurde. Eine Strafe war das überhaupt nicht. Ohnehin hatte er ein phlegmatisches, schweigsames Gemüt. Auf dem Tisch lagen unzählige Zeitschriften, in denen er blättern konnte: »Kuba«, »Demokratische Volksrepublik Korea«, das populärwissenschaftliche Magazin »Nauka i schisn«, das Geografie-Magazin »Wokrug sweta«. Besonders gefiel ihm die »Demokratische Volksrepublik Korea«. Was für eine Sauberkeit dort herrschte! Sauberkeit! Aufgeräumte Zimmer, herzlich lachende Kinder, ein lächelnder Mann im schwarzen Mantel. Damals konnte Mogela noch nicht so viel Russisch, um zu verstehen, was in der Zeitschrift stand, aber er bezweifelte nicht, dass alles seine Richtigkeit hatte.

»He, Mogela, wo bist du? Ich fürchte mich im Finstern.«

»Hier bin ich.« Mogela hatte sich bereits auf den Diwan geflätzt.

Die Rose von Schiras stand vor der Tür zu Wanitschkas Zimmer, von hinten fiel Licht auf sie.

»Du siehst aus wie ein Geist«, sagte er.

»Weißt du was? Es ist wirklich das Beste, wenn du fortgehst.«

»Ich wollte ja eh weg. Was hält mich hier noch?«

»Geh und warte auf mich. Und den Schlüssel lässt du mir da.«

»Den Schlüssel? Ja ...«

»Was machen wir jetzt?«

»Was schon? Du bist ohne Auto da, nicht wahr? Was bist du doch für ein hinterlistiges Wesen! Und so viele Zimmer hier.«

Sie stand noch immer in der Tür, ihr Gesicht im Dunkeln.

»Hast du in Wien angerufen?«

»Ja, kein Grund zur Sorge, aber es ist besser, du gehst fort ... Ruf mir ein Taxi.«

Mogela stand wortlos auf und ging zur Haustür.

Sie folgte ihm. »Gib mir diese Briefe mit.«

»Ich muss zur Nachbarin rüber, entschuldige«, sagte er leichthin.

6.

Der fünfte Brief lautete so:

»Werter Freund,
wie lange sollen wir noch zuschauen? Dies ist die letzte Warnung. Gestern war die Frau da. Geh zum Friedhof hoch und bring das Geld mit, 3 000 Dollar. Sonst informieren wir Wien.«

»Das ist Tamrikos Schwester«, sagte Mogela in dem großen Haus laut zu sich, »aber woher weiß sie von Wien?«

Die Schwester war nach Kongos Tod zu Tamriko gezogen und wechselte sich mit ihr im Laden ab.

Sie war ganz anders als Tamriko. Das hatte Mogela zuerst bei den Totenwachen bemerkt.

Während Tamriko wehklagte, entfaltete Tamila emsige Betriebsamkeit. Sie kehrte den Natschalnik heraus, wie man hier in der Stadt sagt. Kongo lag da noch im vom Viertel gemeinschaftlich spendierten Sarg.

»Das ist jetzt schon mein sechster Klassenkamerad, der gestorben ist«, hatte Mogela in Tamrikos Küche bemerkt und war bei den dort Versammelten auf ehrliche Anteilnahme gestoßen.

»Was ist nur mit eurer Klasse los, Mogel, Bruder! Schon der sechste, Alter?«

»Ja, Kongo ist der sechste.«

»Moment, ist nicht im Frühling Parwis umgekommen? Ja ... Und vor zwei Jahren Sura Wenediktow. Davor Tamas.«

»Tamas und Wowa sind im Krieg umgekommen, Alter.«

»Die, Bruder, waren nicht nur in derselben Klasse, sondern im selben Korps. Eine tolle Klasse war das.«

»Ja, er ist der sechste. Den Getiaschwili haben sie ja auch umgebracht.«

»Was läuft hier *eigentlich*? Die ganze Straße stirbt weg. Und ist jetzt nicht grade auch deine Mutter gestorben?«

Mogela hatte nichts erwidert, denn er wusste, was als Nächstes kam, er hatte all die Sätze schon mehrfach gehört.

»Die machen uns alle, Alter.«

Während der nächtlichen Totenwache war Mogela im Hof eine rauchen gegangen, und als er wieder in Kongos ärmliches Haus zurückkam, hatte er sich zu den Jungs auf den Diwan gezwängt und Tamila verstohlen gemustert.

Menschen beobachten, das konnte Mogela der Plechanower. Er glich dann einem lauernden Tier – vollkommen unscheinbar und auf der Hut.

Nach Erhalt des fünften Briefs hatte Mogela eine einzige Frage an die Schwägerin von Kongo selig. Er steckte den Umschlag in die Tasche, verließ das Haus und lief über die Straße. Er öffnete das Tor und klopfte an die Haustür, die immer offen war.

»Tamro!«, rief er. »Tamro!«

Niemand antwortete.

Er öffnete die Tür einen Spalt breit; der Geruch nach gedünstetem Kohl stieg ihm in die Nase.

»Tamro!«

Aus der Küche ertönten Brutzeln und Radioklänge.

Er zog den Vorhang hinter der Tür beiseite. Tamila briet Kartoffeln.

»Guten Tag.«

»Ui, mein Gott, was hab ich mich erschreckt! Das Radio ist an, was hab ich mich erschreckt.« Tamila strich sich über die Stirn. »Die Kinder kommen gleich und ... Was kommst du auch so leise reingeschlichen!«

»Ich hab geklopft und auch gerufen.«

»Mein Gott, was hab ich mich erschreckt.«

»Hör mal, Tamila ... Ist Tamro auch zu Hause?«

»Was gibt's denn, Mensch? Sie ist im Laden. Was soll sie zu Hause?«

Mogela setzte sich auf einen rückenlosen Stuhl und dachte: ›Kohl‹, dann fragte er geradeheraus: »Was willst du, Tamila?« Er hatte es ruhig gesagt, nicht so, wie wenn man sein ganzes Gefühl in die Worte legt.

Sie schaute ihn verwirrt an. »Was ich will?«

»Ja. Was willst du, sag's mir.«

Tamila errötete ein bisschen. Als wäre da nicht der Geruch nach gedünstetem Kohl, sondern als würde der nie geatmete Duft der Erotik ihre Miene beseligen.

»Ach, was weiß ich, was ich will ...«

Hätte Mogela das Lachen nicht schon längst verlernt gehabt, er hätte losgewiehert. Er stand auf und sagte: »Gut, *charascho*. Dann geh ich mal wieder.«

»Warte!«, sagte Tamila plötzlich. »Warte. Was willst denn du?«

»Ich? Dass es euch gut geht.« Er wühlte in seiner Hosentasche. »Hier, gib das Tamriko. Wie viel ist's? Dreißig Lari. Mehr hab ich nicht.« Er breitete das Geld auf dem Tisch aus.

»Vergelt's Gott, Junge, danke. Du siehst ja, in was für einer Lage wir sind.«

»Nichts zu danken.«

»Wenn du fortgehst, was wird dann aus uns?«

»Das wird nicht so schlimm. Die Kinder werden von selber groß. Ach, woher weißt du überhaupt, dass ich geh?«

»Tamriko hat's gesagt. ›Immer geht der wo hin, und jetzt geht er auch wieder fort‹, hat sie gesagt. ›Wartet nicht mal die Gedenkfeier für seine Mutter ab. So einer ist das. So was ist dem total wurst.‹ Ich hab ihr gesagt: ›Bestimmt wartet er die Gedenkfeier ab. Ist ja die Gedenkfeier für seine Mutter.‹ Wenn's die von jemand anders wär –«

»Hast du einen Kugelschreiber?«, fragte Mogela. »Kugelschreiber und Papier.«

»Die Kinder haben bestimmt so was.« Tamila wischte die Hände an den Hüften ab und verließ die Küche.

Mogela blieb eine Weile stehen, dann zündete er sich eine Zigarette an und ging aus der Küche. Dann aus dem Haus und aus dem Hof.

Er setzte sich vor sein eigenes Haus und nahm den zusammengefalteten Umschlag aus der Tasche.

Die Straße war leer. Um diese Zeit war meist niemand unterwegs, außer es bog mal ein Auto schwankend um die Ecke. Mogela saß da, lehnte den Kopf in die Ecke des Eingangsgewölbes und dachte an nichts.

Genauso hatte auch Kongo dagesessen. Hier war er gestorben, genau an dieser Stelle, auf dieser alten blankgewetzten Steintreppe, auf der obersten Stufe.

Plötzlich stand er auf und rannte wieder zu den Nachbarn hinüber. Er stieß die Haustür auf, riss den Küchenvorhang beiseite und fand sich neben den brutzelnden Kartoffeln.

Tamila war nicht da.

»Tamila!«

»Ja? Wo bist du denn hin? Hier, Kuli und Papier.«

»Will ich nicht mehr.«

Sein geübtes Auge bemerkte, wie ein Lächeln auf ihr Gesicht hüpfte. Es hüpfte wie ein spindelbeiniges kleines Mädchen im weißen Kleidchen. Wie so ein Mädchen beim Himmel-und-Hölle-Spielen von einem Hüpfkasten zum anderen hüpft.

»Ach je«, brummte Mogela.

»Ist dir übel?«

»Nein, mir ist nicht übel, hab nur was vergessen. Gut, ich geh dann mal.«

»Na dann … Und hier, hast du hier vielleicht was vergessen?«

Mogela winkte ab und ging.

Zu Hause in die Küche setzte er den Teekessel auf. Durchs Küchenfenster sah er einen Mann mit auf den Boden geheftetem Blick im Hof herumgehen. Er machte ein paar Schritte, blieb stehen und starrte zu Boden. Dann ging er auf die andere Seite und starrte wieder zu Boden.

Er musste schon älter sein, war aber nicht hager und gebrechlich, sondern hatte breite Schultern und auch einen ziemlichen Wanst, darüber ein zerknittertes, farbloses Jackett, das wohl nie eine Farbe gehabt hatte. Er glich einem Taxifahrer aus der alten Zeit, aus Sowjetzeiten. Er hatte sogar einen weißen Schnurrbart, so einen dünnen, die Oberlippe entlanglaufenden.

»He, Onkel!« Mogela öffnete die Tür zum Garten hinaus. »He, suchst du Gold?«

»Hä?« Der Mann schien verdutzt. »Hä?«

»Was, hä«, rief Mogela. »Wer bist du?«

Der Mann begann sich nach allen Seiten umzusehen, woraus Mogela schloss, dass er nicht allein war.

»Wer bist du, Onkel?«

Der Mann schaute sich immer noch um.

»Was guckst du denn?«

»Nichts. Bist du Nodars Junge?«

Mogela war irritiert. »Warum?«

Der Mann schaute sich wieder nach allen Seiten um. Dann machte er zwei Schritt auf ihn zu, stach dabei mit der Schuhspitze in die Erde und sagte: »Du siehst ihm ähnlich.« Und schaute sich wieder um.

Auch Mogela schaute sich nach allen Seiten um.

»Du wirst dich nicht an mich erinnern. Ich bin häufig bei deinem Opa gewesen, wir haben Geschäfte zusammen gemacht. Wie oft hab ich in diesem Hof gegessen! Er war älter als ich, um die zwanzig Jahre älter. Das war ein Mann! Ein Mann war das, jawohl. Ich hab auch deinen Vater, Nodar, gekannt. Ja ... Er ist hier zum Mann geworden, flügge geworden ... Wie oft hat deine Oma das Bett für mich gerichtet, in einem der Zimmer da drinnen.«

»Gut und schön, Onkel, aber hat dieses Haus keine Tür?«

»Natürlich hat es eine Tür. Ich bin ein Mann der alten Zeit.« Er lächelte in sich hinein und schaute sich erneut um. »Brauchst nicht damit zu rechnen, dass da noch jemand ist, ich bin allein. Das Umschauen ist so eine Angewohnheit von mir, bin ein alter Mann der alten Zeit. Deshalb komme und gehe ich wie früher. Früher war der Aufgang zum Haus auf dieser Seite, da warst du, mein Sohn, noch gar nicht geboren. Diese *Uferstraße* war da noch gar nicht so. Das war anders. Und durch die Büsche gingen Pfade. Den Zaun hat Kolia selig so angelegt, dass du eine Latte lösen kannst und drin bist du. Praktisch. Eine andere Zeit war das, und es war oft ratsam, sich nicht dabei sehen zu lassen, wenn du zu jemandem hingingst. Weil, das musste versteckt passieren. Du hast einen Gast? Er hat Geld ... Woher? Von wo? Immer fragten alle dasselbe. Jetzt bin ich hier hochgekommen, hab's den Abhang grade noch hochgeschafft, und dieser *Zaun* ist immer noch da. Ich bin durch, und da bin ich. So ist das. Alte Männer kennen alte Wege.«

»Komm rein.« Was hätte Mogela anderes sagen sollen?

»Nein, nicht ins Haus. Hab keine Zeit, länger zu verweilen. Dort, dort haben wir immer gesessen, dein Opa und ich. Und deine Oma Nina hat das Fenster aufgemacht und uns das Essen direkt durchs Fenster hingestellt. Dann hat sie's zugemacht, weil dein Opa ihr lachend befahl, Fenster und Ohren zuzumachen. Was der für eine Art zu reden hatte, erinnerst du dich?«

Mogela nickte. »Ja, aber an dich erinnere ich mich nicht«, sagte er geradeheraus.

»Woher auch? Der arme Nodar hatte noch keine Frau, als ich fortgegangen bin. Zwanzig Jahre war ich weg, zweiundzwanzig. Als ich wiederkam, hab ich erfahren, was mit dem armen Kolia, mit Nina passiert ist. Der Kolia war ein ganz famoser Mann. Ein echter Lehrmeister. Ein geborener Natschalnik.«

Mogela stand da und hörte zu. Dachte: ›Wie lange muss ich mir das noch anhören?‹ – »Willst du nicht doch reinkommen, Onkel?«

»Nein. Keine Zeit. Ich komm nicht rein, du kennst mich nicht, und 's ist auch nicht nötig. Eine andere Zeit war das. Eine ganz andere Zeit.«

Der Mann wollte weder gehen noch hereinkommen. Schaute sich nur um und starrte auf die Erde.

»Du wirst doch nicht etwa gesucht, Chef?«

»Hä?« Er tat, als hörte er nicht. »Was wird gesucht?«

»Du, ob du nicht gesucht wirst.«

»Ah, weil ich mich immer umschau? Eine Gewohnheit, eine alte Angewohnheit. Damals war eine andere Zeit.« Er hüstelte und stampfte mit dem Absatz auf die Erde. »Hier war der Obstgarten, und was für einer. Dein Opa hat alles Mögliche gepflanzt: Pflaumen, Pfirsiche. Ein schöner Garten war das. Nichts davon geblieben. Alles verdorrt und abgeholzt. Ein Garten braucht Pflege ... Da stand ein Maulbeerbaum, ein großer Maulbeerbaum.«

»Dort ist der Maulbeerbaum.« Mogela streckte den Finger aus.

»Nicht der«, sagte der Mann mit völlig anderer Stimme, »da war noch einer. Da stand er, in der Mitte.«

»Und?«

»Und dann ist er wohl gefällt worden.«

»Ja«, sagte Mogela, »der wurde gefällt.«

»Gehen wir kurz ins Haus, lass uns reden.« Der Mann schaute sich erneut um und zog einen Revolver aus dem Gürtel. »Los, *dawai*! Und ganz ruhig.«

7.

»Ich wollte eh weg«, sagte Mogela der Plechanower.

»Ja, lass mir den Schlüssel da«, sagte die Rose von Schiras.

»Wie's scheint, bin ich Millionär. Ist das nicht irre, Rose von Schiras?«

»Das wollte ich dich schon immer fragen: Woher hast du das eigentlich, die Rose von Schiras?«

»Lewiko hat das doch immer gesagt.«

»Mein Gott!«

»Ja, nur Tote *rundrum*, nur Tote. Die Toten herrschen. Deshalb glaub ich auch, dass sie nicht tot sind. Bloß ihr Körper … Jetzt hab ich wieder den Namen vergessen.«

»Welchen Namen?«

»Lewiko hat mal einen Namen erwähnt. Von einem Franzosen, oder so was, was weiß ich, einem Philosophen. Laut dem gehorchen wir physisch Gott, unser Geist gehorcht ihm zwar auch, aber unabhängig vom Körper. Deshalb herrscht zwischen Verstand und Körper so ein krasses Missverhältnis. Der Mensch kann seinen Verstand *manipulieren*, nicht aber seinen Körper. Es geht was schief, du wirst krank, so was eben. Verstandesmäßig kannst du eine Krankheit überwinden. Den Blinddarm kannst du dir aber nicht kurieren.«

»Das hast du aber super in Erinnerung«, sagte die Rose von Schiras lächelnd. »Offenbar hat dich das angesprochen.«

»Was heißt mich, den armen Lewiko hat's angesprochen.«

»Schon gut, schon gut.«

»Alles hat er immer *haargenau auf den Punkt gebracht. Rein* alles. Die Toten beherrschen uns, hat er gesagt. Deshalb, weil der Geist nicht stirbt. Beziehungsweise nimmt er *zu Lebzeiten* so viel in sich auf, dass er auch danach noch funktioniert.«

»Hat Lewiko auch ständig Hasch geraucht?«

»*Was denkst du denn!* Lewiko hat einmal zu Neujahr so viel gepafft, dass er zwei Tage geschlafen hat … Zum Teufel mit dem Namen, ich wollte eh weg …«

»Nicht doch«, sagte die Rose von Schiras, »ich klär das alles, ganz ruhig, ich klär alles.«

»Ich hab den Namen vergessen.«

»Geh du nur, ganz ruhig. Es wird nichts passieren. Geh, und ich komm dann vielleicht auch nach.«

»Die sind jetzt hier, beobachten uns, das weißt du doch. Die Arschlöcher. Umbringen sollte ich die. Nicht wegen uns ... *Überhaupt* ...

»Deshalb gehst du jetzt einfach.«

Mogela den Plechanower interessierte vor allem eins: Worüber hatte sich Kongo so aufgeregt, dass ihm das Herz stehengeblieben war?

8.

»Eigentlich dürfte ich nicht mit dem Revolver in dieses Heim.« Der Mann seufzte. »Dazu mag ich die Familie zu sehr, aber jetzt herrschen andere Zeiten. Andere Zeiten ... Es hätte nicht viel gefehlt, und du hättest mich rausgeschmissen, nicht wahr? Setz dich, setz dich hin. Da, dorthin. Kolias Enkel ... Hach, ich steh mit der Waffe neben Kolias Enkelkind« – er sah sich um – »du bist doch allein, oder?«

»Meine Mutter ist gestorben«, sagte Mogela unvermittelt.

»Weiß ich, weiß ich.« Der Mann ächzte. »Ich weiß. Wir alle sterben. Du bist also allein.« Wieder schaute er sich um. Er hatte ganz farblose, wässrige Augen – Augen, die jeden Ausdruck eingebüßt haben und nur noch blicken können – und breite Backenknochen. »Wie alt bist du?«

»Ich werde vierzig.«

»Vierzig«, sagte er nachdenklich, »wo nur die Zeit hin ist ... Tja, verflogen. Hat alles mit sich genommen. Ich war so ungefähr fünf-, sechsundzwanzig, als ich das letzte Mal hier war. Dein Großvater war schon ziemlich alt, sa schiisiat*.«

»Er war zwanzig Jahre älter als du, hast du gesagt«, erinnerte ihn Mogela.

»Zwanzig, vierzig Jahre älter, was hat das für eine Bedeu-

* über sechzig

tung? Er hat uns großgezogen.« Er schaute auf seine Waffe. »Die hat ihm gehört, dem Guten. Wie lange die verwahrt war. Ich war nie mehr hier, an die dreißig Jahre nicht. Bin nicht hergekommen, als ich zurückkehrte. Und sie hat die ganze Zeit dagelegen und auf mich gewartet.« Er küsste den Revolver. »Setz dich hin, setz dich. Dahin. Du bist doch allein? Erzähl, was machst du, wovon lebst du? Wer bist du, was bist du?«

Mogela setzte sich und klaubte eine Zigarette hervor. »Nichts.«

»Hä?«

»Nichts.« Mogela war gut in solchen Situationen; dieser Kussrevolver war ihm so was von egal. Er wusste, das war der Mann, auf den er gewartet hatte. Mogela der Plechanower war clever. Der Mann würde noch nicht schießen.

»Gehörst du zu den *Kriminellen*?«

»Ich mache nichts, ich komme, ich gehe, ich schlafe, ich esse …«

»Und verkehrst mit der Frau eines anderen, nicht wahr?«, sagte der Mann, plötzlich zornig.

Mogela zündete sich die Zigarette an.

Der Mann schaute auf den Hof hinaus.

»Scheinst dir dein Leben gut eingerichtet zu haben. Anders wär's bei Kolias Enkel ja auch gar nicht denkbar.«

Mogela zuckte die Schultern.

»Jetzt hör mir mal zu«, sagte der Mann und schaute auf den Revolver. »Wir wollen Geld sehen.«

»Zu wievielt seid ihr?«

Der Mann schüttelte den Kopf. »Ich heiße Atalo. Ich bin der, der alles geregelt hat, als das Geld in den Sechzigern ersetzt wurde.« Er redete schnell. »Zwei Säcke Geld. Das Geld eurer Familie, als es *schon* nichts mehr wert war, hab ich's auf den Machati-Berg gebracht und dort verbrannt. War nur Papier. Alles hab ich transportiert. Ich war einer von denen, die bei Kolia einen Stein im Brett hatten. Siebenundsechzig hat er mir einen Brief geschickt mit einem Gedicht; ich hab sofort kapiert, worum's ging. Kolia tat nichts auf gewöhnliche Art. Auch diese Nachricht hat er so geschrieben, dass ich verstand, dass ich sofort begriff, dass ein Mann solcher Worte, ein ehrenwerter Mann … dass es keinen Zweiten wie ihn gibt. Richtige Briefe hat er mir nie geschickt. Weil er in so einer Position arbeitete. Einen hat er mal geschickt, da waren Name und Vorname eines anderen drauf. Ich hab ihn erhalten, geöffnet und hab gesagt: ›Der Großvater hat recht, der Großvater stirbt. Er ist gestorben, hat mich zurückgelassen … Aber der Großvater sieht alles.‹ Und heute bin ich in seinem Haus, mit dem Revolver, weil, die Zeit ist vorbei. Ich weiß, was für ein Mann er war. Was ich nicht weiß, ist, was du für einer bist.«

Atalo zog einen alten, vergilbten Umschlag aus der Brusttasche seines Jacketts, küsste ihn und legte ihn vor Mogela hin.

»Da, schau, der ist von deinem Opa.«

Mogela kniff die Augen zusammen, damit ihn der Zigarettenrauch nicht zu Tränen reizte, und griff nach dem Umschlag.

»Mach ihn auf, schau rein.«

Er zog ein liniertes Heftblatt mit einem rosa Streifen am rechten Rand heraus. ›Wird aus meinem Schulheft sein‹, dachte er und entfaltete das Blatt.

Darauf war eine Kinderzeichnung. Sein Haus von der Flussseite aus. Vermutlich sein Haus. Vor dem Haus ein großer Baum. ›Könnte von mir sein die Zeichnung‹, dachte Mogela.

Der Maulbeerbaum, der bis ins Haus vordringt
Und morgen sich um meine Schulter spannt.

Die Zeilen waren altväterisch geschrieben, mit Tinte. Sie war verfärbt, verblasst.

Trotzdem kam da etwas von irgendwoher, aus der Vergangenheit hervorgekrochen: aus dem Schrecken. Aus dem Unglück.

Mogela spürte, diesem Blatt haftete Unheil an.

»Was ist Kongo zugestoßen?«, fragte er.

Atalo schien nicht zu hören. »Da, das ist die Handschrift deines Opas, das siehst du doch, na, sag schon, sag schon.«

Mogela zuckte die Schultern.

»Das ist seine Handschrift, von deinem Opa. Da ist ein Baum gezeichnet, in euren Hof ist er gezeichnet. ›Maulbeerbaum‹ steht da, ganz *subtil*, siehst du? Er konnte sehr *subtil* sein. Das hab ich nicht vergessen, und damit hat er mir gesagt: ›Atalo, ich sterbe, komm her, nimm dir deinen Anteil und geh.‹ Dir nehm ich nichts weg. Es ist mein Anteil.«

»Was für ein Anteil?«

»Eine Drei-Kilogramm-*Banka*«, erwiderte Atalo.

»Wie? Ein Glas saure Gurken?«, gab Mogela zurück.

»Gold«, sagte Atalo heiser.

Zum zweiten Mal an dem Tag hätte Mogela am liebsten laut herausgelacht.

»Tatsächlich?«

Atalo schaute drein, als ob irgendwo eine Tür geknarrt hätte.

»Ich versteh«, sagte Mogela, »jetzt kapier ich's. Mein Großvater hat dir Gold versprochen. Nicht? Unter dem Maulbeerbaum hat er's vergraben, nicht?«

Atalo nickte bedächtig.

»Dort ist der Hof, dort der Maulbeerbaum, grab's aus und nimm's.«

Wieder nickte er. »So funktioniert das nicht«, sagte er ruhig, »es geht um Gold. Wenn's nun nicht dort ist?«

»Und was kann ich da tun?«

»Schau dich mal um. Wo ist der Baum denn hingezeichnet? Mitten in den Hof. Der Baum draußen steht aber beim Haus. Den anderen habt ihr gefällt. Und ich sag dir eins, Nodar war nicht der Mann, der davon wusste. Nodar war eine ehrliche Haut. Ich seh's so, dass Kolia dem Nodar nichts von dem Gold gesagt hat. Dagegen scheinst du mir einer zu sein, dem er's erzählt hätte.«

Mogela war keineswegs mehr ums Lachen, aber er lachte dermaßen los, ließ sich gehen, fiel vom Stuhl und hieb mit den Händen auf die kalten Steinplatten, verschluckte sich dermaßen, dass sogar der Revolvermann erschrak.

Dann blieb er stöhnend auf dem Boden sitzen und versuchte, wieder zu Atem zu kommen.

»Gold, in einem Drei-Liter-Glas ... Für mich ... Gratuliere, Onkel ... wie heißt du schon wieder, Atalo ... Gratuliere!«

Atalo saß mit dem Revolver in der Hand auf dem Stuhl und starrte ihn an.

»He, Junge«, sagte er plötzlich. »Piss dich nicht voll. Was ich dir hier sage, ist die pure Wahrheit.«

»Null Problemo, so wird's sein.«

»Die Leute fragen, wovon lebt er. Ich sag ihnen, die Frau unterhält ihn. Da will jeder seinen Anteil. Auch ich fordere meinen. Dein Opa war ein anständiger Mensch und hat uns alle bedacht, uns alle respektiert.«

»Wen, alle?«

»Alle, uns ... Stell dich jetzt nicht so an, dass mir der Finger abrutscht. Falls du weißt, dass es zur Seite geschafft wurde, wollen wir unseren Anteil. Falls du's nicht weißt, mach dich dran und such's.«

»Wen, uns, Alter?« Er musste wieder lachen, obwohl er merkte, dass hier nichts mehr zum Lachen war. »Geht doch ihr und sucht, *überhaupt*, wenn du willst, verkaufen wir das Haus, wollt ihr das? Ich weiß absolut nicht, wer ihr seid und was mein Großvater für Schulden hatte, aber ihr könnt mir alle den Buckel runterrutschen, ihr und *überhaupt* der ganze Schwindel.«

»Wir krümmen dir kein Haar. Wer anders wird dich töten. Das arrangieren wir. So viel ist sicher, schließlich sind wir Kolias Zöglinge. Du kennst uns nicht. Sieben Drei-Kilo-*Banka*

Gold wollen wir, gefüllt bis oben hin. Falls du's verschleudert und für Drogen ausgegeben hast, ist das nicht unser Problem. Denk nach: Wo hat der Maulbeerbaum gestanden, als er gefällt wurde? Ich weiß es nicht mehr. Falls du dich nicht erinnern kannst, *heißt das* so viel wie, du hast's zur Seite geschafft. Denn Nodar hat's bestimmt nicht genommen.«

Mogela war's nicht mehr ums Lachen.

»Dreitausend Dollar«, sagte Atalo heiser. »Ich hab ihnen gesagt: ›Wer soll uns das mit den dreitausend Dollar glauben? Der Junge jedenfalls sieht nicht danach aus. Das ist dem schnurz.‹ Hab ich's nicht gesagt? Verlorene Zeit ist das. Wir wissen ganz genau, dass Nodar es nicht genommen hat. Hörst du, Junge? Ganz genau wissen wir das. Was glaubst du denn, hä? Mit Nodar gab's früher mal eine Unterredung, ganz *subtil*.« Er stand auf und setzte Mogela, der immer noch auf dem Boden saß, die Revolvermündung auf die Stirn. »Du bist Kolias Enkel, bring mich nicht dazu, dich zu töten. Solche wie dich hab ich schon viele gesehen, solche *Heißsporne*!«

Sie schwiegen eine Weile.

Dann ließ der Mann den Revolver hinten im Hosenbund verschwinden und fragte: »Gibt's Bücher im Haus?«

Mogela nickte.

»Dann wird die *melotka** dabei sein.«

»Die was?«

»Die *melotka* wird hier sein. Auf deinen Namen. Wir alle wissen, dass er dich genauso liebte wie seinen Bruder, der ihm gestorben ist, als du noch ein Kind warst.«

»Was ist Kongo zugestoßen?«

»Wem?«

»Kongo.«

Der Mann überlegte. »Ich weiß nicht, wer das ist.«

* Kassiber

»Als du den Brief in die Tür stecktest, ist dir da jemand nachgegangen?«

»Ah, dieser Kerl? Der sich mit mir anlegen wollte?«

»Ja.«

»Tja, der kam herausgestürzt: Was ich hier mache? Das sei das Haus seines Kumpels. Ich weiß nicht, was mit ihm war. Hatte ein schwaches Herz ...«

»Wer war mein Großvater?«, fragte Mogela der Plechanower.

9.

»Kot Michalitsch!« Die Rose von Schiras lachte. »Was du da erzählst, hat so was Da-Vinci-Code-Mäßiges.«

»Was zum Teufel ist das?«

Die Rose von Schiras wedelte mit der Hand. »Der Großvater, die Briefe, unrasierte alte Männer ... Egal, ich kümmere mich um sie, wenn du mir den Schlüssel dalässt.«

»Das ist aber nicht unriskant. Willst du dich an die Diebe wenden?« Mogela schaute sie mit ernster, besorgter Miene an, sodass sie gleich wusste, er nahm sie auf den Arm. Wenn sie ihn nicht so gut gekannt hätte, hätte sie ganz ernsthaft erwidert: ›Nein, Mensch, an was für Diebe?‹, aber sie wusste, dass so eine Antwort nur weitere tückische Fragen provoziert hätte, und sagte deshalb:

»Warum nicht? Wenigstens würden die Diebe mit denen fertigwerden.«

»Dann geh zu Trifonitsch«, riet ihr Mogela, »es heißt, er sei hier. Besser als der Kutaisser kriegt's keiner geregelt. Er hat einen kleinen Sprachfehler und man versteht nicht, was er sagt, aber sonst ist er, wie sagt man, süperb.« Mogela hielt den Daumen hoch.

»Schwachkopf«, stieß die Rose von Schiras zwischen den Zähnen hervor.

»Wenn ich weg bin, könnt's *gefährlich* sein, das Haus zu betreten –«

»Mensch, lass mir den Schlüssel da. Ich weiß, was ich tu. Was hat Atalo gesagt, warum er bis jetzt nicht gekommen ist?«

»Wer war mein Großvater?«, sagte Mogela wie zu sich selbst. »Alles gerät ins Wanken. Ich bin voll am Arsch.«

»Weißt du«, erwiderte sie, »Grübeln bringt nichts. Hast du deinen Großvater vielleicht idealisiert?«

»Lass mich in Ruhe. Jetzt fängt das wieder an. Hab keine Lust. Ich muss erst selber klarsehen.«

»Machst du dich nicht auf die Suche nach dem Gold?« Sie gab ihm eine leichte Kopfnuss.

»Weiß nicht, hab's ja noch nie gesehen.«

»Wie schade, Jim Hawkins.« Sie lachte. »Warte auf der Insel auf mich.«

»Hä?«

»Jim Hawkins, hab ich gesagt.«

»Hör auf mit den Anspielungen, ich hab für so was doch *überhaupt* kein Gedächtnis ... Kommst mir mit irgendwelchen Vor- und Nachnamen und –«

»Er hat dir nicht geglaubt, was?«

»Nein, was sollte er mir Glauben schenken, er ist wieder gegangen und sagte: ›Ich komm wieder. Aber nicht mehr allein. Durchsuch die Bücher.‹ Meine Fresse ... ›Wonach soll ich suchen?‹, hab ich gesagt. ›Such du doch.‹ Und er: ›Wir kommen bald.‹ – ›Dann kommt halt‹, hab ich gesagt. Soll er doch wiederkommen. Die glauben, ich leb von diesem Gold.«

»Weißt du was, Mogela? Du solltest die Bücher wirklich durchsuchen. Mein Großvater zum Beispiel hat Geld immer in Büchern verwahrt. Ich glaube, deiner hatte deshalb so viele Bücher, weil er was darin aufhob. Oder dann diese Kartons. Weißt du, was in den Kartons drin ist?«

»Die Kartons sind mir schnuppe. Ich hab an meinem Großvater gehangen, nicht an den Kartons.«

»Weißt du, wozu er die Bücher hatte? Damals haben doch alle irgendwas gesammelt, irgendwelche Dinge. Manche Gold, manche Möbel – es bedeutete, man besaß was. Du verkaufst diese Bücher ja jetzt. Bücher sind auch Besitz. Reeller Besitz. Hatte einer jedoch Bücher, dann war das für die Kommunisten nicht wie Gold und Silber oder das auf den Namen der Schwiegermutter zugelassene Auto. Alle wussten, der Mann hat Geld und legt es in Büchern an. Ein Büchersammler. Ebenso verhielt es sich mit Gemäldesammlern. Verstehst du? Dein Großvater aber hatte die Bücher eigentlich zur Ablenkung. In Wirklichkeit besaß er Gold. Wie kannst du davon nie gehört haben: Drei-Liter-Gläser voll Gold und wie Kompott gedeckelt? Es war die Zeit der Kommunisten; wenn die was bei wem fanden ...«

»Mensch, er hat sie geliebt, seine Bücher. Hat sie manisch immer wieder gezählt. Hat sie katalogisiert. Geliebt hat er sie.«

»Ja, aber gleichzeitig hat er sie benutzt.«

»Dann hatte er jemanden, der ihn *protegiert* hat, oder was?«

»Wo hat dein Großvater gearbeitet?«

»Was weiß ich, er war Buchhalter im Handelsministerium, ich hab das nicht mehr erlebt, zu meiner Zeit war er schon in Rente. Ist immer in den Gorki-Club gegangen ... Lass mich jetzt in Ruhe. Hab schon zu viel gelabert.«

Wahrhaftig, so eine altmodisch *behandschuhte*, mein-Gott-was-für-eine-blödsinnige, angestaubte Story ist selten, aber zuweilen passiert sie und überdies ganz unmerklich.

»Liegt dir dieses Haus nicht am Herzen?«, fragte die Rose von Schiras.

Mogela zuckte die Schultern.

»Wir müssen es finden. Die sind nicht umsonst gekommen. Die wissen was von früher, und diese Briefe bauen auf diesem alten Wissen auf.«

»Ach, hör auf, bitte hör auf!«

»Du willst doch nicht, dass es dir so ergeht wie dem Jungen in ›Die Reue‹. Warlam.«

»Doch nicht Warlam, zum Teufel, lass mich in Ruhe, ja? Ich hau jetzt ab.«

»Mogela, was soll ich machen, dauernd kommt mir solches Zeug in den Sinn. Wsia staraia schaika Flinta.* Dabei ist Flint schon tot. ›Eines schönen Tages geht das Signal hoch, und da kommt Flint, ganz allein in einem kleinen Boot und um den Kopf ein blaues Tuch gebunden‹«, zitierte sie auf Russisch.

»Es waren Gedichte, er hat mir Gedichte vorgesagt, vom ›Maulbeerbaum, der bis ins Haus vordringt‹, so wie dieser Maulbeerbaum von ... Woher soll ich wissen, wo er stand, sollen sie doch kommen und graben. Ich wollte eh weg.«

»Morgen gehst du.«

»Ja, falls sie mich heute nicht umlegen.«

»Die legen dich nicht um. Bloß, du musst verschwinden. Lass mir den Schlüssel da.«

An dem Tag legten sie Mogela nicht um. Durchaus nicht. Und es zeigte sich auch niemand.

Er sank auf den Diwan im Bücherzimmer und betrachtete die Regale, vielmehr die Reihen, Züge, Kolonnen, stolypinschen Waggons, die langen Zeilen. Die Bücher schienen loszuzuckeln, irgendwohin. Mogela war ein kleines bisschen bekifft. Die lautlosen Kolonnen glitten in die Ferne. Nach Sibirien. So kam es ihm vor. Züge in der Dunkelheit, fensterlose Waggons, dahinrumpelnd, aber lautlos. Das hypnotische Geräusch fahrender Züge lenkt dich ab, selbst wenn du ins Lager fährst. Zumindest hilft es dir, wohlig einzuschlafen. Doch Mogela gelang es nicht, wohlig einzuschlafen. In den stillen Büchern war, wie Lewiko der Barnower sagen würde, so viel Erhabenes wie Böses, so viel *Schändliches* wie Großartiges angesammelt, dass das alles, wenn sie dir vom Regal fielen, daraus hervor-

* Die ganze Bande des alten Flint.

stäuben würde, und dann hättest du die Bescherung: Ob du willst oder nicht, das Zerstäubte bleibt in der Luft, noch dazu, wo die Luft im Bücherzimmer steht, zäh wie nirgends, egal ob du lüftest oder nicht. Also bleibt es in der Luft, und wenn du es einatmest, erlebst du dein blaues Wunder. Es ist ja nicht so, dass du in jedem Fall ein gutes, erfreuliches Buch einatmest. Du atmest eine Mixtur, und deshalb wird dein eigenes Leben zäh und schwer, füllt sich mit allerlei Krimskrams an. Das wimmelt dann in deinen Innereien und … Deshalb muss ein Buch vorsichtig vom Regal genommen werden, denn wenn's dir herausfällt, dann Nacht Mattes! Solange es geschlossen ist, hat ein Buch im Allgemeinen keine Kraft, aber sobald du es aufschlägst, vereinnahmt es dich mehr und mehr. Nicht auszudenken, was geschähe, würdest du jedes Buch aufschlagen!

Auch damals, als Lewiko der Barnower vor den Regalen stand und mal dieses, mal jenes Buch hervorzog und murmelnd daraus vorlas, hatte sich Mogela, gründlich zugedröhnt, in diesem Zimmer auf ebendiesem Diwan gefläzt.

»Laber mich nicht voll, ja?«, bat Mogela. »Sei so gut, lass mich in Ruhe, und lies für dich.«

»Ich sag dir, selbst wenn ich für mich läse, wird's trotzdem auf dich übergehen. Ich stimme dich nur darauf ein.«

Mogela war es so vorgekommen, als bewegten sich die ganzen Regale und würden Lewiko unter sich begraben. ›He, komm da weg‹, rief er im Stillen.

Jetzt kam es ihm vor, als wären das alles Züge. Kolonnen, Rotarmisten, Gefangene, Maxim-Maschinengewehre, Teufelszeug – herzergreifende heisere Lieder aus dem echten Russland. Doroga dalniaiaa, reschotka tschastaia … Wagon stalipinskiii …*

Puh, puh … Mogela ging langsam auf, dass in den Waggons Atalo saß. In diesen Büchern saßen lauter Atalos.

* Weiter Weg, enges Gitter … Stolypin-Waggon …

Und dann kamen sie. Die Alten. Raschelten im Hof herum.

Dann polterten sie im unteren Stockwerk. Stießen an Stühle, denn sie waren lange nicht mehr in dem Haus gewesen und erinnerten sich nicht, wo Stühle standen. Sie hielten Laternen in der Hand und fluchten eine Weile vor sich hin. Dann kamen sie die Treppe heraufgekrochen, hustend, sodass es klang, als würden sie gleich auch noch hinrotzen. Jedenfalls waren sie nicht gut beieinander, aber immerhin, sie waren gekommen, der Drei-Liter-Gläser aus der Vergangenheit wegen.

Dann ließen sie die Türen knarzen, auch wo das Bücherzimmer war, erinnerten sie sich nicht, und kamen schließlich ins Zimmer geschwärmt, zwei von ihnen mit Revolvern in der Hand, das sah man im Licht ihrer Laternen. Sie schlurften, schwankten und röchelten.

»Mach das Licht an, Junge. Mach Licht«, sagte einer, doch Mogela blieb auf dem Diwan liegen und wartete ab.

Schließlich knipsten sie Licht an.

Besser, sie wären im Finsteren geblieben. Den Anblick, den sie boten, muss man erlebt haben. Altersmäßig nahm Atalo den ersten Rang ein, und er war einer von den beiden mit Revolver. Einer war blind wie dieser Akkordeonspieler, einer einarmig, ein weiterer hatte eine medaillengeschmückte Brust. Sie rochen merkwürdiger- und überraschenderweise nach schmuddeligstem Chinkali-Kneipenkeller, ein Geruch, der sich am ganzen Körper festsetzt und nur zu vertreiben ist, wenn man die Kleider zwei Tage vom Wind durchlüften lässt. Alles an ihnen war Trödel; einer der sieben hatte als Gehstock sogar einen krummen Bettpfosten.

»Hier war's«, sagte Atalo, »dort sitzt er.«

»Wo denn?«, fragte der Blinde. »Wo, zeig ihn mir!«

»Moment, Pew« – Atalo hob die Hand – »es reicht, wenn wir ihn dir später ausliefern.«

Der Blinde zischelte.

»Na, wie steht's mit deinem Versprechen?«, fragte Atalo Mogela. »Sag schon. Ich hab dir ja gesagt, wir kommen.«

Mogela würdigte ihn keines Blicks, sondern steckte die Hand in die Hosentasche und förderte ein zerknittertes Papier zutage. »Da, mehr ist in den Büchern nicht zu finden«, sagte er und schleuderte es den Besuchern mit zwei Fingern entgegen.

Der Einarmige hob es ächzend auf und musterte es. Dann reichte er es an Atalo weiter.

»Was ist das?«, fragte Atalo.

»Das war zwischen den Büchern«, erwiderte Mogela leichthin. »Siehst du nicht, wie viele Bücher hier sind? Schaut doch selbst und blättert alles durch.«

»Was ist das, Atalo? Ist das die *melotka?*«, fragte der Blinde.

»Eine Quittung, fürs Telefon. Sa tisch dewiatsot piisiat dsewiati god.«*

»Wo ist das Gold?«, ertönte plötzlich die Frage. »Wo ist unser Gold?«

»Mein Goldschatz!«, wieherte der Blinde los. »Gebt ihn mir in die Hand, damit ich Hackfleisch aus ihm mach!«

Die Alten begannen böse zu hecheln. Atalo sah zu Mogela hinüber. »Ich schnapp dich auch in New York, solltest du Scheiße gebaut haben. Bedank dich bei deinem Opa, dass ich dich mit Samthandschuhen anfasse. Hast du unser Gold restlos verschleudert?«

»Opa hin oder her« – der Medaillenbehängte richtete den Revolver auf Mogela – »was soll sein Opa hier? Sind wir dem nicht schnurz gewesen? Nichts als Gedichte hat er hinterlassen.«

»So war's nicht«, widersprach Atalo. »Er hat's gewissenhaft für uns aufbewahrt.«

»Was sind wir denn für eine *Bande?*«, schrie der Blinde auf einmal los. »Was für eine *Bande* sind wir? Sind wir die stärks-

* Für das Jahr 1959.

te *Bande* oder nicht? Gebt ihn mir in die Hand, liefert ihn mir aus, Hauptsache, ich krieg ihn beim Schlafittchen, und dann schneid ich ihn euch wie eine Wiener Pirogge in dünne Scheibchen. Was lasst ihr den reden? Dem sein Blut trink ich –«

»Wir wollen das Gold, also lassen wir ihn reden«, ertönte es von weiter hinten.

»Dann durchlöchern wir ihn, und das Gold kommt von allein, Milch und Honig obendrein«, sagte der Blinde und zog einen altertümlichen Dolch aus der Brusttasche.

»So soll's sein«, sagte Atalo, »wir durchlöchern ihn. Doch möchte ich trotzdem, dass wir Kolias gedenken und dem Enkel noch mal nahelegen, unsern Teil Gold rauszurücken. Wir haben's uns lang genug verdient.«

»Ich hab meine Augen für die Sache hergegeben. Dem Blütenzeichnen meine Augen geopfert!«, schrie der Blinde erneut los. »Mein Goldschatz!«

Alle wieherten los, einem fiel sogar die Prothese aus dem Mund und zu Boden.

»Halt«, sagte Atalo, »sind wir eine *Bande* oder was sind wir? Wie viele wir verloren haben! Und deren Teil verlangen wir gar nicht. Bloß unser Gold rück raus. Dann gehen wir. Wenn nicht, drehen wir dir den Hals um.«

Mogela zog eine Zigarette hervor und warf den Alten verstohlene Blicke zu.

»Du hast einen Fehler gemacht«, sagte er zu Atalo, »einen gewaltigen Fehler. Was bleibt mir außer dem Gold? Wovon leb ich denn? Aber du hast einen gewaltigen Fehler gemacht. Du hättest Wien nicht ins Spiel bringen dürfen. Du hättest direkt zu mir kommen müssen. Als du Wien ins Spiel brachtest, war Schluss. Wer weiß, vielleicht hast du Wien ja schon angerufen. Beweis mir, dass du's noch nicht getan hast, dann können wir reden. Du willst das Gold haben und mich zugleich über die Klinge springen lassen, nicht wahr? Du weißt, dass ich gegen den in Wien nicht ankomme. Du hättest das nicht tun dürfen.«

»Da hat er recht – das hätten wir nicht tun dürfen«, sagte der Einarmige. »Ich hab doch gesagt, wir sollten wie von Vater zu Sohn mit ihm reden.«

»Kolia hat's uns so beigebracht!«, schrie der Blinde erneut los. »Vermöbeln sollten wir ihn, damit ihm die Lust vergeht.«

»Halt«, sagte Atalo wieder und zog sein Handy hervor. »Da, das ist die Wiener Nummer. Ich hab ebenso wenig angerufen wie du. Aber wir sind auf dem Quivive. Solltest du irgendwelche Schweinereien ausgeheckt haben, kann ich immer noch anrufen. Getan hab ich's noch nicht. Und jetzt reden wir.«

»Reden wird schwierig sein, wie mit seinem Großvater.« Der eine, der die Schildmütze so weit ins Gesicht gezogen hatte, dass nur die Nase zu sehen war, schüttelte den Kopf. »Messer raus und löchern, Pew hat's schon richtig gesagt.«

»Beweis mir, dass du nicht angerufen hast«, sagte Mogela. »Beweis es mir, und wir reden.«

»Was soll ich dir noch beweisen, du lebst noch. Seit einem Monat beobachten wir dich. Ihm hast du sogar einmal ein paar Münzen hingeworfen« – Atalo deutete auf den Blinden – »hier, so wahr ich dieses Telefon in meinen fünf Fingern halte. Ich geb dir zwei Minuten. Dann ruf ich an, und dann merkst du, dass ich nicht angerufen hatte.«

Stille trat ein.

Der Blinde kräuselte die Lippen.

»Haut ab, ihr Erpresser-Arschlöcher!«, brüllte Mogela auf einmal los und sprang auf. »Aaalter, was gehen die mir auf den Sack! Zieht ab, *dawai*, fort mit euch! Sonst mach ich euch Beine!«

10.

»Ich wollte eh weg«, sagte Mogela der Plechanower und steckte Pass und Kreditkarte in die Brusttasche.

»Geht's dir nicht gut?«, fragte die Rose von Schiras.

»Ich hab's bis hier oben.« Er fuhr sich mit dem Finger über die Kehle.

»Beruhige dich, komm zu dir, pack deine Sachen, fahr zum Flughafen und Schluss. Von Istanbul ist's nur noch ein Katzensprung.« Sie lachte.

»Gibt's dort viele Georgier?«

»Weiß nicht. Ich glaub nicht. Probleme solltest du keine haben bei der Einreise.« Sie nahm eine gefaltete Mappe aus der Handtasche, zog daraus ein paar Papiere hervor und breitete sie aus. »Hier, das ist die Adresse des Konsulats, oder wie das heißt, von Saint John in Istanbul. Da gehst du hin, hier, das ist deine Einladung. Von David Wisramiani.«

»Haha, von Wisramiani!«

»Ja, David Wisramiani. Er ist gerade in Tiflis. Er lädt dich nach Saint John ein. Es spielt keine Rolle, wo er selbst sich aufhält. Er lädt dich ein. Niemand wird dich nach irgendwas fragen. Der Name gilt dort so viel wie ein Konto auf der Bank. Auf jeden Fall verhindert er Einreiseprobleme. Du bist eingeladen. Hier sind Adressen und eine Telefonnummer, falls du was brauchst. Ruf die Nummer an, frag nach dem Kleinen Matalo. Da, ich hab's markiert, Kleiner Matalo. Und da ist eine Visitenkarte. Nur falls du was nötig hast oder was mit der Polizei zu tun bekommst oder, was weiß ich, in irgendwas verwickelt wirst. Das ist Wisramianis Anwalt. Sampson Brass. Da, siehst du. Sampson Brass der Vierte.«

»Welches ist der Nachname?«

»Weiß ich nicht. Das ist die Nummer des Klosters. Du kannst dort vorbeischauen. Ich hab's markiert. Kurz –«

»Alles klar. Schickst du mich jetzt zu den Popen?«

»Lass die Scherze. Wenn du dir jetzt nicht alles merkst ... Ruf diese Nummer an, das ist eine Estate Agency. Die vermieten dir eine Wohnung. Sie wissen Bescheid. Ich hab ihnen geschrieben, und sie erwarten dich; die Miete für eine Woche ist bereits bezahlt. So ... Hör mal, wo schaust du denn hin? Hier, das ist die Landkarte, hab ich dir ausgedruckt. Da, schau, es sind drei Inseln. Auf die hier gehst du, da ist die Stadt, da gehst du hin.«

»He, das ist ja ganz in der Nähe von uns. Da könnte ich genauso gut von Batumi anreisen.«

»Bei uns kriegst du kein Visum. Die haben keine Vertretung hier, und es geht weder ein Flugzeug noch ein Schiff. Nur Fischerboote.«

»He, woher weißt du das alles eigentlich?«

»Schwachkopf, natürlich weiß ich's, die waren früher mal georgisch, die Johannesinseln.«

»Boah, georgisch?!«

»Jawohl.«

»Na, dann hat man uns das Schlechte gelassen und das Gute wem anders verschenkt.«

Die Rose von Schiras schüttelte den Kopf. »Also, lass die Papiere nirgends liegen. Das ist die Einladung. Da, hier steht's, für Nikolai Perwoj.«

»Und wenn ich's nun gerne romantischer hätte und nicht so geschäftsmäßig? Wenn ich, wie heißt das, poetisch bin –«

»Hör zu, Mogela aus Plechanow« – wieder schüttelte sie den Kopf – »ich kann jetzt nicht rumreden. Ich bin hundemüde, mir ist nicht nach Scherzen zumute. Pack deine Sachen zusammen und geh. Wenn die dich umbringen ... Wieso zwingst du mich, dir nette Dinge zu sagen, wenn ich dann als lebendige Tote zurückbleibe? Was ist das für ein egoistisches Verhalten, hintenrum und ummäntelt?«

»Jetzt sind wir bei den Beschimpfungen.«

»Steck die Papiere ein, aber nicht in die Gesäßtasche und ohne sie vier Mal zu falten. In Istanbul ist ein Hotelzimmer für dich reserviert. Die Buchungsbestätigung ist auch dabei. Geh Geld wechseln. Auf die Kreditkarte werden jeden letzten Freitag im Monat fünfhundert Dollar überwiesen.«

»Ja, aber die Kreditkarte will ich nicht. Da ist mir nicht wohl dabei. Was soll diese Karte?«

»Diese Karte soll dich davor bewahren, im *Nachtasyl* schlafen zu müssen.«

»Na und? Schlaf ich eben dort! Was willst du? Ich hab kein Problem damit. Außerdem nehm ich selber Knete und drei Bücher mit.«

»Ich will nicht, dass du im *Nachtasyl* schläfst. Ich hab meine Wohnung vermietet. Auch wenn das böses Blut gibt, egal. Eine Hälfte der Einnahmen geht an dich, die andere an mich. Ich will nicht ... Ach, lass mich in Ruhe.«

»Diese Kinder da schauen uns irgendwie schräg an, vielleicht hat man die zum uns Bespitzeln reingeschickt?«

»Die gucken, weil wir so viel reden. Interessiert sie eben.«

»Was du nicht alles weißt.«

»Du denkst, es ist alles meine Schuld, deshalb bist du mir gegenüber jetzt so aggressiv. Typisch georgische *Fisimatenten*.«

»Georgische *Fisimatenten*?«

»Sagt dir Grigol Orbeliani was? Er soll in einem seiner Briefe geschrieben haben: ›Haben mich bei dieser Frau doch tatsächlich georgische *Fisimatenten* und *Allüren* angewandelt.‹«

»Nicht nur Grigol Orbeliani sagt mir was, sondern auch, wie heißt der schon wieder, Iakinte Lissaschwili.«

Die Rose von Schiras brach in Gelächter aus. »Woher kennst du denn den?«

»Woher schon? Wir hatten ein rotes Buch im Haus. Ist wahrscheinlich immer noch da. Iakinte Lissaschwilis ›Kezchoweli‹. Ein tolles rotes Buch war das. Mit Goldbuchstaben. Bescheuert. Ich will auf jeden Fall weg.«

»Geh und spann dort aus. Ich komm dann nach.«

»Hör mal, wie viele Male willst du denn noch abtauchen?«

»So viele es auch immer braucht.«

»Eine Desperado-Frau, das bist du. Dazu noch gebildet. Weshalb hast du so viel studiert, bloß um in die Hände von denen zu fallen? Wie sagte dein Vater? Ich sei in wie heißt das schon wieder reingeraten, na, wenn's sich um so alte Geschichten handelt ... Was will das Arschloch von mir? Hab ich ihm was weggenommen? ›Du bist seine Ehefrau und nicht ... Du bist meine Schwiegertochter ...‹ Der ist doch krank, Mensch. Ich bring ihn um. Du bist Ex-Schwiegertochter, oder etwa nicht? Dein Mann ist gestorben, nicht? Was will dieses Arschloch? Zehn Jahre sind's her, seit er gestorben ist, nicht wahr?«

»Ich bitte dich, sprich nicht von ihm.«

»Soll er doch herkommen, dein Schwiegervater ... Da fällt mir was ein: Weißt du, wem du gleichst? Kolonkelidse Schorena, haha, Kolonkelidse Schorena ... Schoreeeena ... Weggesperrt wurde die. Hab ich dir nicht gesagt, du sollst sie ignorieren? Was brauchst du ihr Geld? Ignorier sie, dann lassen sie von dir ab, haben das Ganze bald über.«

»Was soll ich denn machen, er ist übergeschnappt! Der Mann gehört ins Irrenhaus. Bitte, ich will nicht weiter darüber sprechen. Pack die Papiere weg.«

»Wo hast du denn deinen Typen *überhaupt* ausgegraben? Braucht ja besonderes Geschick, so einen kennenzulernen.«

»Jetzt mach mich nicht an! Das waren andere Zeiten damals. Weißt du nicht mehr, wie's war?«

Mogela stand auf. »Boah, was für ein Scheißort, nicht mal rauchen darf man hier!«

»Setz dich hin.«

»Was für ein Mensch war mein Großvater?«

Die Rose von Schiras schnaubte. »Woher soll ich wissen, was dein Großvater für ein Mensch war?«

»Ich weiß nicht, ich hab da so meine Zweifel. Ständig muss ich an ihn denken. Bei meinem Vater weiß ich, was für ein Mensch er war. Bei Großvater nicht. Egal, ich lass dir den Schlüssel da, und du bringst in Erfahrung, wer mein Großvater war.«

»Ist ja gut, ist ja gut.«

»Vielleicht kreuzen zu Hause irgendwelche Typen auf, Typen, die mein Großvater kannte.«

»Du musst unbedingt fort, sonst geben dir diese Typen noch den Rest. Das Rumgefläze lässt dich ja ganz verblöden.«

»Ständig denk ich an die Toten, wie alle sterben ...«

»Dafür gibt's eine einfache Erklärung: Du glaubst, die bringen auch dich um.«

»Was sind das nur für Zweifel an meinem Großvater? Weißt du, was für ungute Ahnungen ich hab? Lauter Bücher kamen da geflogen – krach, bum. Von allen Seiten kamen sie geflogen. Und darin verwahrt irgendwelche Briefe und ... Ich hab dir doch erzählt, es gab da mal einen Erpresser, Kot Michalitsch, Großvater hat mir von ihm erzählt. Der hat den Leuten immer Briefe geschickt. Als Kongo, mein Nachbar, gestorben ist, bin ich voll durchgedreht. Wir sind in dieselbe Klasse gegangen. Kongo, Alter ... Morgens hat er immer an mein Fenster geklopft, mein ganzes Leben lang ...«

»An das Fenster mit dem Mond?«

»Ja.«

»Kongo war der Mond.«

»Jetzt geh mir nicht auf den Geist. Wo ich eh ständig an Großvater denken muss. Ich würde gar nicht fortgehen, wenn ich die Bücher und Dokumente rausräumen könnte. Bloß, ich kann's nicht. Ich würd sie rausräumen und ausklamüsern, wer mein Großvater war. Aber ich denk nur immer so'n Zeug, dass –«

»Das kommt vom Hasch.«

»Nee, woher denn? Wie Hasch wirkt, weiß ich bestens.«

»Du knallst dir die Birne voll mit Hasch.«

»Ich knall mich *überhaupt* nicht voll. Redkat. Dlia nastraienia.«*

»Auch das reicht schon.«

»Moment, was spielt das für eine Rolle? Das Haus belastet

* Selten. Für die Stimmung.

mich. So ein großes Haus für mich allein. Die Zimmer sind nutzlos geworden.«

»Nein. Die ganze Situation ist schuld. Eins ist zum anderen gekommen.«

»*Winterschlaf* wär jetzt gut ...«

»Deshalb gehst du ja, wirst ganz für dich sein.«

»Als ich klein war, hat mich Großvater immer was zeichnen lassen. Ich konnte nicht zeichnen, aber ich musste trotzdem. Den Hof, die Bäume, das Haus ... Wo hat er die Zeichnungen hingetan? Ich hab sie nie wieder gesehen.«

»Er hat dir gesagt, du sollst das und das zeichnen?«

»Na, ich wusste ja nicht, was ich zeichnen soll. Ich konnte überhaupt nicht zeichnen ... Ich lass dir den Schlüssel da. Ich muss wissen, wer mein Großvater war.«

»Ist ja gut. Wie du willst.«

»Was heißt, wie du willst? Wenn Lewiko da wär, würd ich's dem sagen.«

»Ich find's raus. Ich klär alles.«

»Sag mir ehrlich, ist dein Mann tot?«

Die Rose von Schiras schwieg. Schließlich sagte sie: »Musst du mich das zum hundertsten Mal fragen?«

»Du weißt selber nicht, ob er gestorben ist?«

»Er ist tot, er lebt nicht, er ist tot ... Was soll ich denn tun? Was zum Teufel soll ich tun? Es lebt nicht, ist nirgends, sie haben ihn umgebracht und ... Er lebt nicht.«

Mogela nahm eine Zigarette.

»Rauchen ist hier verboten. Die schmeißen uns raus.«

»Ach, verdammt ... Und warum ist der Typ anderer Meinung?«

»Ich weiß nicht. Ich weiß es nicht. Du siehst ja, wie er mit mir umgesprungen ist. So sind die, was soll ich denn machen?«

»Ich wollte eh weg.« Mogela stand auf. »Verlassen wir das Lokal gemeinsam oder jeder für sich?«

»Geh du erst. Ich ruf dich am Abend an.«

»Ich muss dir noch den Schlüssel geben.«

»Ich komm vorbei.«

Jenseits der niedrigen Trennwand krähten die Kinder.

Mogela zündete die Zigarette an, stieß die Tür auf und trat hinaus.

Es war ein lärmiger Herbstnachmittag. Mit Staub und Autogehupe.

»In unserem Hof liegt Gold«, sagte Mogela der Plechanower leise vor sich hin und rannte über die Straße.

DIE WEHMUTSJACKE UND DIE FRAU IM BÜCHERZIMMER

Well, I'll bet you I'm gonna be a big star
Might win an Oscar, you can never tell
The movies gonna make me a big star
'Cause I can play the part so well

JOHN LENNON / PAUL McCARTNEY

You say yes, I say no
You say stop and I say go go go, oh no
You say goodbye and I say hello
Hello hello
I don't know why you say goodbye ...

JOHN LENNON / PAUL McCARTNEY

EINLEITUNG

Als etwas vom Unschönsten gilt in Tiflis das individuelle Totengedenken.

Das individuelle Totengedenken ist eine spezielle Trauerbezeugung in Abwesenheit des Verstorbenen. Sie dauert ungefähr eine halbe Stunde.

Das Unschöne am individuellen Totengedenken besteht darin, dass es weniger Kondolierende als Hinterbliebene gibt. Bestenfalls zählen sie gleich viele; selten nur übertrifft die Anzahl der Kondolierenden die der Hinterbliebenen.

Individuelles Totengedenken bedeutet, dass jemand aus verschiedensten Gründen nicht in der Lage war, an der richtigen Trauerfeier teilzunehmen: Entweder war er krank oder befand sich weit weg, ist aber mit dem Verstorbenen und seiner Familie so verbunden, dass er sein Beileid, seine Bereitschaft, Beistand zu leisten, und seine Trauer unbedingt zum Ausdruck bringen will.

Wenn der Todesfall schon längere Zeit zurückliegt und die Hinterbliebenen sich wieder gefasst haben, der Schmerz sich somit allmählich in nüchternen Kummer verwandelt hat, braucht er die Trauer unter Umständen gar nicht explizit zu machen, denn ein Besuch im Haus des Verstorbenen bedeutet bereits eine Beileidsbekundung.

Sollte das individuelle Totengedenken Monate später oder gar erst nach einem Jahr stattfinden, wird der Verstorbene nur indirekt zur Sprache gebracht, der Kondolierende spricht seine Gefühle niemals direkt aus, sondern sucht den Hinterbliebenen behutsam und wehmütig zuzureden. In diesem Fall liegt die Art und Weise, wie über den Verstorbenen gesprochen wird, ganz in der Hand der Hinterbliebenen. Bewegen Gefühl und einstige Bindung zwischen Kondolierendem und Verstorbenem einen Hinterbliebenen dazu, unverhohlen und offenherzig zu reden, kann das Gespräch höchst aufwühlend und trauervoll werden, andernfalls eher wehmütig und nicht so tränenreich, ja, es kann sogar zu anderen Themen übergehen, die Rede kann auf das Befinden des Kondolierenden selbst kommen, da dies in so einem Fall immer von Interesse ist: Während der Trauertage war er entweder krank oder befand sich nicht in der Stadt oder war gar außer Landes, sodass er natürlich Bericht erstatten muss und gleichzeitig behutsam die Gründe für seine Abwesenheit in der schicksalsschweren Zeit darlegen kann.

Somit unterscheidet sich das individuelle Trauergedenken von der gewöhnlichen Trauerfeier auch dadurch, dass bei Letzterer kaum gesprochen wird und es nur zu vereinzelten Ausrufen und Schluchzern kommt, bei Ersterem jedoch die Hauptsache gerade das Gespräch ist. Einem Kondolierenden wird, falls es sich um einen Mann handelt, unweigerlich Wein angeboten werden, damit er den Trinkspruch auf die ewige Seligkeit des Verstorbenen ausbringen kann. Deshalb wächst sich ein individuelles Totengedenken manchmal auch zu einem individuellen Trauermahl aus. Dieser Fall tritt gewöhnlich dann ein, wenn der individuell Kondolierende ein naher Verwandter ist, selbst aber nicht in Tiflis aufwuchs und ihm an einem Empfang durch die Hinterbliebenen liegt, was nach alter ländlicher Tradition unabdingbar mit Festmahl und Weinbecher verbunden ist, denn mit so einem Trauerbecher Wein lassen sich Herzensgeheimnisse leichter aussprechen und auch die eigenen Erlebnisse leichter erzählen. Andererseits kann er sich selbst sozusagen verblümt rechtfertigen, weshalb er bei Totenwache und Beerdigung nicht hatte dabei sein können.

Unter Tifliser Freunden und Vertrauten ist das individuelle Totengedenken immer eher eine Herzenssache, die sich äußerlich schlicht gibt, innerlich jedoch von großen Gefühlen getragen ist. Verwandtschaftsbeziehungen sind in diesem Fall vollkommen zweitrangig; im Wesentlichen geht es darum, einem langjährigen, echten, tiefen Freundschaftsgefühl Ausdruck zu geben – bar jeglicher Selbstrechtfertigung und Tradition und allerei anderem wie Weinbecher und mindestens sieben Trinksprüchen auf den Verstorbenen, die der Kondolierende seinerzeit beim Leichenschmaus hätte ausbringen müssen und in die er jetzt einzustimmen hat.

Nicht wenige glauben nämlich, dass die Trinksprüche magische Wirkung haben. Bringt man einen Trinkspruch auf den Verstorbenen aus, transformiert man sich zum höchsten spirituellen Mittler, weil man freien Zugang gewinnt zur Welt des Verstorbenen und unvergessene Helden im Jenseits anruft, auf dass sie dem frisch Verstorbenen zur Seite stehen, denn Freunde und Angehörige braucht man überall.

Allerdings ist das alles vollkommen überflüssig, wenn Hinterbliebene und Kondolierende einander von echtem gegenseitigem Mitgefühl erfüllt begegnen.

Von weit mehr Aufsehen und unverhohlener Emotionalität begleitet als das individuelle Trauergedenken ist das Eintreffen im letzten Moment. Eintreffen im letzten Moment beinhaltet den Umstand, dass der Kondolierende infolge entfernten Aufenthaltsorts nicht in der Lage war, an den Totenwachen teilzunehmen, es jedoch schafft, am Begräbnistag in die Stadt zu kommen und zum letzten Geleit, der Begräbnisfeier, zu erscheinen. Hinterbliebene empfangen so einen Trauergast, der alles stehen und liegen lässt, um von heftigen Gefühlen erfüllt die Welt der Trauer zu betreten, ihrerseits stets voll heftigen Gefühls.

Es ist dies immer eine schwierige Situation, denn die anderen sind bereits seit Tagen in die Trauerrituale vertieft, ihr Gram hat sich im Bewusstsein bereits eingewurzelt, und sie sind deshalb bereits geübte Teilnehmer, während die im letzten Moment Eintreffenden erst in dem Augenblick in die Trauersphäre treten, wo sich das Geschehen dem Höhepunkt, der Stunde des Begräbnisses, nähert, sie jedoch noch am Anfang stehen und innerlich in einer Stunde durchlaufen müssen, was die anderen Freunde und Verwandten, also die eigentlichen Trauergäste, in mehreren Tagen durchlaufen haben.

Trotzdem, im letzten Moment einzutreffen ist weitaus weniger schwer als das individuelle Totengedenken. Die Vorgänge zum Zeitpunkt des Eintreffens im letzten Moment verstehen sich immerhin von selbst: Alle trauern, der Verstorbene liegt zu Hause aufgebahrt, um ihn herum herrscht geschäftiges Treiben, die Trauergäste sind durch mannigfache Bande miteinander und mit den Hinterbliebenen verbunden – all das ist der Grund für die Selbstverständlichkeit aller Aktivitäten.

Der unmittelbare Realitätsbezug dagegen fehlt beim individuellen Totengedenken. Insbesondere dann, wenn seit dem Sterbefall viel Zeit verstrichen ist. Der Verstorbene liegt schon seit einiger Zeit auf dem Friedhof und nicht mehr zu Hause, wo das Leben wieder seinen üblichen Lauf nimmt und alles Geschehene nur noch Erinnerung ist. Wenn der individuell Kondolierende eintrifft, geraten die Gefühle des Hinterbliebenen in Aufruhr, die Vergangenheit kehrt mit Macht und eigenartigen Emotionen verbunden zurück, Traurigkeit und Kummer sind nun nicht mehr genug, denn das Weh erwacht von Neuem.

Zudem ist das individuelle Totengedenken geprägt vom Unausgesprochenen. Wenn der Kondolierende anruft, um seinen Besuch anzukündigen, sagt er selbstverständlich nicht, er käme, um sein Beileid auszusprechen. Doch für den Hinterbliebenen ist klar, dass er eben deswegen kommt. Schwere Stunden erwarten ihn, denn sie holen ihn in die Zeit zurück, als im Haus der Tote aufgebahrt lag.

Trotzdem bringt das individuelle Totengedenken in gewisser Weise auch Erleichterung für den Hinterbliebenen, da der Besuch gewöhnlich ein tiefergehendes, während gewöhnlicher Trauerfeierlichkeiten unmögliches Erinnern an den

Verstorbenen erlaubt, das ihn als Menschen in viel besserem Licht erscheinen lässt und somit den Hinterbliebenen heiter stimmt. Das heißt, Traurigkeit und Gram, die anfängliche Anspannung und die Tränen der ersten Augenblicke wandeln sich nach und nach zu lebensvollen Geschichten und Erinnerungsbildern, sobald sich auch die Stimmung des Kondolierenden gelockert und er den Hinschied des Freundes innerlich verarbeitet hat.

Dem Kondolierenden fällt mit der vollendeten und innig vollzogenen individuellen Trauerbezeigung eine Last vom Herzen, denn er hat nach lang gehegtem Wunsch, seinen Gefühlen Ausdruck zu geben, das Seinige getan und diejenigen damit bedacht, für die er sie so lange Zeit bewahrt hatte. Außerdem darf nun ausgesprochen werden, was zu Lebzeiten des Verstorbenen gewöhnlich nicht ausgesprochen werden konnte, da Freundesbrauch es nicht zulässt, über einen Freund offen, und sei es noch so nachsichtig, zu reden. Freundesbrauch besteht schließlich allein in der Freundschaft und nicht im geräuschvollen Durchforsten der jeweiligen Haltung zueinander.

Wie auch immer, wenn ein enger Freund verstirbt und wir erst fast zwei Jahre später davon erfahren, dann gibt es in Tiflis nichts Unschöneres als das individuelle Totengedenken. Es bedeutet eine bedrückende Rückkehr in alte Zeiten, wo wir den, den wir für ewig lebend hielten, nicht mehr antreffen. Ja, echten Freunden kann das passieren, denn während jene, denen Regeln und regelmäßige Anrufe wichtig sind, mahnen: »Was lässt du so lange nichts von dir hören«, brauchen die, für die allein zählt, was stets war und immer sein wird, keine Anrufe. Ihre Sehnsucht nach dem Freund ist anders geartet. Sie wissen: Ein Mensch, der mit sich selbst im Unreinen ist, lässt meist nichts von sich hören.

Mit dem individuellen Totengedenken einher geht das unbeschreibliche Gefühl von Leere, weil der Verstorbene auf einmal wieder wie lebendig wird und mit all seinen Eigenheiten vor dem Hinterbliebenen und dem Kondolierenden ersteht, um dann unverhofft wieder zu erlöschen.

Genau so ist es, er erlischt.

Dieses Erscheinen und Erlöschen macht dem Freund in aller Klarheit bewusst, dass alles, was war, niemals mehr greifbar sein wird. Eine nicht greifbare Welt jedoch besitzt keine Grenzen; die Grenzen müssen wir uns selbst denken, und wenn wir uns zu sehr in diese Grenzsuche versenken, stellen wir das Leben hintan, benötigen den Körper kaum mehr, außer zu dem, was er von alleine, ohne uns tut.

Falls nur ein einziger Hinterbliebener und ein Beileidsbezeuger existieren, ist das individuelle Totengedenken von besonderer Unmittelbarkeit.

Es ist ein vollkommen anderes Totengedenken.

Dann entsteht zwischen zwei Personen eine neue Realität, eine Realität, die der Verstorbene schafft, da beide, sowohl Hinterbliebener wie Kondolierender, in dem Moment kraft seines Lebens agieren.

Mogela der Plechanower hatte eine ganze Weile gezögert, bevor er die Witwe seines Freundes Lewiko aufsuchte.

Ein Besuch war unvermeidlich, und Mogela wollte durchaus hingehen. Nicht, weil er Näheres über die Todesumstände erfahren wollte, sondern weil Lewiko der Barnower ihm fast so nahe war wie er sich selbst. Nicht in simpler Weise, so wie man sagt: Sie sind zusammen aufgewachsen, waren ein Herz und eine Seele und immer zusammen in Freud und Leid, begannen und beendeten den Tag zusammen und hatten keine Geheimnisse voreinander und so weiter und so fort – sondern deshalb, weil Lewiko der Barnower sich in seinem Wesen eingewurzelt hatte.

Sie hatten einander nie in Dingen beigestanden, in denen Menschen einander gewöhnlich beistehen. Beigestanden hatten sie einander insofern, als man sagen kann: Verwandte Seelen grüßen sich von ferne.

Beistehen war das eigentlich gar nicht, das Leben war einfach so. Das Wichtigste war, einander gefunden zu haben; wie hätte es in den alten Zeiten, wo das Leben friedlich und ruhig war, auch anders sein können, wenn eine Seele die andere erkannte? Erkennt nämlich eine Seele die andere, gleicht das dem Augenblick, wo der Schäfer die Lämmer zum ersten Mal zu den Mutterschafen treibt. Lämmern, die ihre Mütter nicht selbst finden, ist er behilflich, aber es heißt, die Mehrzahl findet die eigene Mutter. Wobei weder Mogela der Plechanower noch Lewiko der Barnower groß Ahnung von so was hatten. Keiner von beiden war Lamm oder Mutterschaf, obwohl Lewiko im Schwips einmal sagte, mit ihnen wäre es ähnlich und, obwohl es eine Mutter-Kind-Sache sei, passe es doch auch auf die Freundschaft. Dann hatte er hinzugefügt: »Was für einen Stuss ich da wieder rede«, aber Mogela war es in Erinnerung geblieben und, egal ob zutreffend oder nicht, nicht mehr aus dem Sinn gegangen.

Die verwandten Seelen grüßten sich, mehr brauchte es nicht. Mogela hatte viele andere Freunde, alles gute Kumpels, und Lewiko ebenso, wirklich gut hatten sie es jedoch zu zweit. Besonders gut waren sie im Reden. Erstaunlich dabei war nur, dass sie nie ein Abenteuer oder ein Unglück zusammen erlebt hatten. Das brauchten sie nicht. Mogela dachte immer, es wäre auf dasselbe hinausgelaufen. Lewiko kannte ein paar Geheimnisse und Sehnsüchte von Mogela, genauso wie Mogela ein paar von Lewikos Geheimnissen und Sehnsüchten kannte. Doch hatten sie diese einander nie offengelegt, auch nicht in weinseliger Stimmung oder einer Notlage. Geheimes offenbarten sie einander entweder durch ihr Verhalten oder implizit in irgendeiner Bemerkung, und danach wurde kein Wort mehr darüber verloren.

Und auch jetzt, wo er den Besuch bei der Witwe hinauszögerte, überlegte Mogela: Sollte er ihr von Lewikos Bemerkung vor seiner Abreise nach Amsterdam erzählen und sagen, er hätte ihr erst keine Wichtigkeit zugemessen, sähe sie nun aber als bedeutsam an? Bloß wäre das ein bisschen gelogen gewesen: Mogela erkannte immer, worum's eigentlich ging, und hatte es auch damals schon erkannt. Denn Lewiko und er hatten einander nie Ratschläge erteilt. Lewiko pflegte nur zu sagen: »Astaroschna, dweri sakriwaiutsa«,* worauf Mogela immer antwortete: »Jetzt mach mal piano.« Das war alles, die Bedeutung dieses Wortwechsels war keine gewöhnliche, sondern eine Art Warnung, und dann folgten immer tausend andere Sprüche. Übermütigere Sprüche.

Mogela war schon ganze zehn Tage in der Stadt, bevor er sich dazu durchrang, Lewikos Witwe anzurufen.

Jedenfalls, er rief sie an.

»Pepo, grüß dich, ich bin's, Mogela, falls du dich an so einen Namen erinnerst. Ich bin grade angekommen …«

Und hier blieb er stecken, weil er sich nicht hatte entscheiden können, was er sagen sollte: »Sag mir, wann du vorhast, zum Friedhof zu gehen, ich treff dich dann dort«, oder: »Wann bist du zu Hause, ich möchte rüberkommen.«

»Komm rüber, ich bin den ganzen Abend zu Hause«, sagte Pepo von sich aus.

Mogela besaß eine prima Baseballkappe, die er aus Amsterdam mitgebracht hatte. Die Kappe war noch unbenutzt, und er wollte sie Schnuckelmäuschen, Lewikos Tochter, mitbringen. ›Vielleicht ist sie ein sportliches Mädel‹, dachte er, ›und freut sich darüber.‹ Seiner Schätzung nach musste Schnuckelmäuschen nun etwa dreizehn sein.

»Und wenn ich jetzt gleich komm?«, fragte er Pepo.

»Ich bin zu Hause.«

Pepo war grundsätzlich eine Frohnatur, ihre gute Laune

* Vorsicht, die Türen schließen.

wirkte ansteckend. Er erinnerte sich nicht, dass er je bei Lewiko angerufen und Pepo ihm normal geantwortet hätte. Immer musste sie übertreiben. Jetzt aber hatte sie ihm ohne jede Exaltiertheit geantwortet; trotzdem hörte Mogela heraus: Zwei Jahre sind vergangen, muss der nun wieder alles aufrühren? ›Hoffentlich kommt's nicht so raus‹, dachte er, ›hoffentlich lieg ich falsch‹, und machte sich auf den Weg.

Es war schwer. Die Gegenstände, die Möbel, der Bücherschrank, die alte Kirchenglocke, die auf dem Schrank stand ... Derselbe durchgesessene Diwan, derselbe Sessel aus Stalins Zeiten, derselbe Fernseher, derselbe runde Tisch. Dieselbe AKAI-Anlage, dieselben Vorhänge vor den Fenstern auf die Loggia hinaus, dieselbe breite arabische Liege, an deren Kopfende Regale an der Wand hingen. Die klapprige Küchentür mit dem verblichenen Fußballplakat, auf dem ein Mario Kempes rannte wie verrückt. Die Magnete am Kühlschrank und die tabakvergilbte Tapete, der angesengte Lampenschirm und die Bücherstapel auf dem Boden. Das Reißbrett oder was zum Teufel das war, an dem man früher Baupläne angefertigt hatte, und das schwere schwarze Telefon im Flur, der riesige kubische Aschenbecher auf dem Couchtisch und Lewiko der Barnower, der nicht mehr da war.

Mogela hätte Pepo gerne etwas zuliebe getan, wusste aber nicht, ob Zärtlichkeit und Tränen nötig waren.

›Wer weiß‹, sagte er sich, ›vielleicht hat Pepo ja für sich bereits abgeschlossen.‹ Auch wenn er das nicht glaubte.

Er saß auf dem alten Diwan, die Brille in die Stirn geschoben, und gab um abzulenken irgendwelchen Unsinn von sich. Er erzählte vom Herumvagabundieren im Ausland, als wäre das Leben trotz Geldnot ein einziges großes Vergnügen.

Pepo saß im Sessel, rauchte und hörte ihm lächelnd zu. Sie wusste, Mogela trank keinen Kaffee, aber Wein und so was würde er jetzt nie im Leben trinken, um den Besuch nicht gewöhnlich und alltäglich erscheinen zu lassen.

Schnuckelmäuschen war nicht zu Hause; sie war schon vierzehn und nicht erst dreizehn.

»Wie die Zeit verfliegt«, sagten sie, und die abgedroschenen Worte waren unter diesen Umständen ganz ehrlich gemeint, es gab eben keinen Lewiko mehr, der sich etwas anderes hätte einfallen lassen.

Dann verstummte Mogela.

Und dann sagte er: »Ich möchte jetzt eigentlich *gar* nicht reden. Ich kann nicht, und *überhaupt* ist mir nicht danach. Und *überhaupt* bin ich viel zu spät. Ich müsste jetzt aufstehen und gehen, aber ich kann *einfach* nicht, ich mag euer Haus zu sehr.«

»Ganz wie du willst«, sagte Pepo. »Wie du willst ... Mich gibt's nicht mehr. Was für ein Irrsinn. Was mit ihm passiert ist. Die anderen dachten, er wäre auf die Toilette gegangen. Ewig weg war er. Sie dachten, er hätte sich verdünnisiert. Viel später hat man ihn gefunden. Ein paar Angler in einem Aseri-Dorf flussabwärts ...«

Mogela erhob sich. »Bitte hör auf.«

»Was für ein Irrsinn. Ich bin hundertmal hingegangen zu der Stelle. Du kommst aus dem Restaurant, gehst das Ufer entlang. Hat er sich dort irgendwo hinausgelehnt? Sich drübergebeugt? Ich denke ständig, ob ihm nicht vielleicht schlecht geworden ist. So was. Eine furchtbare Stelle. Ich hasse sie. Wer weiß, in welchen Schwierigkeiten er steckte.« Sie begann zu schluchzen.

»Ist ja gut, bitte hör auf. Ich hätte nicht herkommen dürfen«, sagte er und streichelte sie.

»Er war betrunken. Was musste er so viel trinken und dann ins Wasser fallen? Warum in aller Welt ... Ich dachte, er ist gegangen, verschwunden. Manchmal ist er ja monatelang bei dem Hochwürden gewesen. Ich hab nie was gesagt. Du weißt das doch.«

»Weiß ich, weiß ich. Ich bitte dich ...«

»Lass mich doch ... Verzeih ... Ich hab noch überhaupt nie mit irgendwem darüber gesprochen. Du weißt das. Kann es sein, dass er sich umgebracht hat? Ich hab nie gefragt, wohin er geht. Er ist irgendwo hingegangen, ich hab nicht gefragt. Weil, ich kannte ihn … Was hat er nur gemacht? Weißt du, wie fürchterlich es mich manchmal überkommt, was für furchtbare Sachen ich denke?«

»Das solltest du nicht, denk nicht so was.«

»Na komm, Mogel, komm, du weißt doch immerhin … Vier Jahre Krieg und Misere, Geld für Brot mussten wir uns leihen. Nicht ein Mal, nicht ein Mal hab ich gesagt, geh, beweg dich, mach was …«

»Ist ja gut, das hat doch keinen Sinn.«

»Ich weiß! Es ist Unsinn. Aber es ist bitter, weißt du, wie bitter es ist? Auf so eine idiotische Art, das kann einfach nicht sein, weißt du? In den Fluss zu stürzen. Ist er wirklich gestürzt? Ich frag dich, ist er gestürzt? Ständig hat er gesagt und dabei immer gelacht: ›Wenn ich sterbe, soll es so und so sein, dies gib jenem und das diesem. Das Plakat bekommt Pchakadse.‹ Das Plakat, das dort hängt. ›Den hab ich damals übers Ohr gehauen und es ihm abgeluchst, in der siebten Klasse.‹ Er sagte immer: ›Kempes, du kommst zu deinem Eigentümer.‹ Zur Weißglut brachte mich das.«

»Ich hätte nicht herkommen dürfen«, sagte Mogela.

»Du musstest herkommen. Und du musst immer wieder kommen. Weil, bei keinem sonst kann ich mich so ausheulen und jammern.«

»Sag mir einfach Bescheid, und ich komm.« Er lächelte sie plötzlich an. »Du heulst dich bei mir aus, jammerst, und dann geh ich wieder.«

Pepo musste lachen; sie hörte auf zu weinen, und die Tränen tropften auf ihre Knie. »Ihr seid solche Schwachköpfe. Schwachköpfe …« Wieder kamen ihr die Tränen. »Tut er dir nicht leid? Weißt du, wie leid er mir tut? Sich mitten im Gelächter umbringen … Wie ein Säufer. Wie irgendwer. Er war aber nicht irgendwer. Das weißt du doch auch, er war nicht irgendwer.« Sie schluchzte. »Entschuldige, entschuldige.«

Mogela hätte ihr gerne erzählt, dass Lewiko ihm vor seiner Abreise gesagt hatte, bei seiner Rückkehr werde er nicht mehr am Leben sein, aber er tat es nicht.

»Was gibt es da zu entschuldigen, Pepolein, du musst dich nicht entschuldigen.«

»Erzähl mir alles ... Alles ... Was ihn geplagt hat, wer ihn so weit gebracht hat. Ich fleh dich an, erzähl's mir. Ich denk mir sonst alles Mögliche aus. Manchmal denk ich, er hat sich umgebracht. Hätte er sich umgebracht? Sag's mir. Sag mir alles. Du weißt doch so einiges. Ich glaube, er hat sich keinesfalls umgebracht. Wegen Schnuckelmäuschen. Niemals hätte er sich umgebracht. Das hätte er mir nicht angetan. Nicht wahr? Sag's mir.«

»Ich weiß nichts, Pepolein. Meine Mutter hat mich benachrichtigt. Mehr weiß ich nicht. Ich hab noch ein T-Shirt gekauft, das ich ihm mitbringen wollte. Ich hab keine Ahnung.«

»Wer weiß es dann? Warum weiß denn keiner was? Da kommen diese Schwachköpfe und ...« Sie heulte. »Der eine sagt dies, der andere das. Ich kann nicht mehr. Ich denk mir alles Mögliche, ich hab Angst und kann nicht ... Ich lass alles Revue passieren. Da lag ein Buch. Ein Buch lag da, und deswegen spinn ich mir was zusammen –«

»Was für ein Buch?«

»Ein Buch ... Die ganze Zeit reim ich mir allen möglichen Unsinn zusammen. Auf meinem Nachttisch lag ein Buch, das vorher auf seinem gelegen hatte. Hat er's rübergelegt? Ich weiß nicht. Wollte er was sagen damit? In dem Buch ist einiges unterstrichen. Ich hab's gelesen, mich völlig darin versponnen.«

»Was für ein Buch?« Mogela war verwirrt.

»Ein Buch ... Ich fleh dich an ... Wenn ich daran denk, dass er's für mich angestrichen hat, wird mir schlecht. Dann denk ich, er hat sich umgebracht.«

»Ist ja gut, bitte, steiger dich nicht so rein. Warum sollte er sich umgebracht haben? Das Buch hat er vielleicht einfach so hingelegt. Oder du hast es rübergelegt, beim Aufräumen.«

»Ich kann mich nicht erinnern. Ich erinnere mich nicht, verstehst du?«, sagte sie bitter. »Ich spinn mir dann zusammen, dass irgendwas war, bei dem Hochwürden, zu dem er immer ging. Der Hochwürden war sehr durcheinander. Ich weiß nicht, ob deswegen. Bei der Totenmesse hat er an allen Gliedern gezittert. Sag, was soll ich da denken?«

Mogela seufzte auf. »Was ist das für ein Buch?«

Pepo erwiderte kopfschüttelnd: »Die Odyssee.«

»Davon hab ich nicht groß Ahnung.« Er strich sich über den Schädel. »Bitte, lass die Spinnereien. Es ist eben passiert. So ist unser Land eben ...«

Pepo schwieg. Dann sagte sie: »Was hat ihn denn so geplagt, dass er sich umbringen musste? Was hab ich falsch gemacht? Was hab ich getan?«

»Das ist doch Unsinn«, sagte Mogela. »Mach's dir nicht so schwer. Es ist passiert. So ist unser Land eben. Keine Geländer, keine Beleuchtung. Und wenn man betrunken ist ... Hör zu, Pepolein, ich weiß nichts. Seit einer Woche bin ich nicht aus dem Haus und hab nichts gegessen. Für mich ist er vor zehn Tagen gestorben ... Wenn du dich beruhigt hast ... Es ist nicht alles so, wie es den Anschein hat, weißt du ... Beruhige dich jetzt, sonst kann ich nicht gehen.«

Mehr brachte er nicht heraus, denn Pepos Worte spukten ihm wild im Kopf herum.

»Es ist Blödsinn, nicht wahr?«, fragte sie. »Er hätte sich nicht umgebracht, oder?«

»Nein, daran glaub ich *überhaupt* nicht.« Er wusste nicht, was er sonst hätte erwidern können.

»Geh, geh nach Hause. Ich hab dich auch schon ganz verrückt gemacht. Machen wir's so: Du willst doch ans Grab ... Ruf mich an, ja?«

»Natürlich«, sagte Mogela. »Mach mir die Tür auf. Ich weiß nicht, wie man eure Haustür aufmacht. Na, komm, steh auf.« Er zog sie an der Hand hoch. »Steh auf, Mädchen. Einen feineren und herzigeren Menschen als dich gibt's *gar* nicht, was denkst du dir denn jetzt nur für Sachen?«

»Herzig«, sagte Pepo und schluchzte auf.

»Was Frauen angeht … Von Männern ganz zu schweigen.« Er legte den Arm um sie. »Komm, begleit mich raus.«

»Warte!« Er rannte bereits die Treppe hinunter, als er Pepo rufen hörte. »Komm noch mal hoch. Schnell.«

Mogela rannte wieder hinauf.

»Komm noch mal rein. Er hat dir eine Jacke hinterlassen. Na siehst du, wo hab ich nur meinen Kopf?«

»Was?«

»Eine Jacke hat er dir hinterlassen.« Sie öffnete einen Wandschrank. »Er hat gesagt: ›Diese Jacke vermache ich Mogela.‹ Einmal hat er sie angezogen und damit rumgealbert. Als wäre er noch Student … Die Jungs waren da …« Pepo wühlte abwesend im Schrank herum. »Da. Was hab ich die Jacke gehasst, aber er hat sie mich nie wegwerfen lassen. Da, nimm dein Erbe. Er hat sich lustig gemacht über dich, uns verspottet. Wsio, Schluss, bevor ich mich vergesse. Nimm sie, weg damit.«

»Von wann ist die?« Mogela nahm die Jacke entgegen und musterte sie verwundert. »Gehört die ihm oder mir?«

»Weiß nicht. Sie hing hier. Seit ich in dem Haus bin, hing sie hier. Er muss sie irgendwann mal getragen haben. Zu Studentenzeiten.«

»Ja«, sagte Mogela, »ist wohl so. Er hatte sie an, ich erinnere mich. Ach, wann war das nur?«

Pepo schaute ihn an. »Eben deshalb hat er sie dir vermacht. Wer außer dir kann sich erinnern, was er anhatte? Anscheinend hat er sie sehr gemocht. Du weißt ja, wie er's mit Dingen hatte. Was habt ihr gemacht, als er sie trug?«

»Ich erinnere mich nicht, Pepo. Ich erinnere mich nur, dass

er sie anhatte. Einmal waren wir in Pantiani und haben uns ein Fußballspiel angeschaut, neunzehnhundertsechsundachtzig, und da hatte er sie ganz bestimmt an. Es hat geregnet.«

»Gut, geh jetzt, sonst mach ich dich noch ganz verrückt, du siehst ja ...«

»Nein, nein ... Ach« – er zog die Baseballkappe aus der Tasche – »hier, gib die dem Schnuckelmäuschen. Sie soll sie bei besonderen Gelegenheiten aufsetzen.«

»Warte, ich geb dir eine Tüte. Was seid ihr beide für Irre, du und Lewiko.«

»Ja, sind wir«, brachte er mühsam hervor und stürmte, sich hinter seiner Sonnenbrille verbergend, die Treppe hinunter.

DIE FRAU, DIE SICH IM BÜCHERZIMMER EINQUARTIERTE

1.

Mogela wurde von seinem alten Freund Kongo aus dem Schlaf gerissen. Ein Fenster von dessen erbärmlicher Wohnung lag seit Ende der zwanziger Jahre des vorigen Jahrhunderts dem Fenster des Mogeladse'schen Hauses, aus dem Mogela der Plechanower sich so gern hinauslehnte, genau gegenüber.

»Hurra, der Tag beginnt!«, rief Kongo. »Die Kinder sind zur Schule.«

»Na und?«, fragte Mogela, die Augen zusammengekniffen.

»Mann, wach auf. Ich brauch fünf Lari, für den Strommann, sonst stellen sie mir den Saft ab.«

Mogela setzte sich auf, die Augen immer noch geschlossen, und rieb sich die Knie. »Mann, weck mich nicht, ey, was hast du denn?«

»Der Strommann wartet.«

»Ach ...« Mogela angelte nach seiner Hose und wühlte in der Gesäßtasche herum. Geld regnete auf den Boden. »Siebzehn

Lari hab ich, Dicker«, brummte er. »Was gehst du mir so auf den Sack?«

Er gab ihm eine Fünf-Lari-Note, und Kongo verschwand, erschien aber schon zwei Minuten später wieder in Mogelas Zimmer.

»Mann, Mogel, wer ist die Frau?«

»Was für eine Frau?«

»Na die, die bei euch im Esszimmer sitzt und mit Lamara spricht.«

»Besuch.«

»Russin, was?«

»Ja, Russin.«

»Aber sie ist ja dunkel.«

»Was willst du, Kongolese, ich schlafe, siehst du das nicht?« Mogela saß mit zusammengekniffenen Augen auf dem Bettrand und rauchte.

»Mach doch das Fenster auf.« Er öffnete es knarzend. »Eine Verwandte, was?«

»Ja.«

»Eine russische Verwandte, Alter?«

»Ja.«

»Gib her, gib mir auch was zu rauchen.« Kongo griff nach dem Zigarettenpäckchen. »Mann, du hast mich gerettet, bist ein wahrer *Helfer* in der Not. Tamriko sagte, wenn uns der Strom abgestellt würde, könne ich mich *definitiv* wegscheren und woanders pennen.«

»Kein Problem, Alter, da brauchst du nicht weit zu gehen«, sagte Mogela. »Du legst dich neben diese Russin und ihr macht's euch gemütlich. Aber gib mir meine fünf Lari wieder.«

»Du nimmst mich auf den Arm, oder?«

»Woher denn, Dicker, sie scheint eine Supersüße zu sein.«

Kongo kratzte sich am Hinterkopf. »Wie heißt sie?«

»Mascha oder so ähnlich. Ich hab's nicht ganz verstanden. Mascha oder –«

»Du sagst, sie ist eine Verwandte von dir, und du ... Hör mal, wie käm ich dazu, deine Verwandte *anzuquatschen?*«

Was Mogela am meisten verdross, war, dass er nicht mehr in Unterhosen ins Badezimmer latschen konnte. ›Und dies in meinem Haus‹, dachte er.

»Wie lange bleibt sie denn?«

»Keine Ahnung, Mann, lass mich doch erst mal zu mir kommen.«

»Du stehst ja ganz schön spät auf, deshalb bist du so drauf«, sagte Kongo. »Ich bin um sieben aufgestanden.«

»Und, was hast du gemacht?«

»Was hätte ich tun sollen, Fernsehen geguckt hab ich.«

Mogela stieg in seine Hose und streckte sich.

»Warum ist sie so braun, ist doch *unnormal* für eine Russin?«

»Sie ist hier an der Sonne braun geworden, was weiß ich. Komm, frühstück mit mir.«

Kongo hatte seit sieben Uhr nichts gegessen, abgesehen von den Omelettresten der Kinder. Das wusste Mogela genau.

»Hab schon gegessen, Alter.«

»Na komm schon, trinken wir Tee. Komm, Dicker.« Mogela ging in den Flur hinaus.

»Tante Lamara, der lässt mich nicht fort«, rief Kongo und trat ungeniert ins Esszimmer. »Dobri utro!«,* grüßte er die Frau.

Sie erwiderte genau dies: »Ia w Tbilisi mnogo ras biwala, no doma, w simie nikagda ni schila. Srasu widna, u was wsio pa drugomu.«**

Und Mogelas Mutter dachte: ›Eine interessante Frau, bloß, wer ist sie?‹

* Guten Morgen!

** Ich war schon oft in Tiflis, aber zu Hause bei einer Familie hab ich noch nie gewohnt. Man sieht sofort, dass bei euch alles anders ist.

2.

Zwei Stunden nach seiner Ankunft in Tiflis erfuhr Mogela der Plechanower, dass sein alter Freund, Lewiko der Barnower, schon beinahe zwei Jahre tot war.

Das Herz blieb ihm stehen.

»Leon! Ach du Schande!« Und er verwünschte sein Herz.

»Der arme Lewaniko ist gestorben«, hatte seine Mutter gesagt. »Was für ein guter Junge, zweimal ist er vorbeigekommen, hat Bücher zurückgebracht. So einer war das«, hatte sie traurig hinzufügt, »hat die Bücher immer gleich zurückgebracht.«

Mogela betrachtete den Mond und dachte, er würde nie wieder schlafen können, selbst wenn er mit dem Rauschkraut von ganz Tiflis alles vollqualmte.

Vom Schlaf im Stich gelassen, sprang er auf und rannte, ohne auch nur eine Kerze anzuzünden, in das lange, merkwürdige Zimmer, das eigentlich eine Bibliothek war.

Zahllose Bücher gab es dort, von denen Mogela die allermeisten nicht gelesen hatte.

Er stand im Dunkeln und musterte die schattenhaften Regale.

Am nächsten Morgen fragte er die Mutter: »Was für Bücher hat er denn zurückgebracht?«

»Wer?«

»Lewiko.«

3.

Mogela der Plechanower mochte keinen Alkohol. Er zog Rauschkraut vor.

Auch Lewiko der Barnower war kein großer Trinker gewesen, doch manchmal, wenn er und Mogela sich in die Bibliothek setzten, hatte er ein, zwei Gläschen gekippt, denn er unterhielt sich gerne mit Mogela, und diese paar Gläschen verstärkten die Redelust.

Einmal hatte er sich bei Mogela festgequasselt; er wusste, sein Freund flog anderntags nach Amsterdam und würde für immer dortbleiben. »*Definitiv*«, hatte Mogela gesagt, will heißen, für immer.

Schon früher hatte er öfter gesagt: »Ich geh weg aus diesem gottverdammten Land, mach die Biege und komm nie wieder. Na ja, ab und zu komm ich schon her, um Mutter und euch zu besuchen, aber gehen tu ich *definitiv*.«

Jedenfalls, Mogela ging.

Sie hatten herumgesessen und Unsinn geredet. Was soll man schon groß reden, wenn dein Kumpel verreist und das für immer?

Auch Lewiko wäre gern gegangen, aber er sagte, drüben müsste er von vorn anfangen und, wenn er das täte, was sollte dann dort in diesem Land unter Wasser aus Frau und Kind werden?

Jedenfalls, aus heiterem Himmel sagte er: »Mogel, Alter, wenn ich sterbe, wirst du nicht da sein.«

Mogela lachte. »Ich werde da sein«, sagte er sanft. »In welchem Jahr hast du denn vor zu sterben?«

»Bald.« Lewiko zuckte die Schultern. »Du wirst nicht da sein.« Und er wurde traurig.

Mogela seinerseits lachte noch nachdrücklicher.

»Hör zu«, sagte Lewiko. »Ich lass dir eine Telefonnummer da, die rufst du an, wenn ich sterbe, und fragst nach Mascha, teilst ihr mit, dass ich tot bin. Vielleicht sagt sie, sie will herkommen; wenn ja, hol sie ab. Sag den anderen nichts davon, es wäre peinlich, so nach dem Tod. Sie wird dich nicht stören, das Mädel ist in Ordnung, sie kommt her, weint ein bisschen und geht wieder. Geh mit ihr zum Grab.«

Mogela dachte währenddessen: ›Wie Amsterdam wohl sein mag?‹

Lewikos Worte brachten ihn ein drittes und letztes Mal zum Lachen.

»Stirb mir nicht, bitte«, witzelte er, »die Kiste wollen wir nicht auch noch haben.«

Lewiko hatte abgewinkt, ihn flüchtig geküsst und sich, bevor er ging, noch ein Buch bei ihm ausgeliehen.

Den dreiundzwanzigsten Dickens-Werkband.

Mogela war danach sehr aufgewühlt gewesen, hatte Kette geraucht und tief und geräuschvoll inhaliert.

Und nun hielt Mogela der Plechanower ebendiesen Dickens-Band in der Hand und schaute auf die Ziffernreihe auf dem Vorsatzblatt. Sieh einer an, da also hatte Lewiko der Barnower die Telefonnummer einer gewissen Mascha hinterlassen.

4.

Es war einmal ein Mädchen in einem fernen Land, wo es mehr oder weniger immer kalt war, obwohl die Sommer schön sein konnten.

Am Rand des fernen Landes lebte ein Saufbold von Offizier, der, auch wenn er sich sehr angestrengt hätte, nie über den Rang eines Oberstleutnants der Reserve hinausgekommen wäre.

Der Offizier hatte zwei Kinder, einen Jungen und ein Mädchen, und eine Frau, die aus irgendwelchen Gründen von dunklem Teint war.

In der Garnison, wo der Offizier diente, hieß es, die Frau hätte bestimmt Südländerblut, warum sonst wäre sie so dunkel, und vielleicht hätte sie sogar Zigeunervorfahren.

Ihre Kinder waren so herausgekommen: Der Junge hatte den Teint des Vaters, glich aber der Mutter, bei der Tochter war es umgekehrt, wiewohl ihr Haar blond war.

Die Tochter hieß Maria, kurz Mascha, und als sie heranwuchs, begann sie erst den Soldaten, dann auch den Kadetten der Militärschule Briefchen zu schreiben.

Den Kadetten gefielen ihre Fotos und ihre Rundungen. Sie

mochte es, auf die ausgefallensten Stellen geküsst zu werden, und litt, ja weinte sogar, weil sie meinte, sie hätte Brüste wie Mohrrüben.

Mit siebzehn heiratete sie. Sie ertrug den Vater nicht mehr.

Ihrem Ehemann, einem Jungleutnant, reichte sie gerade bis zur Brusttasche; sie hatte sich ernsthaft in ihn verliebt und in Tschita, wo zu der Zeit der Vater mit der Familie und auch der Jungleutnant stationiert waren, seinetwegen einen Medizinstudenten verlassen.

Leutnant Witali, auch Tolia genannt, wurde zum Grenzschutz an der Grenze zu Iran abkommandiert.

Ach, wie riesig dieses Land war, zwei volle Jahre zogen sie der Grenze entlang, und was für Orte Witali der Grenzschützer bewachen musste, was für jämmerliche Schlafkammern sie hatten, was für erbärmliche Kochnischen und auch sonst ... Doch das kümmerte sie nicht: Sie lag gerne quer im Bett, die Füße hoch gegen die Wand gestützt, und las Bücher von Jorge Amado aus der Garnisonsbibliothek, wenngleich sie sich nachts fürchtete und davon träumte, dass Tolias Grenzdienst bald vorbei wäre.

Ende des ersten Jahrs verkündete Mascha, dass sie schwanger sei, was eine große Freude für beide war und ihre Liebe weiter vertiefte, nur dass Witali drei Tage nach der freudigen Nachricht nach Hause kam, in die jämmerliche Bretterbude, und Papiere auf dem Tisch ausbreitete.

»Maschenka«, sagte er ernst, »du musst nach Tschita zurück zu deinen Eltern. Morgen früh. Da ist das Flugticket. Ich geh nach Afghanistan. Überübermorgen.«

Mascha blieb der Mund offenstehen.

Witali küsste sie auf den Bauch.

»Warum sagst du ihnen nicht, dass deine Frau schwanger ist? Von hier bis nach Aschchabad sind es zwei Tage mit dem Zug ...« Mascha brach die Stimme.

»Du verstehst nicht, Mascha.« Witali lächelte sie zärtlich

an. »Ich selber hab um Versetzung gebeten. Das ist gut für die Karriere. Wenn ich wiederkomme, haben wir eine Wohnung, einen guten Wohnort.«

»Ja, aber ... Bis Aschchabad sind es drei Tage.«

»In einer Stunde kommt ein Wagen, morgen früh bist du schon dort. Und dann nimmst du das Flugzeug, hier, das Ticket.«

Mascha sagte nichts. Dann fing sie wieder an: »Bis Aschchabad –«

»Mascha, wir brauchen das. Hier, dafür«, und er küsste sie erneut auf den Bauch.

»Warum hast du mir nichts gesagt? Zähle ich nicht? Ein Nichts ... Nichts bin ich.« Sie begann zu schluchzen.

»Während ich dort kämpfte, hast du hier die Beine breitgemacht«, sollte Witali drei Jahre später brüllen. Er hatte ein Kriegstrauma und sich das Saufen angewöhnt.

In der Küche ließ sein Schwiegervater, der Oberstleutnant, seine Wut an seiner Frau aus: »Was wollen die in meinem Haus? Wieso nimmt er sie nicht mit? Hat kaum einen ordentlichen Schnurrbart, aber schon mehr Auszeichnungen als ich.«

»Ich muss das Kind aufziehen, verstehst du das nicht?«, fauchte die dunkelhäutige Frau ihren Mann an. »Es ist mein Enkelkind.«

›Ob ich treu oder nicht treu bin, schert hier offenbar keinen was‹, dachte Mascha.

5.

»Was gibt's Neues in Moskau?«, fragte Mogela gedankenlos.

»Weiß ich nicht. Ich bin vom Bahnhof direkt zum Flughafen. Ich mag Moskau nicht.«

Mogela selbst hasste Moskau, schon seit seiner Kindheit, also zu der Zeit, als Moskau jeder mochte.

»Ich bin über Wladikawkas gekommen.«

›Sie ist per Bus aus Wladikawkas gekommen‹, dachte

Mogela, ›wozu ist sie dann nach Moskau gereist?‹, aber gleich darauf dachte er: ›Geht mich ja nichts an, wie Lewiko sich auf so eine Dummheit einlassen konnte oder was da war, dass diese Frau jetzt herkommt, um sein Grab zu besuchen.‹

»Der liebe Gott sieht alles«, sagte Mascha Maschkowa unvermittelt. »Der liebe Gott lässt einen nie im Stich. Dort, wo Sie angerufen haben, bin ich zwei Jahre lang nicht mehr gewesen, ich bin genau an dem Tag angekommen, als Sie anriefen. Alles geschieht nach Ratschluss einer höheren Macht. In dem Haus in Rostow wohnt mein Bruder. Wir hatten uns verzankt, deshalb bin ich zu ihm gefahren, und da haben Sie angerufen.«

›Womit hab ich das verdient?‹, fragte sich Mogela, aber dann dachte er an Lewiko, und auf einmal ging es ihm richtig schlecht, er dachte: ›Warum geht's der nicht schlecht, wo sie doch von so weit her kommt, um an Lewikos Grab zu stehen?‹

›Leon, Alter‹, murmelte er halb erstaunt und halb wehmütig. ›Soll einer den Mann verstehen.‹

Er hatte es im Stillen gemurmelt. Das war so eine Angewohnheit von ihm, die ihn immer polizeiverdächtig aussehen ließ, besonders wenn er unrasiert war, allerdings hätte niemand zu sagen gewusst, wann er je rasiert gewesen wäre.

6.

Einen ganzen Sommer, zwei Monate lang, waren die Studenten der Fakultät für Architektur auf Studienreise in Leningrad gewesen.

Tja, eine Stadt dieses Namens hat's mal gegeben.

Sie wohnten im Studentenwohnheim; wer Geld hatte, mietete sich aber lieber eine Wohnung.

Ein Dozent führte sie herum, Boris Efimowitsch Tschernow, ein guter Mann, der gerne auf ex trank und neben der Brille Omar Chayyāms Gedichte in der Brusttasche seines schlichten rosa Hemds mit sich herumtrug. Sie begleiteten ihn immer nach Hause, denn wenn er getrunken hatte, wurde er melancholisch. Mal begleitete ihn dieser, mal jener nach Hause. Die übrige Zeit waren sie mit der Jagd auf Mädchen beschäftigt.

Das Beste aber passierte, als Sasa einpennte.

Sasa brachte ein Mädchen ins Wohnheim mit; er hatte sie zufällig auf der Straße getroffen, und dass er sie überhaupt anzusprechen gewagt hatte, grenzte an ein Wunder. Sasa sprach nie mit Mädchen, und wenn es doch vorkam, nur in Gegenwart anderer.

Das Mädchen war klein, von dunklem Teint und sehr speziell. Und hinter Blondinen waren sie besonders her. Sie war anscheinend aus einer weitentfernten Stadt gekommen, um Leningrad zu besichtigen.

»Fürst Lewan Nikolajewitsch«, sagte Sasa, »Mascha Michailowna.«

Sasa war sinnlos betrunken. Wäre er das nicht gewesen, hätte Lewiko nach Studenten- und Jungensbrauch sofort das Feld geräumt. Nachdem Sasa sie einander vorgestellt hatte, ließ er sich aufs Bett sinken und schlief ein.

»Er hat Äpfel von der Auslage gestohlen«, sagte das Mädchen, »dreimal. Ich hab ihm zugesehen. In der Nähe stand ein Milizionär. Also hab ich ihn beim Arm gepackt und weggezogen, weil ich merkte, dass er betrunken war«, erzählte sie. »Die Äpfel sind ihm zu Boden gefallen. Wir konnten sie nicht mehr auflesen. Ich weiß, das ist nur passiert, weil er betrunken war.«

»So ist das immer, wenn er getrunken hat.« Lewiko seufzte.

Das Mädchen nahm ein Spielzeugauto aus der Handtasche. »Hast du mit drei auch mit so was gespielt? Bei uns gibt's die nicht zu kaufen. Hier gibt's alles.«

Lewiko musste lachen.

»Es ist für meinen Sohn. Ich hab noch andere Sachen eingekauft.«

Sie saßen in der Küche und unterhielten sich unerfindlicherweise.

»Bist du wirklich ein Fürst?«, fragte Mascha Michailowna Maschkowa. »Da hast du bestimmt gute Gene. Was bist du für ein Sternzeichen?«

Das wusste Lewiko nicht.

»Ein Unding, dass jetzt Nacht ist«, sagte sie, wiederum mit ziemlicher Bestimmtheit. »Halb eins, und hier ist noch helllichter Tag. Um die Zeit liegen anständige Leute im Bett.« Sie streckte ihm die Zunge heraus.

»Bäh!« Lewiko zog eine Grimasse, und dann drückte er ganz unvermittelt einen Kuss auf Maschas Nase.

Die Geschichte ging endlos weiter.

Als Lewiko ihr drei Jahre später in einem Brief schrieb, er hätte geheiratet, weinte Mascha Maschkowa nicht; sie war selbst verheiratet und meinte, das macht nichts, Hauptsache, die kosmische Verbindung bricht nicht ab. Lewiko musste immer lachen, wenn sie von kosmischer Verbindung und verborgenen Kräften zu reden anfing. Das Mädel hatte jede Menge Paperbacks, in denen für die Sowjetzeit total merkwürdige Sachen drinstanden über Parallelwelten, Seelenwanderung und kosmische Verbindungen. Wie jeden richtigen Georgier versetzte Lewiko so etwas immer in Heiterkeit.

Sie schrieben einander Briefe und trafen sich in zehn Jahren siebenmal, alle sieben Mal in Moskau. Lewiko pendelte als Architekt beruflich zwischen Tiflis und Moskau, teils mit realem Grund, teils unter Vorwänden, und Mascha flitzte auf seine Nachricht hin jeweils sogleich herbei. Ganze sieben Reisen waren das – ein großes Wunder, dass es nie jemandem auffiel.

Die letzten zwei Jahre vor seinem Tod war Lewiko nirgendwo hin mehr verreist; er rief Mascha vom Hauptpostamt der Stadt an und verbot ihr strikt, nach Tiflis zu kommen. Mascha stieß in einer dumpfen Wohnung in einer fernen, schwer im Gedächtnis zu behaltenden Stadt ein paar Seufzer aus und sagte: »Wie du willst.« Dann blieben auch seine Anrufe aus.

Von Lewikos und Maschas Affäre wussten Lewikos Kumpel nichts. Warum wohl? Vielleicht weil Männerfreundschaft sich um anderes dreht?

Aber so war er eben, er redete nicht über seine Liebesgeschichten.

Und dann war Lewiko der Barnower gestorben.

7.

Mascha Maschkowas gelbe Tasche war eine wahre Wundertüte.

Beim Aufmachen wollte sie Mogela unbedingt dabeihaben.

In der Tasche befanden sich, unter tausend anderen Dingen, Delikatessen wie sehr trockene Wurst undefinierbarer Herkunft und sehr harte Schokolade. Außerdem ein flammendrotes Päckchen.

»Meine Mutter liebt Grüntee«, sagte sie und drückte ihm das Päckchen in die Hand, »er ist sehr bekömmlich. Bring die Vorräte gleich in die Küche.«

›Die will sich hier einquartieren‹, dachte Mogela und verkündete der Mutter: »Sie ist die Frau eines ehemaligen Kollegen. Sie bleibt ein paar Tage.«

Die Mutter regte sich auf, weil sie die Zimmer hätte aufräumen müssen; also brachten sie sie im Bücherzimmer unter.

Die paar Tage verlängerten sich zu drei Wochen.

Die Frau fügte sich so gut in das Mogeladse'sche Haus ein, man hätte meinen können, sie sei darin geboren.

Zudem kam und ging sie ganz diskret.

»Ich kenn mich gut aus in der Stadt«, sagte sie, »ich bin häufiger hier gewesen.«

Mogela fühlte sich beinahe, als wäre er verheiratet. Mascha Maschkowa redete nicht viel. ›Wahrscheinlich muss eine Ehefrau so sein, wie denn sonst‹, sagte er sich und kicherte in sich hinein.

Sie wurden gute Kumpane. Gras bot er ihr allerdings keines an; sie kiffte nicht: Das war ihr an der Nasenspitze anzusehen.

Die Mutter war ein wenig durcheinander, aber gutwillig. Sie hatte vergessen, dass in dem Haus seit jeher alle möglichen Leute gewohnt hatten.

Mascha Maschkowa spendete sich gerne leises Lob: »Gott meint es gut mit mir«, sagte sie wie eine sprechende Puppe, »ich hab schöne Beine, ich hab schlanke Finger, ich hab einen guten Körper, ich hab wahre Katzenaugen ... Eigentlich bin ich eine nach Lust und Laune umherstreifende Katze. Keiner hat mich je zähmen können.«

Mogela interessierte das kaum, aber er nickte gewöhnlich dazu.

Nach einer Woche wusste er: Mascha Maschkowa und ihr Ehemann führen eine prima Beziehung, vorausgesetzt, sie verlangt kein Geld von ihm; also arrangiert sie sich, denn bevor nicht jemand wirklich Taugliches in ihrem Leben auftaucht, bleibt sie besser bei ihrem Oberst; also leiert sie, wenn sie Geld braucht, es ihrem Geliebten, Walentin Julianowitsch, heraus, aber heiraten kann sie ihn nicht: Erstens hat er eine streitsüchtige, schreckliche Frau, die einmal sogar Maschas Ehemann anrief – »Schaff mir deine Frau aus den Augen!« –, zweitens liebt sie ihn nicht wahnsinnig, ihren Julianowitsch-Wohltäter, sie trifft sich einfach ab und zu mit ihm, weil er verrückt nach ihr ist und ihr tausenderlei Wünsche erfüllt, schon in einem gewissen Alter und stolz darauf, so eine Geliebte wie Mascha zu haben – das muss sie einfach ausnutzen. Im Übrigen geht sie ehemaligen Liebhabern meistens nicht aus dem Sinn, und sie verwöhnen sie weiter mit jeder Menge Geschenken.

»Das wundert dich, nicht wahr?«, fragte sie Mogela den Plechanower. »Was soll's, so bin ich eben.«

Mogela wunderte sich nicht, denn es interessierte ihn nicht. Was ihn wunderte, war, wie Lewiko dazu gekommen war, diese Frau aufzugabeln, und er fragte sich, was er an ihr gefunden hatte, dass er sie all die Jahre nicht vergaß.

Sie war keine Frau für Lewiko den Barnower. Dazu war

sie viel zu gewöhnlich. Nicht so sehr vom Aussehen, einfach überhaupt.

Nach und nach begann Mascha Maschkowa Massage- und Sonnenstudios zu besuchen. »Ich mag's nicht, wenn ich nicht in Form bin«, sagte sie.

Mogela hatte gekichert – ›Sonnenstudios haben mir grad noch gefehlt!‹ –, ihr aber Telefonnummern und Adressen herausgesucht. Sie hatte Reservierungen für eine ganze Woche gemacht.

Alle zwei Tage schloss sie sich mit der Ankündigung »Ia tschischtschu peria«* in das alte Mogeladse'sche Bad ein.

Kongo fragte dann immer besorgt: »Tante Lamara, wo ist euer Gast?«

›Oje, Leon‹, seufzte Mogela im Stillen.

Lewiko den Barnower hatte Mascha Maschkowa mit keinem Wort je erwähnt.

›Blöde Kuh, wozu ist die überhaupt hergekommen? Macht hier *nebenbei* ihr eigenes Ding‹, ärgerte sich Mogela und fragte seine Mutter von Zeit zu Zeit: »Hat sie nicht gesagt, wann sie wieder gehen will?«

Eines Abends verkündete Mascha Maschkowa: »Ich warte auf Walentin Julianowitsch. Er fliegt her und wir fliegen dann zusammen nach Antalya weiter.« Clever, wie sie das alles arrangiert hatte.

›Der zieh ich noch mal eins über‹, dachte Mogela, aber Lewiko zuliebe tat er es dann doch nicht.

»Merkantilna, da?«, bemerkte Mascha unvermittelt. »No on u minia, bil. Sawsem drugoi, ia nasiwala rutschnoi raboti.«**

»Wer, on?«

»On, grusnie glasiki. Twoi drug.«***

* Ich putz mir mein Gefieder.

** [sinngemäß:] Nullachtfünfzehn, hm? Aber er war anders, ganz anders war er, er war ein Unikat.

*** Er, traurige Augen hatte er. Dein Freund.

8.

Es war unvorstellbar. Ja, der Gedanke überhaupt war unerträglich, dass Lewiko von dieser Frau nicht bereits nach dem ersten Mal genug hatte. Nicht weil ... Es ging *schlicht* um ganz anderes. Nun ja, um *absolut* anderes. Obwohl, versteh's einer, wahrscheinlich kam es von innen, war so eine Neigung, oder wie das heißt.

»Bleiben wir gute Freunde«, verkündete Mascha Maschkowa, »obwohl, das Negative an guter Freundschaft ist, dass sie Freundschaft ist und mehr nicht. Du trägst sie immer im Herzen, aber was einmal war, kommt nicht wieder. Kannst du die Musik etwas leiser stellen?«

Seltsam, die Uhr zeigte zwanzig nach zwei, nachts. Mogela lag im Bett, das Telefon auf der Brust, und starrte zur Decke. Sie war ganz unvermutet hereingekommen, in eine Wolldecke gewickelt, wie eine Katze auf den Bettrand geklettert und hatte sich im Schneidersitz niedergelassen. Sie war klein, konnte sich überall reinzwängen und das sehr geschickt.

»Zeit, sich auszusprechen ... Ich möchte dich ein paar Dinge fragen.«

Er hatte gerade überlegt: ›Dieses Prachtweib hat doch nicht etwa vor, aus mir auch noch einen Walentin Sowiesowitsch zu machen, wie soll man sie dann noch loswerden, und was um alles in der Welt wird aus meiner Mutter?‹ Aber das war ein lächerlicher Gedanke angesichts der Lage, in der sich Mogela der Plechanower derzeit befand.

»Waliai, koschka«,* sagte er.

»Ich zieh bald ins Hotel um, in den nächsten Tagen«, sagte Mascha, »und ich möchte, dass du ein paar Dinge weißt.«

»*Charascho*«, erwiderte Mogela und stellte das Radio leiser.

»Heute war ich auf dem Friedhof«, sagte sie. »Ich hab ihn ausfindig gemacht. Ich hab ein gutes Ortsgedächtnis. Und du

* Nur zu, Katze.

wolltest ja vielleicht gar nicht mitkommen. Der Taxifahrer hat mich beinahe entführt. Was habt ihr nur für schlimme Taxifahrer! Er hat dann aber gemerkt, dass er sich danebenbenommen hat.«

»*Maladez*«, sagte Mogela.

»Es tut mir wirklich leid. Sehr leid. Aber die letzten drei Jahre, ja noch länger, haben wir nicht mehr richtig miteinander gesprochen. Sehr wehgetan hat mir das. Er hat mir lauter Unsinn verzapft … Ich möchte, dass du weißt, dass er ein achtenswerter Mensch war. Bis dahin hat er mir nie, nicht ein einziges Mal wehgetan. Aus einem ganz dummen Anlass ist das passiert. Anscheinend hat er sich viel von mir gefallen lassen, und da er's sich gefallen ließ, heißt das, er wollte es. Ich weiß nicht, was er dir über mich erzählt hat, aber beim letzten Treffen sagte er mir, ich benähme mich wie eine Nutte. Das hätte er sich nicht herausnehmen dürfen. Wir hatten es immer so schön miteinander, wir wollten gar nicht reden. Wir brauchten nicht zu reden.«

»Nur Gutes«, sagte Mogela.

»Wie bitte, mein Lieber?«

»Nur Gutes hat er mir über dich erzählt«, log Mogela. »Du seist brünett und hättest blaue Augen.«

Mascha lachte.

»Weißt du was?«, sagte er plötzlich. »Offen gestanden, hat das alles für mich keine Bedeutung. Er ist tot. Es ist viel Zeit vergangen. Ich hab getan, was er mir aufgetragen hat.«

»Verstehe.« Sie wollte wohl gerne erfahren, was er über sie wusste. »Du hast dich sehr nobel verhalten. Außerdem ist deine Mutter eine wunderbare Frau. Überhaupt, die Warmherzigkeit hier. Aber sag mir eins: Warum hältst du mich für einen Halbmenschen?«

Oje, was für eine Frage, dazu war er gar nicht in Stimmung. Er langte nach einer Zigarette. »Warum? Ich weiß nicht.«

»Du schaust von oben auf mich herab«, sagte sie. »Liowuschka spielte immer verrückt, wenn ich ihm zum Beispiel irgendwas über einen Mann erzählte. Ich hab's ignoriert. Hab gesagt: ›Du hast dein Leben, ich hab meins. Warum drehst du durch?‹ Du bist ein Freund, stehst mir nahe. Es gibt ganze zwei, drei Menschen auf der Welt, denen ich alles sagen kann. War er abhängig von mir? Eine Frau, die Affären hat, ist bei euch eine *schliucha**, nicht wahr? Minderwertig.«

»Kann so sein oder auch nicht.« Mogela qualmte. »Wer wen wie nennt, ist Charaktersache.« Er brachte kaum ein Lächeln zustande.

»Weißt du, wie du mich ansiehst? *Na ja*, so als juckte es dich nicht, dabei versuchst du dir vorzustellen, wie dein Freund, den du vergötterst, hinter dieser Frau her war und zärtlich zu ihr war.«

Er verdrehte die Augen. Er war weit weg. Beinahe auf dem Mond. Der Mond seinerseits war ans Fenster getreten.

»Nein, denk so was nicht. Das ist Unsinn.«

»Was hat er dir gesagt, warum er sich mit mir gestritten hat?«

»Über solche Dinge haben wir kaum gesprochen.«

»Weißt du, wie lange ich mich auf dieses Rendezvous damals vorbereitet hab? Auch das Geld musste ich eine ganze Weile zusammensammeln. Er hat selber ebenfalls ein bisschen was aufgetrieben. In Bulgarien gibt es diese Stadt, Nessebar. Warst du mal dort? Ich viele Male. Ich kannte alle in den Hotels dort. Er sagte, er würde rüberkommen, und ist auch gekommen. Weißt du, wofür ich dankbar bin? Ich spürte, wie ich mich änderte, wenn wir zusammen waren, ich dachte anders, besser, war ein besserer Mensch. Echt, ich übertreib nicht. Deswegen hab ich mich ständig bei ihm bedankt. Es war ein wahres Märchen für mich. Ich hab zu ihm gesagt: ›Jetzt bin ich ausschließlich für dich da, hör auf, an irgendwelchen Unsinn zu

* Nutte

denken. Ich bin nur für dich da.‹ Ich glaub nicht, dass die Worte auch nur ein einziges Mal Wirkung gezeigt hätten. Er antwortete nicht, wurde aber immer auf einmal bedrückt. Dann ist so was Blödes passiert: Wir lagen im Bett, und ich fragte ihn, ob ich zu schwer sei. Ich hab auf ihm draufgelegen. Ich mochte es so. ›Es gibt Schwerere‹, hat er gesagt. Er machte einen Witz, natürlich, aber ich hatte ihn im Ernst gefragt, fürsorglich. Ich war so verletzt. Bin aufgestanden und hab gesagt: ›Hast du den Mumm, so was auch zu deiner Frau zu sagen? Du wirst alt werden, ohne je was von Frauen zu verstehen.‹ Warum ich so losgeschossen hab, weiß ich nicht. Wahrscheinlich deshalb, weil ich so liebevoll, so zärtlich zu ihm war und er so verletzend. ›Na, bist du dir da sicher?‹, hat er gesagt, hat sich nicht mal aufgerichtet, ist einfach liegen geblieben. Ich hab ihm keine ernstgemeinte Antwort mehr gegeben, hab bloß ironisch gesagt: ›Da beleg ich dich eben mit schweren Sanktionen.‹ – ›Nur zu‹, hat er gesagt. Er hat's mir mit gleicher Münze heimgezahlt. Dann haben wir zu Abend gegessen und uns an den Strand gesetzt. Es gibt dort so antike Mauern. Dann sind wir schlafen gegangen. Ich hab geschlafen, und er hat Fernsehen geguckt.

Am nächsten Tag, dem zweiten, blätterte ich in einer herumliegenden Zeitung und schrieb in der Mitte hin: ›Iswini minia, paschalusta.‹* Von ganzem Herzen hab ich das hingeschrieben. Wenn's sein soll, wird er's sehen, sagte ich mir. Am Morgen war er nicht dagewesen; ich dachte, er wäre zum Meer runtergegangen. Aber dann war seine Tasche nicht mehr da. Wir waren doch keine Kinder mehr. Ich wollte nicht, dass er gekränkt war. Ich selbst wollte nicht gekränkt sein. Wo war er hingegangen, was sollte ich tun? Hatte er das Ticket umgetauscht, oder was? Ich begriff, gekränkt hatte ihn, dass ich seine Frau erwähnt hab. Und jetzt begreif ich, dass du auch so bist.«

* Verzeih mir bitte.

›Als ob du dort ohne Lewiko lange Trübsal geblasen hättest!‹, dachte Mogela.

»Warum kränkt einen nach so vielen Jahren der Freundschaft und Nähe mit einem Menschen so was? Ich hab ihn mal geliebt wie wahnsinnig. Warum musste er sterben, ohne …«

Mogela stützte den Kopf in die Hände und sagte nichts.

»Er hat mir deine Nummer hinterlassen«, sagte er schließlich. »Nur deine. Geh in das Zimmer, wo du schläfst, und nimm Band dreiundzwanzig von Dickens raus, dort drin steht sie geschrieben.«

»Ich bin eine starke Frau«, sagte Mascha Maschkowa, »ich hab mich noch nie vor was gefürchtet. Ich hab drei Pässe und kann auch was auf die Beine stellen. Und dann war alles vorbei, er hat sich verschlossen, auch noch als die Leidenschaft vorbei war. Was meinst du, wie oft wir uns getroffen haben? Sieben Mal. In all den Jahren. Das ist wenig, nicht? Aber auch so viel, dass es mir über all die Jahre genügte … Er hatte großen Einfluss auf mich. Sogar meinen Kleiderstil hab ich geändert. Hier, dieses Haar ist Liowuschkas Haar. Einmal hab ich zu ihm gesagt: ›Ich wollte, du wärst krank und ich könnte dich umsorgen.‹ Das alles ist in meinem Herzen … Wie hätte ich ihn ausfindig machen können? Er war immer so vorsichtig. Aber vielleicht wär's auch dumm gewesen. Ich langweile dich, oder?«

»Nein, bleib sitzen, du sitzt doch gut hier«, log Mogela ein zweites Mal.

»Na gut, ich geh jetzt. Ich bin dir und deiner Mutter sehr dankbar.« Sie sprang flink vom Bett. »Du bist verliebt, und deine Geliebte ist irgendwo weit weg, nicht wahr? Oder sie hat, so wie das bei euch immer ist, einen Irren zum Mann. Peng, peng. Ist es nicht so? Ganze Nächte hängst du am Telefon. Das heißt, ihr könnt euch nicht treffen.« Sie wickelte sich wieder in die Wolldecke und huschte aus dem Zimmer.

9.

»Mascha ist weg«, rief die Mutter und trat in den Flur.

»Boah, sie ist weg?«

»Ja. Sie lässt dir tausend Dank ausrichten. Ein Taxi hat sie abgeholt, und ein graumelierter Typ hat sich neben sie ins Auto gesetzt.«

»Tatsächlich?«

»Hat wohl jemand gefunden, der mehr taugt als du«, sagte die Mutter kichernd.

Mogela wedelte genervt mit der Hand, brummte: »Der zweite Ehemann«, und ging in sein Zimmer.

»Ich glaub, die hat ein paar Bücher mitlaufen lassen«, sagte die Mutter zwei Tage später.

»Die und Bücher … Was weiß die schon von Büchern? Du denkst dir da was aus.«

»Weißt du was? Ihre Tasche war prallvoll. Die war nicht so voll, als sie hier ankam. Sie hat sie kaum heben können.«

»Vielleicht hat sie Zeugs gekauft.«

»Was denn? Sie ist immer mit leeren Händen gekommen.«

»Dann schau doch mal in Kolias Heften nach und check die Regale. Wenn was fehlt, hat sie's mitgenommen. Ob was fehlt oder nicht, kannst du ja sonst nicht rausfinden.«

»Sehr wohl kann ich das rausfinden. Ich hab ständig mit den Büchern zu tun, ich verkauf sie schließlich«, erwiderte die Mutter. »Glaubst du, ich seh nicht, wenn du welche rausnimmst, um sie auf die Schnelle zu verkaufen? Ich notier mir die alle.«

Mogela tat so, als hörte er nicht, und sagte mit gespielter Empörung: »Wehe, es fehlen welche von den Alten!«

Mit »welche von den Alten« meinte er die antiquarischen Bücher.

»Ich glaub, da fehlen tatsächlich welche. Ich bin jetzt nicht in Stimmung, das zu überprüfen, aber ich versteh nicht, wie man so was tun kann.«

»Hör schon auf. Vielleicht fehlt ja gar nichts. Wieso sollte sie Bücher mitnehmen, die hatte doch einen Haufen Geld.«

»Einen Haufen Geld, dass ich nicht lache. Gar kein Geld hatte sie.«

»Was weißt du schon, ob sie Geld hatte oder nicht. Hast du's gezählt?«

»Schon gut, schon gut, lass mich in Ruh. Ich will nicht darüber reden. Aber sie hat von hier aus stundenlang mit jemand telefoniert.«

»Na und?«

»Ich glaub, sie hat mit jemand weit weg gesprochen. Wenn die Telefonrechnung kommt, werden wir's ja sehen.«

»Sie wird mit dem im Taxi gesprochen haben. Was ist nur los mit dir, Frau Lamara?«

»Ich weiß nicht, irgendwas gefällt mir nicht. Eine merkwürdige Frau war das. Auf der einen Seite sehr nett, und gleichzeitig war sie was am Aushecken.«

»Beruhige dich. Sie ist weg und kommt nicht wieder. Entschuldige, aber für ein Hotel hatte ich kein Geld, und sie hätte ich doch nicht bezahlen lassen können«, sagte er. »Mach mir was zu essen, bitte, statt über mich herzufallen. Kann ich denn was dafür? So ein großes Haus. Als ob hier nur irgendwelche Samtredier wohnen bleiben dürften.«

Die Mutter erwiderte nichts und ging in die Küche hinunter.

Unterdessen tigerte Mogela herum, bis er ihr schließlich nachging. »Hat sie dir was erzählt?«

»Was soll sie mir erzählt haben? Sie hat mich zum Reden gebracht. Hat ihr Mann Lewaniko auch gekannt?«

»Ja.«

»Jedenfalls hat sie mich über Lewaniko ausgefragt.«

»Was hat sie gefragt?«

»So Sachen, komisch war das. Ich hab ihr gesagt, die Kumpels meines Sohnes sind auch meine Söhne. Da drüben verstehen sie ja diese georgischen Besonderheiten nicht. ›Und wer bin ich für Sie, was halten Sie von mir?‹, hat sie gefragt.«

»Was wollte sie über Lewiko wissen?«

»Was weiß ich … Sie hat gesagt, sie hätten ihr leidgetan, wie sie in der letzten Zeit gelebt hätten, sie sei früher mal in Pepos und Lewanikos Haus gewesen. Eine tolle Frau sei Pepo und ob sie wieder geheiratet habe. Ich hab ihr gesagt, Mädchen wie sie würden bei uns nicht wieder heiraten. Sie würde sie gerne treffen und ihr kondolieren, hat sie gesagt. Was hätte ich darauf erwidern sollen?«

»Hast du ihr die Adresse genannt?«

»Wie denn, ich kenn die Nummer nicht. Barnow-Straße hab ich gesagt, aber die Nummer weiß ich nicht, ich bin zwar an den Totenwachen gewesen, aber die Nummer kenn ich nicht. Ich hab ihr gesagt, sie soll dich fragen, du wüsstest es genauer, seist mit der Ehefrau befreundet.«

Mogela blieb ein Bissen im Halse stecken. ›Die soll Pepo ja nicht aufs Dach steigen‹, dachte er. ›Ein merkwürdiges Weib.‹

Gegen Abend rief er Pepo an und erkundigte sich vorsichtig.

Nichts.

Das hätte noch gefehlt, wenn sie da hingegangen wäre.

Ein sonderbarer Abend war das gewesen, als Lewiko der Barnower sich von ihm verabschiedet und ihm ganz nebenbei etwas so Bedeutsames gesagt hatte. Mogela, ganz absorbiert von der Aufregung vor der Reise, hatte ihm auf die Schulter geklopft und gesagt: »Jetzt mach mal piano«, und es war ihm nicht einmal in den Sinn gekommen, dass sie einander hätten umarmen und küssen sollen. Er hatte nur gesagt: »Ich ruf an, wenn ein Telefon in Reichweite ist.« – »Mach dir keinen Kopf deswegen«, hatte Lewiko erwidert. Sie riefen einander nur selten an; war etwas passiert, gingen sie lieber direkt beim anderen vorbei. Sie verpassten einander oft, aber das machte nichts. Lewiko der Barnower hatte den Dickens-

Band genommen und gesagt: »Ich bring ihn zurück und lass ihn bei Lamara. Na, für den Fall, dass ihn mal jemand haben will.«

10.

Sie parkten den Wagen hangaufwärts. Es war dunkel. Bei der Gangschaltung hüpfte irgendetwas Rotes und machte klick-klick, klick-klick.

Mogela starrte auf die grellen Punkte. »Wenn ich jetzt die *Handbremse* löse, rollen wir dann runter?«, fragte er plötzlich. »Wird das ein Gerede geben, wenn wir dabei draufgehen! Über mich, über dich und deinen, wie heißt das schon wieder, Schwiegervater.«

»Was ist los mit dir, Mogela?«, fragte die Rose von Schiras.

»Ich hatte solche Sehnsucht«, brummte er.

»Ich auch«, sagte sie, »nach allem.«

»Ich nach Lewiko ...«

Die Rose von Schiras erwiderte nichts.

Mogela erwähnte nicht, dass er Lewikos Geliebte vermisste. Es wäre ohnehin Blödsinn gewesen. Aber zwei Wochen nach Mascha Maschkowas Abreise war Mogela klar geworden, warum Lewiko von dieser merkwürdigen und vermutlich durchtriebenen Frau, die aussah, als käme sie direkt vom Strand, nicht hatte lassen können.

Die Frau war eine Meisterin der Sehnsucht, jenseits aller Bettgeschichten und Sonstigem. Wie sie sich diese Meisterschaft angeeignet hatte, war ihm ein Rätsel, aber es war klar, dass sie etwas schwer Fassbares an sich hatte. Das war vor allem dann zu spüren, wenn sie nicht da war. So verhielt es sich wahrscheinlich. Sie war bei ihm zu Hause gewesen, und sie hatte recht gehabt, er hatte nicht ein einziges Mal offenherzig und freundlich mit ihr gesprochen.

Sie war gegangen, und plötzlich war sie ihm in den Sinn gekommen: im Wettbüro, ganz überraschend. Sie sprach das »s«

wie das englische »th« aus, manchmal jedenfalls, fiel ihm ein. Er hatte verdammt feine Ohren und scharfe Augen und ein Gespür für erotische Manöver, diese Mascha jedoch war so geschmeidig, so speziell, dass sie einem immer wieder zu entgleiten schien. Vollkommen unvermutet und ohne dass er es darauf anlegte, kam Mogela auf derartige Erkenntnisse und Gedanken; dennoch, obwohl durchaus ein Frauenheld, war er keineswegs der Typ, der er auch nur in der Fantasie mit der Frau eines verstorbenen Freunds, und sei sie eine Russin, etwas angefangen hätte.

Die unerwartete Sehnsucht nach Mascha Maschkowa brachte ihn auf einen beunruhigenden Gedanken. ›Ob ich sie vermisse, tut nichts zur Sache, aber was in Lewiko vorging, weiß ich doch: Er hat ihr geschmollt und sich dann nach ihr gesehnt, ständig hat er sich gesehnt, aber zum Schluss hat sie sich so benommen, dass er wusste, er wollte sie nicht mehr sehen, aber er vermisste sie, vermisste sie und dann … Keine Ahnung, was zum Teufel dann war.‹

Ein unbedarfter Gedanke war das, aber mit ein paar Ergänzungen würde er vielleicht Form annehmen. Mogela konnte die Stichhaltigkeit seiner Überlegungen durchaus beurteilen, trotzdem hielt er an dem Gedanken fest und konnte ihn nicht mehr vergessen.

Wie hätte er der Rose von Schiras davon erzählen können?

»Mogela, geht's dir nicht gut?«, fragte sie schließlich.

»Ich bin grad mitten in einem *Abenteuer*«, sagte er aufseufzend. »Überdies stehen wir am Berg.«

Sie lachte. »Na, siehste, hab ich dich an *bildhaftes* Reden gewöhnt!«

»Lewiko hat mir das angewöhnt.«

»Was ist los mit dir?«

»Bitte lass gut sein, du hast schon genug Sorgen, ohne dass …« Er war wirklich schlecht drauf.

»Was?«

»Ich weiß nicht. Erzähl ich dir später. Ich hab's noch nicht durchschaut.«

11.

Und Mogela der Plechanower sagte: »Die können mir mit ihrem Sechstel den Buckel runterrutschen, in den Arsch stecken können sie es sich. Die Männer, Professoren inklusive, besaufen sich bis zum Vollpissen und Kotzen, Dicker, und die Frauen schlafen für nichts und wieder nichts mit dir, was ja ganz nett ist, Kumpel, aber auch das können sie sich letztlich in den Arsch stecken. Abgesehen davon ist's ein prima Land, vor allem im Winter. Die Hotels sind gut geheizt.«

Gesagt hatte das in Wirklichkeit Lewiko der Barnower damals, als sich Georgien von Russland trennte, und Mogela der Plechanower wiederholte es jetzt im Bücherzimmer sitzend, weil ihm der Tag und das windige Wetter noch gut in Erinnerung waren.

Anschließend wiederholte er einen weiteren von Lewikos Sprüchen: »Ich denke, die Russin an sich ist interessanter als Lew Tolstois gesammelte Werke.«

Was wollte Lewiko der Barnower?

Das war die Frage, die Mogela den Plechanower quälte. Nachts, als er nach Hause kam, zog er das Telefon heraus, stellte das Radio laut, sank aufs Bett und starrte, während er auf die Rock-'n'-Roll-Sendung wartete, den Mond an. Dann fand er einen aufgesparten Rest Gras, lehnte sich paffend zum Fenster hinaus, legte sich erneut hin. Als ein Buddy-Holly-Song kam, sprang er hoch, riss die Schranktür auf und nahm die Plastiktüte mit Lewikos Jacke heraus.

Er setzte sich aufs Bett und begann die Jacke wie ein erfahrener Spion abzutasten. Um die Nähte zu prüfen, stellte er sogar die Lampe aufs Bett. Im Ohr hatte er Lewikos Stimme, seine Finger rieben über jeden Zentimeter der verschossenen hellblauen Jacke. Danach saß er da und überlegte, atmete laut aus und riss den Kragen auf. Ein akkurat ausgeschnittenes, winziges Papierchen kam zum Vorschein. Zeitungspapier. Darauf drei Telefonnummern. Und darunter in lateinischen Buchstaben: »Mogel, irgendeine von diesen.«

Ihm wurde so miserabel zumute, als stürmten sämtliche im Gras hockenden Teufel auf einmal auf ihn los. Einen Moment lang bildete er sich ein, wenn der Mond jetzt runterfallen würde, ginge er *exakt* auf sein Haus nieder, aber dann gewann Lewiko der Barnower die Oberhand und lobte ihn: ›*Bravo, gratuliere*, du bist superclever, Mogel, häng dich dran!‹, und Mogela hängte sich dran, augenblicklich und ohne groß nachzudenken. Das Telefonat mit der Frau brachte ihn endgültig aus der Fassung. Während er dasaß und Joe Cockers Altmännerstimme aus dem Radio röhrte, ging ihm wieder und wieder im Kopf herum, wie die Frau reagiert hatte: »Ich hab's gewusst! Ich komme!« Der Mond war ein wenig milder geworden, er guckte durch die Fensteröffnung, man hätte meinen können, er hält mit der Hand über den Augen Ausschau. Die Jacke lag noch da. Eine alte, nun lächerliche Achtziger-Jahre-Jacke.

KOLDUNIA

1.

»Ich weiß, mein Guter, ich weiß.« Die Frau hatte eine ziemlich gewöhnliche, vollkommen geheimnislose, müde, aber keineswegs teilnahmslose Stimme. »Ich weiß. Alles weiß ich schon. Ich hab nur noch auf deinen Anruf gewartet. Du hast ein gutes Herz. Du bist ein guter Mensch, aber du hast einen schweren Weg vor dir. Wer hat schon einen leichten Weg?«

Mogela versuchte es schnell hinter sich zu bringen: »Ich wollte Ihnen nur mitteilen, bloß –«

Die Frau schnitt ihm das Wort ab: »Nein, mein Guter, du

teilst mir nichts mit, Liowuschka hat mich, als es nötig war, informiert. Ich wusste, du würdest heute anrufen, heute oder morgen. Vollkommen sicher wusste ich das. Ich flieg am Samstag rüber, die Tickets sind schon bestellt, sodass ...«

›Boah, Scheiße‹, dachte Mogela, ›warum sind sämtliche Irre hinter mir her?‹ Und er fragte die Frau: »In welchem Hotel wohnen Sie? Wenn Sie mich treffen wollen –«

»Ich wohne nicht im Hotel, ich steige nie im Hotel ab«, erwiderte sie. »Man hat eine Wohnung für mich gemietet. Uliza Dscha... Dschewichischwili – sprech ich das richtig aus? Ist das eine gute Lage?«

»Ja.« – ›In Were eben‹, dachte Mogela der Plechanower.

»Ruf mich am Samstag unter dieser Nummer an. In der Dschewachischwili ... Ich hab noch keine lokale Handynummer.«

»Gut, ich ruf Sie an. Sollte ich Ihnen irgendwie behilflich sein können ...«

»Du wirst mir ganz bestimmt behilflich sein. Du bist ein guter Mensch. Ich warte auf deinen Anruf. Ich seh dich schon jetzt, während wir reden, ich seh dich ...«

»Gut, na dann ...«

»Gut, mein Lieber, nerv dich nicht. Ruf mich an am Samstag. An welchem Datum flieg ich?« Sie schien das irgendwen anders zu fragen. »Ja. Ich denke, ab zwei Uhr bin ich vor Ort ... Nicht? Und das Rückflugdatum? Nein, wir werden alles schaffen. Alles wird gut ...« Wieder schien sie das zu jemand anders zu sagen. »Also, mein Lieber, bis Samstag.«

»Gut, und wie ...« ... ist Ihr Name, wollte er fragen, aber er kam nicht mehr dazu. »Boah«, rief er aus, als er den Hörer auflegte.

»Was war denn?«, fragte seine Mutter, als er aus seinem Zimmer in die Küche gelatscht kam und eine Cola kippen wollte. »Trink nicht so viel von dem Zeug. Das ist Gift, steht in allen Zeitungen.«

»Ich hab als Kind zu wenig davon bekommen«, sagte er.

Sie schüttelte den Kopf. »Was war denn? Regst du dich über was auf?«

»Ja, Mensch, ich reg mich auf. Und jetzt noch die ...«

»Du hast dich von der doch verabschiedet. Beruhige dich. Auch wenn sie was hat mitlaufen lassen ... Mascha war kein schlechtes Mädel. Bloß, als ich mir vorstellte, sie könnte meine Schwiegertochter werden, wurde es mir zu viel, und ich hab einen Schreck gekriegt. Die sind doch ganz anders als wir.«

»Was heißt Schwiegertochter, ich hab dir doch gesagt, sie ist die Frau eines alten Kumpels.«

Die Mutter lachte leise. »Das gibt's nicht, die Frau eines russischen Kumpels. Sie ist in erster Linie Russin und dann die Frau eines Kumpels oder eine Angeheiratete ...«

Mogela trank aus der Flasche und sagte: »Was weißt du denn schon?«

Wieder schüttelte sie den Kopf. »Glaubst du, nur ihr habt gelebt? Wir nicht?«

»Du erzählst ja nichts, was soll ich dann denken?«

»Du bist doch da in irgendwas verwickelt. Wer war die Frau?«

Mogela stellte die Flasche auf den Tisch und setzte sich. »Mamilein, liebes, es ist alles in bester Ordnung.«

»Ja, nur dass ich krank bin und dich schutzlos zurücklasse.«

»Ich steh gleich auf und geh.«

»Schon gut, lass mal, ich hab das nur so dahergesagt. Du glaubst ja sowieso nie, was ich sage.«

Er atmete auf, bedachte sie mit einem anklagenden Blick und sagte: »Die Frau, die hier war, war Lewikos Nascha. Und am Samstag kommt noch eine zweite. Lewiko hat mir aufgetragen, sie bei seinem Tod zu benachrichtigen. Da, das ist's, worin ich verwickelt bin. Ich bin ein Friedhofs*fremdenführer*.«

Die Mutter schwieg eine Weile. Dann sagte sie leise: »Lewaniko war ein guter Junge.«

»Erzähl's bloß nicht der Nachbarin, wenn sie gleich mit dem

Kochtopf reinkommt, um dich kosten zu lassen, sag Maqwala nichts.«

»Wann hab ich je irgendwas erzählt.« Sie schien sich zufriedenzugeben.

Mogela stand auf, auch er zufrieden, dass sich die Mutter beruhigt hatte, doch dann hörte er die nächste Frage:

»Und die, mit der du dich nachts immer unterhältst, ist das auch Lewanikos Nascha oder ist das deine? Sag? Ich würd mich freuen für dich.« Sie lachte.

Auch Mogela musste lachen. »*Maladez*, eins zu null für dich! Ich geh jetzt zu Kongo rüber Fußball gucken.«

»Du bist in was verwickelt. Wozu sonst die langen Telefongespräche? Sitzt sie im Gefängnis?«

»Ja, ja, bei den *Selbstmordattentäterinnen*.« Er hatte schon immer gewusst, wenn er auch nur eine Spur von Schlagfertigkeit besaß, so hatte er sie von seiner Mutter.

»Und, ist sie verheiratet? Ich mach mir Sorgen, also red. Besser als stumm zu bleiben. Du hast sie drüben, im Ausland, aufgegabelt.«

Mogela schüttelte den Kopf. »Warum gibst du nicht Ruhe?«

»Ich weiß nicht. Ich hab schlecht geträumt«, sagte sie. »Dass dich nur keine ins Unglück stürzt.«

»Hast du den Traum am Morgen nicht dem Wasser erzählt? Oma Nina hat doch immer gesagt: ›Lass den Hahn laufen und erzähl deinen Traum dem Wasser. Das Wasser spült ihn dann weg.‹«

»Oma Nina«, sagte die Mutter seufzend.

»Ich bin dann mal weg«, sagte Mogela. »Ich komm spät wieder. Es sind mehrere Spiele, dann die *Rückschau*.«

»Sag ihm, er soll nicht immer aufhängen, wenn ich anruf.« Sie kam ihm nach. »Der weiß doch, ob du bei ihm bist oder nicht. Ihr seid doch keine Kinder.«

Mogela indes dachte schon lange nicht mehr darüber nach, wo er war und wo nicht. Über sich selbst hatte er schon genug nachgedacht. Da gab es ohnehin kein Entkommen. Es war die Sache mit Lewiko, die ihn beschäftigte.

Die Frau, die Rina hieß, empfing ihn halb auf dem Diwan liegend, halb sitzend mit untergeschlagenen Beinen; als Mogela hereinkam, rührte sie sich nicht vom Fleck. Sie logierte in einer Altbauwohnung am Rand von Ober-Were, die renoviert worden war, damit sie an Ausländer vermietet werden konnte, im ersten Stockwerk mit einer großen Haustür, die ihm eine andere Frau geöffnet hatte. Eine sehr einfache Frau, ein altes Weiblein beinahe.

Mogela war ziemlich verdutzt. »Ich ...«

»Kommen Sie herein. Sie erwartet Sie schon«, sagte sie. Sie war wohl eine Angestellte.

Diese Frau reiste mit Bediensteten. Was war das denn für eine?

Jawohl, auf dem Diwan ruhend, mit untergeschlagenen Beinen empfing sie ihn. Als wäre sie Ava Gardner. Und wie sie Ava Gardner glich! Eine richtige Katze. Wie die Nachbarskatze, auf dem fusseligen Diwan in Maqwalas Wohnung.

»Du bist gekommen, mein Lieber.« Sie deutete auf einen Sessel, ohne sich auch nur ein wenig aufzurichten. »Setz dich, komm zu Atem.«

Sie war eine bäuerliche Frau, aber stark aufgetakelt. Um den Kopf hatte sie etwas vermutlich Persisches geschlungen. Einen bunten Turban, und auch einen orientalischen Chalat trug sie. Kleid wie Chalat waren reich bestickt.

›Was sie da am Leib und auf dem Kopf trägt, ist bestimmt seine piat tischtschi* wert‹, schätzte Mogela nach gewiefter Altplechanower Art.

Lange Zehennägel.

›Warum muss ich mir ihre Zehennägel ansehen?‹

* fünftausend

Auf dem Boden golddurchwirkte Pantoffeln mit hochgebogenen Spitzen. Große Jettohrgehänge, Ringe, Armbänder, Zierknoten. Ihr Gesicht glänzte von Creme. Vor ihr lag ein obercooles Nokia-Handy.

Sie lachte. »Du hast ja die reinsten Röntgenaugen.«

»Darf man hier rauchen?«, fragte Mogela.

»Natürlich. Gut drauf bist du ja nicht gerade. Du brauchst nicht nervös zu sein, es gibt keinen Grund, dir Sorgen zu machen. Liowuschka geht's gut da, wo er ist. Noch hab ich ihn nicht erreichen können, das braucht Zeit. Das Programm wurde gestartet, als du angerufen hast. Ich hab ziemlich lange auf dich gewartet, aber das musste wohl so sein. Du hast dann angerufen, als du anrufen musstest. Der Kontakt ist hergestellt. Es war unausweichlich. Während all dieser Zeit wusste ich, dass es ihm gut geht.«

›Eine gottverdammte Hellseherin‹, durchfuhr es ihn; Hellseher waren das Allerletzte. Jenseits davon gab es seiner Meinung nichts mehr. Über Hellseher konnte man nur lachen. Er hätte losgewiehert, wenn es nicht ungehörig gewesen wäre. So wie Lewiko in Lachen ausbrach, wenn er irgendwo Kaffee trank und unweigerlich jemandem die Tasse reichte mit der Bitte, aus seinem Kaffeesatz zu lesen.

Sie hatten sich früher so einen Jux gemacht: Mogela trank keinen Kaffee, aber Pepo brühte für Lewiko immer richtig guten türkischen auf. Mogela nahm ihm die geleerte Tasse aus der Hand und sagte, die Augen im Zigarettenqualm zusammenkneifend: »Du hast einen Weg, ich sehe den Weg.« – »Na, Pepolein, dann geh ich jetzt«, sagte Lewiko lachend. »Und du bist nicht allein«, fuhr Mogela fort. »Da, die Frau, wer ist sie? Eine Frau mit langen Haaren …« Sie blödelten eben herum. Und nun stellte sich diese Frau als Hellseherin heraus.

Die Awlabarer Tamila, die Gldaner Rosa … Mogela flogen all die Namen im Kopf herum, die er von seinen jeweiligen Freundinnen aufgeschnappt hatte, und er fragte sich im Stillen: ›Leon, was wolltest du bei der?‹ Und dann wurde ihm bewusst, dass er bereits eine ganze Weile kein Wort gesagt hatte.

»Ist alles in Ordnung?«, fragte die Frau.

»Ja, ja. Mir ist nur was in den Sinn gekommen.«

»Ja, die Erinnerungen, es werden viele Erinnerungen wach«, sagte sie und blickte zu ihrem summenden Handy. »Das kann warten, kein Problem«, sagte sie wie zu sich selbst und schwieg.

Mogela wusste nicht mehr, was sagen, er saß still da und rauchte.

»Was willst du mir sagen?«, fragte sie. »Denk nicht an Dinge, die für Liowuschka keine Hilfe sind und auch dir im Weg sein werden. Sag, was plagt dich?«

»Nichts, nichts.«

»Dich stört, dass du nichts über mich weißt. Leute wie ich bedeuten dir nichts. Aber du hast ein gutes Herz. Auf dich kommen schwere Zeiten zu, denn die Frau, die an deiner Seite ist, wird nie an deiner Seite sein können. Sie ist auch jetzt nicht an deiner Seite. Deswegen glaubst du, du musst irgendwohin fortgehen, doch noch bist du nicht imstande, wegzugehen, und dies deshalb, weil du Liowuschka liebst und in seine Haut schlüpfen möchtest. Du hast beschlossen, sein Leben zu leben. Das ist schwer. Liowuschka hat dir eines voraus: Es geht ihm gut, du dagegen steckst in Schwierigkeiten …«

Er wollte das alles nicht hören. Erstens, weil er nicht daran glaubte, und zweitens, weil die Frau Wahres, jedoch Grässliches aussprach. Am meisten erstaunte ihn, dass Lewiko der Barnower mit dieser Frau was gehabt haben sollte.

Mogela der Plechanower lächelte ausnehmend höflich. »Danke. Und womit kann ich Ihnen dienlich sein?«

»Es ist umgekehrt, ich will dir dienlich sein, denn du gefällst mir. Du hast eine komplizierte, aber doch gutartige Aura.«

›Oje … Wenn sie sich wenigstens mal aufsetzen würde‹, dachte Mogela. ›Na ja, eine Bäuerin eben. Eine Lügnerin. Klopft auf den Busch und rät irgendwas.‹

Ihr Handy summte erneut.

»Grüß dich, mein Lieber ... Natürlich bin ich übermorgen da ... Nein, mit dir ist alles in Ordnung. Du bist prima vorbereitet«, sagte sie und machte das Telefon aus.

»Sie möchten nicht etwa zum Friedhof oder so?«

»Nadsia!«, rief die Frau. »Ist der Wagen schon da?«

Die Bedienstete streckte den Kopf zur Tür herein. »Er kommt bald, Rina Petrowna. Er sei eben losgefahren.«

»Natürlich möchte ich zum Friedhof. Deswegen bin ich ja hier. Ich brauche einen Kontakt«, sagte die Frau und erhob sich endlich, steckte flink die Füße in die Schuhe mit den aufgebogenen Spitzen, trat zu Mogela und hielt ihm ihre Handflächen nah ans Gesicht. Eine ganze Weile stand sie so.

Mogela wurde missmutig.

»Jetzt beruhige dich«, sagte die Frau. »Ich weiß, du bist neugierig. Ich geh mich jetzt anziehen, das Auto ist gleich da.«

Sie war nicht nur Hellseherin. Sie war Zauberin und Heilerin. Sie behandelte und besprach hohe Politikertiere, deutete die Sterne für sie, aber Mogela der Plechanower glaubte nicht an Sterndeutung, er glaubte nur ans Leben und auch das nur manchmal.

2.

»In meinem Geschlecht gibt es keine Männer. Weder meine Mutter noch meine Großmutter hatten Ehemänner. Polesien ist das Land der Zauberinnen. Dort gibt es in jedem Dorf zehn Zauberinnen. Selbst wer keine ist, ist wenigstens ein bisschen zaubermächtig. Ein bisschen kennen sich alle aus.«

Mogela musste lachen. »So wie Baba Jaga?«

»Nenn sie, wie du willst. Meine Großmutter war eine sehr mächtige Zauberin, Gesundbeterin und Heilerin. Von überall her sind sie zu ihr gekommen. Meine Mutter war nicht gar so mächtig, ihre Kräfte waren nicht so groß. Meine Schwester wirkt in Moskau. Auch sie ist eine gute Heilerin. Aber sie praktiziert nur die Heilkunst. Die Kraft meiner Großmutter ist auf mich übergegangen. Wir sind gutartige Zauberinnen. Wir wirken nichts Böses, aber wir dulden das Böse auch nicht. Wir führen Kurse durch in New York, Montreal, Paris ... Ja, das ist mein Leben.«

Mogela nickte so höflich wie möglich. Er wusste nicht, wie er sich verhalten sollte; für ihn war das alles leeres Gerede.

»Entweder lässt du dich auf diese Welt ein oder nicht. Es ist deine Entscheidung. Wer sich darauf einlässt und Hilfe erbittet, dem bin ich behilflich. Auch dir helfe ich, wenn du es wünschst. Du hast ein gutes Herz, aber du siehst mich nicht. Für dich bin ich nur Teil von Liowuschkas Vermächtnis, doch kann ich mich in jemand ganz anders verwandeln, sofern du mit mir in Verbindung zu treten wünschst.«

»Und Lewiko hat daran geglaubt, dass Sie Zauberin sind?«, vergewisserte sich Mogela, wiederum sehr höflich.

»Das war unwichtig«, erwiderte die Frau. »Das war überhaupt nicht von Bedeutung. Wir hatten eine kosmische Verbindung. Liowuschka war jemand, mit dem man machen konnte, was man wollte, ihn beeinflussen konnte, wie man wollte, aber das hab ich mir nicht erlaubt. Nicht ein einziges Mal hab ich mir erlaubt, ihn zu lenken. Ich hab augenblicklich gewusst, dass er der Mann ist, den ich brauche. Im ersten Augenblick, als ich ihn von Weitem sah. Er saß auf der Wiese, und ich bin zu ihm hingegangen. Ein einziges Mal nur hab ich ihn zu mir bestellt. Nur ein einziges Mal hab ich ihn nach meinem Willen gelenkt. Du kannst einen Menschen sich so verhalten lassen, dass er sich dabei glücklich fühlt und gar nicht bemerkt, dass er unter einem Zauber steht. Ich hab ihn so weit gebracht. Aber später war ich dazu nicht mehr imstande. Ich wollte ihn nicht mehr beeinflussen, denn ich hab gesehen, dass er gar nicht wollte, wozu ich ihn berufen hatte. Dabei wusste er nicht, was ich mit ihm vorhatte, er wollte einfach nicht. Und ich wollte ihn nicht täuschen. Als ich ihn zum ersten Mal sah, wusste ich, ich wollte ein Mädchen von ihm. Ich hab das lange hinterfragt. Ich hab es mit mir herumgetragen, examiniert, überlegt und war sicher, er sollte der Vater meiner Tochter sein. Doch er wollte nicht. Deshalb hab ich's nicht über mich gebracht. Ich konnte ihn nicht täuschen. Ich hab dafür gebüßt, dass ich ihn mit Zaubersprüchen herbeibeschworen hab. Ich hab ihn geliebt, sehr geliebt, denn er hat mir ermöglicht, meine Welt zu verlassen.«

›Über was für Teufeleien hat die mit dir gesprochen?‹, rief Mogela im Stillen aus. Laut sagte er: »Sie haben gebüßt?«

»Ja. Denn ich habe keine Tochter. Er hatte eine sehr starke, empfängliche Aura. Genauso eine Tochter hätte ich gerne gehabt. Tja, die Zeit verging, und ich bin immer noch auf der Suche. Aber es geht ihm gut. Da brauchst du dir keine Sorgen zu machen.«

›Was für ein Scheißdreck ist das denn?!‹ Und sein nächster Gedanke war: ›Bin ich Harry Potter oder was?‹

»Natürlich hat er meine Zauberkunst mit Ironie betrachtet, aber ich hab sie ihm auch nicht unter die Nase gehalten. Wenn ein Mensch mit meinen Fähigkeiten es darauf anlegt, kann sich uns keiner entziehen. Doch brauchen wir die Menschen für ganz anderes. Na, was meinst du, wie du mich gefunden hast? In Wirklichkeit hab ich dich gefunden, hab mich dir in Erinnerung gerufen. Ich wusste natürlich, dass er die Jacke nie wegwerfen würde. Nie. Heute muss ich über mein kindisches Verhalten lachen. Das war alles sehr romantisch damals. Ich war noch in der Ausbildung, wusste noch nicht sehr viel. Ich hab die Jacke besprochen. Meine erste Beschwörung sozusagen. Ich war verliebt, ein Mädchen von siebzehn, er ganze neunzehn. Auf der Wiese hab ich die Jacke besprochen, hab ihm gesagt, dass er jedes Mal, wenn er sie anzieht, an mich denken würde. Wenn ich diese Jacke jetzt sähe, kämen mir wahrscheinlich die Tränen. Du kannst sie ja testen. Wahrscheinlich ist sie vollkommen aus der Mode. Aus welchem Jahr war sie nur? Wenn du die Jacke anziehst, beginnt es zu regnen. Die Regentropfen sind meine Tränen. Er hat mir gesagt, wenn er sie anzog, hätte es immer geregnet. Natürlich musste das so sein. Wenn du mal im Regen spazieren gehen willst, zieh die Jacke an.«

Regen mochte Mogela sehr, aber diese Frau machte ihn völlig fertig.

»Macht nichts, das geht vorbei«, sagte sie. »Sich mit mir anzufreunden ist schwierig, umso mehr, wenn ich aufgewühlt bin. Ich bin schon lange nicht mehr dermaßen aufgewühlt gewesen. Ich spüre ein Prickeln überall, weil ich in seiner Welt bin. Und die Jacke, ja die Jacke hab ich dir in Erinnerung gebracht. Meine Wehmutsjacke. Aus der Zeit, als ich ein Mädchen war und mich die Liebe mehr interessierte als ... Und ich hab sie gefunden, die Liebe. Heute hab ich viel Geld, aber Liowuschka will nicht mehr zu uns, und wir können nichts mehr ausrichten. Er hat den Kosmos verlassen. Aber ich weiß, es geht ihm gut.«

Mogela hörte zu und rauchte. Was hätte er sonst tun sollen?

»Es ist eine ganz gewöhnliche Geschichte. Eine georgische Geschichte. Aber es ist bestimmt nicht nur bei euch üblich, einen Freund im Armeedienst zu besuchen ... Es war Sommer, meine Schwester und ich waren bei Großmutter. Sieben Kilometer von unserem Dorf entfernt hielt sich eine Armeeeinheit auf. Da waren auch Georgier dabei. Zweimal die Woche *Dorftanz* und *Ausgang*. Im Sommer gab's immer Zoff zwischen den Dörflern und den Soldaten, du weißt ja, wie das ist. Einer der Georgier hatte Besuch von seinen Freunden. Zu fünft waren sie. Mieteten sich bei der Nachbarin ein. Keine Ahnung hatten die, dass unser Dorf ein Kolduniendorf ist. Sie soffen, zusammen mit den Georgiern aus der Einheit. Reichten die Mädchen unbeschwert untereinander herum. Ganz unbeschwert. Darin waren sie gut.

Ich sah nicht aus wie eine Hiesige. Mit meinen schmalen

Augen, dem schwarzen Haar. Meine Schwester gleicht mir nicht. Wir sind von verschiedenen Vätern. Ich hatte einen *schlitzäugigen* Vater. Meine Mutter ist lange in Chakassien gewesen.«

›Back in the, back in the, back in the Juesesaaaaar!!!‹, schrie Mogelas Herz höhnisch. ›Wohin soll das führen, wohin schleppst du mich da?‹

»Ich hatte mir alle genau angesehen. Natürlich sind wir Mädchen heimtückisch. Generell seid ihr ja leichtlebige, einfache Leute. Nachgiebig. Das gefiel mir sehr. Eigentlich hab ich da überhaupt zum ersten Mal Georgier gesehen. Sie waren so anders. Sie kamen meist alle zusammen die Straße entlang, nahmen die ganze Breite ein. Ich bin von mir aus zu ihnen hingegangen und hab sie angesprochen; sie waren seit vier, fünf Tagen da und wollten weitere fünf, sechs bleiben. Großmutter hat mir geholfen. Sie durchschaute mich am selben Abend und bestätigte, er sei in der Tat für mich bestimmt. Ich solle der Stimme meines Herzens folgen. Also bin ich ihr gefolgt. Auch für ihn war es eine Überraschung, etwas Einzigartiges. Ein anderes Land. Wälder voller Geister, Sümpfe. Heutristen, blumenübersäte Wiesen. Wir waren jung ... Überhaupt« – die Frau sprach wie mit sich selbst, als sähe sie auch jetzt noch alles vor sich, und das Komische dabei war, dass auch Mogela es sah, obwohl er gar nicht gekifft hatte – »wenn du siebzehn bist und dir jemand eine neue Welt eröffnet, wird sich das Jahre später in ganz anderer Form wieder bemerkbar machen. Du wirst es nie vergessen. Vergessen ist ausgeschlossen. Ein großer Segen ist das. Er war mein Erster. Meine Großmutter leitete mich. Ich war kein Mädchen, das den Jungs nachlief. Ich sollte ja Zauberin werden und ... Gefällt dir die Geschichte? Er war mein Erster, und auch für ihn war ich wohl nicht die Zehnte. Er kam aus einer anderen Welt. Danach hielt ich Georgier lange Zeit für Götter. So weichherzig und gleichzeitig so ... so ... wie soll ich das sagen? Ich hab in meinem Leben viel gesehen und bin eine ganz einfache Frau; vor mir braucht man sich nicht zu fürchten. So ein Verhalten hatte ich überhaupt noch nie erlebt, so ein Verhalten eines Mannes einer Frau gegenüber hab ich nie mehr erlebt.«

Mogela musste lachen. »Es sind nicht alle so.«

»Ich weiß, ich hab viele ganz Unterschiedliche erlebt, auch Georgier. Ich hab in Kiew studiert. Er ist manchmal hergekommen.«

»Ich erinnere mich«, sagte Mogela auf einmal. »Er ist immer allein wo hingegangen. Wenn er Geld hatte.«

»Ich glaub nicht, dass er nur in Kiew ... Meine Zauberei interessierte ihn nicht. Generell nicht. Weißt du, er hat mich ganz oft angerufen, und als keine Anrufe mehr kamen, wusste ich, er ist gegangen. Ich hab gewartet. Es konnte ja nicht sein, dass er einfach so gegangen war. Das war nicht seine Art. Er hat mich oft angerufen. Ich glaube, ich hab ihm Mut gegeben. Ja, ich bin sicher, ich hab ihm Mut gegeben. Ich weiß, wie schwer er's hatte ... Bitter gebüßt hab ich's. So mitgenommen war ich, dass ich niemand mehr empfangen hab. Ich hätte ihn nicht herbeibeschwören dürfen. Ich wusste, er wollte nicht. Er war keiner, der irgendwo ein Kind von einer hatte und sich einen Dreck darum kümmerte. Ich hätte ihn natürlich nicht damit behelligt. Aber ich hab ihn herbeibeschworen. Hab ihn mit einem Zauber belegt. Ich wusste, er hatte es schwer. Er hat Sachen verkauft. Ich glaub, Zehnrubelgoldmünzen aus der Zarenzeit oder hat sich Geld geliehen. Eine schwere Zeit war das. Er ist hergekommen, und danach hab ich ihn nicht wiedergesehen. Hab ihn nicht mehr herbeigerufen. Ich hab's ohnehin gebüßt. Mir ist klar geworden, dass ich ihm das nicht hätte antun dürfen. In keinster Weise hatte er das verdient. Wie sehr ich ihn liebe ... Ich hätte mir niemals erlauben dürfen, ihn an die Leine zu legen. Er selbst hat nichts geahnt, ich dagegen bin hart bestraft worden. Das Wesentliche ist die Harmonie. Und die ist gestört worden. Ich war nicht imstande, ihn zu unterwerfen.

Ich hab ihm geholfen, wo ich konnte, bis hin zu seiner Familie. Nur Gutes, das Beste hab ich gegeben. Doch die Harmonie war gestört. Ein schöner Friedhof ist das, freundlich, ein freundlicher Friedhof ...«

Sie hielt auf einmal inne. Sie waren langsam gegangen. Sie hielten, und die Frau schaute in den Himmel. Die Frau mit den Ringen, den persischen Gewändern und den kräftigen Handgelenken.

»Ist es das?«, fragte sie.

Lewikos Grab war gute fünf Schritt entfernt.

Mogela nickte.

»Er ist nicht hier«, sagte sie plötzlich. »Hier ist er nicht. Nichts von ihm ist hier.«

›Die Schnalle ist total verrückt‹, machte sich Mogelas Herz Luft.

»Er ist nicht hier.« Sie machte kehrt und ging. Murmelte etwas vor sich hin. »Wo bist du? Warum bestrafst du mich so? Warum lässt du mich nicht zu dir?« Sie beschleunigte die Schritte.

Mogela trottete hinterher.

Hätte sie jemand gesehen, er hätte gesagt, ein Kerl lockt eine *Schnepfe* auf den Friedhof, um in aller Ruhe mit ihr rumzumachen, sie jedoch zeigt sich widerspenstig und sucht das Weite, worauf er sie verfolgt und ihr mit unterdrückter Stimme Versöhnliches hinterherruft, sie zu warten bittet, weil er nicht will, dass der Vorfall über den Friedhof hinaus laut wird, und die *Schnepfe* müsste eigentlich davonrennen, will aber ebenfalls keine Aufmerksamkeit erregen und rauscht vor sich hin jammernd davon.

»Er ist nicht hier«, sprach die polesische Koldunia. »Entweder ist er nicht hier oder er lässt mich nicht zu sich; es geht ihm gut, auch ohne uns, ohne mich. Alles ist verwischt. Gehen wir. Er will mich nicht. Wendet sich stattdessen an einen Mann. Gehen wir, fort von hier.« Sie eilte zum Auto und setzte sich hastig hinein.

»Wohin?«, fragte der Fahrer, wohl ein Chauffeur der Botschaft.

Die Frau musste eine einflussreiche Persönlichkeit sein. Mogela der Plechanower hatte genug von dem Spiel. Ein richtiges Katz-und-Maus-Spiel war das, aber an Lewikos Grab wollte er nicht spielen. Das Schlimmste war, dass er nahe daran war, ihr zu glauben. Alles hatte er ihr geglaubt, bis sie von diesen Beschwörungen angefangen hatte.

»Es gab mal einen Film«, sagte er lächelnd, »der hieß ›Kolduniа‹. Haben Sie den gesehen?«

Sie warf ihm einen Blick zu, erwiderte jedoch nichts.

»Marina Vlady, Wladimir Wyssozkis Frau, spielte die Hauptrolle.« Und wieder tönte es in seinem Geiste: ›Back in the Jues, back in the Jues ...‹

»Fahren wir ans Wasser. Irgendwohin, wo's Wasser gibt«, sagte sie zum Fahrer.

»Zum Fluss, Rina Petrowna?«, fragte er.

»Ja, zum Fluss, ich sag Ihnen, wo.«

Mogela spürte, wie ihn ein Schauder durchlief.

›Die ist verrückt, und mich hat sie auch schon ganz verrückt gemacht.‹

3.

Der Wagen fuhr nach den Anweisungen der international tätigen Hexe.

Mogela fühlte sich schlecht. Er wollte nicht in dem Wagen sein.

Nun hatte sie die Führung übernommen, nahm ihn mit auf einen furchtbaren Trip.

Die Frau dirigierte: »Nach links, nach rechts«, und schien sehr erregt.

Als sie ans Flussufer kamen, splitterte etwas in Mogelas Hirn.

»Halt hier an, mein Guter«, sagte sie aufgeregt und öffnete auch schon die Wagentür.

Sie standen vor dem Restaurant »Altes Haus«.

Früher hatte Mogela immer gewitzelt, das sei sein Haus, weil sein Haus ja auch alt sei, aber jetzt war ihm nicht ums Scherzen.

»Hier drin ist er gewesen«, sagte sie, »von hier ist er weggegangen.«

Ja, er war hier gewesen, das wusste Mogela, bei einem Supra, er war aufgestanden und rausgegangen. Die anderen dachten, er hätte sich davongeschlichen. Hier war er zum letzten Mal gesehen worden. Weil Pepo wie wild herumtelefonierte, begann man noch in derselben Nacht nach ihm zu suchen. Hier war er gewesen.

»Hier war er«, sagte die Frau, »von hier ist er weggegangen«, und sie begann das Ufer entlangzugehen.

Mogela folgte ihr. Ihm war, als sei er auf dem Weg in den Tod. Die Frau hielt manchmal zögernd inne, um dann wieder weiterzugehen.

Autos sausten an ihnen vorbei.

»Wo sind wir hier?«, fragte sie. »Wie heißt die Straße?«

»Nabereschni«, rief Mogela ihr zu, »Nabereschnaja imeni Stalina*. Ich weiß aber nicht, wie sie jetzt heißt.«

Sie blieb am Geländer stehen und schaute aufs Wasser. Auch Mogela blieb stehen.

»Ich weiß nicht«, sagte sie, »ab hier weiß ich nichts mehr ... Von hier aus ist er nirgendwohin ... nirgends ... Zu mir wollte er nicht ... zu einem Mann wollte er, aber da ist kein Mann ... Du bist da. Bist du's? Er war hier und dann nirgends mehr.« Sie seufzte. »Wie auch immer, so geht das nicht, sich so aufregen darf man nicht.«

Sie holte ihr Telefon aus dem Auto und machte es an. »Jetzt könnt ihr anrufen«, sagte sie und lächelte Mogela erschöpft zu. »Ich will dir nicht weiter zur Last fallen. Ich komm morgen

* Stalin-Damm

wieder her und schau mich um, denke nach. Du hast ein gutes Herz. Solltest du's dir anders überlegen, weißt du, wie du mich findest. Ich werde dir in allem helfen. In allem. Nur bist du eben woanders. Nicht dort, von wo aus alles sichtbar ist. Wir könnten es sonst zusammen erschauen … Leb wohl.«

Mogela hätte sich schiefgelacht, wäre Lewiko am Leben und Rina-Koldunia ein gewöhnliches Russenmädchen gewesen, das allein wegen Lewiko hergekommen war und vor dem dieser sich auf Teufel komm raus versteckte. So, wie das in den alten Zeiten unter den Jungs üblich war: ›Hör mal, ich bin nicht da, *dawai*, sag ihr …‹

Doch Rina-Koldunia war kein gewöhnliches Russenmädchen.

Noch hätte sich Lewiko der Barnower versteckt, wäre er am Leben gewesen. Jetzt aber versteckte er sich.

4.

»Uah, regnet's, Alter?«

Kongo öffnete die Tür und musterte erst den durchnässten Freund, dann den Himmel, der sich auf das Dach des gegenüberliegenden Hauses senkte.

»Ja, lässt du mich nicht rein?« Mogela trat in den Flur und zog die Jacke aus.

»Bei dem Regen spazierst du rum, Alter?«

»Ne, aber als ich aus dem Haus bin, hat's plötzlich zu gießen angefangen«, sagte Mogela und hängte die Jacke über einen Stuhl.

»Angefangen zu gießen, Alter?« Kongo begutachtete die Jacke.

»Ja, was soll's«, sagte Mogela und setzte sich.

»Ey, so eine Jacke hatte ich auch mal. Wo hast du die her?«

»Von zu Hause. Hab mir einfach was übergezogen, mit der würd ich sonst nicht rumlaufen, Dicker«, erwiderte Mogela und schaltete den Fernseher ein.

»Der Kragen ist aufgerissen.« Kongo hatte sich auf die Liege gefläzt und spielte mit der Fernbedienung herum.

»Ja, ist er.« Mogela machte eine wegwerfende Handbewegung.

»Oje, Alter, Tamriko ist mit den Kindern raus, die werden ganz nass, und sie hat kein Geld fürs Taxi dabei.«

»Sie werden nicht nass«, sagte Mogela der Plechanower, »es hat aufgehört.«

MOGELAS ABENTEUERFAHRT UND DIE ROSE VON SCHIRAS

Ursprünglich als imeretische Romanze erzählt

Yesterday, all my troubles seemed so far away,
Now it looks as through they're here to stay oh I believe in yesterday …
JOHN LENNON / PAUL McCARTNEY

If she's gone I can't go on
Feeling two-foot small …
Hey you've got to hide your love away
Hey you've got to hide your love away
JOHN LENNON / PAUL McCARTNEY

WO MOGELE AUS PLECHANOW ANLANGTE

Es war einmal irgendwann:

Da seien zwo Fischer das Amstel-Ufer langgewandert und ihnen nach sei auch ein Hund gelaufen.

Sie guckten sich um, guckten rundherum und fanden den Ort, wo auch immer der gewesen ist, ganz leidlich und sagten sich wohl: »Hier lassen wir uns nieder«, holten Frau und Kind nach, bauten, was es zu bauen gab, und machten sich an die Arbeit und ans Fischen, denn Fische gab's, mehr kann's gar nicht geben, sie fuhren aufs Meer hinaus, dorthin, wo das Flusswasser einmündet, und brachten mit ihren Booten die Netze aus, breiteten sie aus, und es kam so viel Fisch, dass sie ihm allein nicht Herr wurden, auch nicht mit ihren Kindern und Kindeskindern, und so riefen sie noch andere herbei: »Kommt her, 's gibt guten Fisch wohlfeil«, und sie freuten sich, wenn's die anderen weitererzählten und weitere kamen, und so entstand nach und nach hier eine Stadt, und die zwo Männer und der Hund waren ihre Gründer und Erbauer. Und wenn sie den Ort nicht entdeckt hätten, möcht ich mal wissen, was hier sonst wär.

So, erzählt man, sei Amsterdam erbaut worden. So sei's entstanden. Was Ähnliches wird auch über Tiflis erzählt: König Wachtang Gorgassali hätte an dieser Stelle auf der Jagd einen Fasan erlegt, der sei ins Wasser gefallen und gesotten rausgekommen, wie bei diesen zwo Männern, die kamen und Amsterdam gründeten.

Weißte, was für eine Stadt das ist, Amsterdam? Verwinkelt-verwunkelt ist sie, wie Kutaissi, wo sie anfängt und wo sie aufhört, kapierste nicht, und zu einem einzigen Ort gibt's irgendwie und von irgendwoher zehn Zugänge, aber wenn du's gleich am Anfang begreifst, dann ist's nicht schwierig, Mann, die Stadt ist kleiner als Tiflis, nur halb so groß. Machst du gleich am Anfang einen Rundgang und hast dazu ein gutes Gedächtnis, dann ist's gar nicht mehr so schwer, dich zurechtzufinden. Du denkst, weil du die Sprache nicht verstehst, kannste dir nichts einprägen und nichts merken, aber wenn du einen Kopf auf den Schultern hast und der nicht ganz leer ist, ist's nicht so schwierig.

Die Straßen sind das eine, noch mehr verschrecken Neuankömmlinge die vielen Kanäle. Kanäle sind wir außer unsern Bewässerungsgräben nicht gewohnt. Weißte, was für Kanäle das sind? Mit Brücken drüber. 's gibt die Amstel, von ihr gehen die Kanäle ab, und das Meer liegt höher als das Land, das von Kanälen nur so durchzogen ist, als hätte man unzählige Bewässerungsrinnen gegraben, worin das Wasser plätschert, und siehst du so einen Kanal, denkst du: Hier bin ich doch schon mal gewesen, den Ort kenn ich doch schon. Mann, alle sehen sich ähnlich, deshalb. Die Häuser sind alle bunt, aber vor dem ungeübten Auge flimmert's bald. Wir sind's einfach nicht gewohnt.

Eins noch: Wenn du dich nicht anstrengst, bringst du's hier nie zu was Anständigem, machst nie was her. 's gibt mehr als genug zu rauchen, und auch wenn du knapp bei Kasse bist, du kommst immer an was ran und hängst dann dran wie das Ferkel an den Zitzen der Sau. Weißte, das geht so: Es sieht nach Gaststätte aus, du gehst rein, kriegst die Menükarte aufgeschlagen, und ringsrum sitzt zugedröhntes Volk, und alles trudelt. Hast du Knete, gibt's zum Zudröhnen, so viel du willst, und du kommst auch nicht in den Knast dafür und nichts. Du gehst einfach rein, suchst dir was zu rauchen aus, paffst so, wie du zur Jause zwo Humpen *Bier* trinkst, und gehst deines Wegs. Trudelst dahin.

Falls du eher was willst, was nicht in der Gaststätte zu haben ist, kannste das billig auf der Straße kaufen, und Rauschgift dazu. Angeblich ist's außerhalb der Gaststätten strafbar, aber ich hab noch keinen gesehen, der deswegen verhaftet worden wär. Hast du? Dann sag's mir gleich.

Ah, guck mal, die reinste Fallgrube ist diese Stadt in Sachen Geld und Drogen. Schaust du in den Himmel, denkst du, sogar die Wolken sind aus Haschisch, echt. Eine prima Stadt, weil, dass alle dir beim Kiffen applaudieren, dass die Polizei kommt und dich fragt: »Ist dir übel, sollen wir dich nach Hause bringen oder einen Arzt rufen?« oder so ähnlich, ja wo gibt's denn so was? Nicht wie bei uns, wo sie noch das Fernsehen dazuholen und dich gleich *kriminell* schimpfen. So was gibt's hier nicht.

Und noch was: Es gibt drei, vier Orte, wo du beim ersten Mal völlig kirre wirst, da drehste durch und kannst nicht genug kriegen. Einer dieser Orte heißt Wallen, dort sitzen Frauen in Schaufenstern und von innen leuchtet's rot heraus. Frauen sitzen da, und als ich zum ersten Mal dort war, hab ich sie gezählt, bis ich's überhatte, weil ich's nicht schaffte, dazu in zugedröhntem Zustand, da kommste eh durcheinander. Welcher Größe und Form und welcher Nation auch immer, kannste alles haben, und Menschen aus aller Welt drängen sich alle in diesen Straßen, auf der Seedik oder weiß der Kuckuck wie die Straße heißt, und dort fängt's an. Dort fängt's an, und auch wenn du glaubst, es endet irgendwann, sowie du Knete hast, gibt's Frauen ohne Ende. Mann, egal was für eine du dir wünschst, du kannst sie alle haben. Die Schaufenster haben Türen an der Seite, manche sitzen gelangweilt im Schaufenster, andere lugen durch die Tür und zerren dich nach drinnen, lassen die Vorhänge runter, und aaab geht's ... Hast du Knete, kannste die Gasse entlanglaufen, bei Afrika anfangen bis nach Sibirien durch alle Nationen. Weißte, was du Georgiern sagen musst, die zum ersten Mal nach Amsterdam kommen? »Wo die *Stanzia*, der Hauptbahnhof, ist, dort über die Brücke und dann nach links, dann immer weiter und weiter laufen und dabei immer nach oben schauen.« Weißte, wieso? Wenn du hochschaust, siehst du das *Dach* eines Hotels, und darauf steht »Barbason Hotel«, und zu diesem »Barbason« oder wie der Kuckuck auch immer musst du hin und dort wieder nach rechts, und dann geht's los, endlos. Was für eine auch immer du willst, alle gibt's da, nur Geld und Stehvermögen musste haben.

Es kann einem schon zu viel werden, aber selbst wenn du's bleibenlassen willst, zieht's dich immer wieder zurück. Ich red von den Frauen, denn wozu solltest du das Grasrauchen in den Wirthäusern bleibenlassen, solange du das Geld dazu hast. Kiff 'ne Runde und lass dir's gut gehen.

Sonst ist Amsterdam so eine angenehme und anständige Stadt, dass du dir, wenn du die Wallen verlässt, beim besten Willen nicht vorstellen kannst, dass es hier solche im *Fenster* sitzende Mädchen gibt. Weißte, prima Maler sollen sie doch hier gehabt haben, früher, prima Baumeister, Schiffe, aber wenn Leute, die Touristen, hierherkommen, wollen sie nicht die alten Meister sehen, vielleicht von tausend einer will das, und der auch nur, um am Ende doch noch durch die rote Straße zu flanieren. Alle anderen kommen, um die Coffeeshops zu besuchen, sich zuzuknallen, was zu essen, zu trinken und sich dann eine Frau auszusuchen. Aber ehrlich, das mit den Frauen ist Lug und Trug, ganz gleich wie viele es sind und wie das alles organisiert ist, da steckt nichts Echtes drin, nichts, was einem Mann Spaß macht, nichts Ehrliches. Das ist bei Huren nicht zu finden und noch viel weniger hier, aber alles ist so organisiert, es sind so viele und sie sind so in den Fenstern aufgereiht, da kannste nicht anders. Und wenn du suchen würdest, du findest keine Hässliche, was willste da machen? Aber weißte, das Ganze ist ein bisschen wie beim Friseur: Du gehst rein, lässt dir Haare schneiden, den Bart rasieren, kommst wieder raus und sagst dir: Das hat aber gutgetan! – genauso ist's auch hier, keinen Tacken anders. Klar ist's viel schöner, mit einer Schwarzen zu schnackseln, als sich die Haare schneiden zu lassen, aber die wird sich nie und nimmer so schnackseln lassen, wie du's dir vorstellst. Die hat ihre eigenen Interessen. Sie tut ein bisschen was von dem, wozu du sie anspitzen willst, nur um dann aufzuhören und Pause zu machen. Sich nur mit dir abzugeben, liegt nicht drin bei ihrer Arbeit, Bruderherz.

Ah, und so was gibt's hier auch noch, Striptease, oder du bekommst ein Guckglas vor die Augen und lugst zu, wie Titten sich an Lippen reiben und ähnliche Schlüpfrigkeiten – wirf ein paar Münzen ein und eine Frau kommt raus. Ja sind denn Frauen keine Menschen? Da ist Haschen doch besser, aber wer einmal hingegangen ist, wird gierig nach mehr. Und 's gibt ja viele, denen so was gefällt.

Handkehrum ist's eine tolle Stadt, du verliebst dich in sie, so eine Stadt ist das, und weißte was? Unser Volk ist ja ein ungebildetes Volk. Hat nicht viel gesehen und überlegt sich nicht viel. Kann sich nicht vorstellen, es könnte woanders was anderes geben. Alles, was bei uns Brauch ist, scheint ihm gut, und wenn es was anderes sieht, auweia-auwei, ist's vorbei. Da kriegt es Angst und tut so, als würd's ihm nicht gefallen. Jetzt ist's nicht mehr gar so schlimm, aber vor zehn, zwölf Jahren hatte keiner von nichts eine Ahnung. Hier, sag ich dir, haben sogar die Kühe Pässe, wo bei uns vor Stalins Tod nicht mal die Bauern welche besaßen. Er wollte es so, und keiner traute sich, was dagegen zu sagen.

Jetzt, heißt's, ist alles einigermaßen besser, aber das glaub ich nicht; wenn einer vor zehn, zwölf Jahren die viele Straßenbeleuchtung wie hier gesehen hätte, weißte, was er gesagt hätte? Was für eine Verschwendung, wozu?!

Tja, nichts überlegen sie richtig.

Eine ganz tolle Stadt ist das, grandios, wie gemalt, wie von einem guten Maler Farbe für Farbe und nach und nach hingemalt. Bloß, weißt ja, wie unsere Leute sind: Wenn sie sie zum ersten Mal sehen und merken, dass der Stoff dort auf der Straße und die Mösen in *Vitrinen* liegen, wird nicht mehr nach rechts und links geschaut, die denken nur noch: Eine Stadt wie für uns gemacht!

Als ob die zwo Fischer und der Hund damals daran gedacht

hätten, eine Stadt nur für Georgier zu bauen! Noch dazu für *Rumtreiber*-Georgier, damit die hier zugedröhnt vergammeln und *packen*weise Gras stapeln! Was unsere Landsleute da zu sehen kriegten, waren Dinge, die sie in der SSR nicht haben durften. Sie hatten zu essen, sie konnten studieren, sie hatten ein Zuhause, aber sie hatten kein Hasch und keine Frauen. Darauf stand Gefängnis, und im Gefängnis verschmachten wollten sie nicht, und so tauchten sie hier unter, wie man sich sommers ins kühle Bächlein legt.

Ich kann sie gar nicht zählen, so vielen solchen Typen bin ich begegnet.

Im Grunde gibt's drei verschiedene Sorten georgischer *Rumtreiber.*

Die einen haben Geld: Sind durch Raub oder so ähnlich rangekommen.

Andere arbeiten ein bisschen was, und wenn sie ein paar Kopeken beisammenhaben, schicken sie den Großteil nach Hause und versuchen, mit dem Rest zurechtzukommen.

Die Dritten lungern rum und ziehen anderen das Geld aus der Tasche.

Immer sind's Männer, sowohl hier in Amsterdam als auch in Deutschland.

Alle sind sie Verlorene, ständig auf der Suche nach was zu rauchen oder billig zu saufen.

Ob solche mit Familie anders sind, kann ich nicht sagen, aber anders sind sie sicherlich. Ich red hier von den *Rumtreibern.* Wenn ich sie aufzählen müsste, sind das die, die nach vierundsechzig geboren sind. Die den Geschmack von Drogen kennen, den vorher nur wenige kannten. Wer diesen Geschmack kennt, ist aus einem anderen Georgien, in dem's wiederum Unterschiede gibt, und Amsterdam ist eine Stadt, wo die, welche den Geschmack von Drogen kennen, nicht lange suchen müssen.

Sie kommen und gehen.

Manchmal wundert man sich: So eine Stadt, und die sind auf nichts anderes aus, aber hier verhaftet dich eben keiner, außer du hast keine Papiere, du kannst ewig rumlungern, nur wenn sie deinen Pass aufschlagen und dein Visum ist abgelaufen und du bist immer noch hier, treten sie dir in den Hintern und setzen dich ins Flugzeug: »Los, nach Hause mit dir!« Pardon, einen Tritt in den Hintern würde sich keiner erlauben, *untergehakt* eskortieren sie dich ins Flugzeug.

WIE MOGELE FORTGING

In Tiflis gibt's komische Namen, irgendwie verdreht-verzerrte Übernamen. Dein Nachname wird in der Schule freundschaftlich-spaßig verkürzt, und danach hörst du immer und ewig auf diesen Namen. So ist das eben. Du bekommst aber mitnichten einen Namen, der dir passen täte, wie's in Westgeorgien üblich ist, und du wirst auch nicht mit dem Vatersnamen angesprochen. Den Vatersnamen finden sie in Tiflis beschämend, eine Erfindung imeretischer Hinterwäldler.

Wer sich jedoch des Vatersnamens schämt ...

Da heißt ein Junge zum Beispiel mit Nachnamen Bagrationi (falls so einer die verdammten Kommunisten überhaupt irgendwo überlebt hat). Dann rufen die Kameraden ihn Bagro. Was zum Teufel soll Bagro? Wie kann man einen Menschen mit königlichem Namen »Bagro« nennen? Aber so sind die Tifliser gestrickt, und wenn du ihn Iraklitsch oder so nennst, wirste ausgelacht. Warum ich das erwähne? Weil, mit Mogele verhält sich's genauso. Einen prima Namen hatte er, wozu dieses unsägliche Mogele? Die Mutter nennt ihn beim einen Namen, der Vater bei einem anderen, Freunde bei ganz anderen, Lehrer wiederum anders, der Trainer noch mal anders – sechs unterschiedliche Namen kommen da raus. So machen das die Tifliser und tun so, als wären sie weltläufige Leute.

»Essen kann man in Kutaissi besser, den besten Wein gibt's in Kachetien und den besten Kaffee in Batumi, nun sag mir mal, womit die Tifliser sich hervortun?«, hat mich mal einer gefragt.

»Sie wissen sich im Gegensatz zu uns zu benehmen«, hab ich ihm gesagt. Und er: »Wie, sind die etwa höflicher als wir?« Nicht höflicher sind sie, sondern haben auf welchen Wegen auch immer einfach mehr gesehen als wir, die wir hinter dem Mond sind, und wenn sie mal in eine Lage kommen, und sei's eine ganz banale, verhalten sie sich entsprechend und gehen nicht »mit dem Kopf durch die Wand, wie das Oma Thalia schon gemacht hat«.

Sie haben mehr gesehen, sie haben mehr ausprobiert und das ist ihnen in Fleisch und Blut übergegangen.

So, zurück zu Mogele, jetzt will ich über ihn berichten.

Als es mit den Schießereien anfing, mit Krieg, Unglück und all dem, als die Raubritter das Land in ihre Gewalt brachten und nach Gutdünken regierten, lief das mit Mogele aus Plechanow so:

Ein Jahr lang schaute er dem Ganzen zu, dann noch ein Jahr, und zu Beginn des dritten Jahrs sagt er zu seiner Mutter: »Ich mach mich vom Acker. Wenigstens für ein Weilchen.« Dabei war er einer von denen, die können in der Scheiße sitzen und dort noch weiterfeiern, du weißt schon. Andere würden versuchen, rauszukommen. Nicht, um woanders hinzugehen und sich mit Lernen und Schuften und so hervorzutun. Nein, nur um Mensch sein zu können. Bei uns weiß man noch nicht, dass Menschsein die Hauptsache ist, man denkt, wenn man Minister ist, kommt alles gut. Jedenfalls: »Ich muss weg«, sagt er zu seiner Mutter, »wenn sich hier was ändert und die Wetterlage sich bessert, komm ich wieder, unterdessen verdien ich was und schick's dir.«

Seine Mutter brauchte seine Sendungen nicht, sie hatte ihn dreißig Jahre lang und länger allein durchgefüttert.

Weißte, vom Großvater hatten sie allerlei Bücher geerbt, so Bücher, weißte, die einem, wenn man sie nach Moskau runterbringt, dort aus den Händen gerissen werden. Damals waren tausend Dollar sehr viel Geld, jetzt ist's ein Klacks, aber damals konntest du mit tausend Dollar eine Familie ein halbes Jahr lang versorgen. Tja, und deshalb regte sich seine Mutter jetzt auf: »Wo willst du denn hin und wozu?« Ganz Georgien sei außer Landes, erwiderte er, alle seien weg und er wolle auch weg. Aber die, sagte seine Mutter ganz richtig, die würden, wenn sie im Ausland seien, entweder schuften oder stehlen, und überhaupt, was er im Leben schon zustande gebracht habe? Sitze nur bei ihr rum und sei zwar ein anständiger, guter Kerl, aber mehr auch nicht.

Mogele gab nicht nach, schließlich sei er noch nie im Ausland gewesen und hier verfaule er und müsse sich alles vom Leib halten, wolle gar nicht mehr aus dem Haus und so weiter und so weiter … Weißt ja, damals sind die jungen Kerle aus allen möglichen Gründen umgekommen, und wenn um dich herum die Freunde wegsterben und du keinen Ausweg mehr siehst, wenn du nichts dagegen tun kannst, vergeht dir die Lust an allem. Da ist kein Herz mehr dabei, verstehste, einfach nicht mehr dabei, und so reißt du dir das Herz eben aus der Brust, wirfst es auf den Boden, ist ja nicht verwunderlich …

»Na gut«, sagt die Mutter, »lässt mich halt allein, aber entscheid dich irgendwie. Dein Haus und Heim ist hier, ich pass drauf auf.« Bloß, weißt ja, 's braucht ein Visum, und so leicht ist das nicht zu erschwindeln. Die Botschaften sind knausrig; die wissen genau, du gehst, um zu bleiben, ziehst von einem elenden Ort zum besseren, und die wollen nicht, dass alles, was Beine hat, kommt und sich bei ihnen breitmacht. Jedenfalls, er organisierte sich Hilfe von irgendwelchen Jungs in Holland, denn er hatte sich Holland in den Kopf gesetzt, viel davon gehört, was auch immer, ich weiß es nicht, und wollte unbedingt dorthin. Dort waren schon viele hingegangen. Einer seiner

Kumpel war hin, um einen Freund zu besuchen, und als er dann da war und sein Visum abgelaufen, sagte ihm der Freund, es sei hier möglich, dass zwei Männer einander heiraten, und sie sollten sich trauen lassen und so tun, als seien sie schwul, sie könnten wie Mann und Frau zusammenleben und er bekäme einen holländischen Pass, und so machten sie's dann auch. Mit solchen Tricks schafften's viele, 's war nur eine Frage der Mannesehre. Aber da lief nichts, alles geschah aus reiner Freundschaft, weil keiner zurückwollte, darum. Also, die Jungs luden Mogele offiziell für einen Monat ein, er flog hin, blieb elf Monate, bis was passierte: Er geriet in eine *Razzia* oder hatte sich mit jemand in die Wolle gekriegt, und als man ihn überprüfte, war sein Visum abgelaufen, er wurde hochgenommen und dann ausgewiesen, anders ausgedrückt, sein Pass war futsch.

Also kam er zurück und war ein Jahr oder etwas länger in seinem Haus. Das Leben in Tiflis sah schon ein wenig besser aus, keine Schießereien und so Zustände mehr, aber es herrschte Misere, und eine Zukunft war nicht in Sicht, nur Schewardnadse im Fernsehen, mit seinem Doppelkinn und dem Kugelschreiber in der Faust. Jedenfalls, Mogele rebellierte erneut gegen seine Mutter, er wolle wieder weg, das sei nicht mehr sein Land, sein Land sei dort, wo's ihm gut gehe und wo er frei sei. »Du wirst mich nicht mehr lebend sehen«, sagte seine Mutter. »Aber klar doch«, erwiderte er, »warum denn nicht, was sind denn das für Reden jetzt?« Weißte, was das Problem war? Sein Pass war doch futsch, und ein neuer hätte auch nichts geholfen, verstehste? Die hatten das alles im Computer, und er hätte einen neuen Pass mit einem neuen, sauberen Namen gebraucht. Er setzte alle Hebel in Bewegung, erreichte aber nichts und saß bedröppelt da.

Jedenfalls blieb er eine Weile in Tiflis, bis ihn eines Tages ein Freund besuchte, der in Weißrussland lebte. Es gehe ihm dort gut, er reise in ganz Europa frei herum und so. Offenbar hatte er in irgendeiner Stadt an der *Grenze* ein Reisebüro, *Polen* und Deutschland kenne er wie seine Westentasche. Er verstehe sich mit den Leuten vom *Zoll* sehr gut, so was erzählte er. Also fragte Mogele: »Mann, so und so ist's mir ergangen, was soll ich machen, kennst du nicht irgendwelche *Tricks*?«

Er antwortete, er würde sehen, was sich machen ließe, aber dass die Deportation im Pass stand, sei ganz übel. Dann sahen sie sich nochmals, trafen sich irgendwo. Er habe sich erkundigt, er könne ihm einen Pass organisieren, sagte der aus Weißrussland. Für tausend Dollar samt Passbild würde er ihm einen weißrussischen Pass besorgen und ein Touristenvisum würde er obendrauf spendieren.

Sie waren zusammen aufgewachsen und in derselben Clique gewesen, und er war wohl ein guter Kerl: Es vergingen keine drei Wochen, da rief er ihn an, übermorgen würde ein Flugzeug aus Minsk am Flughafen von Tiflis landen, und er nannte ihm einen Namen, wenn dieser Passagier rauskäme, solle er ihn ansprechen, der hätte seinen Pass. Selber nahm er kein Geld, nur für die anderen. Er war ein anständiger Typ, und so ging Mogele hin und nahm den Pass in Empfang, in dem ein Visum für achtzehn Tage klebte. Was wollte er mehr?

Und so ging er fort, ging weg, und die achtzehn Tage dauerten dreieinhalb Jahre.

Ihn wieder auszuweisen schafften sie nicht, weil er heiratete und hiesige Papiere bekam. Er musste aber später trotzdem zurück. Er heiratete nicht wirklich, das deichselte er mit den Surinamern. Du kennst keine Surinamer? Alle super Fußballer kommen aus Surinam, und Papiere aus Surinam organisierte er sich. Was er in Surinam wollte? Das überleg jetzt mal selber! Nämlich, wenn du Surinamer bist, können sie dir in Holland nichts anhaben. Die aus Surinam können frei ein- und ausreisen.

Wenn's drauf angekommen wäre, hätte Mogele an sich nach Surinam flüchten können.

WIE MOGELE IN AMSTERDAM MEHRMALS HEIRATETE

Und nun dürft ihr euch freuen, so wie ich mich gefreut hab. *Haargenau* so.

Als Mogele zum zweiten Mal wegging, ging er besser vorbereitet. Diesmal hatte er siebentausend Dollar in der Tasche, denn er setzte damals bei privaten Wetten kleinere Beträge, das aber klug, und ein, zwo Mal zockte er auch legal. Da das aber noch nicht reichte, verkaufte seine Mutter ein paar Sachen und gab ihm den Erlös dazu. Bei seiner Ankunft in Amsterdam erwarteten ihn zwo Freunde, Vater und Sohn, die er schon von früher kannte und denen er mitteilte, dass er nun anders heiße, nämlich Nikolai Perwoj und auch eine andere Staatsangehörigkeit besitze.

Vater und Sohn waren solche Sachen schon gewohnt. Sie waren keine Hiesigen und dachten eher wie wir. Sie führten eine *Imbissbude*, boten Schlangen und Frösche und ähnlich komisches Zeugs an, woran sich ein Georgier nie im Leben gewöhnen könnte. Hast du schon mal von Malaya gehört? Malaien waren sie, der Vater hieß Issan Radscha und der Sohn Aspin Radscha, und der Sohn war in Mogeles Alter. Kurz und gut, beide waren Radschas. Ich glaub, Radscha bedeutet »Ältester« in ihrer Sprache. Sie hatten schmale Gesichter und einen braunen Teint, dunkelgelb könnte man sagen. Jedenfalls, die kannte er, hatte als Illegaler bei ihnen gearbeitet, und nun sagte er ihnen, er habe ein Achtzehn-Tage-Visum und ein paar tausend Dollar und wolle eine Scheinehe eingehen, irgendwie. Der Pass war ein Problem: Du kommst für bloße achtzehn Tage und willst gleich heiraten? Darauf fällt keine herein. Und mit abgelaufenem Visum kannst du dich nirgends sehen lassen.

Die Radschas weibelten herum und fanden tatsächlich ein Mädchen, allerdings aus Surinam. Das war früher holländische Kolonie, und Surinamer konnten deshalb frei reisen. Das Mädchen war schwarz und wusch vermutlich irgendwo Teller. Kaum volljährig, kommen sie her und fangen mit Abwaschen an. Sie verlangte tausend Euro, sonst würde sie nicht mitmachen. Mogele stimmte zu – was er sich dabei dachte, verstehe, wer will –, aber er heiratete die Frau ja nur auf dem Papier und bat sie, ihm als ihrem Ehemann zu helfen, Surinamer zu werden. Das Mädchen stellte sich als gewissenhaft heraus, unser Mogele gefiel ihr sogar, er müsse ein ziemlich cleverer Kerl sein, meinte sie, leierte ihm aber weitere dreihundert Euro heraus, und schließlich bekam Mogele als Ehemann einer Surinamerin einen surinamischen Pass. Im Konsulat von Surinam drückte man ein Auge zu, aber ich weiß nicht, ob auch denen noch ein paar Scheine zugesteckt werden mussten. Jedenfalls brachten sie die Papiere in Ordnung, und Mogele blieben am Ende noch zweitausend Dollar.

Wenn's drauf ankam, war Mogele aus Plechanow ein cleverer Kerl. Hätten andere bloß ebenso viel Grips!

Da's schon so gut lief, wollte er's gleich zum guten Ende führen: Er sagte dem Mädchen, sie würden sich in drei Monaten wieder scheiden lassen, worauf sie erwiderte, er sei ein guter Kerl und es täte ihr leid um ihn und die Scheidung würde noch mal fünfhundert Euro kosten. Er gab ihr dreihundert, den Rest gab er dem jungen Radscha in Verwahrung. Alles lief, wie er's sich gedacht hatte: Mit einem surinamischen Pass würde es viel leichter sein, eine Holländerin zu heiraten, natürlich auch nur zum Schein.

Wozu nahm er solche Plackereien auf sich? Wegen der Freiheit und nur deswegen. Anders als viele unserer Landsleute, die drauflosgehen, ohne zu wissen, was sie wozu machen, wollte er einfach frei sein, denn wenn du einen hiesigen Pass besitzt, bist du wer und 's gibt Arbeit, Unterstützung, dies und das. Bloß Geld hatte er nicht außer den nicht ganz zweitausend Dollar für schlechte Zeiten im Safe im *Schnellimbiss* der

Radschas. Er fand mal diese Arbeit, mal jene und mutete sich alles zu, Teller waschen wie *Schubkarren* schieben, und, o Wunder: Er sprang um sechs aus dem Bett! Wenn das seine Mutter gesehen hätte, wie die sich gefreut hätte. So sind die Georgier: arbeitsscheu in der Heimat, aber nicht im Ausland, Ehrenwort. Warum? Na weil du dort auf so was wie ein Morgen hoffen kannst, und nachdem das mit Surinam so gut geklappt hatte, legte Mogele noch einen Zahn zu.

Er hatte schon immer gern Hasch geraucht, und jetzt war er in dieser Stadt, sozusagen der Stadt der Kiffer, und Kiffen wurde ihm, verstehste, zur lieben Gewohnheit, und einen Dealer kannte er auch. Er streunte oft auf der Monnikenstraat herum, konnte ja schlecht in Gaststätten und Coffeeshops rauchen, schließlich war er kein hundsgewöhnlicher Tourist mehr.

Nach dem letzten Aufenthalt hatte er sich geschworen: Fixen würde er nie wieder. Auch in Tiflis hatte er, wenn er ausging, immer abgelehnt – weißt ja, wie das ist, da ergibt sich die Gelegenheit und die anderen wollen sich bei dir revanchieren, weil du sie früher mal freigehalten hast – also da hatte er immer abgelehnt, es hätte ihn mal fast umgebracht und so ein Leben wolle er nicht, aber wenn sie Hasch dahätten, na klar, *keine Frage*, da bin ich dabei. So war er eben. Wenn du dich nicht zu doll *rumtreibst*, wird Amsterdam dich auch nicht ausknocken, aber ab und zu riss es unseren guten Mogele doch mit sich fort. Da, wo's Rotlicht und Rummel gibt, weißte? Auf allerlei Volk triffste dort, und bei Mogele war's so, dass er mal arbeitete, mal feierte, arbeitete, feierte, und wenn er feierte, dann war er manchmal drei, vier Nächte lang nicht in dem Zimmer, das ihm die Radschas besorgt hatten.

Komische Leute traf er dort, wie sonst nirgends auf der Welt, auch wenn er nach ihnen gesucht hätte. Wie dieser Kumpel, den er hatte, ein Engländer, ein echter Pennbruder, wenn sie den irgendwo reinließen, klimperte er auf seiner Gitarre und bekam ein paar Groschen. Er wohnte hinter dem *Hauptbahnhof* in einem dieser engen kleinen Hotels mit Leitertreppen, wie wir sie zu unseren Dachböden haben, in einem Zimmer mit Gemeinschafts*bad* und *-toilette*. Auch Mogele hatte kein Zimmer, das man Wohnung hätte nennen können: Das Klo stand hinter einem Vorhang mitten im Zimmer mit der *Wasserspülung* an der Wand, aber das Gemeinschaftsbad des Engländers war noch schärfer. Dem machte das aber nichts aus, er war ein *Penner*, hatte einen Schlafplatz, was zu rauchen, aß ab und zu eine Kleinigkeit, verhungert ist dort noch keiner, so was gibt's nicht, es sei denn, du willst unbedingt verhungern.

Die beiden streunten gemeinsam rum und vertrieben sich die Zeit.

Dann ergab sich für Mogele unverhofft erneut die Chance zu heiraten; auch dieses Mädchen kam aus Surinam, war Kellnerin, und für zweitausend Dollar ließ sie sich heiraten. Sie arbeitete in einem Café, ihre Mutter war eine Hiesige und der Vater Surinamer. Dieses Surinam würde ich ja gern mal sehen, das nimmt ja kein Ende, wo das wohl liegt und wie groß es ist? Mogele packte die Gelegenheit beim Schopf, ließ sich von der ersten Frau scheiden und heiratete die zweite, wobei das Geld, das er noch bei den Radschas hatte, komplett an die zweite ging, die ihm dafür einen holländischen Pass ans Herz drücken würde.

»Jetzt bist du ein gemachter Mann«, sagte der Engländer, »lass dich in einem Jahr wieder von ihr scheiden, und alles wird gut.«

Alles lief wie am Schnürchen.

Aber weißte was? Die Radschas warnten ihn: Die erste, die sei ja Surinamerin gewesen und deshalb sei's egal gewesen, aber diese jetzt, mit der würde er ausgefragt werden, was sie möge, wie sie sich kleide und so weiter, er würde in die Klemme geraten, und deshalb müsste er eine Weile mit der Frau zusammenleben. »Zeig dem Mädchen ein bisschen Geld, dann ist ihr das alles egal.« Und so lebten sie einen Monat zusammen, trafen sich abends, gingen spazieren und unterhielten sich darüber, wer was mochte und gut fand, und alles lief bestens, aber es kam wiederum so raus, dass das Mädchen meinte, er sei gar kein so übler Kerl, und wenn sie sich schon regelmäßig träfen, sollten sie auch Freunde sein. Sie war aber nicht so eine, die sofort mit dir ins Bett hüpft und sich um Brot und Käse und deine Klamotten kümmert, sie wollte eine solide Freundschaft, und eine gute Freundin an so einem Ort ist ziemlich viel wert. Denn, Mann, wer hätte sich sonst mit dir anfreunden wollen? Du bist ein Dahergelaufener, ständig wirste gefragt: Wer biste? Woher kommste? Warum biste hier?, die Einheimischen sind alle mit sich selbst beschäftigt, mit den Nachbarn kommunizieren sie schriftlich, hier geht keiner runter in den Hof und sitzt von morgens bis abends mit dir rum.

Jedenfalls, sie sprachen sich ab, und das Mädchen stand dann bei der Behörde in einer Weise Rede und Antwort, dass alle große Augen machten: So eine Liebe ist uns noch gar nie untergekommen, kaum zu glauben, dass es so was noch gibt! Mogele bekam nichts mit von alledem, sie sprachen ja Holländisch untereinander und mit ihm Englisch, dann wurden sie argwöhnisch wegen des surinamischen Passes und so, die Exfrau wurde vorgeladen und heimlich befragt, die rief danach die Radschas an und bat sie, ihm auszurichten, sie hätte ausgesagt, sie hätten halt nicht zueinander gepasst, aber eigentlich wäre er in Ordnung, und sie hätten sie lauter Details über ihn gefragt, die sie den Radschas weitererzählte, damit er im Bilde war, und die ganze Geschichte ging gut aus: Man sah, dass er Arbeit hatte und auch sonst anständig war, und irgendwie ließ man die Ehe durchgehen. Eineinhalb Monate später stellte er den Antrag auf den holländischen Pass, die zweite Frau half ihm dabei, sie mussten wieder zu einer Befragung, man fragte ihn nach Sprachkenntnissen und Ähnlichem und setzte ihm eine Frist von sechs Monaten, wonach er tatsächlich Holländisch radebrechen konnte und mit der Zeit sogar immer besser wurde. Wo ein Wille ist, ist auch ein Weg. Wenn du in der Fremde lebst und 's gibt keinen anderen Ausweg, lernste irgendwann die fremde Sprache sprechen. Außerdem war er ein studierter junger Mann, Englisch konnte er schon, und wenn du was ständig hörst, dann merkst du's dir auch.

Es gab noch andere Georgier in Amsterdam, aber er hielt sich von ihnen fern, schließlich hatte er sein Land wegen den Georgiern verlassen, von Georgiern hatte er genug. Wenn ihm einer begegnete, sah der eh gleich, dass er, Mogele, ein noch größerer *Herumtreiber* war und aus ihm kein Nutzen zu ziehen war, also was interessierte er sie? Triffst du einen Georgier, so misst er dich nämlich von Kopf bis Fuß und überlegt, welchen Nutzen du für ihn haben könntest, und wenn er sieht, dass es dir schlechter geht als ihm selber, lässt er dich links liegen.

Ein paar von denen klauten, gaben an, sie hätten dies und jenes gestohlen, wollten ihn ein paarmal mitnehmen, aber er war nicht auf krumme Touren aus, und sie ließen ihn in Ruhe. Ein paarmal passte er auf gestohlene Ware auf, sie merkten jedoch bald, dass er keine nähere Bekanntschaft wünschte, und so ging jeder seiner Wege; wenn sie sich hier und da begegneten, war's bloßer Zufall, denn Telefon hatte er nicht, und wollte einer was von ihm, musste er ihn aufs Geratewohl zu Hause erwischen. Das war ihnen alles zu anstrengend.

So war das mit ihm und so schlug er sich irgendwie durch.

Er lebte das Leben, das er leben wollte, und war zufrieden. So wenig ein Mensch braucht, wenn dieses Wenige nicht dort ist, wo er geboren und aufgewachsen ist, bricht er die Zelte ab und zieht weg und sucht und sucht, und wenn er's findet, dann geht's ihm gut. Darum geht's, um nichts anderes. Alles ist gut, wenn ein Mensch das Seine findet und zur Ruhe kommt; ist er hingegen unersättlich, dann bleibt er unersättlich, egal wo, hier und auch in Amsterdam und auch drüben in Sibirien, wo – dreimal auf Holz geklopft! – die Hochsicherheitsgefängnisse sind.

WIE MOGELE DEM MÄDCHEN BEGEGNETE

Verstehste eigentlich, wieso ich den Namen des Hotels von diesem Engländer nicht erwähne?

Weil's nicht nötig ist, dass dort rumgestochert wird. Ich bin ja kein, wie heißt das noch mal ... *Egal*, Ort und Lage tun nun mal nichts zur Sache, denn das Ganze hätte in jeder beliebigen Stadt passieren können.

Ja, mehr noch als in Amsterdam hätte es anderswo passieren können, weil, verglichen mit anderen Städten ist Amsterdam recht klein, und je größer eine Stadt ist, umso eher kommt's vor, dass ein Mann einsam ist und sein Leben lang kein Mensch nach ihm fragt. Drüben sind Halb-Freundschaften weit verbreitet, 's ist nicht so wie bei uns, wo wir füreinander das letzte Hemd hergeben. Keiner fragt nach dir, außer du hast gleich zu Anfang jemand gefunden, so einen Halb-Freund eben.

Nur, unter solchen Umständen würd ich gar nicht wollen, dass jemand nach mir fragt, und lieber allein für mich sein – ihr könnt mich alle mal gern haben! Das geht in solchen Städten am besten. Du lässt dich sinken wie ein Wels im See und bleibst still am Boden. Kriegst du Hunger, kommst du hoch und lässt dich dann wieder sinken.

Also, damit will ich auch sagen, 's gibt jede Menge Leute, die sich verstecken und vergraben und unauffindbar sind. Nicht mal die Interpol spürt sie auf, und wer sonst sollte sie dann finden?

So war's zum Beispiel mit diesem Engländer, Charlie, bei dem im Zimmer sich Mogele die Zeit vertrieb, in dem Hotel, von dessen Treppen ich vorhin sprach. Wenn dir auf denen jemand entgegenkommt, kommste nicht einfach an ihm vorbei, nein, du musst dich an die Wand drücken. Weißte, wieso? Boden ist teuer und rar. Die bauen dort, damit's grade so reinpasst, ein paarmal schon hab ich gedacht: ›Junge, wenn einer hier stirbt, wie wollen die ihn da rausbringen? Den Sarg kriegste doch gar nicht gewendet‹, bloß, wo gibt's dort bitte schön Särge, man wird in eine Zellophantüte gepackt und bequem hinausgetragen, zu einem anderen Ort, wo dann die Totenfeier abgehalten wird.

Tja, sogar Ratten kannst du in diesem Hotel auf der Treppe begegnen: Wenn du im Zimmer irgendwas Essbares lässt, Chips oder so, kommen sie und fangen an rumzuschnüffeln. Die Treppenstufen sind weit auseinander, so wie wenn du bei uns zwo auf einmal nimmst, und eines Morgens, so ungefähr bei Morgendämmerung, sagte Mogele, der damals Arbeit hatte, er ginge jetzt, und ist übernächtigt diese Stufen runtergestiegen, weißte, wie? Wie wenn ein Betrunkener im vierten Gang einen Hang runtersausen würde, so. (Ich bin mal mit einem Freund aufs Dorf gefahren, in einem »Kolchosnik«-Jeep. Ich so: »Was machst du da?«, und er: »Moment, lass mich mal im vierten Gang runterbrettern.« Das wünschste deinem schlimmsten Feind nicht, wie wir da runtergebrettert sind.)

Also, er rennt die steile Treppe runter bis, glaub ich, zum zwoten Stock, da prallt er mit einer Frau zusammen, hat sie zwar gesehen, kann aber nicht mehr stoppen, und sie schafft's nicht mehr rechtzeitig zur Seite, er klammert sich an sie, um sich im Gleichgewicht zu halten, und sie kommen stolpernd und hüpfend in der *Kehre* an der Wand zum Stehen. Gott sei Dank, brachen sie sich nichts, denn mit Knochenaufsammeln wär da nichts gewesen. Sie hält einen Wischmopp und einen Eimer in der Hand und entschuldigt sich, wie sich's gehört, denn das Wasser aus dem Eimer ist beiden auf die Füße geschwappt. Er nimmt ihr den Eimer aus der Hand, macht, was man in so einer Situation eben macht, was weiß ich. »Nichts passiert, nichts passiert«, sagt die Frau auf Holländisch, und weil Mogele eben Mogele ist, verstehste, interessiert's ihn, wo sie herkommt, er hat einen hungrigen Blick, späht einer Frau noch nach, wenn er in der *Grube* unter einem Auto steht, und er denkt: ›Italienerin kann sie nicht sein, Spanierin auch nicht, die würden nie in so 'nem Hotel putzen. Na, vielleicht Rumänin oder Portugiesin oder so‹, und während er sie ansieht, denkt er auch: ›Junge, Junge, nicht schlecht‹, und hält sie immer noch gegen die Wand gedrückt, aber der Knöchel tut ihm weh, denn er hat sich den Fuß verstaucht.

Ja, lach nur, lach, das Ende wird dann nicht mehr so lustig.

»Entschuldigung«, sagt Mogele und murmelt auf Georgisch: »Dass hier überhaupt jemand putzt, hätte ich nie gedacht.« Wieso er das sagte? Weil er ziemlich fies sein konnte und weil er, nachdem er an Rumänin und Bosnierin gedacht hatte, auch Georgierin in Betracht ziehen musste.

Die Frau sieht ihn ebenfalls an, misst ihn von Kopf bis Fuß und noch einmal von unten nach oben, sagt aber nichts, befreit sich von ihm, nimmt ihren Wischmopp und Eimer, steigt weiter die Treppe hoch und lässt unseren Mogele stehen.

Mogele bleibt, wo er ist, kann sich's aber nicht verkneifen, ihr hinterherzurufen: »Mädchen, bist du Georgierin?«

Sie dreht sich um: »Und wenn?«

»Nichts, gar nichts. Was muss ich ausgerechnet eine Georgierin plattmachen, nichts für ungut. Bist du schon lange hier?«

»Ja«, sagt sie.

Tja, sie stand so schön oben auf der Treppe, in ihrem *Arbeitskittel* und ein wenig mitleiderregend, aber trotzdem irgendwie klasse. Wo sie studiere, fragte Mogele; wie eine Studentin sah sie zwar nicht aus, aber dennoch.

»Da, wo du studierst.« Sie schien ganz schön schlagfertig zu sein. »So, wie du mich hier gegen die Wand gepresst hast, musst du ja im Flachlegen richtig gut sein.«

Weißte, was sich jetzt herausstellte?

Offenbar war er ihr schon aufgefallen, er gehe doch bei diesem versifften Kerl, der oben wohne, ein und aus, und immer zugedröhnt sei er. Habe eine *sumpfbraune Sonnenbrille* auf und laufe herum, als sei er wer.

Sie seien hier in Amsterdam, was sie sich denn vorstelle, wozu man hier sei.

Wer auch immer zum Cannabisrauchen hier sei, sie gehöre nicht dazu, sagte sie.

Wieso sie dann hier sei?

Da schwieg das Mädchen, dann lachte sie, sie konnte sehr herzhaft lachen, und sie gefiel Mogele: ›Ein feines Mädel‹, dachte er.

Sie warf ihm einen Blick zu und erwiderte plötzlich bitter: »Wieso ich hier bin? Wegen der Freiheit.«

Mogele aus Plechanow blieb weiter, wo er war, und sah ihr in die Augen.

›Auch für sie ist das Leben eine Plackerei‹, dachte er, ›sie denkt genau wie ich.‹

»Ich muss jetzt zur Arbeit«, sagte er. »Die paar Groschen ist's mir wert«, und er fragte sie, ob er sie wiedersehen könne und wo.

»Ich finde dich, falls nötig«, sagte sie.

»Warum denn auf diese Art?«, fragte er. »Ich bin nicht dein Feind, ich bin Georgier wie du und auch kein Goimi oder so.« Was lieben die Tifliser dieses Wort! Wenn du ihre Lieblingswörter aufzählen wolltest, käme es wahllos benutzt gleich nach *drasti-snakomi**.

»Nein, bist du nicht«, sagte sie, »aber jetzt muss ich wirklich los, Zimmer aufräumen.«

»Echt schwer, die aufzuräumen, richtige Müllhalden sind das, du tust mir leid.«

»Du siehst auch nicht gerade aus, als würdest du beim Gerichtshof in Den Haag arbeiten.«

»Ich arbeite hier und dort. Was halt grad so anfällt.«

* Hallo / Wie läuft's, Kumpel / Alter

»Meine Güte, was musst du fleißig sein! Bist du alleine hier?«

»Ja, ich bin allein, aber dafür hab ich meine Ruhe. He, Mädel, ich komm zu spät zum *Schubkarren*-Schieben, ich arbeite in einem *Feinkost*-Warenlager, verrat du mir jetzt doch, wo ich dich finde, ich freu mich immer, wenn ich anständige Menschen wiederseh.« Er bohrte und bohrte.

»Ich find dich«, sagte das Mädchen, sie gehe Georgiern aus dem Weg, worauf Mogele entgegnete, er sei kein Georgier, er sei Surinamer und würde bald Holländer werden.

Darüber mussten sie, oben wie unten an der Treppe, sehr lachen. Und das Mädchen sagte: »Ach geh! Nur dass du's weißt, als Besitzer so einer Nase wirst du nie Holländer.«

Darauf gingen sie auseinander, er wollte noch ihren Namen wissen, aber sie verriet ihn ihm nicht: Wozu er den wissen wolle, sie würde ihn finden, wenn sie's für notwendig halte.

Irgendwie muss sie die Notwendigkeit wohl gesehen haben, denn schon kurz danach trafen sie sich wieder.

Für Treffen dieser Art ist Amsterdam eine schöne Stadt, vielleicht liegt's an der frischen Luft oder den Kanälen, wer weiß, irgendwie ist alles echt, und rundherum belästigt einen nirgends wie bei uns der Gestank nach herumstehendem Abfall.

WIE DIE GESCHICHTE WEITERGING UND ES ZU DEM NAMEN »ROSE VON SOWIESO« KAM

Weißte, wie zärtlich er zu ihr war und wie liebevoll, so zärtlich, wie er noch nie zu jemand gewesen war.

Weißte, wie bei einem Stein, den er erst geduldig zerstieß, dann zermahlte, und wo er lag, wären Blumen gesprossen, so zärtlich war er. Wie wenn der Asphalt in der Stadt sich wölbt und eine Pflanze sich Bahn bricht. So war's bei uns zu Hause einmal, als ein Maulbeerbaum durch den Belag auf der Veranda meiner Tante brach, glatt durchbrochen hat er ihn und ist emporgekommen, in die Höhe gewachsen, weißte, und die Unseren wollten ihn abschneiden, sie hätten schon einen Maulbeerbaum und er sei bloß ein Sämling. »Mann«, hab ich gesagt, »der hat's geschafft, durch den Beton zu kommen, wisst ihr, wie schwer das war? Und jetzt, wo er ausschlägt, wollt ihr ihn abschneiden? Ihr hättet ihn früher auslochen müssen, da wär's weniger schad gewesen.« Sie haben auf mich gehört, die Cousins haben ihn nicht angerührt, und so steht er noch heute.

Ja, so ähnlich war's mit Mogeles Geschichte in der großen Stadt, sie wuchs, wie in einem guten Frühling alles wächst, durch nichts aufzuhalten, außer mit so was Unseligem wie einer Motorsäge. Ganz ähnlich war das, von innen besehen, und was ich dir jetzt erzähle, kannst du nennen, wie du willst, aber 's ist eine wirklich schöne Geschichte, egal, ob du's nun Liebesaffäre nennst oder, wie manch einer, Herumhuren.

Herumhuren nennen's mit loser Zunge die, die selber nie dergleichen erlebt haben, und weil's nur die wenigsten je erleben werden, bleibt's in ihren Augen Herumhuren. Ich seh das nicht so. Ich schau drauf, was das Herz tut, und wenn da nichts aus Eigennutz geschieht und auch nicht deswegen, worunter manche Frauen leiden, nämlich Mannstollheit, dann ist einer, der so eine Herzensgeschichte Herumhuren nennt, selber eine Hure.

Diese Geschichte ist was ganz Besonderes, in den Himmel geschrieben ist sie irgendwie, und für so was haben unsere Leute noch nie Verständnis gehabt. Sie beobachten andere für ihr Leben gern und lästern hinterher über sie, aber was die Liebe angeht, sind sie verschlossen, als könnten sie sie nicht zulassen.

Wenn du wüsstest, wie zärtlich er zu ihr war, wie liebevoll, wie rührend, kein Härchen ließ er unbeachtet an ihr. Kein Härchen. Worum sonst ginge es in der Liebe als darum, bis zum Letzten zu gehen und dass rundrum nichts anderes existiert als sie? Aber jeder hält sich immer mit irgendwas zurück, sowohl die Frau als auch der Mann. Behält was für sich, weil, sie wollen einander zwar, sie freuen sich aneinander, aber das Leben ist eben so, dass du immer was zurückhältst. Ich weiß nicht, ob sich's bei anderen Nationen ebenso verhält, aber bei uns ist's so, dass wir nicht bis zum Letzten gehen, denn immer ist da der Zweifel: Na gut, morgen vielleicht nicht, aber wenn ich übermorgen aufwach, ist's bestimmt zu Ende, und ist's nicht zu Ende, ist trotzdem was vorüber, ist er (oder sie) mir nichts, dir nichts weg, verschwunden, und dann geht's los mit Ratatai-Ratatai und Taia-Tia-Watatai, mit Getuschel und Getratsche, und dann bereust du vielleicht, dass du so und so zu ihm oder ihr gewesen bist, nichts zurückbehalten hast und es jetzt aber aussieht, als wär da nichts Ernsthaftes gewesen und deine Zärtlichkeiten und was du getan hast, nichts wert.

Oft ist's ja so, dass ein Blick eine Frau und einen Mann zusammenbringt, sie tauschen Blicke, der eine tut einen Schritt über die *Grenze* und der andere ebenfalls, näher und näher.

Frauen denken ja eher: ›Nicht dass er mich für eine Hure hält‹, und sind vorsichtig, aber Mogele war nicht einer von denen, wie's sie in Tiflis gibt, die für manche Dinge keinen Blick haben und dann werweißen: Wieso hat sie das gesagt, wieso hat sie sich so verhalten, was ist das für ein *Benehmen* und so? Die haben nicht den richtigen Blick. Früher wusste man Bescheid, heute nicht mehr so. Modern nennt sich das, sie sind modern, sagen sie.

Na, darum geht's jetzt aber nicht. Es geht darum, dass du nie wissen kannst, was ein Mensch alles durchmachen musste, welche Qualen und Verletzungen und was sie nach sich gezogen haben, was für Folgen.

Mogele war einer, der denken konnte und dem auch vieles zu Herzen ging, er sah immer, was Sache war, dagegen ließ er sich nicht leicht in sein eigenes Herz hineinschauen, und deshalb konnte man auch nicht leicht was für ihn tun.

Wenn du wüsstest, wie zärtlich er zu ihr war! Als könnte sie diese Welt jeden Augenblick verlassen und er sie nicht gehen lassen, so. Als hätte er Angst, es gäbe kein Morgen. Wie viele Tränen und wie viel Wärme er hatte und woher so schnell und so ... Diese Kraft, woher nahm er sie? Mogele aus Plechanow begriff's einfach nicht, er lag mit offenen Augen da und fragte sich ständig, woher und wieso, und frotzelte: ›Bin ich so ein einzigartig klasse Typ, dass mir so was passiert?‹

Sie war kein einfaches Mädchen, sondern aus guter Familie und gebildet, weitgereist und beherrschte alles Nötige aus dem Effeff.

Weißt ja, in Amsterdam spazierst du rum und guckst dir Gemälde an; bist du *Fan* davon, gibt's dort alles, was je gemalt worden ist, und dieses Mädchen war Spezialistin in Sachen Bildern. Sie liebte Gemälde und alles, was damit zusammenhängt, sie kannte sich aus und schleppte Mogele immer mit, an solchen Orten würde er auf keine Georgier treffen, sie führte ihn herum, in die Museen und woanders hin, sein ganzes Geld gab er in Museen und Buchläden aus. Damit du's weißt: Hier traf man tatsächlich auf keine Georgier. Wer vergeudet schon seine Zeit in Museen, wenn's De Wallen gibt? Dabei sind diese Gemälde wertvoll, sehr wertvoll, egal, Mogele sagte zu ihr: »Bücher und Gemälde hab ich zu Hause in Tiflis jede Menge, hauen wir ab und ich zeig sie dir.«

Das war ein Scherz, denn zurück wollte er natürlich nicht.

Alles lief wunderbar, und genauso fühlte sich's auch an.

Der Engländer wunderte sich: »Junge, Freundin hin oder her, wieso lässt du dich nicht mehr blicken?«

Wie, woran man sähe, dass er eine Freundin habe? Denn das Haschen hatte er nicht aufgegeben, die Frau hatte gesagt, es störe sie nicht, er sei eben, wie er sei, ein *Rumtreiber* und echter Mensch, eine Mischung aus feinem Kerl und Nichtsnutz, deshalb gefalle er ihr, wahrscheinlich habe sie so viele Möchtegerne und ehemalige Tunichtgute um sich gehabt – außen hui, innen pfui –, dass sie diese nicht mehr interessierten.

Jedenfalls, Mogele beobachtete sie und was zwischen ihnen geschah, er konnte nicht mehr auf Abstand bleiben, denn sie war eine, die ihn, selbst wenn sie ihm vollkommen fremd gewesen wäre, nicht abgeschreckt hätte, so offen hatte sich ihm gegenüber eine Frau noch nie gezeigt, mit so einer Einstellung und solchem Herz, nichts behielt sie darin zurück, außer den Sorgen, sodass er manchmal zu ihr sagte: »Wo hast du dein Herz? Lass mich mal horchen.« Wahrscheinlich waren sie einander das, was Mann und Frau, wenn die Zeit da ist, einander sein sollen. Wer weiß schon, was sich im Inneren abspielt, dahin lässt dich keiner sehen, aber Mogele machte keinen *Rückzieher* mehr, weil, so das Herz geöffnet hatte ihm noch keine, egal, wie viele Frauen er schon gehabt und was er schon alles zu sehen bekommen hatte.

Wenn du wüsstest, wie zärtlich er zu ihr war!, als gäb's nichts anderes, entweder du stirbst oder du lebst weiter wie vorher. Wie in dem Film, falls du den mal gesehen hast, diesem japanischen Film, wo das Mädchen und der Junge zusammen sterben, weil, sie werden mit dem Druck von außen nicht fertig und beschließen: »Lass uns zusammen in den Tod gehen – zum Teufel mit denen.« So ungefähr. Vereint im Tod, egal, wie das Leben euch umhergewirbelt hat, jenseits davon seid ihr nicht mehr getrennt jeder für sich. Ich red von Mogele: Es hatte ihn erwischt, er dachte nur noch das eine, verlor das logische Denken, oder wie man das nennt, nicht zum Mitanzuschauen war's, eine Frau und ein Mann so voneinander durchdrungen, wie muss sich das anfühlen, denk mal drüber nach, falls du Köpfchen hast.

Jedenfalls, sie liefen herum, gingen jeder für sich ihrer Beschäftigung nach und suchten doch den ganzen Tag nur nacheinander. Mann, ringsherum war Amsterdam! Amsterdam, das dich bis oben hin eindeckt mit seiner gemalten Pracht.

Wenn's so steht und die Frau bei dir Zuflucht sucht, sich so an dich schmiegt, dir so vertraut, dich so liebevoll anschaut, fragst du dich, falls du nicht völlig dumm bist, unweigerlich: Wer bin ich für sie?

»Liebst du mich?«, fragte sie ihn einmal. »Ich frag das, weil ich bis jetzt nicht gewusst hab, wie ein Mann liebt. Wenn Liebe das ist, was du und ich jetzt haben, dann lohnt sich's, dafür zu sterben.«

Weißte, Mogele aus Plechanow war ein spezieller Typ. Er hätte nie gesagt: Ich liebe dich, ich würde sterben für dich, denn er hatte einmal geliebt, und was er damals erlebte und mit welcher Macht es ihn überkam, hatte er danach nie wieder erlebt, hatte nie wieder so in Flammen gestanden. Ein einziges Mal hatte er's erlebt und danach nie wieder, abgetötet hatte er's in seinem Herzen, damit er so was nie wieder durchmachen müsste. Sich deshalb Drogen zu spritzen, das tat er nicht, aber er nahm sich vor: Wenn eine Frau, dann nur als Geliebte, sonst lieber gar keine, und so hatte er's bislang gehalten.

Doch jetzt hier mit diesem Mädchen ging's ihm anders, er strahlte wie dazumal, und er schaute sie an: ›Ist das wie damals mit ihr, oder mehr noch?‹ Aber er schwieg, sodass sie sagte: »Wir sind doch keine kleinen Kinder und spielen Himmel und Hölle, springen von Kästchen zu Kästchen oder brennen in der Hölle« – scherzen konnte sie – »ich verlang nichts, dass du's weißt, ich will nichts von dir, ich will dich so, wie wir jetzt sind, Habenichtse ohne alles außer uns selbst.

Soll ich dir sagen, wer du für mich bist? Du bist die Antwort auf alles, was ich bisher erlebt hab, auf das Leben, das ich hatte, und auf den Kummer und das Unglück. Und was ich Unglücksmensch im Leben bisher gemacht hab, ob ich vorwärts oder rückwärts gegangen bin, ich hab's richtig gemacht, weil du so bist, wie du bist, und auch wenn ich dich jetzt gefragt hab, ob du mich liebst, gib mir keine Antwort, so gern wir Frauen sie hören wollen von den Männern, aber deine Blicke und dein Verhalten sagen mir mehr als alle Worte.« Das sagte sie, und Mogele aus Plechanow staunte: So was hatte ihm noch niemand gesagt, solche Worte, schon als Kind hatte ihn keiner verstanden, abgesehen von vielleicht ein, zwei Menschen, die seine Freunde waren.

Dass er für eine Frau gestorben wär und sie sich freute, wenn er für sie starb, das glaubte er hinter sich zu haben, doch siehe da, es hatte ihn wieder eingeholt, ach, was ist das Leben rätselhaft!

Über eins wunderte er sich: Sie schien aus guter Familie, hatte so einen Gang und eine Haltung, dass er sich fragte, wer sie so allein auf sich gestellt hatte gehen lassen, hatte sie keinen Ehemann oder sonst eine Menschenseele, diese junge, gebildete, in der Fremde gestrandete Frau?

Jedenfalls, Mogele aus Plechanow lag nachts neben ihr, seine Gedanken ließen ihn nicht schlafen, und so strich er mit dem Finger den Körper der Schlafenden entlang, rauf und runter und runter und rauf. Fing mit der Schulter an und streichelte sie und dachte sich tausend Gedanken, küsste sie mal auf die Nase, mal sonst wo hin, sachte, ohne dass sie's merkte, weil er sich nicht als allzu zärtlichen Mann zeigen mochte, und wunderte sich, dass er das Bedürfnis hatte, eine Frau so zu behandeln, und dann begann er, sich einen Namen für sie auszudenken.

Irgendwo in irgendeinem Land wachsen Rosen, schönere findest du nirgendwo, und berühmt sind sie, in alten Zeiten in Gedichten besungen, und so nannte er sie nach der Rose von Sowieso. Als sie am Morgen erwachte, redete er sie gleich so an, ihr schien das nichts Neues, auch die Rosengedichte kannte sie, und sie wollte sich ausschütten vor Lachen. Wie er denn darauf käme, ein bisschen altmodisch sei das, und dass er sich in so was auskenne, hätte sie nicht gedacht.

Also sagte Mogele, er habe einen Freund, in Tiflis, der benutze immer solche Wörter und der würde ihr ziemlich gefallen, witzelte er, der sei so gebildet und belesen und nenne ab und zu seine Frau so, ihm habe das gefallen und die Erklärung seines Freunds auch, wie käme er sonst dazu, sich solche Namen auszudenken?

So war's, und seitdem rief er sie nie mehr bei ihrem richtigen Namen, »Rose von Sowieso« nannte er sie, so rief er nach ihr, gleichzeitig war's ein wenig lächerlich, aber er tat's augenzwinkernd, im Scherz, und ihr gefiel's auch.

Er nannte sie so, weil sie ebenfalls einen umständlichen Namen für ihn hatte: Mogele aus Plechanow, denn damals, als er auf der Treppe mit ihr zusammengeprallt war, hatte er ihr so was erzählt. »Sag mir wenigstens, wer du bist, wenn du mich schon nicht in Ruhe lassen willst«, hatte sie gesagt, und er hatte sich in die Brust geworfen und erwidert: »Mogele bin ich, aus Plechanow, nicht aus Manhattan und auch nicht der Sohn der englischen Königin, dem die Frau gestorben ist.« Seitdem nannte sie ihn so. Als er nach einem Joint einmal in diesen *Schnellimbiss* ging, zusammen mit Aspin Radscha, in den »New York Pizza« Ecke Krass-Straße, Darmstadt-Straße oder wo, und er und Radscha Pizza verdrückten, beide mit glasigen Augen, du weißt ja, weswegen, war sie hereingekommen und hatte gesagt: »Hey, wie geht's dir, Mogele aus Plechanow?«

Fast wäre ihm die Pizza in die falsche Kehle geraten, und Radscha blieb natürlich der Mund offen, dem gefiel sie auch: »So schöne Frauen gibt's in deinem Land?!«

Wir sind schön, wir sind ein gutes Volk, bloß dass wir in der Scheiße sitzen, ansonsten kann uns keiner was. Wir können auch was leisten, falls wir uns nicht ständig gegenseitig beluchsen. Ich red hier nicht von Arbeit, ich red von der Liebe.

Was gibt's denn Besseres als die Liebe?

Nichts.

Die Rose von Sowieso …
Wie konnte ich nur vergessen, von wo?
Von Sowieso …

WIE MOGELE DIE ROSE VON SOWIESO VERLOR

Nun bleibt nicht mehr viel offen, weil, alles passierte auf georgische Art, endete auf georgische Art, denn wo Georgier sind, kann's gar nicht anders ausgehen. Sie wollen's so. So gefällt's ihnen und so finden sie's richtig, weil, genauso wie sie ihr eigenes Leben vermasseln, soll's auch allen neben ihnen ergehen. Anders erträgt's der Georgier nicht. Dreht durch. Mann, was geht's dich an, wo ich bin und was ich mach? Sind wir quitt? Dann geh ich jetzt, praschtschai-daswidania*. Aber nein, ums Verrecken nicht.

Und warum nicht?

Mogele hatte keine Ahnung, wie das Gestern und das Vorgestern dieser Frau aussahen, aber er war clever und dachte sich: ›Da gibt's was, woran sie sich lieber nicht erinnert, warum sonst erzählt sie mir tausend Sachen, lässt aber Manches weg?‹ Wenn ein Mann und eine Frau zusammen und ein Herz und eine Seele sind, geht ihnen der Gesprächsstoff nie aus, aber einiges wurde da bestimmt weggelassen. ›So ist das doch immer‹, dachte Mogele aus Plechanow. ›Wieso hat sie Flüchtlingspapiere und steht unter Regierungsschutz, da muss was anderes sein, ist doch schwer, Flüchtlingspapiere zu kriegen, einfach so, ohne Grund bekommst du doch nichts?‹ Sie hatte die Papiere, und Flüchtling zu sein ist ganz praktisch, du hast eine Wohnung, bekommst Sozialhilfe, bloß das Land ver-

* tschüss, auf Wiedersehen

lassen darfst du nicht. Wo solltest du auch hin? Was bist du überhaupt für ein Flüchtling, wenn du von dort wegwillst? Es gab da noch andere Sachen, aber in die Details gehen wir jetzt nicht. Weil, die Frau sagte: »Lass uns irgendwohin fahren, nach Venedig oder woandershin, Florenz wär auch gut, ist ganz einfach, obwohl, mit meinen Papieren hab ich doch etwas Angst.« Mogele erwiderte, sie hätten ja gar kein Geld, worauf sie sagte, das sei doch gar nicht sein Problem, sie würden schon so viel zusammenbringen, um ein Wochenende wegzufahren. Bloß, wenn du Flüchtling bist, hast du eine Weile keinen Pass, du hast nur diese vorläufigen Papiere in der Hand, und wenn jemand nach deinem Pass fragt, was machste dann? Es gibt zwar keine Grenzen mehr, und es stehen auch keine *Zöllner* mehr da, aber im Hotel und hier und dort, an tausend Orten verlangen sie einen Pass, verstehste? Sie machte sich so viele Gedanken, weil sie sich's so sehr wünschte, deshalb, und dann sagte sie: »Nitschewo, dann warten wir eben noch ein bisschen.« Auch Mogele hatte noch keinen holländischen Pass, er hatte den aus Surinam, hatte aber den Antrag schon gestellt, und seine zweite Frau, die Scheinehefrau, die so ein gutes Mädel war, würde den Radschas Bescheid geben, sobald ein Vorladungsschreiben eintraf. Er war nämlich bei der Frau gemeldet, weil, sie war ja seine Ehefrau.

Als die Rose von Sowieso davon erfuhr, lachte sie sich kaputt: »Du bist mir ja ein Polygamist!« Aber was tut man nicht alles, wenn man in Not ist. Und dann bekam er seinen Pass tatsächlich. »Einen Mann mit vier Pässen seh ich zum ersten Mal«, sagte die Rose von Sowieso. »*Maladez.*« Sie mussten beide lachen. »Noch dazu mit zwei Ehefrauen.«

»Wir lassen uns Ende des Jahres scheiden«, sagte Mogele. »Sie ist ein gutes Mädel, würde wirklich eine gute Ehefrau abgeben.«

Ab und zu jedoch wurde die Rose von Sowieso niedergeschlagen und verstummte dann einfach.

»Was ist los?«, fragte Mogele. Ihr Schweigen gefiel ihm nicht, denn sie war oft bedrückt, starrte irgendwohin, sagte aber: »Nein, nichts ist. Ich sag's dir, wenn was ist.«

Mogele jedoch war keiner, der nachhakte: ›Soll sie ihre Sorgen für sich behalten.‹

Er gab das Zimmer, das die Radschas ihm vermittelt hatten, auf und zog bei der Rose von Sowieso ein. Es war zwar sehr weit und in einem Wohnblock, aber es war eine richtige Wohnung, und wieso sollte er sein Geld sinnlos ausgeben – »Bleib, solange du willst«, hatte sie gesagt, ja, so was in der Art sagte sie oft –, drängte ihn geradezu, als könnte das Ganze nicht von Dauer sein, »es liegt ganz bei dir, ich vertrau dir«, und so zog er zu ihr, und sie freute sich. Sie freute sich echt. »Wie lange?«, fragte sie ständig, sodass er einmal zurückfragte: »Wieso fragst du immer wie lange, was misst du und wägst du und zählst du im Voraus, läuft doch alles gut, wart's doch mal ab, was stürmst du ständig vorwärts? Ich bin nicht einer, der unter Zwang was macht, was er gar nicht will.«

»Das weiß ich«, sagte die Rose von Sowieso, »das weiß ich bestens, deshalb bin ich auch an deiner Seite, und deshalb sag ich auch, du bist ein Geschenk des Lebens. Aber du weißt nicht, dass alles anders werden kann und was das Schicksal für dich bereithält.« Und dann fügte sie hinzu: »Macht nichts, macht nichts, lassen wir's dabei, solang's uns gut geht.«

Jedenfalls, eines Morgens sagte sie: »Ich hab eine Überraschung für dich. Du weißt doch, was eine Überraschung ist? Es ist was Schönes, und du musst es erraten. Aber erst hab ich was zu erledigen. Sollen wir uns am Abend in der Stadt treffen?« Und sie machten einen Treffpunkt aus.

Auch Mogele ging aus dem Haus, bummelte herum, ging bei seinem Dealer vorbei, guckte sich dies und das an, schlief auf dem Rasen, wachte auf und lief zum Treffpunkt. Sie kannten ein Café, nichts Besonderes und auch nicht teuer, Mogele hatte sie dorthin eingeladen, als sie sich zum zweiten Mal getroffen hatten. Das erste Mal war sie ja von sich aus hingekommen, als er Pizza essen war.

Nun, dann kam die Rose von Sowieso, setzte sich ihm gegenüber, zwinkerte ihm zu, rundum gut gelaunt, und fragt ihn: »Bist du bereit?« – »Ja«, sagt Mogele, und sie zieht einen langen bunten Umschlag heraus und legt ihn vor ihn hin. Mogele öffnet ihn umständlich, und zum Vorschein kommen Flugtickets und *Reisegutscheine* mit supertollen Fotos von Stränden und allerlei anderem. »Was ist denn das?«, fragt er. »Das sind Vouchers für die Karibik.« Der Ort hieß St. Martin. Viele Inseln, Neger, also kurz, einfach Männer und Frauen, eine Menge gekostet hatte sie das, und obendrauf lagen noch eintausendfünfhundert Euro, Taschengeld, falls man essen oder *feiern* geht oder so.

»Na, wie findest du das, kommst du mit?«, fragte sie. »Die *Reisegutscheine* hab ich heute geholt, hatte sie vorgebucht, die Zeit ist auch *genau* die richtige, dort ist immer schönes Wetter. Früher hat das mal zu Holland gehört, ist also deren Land, verstehst du, deshalb braucht man auch keine Papiere oder sonst was. Lass uns erst diese Reise machen, und danach gehen wir nach Venedig, das interessiert mich sehr und Florenz auch.«

›Jetzt sieh mal einer an, was für ein Mädel, was für ein großes Herz‹, dachte Mogele, ›bloß, woher hat sie das Geld, dass wir uns zwei Wochen amüsieren und hin- und zurückfliegen können?‹

»Kein Problem, ich spare schon lange dafür, und ich glaube, wir sollten uns mal was ganz Normales gönnen, damit du dich immer und ewig daran erinnerst.«

Darüber musste Mogele aus Plechanow lachen. »Was könnte mir denn passieren, dass ich dich vergesse?«, aber die Rose von Sowieso schüttelte den Kopf und erwiderte, davon rede sie nicht, sie sollten nur mal ganz für sich sein können, an einem guten Ort, dort sei's doch paradiesisch, oder nicht? Und man könne alles vergessen.

Gratulation, ein guter Ort war das, nur Fliegen musste man sieben bis acht Stunden, aber was ist schon Fliegen, man ist ja nicht allein, und wenn man gemeinsam fliegt, freut man sich umso mehr, ein wenig kann man auch schlafen während des Flugs, und schon ist man da. Was hat Fliegen sonst für einen Sinn, Hauptsache, die Zeit vergeht schnell.

Was soll ich sonst noch erzählen? Sie waren also dort, und die Rose von Sowieso hatte recht, Mogele war's noch nie so ergangen: So gut und aufgeräumt fühlte er sich, dass er sagte: »Ich bleib hier liegen, in diesem *Sand*, der *Sand* ist weiß, ich bleib hier liegen und steh mein Lebtag nie mehr auf.« Er war sowieso ein Sonnenanbeter, vertrug die Sonne gut, Gras gab's ebenfalls reichlich, aber darauf war er nicht mal aus. Nur einmal ging er auf Erkundungstour, weißte, nachts kommen die Einheimischen mit Fackeln, die rammen sie den ganzen Strand entlang ein, und zwar so, dass die Wellen sie nicht erreichen können, auch an Stellen weit weg, und das ist ein Zeichen, verstehste, für alle Männer und Frauen dort, Ehepaare wie frisch Verliebte, um sich voneinander entfernt hinzusetzen, im Flammenschein und in Hörweite des Meers, so sitzen sie, das Fackelfeuer spielt auf ihren Gesichtern, und manche küssen sich und manche gehen vielleicht weiter, aber sie sitzen ja zu weit auseinander, als dass sie einander genau sehen würden, und gut schlafen kann man dort auch, und so ließen Mogele und die Rose von Sowieso keine Nacht aus und kamen immer noch hierher, nachdem sie alle Bars besucht, getanzt hatten und so weiter, setzten sich nebeneinander und schauten einander an und machten noch ein bisschen mehr, was, geht uns nichts an, denn schließlich wollten sie einander und sie liebten sich, was wär da anderes zu erwarten gewesen?

»Was ist das, hast du was gefunden?«, fragt Mogele und streichelt ihr den Kopf. Sie ist wie häufig niedergeschlagen, lässt wie ein Kind langsam *Sand* durch die Faust rieseln: »Schau mal, so ist das Leben«, sagt sie, »wie lange du's auch festhältst, irgendwann wirst du doch müde, lässt ein wenig locker, und es verstreut sich so, siehst du, ohne dich zu fragen, also nimm's in die Hand und verstreu's, es ist besser, es immer wieder in die Hand zu nehmen und zu verstreuen.«

›Was die Frau nur daherredet‹, denkt er, aber lieber streichelt er sie, hat ihren Kopf in seinem Schoß und streichelt sie wie ein kleines Kätzchen. Und dann sind sie zurückgeflogen, denn auch so was geht mal zu Ende.

Sie flogen zurück und lebten ihr Leben in Amsterdam in ihrer Wohnung weiter; jetzt würde einiges besser werden, sagte sich Mogele. ›Ich warte noch diesen Winter ab, dann lass ich mich scheiden und wir lassen uns was einfallen.‹ Ahnung hatte er vom Eheleben nicht groß und war auch nicht sehr drauf versessen, aber da er ja nun den Pass hatte, wollte er, dass auch die Rose von Sowieso so einen besaß, und machte sich seine Überlegungen.

Die Rose von Sowieso war eine hochgescheite Frau, sie hatte irgendwelche Kurse ausfindig gemacht und ging regelmäßig hin. Die Urlaubsbräune war noch nicht verblasst, da passierte Folgendes:

Haste schon mal einen Toten gesehen? Genauso sah Mogele aus: Wie wenn du mit dem Messer auf ihn eingestochen hättest, ohne dass er blutete.

Er hatte mit ihr abgemacht, am Abend in ihrem Stammcafé zusammen was zu essen und dann nach Hause zu gehen.

Aber, Mann, die Rose von Sowieso war nicht erschienen.

Seit ihrem ersten Treffen war so was noch nie vorgekommen.

Es war noch nie vorgekommen, dass sie sich verabredet hatten und sie nicht gekommen war.

›Irgendwas ist faul‹, dachte Mogele, ›vielleicht ist sie krank geworden‹, und ging nach Hause.

Zu Hause war sie nicht. Das Haus war so, wie sie's am Morgen verlassen hatten, kein Teller war verrückt.

Mogele setzte sich und fing an zu grübeln.

Ihm fiel nichts ein. Wohin er auch schaute, er fand keinen Anhaltspunkt. Er schlug sich die Nacht um die Ohren, und am Morgen war die Rose von Sowieso noch immer nicht da. Er wusste, in welchem Hotel sie putzte, nicht mehr in dem des englischen Kumpels, sie war jetzt woanders, und dort sagte man ihm, gestern früh sei sie dagewesen, habe einiges stehen lassen und sei gegangen, wohin, wisse keiner, kein gutes Benehmen sei das. Sie putzte auch in einigen Privathäusern, die Adressen kannte er aber nicht, und such jetzt mal jemand in dieser großen Stadt! Er ging zu ihrem Kurslokal, dort hieß es, sie habe gestern und auch vorgestern die Kurse versäumt, sei nicht erschienen, was doch sehr verwunderlich sei.

Mogele drehte durch, die Lippen zusammengepresst, lief er hierhin und dahin, in der Hoffnung, sie irgendwo zu entdecken; er setzte sich wo hin und dachte nach und ging dann zu seiner Scheinehefrau: »Ich brauch deine Hilfe, schon den zweiten Tag ist meine Freundin nicht nach Hause gekommen, ich muss das der Polizei melden, wir sind doch Eheleute, also lass uns zusammen hingehen und sagen, sie sei unsere gemeinsame Freundin gewesen, ich werd sagen, wir seien zweimal bei ihr vorbeigegangen und sie sei nicht zu Hause gewesen und wir hätten Angst, ihr könnte was passiert sein.«

»Gut«, sagte die Scheinehefrau, die eine ganz besondere Frau war, »wart irgendwo auf mich, bis ich Arbeitsschluss hab.« Und am Abend gingen sie dann zusammen zur Polizei, dort sagte man ihnen, sie würden alles tun und sie benachrichtigen, man notierte ihre Nummer, die von der Scheinehefrau, und schickte sie nach Hause.

Mogele ging nach Hause, die Rose von Sowieso war immer noch nicht wieder da, war offenbar auch nicht dagewesen, und er sammelte schweren Herzens seine Siebensachen zusammen und ging zu den Radschas, bat sie, ihn für eine Weile aufzunehmen.

Was denn los sei, fragten die Radschas, und Aspin Radscha nahm ihn beiseite und fragte ihn aus.

Ganz schön betroffen war er da: »Wohin hätte sie denn gehen sollen, sie ist doch so eine Anhängliche, sie würde dich doch niemals einfach so verlassen?«, und sie ließen ihn bei sich unterkommen, ein, zwo Tage könne er bleiben.

Nicht ein, zwo Tage, sechs Tage dauerte es, bis die Polizei Mogeles Frau anrief. Sie hatten sie gefunden, wahrscheinlich hatten sie jeden Stein nach ihr umgedreht.

Sie hätte ihre Flüchtlingspapiere zurückgegeben, berichtete die Scheinehefrau, und sei in ihre Heimat zurückgekehrt, weil ihr dort keine Gefahr mehr drohe. Sie hätten sie eigentlich nicht gehen lassen wollen, aber sie hätte darauf bestanden, und auch der Anwalt aus der Heimat, den sie dabeihatte, hätte alles abgenickt.

Mogele wurde eiskalt, ihm blieb eiskalt, und wer ihn sah, dachte, der Mann sei starr und blind.

Weißt ja, was im Herzen eines Menschen vorgehen kann. Tausend Sachen gingen ihm durch den Kopf: ›Sie hat die *Reise* nur organisiert, um sich von mir zu verabschieden, mir ein Geschenk zu machen. Sie muss das schon vor Langem beschlossen haben, warum sonst hat sie ihre Anträge zurückgenommen, und außerdem, diesen Anwalt oder was der ist, wo hat sie den aufgetrieben?‹ Wenn so was passiert, denkt man immer das Schlimmste, so funktionieren Herz und Verstand des Menschen eben, aber egal, wie viel er grübelte, wohin er ging und woher er gerade kam, keine Sekunde lang dachte er, sie hätte ihn sitzenlassen.

Davon wollte er nichts wissen, nicht einmal denken konnte er das, und er fing wieder an zu haschen und sich auf De Wallen herumzutreiben. Ging wieder hin, suchte nach seinem Kumpel dem Engländer, fand ihn aber nicht, der war nicht mehr da.

Alles Mögliche versuchte er, rauchte, soff, schnupfte, haute sein ganzes Geld auf den Kopf und streunte zugedröhnt herum. Er sah in die Grachten, starrte aufs Wasser und konnte sich keinen Reim drauf machen und sie auch nicht aus seinem Herzen verbannen, begriff nicht, was geschehen war, und er zog den Wohnungsschlüssel heraus und warf ihn in einen Kanal, der Schlüssel gehörte ihr, die Wohnung ebenfalls, eine Flüchtlingswohnung, er hätte dort eh nicht bleiben dürfen, brauchte sie auch gar nicht mehr, wozu denn? Eines Morgens nahm er allen Mut zusammen, schaute in den Spiegel, ob er auch nicht zu schlimm aussah, zog sich an und ging zur Polizei: »Ja, sie mag ja in ihre Heimat zurückgekehrt sein, aber wieso hat sie dann all ihre Sachen zurückgelassen und sie nicht mitgenommen?«

»Das wissen wir nicht«, wurde ihm beschieden, »sie wollte es wohl so, und woher weißt du eigentlich, was sie mitgenommen hat und was nicht?«

»Wieso sollte ich das nicht wissen, ich weiß alles von ihr«, antwortete er. »Es muss was anderes dahinterstecken, als ihr denkt.«

Er war blank und musste sich was einfallen lassen, ewig konnte er nicht bei den Radschas bleiben.

Der ältere Radscha sagte, er würde ihm ein bisschen was leihen, er solle sich ein Zimmer nehmen, wieder zu sich kommen, er würde ihm einen Job organisieren, so herunterzukommen und sich kaputtzumachen wegen einer davongelaufenen Frau, das ginge nicht, er sei doch ein Mann. Wie wolle er zurechtkommen, wenn ihm im Leben Schlimmeres passierte?

»Was soll mir Schlimmeres passieren?« Mogele lachte bitter auf. »Mein Leben ist mir abhandengekommen, ich bin ins Café gegangen, und als ich rauskam, war es nicht mehr da.«

WARUM MOGELE DIE ROSE VON SOWIESO VERLOR UND WAS ER DANACH MACHTE

Niedergedrückt und ausgepumpt lief Mogele herum, eben wie ein Mann, der seine Geliebte sucht, die fort ist, und der nicht weiß, wo überhaupt er suchen soll und wie er in ihre Nähe kommt. Sollte er zurück nach Tiflis und sie dort suchen?

Vielleicht wäre das sogar richtig gewesen, aber die Frau war weg, und hinterherrennen konnte er ihr doch nicht. Welcher Mann macht so was?, würde jeder Mann denken, der Charakter hat und so erzogen worden ist, dass man den Kopf nicht gleich einzieht und auf die Knie fällt. Lieber erstickt er seine Gefühle und zeigt sie nicht, fleht nicht: Bring mich um und vernichte mich, aber lass mich in deine Nähe.

Mogele ertränkte seinen Kummer in Tiefen, aus denen ein anderer nicht zurückgefunden hätte, doch besaß er eine innere Kraft, die nicht zuließ, dass er völlig kaputtging. Obwohl er eigentlich selbst keine Grenzen kannte.

Nun, wie ging's weiter:

Mogele war bei »Burger King«, hatte sich was zu essen geholt und aß, aber wenn du gefragt hättest, wann er das letzte Mal gegessen habe, hätte er die Frage nicht verstanden, jedenfalls, er saß dort und aß, als ein Mann sich ihm gegenübersetzte. Es gab reichlich freie Plätze, aber der Typ setzte sich zu ihm, hatte ein Eis in der Hand und trug einen guten *grauen* Anzug und eine schwarze *Sonnenbrille*, das Kopfhaar hatte er glatt angeklatscht, und er schleckte also gemächlich sein Eis. An seiner Hand ein Männerring mit Edelstein. Mogele war fertig mit Essen, nahm sein *Tablett* und wollte gehen, als der Mann ihn anspricht, auf Georgisch: »'n Augenblick.«

»Was ist?«, fragt Mogele, und der Mann nimmt die Brille ab: Tatsächlich, ein Georgier, wie er im Buche steht, sogar einen etwas längeren Fingernagel am kleinen Finger hat er. Aber nicht so lang, wie diese Typen ihn üblicherweise tragen, sondern doch ein bisschen kürzer.

Mogele ist's nicht drum, zu fragen: »Boah, von wo bist du, was machst du hier, wie ich mich immer freu, wenn ich hier auf Georgier treff«, und ähnliches Blabla, aber der Mann sagt, er solle sich nochmals hinsetzen, er habe kurz was zu bereden, er kenne ihn gut, er sei doch Mogele aus Plechanow, über den man nichts Schlechtes höre, und ein *kai bitschi* müsse auf seinen Ruf achten, sonst sei's schnell vorbei.

›Na, der ist bestimmt schwarz hier‹, denkt Mogele. ›Der wird mir jetzt das Ohr abkauen‹, doch er setzt sich wieder hin, murmelt, eigentlich habe er's gerade sehr eilig.

Der Mann lacht: »Warum denn so eilig? Musst du dir einen Schuss setzen?«

Das gehe keinen was an, sagt Mogele, und schon gar nicht hier.

»Dann werd ich dir jetzt sagen, was mich angeht«, erwidert der andere.

Und er sagt ihm Folgendes: Was geschehen sei, sei geschehen, er habe ja von so einigem keine Ahnung und einem Mann könne man auch nicht verbieten, mit einer Frau zu schlafen, noch habe er im Voraus ahnen können, wie und was kommen würde. Eine Frau sei eine Frau, davon gäb's viele, und weil er keine Ahnung gehabt hätte, sei er heute noch am Leben und heil, sonst dümpelte er jetzt irgendwo in einer Gracht und keinen Menschen würd's kümmern. Ja, so sei das.

»Wer bist du, Mann, was zum Teufel willst du von mir?«, fragt Mogele. »Was hast du hier verloren, und was juckt's dich, bei wem ich ein und aus geh?«

»Es juckte mich nicht, wenn's mich nichts angehen tät«, sagt der Mann. Eine Weile schweigt er und fährt dann fort: »Wenn du meinen Namen wissen willst, ich heiße Flingo. Wie Flamingo, der Vogel«, und er lacht. »So nennen mich gute Menschen, und schlechte kommen nicht dazu, mich beim Namen zu nennen.«

»Was willst du von mir, Mann, ich versteh's nicht«, fragt Mogele erneut und denkt: ›Ich nehm jetzt dieses *Tablett* und hau's ihm über den Kopf.‹

»Was ich will? Du sollst die Frau, die fort ist, vergessen. Wir haben dir bereits einige Freiheiten erlaubt, weil du von nichts Ahnung hattest und der Patron der Frau ein grundgütiger Mann ist und sagte: ›Fasst mir den Jungen nicht an, er hatte doch keine Ahnung.‹ Deshalb bist du jetzt noch am Leben, und es wär nur recht und billig, wenn du Danke sagen würdest. Die Frau ist schon verheiratet, sie ist weggerannt, und jetzt haben wir sie wieder zurückgeholt, und du solltest bleiben, wo du bist, fang bloß nichts an, weil, sonst bezahlst du's mit dem Leben. Du siehst, wir sind keine Unmenschen, wir verzeihen dir alles, und 's wär gut, wenn du das einsähst, ansonsten hab ich gesagt, was ich zu sagen hatte. Mit einer verheirateten Frau rumzumachen, ist keine *kai-bitschi*-Art, aber du kommst ungeschoren davon, also setz das nicht aufs Spiel.«

Mit diesen Worten steht er auf und geht.

»Warte«, ruft ihm Mogele hinterher, »wo ist die Frau jetzt?« Und er ist klug genug, nicht gleich mit der *Gabel* zuzustechen.

»Da, wo sie hingehört, bei ihrem Mann.« Und dieser Flingo oder wie auch immer entfernt sich und lässt Mogele mit seinem *Tablett* allein.

Mogele hatte zwar kapiert, dass es sich, da sie ihn in Amsterdam so schnell gefunden hatten, um irgendwelche Mafiosi handeln musste, aber er war doch außerordentlich erstaunt, dass die Rose von Sowieso verheiratet und vor ihrem Mann weggerannt sein sollte. Deshalb war sie wohl immer so nachdenklich gewesen, weil sie wusste, dass sie sich von Mogele trennen musste, es ihm aber nicht sagen konnte. In der Tat hatte sie sich in der letzten Woche merkwürdig verhalten, ständig standen ihr die Tränen in den Augen, aber er hatte sich nichts dabei gedacht, hatte nicht genau hingesehen. Er dachte an die letzte Nacht zurück, bevor sie verschwand, wie anders sie da gewesen war, vollkommen anders. Irgendwie gespalten: Mal war sie da, mal plötzlich abwesend.

Was los war, hatte ihm der Mann ja nun erklärt, dieser Mafioso im »Burger King«.

Aber ganz so war's nicht, das sollte Mogele aus Plechanow später erfahren, im Nachhinein. Und da war sowieso alles anders.

So ist's nämlich gewesen:

Die Frau war anscheinend aus gutem Elternhaus. Erst vor Kurzem hatte sie ihre Mutter verloren. Sie studierte, war ein modernes Mädchen, und einer der Jungs warf ein Auge auf sie. Der war ein Kleinkrimineller, aber aus stinkreicher Familie, sein Vater zu kommunistischen Zeiten, als Georgier in Moskau gutes Geld machten, ein hohes Tier, so einer war das, aber, glaubste, der hat dort gelebt? Er lebte in Österreich, besaß dort so einiges, auch ganz Großes, und Sohn und Schwiegertochter reisten hin und her. Heute nennt man solche Typen »Businessmen«, aber sie haben auch irgendwie *Einfluss* in der Politik, zumindest hinter den Kulissen. Das Paar bekam jedoch keine Kinder, sie wurde nie schwanger und pilgerte von einem Arzt zum anderen, überall wurde ihnen gesagt, es liege nicht an ihr, sondern am Mann. Der dagegen wollte von Ärzten nichts wissen. Weißt ja, wie Männer sind. Es war auch nicht so wichtig, er war ein Abenteurer und machte Geschäfte mit dem Besitz seines Vaters und verstrickte sich dabei offenbar in irgendwas ... Ob er sich verstrickte oder nicht, ist jetzt schwer zu sagen. Eines Morgens ging er aus dem Haus und kehrte nicht mehr zurück. Weißte, was das heißt? Seit gut sieben, acht Jahren war er weg, er sei irgendwo in Russland umgebracht worden oder auch in Tiflis. Alle sagten das. Nur ihr Schwiegervater behauptete: »Mein Sohn ist noch am Leben, warte auf ihn.« Was gibt's da noch zu warten? Da kannste warten, bis du schwarz wirst. Ein Jahr verging, zwei Jahre vergingen, die junge Frau schwimmt zwar im Gold und egal, was sie sich wünscht, bekommt sie auch, aber was gab's da zu warten?

Jedenfalls, ihr Herz zieht's zu einem andern, worauf der Schwiegervater sie anruft: »Mach jetzt keinen Fehler, du bist meine Schwiegertochter, und meine Schwiegertochter lässt keinen andern ran, solange mein Sohn noch lebt.« – »Mensch, wie kann er noch am Leben sein?!«, sagt sie. Worauf er erwidert: »Sollte er nicht mehr am Leben sein, bring ihn mir tot, dann kannst du gehen, wohin zu willst.«

Die Frau überlegte lange und floh schließlich nach Amsterdam. Genau so ist's gewesen. Die Männer von ihrem Schwiegervater suchten sie, ohne sie zu finden, so gut versteckt war sie. Sie hat viel durchgemacht, jede Arbeit angenommen, sich abgemüht. Sie wurde aufgrund ihrer Geschichte als Flüchtling anerkannt, man sah, sie hatte Leid erfahren und war anständig, doch sie musste dauernd daran denken, der Teufel könnte sie aufspüren.

Und dann begegnete sie Mogele, und es geschah, was geschehen war, und sie sagte sich: ›Selbst wenn er mich ans Tor zum Jenseits schleppt, ich werde etwas haben, woran ich mich gern erinnere, diesem bösen Mann zum Trotz, den hab ich erst mal ausgetrickst.‹

Sie ahnte, etwas war faul, und dann wurde ihr klar, wo sie den Fehler gemacht hatte.

Sie hatte von ihrem Schwiegervater eine Bank*karte* bekommen, so eine, die man reinsteckt und 's kommt Geld raus. Er hatte ihr eine Art Rente ausgesetzt, davon hatte sie alles aufgespart, und als sie floh, floh sie sehr überlegt. Doch das Herz eines Menschen geht seine eigenen Wege. Sie hatte sich vorgenommen, sein Geld nie wieder anzufassen, die *Karte* aber dennoch mitgenommen.

Sie rührte sie auch nicht an, sie wusste, sobald sie sie benutzte, würden sie's rausfinden und nach ihr suchen. Georgier tun sich schwer mit solchen *Karten*, sie sind sie nicht gewohnt, aber die Frau wusste Bescheid, sie kam ja aus entsprechenden Kreisen. Und ihr Schwiegervater war gerissen: Nach ihrer Flucht hatte er das Konto nicht sperren lassen. Er wusste, eines Tages würd's ihr nicht gut gehen und sie müsste von dem Geld Gebrauch machen.

Nachdem sie Mogele kennengelernt hatte, dachte sie oft an das Geld; sie hatte zwanzigtausend Euro auf der Kante, damit konnte man einiges anstellen, aber sie rührte es nicht an. Deshalb hungerten sie auch schon mal, trotzdem, Hoffnung hatte sie nicht, war sich sicher, er würde sie auch aus einem Erdloch hervorholen, und so wurde der Gedanke immer stärker, die *Karte* zu nutzen, eben für diesen Aufenthalt am Meer.

Risiko nennt man das, sie hatte es riskiert, die *Karte* wäre ohnehin bald abgelaufen gewesen. Sie wollte mehr, denn sie war eine tiefsinnige Frau, die der Ansicht war, das Leben könne nicht immer gleich weitergehen, sie würde noch mehr Tränen und Schmerz ertragen müssen, und deshalb riskierte sie's. Und hatte kein Glück. Sie wurde erwischt, ihre Adresse war schnell rausgefunden, sie war in Amsterdam, und seine Männer kamen her und fanden sie.

Kein Georgier kann sich vor Georgiern verstecken, einen Anhaltspunkt gibt's immer, und falls sie doch mal suchen müssen, fragen sie herum.

So war auch sie gefunden worden.

Von alledem wusste Mogele nichts.

Über ihren verschwundenen Mann hatte sie nie mit ihm gesprochen, und das sagte sie auch den Männern, die nach Amsterdam gekommen waren. Diese drückten ihr ein Mobiltelefon in die Hand, ihr Schwiegervater wolle sie sprechen: »Du weißt wohl nicht mehr, wessen Schwiegertochter du bist? Was rennst du davon, was soll ich deinem Mann sagen, wenn er zurückkommt? Muss ich meinem Sohn sagen, seine Frau sei zur Hure geworden?«

Tja, bei uns wird das Wort Hurerei schnell in den Mund genommen, egal, ob's um Liebe geht. Man darf sich nicht verlieben, und fertig. Jedenfalls, sie schrie ihn an wie eine Wahnsinnige: »Dein Sohn ist tot, er ist tot, sie haben ihn umgebracht, und seither sind eine Menge Jahre vergangen«, worauf er nicht viel sagte außer, wenn sein Sohn tot sei, werde ein anderer dran glauben müssen. Er war kein Mann leerer Worte. »Denkst du, ich bring dich um? Wie könnte ich, du bist meine Schwiegertochter. Ihn werd ich töten«, sagte er über Mogele, »dann werden wir ja sehen, wie vergnügt du weiterlebst, wo du ihn doch so liebst. Also merk's dir, dir geschieht nichts, aber auf ihn werd ich jemand ansetzen«, und er legte auf.

Die Männer, Flingo oder wer auch immer, befahlen ihr, ihre Anträge zurückzuziehen. Das war seine Forderung: dass sie nach Tiflis zurückkehrte. Sie solle diesen Kerl – damit meinten sie Mogele – verlassen: »Los, mach, geh, ohne Spuren für ihn zu hinterlassen. Sagst du ihm auch nur ein Wort, präsentieren wir dir seinen Kopf hier auf dem *Fensterbrett*. Deswegen sind wir hier«, sagten sie und brachten sie zum Flüchtlings*amt*, und dort erzählte sie, sie sei Holland sehr dankbar, dass sie hier Zuflucht gefunden und man sich um sie gekümmert hätte, dass nun aber ihre Probleme gelöst seien und der hier ihr Anwalt sei, und der, der sie begleitete, wies sich auch als Anwalt aus, er habe einen Kontrakt mit der Frau und ihre Angelegenheiten seien alle erledigt. Was hätten die von der Behörde dagegen unternehmen können? Fast ein Jahr hatte sie auf ihre Papiere gewartet, und nun ging sie freiwillig wieder. Sie verlangten nur, dass sie die holländischen Papiere zurückgab, denn wenn man eine holländische *Aufenthaltserlaubnis* besaß, konnte man überallhin reisen, und mit einem georgischen Pass brauchte man immerhin ein Visum.

So wurde sie unter Druck gesetzt, und sie stimmte zu. Nicht dass sie so einfach zu brechen gewesen wär, aber sie wollte Mogele nicht in Schwierigkeiten bringen und ihre Probleme nicht zu seinen machen. Die anderen wussten das, und deswegen war sie ihnen so einfach zu Willen.

Einfach, wenn man's von außen betrachtet, aber innerlich zerbrach und zerbarst sie. Wer weiß schon, was in deinem Inneren passiert, solange du's nicht selber nach außen kehrst oder nicht innerlich so aufgefressen wirst, dass dir alles ins Gesicht geschrieben steht.

Sie lauerten und lauerten, und schließlich war sie in die Falle gegangen, weil sie das Geld ausgab, um ein Mal ans Meer zu fahren, und sie war im Feuer verbrannt. Sie hatte es um Mogeles willen gewollt, weil sie wusste, wie sehr er die Sonne liebte, seinetwegen hatte sie's gewollt, was Schönes sollte es sein, hatte sie gesagt, und sie hatte nicht gelogen.

So war das gewesen.

Mogele ahnte nichts davon.

Aber du kannst dir vorstellen, was er sich alles gedacht hat.

Nachdem er Flingo, oder wer zum Teufel das war, getroffen hatte, mied er den »Burger King« drei Tage lang, ging zu den Radschas und verabschiedete sich von ihnen, auch von seiner Scheinehefrau verabschiedete er sich, sagte ihr, wenn sie die Scheidung bräuchte, solle sie ihm schreiben, aber sie sagte, sie könne das Ganze schon irgendwie ohne ihn regeln, wünschte ihm alles Gute, er sei ein guter Kerl, Ehemann vielleicht nicht, es wär aber vielleicht noch was draus geworden, wenn sie die Freundschaft hätten vertiefen können. Eine wirklich feine Frau war sie, die halbe Surinamerin.

Und so setzte sich Mogele ins Flugzeug und kehrte über Istanbul nach Tiflis heim.

Mogele war clever, aufgrund des Gesprächs mit dem Mann dachte er, die Frau könnte in Tiflis sein, und dort würde er sie früher oder später finden und sie fragen, wieso sie ihm das angetan und ihn zurückgelassen hatte. Streiten wollte er aber nicht mit ihr, denn sein Herz war zu wund und weh, wie eine Kartoffel abgeschabt war es von diesem Erlebnis.

Was zum Kuckuck hätte er in Amsterdam noch zu suchen gehabt? Für ihn war alles leer, sogar die Kanäle sind trocken, dachte er.

Er kam nach Hause, küsste seine Mutter, streichelte sie, fragte nach ihrem Befinden, ging raus in sein Viertel, beschenkte die Jungs mit T-Shirts, Jeans, Marlboro, *Feuerzeugen*, auch ein, zwei Messer hatte er mitgebracht, und in seiner Gesäßtasche hatte er sogar noch ein paar Krümel Marihuana. Wenn es zerkrümelt und alt ist, siehst du nicht gleich wie ein Drogenschmuggler aus, und wenn man dich erwischt, bekommst du weniger Ärger.

Dann ging er heim, legte sich auf seinen Diwan und begann zu überlegen:

Wo könnte die Rose von Sowieso sein?

Dann kam die Mutter herein, setzte sich ans Kopfende: Und erzählte ihm die guten und die schlechten Neuigkeiten.

DIE ABENTEUERFAHRTEN DER UNSRIGEN

Mit einer längeren Einleitung

Jojo left his home in Tucson, Arizona
For some California grass
Get back, get back
Get back to where you once belonged
Get back, get back
Get back to where you once belonged
Get back Jojo, go home

JOHN LENNON / PAUL McCARTNEY

»Der Zug Nummer vierhundertdreiundachtzig Tiflis–Moskau ist an Gleis eins eingefahren, wir bitten alle Reisenden ... Nasch samaliot sawerschil pasadku w aerapartu Wnukowo, temperatura wosducha minus schisnazat gradusow«* – Lawrenti Pawlowitsch Beria höchstselbst und seinen Oberhenkern führt mich vor und stellt mich ins Visier ihrer Pistolen, sollte Chosro Mirsa eine dieser Ansagen verständlich gewesen sein, und Beria möge befehlen: »Liquidiert ihn!«

Die russische wäre Chosro Mirsa auf jeden Fall unverständlich gewesen, und auch von der georgischen hätte er kaum ein Wort erraten, selbst wenn er seine berühmten Sterndeuter gerufen und sie befragt hätte: »Was ist ein Gleis? Ein Zug?« Sie hätten den Himmel abgesucht, wo es nichts zu sehen gibt außer Mond und Sternen und auch einem Sterngucker Mond wie Sterne nur nachts erscheinen. Tags aber steht die Sonne am Himmel, und sie vermag kein Auge zu erschauen, so wenig wie Gott.

Mit Getöse in die Hölle hinab fuhr besagter Lawrenti Beria, sehr zum Unbehagen seiner Seele; sie quälte sich, eine einzige Pein war ihr alles, sie raste und fand, so es denn eine Zeit im Jenseits gäbe, keinen Augenblick Frieden, doch da dort stattdessen die Ewigkeit herrscht, konnte sie die Dauer ihrer Qual nicht ermessen. Dabei hatte sie keine Erinnerung an Vergangenes noch bedrängten sie die Seelen derer, die Lawrenti Beria vernichtet hatte, noch die anderen Untaten, es peinigte sie allein der Umstand, dass sie zwar Lawrenti Beria gehörte, aber Lawrenti Beria nicht mehr war und keine Macht mehr hatte. Unaussprechliche Qual litt sie, davon kündeten die mannigfaltigen, auf die Seele eindringenden Feuer, von Beelzebubs Gesellen meisterhaft geschürt, sodass die Seelenqual und -pein kein Ende nahm und nie nähme, denn in der Hölle gibt

* Unser Flugzeug ist auf dem Flughafen Wnukowo gelandet, die Außentemperatur beträgt sechzehn Grad minus.

es ja keine Zeit, nur das Seufzen der Seelen über den irdischen Sünden, die, mögen sie gering und harmlos gewesen sein, im Jenseits doch anders bemessen werden.

Beelzebubs Gesellen sind Meister darin, einer Seele, die es hierher verschlägt, glühende Kohlen unterzuschieben und sie zum Lodern zu bringen, und da der Hierhergeratene keinen Körper mehr besitzt, vermag dieser ihr auch keine Erleichterung zu verschaffen und sie die Folterqualen vergessen zu lassen, so wie im irdischen Leben, wenn der Körper die Seele bezwingt und ihr dadurch mitunter manches leichter macht – denn geht es dem Körper gut, geht es auch der Seele gut –, der Körper kann Zuflucht zum Schlaf nehmen und, so die Seele nicht die Oberhand gewinnt, sie einlullen, in der Hölle jedoch hat sie keinen Helfer mehr, nichts lullt sie mehr ein noch stellt sie ruhig, während allüberall glühende Kohlen aufgehäuft liegen und die Teufel eigens Blasebälge haben, auf dass die Feuer ja nicht verlöschen.

In der Hölle verliert die Seele den Namen und alles durch den Körper Erworbene, und keiner kennt sie wieder. Dergestalt, dass in der ofengleichen, undurchdringlichen Feuerschwärze, die weder Grund noch Anfang noch Ende hat und wo sogar die Flüsse kochen, die Seelen einander zur gegenseitigen Erlösung nicht beistehen können, da sie einander nicht erkennen, und selbst wenn sie es täten, wären sie nicht imstande, einander beim Namen zu nennen, denn die Seele besitzt keinen Mund mehr, der etwas aussprechen könnte, übrig ist allein das nicht nachlassende Schmerzgefühl, das mit anderen zu teilen schon auf Erden unmöglich ist. In der Hölle gibt es weder Freund noch Feind, nur Niemande, Niemande sind alle Seelen und darüber hinaus nicht imstande zu erkennen, warum sie so leiden, wo sie doch niemand sind. Warum? Darum. Die Antwort wäre, dass die Hölle nicht um ihretwillen, die sie einst jemand waren, existiert, sondern allein zum Ergötzen der von Beelzebub kommandierten Unterwelt. Je mehr Pein er zufüge, desto größer sei seine Kunst, heißt es, zu welchem Zwecke, darüber denke er nicht nach, denn in der Hölle wird nicht gedacht, so ist sie eben beschaffen, findet, scheint's, in einer Zündholzschachtel Platz, aber nicht im allergrößten Haus, weil sie weder Anfang hat noch Ende und dies deshalb, weil sie nirgends ist. Nirgends ist sie darum, weil niemand weiß, wo sie sich befindet.

Unmöglich, fortzugelangen, unerklärlich, wie hinzugelangen: Niemand kennt den Weg, denn es gibt keinen: ein Wimpernschlag, ein Atemzug, ein Schwertstreich, ein Stolperschritt, ein Röcheln, und schon ist man dort.

Doch das alles wissen die Seelen nicht, nichts wissen sie. Jede Seele leidet ihre eigene Marter, indes Beelzebub sich Opfer herauspickt, um sie aufeinandertreffen zu lassen. Prallt eine gepeinigte Seele auf eine andere gepeinigte Seele, wird das beider Pein über die Maßen mehren, sehr zu Beelzebubs Ergötzen, der stets darauf sinnt, wie die Seelen noch weiter zu peinigen und zu martern wären.

In der Hölle, scheint's, klagen und seufzen die Seelen ohne einen Laut. Wie groß Marter und Pein auch seien und frisch entfachte Kohlenglut die Seele verbrennt, ihr Klagen wird niemand hören außer dem sich daran erfreuenden Beelzebub. Manchmal nur, ähnlich wie der Sklave sich an die Peitsche gewöhnt und ihm Hiebe und Schmerz nichts mehr sind, kommt vielleicht auch die Seele zu Atem, verstummt und gewöhnt sich an ihre Marterqual, doch, gewitzt in ihrem Gewerbe, vermehren Beelzebubs Gesellen und Knechte, kaum bemerken sie dies, die Marter um das Zehnfache und holen aus den Tiefen der Seele selbst ungekannte neue Pein hervor.

Ebendarin liegt ihre Heimtücke. Die Seelen haben vergessen, wer sie sind, woher und warum – die Teufel nicht. Tief hinab sehen sie in die Tiefen der Seelen, die voller Schmutz sind und Giftzeug und langem Gedärm, mit aufgerollten unsichtbaren Ärmeln langen sie hinein in den Dreck und Kot und reißen immer Neues empor, um es auf die Kohlenglut zu werfen. So schmerzhaft ist dieses Herausreißen, dass der Seele die bisherigen Martern wie eine Fingerübung vorkommen. Was an Schmutz das Seelenfass birgt und in seinen Wänden verkrustet hockt: Für Beelzebubs Gesellen ist er eine Delikatesse, darin zu wühlen macht ihnen nichts aus, das Innerste weiden sie aus wie Bauersleute ein frisch geschlachtetes, noch zuckendes Schwein.

Abertausend teuflische Martern werden da ausgeklügelt zur Seelenqual und Erneuerung der Schmerzen, in welchen Abgründen und an welch tief verborgenem Ort, wüsste niemand zu sagen.

Als Lawrenti Berias Seele ins Jenseits gelangte, wusste sie also nicht, wer sie war, und litt mächtig daran. Zu Lebzeiten war er vom Gedanken getrieben gewesen, ein Jemand zu sein, groß und namhaft, mächtig und einflussreich, und weil dies seiner Seele so eingewurzelt war, hatte ihm Beelzebub ebendiese Marter zu Faden geschlagen, denn keiner weiß besser als er, wen er wo packen und wohin schleifen muss.

Unvermutet ließ er vor der Niemands-Seele Bilder eines Jemand auftauchen, den sie nicht erkannte, dessen Auftreten ihr jedoch gefiel, ohne ihn fassen zu können. Es war Lawrenti Beria selbst, aber seine Seele wusste nicht, dass sie einst bei ihm eingesessen war, und sie beneidete ihn heftigst, wünschte vergeblich, zu ihm zu gelangen, ihn aufzureißen und ihren Sitz einzunehmen. So nah wähnte sie sich Leib und Lüsten dieses Jemand, dass sie auf der Stelle in ihn fahren wollte, doch selbigen Augenblicks erfasste sie der Hölle Sogwind, rot wehend wie die Fahnen von einst, häufte die Glutkohlen, entflammte sie und ließ solchen Feuerhagel auf die Seele niedergehen, dass sie sich vor Schmerzen krümmte und wand, sich ächzend von den Bildern trennen wollte, an denen sie Gefallen gefunden hatte, indes von überallher Ekliges und Gestank auf sie eindrang, und sie sann auf einen Ausweg, allein wo gäbe es ein

Entrinnen angesichts der Höllenmauer, die nicht existiert und doch existiert, die da ist und zugleich ungreifbar, die sperrt und beengt? Denn um die Seele herum ist nichts, das Nichts aber ist weder betret- noch überschreitbar, und so war Lawrenti Berias Seele sich beständig am Winden und Verkrampfen, sie krümmte sich wie ein altes Seil und sank zu einem einzigen großen Knäuel zusammen, und der Teufelsgesellen Höllenwinde mit ihren Krallen zerrten an ihm herum, und wo es zu Fetzen ging, schütteten sie glühende Kohlen drauf, während sie nicht mehr ein noch aus wusste und endlich auf andere Seelen losging, von denen sie kein Bewusstsein hatte und die ihrerseits ihrer Qualen nicht Herr wurden und brannten, ohne je zu verbrennen, ewiglich.

Da war auch dieses Bild von einer Frau, die auf der Dorfstraße geht mit zwei kleinen Mädchen hinter ihr. Alles war in flammendes Rot getaucht, und es musste irgendwo weit weg sein, in den Armen hielt die Frau einen strampelnden Säugling, liebkoste und herzte ihn, und Lawrenti Berias Seele litt entsetzlich, das unerwartete Bild verbrannte sie, und die Frau ging und herzte den Säugling, hielt immer wieder inne und küsste ihn. Da war ein Hügel, darauf ein Kirchlein. Des Bildes Vertrautheit und Eindringlichkeit riss die Seele in Stücke, indes sie verstand nicht, was es war, wollte fortstreben von dem Anblick, doch wohin könnte eine in die Hölle geratene Seele schon streben und wie sich befreien?

Sie hatte keinen Begriff davon, dass sie selbst dieser Säugling war, die Mädchen ihre taubstummen Schwestern, die Frau ihre Mutter, auf dem Weg, sie, den Säugling, zur Taufe zu bringen. Hätte eine Seele ein Bewusstsein, so hätte sie gewusst, dass mit ebendiesem Bild ihr Leben begonnen hatte und das Bild jetzt die Höllenqualen in Gang hielt. Teuflisch rätselhaft wirbelte die Vision um die Seele herum und war gleichzeitig so fern, unendlich fern, stand unerreichbar über der Seele, während sich Glutkohlen um Glutkohlen auf sie häuften, und jählings veränderte sich das Bild, nunmehr ging eine Frau mit einem Säugling in den Armen rückwärts gewandt auf der Straße einer nie gesehenen Stadt, das Gesicht verhüllt von einem fremdartigen Schleier, aus dem nur angstvoll die Augen sahen, und dieses gleichfalls in flammendes Rot getauchte Bild drang in Lawrenti Berias Seele, dieses Brandbild war hundertmal quälender und sengender als das vorige, denn dieses Bild war ihr fremd, doch sich seiner entledigen konnte sie trotzdem nicht, sondern ging ihm wie ein Gastgeber entgegen mit einem Laut, als risse ein Schwert eine Zeltbahn der Länge nach auf, während die Frau weiter den Säugling trug und dahinschritt, in Angst um sich blickend und immer wieder auf den mucksmäuschenstillen Säugling schauend und den Schritt beschleunigend, und mit jedem eiligeren Schritt kam ein neuer, frischer Schmerz. Was wissen Seelen schon von Bildern? An Bildern vermögen sie nur zu leiden. Dieses Bild indes war das einer anderen, zweiten Seele, und in seiner Ähnlichkeit und Schmerzhaftigkeit kollidierte es mit Lawrenti Berias. Fürwahr, Beelzebub liebt es, die Seelen hie und da aufeinanderprallen zu lassen oder sie mit Teufelsgespinst ineinander zu verknoten, damit sie noch mehr Pein litten, wenn sie einander auszuweichen und sich loszureißen suchen, aber sich nur noch mehr verzehren vor saugendem Schmerz und Erschöpfung.

Dieses zweite, so ähnliche Bild, mit dem er Lawrenti Berias Seele bedrängte, war zwar das einer anderen, aber Beelzebub hatte das beiden Gemeinsame gefunden: Auch die Frau, die verhüllt, mit einem Säugling im Arm auf der Straße lief, war eine Mutter, und sie eilte ohne Wissen des Vaters das Kind zu taufen. Auch die Existenz dieser Seele hatte mit diesem Bild begonnen, und auch sie befand sich jetzt in der Hölle, ächzte still und litt ewige Pein, lichterloh brennend wie trockene Rebenruten, ohne je zu Asche werden zu können.

Gierig war diese Seele in die Hölle geschleift worden, als sie vom Leib des greisen Chosro Mirsa abfiel. Nicht abfiel, vielmehr ... Da sind wir vor Eifer ein wenig vorschnell gewesen. Er war ja kein Jüngling mehr, der mitten aus dem Leben gerissen wurde, war auch nicht Lawrenti Beria gleich erschossen worden, sodass die Seele plötzlich ihren Sitz verlor. Vielmehr wurde sie von Beelzebubs Gesellen gemächlich zerrupft und mit Gezerre zerrissen, denn Chosro Mirsa lag, neunzig Jahre alt, auf seinem Diwan in weichen Pfühl gebettet, lange sterbend, so lange, dass sich schließlich Beelzebub selbst einmischte und ihm die Seele schlechtweg entriss. Es ging nämlich die Legende, Chosro Mirsa sei unsterblich, alle seine Altersgenossen, Freund und Feind, seien tot, nur er ginge nicht von dieser Welt, bliebe hienieden.

Beelzebub entriss ihm also die Seele und nahm sie fort, schleuderte und schmetterte sie hierhin und dorthin, peinigte sie ohne Ende, und damit nicht genug, röstete sie, nämlich, eine Seele ist weder jung noch alt, es gibt weder Schonung noch Unterschied, seist du nun König oder Künstler, altehrwürdig oder kindlich, da, wo du hinkommst, ist sich alles gleich, deswegen. Auch Chosro Mirsas Seele quälte das Unverständnis, wozu sie litt; das Bild, das immer wieder auf sie eindrang, war zutiefst verstörend, und auch bei ihr kam ein zweites dazu, Lawrenti Berias, und also kollidierten die beiden Seelen schmerzhaft miteinander und quälten sich in der erstickenden Hitze.

Indes, um zu erfahren, warum Lawrenti Berias und des betagten Chosro Mirsas Seelen durch zwei Visionen in gemeinsamer Pein vereinigt waren, müssen wir ihre leiblichen und geistigen Gemeinsamkeiten kennen. Hilfreich dabei ist, des großen Mysteriums eingedenk zu sein, dass Chosro Mirsa Vorläufer eines Lawrenti Beria war und beide in Folge Georgien von Grund auf veränderten – sie brachten ein Land hervor, das unter der Vielfalt von Schicksalen eines der außergewöhnlichsten erlebte.

Um Männer- und Frauenschicksal geht es, darum, was in in Bewegung geriet, als unter Chosro Mirsa zur Regel wurde, was vordem nur vereinzelt vorkam.

Schon im ältesten in Georgien aufgefundenen Buch, schon von der allerersten Seite an, ist die Rede von einer Frau und einem Mann. O ja, wir sprechen von alten Zeiten, schätzungsweise wenigstens tausendfünfhundert Jahr ist es her, dass Warsken, der Statthalter des persischen Schahs, seiner Gattin Schuschanik seinen Willen aufzwingen wollte. Die Prinzessin erduldete Folter für ihren Christenglauben, dafür, dass sie in politischen Dingen uneins war mit ihrem Gatten, der, um unter den Persern Einfluss zu gewinnen, den Glauben gewechselt hatte, wie man ein Gewand wechselt, und zum Feueranbeter geworden war. Ein Christenmensch war er gewesen und hatte sich dem Feuer zugewandt. Ob aus tiefster Überzeugung, beurteilen wir hier nicht, doch ebenso entschieden, wie er vom einen zum anderen Glauben überging, übte er den neuen Glauben aus und befahl seiner Gattin, das Feuer ebenfalls anzubeten. Prinzessin Schuschanik blieb ihrem Glauben treu, ertrug jegliche Gewalt und hauchte ihr Leben als Christin aus. Warsken indes fiel die Feueranbetung nicht nur aus politischen Gründen, sondern wohl ganz allgemein leicht, er vermählte sich sogar mit einer Perserin – bei den Persern kann ein Mann ja so viele Ehefrauen haben, wie er will. Das Feuer stellte keine hohen Ansprüche, aber die Christenheit saß ihm wegen seiner Weltzugewandtheit immer im Nacken. Schließlich ließ ihn König Wachtang Gorgassali umbringen.

Zwar verpflichtete der christliche Glaube den Mann zu Treue, doch nahmen sich Könige oft Freiheiten heraus, als hätten sie von Gott Vorrechte erhalten und als dürften wir, ihre Untertanen, uns kein Urteil über sie erlauben. Die Geistlichkeit verurteilte sie zwar, doch redeten ihnen nur die Mutigsten ins Gewissen, zu einer Zeit, als die Könige noch auf die Geistlichkeit hörten, weil sie glaubten, durch ihren Mund spreche Gott zu ihnen. So verhielt es sich, als vor tausend Jahren oder mehr der König der Georgier, Kuropalat Aschot, sich bei einem Seitensprung verliebte. Die Frau, die namenlos bleibt, findet als sein Buhlweib Erwähnung. Da sie solchermaßen genannt wird, muss damals Buhlerei gang und gäbe gewesen sein (wie auch nicht!), umso mehr am Königshof. Dreihundert Jahre später sollte Schota Rustaweli in seinem Epos erklären: »Eines ist Liebe, ein anderes Huren« – er sprach von der ritterlichen Minneregel, doch stellte sich Buhlschaft bei Rustaweli trotzdem so dar, dass ein impulsiver Mann in eine Lage geraten kann, wo er aus eigenem Willen und aufgrund der Umstände um eine Buhle nicht herumkommt. Das war zu späteren Zeiten, zuvor redete der gestrenge Bischof Saba Ischchneli König Aschot ins Gewissen und brachte ihn dazu, sich von der Geliebten zu trennen, und was dann geschah, wissen wir nicht.

Weil Könige es taten, stahl sich, wohl sie nachahmend, auch der Adel zu Konkubinen, die er auf seine Weise wahrscheinlich sogar liebte, und so ergibt sich über die Jahrhunderte hinweg, dass Affären unweigerlich in Büchern Erwähnung und die Frauen als Mätressen Nennung finden.

Schwer zu sagen, vielleicht bereuten die Könige die Sünde der Ausschweifung mitunter, hatte doch so eine Affäre Bedeutung und blieb nicht verborgen, denn die Mätressen waren einfache Frauen, und zwischen ihnen und den Königen klaffte, was den Stand betraf, eine tiefe Kluft, nach christlichem Gebot war ihre Verbindung sündig, und Kinder, die aus einer solchen hervorgingen, hätten niemals den Thron erben können. Dies ist in Erinnerung zu behalten, denn es wird uns zu Chosro Mirsa und seiner in der Hölle schmachtenden Seele führen.

Kehren wir zurück zu den Königen und Mätressen und erwähnen wir, dass vor neunhundert Jahren König Giorgi, der den Bau der erhabenen Kathedrale Swetizchoweli vollenden sollte, ebenfalls eine Mätresse hatte, eine Ossetin namens

Alda, mit der er einen Sohn zeugte, und siehe da, ein Abkömmling ebendieses Sohnes wurde beinahe zweihundert Jahre später Tamar, der Königin Georgiens, zum Manne gegeben. Die Zeit hatte die Illegitimität von diesem Zweig am königlichen Stammbaum weggeschmolzen.

Giorgis Ehe war durch eine arrangierte Heirat zustande gekommen, seine Frau, eine Prinzessin, war ihm aus einem fremden Königreich zugeführt worden. Daher vielleicht liebte er eine andere, und diese Liebe kann gerechterweise nicht Buhlerei genannt werden, denn es bestand gar keine Möglichkeit, die Beziehung auf christliche Weise zu leben, was offen gesagt weniger mit Christentum verknüpft war als vielmehr mit dem Erhalt der Dynastie: Wie konnte ein Bagratidenspross eine Frau niederen Standes ehelichen? Zweihundert Jahre später indes brach der Sohn Königin Tamars und ebendes Sprosses, dessen Illegitimität die Zeitläufte nichtig machten, dem Flusse gleich aus, der durch Felsen hervorschießt und Gestein und Damm zerschlägt, und sagte nein zu einer arrangierten Ehe. Von Anfang auf Händen getragen und sorgenfrei aufgewachsen, in seinem Empfinden seiner Zeit voraus, setzte er sich über Hofstaat und andere, höhere und ewigere Instanzen hinweg und fürchtete sich nicht vor Gott.

Getauft war er auf den Doppelnamen Lascha Giorgi – Sinnbild seiner schmerzvollen Zerrissenheit.

Seine Zeit war eine Zeit der Aventüren, Festgelage, Besäufnisse, der Poesie und des vollen Lebens. Er verliebte sich in die Gattin des Fürsten von Welisziche. Verliebte sich mit solcher Heftigkeit, dass er sie dem Gatten raubte und in seinen Palast führte, ohne dass das Ehebündnis mit dem vorigen Mann gelöst noch sie mit Lascha vermählt worden wäre.

Die Begebenheit ist unerhört in ihrer Großartigkeit und Ungeheuerlichkeit. Die Frau wurde ihm wieder weggenommen und dem Fürsten zurückgegeben, Lascha Giorgis jugendliches Ungestüm in die Schranken gewiesen. Dem Verliebten jedoch brach das Herz, so endgültig, dass er sein ganzes Leben nie geheiratet hat. Er starb in jungen Jahren, bei der Hochzeit seiner Schwester, wo die alte Wunde wieder aufbrach.

Er hinterließ weder Gattin noch Erben, sodass ihm seine Schwester Russudan auf dem Thron nachfolgte, die einen Sohn namens Dawit hatte. Dawit hieß aber auch Laschas illegitimer Sohn, ohne Recht auf Thron und Erbe. Um ihrem eigenen Sohn den Thron zu sichern, verleumdete die Tante ihn und sann auf sein Verderben, musste sich jedoch den Mongolen fügen, die sich des Landes bemächtigt hatten. Die Mongolen hatten andere Sitten und betrachteten alle Menschen als gleichwertig, und als es um die Inthronisierung des Königs ging und auf einmal auch Dawit, Laschas Sohn, in Erscheinung trat, bestimmten sie beide Dawits zu Königen. Einer wie der andere war ihnen recht.

Ob die Frau aus Welisziche, die dem König Dawit geboren hatte, diese Zeit noch erlebte?

Ein Illegitimer wurde König, und die sittenstrengen Georgier beugten sich; sie nannten ihn den »Bastard, den Bankert«. Ein nichteheliches Kind war also ein Bastard. Zwei Könige hatten sie nun, beide trugen denselben Namen; Laschas Sohn nannten die Mongolen »den Älteren«, den Reinblütigen »den Jüngeren«.

Solche Zeiten waren das.

Der später ebenfalls von den Mongolen inthronisierte Sohn des illegitimen Dawit, Demetre, scherte sich nicht mehr um Gesetz und Sittenstrenge; er heiratete eine Frau nach der anderen, war ein Säufer und Abenteurer. Bei den Chronisten kam er schlecht weg: Er wäre bereits als junger Mann eher Mongolensitten gefolgt und hätte ein lockeres, schrankenloses, an Rohheit grenzendes, maßloses Leben geführt. Allein wie das Schicksal so spielt: So wie seine Großtante Russudan an ihrem Lebensende ihre Sünden bereute, vollbrachte Demetre wie noch kein anderer Georgier eine Kehrtwendung:

All seine Zügellosigkeit wog er auf, indem er für sein Land sein Leben gab. Wer will sich da noch erinnern, dass er gleichzeitig drei Ehefrauen, ja vielleicht mehr gehabt hatte? Wer erinnert sich an sein Mongolengebaren, nachdem er sich den Mongolen hochherzig selbst auslieferte, dabei umkam und so verhinderte, dass diese ins Land einfielen und es erneut verheerten?

Darum ist immer zu fragen: Was von alledem, was sich im Laufe eines Menschenlebens ereignet, wird beim Totengericht gewogen? Und wie wird es gewogen?

Indes, vergessen wir die Bahnhofsdurchsage nicht: »Der Zug Nummer vierhundertdreiundachtzig Tiflis–Moskau ist an Gleis eins eingefahren, wir bitten alle Reisenden ...«, und zwar deswegen, weil die Durchsage noch in ziemlicher Ferne ertönt.

Vergegenwärtigen wir uns also, inwiefern jedwedes, was wir bisher, angefangen mit Kuropalat Aschot, erzählten, mit Chosro Mirsas Herkunft und seiner Familiengeschichte verbunden ist.

Nach Lascha Giorgi und den Mongolen gehen Jahrhunderte ins Land, und Georgien wird in Teile zerrissen mit ihren je eigenen Königtümern. Bald vereint, bald erneut aufgeteilt, verausgabt es sich in Bruderkriegen oder im Kampf gegen äußere Feinde, die nach den Mongolen und nach Tamerlans Horde vielfach wechseln: seit alters immer wieder Turkomanen und Nichtturkomanen und schließlich vorwiegend Perser und Osmanen, beide von den Georgiern als Tataren bezeichnet, so wie zuvor schon die Mongolen. Manchmal werden auch nur die Osmanen Tataren genannt, ansonsten aber steht »der Tatare« für den Feind.

Vor Zeiten waren Georgier meist in politischer Mission und um sich Ruhm zu erwerben nach Konstantinopel gereist; jetzt hieß es Stambul, und nach Stambul reisten sie jetzt, wenn sie Krieg gegen die Perser führten und sich mit den Osmanen verbünden mussten. Umgekehrt begaben sie sich nach Isfahan, wenn sie mit den Osmanen kriegten, um sich mit den Persern zu verbünden. Zudem hatte ein Mann, der sich mit seiner Klugheit und Tapferkeit hervortun wollte, in diesen Städten die besten Aussichten – was hätte die bäurische Provinz zu bieten gehabt im Vergleich zur Hohen Pforte oder zum Hof des Schahs?! –, und so gab es ein Kommen und Gehen von Georgiern an den Höfen. Führten Georgier gegen Georgier Krieg, waren es eher die Gesinnungslumpen, die zu den Persern oder Osmanen rannten und sie um Hilfe angingen. Sie übernahmen deren Sitten und tatarisierten sich sogar, wie man bei uns die Bekehrung zum muslimischen Glauben nennt. Sie war unter Vornehmen und Fürsten ziemlich verbreitet, und, ob man's glaubt oder nicht, die persische Garde war durch und durch georgisch, Georgier dienten als Offiziere und Pagen des Schahs. Und die Beamten? Natürlich auch Georgier.

Über die Tatarisierung gab es die merkwürdige Geschichte mit dem Vogel. Wenn Georgier den Weg nach Persien gingen, hörten sie immer dasselbe Lied: Werde ja nicht Muslim, werde ja nicht Muslim. Die Melodei wurde so ein Ohrwurm, dass die Perser selbst sie vernahmen und den Vogel, der sie sang, Giaurquschi nannten, Gottesleugnervogel.

Die Georgier wiederum pflegten zu sagen: »Alia und Osman sind beides Tataren« – was so viel bedeutet wie: Wir haben die Wahl zwischen Pest und Cholera. Sehen wir uns nur die Zeit an, als Schah Abbas Georgien, seine beiden Königreiche Kachetien und Kartlien, Brüder von einem Fleisch, dem Erdboden gleichmachte, weil sie eine Allianz mit den Osmanen gegen die Perser suchten. Wir wollen das aber nicht weiter vertiefen, sondern gleich hinzufügen, dass auf Schah Abbas sein Enkel folgte, Schah Safi, der beschloss, das Problem Georgien ein für alle Mal zu lösen, indem er dort einen Mann installierte, der den Aufständen ein Ende zu setzen vermöchte. Seine Wahl fiel auf seinen eigenen Erzieher, den ehemaligen

Kommandeur der Schahgarde und Präfekten der persischen Hauptstadt Isfahan, der nun mit um die fünfundsechzig Jahren ins Alter gekommen war: Chosro Mirsa. Chosro oder auch Kaichosro – wer war dieser Chosro Mirsa?

Der Schah verfügte: »Als bloßen Statthalter wollen Wir ihn nicht bestallen, Georgien soll ihm gehören und er sein eigentlicher König sein.« Chosro Mirsa oder Rustam Chan? König oder Statthalter? Beides trifft zu.

»Georgien soll ihm gehören, denn er ist Daud Chans Sohn.«

Und wer wiederum war Daud Chan?

Daud Chan war ein Bruder von König Simon, Kartliens großmächtigem Herrscher; er war diesem zum Trotz in Persien zum muslimischen Glauben übergetreten, und als die Perser Simon gefangen nahmen, sandten sie Daud Chan als König nach Kartlien, er wurde jedoch abtrünnig und schlug sich auf die Seite der Osmanen, floh bei Simons Rückkehr nach Konstantinopel, wo er zum Zeitvertreib Arzt wurde.

Offenbar hatte er in Isfahan eine Familie zurückgelassen, im Stich gelassen, darunter den Knaben Chosro Mirsa oder Prinz Kaichosro, der im Elend groß wurde und, da seine Mutter mittellos war, jeden Heller umdrehen musste, dann jedoch von georgischer Seite Unterstützung bekam: Er war dem *Grand Mourawi*, dem Statthalter in Tiflis und Schah Abbas' Gefolgsmann Giorgi Saakadse, aufgefallen, der viel auf seine Klugheit hielt und ihn förderte. Saakadse konnte sich nicht irren, er war ein überaus fähiger Mann, hätte er die Möglichkeit gehabt, er hätte die Welt regieren können, allein die Georgier ließen ihn nicht auf den Thron, und auch das Schicksal selbst war gegen ihn, denn er war nicht von hochvornehmer Abkunft.

Prinz Kaichosro wuchs heran. Ein Prinz für die Perser, ein Bastard und Mätressenspross für uns Georgier, denn Daud Chan hatte ihn mit einer Zakwisser Bauersfrau. In muslimische Lande war Christengesetz nicht gedrungen, und er blieb

Mirsa, Prinz. Und, jawohl, schließlich wurde er als Regent ins Land seiner Vorväter gesandt.

Und er regierte: Er lebte so lange, dass er Kriege zu Ende führen konnte, Straßen baute, wiederaufbauen ließ, was aufzubauen war, und sich selbst als König gefiel, obwohl er nur Gouverneur war.

Vielleicht wäre er nie in der Hölle gelandet, hätte ihn die Zakwisserin nicht still und heimlich taufen lassen. Als Georgierin in Persien hatte sie das Vorhaben unauffällig arrangieren und den muslimisch Geborenen versteckt zur Taufe bringen müssen. Chosro Mirsa war in Denken und Tun Perser, er wusste nicht, dass seine Mutter ihn als Säugling heimlich hatte taufen lassen und er kein Tatare mehr war, sondern Christ, der als Tatare lebte. Die Perser waren ebenfalls ahnungslos; als er starb, überführten sie ihn in ihre heilige Stadt Ghom, um ihn dort zu begraben als großen Perser: Wohlan, nun steht Chosro Mirsa hochbetagt am Paradiesestor, von Huris erwartet, die ihm entgegenschweben und ihn beseligen werden!

Doch am tatarischen Paradiesestor kam er nicht an, die Huris warteten vergeblich, nicht ahnend, dass Beelzebub und seine Gesellen seit geraumer Zeit schon dabei waren, Chosro Mirsas Seele in Fetzen zu reißen. Sie wussten nicht, dass er Christ war und dass christliche Wonnen das eine, tatarische Wonnen das andere sind.

Die Mutter aus Zakwissi hatte das Geheimnis tief ins Herzensinnerste versenkt.

Kommen wir zu Chosro Mirsas eigentlicher Geschichte, der Geschichte, die hinter dem äußeren Schicksal Georgiens steht.

Chosro Mirsa: Er sollte die Georgier und ihr Wesen dauerhaft und in einer Weise verändern, dass sie selbst es nicht gewahrten.

Chosro Mirsa seinerseits war Georgier, ohne sich dessen bewusst zu sein. Äußerlich bewirkte er Gutes für sein Land: Er befriedete es, gab ihm seine Farbe zurück und umhegte es: Er ließ es zur Ruhe kommen, pflanzte Obstgärten, brachte Kornfelder zum Reifen und Unzähliges mehr, aber so viel, wie er ihm gab, nahm er ihm auch fort, und mithin war ihm die Höllenstrafe sicher.

Als er in Tiflis eintraf, gab es weit und breit keinen Palast für ihn. Kein georgischer König hatte sich mit Palastbau und Firlefanz abgegeben. Die königlichen Häuser waren schlicht, das königliche Essen einfach, der Wein köstlich – so lebten sie, die georgischen Könige. Zurschaustellen von Gold, Edelstein und Perlen, den Körper mit Schmuck behängen, Glitzerkram, Bart und Nägel färben, Musik und Schauspiel lauschen, Tänzerinnen beäugen, sich mit Frauen herumtummeln, Männer in Augenschein nehmen, Lustknaben halten, Kaffee trinken, Pfeife rauchen, sich mit Haschisch und Opium verborgenem Farbenrausch hingeben, sich in kostbare Roben gewanden, Gaben und Geschenke herumschicken, wortreiche Gruß- und Antwortbotschaften, schmeichlerische Lob- und Ruhmesreden, heuchlerische Verherrlichung, Bestechung, Gastmähler mit kostbarem chinesischem und Keramikgeschirr, Sitzen mit untergekreuzten Beinen, Bankette – solches und anderes mehr war ihnen bisher unbekannt gewesen.

Sie waren Könige, und wie Könige wurden sie mit *batono*, »Herr«, angesprochen, und dieses eine Wort war ihnen genug gewesen. Was an Zerstreuung brauchten sie mehr als eine schöne Jagd?

Da stand nun Chosro Mirsa am Ufer des Mtkwari, den weißen Bart flammendrot gefärbt, in Atlasbrokat gewandet, und schaute zum anderen Ufer hinüber, steckte den Finger in die Erde und sagte: »Hier, der Palast«, und ein Palast wurde errichtet: mit Ringmauer, Gärten, allerlei Exotischem, Pfauen, Springbrunnen ... Einen Garten Eden hätte man seine Gärten genannt: aus Persien Bäume und Gesträuch, in Käfigen hergebracht Geflügel und Jagdwild, Draperien, Diwane, Polster und

Kissen, aus Silber und Porzellan Krüge und Schalen. Groß wie beinahe von Isfahan bis hierher die Teppiche, kostbar die Gewänder und der Hausrat und alles. Auch Bedienstete und Sklaven stammten aus Persien: Handwerksmeister ohnegleichen und den Georgiern bisher unbekannte Wesen: Da gab es Pfeifenjungen – im Gesamten acht, alle gleich gekleidet und von einem Aussehen, dass nicht zu erraten war, ob weiblich oder männlich; da gab es Kaffeezubereiter – ein Dutzend, ebenfalls Männer, aber bartlos und kurios gekleidet; Hofmeier, Gärtner, Wächter, Spaßmacher. Chosro Mirsa war ein stiller Mann, von dem es hieß, er hätte wenig Ansprüche. Wenn das wenig war, was war dann viel?, fragten sich die Georgier und rechneten: So viel wie der Chan besäße, würde er auch von ihnen fordern.

Chosro Mirsa war ein alter Mann; zu jener Zeit jedenfalls galt ein Mann seines Alters als alt. Einmal in Kartli installiert, wünschte er, eine Georgierin zur Frau zu nehmen, eine echte Königin gleichsam, denn er wollte für die Georgier Georgier sein. Er vermählte sich, hatte aber keine Kinder, keinen Erben. Die Gattin wollte er der Georgier halber, doch hinter der hohen Mauer des Palasts hatte er noch seinen Harem mit zahlreichen Ehefrauen und Sklavinnen, so wie es einem Chan und großen Regenten zukam. In Isfahan war das nichts Besonderes, aber in Tiflis hörte man zum ersten Mal, dass ein Mann so viele Frauen hatte; diese Frauen hatten für sich allein fünfzig Bedienstete, und wo hatte man so etwas schon gesehen oder gehört: Ihr Vorsteher war ein Mann schwarzen Angesichts, ein Mohr aus Abessinien, großgewachsen und pausbäckig; er hatte einen weißen Stellvertreter, und das Verwunderliche und Unerhörte war, dass der Schwarz- wie der Weißgesichtige Verschnittene waren. Verschnittene! Für einen Georgier war Entmannung eine grausame Bestrafung, etwas nie Gehörtes ... Doch halt: Ein paar Jahrhunderte zuvor hatte König Giorgi – Tamars Vater – den Sohn seines Bruders, Demna, entmannen lassen, um zu verhindern, dass es unter den Kindeskindern zum Streit um den Thron kam. Demna überlebte es nicht. Und hätte er überlebt, er hätte den Verstand verloren. Ein kastrierter Mann hörte für einen Georgier auf, ein Mann zu sein. Diese Verschnittenen jedoch gebärdeten sich als Vorgesetzte, sie wurden nach ihrer Meinung gefragt und sogar zu Beratungen einberufen, keiner hätte gewagt, mit ihnen um Schwarz oder Weiß zu rechten. Auch die Bediensteten, ihre Untergebenen, waren Verschnittene und bewegten sich ebenfalls, als wären sie Männer. In Tiflis oder anderswo in Georgien hatten die Menschen natürlich schon Perser gesehen, was denn sonst als Perser (einst hatten sie sogar Ochsenwagen mit Perserköpfen voll beladen, um sich vor den Heerführern hervorzutun und die Köpfe dann zum Ergötzen des Sultans nach Stambul zu schicken: Da, sieh, welche Schmach wir deinem Feind, dem Perser, zugefügt haben!), jedoch solche wie diese noch nie. Die Frauen sagten, ohne sie gesehen zu haben, wunderbar und sanft seien sie, woher sie nur kämen? Es wurde Brauch, in finsterer Nacht zur Palastumfriedung, zur Haremsseite zu schleichen und den herausdringenden Lauten zu lauschen, noch nie gehörten Weisen; vergebens mahnte die Geistlichkeit, dort herrsche die größte Sündhaftigkeit; die süße Stimme der Sünde lockte das Volk, vor allem die Jungmannschaft, und steigerte seine Fantasie ins Grenzenlose, obwohl sich auch das Gerücht verbreitete, Lauschende würden von unsichtbaren, mit der Dunkelheit verschmelzenden Nachtwächtern ergriffen und nach drinnen geschleppt, entmannt und dann als Sklaven gehalten. Es hieß auch, der Chan hätte im Harem nicht fünfzig, sondern gar tausend Verschnittene.

Zweihundert Schritt vom Harem entfernt lag die Sioni-Kirche, die Chosro Mirsa nicht anrührte, mehr noch, er verlautbarte: »Sie soll bestehen bleiben, Glauben und religiöse Überzeugung taste ich nicht an. Wozu soll ich mich mit euch verfeinden, lebt euer Leben und freut euch.« Das war doppelzüngige kisilbaschische Rede, denn nachdem er die inneren

Kriege beendet und Verschwörer zum Schweigen gebracht hatte – es gab nämlich Georgier, denen weder er noch sein Hof gefiel –, bestimmte er einen gewissen Urdubegischwili zum Katholikos, der, falls er überhaupt je etwas von Gottesdienst gehört hatte, sich nicht oder höchstens oberflächlich in Kirchendingen auskannte. Genau so einen hatte Chosro Mirsa für das Amt gewollt; der Mann stellte sich aber als klüger heraus als gedacht, machte sich ans Werk und, ob man's glaubt oder nicht, lernte bald, die liturgische Nußchuri-Schrift zu lesen. Unter Chosro Mirsas Regentschaft also sollte das Christentum bestehen bleiben, er mischte sich nicht ein, verringerte aber dessen Einfluss.

Nahebei stolzierten die Pfauen, auch gekäfigte Papageien hatte Chosro Mirsa sonder Zahl, mit denen er sich gerne unterhielt, auch von wer weiß woher Kanarienvögel, Buntglas aus Isfahan hatte er solcherart in Fenster einsetzen lassen, dass bei Sonnenschein ein prächtiges Farbenspiel die im Saal Anwesenden zum Staunen brachte. Nachts entzündete ein Diener Fackeln in Haltern, streute irgendein merkwürdiges Mittel dazu, und alles loderte in wundersamen Farben auf. Riesige, tausend Leute fassende Zelte besaß er, aus seltenem Gewebe, von oben bis unten mit schwerem Brokat besetzt, die er bei Banketten im Garten aufrichten ließ.

Bisher hatten die Georgier in aller Einfachheit ihr Brot gegessen, ihren Wein getrunken und herzhaft gesungen. Wein war ihnen wie Wasser, sie mischten ihn auch mit Wasser und tranken ihn so, ob Bauer, Fürst, Prinz, Mönch oder Priester. Chosro Mirsa dagegen trank keinen Wein, er hielt sich ja für einen Tataren; er trank Scherbetts und andere Süßgetränke, die nicht wirken, wie Wein wirkt, nämlich das Gemüt belebend.

Wenn Chosro Mirsa im Palastgarten rund um den Springbrunnen seine flammendroten, goldbestickten Zelte aufstellen, seine bunten Feuer anzünden, in jeden Winkel Käfige mit Kanarienvögeln und Papageien hängen, Teppiche ausbreiten und Musiker darauf Platz nehmen ließ, sich in Atlas kleidete, Hände und Turban mit Edelstein und Perlen schmückte und einen unerhört prächtigen Gürtel anlegte, lud er die georgischen Fürsten zum Festmahl.

Unter diesen gab es viele, die vertraut waren mit der persischen Lebensart und sich mit ebensolchen Lustbarkeiten auskannten, aber auch viele Unkundige, die in schlichter georgischer Tracht, schwarz und braun gewandet, kamen. Chosro Mirsa schmauste und feierte zusammen mit seinem persischen Gefolge, schmauchte Haschisch und tat sich an den Süßigkeiten gütlich, Diener leckten ihm die Sohlen, er räkelte sich in den Kissen und lauschte der Musik, rief Tänzer herbei, welche die Georgier für Frauen hielten, die jedoch Knaben waren, hieß sie tanzen und setzte sie neben sich, und sämtliche Perser taten es ihm gleich, alsdann wechselte er in ein separates Zelt und rief die Eunuchen, ihm Frauen zu bringen aus dem Frauengemach, und gab sich mit ihnen der Wollust hin.

Wollte Chosro Mirsa jemanden beschenken, schenkte er ihm einen kostbaren Teppich, wobei dies noch wenig war, oft verschenkte er eine Frau, mit Vorliebe den Georgiern, und diese zerbrachen sich dann den Kopf darüber, was sie mit ihr sollten – »Nimm sie zur Frau«, sagte Chosro Mirsa ohne jeglichen Scherz, während sie nicht zu erwidern wagten, dass sie zu Hause schon eine Frau hätten, denn er entgegnete gleich selbst, je mehr Frauen ein Mann hätte, desto besser, desto mehr sei er Mann und besitze Ansehen. Er forderte die herumsitzenden Georgier auf, nach seiner Art mit ihm zu feiern, Haschisch zu rauchen und sich Frauen auszusuchen, immer wieder drängte er sie dazu, forderte es geradezu und bezog sich auf Sitte und Brauch, vermählte Jünglinge gar mit verwitweten Schwägerinnen, so sei es Brauch. Die Georgier vermochten nicht mehr zu erwidern: »Den Brauch haben wir einem von deiner Sorte, Konstantine Mirsa, einem Dummkopf allerdings, bereits ausgetrieben.«

Er bestallte Sterndeuter und ließ sie weissagen. Auch diese besaß er in großer Zahl und brachte die Georgier dazu, ihnen zu lauschen. Unter den Georgiern gab es dazu zwei Meinungen: Die einen hielten dafür, dass es sich um Vergnügen handle und Vergnügen immer etwas Gutes sei, die anderen dagegen, dass es ihrem Glauben und ihren Sitten zuwiderlaufe und so etwas nirgends überliefert sei, und zwischen diesen beiden Meinungen waren sie hin und her gerissen, sie gaben sich den fremden Lüsten hin und bereuten danach, dass sie Chosro Mirsas Chalate trugen und wie er mit gekreuzten Beinen saßen. An früheren Brauch und eigene Sitte erinnerten sie sich zwar, befolgten sie aber nur innerhalb der eigenen vier Wände, dieweil Chosro Mirsa an seine Seite setzte, wer seine Sitten übernahm. Im Grunde genommen zwang er keinen, erreichte sein zerstörerisches Ziel aber hinterrücks, indem er die Sinnenlust zur Regel machte, nicht frontal angriff, sondern von der Flanke, heimtückisch.

Die Georgier konnten nicht über den eigenen Schatten springen, sie konnten nicht mehrere Ehefrauen haben und konnten auch den Wein nicht vergessen, also saßen sie, die Köpfe turbanumwunden, zwischen Kissen und Polstern und tranken Wein, beteten in ihren Schlafzimmern und rauchten im Beisein von anderen Haschisch. Doch wer dem Teufel einen Finger reicht, der gibt ihm bald die ganze Hand.

Als Chosro Mirsa in seinen Kissen starb, ließ er die Georgier in ihrem Zwiespalt zurück.

Sein Wirken und seine an fremden Genüssen reiche Lebensart hatten sich ihnen eingeprägt, und in der Folge dürstete es sie nach heimlichem Abenteuer. Seit Chosro Mirsa verspürten sie den Wunsch nach mehreren Frauen, und schlummerte dieser Wunsch auch gewisse Zeit ein, so brach er danach umso mehr sich Bahn.

Chosro Mirsa hatte den Georgiern Persertum und Tatarensitte hinterlassen, aber sie schnitten sie auf sich zu. Sie wurden Haschischliebhaber, schworen deshalb jedoch dem Wein nicht ab. Sie liebten andere Frauen, verleugneten jedoch deshalb nicht ihre Ehegattinnen und ihre Familien. Ihren Frauen waren sie in der Öffentlichkeit treu, zu jenen von anderen stahlen sie sich heimlich.

So also war Chosro Mirsas Märchenwelt beschaffen, und nun sage mir einer, wie sollte er nicht in die Hölle stürzen?!

»Der Zug Nummer vierhundertdreiundachtzig Tiflis–Moskau ist an Gleis eins eingefahren, wir bitten alle Reisenden, einzusteigen und ihre Plätze einzunehmen«, verkündete seinerzeit eine Frauenstimme auf dem Tifliser Bahnhof. Anstelle ebendieses Bahnhofs standen früher Wälder, in denen Chosro Mirsa sich zu ergötzen und zu jagen pflegte.

Schon lang nicht mehr steht auch Chosro Mirsas Tifliser Palast; an der Stelle, am Fluss, ließ Lawrenti Beria später während seiner Herrschaft in Fronarbeit einen Uferdamm errichten.

Schon lang, seit wohl zweihundert Jahren steht das Haus und findet sich das Grab der Zakwisser Frau nicht mehr, die Daud Chan, der tatarisierte König, geliebt und deren bäuerlicher Abstammung er sich nicht geschämt hatte. Hätte er ahnen können, dass ihr gemeinsamer Sohn Chosro Mirsa die georgischen Sitten verändern würde? Niemand hatte sich bis dahin Derartiges vorgenommen, auch Schah Abbas nicht, der metzelte und vertrieb, aber nie eine Angleichung im Sinn hatte. Auch wenn das Land vielfach unterwandert war, wer hätte sich solch einen Wandel träumen lassen?

Die Georgier blieben zurück mit heimlichen Gelüsten, die sie als Chosro-Mirsa'sche Genüsse verinnerlicht hatten; die gut fünfundzwanzig Jahre seiner Regentschaft reichten, um nicht nur ihre Begierden, sondern auch ihre Denkweise aus dem Lot zu bringen, was sie dazu brachte, in allem doppelgesichtig zu sein, sich zu verstellen, so wie es in dem Gedicht über den Fürsten und Staatsmann Giwi Amilachwar heißt:

»Giwi Amilachwar, du vom Schicksal Begünstigter, du Heuchler, bald bist du auf dieser Seite, bald auf jener, je nachdem, woher der Wind weht.«

Was wird aus einem vom Wind Getriebenen? Der Wind fragt nicht nach deinen Wünschen, gewaltsam, vor aller Augen, treibt er dich vor sich her, doch unterwegs, während er dich vor sich her treibt, lässt du viel zurück, und wenn er dich absetzt, abwirft, bist du ein anderer. Du bist ein Sowohl-als-Auch.

Wie auch immer, damit diese Rede hier nicht zu weit führt, wollen wir uns wieder den Frauenabenteuern der Georgier zuwenden.

Ja, so ein Abenteuer ließ sich großartig an, aber richtig in Fahrt konnte es nicht kommen. Georgien war klein, und wenn der König in der Früh gehustet hatte, wusste das selbigen Morgens das ganze Land, eben weil es so klein war und nicht einmal Zeitungen brauchte. Ein Mann, der verheirateten Frauen nachstellte und den Hof machte, war augenblicks allen bekannt, und die Frauen, die hatten schon gar keinen Spielraum. Affären und Mätressenwirtschaft indes waren nicht mehr genug, denn es begann eine Periode, wo aus Liebestollheit alles Mögliche getan wurde. Aus Liebe zu einer Frau verschleuderte der Bischof von Alawerdi für eine Jerusalemreise bestimmtes Geld, nahm mit ihr Reißaus und legte später die Soutane ab. Weil er sich in seine Tante verliebt hatte, dichtete Fürst Lewan Dadiani kurzerhand seiner eigenen Frau Untreue an, schnitt ihr die Nase ab und feuerte mit der Kanone auf ihren angeblichen Liebhaber.

Gewiss, das Land war klein und das Feld für Frauenabenteuer klein. Zu alten Zeiten hätte man in Byzanz auf Frauenjagd gehen können, aber diese Zeiten waren vorbei, und unter Tataren ist es müßig, Frauen nachzustellen, sie halten sie hinter neun Schlössern weggeschlossen – wo wären Frauen da in Freiheit anzutreffen gewesen?

Wer der Geschichte bis hierher gefolgt ist, hat bemerkt, dass das alles nicht für die georgische Bauernschaft galt; sie hatte sich das alte Georgiertum bewahrt und dachte sich angesichts des Gebarens der Herren das Ihre.

Die Zeit verging, und es rückten nun russische Truppen an, um dem geschrumpften, verarmten Georgien gegen den tatarischen Feind freundschaftlich zur Seite zu stehen. Doch aus der Freundschaft wurde Untertanenschaft, Georgien hörte auf zu existieren und wurde Teil des Generalgouvernements Kaukasus im Russischen Reich. Mit den russischen Truppen kamen auch Frauen, Soldatenhuren, und in der Folge lernten die georgischen Männer, dass man gegen Geld alles mit einer Frau anstellen kann. Die georgischen Adeligen ihrerseits lernten, dass ein Bauer kein Mensch, sondern Knecht sei. So war das nach russischem Gesetz. Ein Fürst konnte prahlen: »Mann, von all den Frauen, die ich verbraucht hab, haben ganze dreißig Mariam geheißen, und fragt mich jetzt nicht nach dem Rest, der wär eine Rechnung für sich.« Mit Verbrauchen war die Entjungferung gemeint. Wenn ein Fürst erfuhr, dass ein Bauer heiraten wollte, konnte er das ihm angeblich zustehende Recht auf die erste Nacht einfordern. Das war russisches Recht und in Georgien bislang unbekannt gewesen. Die Bauern brachten Fürsten, die es für sich beanspruchten, oft um, vermochten aber nicht viel. Denn die Fürsten trugen russische Epauletten. Mariam – schon nur die unchristliche Erwähnung dieses Namens muss uns bitter zu denken geben.

Das Tor zu jener Hölle, in welcher sich obige Fürsten befinden, lassen wir geschlossen, gewiss aber schmachtet Chosro Mirsa ganz in der Nähe.

Auf den Straßen Georgiens erschienen *fahrende Hotels*, russische *Fuhrwerke*, auf deren Ladeflächen Hurenhäuser standen, und dort verkauften die Hundsfotte Bauersfrauen. Später verbreiteten sich in den Städten rasant die Bordelle, es gab zahlreiche Vergnügungslokale, von Georgiern umschwärmt wie von Fliegen, die sich über Honigwaben hermachen, genau so. Freilich fand das alles ein jähes Ende, als der russische Zar stürzte und die Kommunisten das Land übernahmen.

Damals rief ein wackerer Fürst aus: »Sagen wir uns von Russland los! Und dann ade, Schwarzbrot und blonde Frauen!«

Kurze Zeit tat dieser Aufruf seine Wirkung. Georgien schien die Russen abzuschütteln, aber dann marschierten sie erneut ein, besetzten das Land und belegten es mit Feuer und verbreiteten den Tod, sie etablierten ein kommunistisches Regime, das ein Regime der Disziplin war und alles verbot, was vorher gewesen war.

Es wurde getötet und exekutiert, und die überlebten, machen das heutige Georgien aus.

Es trat ein gewisser Lawrenti Beria auf, Herr der Blutseen, kahlköpfig und bebrillt, schmallippig, spitzgesichtig, Meister im Großtun und im Einsatz von Heimtücke, Machthaber im kommunistischen Georgien und, obgleich verheiratet mit einer schönen, lieben Frau, notorischer Frauenjäger und so gestört, dass er angeblich spezielle Mittel einnahm, um es lange treiben zu können, und weil er nicht gerade ansehnlich war, setzte er bei seiner Jagd auf Frauen die Waffen der Einschüchterung und seiner Allgewalt ein. Er mordete, baute Prachtgebäude, spielte Ränkespiele, stellte den Frauen nach und machte sie sich zu Willen, daraus bestand sein Leben und er lebte gut. Dann reichte ihm der schnauzbärtige Sosselo die Hand, Russlands Oberbefehlshaber, und holte ihn als ranghohen Höfling nach Moskau, wo er auf dieselbe Weise weitermachte; kein anderer Amtsträger im kommunistischen Russland habe ein solches Gebaren an den Tag gelegt, hieß es. Unzählig die Frauen, die er umgarnte, einschüchterte, niederzwang, betäubte, über die er herfiel, denen er schöntat, Angst einjagte und die er sich trotzdem immer wieder gefügig machte. Er kannte keine Hemmung und keine Reue, scheute vor nichts zurück, ließ die Ehemänner schmoren, während er mit ihren

Frauen zugange war. Als er später verhaftet und ihm eine Kugel in die Stirn gejagt wurde, lag eine Liste missbrauchter Frauen vor. Er war verrückt genug gewesen, Spuren zu hinterlassen. Ob Georgierin oder Russin, hatte für ihn keine Rolle gespielt, allerdings hatte er in Russland freier agieren können, denn dort tötet dich keiner um einer Frau willen, in Georgien schon. Georgien ist klein und seine Wertordnung eine andere.

Die Georgierin gilt, das wusste wohl auch Lawrenti Beria, als schwierig. Schwierig ist sie für den georgischen Mann und Chosro-Mirsa'sche Ausschweifung mit ihr ausgeschlossen, denn: Was ist die Hauptsache für einen Georgier? Die Familie. Und die Wichtigste in der Familie ist die Frau. Lass es der Familie an nichts fehlen und hab deine Abenteuer daneben. Lawrenti Beria war der Erste, der das so offen betrieb. Des Weiteren, was haben die Georgier sich nicht alles ausgedacht, wenn wir ein wenig Richtung Gegenwart schauen: Die Familie tausche ich gegen nichts ein, aber einen Seitensprung wird meine Frau mir, wenn ich's nicht übertreibe, doch immer wieder verzeihen, denn sie weiß, wenn's zum Äußersten kommt, tausche ich sie nicht ein, schon gar nicht gegen eine Russin.

Nach Lawrenti Beria verhielten sich Georgier, die nach Russland gingen, allesamt ähnlich wie er. Vielleicht nicht, was die Brutalität angeht, doch sonst gab es Ähnlichkeiten.

Aber was machte nun eine Russin aus?

Sie schläft herum, hieß es schlicht. Unvorstellbar, dass ich so eine je gegen meine Familie tausche. Das sind Huren, also lassen wir die Zügel schießen, Chosro Mirsa lässt grüßen.

Die Chosro-Mirsa'sche Wunde brach wieder auf.

Was lange verborgen lag, kam nun zum Vorschein. Eine Tür tat sich auf. So ein riesiges Imperium: lächelnde Frauen, die mit wenig zufrieden waren, die anders als die georgischen Frauen weder Rittertaten noch Liebeserklärungen brauchten, ein Lächeln zum Schein, eine Pulle irgendwas, ein Augenzwinkern genügten, und los ging's mit dem Geschmuse. Zudem standen dieser leicht zugänglichen Lust keine Grenzen im Weg, und so zogen die Georgier los und trieben sich herum und ließen kein Dorf und keine Stadt aus. Das ganze Reich müssen sie unsicher gemacht haben, sodass ein Kutaisser beim Weintrinken mit Freunden einmal scherzhaft prahlen konnte: »Was wollt ihr mir noch über die Russen erzählen, halb Russland nennt mich Papa.« Los zogen sie und ergossen sich mit ihrem Draufgängertum über das weite Land, konfrontierten die russische Frau mit dem kleinen Volk: Woher nur all die Männer kamen? Per Eisenbahn, Auto, Flieger, alle Wege standen offen, die ganze georgische Männerwelt seit Chosro Mirsas Zeiten schien auf das sich über ausgedehnte Steppen erstreckende große Land gewartet zu haben, auf den Raum, wo sie sich vergessen konnten, darauf, reuelos wie Lawrenti Beria die Ersparnisse eines ganzen Jahres zu verschleudern, laut zu singen und bei der Frau das zu suchen, was sie von der eigenen Frau zu Hause gar nicht forderten, weil sich irgendwo tief drinnen, tief verschüttet immer noch einfacher alter georgischer Christenbrauch regte. Auch wenn die Kirchen in Georgien inzwischen sämtlich geschlossen und mancherorts in Bäder oder Theater verwandelt worden waren. So weit war Chosro Mirsa nicht gegangen.

In Scharen zogen sie nach Russland, was zur Folge hatte, dass auch russische Frauen in Scharen nach Georgien kamen. Georgien entdeckte sein Meer erst über die russische Frau und kostete es aus. Es kam auch zu Händeln: »Die gehört mir!« – »Nein, mir!«, wenn sich die Russinnen an Georgiens Stränden in die Sonne legten. Es konnten gar nicht genug da sein, aber du musstest ja nur über den Berg, auf der anderen Seite waren sie unerschöpflich.

Manchmal entstand auch wahre Liebe, warum auch nicht. Die sah dann zum Beispiel so aus, dass verheiratete Männer für immer in Russland blieben und plötzlich zwei Ehefrauen hatten – höre und staune, Chosro Mirsa: In irgendeiner Stadt

Sibiriens hatten sie eine zweite Frau und Kind, während die erste hier in Georgien war.

Die Geschichte hatte aber noch eine andere Seite: Verwandte und Kumpel brachten Jünglinge, die noch nie eine Frau gesehen hatten – was auf neunzig von hundert zutraf – nach Russland, damit sie dort herausfanden und ausprobierten, was eine Frau war, wobei die meisten folgendermaßen instruiert wurden: »Junge, eine Russin lässt dich solche Wonnen erleben, dass du nicht mehr davon loskommst und dich verliebst, aber das darfst du nicht, ein Georgier darf nur eine Georgierin lieben und auch nur eine Jungfrau, für die du der Erste und Einzige bist. Wenn du an der Seite einer Russin aufwachst, glaubst du, es ist fürs ganze Leben, aber du bist Georgier, du musst aufstehen und gehen, denn das Leben ist woanders, und wenn du dort hängenbleibst, was wird dann aus Georgien?«

Spürten all die umherschweifenden Männer nicht, dass sie sich belogen? Aber wenn sie loszogen, wenn es sie überkam und sie einmal dort waren, hielt sie nichts mehr – Meer und Ozean wirbelten und wogten. Das Lawrenti-Beria'sche Gebaren reizte ja auch die Frauen, nun da es die Allgewalt eingebüßt hatte und nur noch für das Ungewöhnliche stand, dafür, was der russische Mann eben nicht war: dem Äußeren nach wohlhabend (obgleich dies nur Schein war), vom Auftreten her sorglos (obgleich, hätten sie den Georgier in seinem eigenen Land gesehen, hätten sie ihn anders erlebt), in der Liebe unermüdlich und rückhaltlos (obgleich er in seinem eigenen Bett anders gewesen wäre). All die Frauen staunten, wie anders diese Männer waren, die zudem, wenn es darauf ankam, sofort zu deinem Schutz herbeieilten und nicht den Schwanz einzogen. Was sie nicht wussten: Die georgischen Männer schützten in Wahrheit nicht die Frau, sondern ihr Georgiersein: Hier stehe ich, was will sich da einer vor meinen Augen an die Frau ranmachen?!

Die Georgierinnen jedoch mochten die Russinnen nicht.

Zweifellos, weil sie wussten, was vor sich ging. Während die georgischen Männer ihr Doppelleben fortführten, in immer neuen Scharen. Mit dem alten persischen hatte ihr Harem nichts gemein: Es umfasste sämtliche auf einem Sechstel des Erdenrunds wie Perlen verstreuten russischen Frauen. Hätte ein Chosro Mirsa seine Gelehrten gefragt, sie hätten sie nicht zu zählen vermocht.

Wie Wünsche so unzählbar waren sie.

Die Gutherzigen erinnerten sich der russischen Frauen voller Zärtlichkeit, zumindest in Gedanken. Die Mehrheit jedoch verstand unter Georgiersein etwas anderes, glaubte, mit hasserfüllten Reden über Fremdes oder fremde Genüsse wäre Georgien vor der Vermischung mit diesem letzten Eroberer zu retten, und es entstanden tausend, hunderttausend Lügen über Georgien, und in diesen Lügen lebten sie. Russland hätte uns zwar unterworfen, wir aber hätten die russische Frau und die Ehefrauen der Russen unterworfen, was weit ehrenvoller wäre als unsere Unterwerfung durch die Russen – solche Reden schwangen sie in weinseligem Geschwätz und das, obwohl sie mit diesen Russinnen unbekannte Sinnesfreuden erlebten; sie sahen weder die Selbsttäuschung noch waren sie dankbar für den sündigen Genuss, denn sie logen sich vor: »Unzucht zu treiben bedeutet eine Erniedrigung der Frau durch den Mann«, aber die Wirklichkeit war anders, sie hatten vielmehr Angst, für die russische Frau Gefühle zu empfinden, die sie nicht offen zeigen durften. Also hüteten sie sich vor Gefühlen, und so blieb es ein halbes Jahrhundert lang.

Schauen wir hundert Jahre vor Lawrenti Beria zurück: Da ging der junge Dichter Akaki Zereteli zum Studium nach Sankt Petersburg und nahm dort, um es gleich zu sagen, eine Russin zur Frau, mit der er einen Sohn hatte, der kein Georgisch konnte, wo es doch für einen Georgier nichts Schlimmeres gibt, als dass sein Kind der georgischen Sprache nicht mächtig ist, nachdem sie all die Kalif-Sultan-Schah-Zaren heil überstanden hat und ihm mehr als alles bedeutet. Item, Zereteli reiste zusammen mit seinem wackeren Knecht per Kutsche nach Petersburg, man stelle sich vor, ganz Russland durchquerten sie in der Kutsche, denn es gab noch keine Eisenbahn, unendliche Weiten durchquerten sie, und auf den Feldern arbeiteten die russischen Bäuerinnen, gebückt und hellhäutig und strohblond, und der arme Knecht wäre beinahe gestorben, bekreuzigte sich und flehte zum Herrgott, ihn vor diesen Teufelinnen zu verschonen. »Sieh, Herr, sieh nur, ob dieses Russland nicht des Teufels ist«, sprach er zu seinem Herrn Akaki, der sich auch einen Namen als Schwerenöter machen sollte, »sieh, Herr, man sieht ihr Haar, und sie tragen *Blusen*, die ihre Brust freilassen, und ihre Röcke sind bis zu den Knien geschürzt, als täte sich keiner um ihre Waden kümmern. Oje, Herr, oje, wir sind verloren!« Die Frauen waren Feldarbeiterinnen und hatten die langen Röcke geschürzt, damit sie ihnen nicht in die Quere kamen.

Es wehrte sich der arme Knecht, er sah und fühlte.

In diesem bäuerlichen Knecht bewahrte sich noch das alte Georgien mit seiner Scheu, während sein Herr von anderer Denkungsart war.

Item, in einem georgischen Dorf hinwiederum breitete sich Furcht und Schrecken aus, hob ein Bitten und Flehen an um Verschonung, weil der Priester während eines Aufenthalts im Sündenpfuhl Tiflis vernommen haben wollte, der Zar der Russen hätte verlautbart, er gedenke russische Frauen nach Georgien zu bringen und gewaltsam mit georgischen Bauern zu verheiraten, und diese Frauen würden das Haar kurz tragen und sogar bebrillt sein. »Herrjemine«, riefen die Männer aus, »jetzt ist alles verloren und das Georgiertum in den Händen von Teufeln!« Etwas Sündigeres und Schrecklicheres und Sittenloseres als die russische Frau gab es nicht, auch wenn sie nie eine gesehen hatten, aber was sie hörten, nahmen sie für pure Wahrheit. Diese Bauernschaft konnte weder lesen noch schreiben, aber sie spürte: Wo die russische Frau ist, steht auch Russland mit seinen Kanonen bereit.

Wie auch immer, wie auch immer, weiteres Beschreiben der russischen Frau würde zu weit führen, über die mächtigen, hohen Berge, tosende Flüsse, den wilden Tergi selbst natürlich, den Georgiern inzwischen zur Genüge bekannt. Das Phänomen der russischen Frau starb, erstarb, fand ein Ende, als hätte es sie nie gegeben. Es starb, nachdem sich Georgien von Russland losgerissen hatte und eine Jugend herangewachsen war, die nichts mehr wusste von der russischen Frau und den Streifzügen nach Russland. Der eine Vorteil, den das große Imperium Georgien geboten hatte, waren diese Streifzüge, die Abenteuersuche auf russischem Boden. Jetzt ist das Abenteuer nur noch Geschichte, bar der altkommunistisch lügenhaften Verbrämungen.

In der Historie wird man umsonst nach vergleichbarem Schicksal suchen: Die Konstellation zwischen den zwei Ländern, dem winzig kleinen und dem riesengroßen, hat nicht ihresgleichen – das eine erobert, geplündert, gepeitscht, gemordet, darbend und, obwohl unterworfen und tausendmal gemordet, äußerlich fröhlich, lachend und seinen Hass nicht zeigend, während das andere, der Eroberer, glaubte, es hätte sich gefügt, sich dareingefunden, und im vollen Ernst ausrief: »Ach, was sind das nur für brave Leute, wie gut sie sich zu fügen wissen, so liebenswert, nein, wie liebenswert!« Allein die so Fügsamen hatten gut lachen: Sie beschliefen die Frauen ihrer Herren, und dieser Herren Frauen, die da sind die besten auf der großen weiten Welt, hatten gleichfalls ihre Freude daran.

Nirgends sonst hätte sich solch eine Herr-Knecht-Beziehung, solch eine Rangordnung finden lassen, und dabei geriet just die unter Chosro Mirsa erworbene Doppelnatur zu einer Überlebensfrage – aber zu welchem Preis? Dem Preis, zu vergessen, wer sie in Wirklichkeit waren.

Heute ist es nicht länger verboten, in jede Weltenecke zu reisen, es braucht keine Streifzüge mehr, weder kleine noch große, es gibt nicht mehr den Drang loszuziehen. Als sei da an Georgiens Flanke nicht mehr die sich hinziehende Grenze des riesigen Russlands, als sei die russische Frau eine andere geworden und vermöchte den doppelgesichtigen Mann nicht mehr zu verlocken.

Die Georgier seien verarmt, heißt es, zermürbt und zu Boden geworfen von Kriegen und Schicksalsstürmen, und sie hätten die Mittel nicht mehr, um ins Russenland zu gelangen und den dortigen Frauen nachzustellen, jedoch es gibt einen anderen Grund, eine andere Antwort, nicht die Kriege zwischen Russland und Georgien und nicht den offenen Hass zwischen Regenten, sondern einen anderen, und diesen Grund kennen die Georgier in ihren Herzen:

Der Grund ist eben: Es scheint, als hätte es das alles nie gegeben.

Als wäre es ein Märchen, ein buntes Märchen gewesen – das ist der Grund –, erfunden von Männern, zusammengekleistert mit duftendem Klebstoff, und jetzt, wo der Mann auf sicheren Beinen steht, sieht er, was für ein lächerliches Fantasiegebilde ihn bewegte, zweitausend Werst durch den Himmel zu fliegen, aus dem Vogel zu steigen und die erstbeste Frau lächelnd anzusprechen: »Barischna*, dürfte ich mich in Sie verlieben?« Und nur dafür durch den Himmel zu fliegen und für nichts anderes sonst.

Für ein Konstrukt, nichts Lebendiges. Ein Fantasiegebilde, geboren aus georgischen Lügen. Das Gebilde wird schwinden und vergehen, ein Restchen nur wird bleiben; es wird schwinden wie Chosro Mirsas Palast mit seinen Springbrunnen, golddurchwirkten Seidenstickereien, Pfauen, Lust-

* Fräulein

knaben und Lautenspielern, mit seinen Kaffeepfännchen und Opiumpfeifen, schwinden und vergehen. Schau, was ist denn von Chosro Mirsas Palast in Tiflis jetzt noch zu sehen? Ruinen? Ich glaube, es hat ihn nie gegeben, er war eine übergroße georgische Fantasie, die sich so auswuchs, dass mehr als dreihundert Jahre lang alles auf dem Fantasiegebilde aufbaute, alles zweierlei war: Es gab zweierlei Gutes und zweierlei Schlechtes, zweierlei Schönheit, Wirkliches und Erfundenes, und es gab auch zweierlei Georgier, zweierlei arme, im Elend kriechende. Schwinden und vergehen wird alles, was zweierlei ist, wie der Palast.

Wirklich alles ein Fantasiegebilde?! Auch die ganze blutgetränkte Kommunistenzeit, die Georgien in tiefstem Elend hinterließ und ausgebrannt, sodass du dich jeden Tag im Leben fragtest, wem du morgen wie zu Gefallen sein müsstest, nach welchem Wind du dein Fähnchen richtest, damit du überlebst, wie du was ergaunerst für ein paar Annehmlichkeiten – und eines schönen Morgens zeigt sich, dass du dich weder nach jemandem richten noch jemandem was abgaunern und auch nicht über neun Berge auf die Jagd nach schwänzelnden, stöhnenden Frauen gehen musst. Du bist allein, und siehe da, was du hast, das hast du, auch deine Frau genügt dir, du hast dieses Doppelleben in keiner Weise mehr nötig, aber so schwierig es war, sich hineinzufinden, so schwierig ist es auch, wieder hinauszufinden, vor allem, wenn dich dein Leben und deine Lügen Fantasie dünken und nicht Wirklichkeit.

Tjaaaaaaaaaaaa ...

Also nun zeig mir doch mal Chosro Mirsas Palast. Wo er einst stand, ist nur Luft, die Sioni-Kirche indes steht fest. Zeig mir Lawrenti Berias Grab. Nur Asche, der Wein in der Kwewri indes gärt noch immer.

Sodass man sagen könnte: Georgien war immer nur Sioni und Wein.

Derweil lässt Beelzebub Chosro Mirsas und Lawrenti

Berias Seelen aufeinanderprallen, ohne dass sie wissen, wer sie sind. Nur, was haben wir davon?

Schwierig ist es, aus einem Fantasiegebilde hinauszufinden. Schwierig ist es, allein das zu bewahren, was du vor Chosro Mirsa hattest. Wem's gelingt, dem gelingt's, wem nicht, der quält sich weiter, er übersieht, dass er mit einem Fantasiegebilde lebt, und gerät in Wut: Alles ist verlorengegangen, verschwunden, vorbei, wie die russische Frau, zu der wir nun nicht mehr können, auf die andere Seite des Bergs.

In Wirklichkeit lebten die Georgier doch friedlich vor sich hin, und wenn es sie zu Liebesabenteuern zog, dann nur heimlich und zurückhaltend, still und verschwiegen, so wie es in der Geschichte vom »Mann im Pantherfell« geschrieben steht: Awtandil zog los, die Wünsche seiner Geliebten zu erfüllen, und der Weg schenkte ihm Freunde; doch obwohl er der Geliebten innigst zugetan war und alles Mögliche für sie auf sich nahm, purzelte er unterwegs trotzdem mit einer anderen, Patman Chanum, ins Bett, allerdings, Liebe sei das nicht gewesen, sondern Buhlerei. Na und? Was ist dabei, wenn ein in hoher Mission umherschweifender Mann sich ein-, zweimal in den Armen einer anderen findet?

Überhaupt nichts ist dabei, weil es nicht um ein Fantasiegebilde und auch nicht um Doppelnatur geht in der Art: Dort bin ich ein anderer und hier wiederum ein anderer. Awtandil war eins, und darum ist auch nichts dabei.

Iiiiiitem, zurück zu den Höllenqualen, wer ein Herz hat, erspürt die Seelenpein, wer nicht, wohlan, der gehe fürbass, bis zur Hölle scheint es fern, auch Chosro Mirsa selbst hätte sich nie in der Hölle gewähnt, für manche ist er ja vielleicht im Paradies, während Lawrenti Berias Seele an der Frage litt, weshalb nur sie Macht und Gewalt verlustig gegangen war.

Kurz, Pein über Pein ... Wer hätte sie je erblickt, die siedenden, verborgenen Höllenflüsse, mehr noch, sie überquert – viere an der Zahl sollen es sein und unterschiedlich heiß? Alte

Sagen sind's, besser, wir halten uns wiederum kurz: Die Seele ist eins, wie könnte der Mensch da zweie sein, es sei denn, die Hölle steigt zur Erde empor und

DIE LACHERIN

Desmond has a barrow in the marketplace
Molly is the singer in a band
Desmond says to Molly, girl, I like your face
And Molly says this as she takes him by the hand
Ob-la-di, ob-la-da, life goes on, bra
La-la, how the life goes on
Ob-la-di, ob-la-da, life goes on, bra
La-la, how the life goes on

JOHN LENNON / PAUL McCARTNEY

DER GROSSE AUSFLUG

Ein Ausbruch war das, an den sich einige noch heute erinnern, damals jedoch hatten die meisten die Geschichte selbst mitbekommen.

Ohne Witz: Zu siebt zogen sie los und hauten so auf den Putz, dass sie ganze dreißig Tage brauchten, um alles zu erzählen.

Die anderen hörten zu: manche scheinbar ungerührt, mit nagendem Neid, manche, die weniger Verklemmten, lachend und Beifall klatschend.

Geld, um Lokale in Dagomys mit Beschlag zu belegen, hatten sie nicht, aber immerhin so viel beisammen, dass sie um die Häuser eines wirklich populären Touristenorts ziehen konnten.

Sie waren Studenten, und einmal im Jahr verdienten sie einen echten Ausbruch in diesen dunklen, süßlichen Zeiten, als so ein Ausbruch *paestka** genannt wurde. Das Geld dafür brachte man zu Hause immer auf – für einen Ausländer wahrscheinlich verwunderlich, hätte er von der Existenz eines Landes wie diesem und Zuständen wie diesen überhaupt eine Ahnung gehabt.

Oh, ein grandioser Ausbruch war das. Zu siebt zogen sie los, ein Tschughureter hatte einem von ihnen den Weg erklärt.

Es gebe da einen Ort auf den Kliffen der Krim, hatte der höchst bewanderte Tschughureter gesagt, einen Ort namens Sowet Kwascha. Was das heiße, könne er ihnen nicht sagen, aber er sei leicht zu finden, Hauptsache, sie schafften es irgendwie auf die Krim.

Ein paradiesischer Ort sei das, wenn man knapp bei Kasse sei, und es sei ein paradiesischer Ort, wenn der Papa nicht Geld wie Heu habe: Schöne, saubere Zimmer gebe es dort, die *Koje*

* Ausflug, Vergnügungstour, Spazierfahrt, Reise

zu drei Rubeln, das Meer fantastisch, also geil, supergeil, der Rosé-Krimsekt zu bloß zwei sechzig. Da könne man so viel Sekt kaufen, dass es auch für zehn reiche, ja noch übrigbleiben würde, und wenn was übrigbliebe, könnten sie ihn verschenken.

Ja, und mit dem Verschenken finge es dann an.

Hier verdrehte der erfahrene Tschughureter die Augen, sogar die Lider fielen ihm bei der Erinnerung an ekstatische Wonnen halb zu. Schon mit einer Flasche Rosé-Krimsekt sei ein halbes *Dutzend* Frauen rumzukriegen. »Frauen« sagte er, denn »Mädchen« war für sein eigenes süßes Liebchen reserviert. Er habe keine Ahnung, woher die kämen, aber Sowet Kwascha sei ein Ort, wohin ganz Russlands freizügiges Weibervolk schwärme. »Das sind vielleicht keine Balletteusen«, sagte er mit gewissem Bedauern, denn zu der Zeit gab es die Meinung, wenn einer bei einer russischen Ballerina landen konnte, müsse er schon Champion von irgendwas sein. »Vielleicht keine Balletteusen, aber es gibt leichtlebige, einfache Mädels dort, ganz tolle Mädels, schwör ich bei meiner Mutter.« Schlechte gebe es nicht und, um nicht nur vom Äußeren zu sprechen, sie würden keine antreffen, bei der ihnen nicht das Herz aufginge, nein, jede *Beliebige* bringe es, mehr oder weniger jedenfalls, aber *egal*, was rede er so viel, sie sollten hingehen und selber sehen, und wenn sie's nicht geil fänden – er stehe hier und sie könnten kommen und ihm ins Gesicht sagen, dass er sie angeschwindelt hätte, und er würde den Kopf einziehen und sich vom Acker machen.

Zudem, was das enorm Merkwürdige sei an den dutzendweise in diesem Sowet Kwascha herumspazierenden Mädels: Sie hätten keine Männer dabei. »Ich fress 'nen Besen, wenn von zehn eine in Männerbegleitung da ist. Keine Ahnung, wo die russischen Männer sind; kann sein, in Russland leben nur Frauen.«

Sollte ihnen ausgerechnet eine gefallen (er sagte »Frau«, benutzte zwischendurch aber auch das Wort, das das ihm Wichtigste an einer Frau bezeichnete), die in Männerbegleitung war, so sei auch das kein Problem. »Diesen Männern ist ab dem *Moment* alles egal, wo sie was zu trinken kriegen, und wenn nicht, *Hauptsache*, sie steht auch auf dich, dann lullt sie ihn ein und schleicht sich davon, zum *Tanzen* oder sonst wohin.«

Überhaupt kein Problem sei das an so einem Ort, *überhaupt gaaar* kein Problem, *amüsieren* würden sie sich, einen draufmachen, wenn sie nicht bloß hingingen, um herumzukrakeelen und sich zu kloppen. Es sei zwar kein Ort mit hippen Restaurants und Bars, aber es gebe gute Cafés und das Meer und der *Strand* seien *sowieso* geil.

Was hätte der gute Tschughureter noch sagen sollen? Der Junge schielte ein bisschen, aber er schien von den scharenweise zum Sowet Kwaschaer Strand strömenden russischen Mädchen deswegen nicht verschmäht worden zu sein.

»Sobald ihr aus dem Zug steigt, geht ihr zum *Schalter* und fragt nach Sirioga dem *Rettungsschwimmer*. Die können euch sagen, wo der ist, und wenn ihr hinkommt, wird der Sirioga für jeden von euch ein super Doppelbettzimmer richten, jawohl, und wenn ihr dem Sirioga sagt, wir seien Tbilisski-Kumpels, wird er euch noch superer unterbringen.« Wahrscheinlich hatte Rettungsschwimmer Sirioga im fernen Sowet Kwascha eine ganz andere Einstellung zu dem Ratgeber aus Tschughureti.

Noch eine spezifische Annehmlichkeit hätte dieser Ort, sagte der nette Tschughureter weiter, nämlich dass er bei Georgiern völlig unbekannt sei, sie würden dort also kaum auf andere Georgier treffen, und dies verleihe Sowet Kwascha seinen eigenen Reiz: Sie könnten sich ganz für sich *amüsieren* und einen draufmachen. Wem daran lag, während eines Ausbruchs nicht auf eine andere Gruppe von Landsleuten zu stoßen, für den klang diese letzte Bemerkung besonders verführerisch, denn bekannterweise fühlst du dich nicht gerade wohl in deiner Haut, wenn du während eines Gruppenausbruchs auf eine andere Gruppe aus deinem Land stößt, weil du dann die ganze Zeit daran denken musst, was diese Gruppe über deine eigene denken mag, und weil diese Gruppe genau dasselbe denkt, verliert der Ausbruch seinen Reiz. Und nicht nur das, du musst, ob du willst oder nicht, auch noch Brüderschaft schließen. Einfach weil ihr Georgier seid, müsst ihr euch in fremden Landen miteinander bekanntmachen, ihr müsst die Hände nacheinander ausstrecken, Hilfsbereitschaft demonstrieren, obwohl's euch gegenseitig vielleicht anödet, aber was hilft's, man ist eben Georgier. Die sozialen Regeln der alten, kommunistischen Zeit wollten es so, nur dass damit jeglicher unbekümmerte Ausbruch und jede Freiheit abgewürgt wurde und das Abenteuer Fress- und Trinkgelagen wich, während rundherum Armeen von russischen Frauen rumturnten.

Dem Tschughureter war die mangelnde Hipheit des Ortes wurst: »Wenn du kein Großkotz bist, nichts auf den Schick eines Dagomys gibst, nicht auf die Bars und Restaurants von Gagra, seine noblen ›Gagripschs‹ und ›Karavellen‹, stehst und wenn du nachts deinem Mädel zuliebe keinen Reiz an Schlägereien, Messergefuchtel und so was findest, beziehungsweise daran, danach mit Lösegeld zur Miliz rennen zu müssen, dann nichts wie nach Sowet Kwascha. Kein Risiko, dass du wegen einer Frau in eine Schlägerei gerätst, wie gesagt, auf einen Mann kommen hier fünfzehn Frauen, wenn du nicht *reinweg* plemplem bist, gibt es nichts, worum man sich schlagen müsste, ja mit wem willst du dich schon schlagen, es gibt keine Georgier, es gibt keine Abchasen, überhaupt keine Kaukasier, und die Russen, wie ihr wisst, schlagen sich nicht. Sogar das baltische Palanga würde ich nicht mit Sowet Kwascha tauschen wollen, das Meer dort taugt nichts, und die Frauen musst du lange bearbeiten, und vielleicht wird's was oder auch nicht, und dann, was hast du dann von all den schicken Restaurants?«

Sehr eindringlich konnte dieser Tschughureter reden, die Flüge waren billig damals und weil der Sommer in Reichweite war, beschlossen sie, für zwei Wochen hinzufliegen, nein, besser, wir legen's auf zwanzig Tage an, und zu siebt machten sie sich nach Sowet Kwascha auf: Erst flogen sie, dann zuckelten sie im Zug, dann besuchten sie Sirioga den *Rettungsschwimmer* und brachten es summa summarum auf zweiundzwanzig Tage. Das Geld reichte, auch wenn sie auf der Rückreise nichts mehr zu essen kaufen konnten, nicht einmal einen Apfel und ein *Brötchen*. Der Ausbruch jedoch gab lange Zeit zu reden und sorgte für Begeisterung, sodass sich im folgenden Sommer weitere Grüppchen nach Sowet Kwascha aufmachen wollten – ein großer Fehler in den Augen des leicht schielenden Tschughureters: Den Ort versauen würden die, aber da gab's schon kein Halten mehr. Die Ausbruchsabenteuer waren auch so saftig, dass es wahrhaftig ein Verbrechen gewesen wäre, nicht in aller Öffentlichkeit davon zu berichten, und die sieben erzählten und erzählten, wo immer sie hinkamen, sodass selbst solche, die an berühmten, mondänen Orten gewesen waren, nachdenklich wurden.

Sogar ein so ruhiger Typ wie Tschatschuna, den noch nie jemand ein Wort hatte sagen hören, erzählte in aller Gemütsruhe: »Vierzehn Frauen hatte ich, ich schwör's.« Welche Großtaten mussten da die anderen vollbracht haben?! Offenbar hatte dieser stille, wortkarge Tschatschuna von Anfang an im Sinn gehabt, nicht nur eine klarzumachen, sondern je mehr, umso besser, denn damit würde er Erfahrungen sammeln, die ihm ein ganzes Leben lang zugutekommen würden.

Berischwili der Ältere wiederum brachte Berischwili den Jüngeren nachts, wenn sie sich schlafen legten und das Licht im gemeinsamen Zimmer löschten, beinahe um den Verstand. Er starrte in die Dunkelheit und begann: »Galka, Lariska, sogar Maria Michailowna, Managerin irgendwo in einem Tanklager, Ljuda und Njura, aber nee, die Beste war doch Ninotschka, was für ein Mädchen, weißt du, kannst du dir *überhaupt* vorstellen, was für ein Mädchen das war? *Egal*, Pferde stehlen kannst du mit der … Generell hab ich ja anscheinend eher ein Faible für ältere Frauen, von denen gab's aber nicht so viele, außer dieser Maria Michailowna, die war ein *hohes Tier* in ihrer Stadt und für mich doch wie ein Mädchen, weißt ja, wie das ist, ein bisschen ältere Frauen sind ganz anders«, und Berischwili der Jüngere, ebenfalls auf dem Rücken liegend und in die Dunkelheit starrend, ächzte in seinem Bett und verwünschte seinen Bruder und dessen Freunde: »Ihr Wichser, warum habt ihr mich nicht mitgenommen, ihr seid solche Wichser«, während Berischwili der Ältere friedlich schlummerte, als steckte seine Kinostarnase zwischen den Brüsten Maria Michailownas, der nur auf den ersten Blick toughen Tanklager-Managerin.

Pchakadse hingegen erzählte nichts. Er hatte sehr breite Schultern und tiefblaue Augen, wie geschaffen zum Flirten. Er berichtete bloß würdevoll, die Belagerung hätte nicht lange gedauert, sie hätten sich schnell ergeben, und lächelte dabei, als hätte er schon viele solche Eroberungen erlebt und würde auch in Zukunft noch und noch welche erleben. Seine Geschichte erzählten – gespielt fröhlich, aber insgeheim sehnsüchtig – die anderen: Die Frau sei ihm nachgelaufen, dem Zug nachgelaufen sei sie, wie im Film, aber Pchakadse trage ja seine Nase so hoch, hätte oben an der Waggontür gestanden und wäre ganz klar am liebsten runtergesprungen, aber vor ihnen hätte er sich beherrscht, die Frau sei immer noch dem Zug nachgelaufen, er hätte nicht mal gewinkt oder so, die sei ihm so nachgelaufen, als wollte sie Pchakadse in die Hölle folgen, er jedoch, arrogant wie ein Lord, hätte sich nichts anmerken lassen, »dabei verschwindet der bestimmt schon im September ans andere Ende der Welt, um sie zu besuchen«.

Wollte man den grandiosen Ausbruch gewissermaßen verhöhnt und durch den Kakao gezogen sehen, so musste man nur Lewiko dem Barnower zuhören: »Schaut euch den Ugrechelidse an, warum ist der noch käsbleich? Wir sind alle braungebrannt, nur er nicht. Nämlich, dem Ugrechelidse ist was ganz Schlimmes zugestoßen, der ist uns einmal verlorengegangen, na ja, eines Nachts ist er nicht aufgetaucht, chui snimo*, wir haben nicht weiter nachgefragt, waren alle mit unserem eigenen Ding beschäftigt, aber als er sich um Mitternacht immer noch nicht zeigte, haben wir Schiss gekriegt und nach ihm zu suchen begonnen. Jede Menge Mädchen haben uns dabei geholfen, wir haben uns durchgefragt und finden schließlich zu einem blumenüberwachsenen Haus, wo Smolensker Mädels zur Miete wohnten, und als die uns sehen, lachen die uns aus und rufen: ›Euer Dschigit ist hier bei uns!‹, und als wir rein sind, sehen wir den Ugrechelidse mit offenem Mund und grün im Gesicht auf dem Bett liegen, Augen hat er wie ein gargekochter Fisch, aus dem Recorder tönt Alla Pugatschowa, und zu seinen Häupten sitzt ein feines Mädel und löffelt ihm aus einem Pott Sauerrahm in den Mund. Der Ugrechelidse ist völlig weggetreten, schluckt mit Ach und Krach den Sauerrahm, während das Mädel uns sagt: ›Er war müde, ich glaub, er hatte einen Schwächeanfall‹, und der Ugrechelidse, als er uns, ich weiß nicht wie, mit seinen blinden Augen erblickt, hebt die Hand wie ein Schwerverletzter, reckt den Daumen und mummelt mit sauerrahmvollem Mund: ›Elf, elf Mal‹, lässt die Hand fallen – der hätte wohl eine Infusion nötig gehabt –, bringt kein einziges verständliches Wort mehr heraus und hat uns danach eine Woche lang auf Swahili irgendwelches Zeug erzählt. Aber glaubt nicht, dass der Ugrechelidse in der ganzen Geschichte die Hauptrolle spielte. Die Hauptfigur war das Mädel, das es mit dem Ugrechelidse elfmal gemacht hat und sich, als wär nichts dabei oder als wär sie mit ihm verheiratet, um ihn kümmerte, emsig und freundlich, was nicht so ver-

* scheiß auf ihn

wunderlich ist, denn offenbar war sie eine *Krankenschwester* aus Armawir.«

Danach wurde Ugrechelidse eine Zeitlang nur noch Armawira genannt, bis die Jahre den Spitznamen zu Arma verkürzten, gegen den er selbst sich auch gar nicht mehr wehrte, obgleich er Frau und Kindern nie erklärte, was es damit auf sich hatte.

Lewiko der Barnower erzählte dann noch, was »unserem süßen Pontschika, dem Dickerchen«, nachts am Strand passiert war. »Kaum ist er mit dem Mädchen, einem Pummel wie er, zugange, stürzen sich die Möwen auf seinen Rücken und hacken auf ihn ein, doch unser Pontschika war so in die Sache vertieft, dass er die Schnabelhiebe gar nicht bemerkte.«

Diese Geschichte schien frei erfunden, denn Lewiko der Barnower hatte es drauf, seine Kumpels auf den Arm zu nehmen, doch er rückte nicht davon ab und forderte sie auf, dem Pontschika das T-Shirt hochzuziehen und die Schnabelhiebe auf dessen Rücken mit eigenen Augen zu inspizieren. Pontschika weigerte sich selbstverständlich, das T-Shirt hochzuziehen, und als sie ihn sehr bedrängten, sagte er: »Der schwindelt doch was zusammen, die Schrammen sind von der Frau und nicht von den Möwen.« Pontschika war ein schüchterner Typ und errötete bei Gefrotzel wie diesem, aber die Kratzer trug er doch mit Stolz.

»Oder noch diese andere herrliche Geschichte, wie Bero ein Rührmichnichtan in sein Zimmer gelockt hat, ausgerechnet so eine, von tausend die eine, aber Bero hat eben, wie ihr wisst, eine Macke. Jedenfalls, wir wissen alle, was für eine blühende Fantasie er hat. Erst hat er der *Wirtin* den Samowar rausgeleiert und sich gleich morgens an das Mädchen rangemacht: ›Ich fleh dich an, ich will nichts von dir, nur mit dir Tee trinken.‹ Hauptsache, er kann das Mädchen zu sich locken: ›Ich hab da super Tee, echten indischen, ich bin ja ein großer Teeliebhaber.‹ Der Trottel hatte gehört, dass Russinnen Tee mögen, und zu guter Letzt willigte das Mädchen ein, brachte sogar Zitronen mit. In den Samowar hatte er eine Flasche Rosé-Sekt gegossen, und als er das Mädchen endlich im Zimmer hat, stellt er die Tasse unter den Samowar, dreht am Hahn und lässt rosa Sekt sprudeln. ›Das ist so ein Tee, indischer‹, erklärt er dem Mädchen, die nippt dran und sagt streng: ›Das ist aber kein Tee.‹ Bero, nicht faul, erwidert: ›Jawohl, Tee ist das nicht, aber Nektar der Liebe.‹ (Tags zuvor hatte er sich noch schlaugemacht, was ›Nektar‹ auf Russisch heißt, und sich gewundert, dass Nektar Nektar ist.) Jetzt sagt doch mal, ist unser Berischwili nicht ein Schwachkopf?«, fragte Lewiko der Barnower in die Runde. »Eine Frau mit in den Samowar geschüttetem Sekt rumzukriegen, hat man so was schon gehört?! Zumal die Rumzukriegende aufgestanden ist und ihn sitzenlassen hat.«

Einmal war auch Lewikos Kumpel, Mogela der Plechanower, bei einer dieser süßen Erinnerungsrunden dabei. Wenn Lewiko der Barnower in Stimmung war, jemanden am Narrenseil herumführte und ihn piesackte und piesackte, war er kaum zu ertragen. Natürlich zahlten sie's ihm mit gleicher Münze zurück: »Derjenige, der da so groß rumtönt, hat ein Buch auf die *Tour* mitgenommen, wir haben's in seiner Tasche gefunden, so ein dickes Buch, das gibt's *gar* nicht, wann hätte er das denn lesen sollen? Auf der Rückreise im Flugzeug hat er's rausgeholt, weil's eh schon alle wussten. Wie heißt das Buch noch mal mit dem Wal?« – »Moby Dick.« – Ja, genau, irre, ›Moby Dick‹ hat der nach Sowet Kwascha mitgenommen, und so einer will sich jetzt über uns lustig machen. Und dann diese Frau – Mann, aus dieser Riesenherde, groß wie eine Tschutschmeken-Stutenherde, aus dieser ganzen Herde lacht der sich eine Brillenschlange an, eine mit *getönter Brille*, und mit der ist er dann gegangen.« An dieser Stelle wunderte sich meist jemand, wie er sich in zweiundzwanzig Tagen mit einem einzigen Mädchen begnügen konnte. »Was heißt hier zweiundzwanzig«, war dann die Antwort, »eine Woche ist er mit gar keiner gegangen.«

Allerdings hatten solche Reden keine Wirkung, denn Lewiko der Barnower spielte den Ball zurück, indem er ihre Enthüllungen mit seinem Gefeixe ummäntelte, und was auch immer sie sagten, verflüchtigte sich in seinem Gegenangriff. Zudem hatte an jenem Mittag, als auch Mogela der Plechanower bei dem Geplänkel dabei war, Pchakadse höchst würdevoll das Wort ergriffen und gesagt, kein Mensch wisse, wer besser sei, Lewikos bebrillte Einzige oder Tschatschunas vierzehn *Textilarbeiterinnen* und Friseusen.

Selbst erwähnte Lewiko der Barnower seine Brillenschlange kein einziges Mal; wenn die anderen darüber zu frotzeln versuchten, konterte er das mit einer anderen, spektakuläreren Geschichte.

Mogela der Plechanower setzte sich wie hundert andere Zuhörer in diesen Herbstmonaten in den Kopf, im nächsten Sommer ebenfalls auszubrechen, und sagte zu Lewiko, sie könnten ja im nächsten Jahr zusammen nach Sowet Kwascha gehen. »Ja, machen wir, ist noch lange hin« – aber dazu kam es nicht mehr, andere gingen nach Sowet Kwascha, und Lewiko der Barnower erwähnte Sowet Kwascha nie mehr. Und nun hatte sich der merkwürdige Name dieses am Rand der Krim klebenden Kaffs Mogela dem Plechanower ganz unverhofft wieder in Erinnerung gebracht, war geräuschvoll hereingeplatzt, und er fragte die Frau:

»Haben Sie Lewiko in Sowet Kwascha kennengelernt?«

MOBY DICK ODER DER WAL

Die nächste Überraschung in der Reihe von fast schon misslichen Überraschungen, die Mogela den Plechanower, der in Tiflis am liebsten eine Tarnkappe aufgesetzt hätte, beinahe

Tag für Tag heimsuchten, war der Besuch von Hochwürden Eliasar, dem Chartschaschoer Bischof.

Hochwürden Eliasar war ein ehemaliger Freund von Lewiko dem Barnower – sie waren offenbar ein paar Jahre lang Klassenkameraden gewesen –, Mogela jedoch war ihm noch nie begegnet, denn religiöse Würdenträger hatte er bisher nur am Tag seiner Taufe gesehen, was so lange her war, dass ihm von jenem Abend bloß noch die Signaturen der Taufgäste auf dem Kuhschulterblattknochen, seine Mutter und seine Oma Nina, wie sie mit hochgekrempelten Ärmeln in der Küche standen, und irgendwelche Onkel, die mit ihm als Hauptprotagonist des Tages auf den Schultern durchs Zimmer rannten, in Erinnerung waren. Übrigens lag dieses Kuhschulterblatt noch immer auf dem Sekretär in Großvaters Zimmer.

Jedenfalls, auch an dem Abend war Mogela bei Kongo drüben, fläzte im Sessel und hörte Kongos und Tamros Diskussion zu. Sie stritten über den Betrag einer Wettbüroquittung, als es an der Tür klopfte.

Tamro ging hinaus, und Mogela konnte sie rufen hören: »Meine Güte, Lamara, meine Liebe, ist alles in Ordnung?«

Er sprang hoch und stürzte in den Flur. »Was ist los?«

»Mensch, ich konnte Kongos Nummer einfach nicht finden«, sagte seine Mutter schuldbewusst, »da ist ein Mann, ein Geistlicher, kein gewöhnlicher Geistlicher, ich hab mich geniert, so ein hoher Herr –«

»Ein Geistlicher? Was für ein Geistlicher?«

»Komm mit, komm!« Und sie wickelte sich fester in ihre Strickjacke. »Mir ist plötzlich ganz kalt.«

Mogela trottete über die Straße, und als er ins Haus trat, hörte er hinter sich die Stimme seiner Mutter: »Im Bücherzimmer ist er.«

Er rannte durch den Flur an den Zimmern vorbei, denn nun hatte ihn Nervosität ergriffen, und er machte sich auf eine Überraschung gefasst.

Im Sessel saß auf die Armlehnen gestützt ein kugelrunder Mann mit blitzenden Augen, langem Bart und weiter Soutane; er stand ächzend auf und kam überraschend flink auf Mogela zu.

»Guten Tag, ich störe Sie … so unangemeldet … Ich bin ein Freund von Lewan. Wir sind Freunde, von früher.«

»Ja, ich weiß, ich weiß.« Mogela war vor Nervosität ganz verwirrt und wusste nicht mehr, ob man einem Bischof die Hand küsste oder sie ihm einfach nur schüttelte. »Hochwürden, setzen Sie sich doch, setzen Sie sich. Entschuldigen Sie, ich war drüben bei einem Kumpel.«

»Sie brauchen sich nicht zu entschuldigen, ich bin ja ohne Anmeldung hier. Wenn ich in Tiflis bin, hab ich immer so viel um die Ohren. Ich bin jetzt in Chartschascho und nur vorübergehend in der Stadt, eine Sache kommt zur anderen und …«

»Setzen Sie sich doch, setzen Sie sich.« Und Mogela der Plechanower dachte: ›In Anwesenheit dieses Mannes werde ich nicht rauchen können, und dabei möchte ich jetzt so gern.‹

Der Chartschaschoer Bischof sank in den Sessel zurück.

»Kaffee, Tee, irgendetwas? Mein Großvater hatte super Kognak, möchten Sie nicht ein Gläschen?«

»Nur keine Umstände, mein Lieber.«

»Nein, das sind doch keine Umstände, selber trinke ich zwar kaum, aber … Ein Gläschen …« Er rannte aus der Bibliothek die Treppe hinunter, riss die Kellertür in der Küchenecke auf und stieg die steile Treppe hinunter.

»Was ist los?«, fragte die Mutter aufgeschreckt.

»Nichts. Will nur Kognak holen«, schrie Mogela herauf, während er wie ein Irrer die Flaschen drehte und die Etiketten besah. Schließlich wählte er eine, hastete wieder hoch und rief seiner Mutter zu: »*Gläser, Gläser!*«

»Was ist? Hat er dir schon alle Sünden vergeben?« Um einen Scherz war Mogelas Mutter nie verlegen.

»Ja, und zwar der ganzen Sippschaft.« Mogela war seiner

Mutter sehr ähnlich; alle behaupteten das seit seiner frühesten Kindheit – »Die Augen und hier, diese Stelle« – und strichen ihm dann mit der Hand über die Stirn.

Er packte die Gläser, nahm ein Holztablett mit Äpfeln und zwei Orangen vom Küchentisch und stürzte nach oben.

»Oh, warum machen Sie sich solche Umstände? So was beschämt mich immer ...«

Mogela schenkte ein und murmelte: »Der ist alt, noch von meinem Großvater. Aus der Zeit, als man gerade anfing, ›Warziche‹ in Flaschen abzufüllen. Lewiko mochte diese Marke, ist immer in den *Keller* geschlichen und hat sich einen angetrunken. Sagte: ›Entschuldigung, bei Familie Mogela in der Hölle gibt's eine Degustation.‹ ›Hölle‹ nannte er unseren *Keller*.«

Der Chartschaschoer Bischof nippte am Kognak. »Ich braue selber recht gutes Zeug, aus Kräutern. Die im Dorf haben's mir beigebracht. Mit Spiritus angesetzt. Ziemlich stark. Schicke es dann an meine Bekannten. Ich hab's auch denen im Kloster beigebracht, zu dem ich immer hochgehe. Von einem Bauern hab ich das; diese Bauern, die wissen ja Sachen ... So vieles ist da vorhanden im Volk.«

Mogela der Plechanower kippte das Glas; es war eine ganze Weile her, seit er zuletzt getrunken hatte, denn er war eher ein Anhänger olivfarbenen Rauschkrauts, doch aus irgendeinem Grund dachte er nun, Hochwürden wüsste wohl von seiner Kifferei und dass sie Mitleid bei ihm hervorrufen könnte.

»Ihre Adresse hab ich von Irakli Berischwili. Er hat jemand gefragt.«

»Ah, Irakli ... Den armen Mischa, seinen älteren Bruder, den hab ich gut gekannt. Wir waren gleich alt, haben Fußball zusammen gespielt im Kirow-Park und ... Wir waren alle im gleichen Alter.«

»Das heißt, dann sind wir auch gleich alt. Ja, wenn Sie und Mischa und Lewiko ...« Der Bischof brach ab. »Mein Gott, wie sie mir fehlen. Gerade hab ich so geredet, als befänden sie sich noch irgendwo in der Gegend und ich könnte bei ihnen vorbeigehen. Aber bei Pepo will ich vorbeischauen. Ich war ja zwei Jahre in derselben Klasse mit ihnen, danach sind wir umgezogen, aber wir sind trotzdem Freunde geblieben. Wie merkwürdig, dass Lewiko mich nun zu Ihnen geführt hat.«

»Hochwürden, wenn Sie mich mit Sie anreden, weiß ich nicht, wie ich Sie anreden soll. Ich bin Mogela der Plechanower, und wenn man mir sagt: ›Mogel, *wie läuft's*, du alter Penner?‹, dann weiß ich, wie ich antworten muss. Wenn man mir aber sagt: ›Wie geht es Ihnen?‹, dann weiß ich *überhaupt* nicht, wie ich reagieren soll. Ich freu mich jedenfalls total, dass Sie hergekommen sind. Und meine Mutter erst, wissen Sie, wie die sich freut?«

Der Chartschaschoer Bischof lächelte, machte eine abwehrende Geste und nippte noch ein bisschen Kognak. »Ihr ... Dein Großvater ...« Er musste plötzlich lachen.

»Mein Großvater Kolia? Kolia hatte eine Macke.«

»Das weiß ich, weißt du, Lewiko hat mir so viel erzählt über dich, auch über deinen Großvater.«

»Großvater hat ihn nicht mehr erlebt. Ach, doch, einmal hat er ihn gesehen. Großvater hat im Hof gesessen, einen Apfel geschält, mit dem Taschenmesser, immer hat er mit dem Taschenmesser geschält und es danach – ssst – in die Westentasche gleiten lassen. Das hat Lewiko gefallen, und er hat ihn angestarrt. Wenn Großvater im Hof saß, hat er gern den Hut tief ins Gesicht gezogen ...«

»Er wird sich die Welt verkleinert haben.« Der Bischof lächelte vor sich hin. »Ich kenne dich und deinen Großvater nur vom Hörensagen, so wie auch ...«

»Ich Sie ebenfalls. Wenn er mal wieder verschwunden war, hab ich immer Pepo angerufen. ›Wo ist er?‹ – ›Zu Hochwürden.‹« Mogela schenkte Kognak nach.

»Lewan hat mich zu dir geschickt«, sagte der Bischof ernst.

»Lewiko hat mich geschickt. Hat mich geradezu dazu verpflichtet. Das hab ich aber erst später begriffen.«

Er langte nach dem Rucksack zu Füßen seines Sessels und hob ihn ächzend auf, öffnete ihn und wühlte mit dicklichen Fingern darin herum.

»Ah, da, da ist es.« Er zog ein dickes schwarzes Buch heraus. »Als er zuletzt bei mir war, blieb er drei Tage und hatte eine Menge Sachen dabei, Bücher, Kleider, allerlei. Ja, und dann hat er mir gesagt: ›Da sind ein paar Sachen von Mogela bei, Bücher von ihm.‹ Ich weiß nicht, aber ich glaube, er hat alle mit reingezogen, die er dabeihaben wollte.« Er hielt das Buch in den Händen. »›Moby Dick‹ ist das. Beim Aufschlagen hab ich Lewikos Notiz entdeckt: ›Eins von Mogelas Büchern.‹«

Mogela nahm ihm das Buch aus der Hand und blätterte es geistesabwesend durch.

»Ich hab mich gefragt, warum er das reingeschrieben hat. Er mochte ja Scherze, und er musste doch wissen, dass er's von Ihnen geborgt hatte. Als ich beim Reinkommen diese Bücher hier gesehen hab, all diese Bücher ...«

»Von meinem Großvater. Er war ein Bücherliebhaber.« Mogela sah immer noch auf das Buch. Dann kippte er einen weiteren Kognak. »Trinken Sie doch, Vater. Aber das ist keins von unseren.«

Der Chartschaschoer Bischof nippte an seinem Kognak. »Ich fand's einfach merkwürdig ... Dachte, wenn ich nach Tiflis komme, wenn sich die Gelegenheit ergibt ... Wir waren zwar befreundet, aber er war nicht religiös. Ich hab ihn gefragt, ob alles in Ordnung sei, und er hat zurückgefragt, ob er nicht mehr vorbeikommen solle ...« Er schüttelte den Kopf. »So lange schon bewahre ich dieses Buch auf. Ich hab's immer wieder durchgeblättert. Auf den Seiten gibt's Bleistiftnotizen, auf manchen hat er die Seitenzahlen eingekreist, und anscheinend hat er auch die Zeilen markiert, bei denen er die Lektüre unterbrochen hat.«

Mogela blätterte Seite für Seite durch und besah sich die Seitenränder.

Währenddessen saß der Bischof da und strich sich immer wieder über den Bart.

»Danke«, sagte Mogela der Plechanower leise. »Ich weiß, was das bedeutet.«

Der Bischof belebte sich. »Was denn?«

Mogela kippte noch einen und sagte: »Es fällt mir wahnsinnig schwer, Hochwürden, aber was er mir aufgetragen hat, erfülle ich, nur, was für ein Auftrag das ist, hab ich noch nicht begriffen.«

»Mir scheint, in meiner Obhut befindet sich noch ein kleiner Karton von Lewiko. Ich hab ihn nicht geöffnet. Besser gesagt, ich hab ihn auf- und wieder zugemacht. Wie hätte ich mir erlauben können … Ich bring's nicht über mich«, murmelte der Bischof, aber er musste Mogela nicht weiter danach fragen, denn dieser fing von selbst an zu erzählen.

Er erzählte Hochwürden die ganze Geschichte.

Der Chartschaschoer Bischof saß gedankenversunken, ein bisschen zur Seite geneigt da.

»Es sind Telefonnummern«, sagte Mogela, »ganz einfach. Ich ruf an, irgendwer nimmt ab, ich sag: ›Entschuldigung, ich kenne Ihren Namen nicht, ich bin ein Freund von Lewiko. Lewiko ist verstorben und hat mich gebeten, Sie von seinem Tod zu unterrichten. Er ist vor zwei Jahren gestorben.‹ Zwei Frauen waren auf meinen Anruf hin bereits da, Hochwürden. Ich führ sie zum Friedhof, sie weinen, ich bring sie wieder weg.«

»Russinnen, soweit ich verstehe.«

»Vorläufig ja.« Er lachte gezwungen und klopfte mit dem Finger auf das Buch. »Das ist die dritte. Und wie viele werden's im Ganzen sein?«

Der Bischof war noch immer in Gedanken und hielt die Hand über seine blitzenden Augen.

»Eine hat *buchstäblich* hier gewohnt. Einen ganzen Monat lang. Fast einen Monat jedenfalls. Dort auf dem Diwan hat sie geschlafen. Meine Mutter glaubte, ich hätte geheiratet. Die zweite war *glattweg* eine Hexe. Fuhr zum Restaurant an der *Uferstraße*. Einfach so. Ich bin beinah gestorben.«

Der Bischof bekreuzigte sich.

Mogela schenkte Kognak nach und fragte: »Hochwürden, hat sich Lewiko umgebracht?«

»Nein.« Der Bischof sagte das sehr ernst. »Ich bin zum Schluss gekommen, dass er das nicht getan hat. Er war bei einem Supra. Die Jungs waren angetrunken. Alle ... Er ist aufgestanden und rausgegangen. Sie glaubten, er sei in den Hof gegangen, du weißt ja, wie das ist. Und danach hat ihn keiner wiedergesehen. Auch nicht nachgefragt. Pepo hat noch in der Nacht angefangen, nach ihm zu suchen. Drei Wochen später haben sie ihn gefunden, irgendwo weiter flussabwärts. Nach achtzehn Tagen. Ich war die ganze Zeit in Tiflis, bin aber nicht hingegangen zur Identifizierung. An der Uferstraße gibt es so Treppen, kann sein, er ist dort runtergegangen und gestürzt. Ich weiß nicht. Ich weiß nicht. Ich hab die Totenmesse gelesen, weil keiner weiß ... Ich konnte mir Selbstmord nicht vorstellen, besser gesagt, ich glaube nicht daran. Weil ... wir können nicht behaupten, dass er sich umgebracht hat. Es war schwer auch für mich, eine große Prüfung. Ein großer Kummer und eine Prüfung war das.«

Mogela kippte das Glas und sagte: »Pepo wird Ihnen von dem Buch erzählt haben.«

»Das Buch hat mich nachdenklich gemacht, deshalb hab ich dir dieses hier mitgebracht.« Dem Bischof standen Tränen in den Augen. »Ich habe an die zehn solche Bücher mit Eintragungen von ihm. Immer schrieb er in die Bücher rein. Schrieb was für mich rein, und weißt du, was ich bemerkt hab? Es wirkt fort. Es bleibt aktuell. Ist nicht zeitgebunden. Sondern allgemeingültig. Wenn er einen Gedanken ausdrückte, tat er das in einer Weise, dass er jederzeit zutreffend war. Und dann fragt man sich verwirrt: Hat er's aus diesem Grund geschrieben? Oder aus einem anderen? Ich glaube, er hat für den Augenblick geschrieben, es aber so hingekriegt, als wär's für einen zukünftigen Tag. Verstehen Sie?«

Mogela nickte. Ja, so war es.

»Pepo wird wahrscheinlich auch eine Reihe Bücher mit Eintragungen von ihm haben.«

Mogela lächelte bitter. »In meinen befinden sich eigentlich nur Telefonnummern, vorläufig jedenfalls.«

»Ich glaube nicht, dass er irgendwann und irgendwie daran gedacht hat, sich umzubringen. Schon wegen Schnuckelmäuschen nicht. So etwas hätte er nicht getan. Und was die Hauptsache ist: Es gab keinen Grund. Es ist einfach passiert.« Der Bischof bekreuzigte sich. »Einfach so passiert.«

»Ich glaub was ganz anderes –« Mogela verstummte und fuhr dann fort: »Ich glaub was anderes ... Ich glaub nicht, dass sich's bei dem, der gefunden wurde, *überhaupt* um Lewiko handelt. Er soll ja kaum zu identifizieren gewesen sein. Vielleicht was das jemand ganz anderes? Der ertrunken ist? Solche Ungeheuerlichkeiten denk ich mir ...«

Hochwürden erwiderte nichts.

»Vielleicht liegt *ganz* jemand anders in dem Grab, kann doch sein? Und Lewiko ...«

Der Bischof schüttelte den Kopf.

»Aber warum sollte er sich dann so was ausgedacht haben? Wen will er trauern sehen, warum? Wozu? Mich quält das furchtbar. Wozu hat er sich das alles ausgedacht, wenn er sich nicht umgebracht hat? Diese Frauen ... *Überhaupt gar* nie, nicht ein Mal ... nicht ein Mal hat er die Frauen erwähnt. Keine einzige. Wozu brauchte er ... *Überhaupt*, wenn jemand gesagt hätte, Lewiko hätte eine Geliebte oder mehrere ... Ich weiß nicht, wie viele es sind. Einmal, als ich nach Holland gegangen bin, hat er mir gesagt: ›Mann, sollte mir je was passieren, lass ich dir eine

Telefonnummer da. Richte ihr *einfach* aus: Lewiko ist tot.‹ Er hat getrunken, sagte ich mir, und es hat ihn überkommen wie gewöhnlich. Schisn posle smerti.* Und als ich jetzt zurückkam, hat mir meine Mutter gesagt, er sei zweimal mit Büchern vorbeigekommen. Und auf der ersten Seite von einem war eine Nummer mit der Notiz: Mogel, ruf da an, falls was ist.« Er langte zum Regal und zog den Dickens-Band heraus. »Das ist es.« Dann stand er auf und breitete die Hände aus: »Hier, *genau* hier, Hochwürden, haben wir gesessen, damals, vor Jahren. Ich war jetzt zwei Jahre weg. Drei Monate sind's her, seit ich zurückgekommen bin. Da, da hab ich gesessen, und er, wissen Sie, wie gern er hier auf und ab gegangen ist? So, als wär er auf einem Bahnsteig. Die Regale der Zug. Er zog ein Buch heraus, blätterte darin, stellte es wieder zurück. Zog noch eins raus. Und sagte dann *plötzlich*: ›Mann, Mogel, Alter, soll ich dich auf ein *Abenteuer* mitnehmen?‹ Ich war ein bisschen speziell drauf damals … Kurz, ich hab ihn veräppelt und gesagt: ›Ich reise ja diese Nacht ab, Mann, ich nehm dich doch einfach mit nach drüben‹, wir haben rumgeflachst, und da, auf einmal, guckt er hoch, so, von dort, ein Buch in der Hand, und wackelt mit dem Finger: ›Kannst du nicht, Alter, mich kannst du nicht mitnehmen, ich nehm dich mit.‹ Nach und nach kommt mir so einiges wieder in den Sinn. Danach hat er diesen Band mitgenommen, und als meine Mutter mir erzählte, er habe ein Buch zurückgebracht, hab ich jeden einzelnen Band rausgezogen, denn ich erinnerte mich nicht mehr, welcher es war. Ja, so Sachen kommen mir in den Sinn.«

Sie schwiegen eine Weile.

Mogela der Plechanower hätte gerne eine Zigarette geraucht. Aber er hatte gehört, in Anwesenheit von Leuten im Kirchengewand zieme es sich nicht zu rauchen, es sei ein grober Verstoß, deshalb zog er eine Kippe aus dem Päckchen

* Leben nach dem Tod [hier im Sinne von: Das alte Lied].

in der vorderen Hosentasche und rollte sie zwischen den Fingern hin und her.

»Da war tatsächlich mal ein Mädchen«, begann der Bischof plötzlich, »früher, danach ist sie nicht mehr aufgetaucht ... Er hatte ein Mädchen, allerdings, mit Sicherheit kann ich's nicht sagen. Er hat sie mit ins Kloster gebracht. Er ist oft zu mir ins Kloster hochgekommen. Ich war da im Noviziat, drei Jahre lang, nach dem zweiten Studienjahr, danach hab ich das Gelübde abgelegt. Er und Pepo haben bei uns geheiratet. Der Weg zu uns hoch war an dem Tag furchtbar verschlammt. Unser Abt hat sie getraut. Pchakadse war Trauzeuge, der zweite war eine junge Frau, den Namen hab ich vergessen, ich glaub, sie moderiert eine Gesundheitssendung im Fernsehen. Pchakadse hat mich noch hochgenommen: ›Du bist jetzt Klosterbruder? Halte ich die Kerze richtig so?‹« Er kicherte. »Was mir für Zeug in den Sinn kommt ... Wir hatten Ziegelsteine. Ein Rayonparteisekretär hatte sie dem Abt geschenkt. Die Perestroika hatte gerade begonnen, du weißt ja, wie das war, die Parteibonzen brauchten die Klöster fürs Prestige, und Lewiko sagte, er sei doch Architekt und plane uns die Bude. Das Gebäude steht noch jetzt ... Im Regen und Schlamm haben sie geheiratet. Jeder kannte jeden damals im Klosterumfeld, und wir waren nur zu viert, ich der Jüngste ... Einmal also ist er hochgekommen und hat gesagt: ›Hör mal, ich bekomm nächstens Besuch, sie ist Architektin und Malerin, und ich möchte ein, zwei Tage mit ihr hier oben bleiben, sie interessiert sich für Wandmalereien und so. Sie ist in unserem Alter, aber da ist nichts, ich kenn sie aus Studienzeiten.‹ Ich hätte das nicht fragen sollen, aber ich hab gesagt: ›Und sie wird bei euch im Haus sein?‹ Er hat mich ganz seltsam angeschaut. Wir waren damals noch jung, vierundzwanzig vielleicht? Vielleicht ein bisschen älter. Aber das Leben war trotzdem anders damals. Er hat sich an die Schläfe getippt und gesagt: ›Pater Pawle, wenn's so wäre, warum bräuchten wir dann hierherzukommen? Na gut, dann geh ich halt wieder.‹ Er war mit Pchakadses Auto gekommen. Ich hab mir Sorgen gemacht, weißt du, was für Sorgen? Bin zum Abt gegangen und hab's ihm erzählt. Den Namen des Mädchens weiß ich nicht mehr. ›Bring ihn her‹, hat er gesagt und er hat mit ihm gesprochen. Er kannte Lewiko, zudem hätte er unser Vater sein können. Unten an der Klostermauer stand ein altes Gebäude, das diente früher als Refektorium. Heute ist es instandgesetzt, aber damals war die Klostermauer eingestürzt, und dahinter, außerhalb der Mauer, außerhalb des Klosterhofs, gab es ein Zimmer. Einen kleinen Raum. Es war nicht mal ein Zimmer, und der Abt sagte zu Lewiko: ›Du wohnst dort, wo du immer wohnst, in einer der Zellen. Für den Gast haben wir keinen anderen Raum, ich bring sie dort unter, außerhalb des Klosters.‹ Er hat ihn gesegnet und was weiß ich was. Er war ein grundanständiger Mann, die ganzen Kommunisten hat er mithilfe seines Glaubens überstanden, ein großer Glaubensmann, das war er. Lewiko hat er sehr gemocht. Wirklich gemocht. Das Klosterleben sagte Lewiko zu. Nur, wohin sollte das führen? Einmal, damals, als die Schießereien losgingen, hat ihn der Abt gefragt, wann er damit anfangen wolle, über Gott nachzudenken. Ganz milde, so von Vater zu Sohn hat er ihn gefragt. Er hatte einen feinen Humor. Ighumeni hätte die Frage gestellt und nicht nur er. Lewikos Stimmung verdüsterte sich: ›Ihr‹, sagte er, ›seid fähig, alles herzugeben, und nach meinem Glauben verlangt das, was ihr tut, Leib und Seele, doch das, das kann ich eben nicht geben.‹ – ›Dann gib für den Anfang so viel, wie du kannst‹, hat Ighumeni zu ihm gesagt. ›So viel, wie ich kann, ist zu wenig‹, hat Lewiko erwidert und sich entschuldigt. Wenn ich mich recht entsinne, saßen wir im Garten. Ja, und dann hat er dieses Mädchen mitgebracht. Ein außerordentlich apartes Mädchen. Dazu ein sehr guter Mensch, wie ich mich erinnere. Eine von den kultivierten Russen, keine Provinzlerin. Die Mahlzeiten haben wir ihr separat serviert. Nachdem wir gegessen hatten. Gewohnt hat sie am Ende des Gartens.

Lewiko hat bei mir geschlafen und mir ab und zu was über sie erzählt. Als sie wieder gingen, hat sie dem Abt die Hand geküsst, genau wie Lewiko. Und als ich sie zum Auto begleitet hab, hat er zu mir gesagt: ›Ich flehe dich an, vergiss das alles.‹ Ich hab ihn gesegnet und ihn gehen lassen.«

Mogela hatte am Bücherregal lehnend zugehört. »Eine Architektin und Malerin ist bisher noch nicht aufgetaucht«, sagte er leise. »Vielleicht ist sie das, wer weiß.«

»Moby Dick oder Der Wal ...« Der Chartschaschoer Bischof lächelte traurig. »Was für eine Denkaufgabe ... Er will uns damit etwas mitteilen.«

»Ach, Leon, was schickst du nur für seltsame Kurznachrichten herum.« Mogela lachte leise.

»Mittels Büchern.« Der Bischof stemmte sich aus dem Sessel. »Ich gehe jetzt, wenn Sie erlauben.«

Mogela breitete die Arme aus.

Ächzend bückte sich der Bischof und hob seinen Rucksack auf. »Meine Handynummer ist leicht zu behalten: Mein und euer Geburtsjahr und Stalins Todesjahr.«

Mogela lachte und hielt ihm die Tür auf. »Das kann ich behalten.«

Seine Mutter kam auf den Flur heraus.

»Vielen Dank«, sagte Hochwürden und nickte ihr zu. »Gott segne Sie und gebe Ihnen Kraft, vielen Dank. Entschuldigen Sie, dass ich so hereingeplatzt bin. Meinen Wagen muss ich irgendwo dort drüben geparkt haben. Hoffentlich find ich ihn noch.«

»Den finden wir schon, auf dieser Straße kommt nichts weg«, beruhigte ihn Mogela. »Kongo ist der Boss hier.«

»Kongo?« Der Bischof lächelte, zog die Soutanenärmel hoch und griff nach dem Krummstab, der neben der Tür lehnte. »Natürlich finden wir ihn. Wenn's nur darum ginge. Aber wir haben ja noch anderes zu finden. Entschuldigen Sie, meine Dame ... Gott befohlen und auf Wiedersehen.«

»Ein guter Mensch«, sagte die Mutter, als er gegangen war. »So anders. Irgendwie friedvoll.«

»Ich muss verrückt sein, oder?« Mogela zündete die zerdrückte Zigarette an und inhalierte tief. »Was für eine Wohltat«, sagte er und blies den Rauch aus.

»Kriegst du deine Dosis endlich.« Sie schüttelte den Kopf. »Deine therapeutische Dosis ...«

»Und jetzt blättern wir uns doch mal durch die schöngeistige Literatur.« Mogela der Plechanower aschte in die Faust und machte kehrt Richtung Bücherzimmer.

GEBURTSTAG

1.

»Siebenunddreißig sechzig«, sagte die Frau. »Hat er immer gesagt, wenn er anrief. Siebenunddreißig sechzig am Apparat. Und sagte es noch, als es längst keine siebenunddreißig sechzig mehr waren. Wenn Sie wüssten, was für Manöver ich machen musste, um von der Arbeit wegzukommen, mal ist der eine für mich eingesprungen, mal der andere ... Was ist mir heiß, bei euch hat's anscheinend noch nicht abgekühlt, während bei uns ... Dabei bin ich eigentlich im Büro.« Weil sie so volle Lippen hatte, sah es aus, als lachte sie. Sie trug eine Brille mit dicken, getönten Gläsern. Sie sei kurzsichtig, sagte sie. »Was mir besonders gefiel, war, dass er sich die Zeit für mich nahm. So etwas hatte ich noch nie erlebt. Morgens ist er her- und abends wieder zurückgeflogen. An einem Tag. Diese siebenunddreißig sechzig waren der Flugticketpreis, Tiflis–Moskau. Mach ich jetzt nicht das Gleiche? Wie seltsam, ich mach genau das Gleiche: am selben Tag hin und zurück. Mein Mann ist auf Geschäftsreise, und ich dachte, jetzt oder nie. Gut, hab ich auf Roaming gestellt und muss mich nicht kümmern. Ich bin ja eigentlich im Büro.« Nein, sie lachte tatsächlich. »Ich hab alles den Jungs überlassen. Wissen Sie was? Ich hab ständig daran gedacht herzukommen, seit er mich mal drum gebeten hatte. ›Wenn ich sterbe‹, hat er gesagt, ›musst du an mein Grab kommen, nur ein Mal, mehr verlange ich nicht.‹ Wie hätte ich nicht kommen können, obwohl, eigentlich ist es nicht von Bedeutung. Gräber bedeuten mir nichts. Als er nichts mehr von sich hören ließ, hab ich mich überhaupt nicht gesorgt. Hab mir nichts dabei gedacht. Ich war's ja gewohnt, dass die Kommunikation nur in eine Richtung lief. Immer hat er angerufen. In der ersten Zeit immer direkt im Büro, kaum angekommen, hat er im Sekretariat angerufen: ›Sekretarscha, trizaz sem schiisiat na linii. U menia schesz tschasow swobodnawa wremeni ...‹* Tja, damals wurde es schwierig mit dem Wegbleiben. Was tun, wenn der Chef da ist und gleichzeitig auch noch der Ehemann anruft? Das ist aber nur drei-, viermal vorgekommen. Als das Leben ohnehin schwieriger wurde. Als alles auseinanderfiel. Ich hab ihm gesagt, er dürfe die Russen nicht beschimpfen, sonst würden wir uns streiten. Obwohl, was hätte er schon sagen können, damit ich mich tatsächlich verletzt gefühlt hätte? Er hat aber nicht aufgehört mit den Beschimpfungen, mich würde es ja nicht betreffen. Ich sei keine Russin, ich sei das pure Lachen ... Drängen und Flehen liegen mir nicht. Und was hätte ich schon verlangen können, wir lebten ja beide unser eigenes Leben.«

»Wir hätten mittagessen gehen sollen, haben Sie keinen Hunger? Das ist doch mühsam so«, sagte Mogela.

»Woher denn!« Sie öffnete ihre Tasche. »Ich hab meine Notration zum Knabbern dabei. Ohnehin werde ich immer runder.« Sie lachte wieder.

* Frau Sekretärin, siebenunddreißig sechzig am Apparat. Ich habe sechs Stunden freie Zeit ...

Er dachte: ›Ein wirklich feines Mädel!‹ Was heißt Mädel, eine reife Frau war sie, zumindest in etwa anderthalb Jahren wäre sie so weit.

»Wie viel Uhr ist's jetzt bei euch?« Sie schaute auf ihr Handy. »Zur Mittagspause läutet's bei mir immer.«

»Was für eine Mittagspause?« Er begriff nicht.

»Im Büro, Mittagspause eben.« Sie lachte hell und sehr verführerisch. »Ich bin doch eigentlich im Büro und angeblich zum Mittagessen rausgegangen. Ach, Liowuschka, in was für einem Zustand ich bin, hier an deinem Grab. Ich lach mich tot. Du wusstest ja, ich würde nicht weinen ... Entschuldigen Sie, ich kann nicht anders.«

Mogela lächelte und nahm sich vor, ihr nichts zu erzählen. Das war nichts für sie.

»Ich kann keine Geheimnisse für mich behalten, aber für ihn hab ich's getan. Ihm war's sehr wichtig, dass ich nicht einmal meinen Freundinnen von uns erzähle, auch heute noch tu ich's nicht, wenn sie bei einem Glas vorsichtig was aus einem herauszukitzeln versuchen. Immer liegt's mir auf der Zunge. Aber selbst wenn ich's erzählte, wer würde mir glauben? Wenn ich sagte: ›Mädels, zwanzig Jahre lang hab ich mich heimlich mit einem Mann getroffen.‹ Zwanzig Jahre lang, ich. Die sie am Strand nie dazu gebracht haben, sich auszuziehen, solche Komplexe hatte ich, hab nur dagesessen und Sand auf meine Oberschenkel gehäuft ...«

2.

Spätabends, nach dem Besuch des Chartschaschoer Bischofs, hatte Mogela der Plechanower die Ziffern aus den »Moby Dick«-Seiten zusammengesucht, sie zusammengefügt und daraus eine Telefonnummer abgeleitet. Er hatte das Telefon neben sich gestellt und die Nummer gewählt. ›Eine Moskauer Nummer wahrscheinlich, na, was wird das wohl?‹, hatte er gedacht und im selben Augenblick eine Frauenstimme vernommen. Eine angenehme, vertrauliche, ja fröhliche Stimme, was ihn noch nervöser machte.

»Guten Tag ... Ich bin ... Ich bin Lewans Freund, erinnern Sie sich an Lewan, oder vielleicht eher Liowuschka?« Mogela stockte, es fiel ihm schwer, fortzufahren. »Lewan ist gestorben, und ich ... Er hat mich gebeten, Sie zu benachrichtigen ...«

Es klang dämlich, aber etwas anderes kam ihm nicht in den Sinn. War ihm nie in den Sinn gekommen.

Am anderen Ende herrschte Schweigen.

»Entschuldigen Sie, bitte entschuldigen Sie«, hörte er schließlich, »können Sie in fünf Minuten nochmals anrufen?«

»Ja, natürlich.«

Und das hatte er getan.

In der Tür stand seine Mutter.

Er bat sie nicht, ihn allein zu lassen.

»Ja bitte ... Entschuldigen Sie ...« Die Frau flüsterte beinahe, befand sich wahrscheinlich im Badezimmer und ließ sogar das Wasser laufen. »Entschuldigen Sie, aber ich kann jetzt nicht mit Ihnen sprechen. Können Sie mir Ihre Nummer geben?«

»Ja«, sagte Mogela und diktierte ihr die Nummer.

Die Frau wiederholte sie. »Mit Tifliser Vorwahl, nicht wahr?«

»Ja.«

»Ich ruf Sie an, wenn ich darf.«

»Natürlich, aber eher gegen Abend.«

»Und tagsüber, sagen wir, gegen zwölf? Wie viel Uhr ist jetzt bei Ihnen?«

»Na gut, tagsüber ...« Mogela war verwirrt; er hatte etwas anderes erwartet, kein Gespräch über Zeitzonen. »Gut, wann Sie wollen. Sie können auch eine Nachricht hinterlassen, und ich ruf Sie dann zurück.« Er hatte sich wieder ein wenig gefasst. »Ich ruf übers Festnetz an, ich hab kein Handy. Hinterlassen Sie eine Nachricht, ich ruf zurück.«

»Tagsüber ist es besser, wissen Sie ... Entschuldigen Sie. Ich danke Ihnen.« Und sie hängte auf.

»Mann!« Mogela schleuderte den Hörer von sich.

»Was regst du dich so auf? Wenn's dir zuwider ist, tu's einfach nicht.« Die Mutter machte kehrt.

»Lass mich in Ruh«, brummte er, ließ sich aufs Bett fallen und stellte das Radio laut. »Und du, fang endlich an, geh auf Sendung«, sagte er an den Moderator gerichtet und drehte sich zum Fenster.

Noch einmal in dieser Nacht blätterte er den »Moby Dick« durch und betrachtete die unterstrichenen Buchstaben. Das war alles höchst simpel und zugleich beängstigend. Er zog die Abdeckplatte aus Karton an der Radiohinterseite weg und kramte aus dem Radioinneren ein Tütchen aus herausgerissenem Heftpapier mit drei Rauschkrautkrümeln heraus. Dann öffnete er das Fenster und setzte sich aufs Sims.

Er hätte am liebsten geweint, denn er hatte Lewikos Stimme im Ohr.

Die Buchstaben hatten sich ganz einfach der Reihe nach zusammensetzen lassen, es war kein großes Umordnen und Dechiffrieren nötig: »Mogel, magst du nicht mehr, Alter?« Sogar das Fragezeichen war unterstrichen, irgendwo auf Seite zweihundertachtzig-und-noch-was. »Wenn ja, lass es bleiben. Verzeih.«

Zugleich hörte Mogela der Plechanower die Worte ganz deutlich. Lewiko der Barnower war so nah, wie er zu Lebzeiten kaum je gewesen war.

Die Frau indes rief zweieinhalb Monate später an. Genau an dem Tag, als Mogelas Mutter aus dem Krankenhaus entlassen wurde.

3.

»Ich hatte nichts Schönes an mir, ja nicht einmal Ansehnliches.« Sie lachte. »Wenn er anrief und sagte: ›Zeluiu w nosik‹*,

* Ich küss dich auf die Nase

sagte ich: ›Na, die reicht ja auch bis Tiflis.‹ Seit ich vier bin, trag ich eine Brille. Ohne Brille herrscht ewig trübes Wetter. U minia w glasach wsigda pasmurno ...* Aber das wird Sie kaum interessieren. Wozu auch? Kleine Brüste und ein großer Hintern« – sie brach in helles Lachen aus – »mein Gott, wär ich nicht so eine Frohnatur, würd ich wahrscheinlich anschwellen und platzen vor Frust. Wissen Sie, was ich für Haar hab? Ich geh immer nachts zum Friseur. Ich hab eine Mähne wie Nimmerklug. Nimmerklug ... Sie müssen ein sehr enger Freund von Liowuschka sein.«

»Wir hätten uns damals begegnen können, drüben ... Im darauffolgenden Jahr. Aber wir konnten nicht mehr gehen.«

»Wir Mädels sind auch nicht mehr lange hingegangen. Ich hab die Krim geliebt. Mit Geld oder ohne, wozu auch immer es reichte, sind wir hin. Diesen Sommer waren mein Mann und ich auf Antigua. Ich hab mich mit einer Papaya in der Hand fotografiert. Natürlich ist das ganz was anderes, aber die Krim hat was, mit diesen Felsen, tausend Besonderheiten ... Und man kann dort leben. Wie willst du auf Antigua leben, wenn du kein Eingeborener bist?« Sie lachte wieder. »Die Blumen hab ich in Moskau gekauft. Was für einen nachlässigen Zoll ihr habt! Wie auf Antigua. Es ist hoffentlich nicht peinlich, wenn seine Familie diese Blumen sieht?«

Mogela zuckte die Achseln und zündete sich eine Zigarette an. »Lassen Sie sie nur da, es ist nicht peinlich.«

»Geben Sie mir bitte auch gleich Feuer.« Sie zog eine dieser dünnen Zigaretten aus der Tasche. »Wie Ihnen nur dieser Ort wieder eingefallen ist – Sowet Kwascha.« Ihre Stimme war so weich, dass Mogela dachte, sie sollte in dieser Radiosendung, »Einsame Herzen«, auftreten. Sie würde sagen: Für alle Verliebten, für alle, die jetzt einsam sind, aus der Ferne, aus der großen Stadt, in der nächtlichen Stille ... Und dann würde sie

* In meinen Augen ist es immer bewölkt ...

langsam, langsam »Strangers in the night exchanging glances wondering in the night« einblenden ...

»Ich hab im Sand gesessen. Ich hab überhaupt immer im Sand gesessen. Ich werd schnell braun, vertrag die Sonne gut. Ich hab Sand um mich herum aufgehäuft, so, rundherum.« Die Frau verbreitete Fröhlichkeit auf dem Friedhof; die Toten wussten es ihr wahrscheinlich zu danken. »Ich hab dagesessen und aufs Meer hinausgesehen. Die Mädchen waren Eis essen gegangen, glaub ich, und plötzlich stand er neben mir. In blauem Shirt und so Shorts. Grünlich. Bis zum Knie. Sonnenbrille. Er hat die Brille abgenommen und gesagt: ›Guten Morgen, moschna w was wliubliaza?‹* In was für ein Gelächter ich ausbrach, können Sie sich wahrscheinlich ausmalen. Ich hab gesagt: ›Wenn du willst, dass ich aufsteh, musst du wegschauen, ich hab Komplexe.‹ Und er: ›Sieht man dir nicht an, dass du Komplexe hast. Komm, ich spendier dir einen Rosé-Sekt.‹ Na ja, traditionell, Kaukasier, wild und gleich als Erstes saufen. Ich hab ja gesagt. Und er: ›Ich weiß ja nicht, was du davon hältst, aber meiner Meinung nach ein furchtbares Gesöff.‹ – ›Hoppla‹, hab ich gedacht. ›Hoppla. Swetik, na zibia napal ariginal.‹** In dem Moment begriff ich: Er würde sich tausend Dummheiten ausdenken, um mich zum Lachen zu bringen. Die Mädchen nervten sich: Was der hier wolle? Worauf er verkündete: ›Mir gefällt, wie die hier lacht.‹ Mal nannte er mich ›Ballerina‹, mal ›Towaritsch Smechowa‹. Die ganze Zeit. Wenn wir uns trafen, ›Ti priechala, Smechowa!‹*** ... Mein schwieriger Ehemann ... Nein, womöglich war er ... Er ist ein ganz normaler Mann, aber schwierig. Zwei Jahre lebten wir getrennt, dann kam er wieder angekrochen. Eifersüchtig, kurz gesagt. Während unserer Trennung, als ich ganz leicht alles Mögliche hätte unterneh-

* Dürfte ich mich in Sie verlieben?

** Swetalein, da hast du dir ein Original eingefangen.

*** Da bist du ja, Smechowa [Frau Lacher]!

men können, ausgerechnet da haben wir uns nicht getroffen. Damals, als es losging und bei euch, glaub ich, Krieg war. Der ganze Zerfall. Als es damit anfing, verschwand er, ließ sich nicht mehr blicken. In solchen Zeiten verspürst du kein Bedauern, das Leben nimmt einfach seinen Lauf. Aber die Erinnerungen. Immerzu die Erinnerungen. Und dann plötzlich wieder: ›Hey, trizat sem schiisiat, wi ischtschio schiwi?‹* Einmal hat er mich nicht im Büro angetroffen und zu Hause angerufen, in einem äußerst ungünstigen Moment. Sagt: ›Na waschem stale ia astawil nakladnie.‹ – ›Kakie nakladnie?‹** Mein Mann ist da, rumort in der Küche herum, sieht zu mir her und starrt mich an. Ich sag: ›Das ist nicht die Büronummer‹, und diktiere die Nummer. Währenddessen starrt der Meine mich an. Ich hab aufgehängt und ›Idiot!‹ gesagt. Die ganze Nacht hab ich nicht geschlafen. Offenbar war er in Moskau, seit drei Tagen, und wollte nochmals drei bleiben. Ich hatte die Dienststelle gewechselt, und er hatte mich nicht ausfindig machen können. Ich würd so gerne weinen, denn einmal hat er mir gesagt: ›Wenn du fünfundsechzig bist, reisen wir nach Karlsbad.‹ – ›Und was wollen wir dort?‹, hab ich gefragt. ›Seufzend durch die Alleen wandern. Ich werd dann schon gaga sein und du wirst immer noch lachen und mich wieder heil machen.‹ Ich hab mir dieses Bild wirklich vorgestellt. Warum weiß ich nicht, aber ich hab's mir oft vorgestellt.«

Sie verstummte und schaute auf ihr Handy. »Wie spät ist es?« Sie drückte eine Taste. »Hallo, mein Lieber! Siehst du, ich bin dir zuvorgekommen ... Was ich esse? Fisch. Da ist alles drin, was der Körper braucht. Wie geht's dir? Ist's kalt bei euch? Hier ist's erträglich ... Nein, ich geh nicht ins Büro zurück, hab mich abgemeldet ... Nein, ich geh shoppen, und danach hat Lusja

* Siebenunddreißig sechzig am Apparat, sind Sie noch am Leben?

** Ich hab Lieferscheine auf Ihrem Tisch gelassen. – Was für Lieferscheine?

mich eingeladen ... Weiß nicht, irgendein Café. Ruf mich an ... Nein, woher denn, um neun bin ich zu Hause ... Ja natürlich ... Küsschen, Küsschen, Liebling.« Sie beendete das Gespräch und lächelte Mogela freimütig zu: »Mein Mann.«

4.

»Pardon, ich hab Ihren Namen vergessen«, bekannte Mogela. »Ich bin heute nicht so besonders drauf.«

»Sie können ihn nicht vergessen haben, weil ich mich noch gar nicht vorgestellt hab.« Sie kicherte. »Swetlana Sergejewna. SS, wie mein Chef sagt. Sweta. Wie haben Sie mich am Flughafen denn erkannt?«

Mogela zuckte die Achseln. »Ich weiß nicht, am Lachen, an der Brille. Ich wusste, dass Sie eine Brille tragen.«

»Ja, aber wenn ich mich verlaufen hätte. Dann hätten Sie doch meinen Namen und Vornamen wissen müssen?«

»Wir sind hier in Tiflis, wo kann man sich da verlaufen? Vielleicht wollten Sie sie mir gar nicht verraten.«

»Wissen Sie, was heute für ein Tag ist?«, fragte sie unvermittelt.

»Was für ein Tag?«

»Ihr seid ja schon ein komisches Volk. Name und Vorname wollt ihr nicht wissen und das Datum auch nicht. Liowuschka hat mir nicht ein einziges Mal zum Geburtstag gratuliert, dabei freu ich mich immer so darüber, obwohl's ja eigentlich nichts Besonderes ist, aber ich freu mich trotzdem.«

»Dass heute Ihr Geburtstag ist, wusste ich nicht«, sagte er lächelnd.

»Meiner? Woher denn! Was haben wir heute für ein Datum?«, fragte sie und gab die Antwort gleich selbst: »Heute ist Liowuschkas Geburtstag.«

»Ach!« Mogelas Stimmung sank. »Ach ... Was ist das Leben widersinnig«, sagte er auf Georgisch.

Sie lachte ihn an. »Ich versteh kein Georgisch.«

»Ach!«, sagte er noch einmal. »Ach, Leon, alter Penner ... Nein, ich weiß wirklich nicht, was heute für ein Datum ist.«

»Aber an welchem Datum du auf dem Flughafen sein solltest, wusstest du doch? Du hast's danach einfach gleich vergessen.«

»Entschuldigung«, sagte Mogela und dachte dabei: ›Es reicht jetzt, leck mich doch.‹ – »Entschuldigung, ich bin etwas durcheinander.«

»Ja ... Gott hat's so gefügt: Genau heute hab ich Zeit gefunden, am selben Tag hin und zurück. Siebenunddreißig sechzig. Morgens in der Früh landen und abends wieder daheim. Als ob nichts gewesen wäre ...« Sie verstummte, lächelte flüchtig.

Mogela stand auf, vom Gedanken getrieben, ob Pepo vielleicht zum Friedhof kommen könnte. ›Obwohl‹, dachte er, ›sie wird schon am Morgen hier gewesen sein, bloß, wo sind die Blumen? Pepo würde doch nie ohne Blumen kommen?‹

Auch die Frau erhob sich, schaute aufs Handy. »Eine Stunde Zeitunterschied«, sagte sie leise. Dann kniete sie sich vorsichtig auf die Erde und strich ganz sanft über den Grabstein.

Mogela stand da und schaute auf sie hinunter.

»Charoschi, moi charoschi ...«* Behände stand sie auf und klopfte ihren tabakbraunen Mantel ab. Wieder lächelte sie, nun merkwürdig bitter. »Entschuldige, wenn ich dich vollgeplappert hab«, sagte sie unvermittelt. »Das betrifft dich ja alles gar nicht. Entschuldige. Er wird immer bei mir sein ... Gehen wir, ja? Bloß ... Wahrscheinlich hast du gemerkt, dass ich nicht so eine bin ... Er war auch keiner, dem so was gefallen hätte ...« Sie schüttelte kaum merklich den Kopf. »Was hilft's?«

Beim Friedhofstor angekommen, schaute sie erneut aufs Handy. »Wenn wir rechtzeitig starten, bin ich um neun zu Hause vor dem Fernseher.« Lachend fasste sie Mogela am

* Lieber, mein Lieber ...

Arm, aber nur einen kurzen Augenblick. »Danke, mein Lieber. Das Leben geht weiter.«

Am Flughafen redeten sie kaum noch; die Frau checkte ein, und sie trennten sich an der Treppe.

»Hast das nicht du gemacht?«, fragte sie ihn plötzlich noch und hielt ihm lachend ihr Handgelenk entgegen. Sie hatte ein Lederarmband um.

»Nein.«

»Einer von Liowuschkas Kumpeln hat es aber gemacht. Weißt du, was da drin ist? Ein Papierchen mit einem Psalmvers drauf. Es soll ein Schutzspruch sein. Ich hab das Band noch nie abgemacht. Da, sieh mal, da drin ist ein Papier. Mit georgischer Schrift oder griechischer, was weiß ich. Mir ist plötzlich der Gedanke gekommen, ob nicht vielleicht du es gemacht hast. Echt Leder und solide, sieh mal. Seit fünfzehn Jahren trag ich es.« Sie lachte wieder, schüttelte den Kopf, umfasste seine Schultern und küsste ihn erst auf die eine, dann auf die andere Wange: »Dsirschis.«*

Dann lief sie eilig die Treppe hoch.

Die Mutter hatte sich hingelegt. Mogela rollte den Fernseher in ihr Zimmer.

»Mir geht's gut«, sagte sie. »Prima. Ich hab mich gerade hingelegt. Maqwala war da.«

»Hat sie dir eine Spritze gegeben?«

»Nein, sie ist einfach so hergekommen. Sie gibt sie mir um zehn«, erwiderte die Mutter.

Mogela starrte gedankenverloren auf den Fernseher.

»Hast du sie verabschiedet?«, fragte sie.

Er nickte.

Die Mutter lächelte.

»Ich geh eine rauchen.«

* Halt die Ohren steif / Mach's gut.

Im großen Zimmer griff er nach dem Telefonhörer und wählte eine Nummer.

»Pepo, grüß dich. Ich bin's. Mogela. Heute ist der dreiundzwanzigste … Ja … Ja … Ja … Ja, ich bin auf dem Friedhof gewesen … Ja, versteh ich und hab mir schon gedacht, dass du am Morgen dagewesen bist … Nein, Mensch, macht nichts, ich kenn den Weg doch, oder etwa nicht? … Ja, die Jungs auch … Na dann, küss die Maus von mir … Na dann … Nein, vorläufig bin ich noch hier. Wohin soll ich schon … Nein, außerdem ist meine Mutter krank. Im Moment geht's ihr zwar nicht so schlecht … Weiß nicht. Was die halt immer so sagen … Nein, nichts … Vor vier Tagen ist sie entlassen worden … Ja, was weiß ich … Hab *einfach* keine Lust mehr … Na dann, Küsschen, und küss das Mäuschen von mir.«

MALULA TAMARA SEI MIR LÜFTCHEN ZUFLUCHT

He's a real nowhere man
Sitting in his nowhere land
Making all his nowhere plans for nobody
JOHN LENNON / PAUL McCARTNEY

Michelle, ma belle
These are words that go together well
JOHN LENNON / PAUL McCARTNEY

It was twenty years ago today
Sergeant Pepper taught the band to play
They've been going in and out of style
But they're guaranteed to raise the smile
So may I introduce to you
The act you've known for all these years
Sergeant Pepper's Lonely Hearts Club Band
JOHN LENNON / PAUL McCARTNEY

Die Frau, die den Namen Rose von Schiras trug, kam oft zum alten Mogeladse'schen Haus. Sie kam tagsüber, auch abends und einmal sogar nachts.

Die Straße war gewöhnlich menschenleer, abgesehen von der einen oder anderen Oma, die aus einem Fenster sah.

Die Rose von Schiras hielt sich gerne auf der Glasveranda des oberen Stockwerks auf und blickte aufs Flussufer. Die Veranda war der hellste Ort im ganzen Haus; die alten Vorhänge waren verblichen, die Tapete da und dort heruntergerissen, und die Türen des alten Büfetts, das dort stand, hingen schief in den Angeln.

Als Mogela der Plechanower ihr den Schlüssel hinterließ, hatte er nicht gedacht, dass sie so oft in das zugesperrte Haus käme; er hatte nie richtig verstanden, warum die Rose von Schiras unbedingt in sein Haus wollte. »Ich komm mit zu dir« hatte er, solange seine Mutter noch lebte, nicht einmal hören wollen. Und hätte sie Anstalten gemacht, sich bei ihm einzuschmuggeln, so hätte er sie augenblicklich abgeblockt.

Überhaupt trafen sie sich nur im »McDonald's«, im oberen Stockwerk.

Darüber hinaus nicht.

Es war zum gegenseitigen Schutz.

Bevor Mogela ins Exil ging, war sie ein einziges Mal bei ihm zu Hause gewesen, nach dem Tod der Mutter, und es hatte sich für sie angefühlt, als wäre es das hundertste Mal. Als wäre sie in dem Haus geboren und hätte das ganze Leben dort verbracht.

Die Rose von Schiras war eine kluge, gebildete Frau, die sich dieses Gefühl ganz einfach, küchenpsychologisch, erklären konnte, nämlich: Sie liebte Mogela den Plechanower, und zwar so sehr, dass sie durchdrungen war mit allem, was diesen Rumtreiber und scheinbar gewitzten jungen Mann ausmachte. Er schien sie nie mehr verlassen, keinen Fingerbreit von diesem Land, das er besetzt hielt, mehr hergeben zu wollen. Ein merkwürdiger, überraschender Eroberer war er:

Selbst hatte er nichts in Besitz genommen, weder angegriffen noch das Schwert geschwungen, vielmehr war es gewesen, als säße er müde am Wegrand und ließe sich von der Herrin des Hauses auf ein Glas Wasser hereinbitten. Er wurde hereingebeten und nicht wieder gehen gelassen, doch als sie sich in Erinnerung rief, dass sie diesen Mann eigentlich gar nicht hereingebeten hatte, war es schon nicht mehr von Bedeutung, ob sie ihn eingeladen hatte oder nicht, und zwar deshalb, weil Mogela der Plechanower überall und in allem war: hingefläzt, wie es typisch für ihn war, die Füße auf dem Beistelltisch, vielmehr auf den Magazinen, die Arme auf den Sessellehnen und die Zigarette zwischen den Fingern.

Sie mochte seine scheinbar nichts preisgebende Art, nicht nur das, sie konnte sich ein Leben ohne ihn gar nicht mehr vorstellen, beinahe zu stricken angefangen hätte sie, so sehr vermisste sie den ausgewanderten Mogela. Sie dachte daran, einen riesigen Filzteppich zu walken. Sogar ein Muster hatte sie sich ausgedacht, verschlungene farbige Linien, und überlegt: ›Ich versuch's mit Teppichfilzen und stell die Teppiche dann in meiner Galerie aus.‹ Die Muster würden für andere Unverständliches darstellen, nur sie würde wissen, was sie versinnbildlichten, es würden Bilder der Angst, des Wartens, der Hoffnung und der Liebe sein.

Innerlich musste sie lächeln über ihre Idee, aber als sie sich vorstellte, mit welcher Besessenheit sie sich daran machen würde, rief sie ihre Künstlerfreundinnen an und bat sie, sie einigermaßen gründlich in die Kunst des Filzens einzuführen.

Als Mogela ihr den Schlüssel gab, hatte sie erst nur gedacht: ›Ich geh einmal im Monat vorbei, schau nach dem Rechten, setz mich auf Mogelas Bett, stell sein altes Radio laut, streich über seine alten Sachen, lass in der Küche das Wasser laufen, zieh einen Stuhl heraus und geh wieder.‹ Sie war der Meinung, ein Haus könne man prinzipiell nicht einfach so sich selbst überlassen. Umso weniger ein altes Haus. Mogela hatte im

Stillen lachen müssen, als sie ihm das sagte, wobei sie sein Lachen gespürt hatte, denn sie wusste: Wenn er mit todernster Miene guckte, lachte er insgeheim meistens, um dann zu sagen: »Ja, das stimmt, stimmt *exakt. Maladez*, Schiras, *maladez.*« Die Rose von Schiras aber prägte sich diesen ernsten Blick ein; er barg weder Sorge noch Gedankenschwere, nur das reine Lachen. Trotzdem sagte sie ihm öfter, ein altes Haus gleiche einem alten Mann, der auf der Veranda sitze, sich an der Sonne wärme und vor sich hin döse. »Er döst und döst und schläft ein, und meistens segnen die Alten das Zeitliche ja im Schlaf, als wären sie das Aufwachen leid. Also muss man einen Schlafenden vorsichtig wecken, dann kommt er zu sich und überlegt es sich noch mal mit dem das Zeitlichesegnen. Und mit einem alten, herrenlosen Haus ist es genauso, Häuser sterben nicht, solange jemand sie bewohnt: Während du, Mogela aus Plechanow, herumgestreunt bist, hat deine Mutter selig es am Leben gehalten, und jetzt werde eben ich das zugeschlossene Haus hin und wieder aufwecken.«

»Ja, du lässt den Wasserhahn laufen, und das Haus erwacht zum Leben«, sagte Mogela mit ernstem Gesicht und im Stillen lachend, »lass es unten laufen, es ist ein alter Hahn.«

Nun saß Mogela der Plechanower mit finsterer Miene am Terrassenrand des Hotels »City Piazza« in Santa City, fing mit seiner sumpfbraunen Sonnenbrille die Sonnenstrahlen ab und sehnte sich unsagbar nach der Rose von Schiras, die ihn nicht durchdrungen und nicht jeden Winkel und jede Nische von ihm erobert, sondern sich zwischen seinen Augen und seiner sumpfbraunen Sonnenbrille festgesetzt hatte. Wobei »festgesetzt« nicht das richtige Wort ist. Sie flimmerte. Nein, auch das nicht. Sie atmete, sie war Atemluft.

Die Rose von Schiras jedoch wusste nicht, wann sie sich ihren Bewachern entziehen, wann sie zu Geld kommen, wann sie sich ins Flugzeug setzen und wann sie in Santa City landen könnte. Mit Sicherheit wusste sie nur eins: Einmal im Monat ins Mogeladse'sche Haus kommen zu dürfen, war märchenhaft. Nach dem ersten Mal kam sie schon zwei Tage später ein zweites Mal und dann gleich ein drittes Mal; mit jedem Mal fiel es ihr schwerer, wieder zu gehen: Sie wurde unruhig, nervös, hielt, wenn sie unterwegs war, um etwas zu erledigen, ein Taxi an und fuhr in Richtung Haus.

Dem Haus gefiel die Rose von Schiras: Es hatte nichts vor ihr zu verbergen und ließ auch nicht die geheimnisvollen Stimmen auf sie los, die große alte Häuser in ihrer Geräuschekiste bewahren. Diese Stimmen sind ja der wichtigste Harnisch verlassener Häuser, sobald ein Fremder ihre Schwelle überschreitet. Das Haus schien ihr jedes Mal zu sagen: »Geh nicht.« Sagte es in merkwürdig beharrlichem Schweigen, und die Rose von Schiras begriff, dass das Haus eher an eine Frau gewöhnt war als an einen Mann, erst an die Großmutter, dann an die Mutter. Die Dinge schienen wie von selbst direkt in ihre Hand zu fallen: Das am Bettrand liegen gebliebene wollene Kopftuch der Mutter brauchte nur eine kaum wahrnehmbare Berührung, um zu Boden zu gleiten und von ihr aufgefangen zu werden – ein flauschiges, altes und irgendwie vertrautes Ding. Die Teegläser aus Sowjetzeiten, die in der Küche neben der Spüle standen, kamen geradezu auf sie zugekrochen: Viel zu lange war es her, seit Mogela sie in der Hand gehalten hatte. Die Schranktür in einem der Zimmer, wohl das des Großvaters, öffnete sich von selbst, ohne jegliches warnendes Geknarze: Als sie die Tür zu dem Zimmer aufmachte, wollte der Kleiderschrank sie offenkundig einladen, näher zu treten und hineinzuschauen. Dergleichen gab es Hunderterlei, Tausenderlei und Hunderttausenderlei, und die Rose von Schiras dachte, nichts anderes auf der Welt bräuchte sie als dieses Haus. Das Haus hatte kein Ende, es war unerschöpflich, obwohl es fahl und müde schien, aber es war weder krank noch fehlte ihm etwas. Wenn sie in den Zimmern herumging, sich in die alten, abgewetzten Sessel mit den durchdrückenden Sprungfedern setzte, wenn sie in die Schubladen spähte und mit alten, brüchigen oder blicklosen Fotoporträts vollgepfropfte Alben anschaute, sah sich die Rose von Schiras wie von außen und sagte:

»Was bin ich reich, Mogela aus Plechanow.«

Sie hatte immer gespürt, dass sich hinter Mogela etwas befand, das er selbst, der sich bedeckt hielt und mit seinen Blicken geizte, wahrscheinlich gar nicht wahrnahm, und jetzt begriff sie, dass das Geheimnisvolle an dem jungen Mann, das sich mit Einfachheit und Lässigkeit kaschierte, auf dieses Haus zurückzuführen war. Die Antwort auf alle Fragen, die sie sich seinetwegen stellte, war in diesem Haus zu finden. Eine kluge Frau war sie, Mogelas geliebte Rose von Schiras.

Nach Mogelas Rückkehr nach Tiflis hatten sie es nicht ein Mal geschafft zusammen zu sein, nicht ein Mal hatten sie ihrer Liebe freien Lauf lassen können. Die Rose von Schiras war auf der Hut, ging ihren Bewachern aus dem Weg, während Mogela der Plechanower ihr wie besessen von ferne gefolgt war, aber nie gesagt hätte: »Dort ist mein altes, feines Haus. In seinem Zimmerwirrwarr kannst du spurlos verschwinden. Hier, das ist mein Zimmer, kein Problem, wenn du beim Einnachten, wenn meine Mutter schon schläft, heimlich herkommst.« Mogela der Plechanower glaubte an nichts, was nicht bis ins Letzte wahrhaft war. Die Rose von Schiras bemerkte manchmal spöttisch: »Hast du noch nie Schach gespielt und gesehen, wie die Bauern geopfert werden, um am Schluss gewinnen zu können?« Doch, erwiderte er dann, natürlich habe er das, sein Großvater habe im Gorki-Park immer Schach gespielt und er hätte ihm dabei zugesehen. Aber das Leben sei kein Schachspiel, im Leben müsse es wahrhaft zugehen, wenn nicht, komme er lieber ohne alles aus.

Eine Zeitlang dachte die Rose von Schiras, sie wäre nicht allein im Mogeladse'schen Haus. Sie wusste ja, in dem Haus hatten viele Menschen gewohnt, aber ihr war auch bewusst, dass ihre Seelen weit weg waren, außerdem glaubte sie nicht groß an um die Menschen herumschwirrende Seelen, eher an die Erhabenheit von Koinzidenzen. Sie musste lächeln, wenn sie daran dachte, wie sie die Tür zum Zimmer des Großvaters geöffnet, der Luftzug die klapprige Schranktür getroffen und diese hatte aufgehen lassen. Trotzdem, sie war sicher, sie war nicht allein in dem alten Haus, und machte sich auf die Suche nach dem Kumpan oder dem geisterhaften Gefährten, den sie sich zusammengesponnen hatte. Mogela der Plechanower konnte es nicht sein, weil Mogela der Plechanower ohnehin überall war, wo sie hinging: im Café, in der Galerie, im Laden. Es musste jemand anders sein, jemand wirklich anderes und Unbekanntes. Am Anfang dachte sie: ›Vielleicht ist es Mogelas Großvater, Kolia Mogeladse‹, aber dann wurde ihr bewusst, dass der Großvater sich ganz anders anfühlen würde. Der Gefährte jedoch schien kein Hausbewohner zu sein, es war, als wartete er jeweils vor der Haustür auf sie und träte mit ihr ins Haus, außerdem zeigte er nicht gerade große Beflissenheit und Verlässlichkeit, denn er rief ihr nur dann und wann in Erinnerung, dass sie nicht allein war. Sie kam nicht gegen das Gefühl an, gab aber deswegen ihre Besuche im Mogeladse'schen Haus nicht auf, denn es störte sie nicht, abgesehen von einem gewissen Unbehagen darüber, beobachtet zu werden, aber auch das Unbehagen war nur sporadisch.

Als sie beim vierten Mal auch die Nacht im Mogeladse'schen Haus blieb, mit heißem Kaffee aus einer hellblauen Thermosflasche und trockenen Biskuits, kam ihr der Gedanke, sie könnte ein Buch schreiben über diesen Ort. Die Idee erheiterte sie, obwohl sie keine Vorstellung hatte, was für eine Art Buch das sein sollte. In dem Haus gab es so schon genug Bücher; würde man sie alle nach draußen tragen, könnte man mit ihnen eine ziemlich hohe Ringmauer bauen, dachte sie. Die Rose von Schiras hatte erst ein Mal einen Blick in das Mogeladse'sche Bücherzimmer geworfen; aber nicht nur dort gab es Bücher. Hundert, zweihundert, dreihundert Bücher lagen in jedem Zimmer: auf Regalen, auf dem Boden, in Kisten, oben auf Schränken und anderswo, an völlig unerwarteten Stellen. Die Rose von Schiras war ja eine gebildete Frau, aber ein Buch geschrieben hatte sie noch nie. Also kaufte sie sich ein einfaches Notizheft und nahm sich vor: ›In dieses Heft notiere ich wie vor Zeiten diese Japanerin die Gedanken, die mir während meiner Aufenthalte im Mogeladse'schen Haus durch den Kopf gehen, und beschreibe gleichzeitig auch den Ort.‹ Kurz, es sollten Aufzeichnungen werden über das alte Haus der Mogeladses. Als gebildete Frau wusste sie, weswegen sie den Wunsch hatte, über den Ort zu schreiben: Es war ein den Kummer hegendes oder auch dämpfendes und die Distanz zum Verschwinden bringendes Täuschungsmanöver.

Und so schrieb die Rose von Schiras in ihr Notizheft:

9.

Wie merkwürdig. Bücher hat in diesem Haus keiner gelesen.

Irgendwas gelesen haben sie wahrscheinlich schon, dicke georgische Romane oder sonst was, aber die Menge der Bücher hier und ihr Inhalt stehen in keinem Verhältnis zu den Bedürfnissen der Bewohner. Kolia Mogeladse (im großen Zimmer hängt eine anlässlich seines Begräbnisses vergrößerte Fotografie an der Wand) sammelte Bücher. Er war bibliophil – warum, versteht man nicht, betrachtet man sein Bild. Warum? In einem der Alben kleben Fotos aus den zwanziger Jahren. Wie sehr sie alle amerikanischen Kinofilmhelden gleichen! Und später veränderten sie sich. Bekamen Bäuche. K. M. war wahrscheinlich ein interessanter Mann. Spannend, in seinen Büchern zu schmökern. Allerdings macht die Menge mir Angst. Und so viel Staub. Lebendig sind nur zwei Zimmer; das große Zimmer liegt, glaub ich, schon im Schlaf.

Gut ausgedacht: im Schlaf liegende Zimmer. Die Assoziation hatte ich schon mal.

Es ist ein wunderliches Haus. Würde jemand darin wohnen, wär's wohl nicht so. Ein Bewohner macht da ja nichts aus. Aber bei mehreren wäre es wohl ganz anders. Dreizehn Zimmer gibt es, zwei Küchen. Bäder. Von außen sieht es klein aus. Ich weiß nicht, was mir daran so gefällt: Aber mir wird klar, warum es mir entspricht. Eines der Zimmer riecht nach Baldrian. Am Bett auf dem Nachttischchen steht das Bild der Großmutter, wahrscheinlich war es ihr Zimmer, nach dem Tod des Großvaters. Seit wie vielen Jahren mag es hier schon nach Baldrian riechen?

Das Haus scheint aus allem herausgefallen. Es befindet sich gar nicht in Tiflis. Natürlich ist es in Tiflis, aber eine sozusagen alte Zeit ist darin erhalten geblieben. Mit entsprechender Ästhetik. Das Mobiliar: Sechziger-Jahre-*Politur*. Ein paar Stücke aus den vierziger Jahren. Der Esszimmertisch rund, mit dicken Beinen. Darauf ein Tischtuch aus derselben Zeit, auf dem Boden aufliegend. Wiener Stühle, antike und auch welche aus den sechziger Jahren. Das Büfett aus der zweiten Hälfte des neunzehnten Jahrhunderts, pseudodeutsch. Gegenstände aus den zwanziger Jahren: in der Küchenschublade drei, vier antike Löffel.

Alles trifft hier aufeinander. Der Fernseher ganz neu, das Radio ganz alt. Leblose Hüte auf der Garderobe. Sechs Hüte, drei mottenzerfressen. Ein blauer Sämischlederhut, auf der Innenseite das Monogramm K. M. Unten in der Küche ein gusseiserner Ofen.

Was soll das? Diese Beschreibung ist unsinnig. Kitschige Gläser aus den Sechzigern und ein ganz tolles chinesisches Service. Pseudoklassizistische Reproduktionen, Landschaftsbilder, russische Schule. Vier Fotos in großen Rahmen: Großmutter, Großvater, Mutter, Vater. Im Zimmer von Kolias Bruder steht eine Nähmaschine. Eine »Singer« mit Tisch, darunter alles vollgepackt mit Büchern. Alte Wasserhähne, neue Wasserhähne. Schlichte Kronleuchter und Lampenschirme. So hat das keinen Sinn. Wie viele Türen hat das Haus? Muss mal zählen.

10.

Ein sonderbares Haus, unprätentiös und heimelig. Ich spüre, wie es atmet, seufzt oder lächelt. Alles ist lebendig, wenn auch in tiefem Schlaf. Das liegt am Sommer. Winters wäre es mürrischer und frostiger. Jetzt herrscht die Stille der Sommerhitze, und in den Zimmern auf der anderen Seite ist es schön kühl. Die Kühle kommt vom Fluss. Das Haus wirkt, als habe sich ein Greis nach dem Mittagessen für ein Nickerchen hingelegt und sei über dem Blättern im Kalender eingeschlafen. Mein Großvater kommt mir in den Sinn: Jeden Tag nahm er den Kalender von der Wand und blätterte ihn um. Und las: »Geburtstag von Michael Faraday, berühmter Physiker. Sonnenaufgang 6.27 Uhr, Sonnenuntergang 19.46 Uhr.« Merkwürdig. Warum haben die alten Leute früher ständig in Kalendern gelesen? Dort steht doch nichts. »Todestag von José Díaz.« Meine Güte, was mir alles in den Sinn kommt! Krankhaft.

Gewöhnliche Kartons (Verpackungen von Fernseher und Waschmaschine): Jeder voller Zeugs. Uhren, jede zu einer anderen Zeit stehengeblieben. Die Mutter wird sie nicht alle tagtäglich um neun aufgezogen haben. Die in der Küche ist neu und funktioniert. Und in diesen Schachteln, was ist da drin? Kleider, die ich nicht anzufassen wage. Schatullen mit Papieren. Alte lederüberzogene, kordelverschnürte Kästchen. Ich scheue mich, sie aufzumachen ... Eines öffne ich: Quittungen für Strom und Wasser. Ein Foto mit drei Männern: Papirossa zwischen den Fingern, stehen sie da, in lächerlichen Mänteln und mit großen Hüten, dreißiger Jahre. Welcher ist der Großvater? Eine Fadenspule. Wie alt? Eine merkwürdige Aktenmappe, altmodisch. War damals wahrscheinlich ein modisches Ding. Sie ist leer. Was muss ich lächerlich aussehen: eine notizheftbewaffnete, mit Vermögensinventarisierung beschäftigte Bürokratin. Wie nennt man das schon wieder? Audit. Oder ist das etwas anderes? Die Aktenmappe. Mit vielen Fächern und *Reißverschlüssen*, aber eher klein. Ging Kolia M. auf Geschäftsreisen? Offenbar nahm er neben der *Reisetasche* auch die Aktenmappe mit. In und auf den Schränken Holzkoffer. In den Koffern Bücher. Gewöhnliche Bücher – Leonid Leonow, »Der russische Wald«, Leonid Leonow, »Der Dieb«. »Die sowjetische Arktis«. Ein Koffer ist voller »Wokrug sweta«-Magazine. Alles riecht ein bisschen streng. Sieh mal, Mogela, »Wokrug sweta«. Ich bin sicher, du hast nicht nur einmal darin rumgeblättert. Jahrgang 1938. Hat der Großvater sie gelesen? Was eigentlich hat der Großvater gelesen?

Ich kehre in meine eigene Kindheit zurück, einiges kommt da wieder hoch. Wie ich mich im Flur im Kleiderschrank meiner Großmutter versteckte. Verstecken machte mich glücklich. Einmal bin ich darin eingeschlafen; sie mussten mich überall suchen. Wenn ich mir vorstelle, dass ich nachts allein in dem großen, leeren Haus bin, bekomme ich Angst, aber es gibt nichts zu fürchten. Ich habe Angst, weil ich ein Mädchen bin. Ich fühle mich nicht einsam. Sie sind ja da. Alle sind sie da. Mir unbekannte Menschen, die wahrscheinlich ein fröhliches Leben führten. Der Großvater muss ein fröhlicher Mensch gewesen sein. In alten Zeiten kannten sie noch eine irgendwie schlichte Freude, konnten über Witze und Geschichten lachen, die wir nicht zum Lachen finden. Du schenkst mir diese Ledermappe, nicht wahr, Mogela aus Plechanow? Ich habe ohnehin das Gefühl, es sei mein Haus, aber ich werde nichts von seinem Platz verrücken. Es ist meins geworden, so wie es ist, warum sollte ich etwas verändern? Wie merkwürdig, alte »Niangi«-Satiremagazine zu verschnüren. Mit Cupro-Faden. Jahrgang 1949, abgegriffene Umschläge. So viele alte »Niangi«.

Fast wie neu. Darüber haben sie früher gelacht. Viel zu lachen gibt's da nicht.

Trinkhörner. Darin Spinnwebengeruch.

Mogela aus Plechanow, wie viel Zeug du in diesem Haus hast: Konfitürenschälchen mit Füßen. Ich bin verrückt nach Konfitürenschälchen mit Füßen. Gefüllt mit Muraba aus weißen Kirschen morgens auf dem Frühstückstisch. Hat deine Großmutter Chatschapuri gebacken? Wahrscheinlich. Seid ihr nicht aus Imeretien?

Was bin ich jetzt abgeschweift. Meine Oma hat auch Chatschapuri gebacken. Unsere mageren, hellhäutigen imeretischen Großmütter: mit Kopftuch und Schürze in Tiflis. Ich werde auch mal so eine magere imeretische Großmutter. Die ständig ihre Brille verlegt.

11.

Das Tischtuch in der unteren Schublade des Büfetts auf der Glasveranda. Es ist klamm. Der Mensch (ich spreche von dir, du Rumtreiber) lebt inmitten von Dingen, die er nie braucht. Sie machen seine Umgebung aus. Was wäre gewesen, hättest du woanders gelebt? Vermisst du sie nicht, vermisst du nichts? Aber was kannst du schon vermissen, du hast sie nicht wahrgenommen. Ein Glas ist für dich ein Glas.

Mein Gott, ein Nardispiel. Die Würfel sind wohl verlorengegangen, die Spielsteine sind handgeschnitzt. Aus Buchsbaum?

13.

Ich bin neugierig auf dein Zimmer, wie deine Schubladen aussehen im Vergleich zum Kosmos dieses Hauses. Wieso liegen in deiner Nachttischschublade Postpaketquittungen? Für Bücher. Aber die Bücher bestellte doch dein Großvater?

Sehr komisch: Großvaters Buchquittungen im Nachttisch des Enkels. Diese Bücher sind wirklich ein Kuriosum. Ich weiß nicht. Dabei bin ich ja noch gar nicht in der Bibliothek gewesen. Nur reingeguckt hab ich: ein Diwan und eine Liege, eine von diesen alten Liegen, und *Bücherleitern*, auf denen man ungemütlich sitzt, aber ich glaube, auf denen saß man gar nicht; Sofarollen mit *Polsternägeln*. In deinem Zimmer ebenfalls Bücher. Russische Ausgaben aus den zwanziger Jahren. So viele. Allesamt vergilbt. Papier verfärbt sich mit der Zeit. Wachtang Kotetischwili. »Aleksandre Qasbegi und die Frage seiner Autorschaft«. So eine Kuriosität! Im Zimmer von Mogela dem Plechanower Gedichtbände aus dem Silbernen Zeitalter. Majakowski, der Band noch zu seinen Lebzeiten erschienen. Marie Felicité Brossets Werk zur Geschichte Georgiens. Was hat das in Mogelas Zimmer zu suchen? Wahrscheinlich von der Mutter mit Schnur zusammengebunden. Das ist also dein Zimmer! Was für Zeug ihr habt. Hippolyte Taine, »Reise durch Italien«, zwei Bände. Wer war dein Großvater, Mogela? Sag mir nicht, er hat diese Bücher gelesen. Assorgin ... Mereschkowski – zu Lebzeiten herausgegeben. Französische Romane. Dumm, kann ich kein Französisch. Seinerzeit waren diese Romane wohl billig zu haben. Für die Kollektion gekauft. Wie komisch, auf jedem Vorsatzblatt steht das etwas altmodische Exlibris: Iz knig Nikolaia Mogeladse.

Was hast du, Mogela aus Plechanow, mit alldem zu tun? Darüber nachzudenken heitert mich ungemein auf! Du und diese Bücher. Du hast alles da, rein alles. Dort, auf dem Boden, liegen zu Büchern gebundene alte Magazinnummern von »Theater und Leben«.

17.

Ich habe dir einen Namen gegeben, Haus.

18.

Guten Tag, Malula.

Malula habe ich dich getauft. Auf den langen Namen: Malula Tamara sei mir Lüftchen Zuflucht. Wie so ein spanisches Namensungetüm. Aber so heißt du nun. Klingt es schlimm? Malula Tamara sei mir Lüftchen Zuflucht. Ein guter Name und, was die Hauptsache ist, ein klingender. Baton Kolia Mogeladses großen Anstrengungen und ungeheurem Einfluss zum Trotz hast du dich als weiblich entpuppt. Du bist ein Großmutter-Haus. Der Großvater ist zwar auch bei dir, aber du bist dennoch ein Großmutter-Haus.

Mogela aus Plechanow, ich habe dem Haus einen Namen gegeben.

Du wirst ihn dir nicht merken können, aber trotzdem. Weißt du, er passt zu deinem Haus, so wie es ist. »Malula«, wegen seiner Geheimnisumwobenheit; »Tamara« deshalb, weil hier etwas Altes herrscht und Tamara für mich seit jeher Altes versinnbildlicht, ganz im Gegensatz zu Tamriko und Tamuna; »sei mir Zuflucht«, weil es ein gütiges Haus scheint und wahrscheinlich schon früher allen Zuflucht geboten hat, jetzt auch mir; und »Lüftchen« deshalb, weil die Vorhänge sich immer bauschen, selbst bei geschlossenen Fenstern.

Ich wage nur die hinteren Fenster der Glasveranda zu öffnen; dann ist mir, als kehrte ich heim, in die Behaglichkeit, aber nicht in die Langeweile und den Alltag, sondern in die besondere Behaglichkeit von Sommerhäusern. Gott, wie liebe ich den Sommer in einem großen, stillen Haus, wo alles vertraut und wunderlich ist.

21.

Ich habe ein Konzept erstellt.

Exkursionen in die Welt von Malula Tamara sei mir Lüftchen Zuflucht.

Ich tue so, als schriebe ich eine Diplomarbeit. Schließlich und endlich bin ich zu mehr nicht imstande.

Nein, besser: als schriebe ich eine Abhandlung.

Ständig denke ich, dass da außer mir noch jemand ist. Ich bin nicht allein. Ich habe überhaupt nicht das Gefühl, allein zu sein. Ich denke erst, du seist es. Aber merkwürdigerweise bist du es nicht; zwar denke ich, wenn ich glaube, dass da jemand ist, als Erstes an dich, aber ich sehe dich nicht vor mir, weil du es eben nicht bist. Du bist speziell, immer und überall. Dieser Jemand jedoch gleicht dir nicht, noch steht er mir klar vor Augen. Es ist jemand, den Malula Tamara sei mir Lüftchen Zuflucht – ein fantastischer Name ist das, Mogela – genauso gut aufgenommen hat wie mich. Wahrscheinlich gab es viele, die gut aufgenommen wurden. In dem Haus lebten ja unzählige Menschen, ohne dass einer gemein geworden wäre gegenüber den anderen. Das sieht man dem Haus an, alles ist hier abgelagert. Hier gibt es keine Gemeinheit. Es gibt die Trauer darüber, dass wir alle sterben, obwohl hier seltsamerweise alle lebendig sind: dein Großvater, deine Mutter, die Verwandten, irgendwelche komischen Leute, die deinen Großvater besuchten und monatelang in den kleinen Zimmern wohnten, deine Großmutter, die riesige Kochtöpfe auf dem Küchenschrank stapelte, mit nassen Händen … Sie alle sind lebendig. Allerdings ist es eine andere Lebendigkeit. Geschichten von alten Geisterhäusern haben noch nie Wirkung auf mich gehabt. Unsinn ist das. Arme Seelen und Geister gibt es nicht, genauso wenig wie Gespenster. In den Häusern bleiben die Menschen wohnen, die gestorben sind. Alles in den Häusern ist von ihren Bewohnern durchdrungen. Hier zum Beispiel ist in allem dein Großvater, genauso wie deine Großmutter. Ich spüre, dass ich zu ihnen spreche, ich sehe ihre Bewegungen, Eigenheiten, Stimmungen, Gedanken, Gefühle. Ich habe mir immer gewünscht, dass du mich herbringst und ich deine Mutter kennenlerne. Wir hätten das irgendwie zuwege gebracht, aber du wolltest nicht. Nun sitze ich hier, inspiziere ihre Kleider, schaue mir die umgedreht auf dem Tablett stehenden Gläser an, die Muraba-Töpfe, die wohl sehr lange keiner mehr aufmacht, den Morgenmantel über dem Stuhl und die alten Studentenfotos und begreife, was für ein Mensch sie war. Das alles schreibe ich nicht für dich auf, ich schreibe eher für mich, aber plötzlich packst du mich und ich kehre zu dir zurück. In Gedanken bei dir zu bleiben, fällt mir schwer, weil ... Kurz, um nicht um den Brei herumzureden, Mogela aus Plechanow, in diesem Haus erkenne ich sie alle wieder. Nur diesen Jemand, den ich erwähnte, erkenne ich nicht. Er muss aber einer von euch sein.

Ich könnte mir gut vorstellen, dass er der Bruder deines Großvaters ist, der aus der Verbannung zurückgekehrte, aber ich glaube nicht, dass er es ist. Ich bin in seinem Zimmer gewesen. Habe die alte Karaffe gesehen und in einem herzförmigen Rahmen das Bild ihrer Mutter. Das Herz, das er aus dem Lager mitgebracht hat. Du hast mir in Amsterdam einmal gesagt: »In so ein Herz sollte ich dein Bild setzen.« Zum Glück hast du es nicht getan. Das Bild einer Mutter in einem Herzrahmen ist viel besser als das einer Nascha. Ich bin keine Nascha für dich? He, Nascha ... Na gut, du nennst mich lieber Rose von Schiras. Rose von Schiras. Rose von Schiras.

Ab morgen beginne ich mit der Arbeit.

Briefe schreibe ich dir aber nicht, Mogela aus Plechanow, ich darf dich nicht so verwöhnen.

22.

Wie schrecklich, anderer Leute Briefe zu lesen. Was für ein Elend! Deine arme Großmutter. Der Bruder deiner Großmutter. Drei Tage vor Kriegsbeginn traf sein Brief ein. Aus Korosten an der weißrussischen Grenze. Einfache Worte, Kopierstift. Der Bruder deiner Großmutter, ein Knirps. Wie alt war er? Ich glaube, es ist sein einziger Brief. Frisch einberufen. Er wird noch ein Junge gewesen sein. Kurz, gerade mal so alt, wie unser Sohn jetzt wäre, hätten wir jung geheiratet. Ja, sein einziger Brief, denn er berichtet, wie er sich eingerichtet hat, was er macht und so. Das Foto mit Bleistift beschriftet: »Meinem Neffen Bachuka (wahrscheinlich wurde dein Vater so genannt oder dessen Bruder) von seinem Rotarmisten-Onkel. Wenn ich heimkomme, gehen wir in den Zirkus.« Auf dem Foto die Tränen deiner Großmutter. Sie muss den Brief oft gelesen haben.

Verzeih, verzeih, ich will dich nicht mehr belästigen. Ich gehe dir bestimmt schon den dritten Tag auf die Nerven. Die Menge dieser Kartons verstört mich einfach. Mich und ihn auch. Der Jemand muss ein Kumpel von dir sein, er ist hier so gut wie zu Hause. Na schön, zum Fürchten gibt's da nichts.

Briefe, Gratulationskarten, Telegramme. »Priesschaiu 17. Wstretschai waksale.* Kolia.«

Er kam aus Moskau. Hat ihn die Großmutter abgeholt?

Wahrscheinlich. Unzählige Briefe. Briefe des Bruders von drüben. Aus der Verbannung. Mein Gott, wie das einem das Herz abdrückt. »Kolia, mein Bruder, wie geht's dir? Ich wünschte, ich müsste dich nicht endlos mit meinen Sorgen und Leiden belästigen. Hätten doch die Erzengel Michael und Gabriel mich mit sich genommen, dann könntest du aufatmen ... Hier gibt es einen alten Arzt, im Ersten Weltkrieg hat er Arme und Beine abgesägt, der hat mir gesagt, ich müsse ein Bild machen lassen, ein Röntgenbild. Falls der Abszess bis zum Knochen reiche, müsse operiert werden, denn wenn der Knochen angegriffen sei, wisse Gott allein, was dann passiere.«

* Ankunft 17. Treffpunkt Bahnhof.

Wisse Gott allein ... Da sitze ich und mache Auszüge. Uwaschaimi tow. Mogeladse, Nikolai Ermalaewitsch, po swiasiam is wsesaiusnawa kluba liubizelei knigi usnal tschto u was chranitsia tri eksempliara knigi meri stoups liubow posle swadbi na angliiskom iasike, isd. 1918 goda. Ia gatow obsudiz swami wsiakoe predloschenie esli wi ustupite adnu is ezich eksempliarow i esli polutschu at was palaschizelni atwet, nemedlenno wiedu w Tbilisi. S uwascheniem.*

K. Mogeladse, Buchkollektioneur.

Was mag da dahinterstecken? Was für ein merkwürdiges Buch da erwähnt wird. Ist es vielleicht hier? In der Bibliothek? Ich muss im Katalog nachsehen. Wo ist der Katalog? Ich weiß wo: Die Mutter wird ihn verwahrt haben. Ich werde nachsehen. Wahrscheinlich ist vieles verkauft. Ich seh's an den Büchern, von den vierziger Jahren an ist nichts mehr angekauft worden. Fast nichts mehr. Ein paar Einzelexemplare. Eine Mauer aus Büchern. Tolles Baumaterial wäre das. Wie viele Bücher gibt es in dem Haus? Wie viele Bücher, die keiner gelesen hat? Das ist, was mich am meisten fasziniert.

Was hat ein Buch dann für eine Bedeutung? Zum Beispiel das hier, das Buch von dieser englischen Autorin? Und was wollte der Russe damit?

John Milton. Ein Buch groß wie eine Tür. »Das verlorene Paradies.« Gustave Doré, »Inferno«. Vor diesem Maler habe ich mich immer gefürchtet. Immer. Dunkelrot, himmelblau, golden. Didon, »Jésus-Christ«, Goldschnitt. Kolia Mogeladse und Henri Didon, Christi Leben.

* Werter Gen. Mogeladse, Nikolai Jermolajewitsch, durch Verbindungen zum All-Unions-Club der Buchfreunde habe ich erfahren, dass Sie drei Buchexemplare von Mary Stopes' »Das Liebesleben in der Ehe«, publ. in englischer Sprache im Jahre 1918, besitzen. Ich bin bereit, jeden beliebigen Vorschlag mit Ihnen zu diskutieren, wenn Sie mir eines dieser Exemplare überlassen, und falls ich von Ihnen eine positive Antwort erhalte, breche ich unverzüglich nach Tiflis auf. Hochachtungsvoll.

Titel und Inhalte sind beliebig. Hauptsache Buch. Wo liegt die Bedeutung? Worin unterscheidet sich Büchersammeln von Briefmarken- und Kognaksammeln? Ich weiß es nicht. Begreife es nicht. Warum war dieser Buchhalter verrückt nach Büchern? Ich bin keine Antiquarin, begreife es nicht. Der Katalog: fünfzehn hundertseitige Hefte, solche, wie wir sie in der Schule hatten. Jedem Buch sind zwei Zeilen gewidmet. Aufgrund dessen könnte man die Anzahl Bücher schätzen. Kann man nicht: Zolas dreißigbändige gängige sowjetische Werkausgabe passt auf eine Zeile. Überhaupt gibt es zahllose mehrbändige Ausgaben auf je einer Zeile. Trotzdem, man könnte schätzen. Es gibt noch andere Zolas. Eine französische, zeitgenössische Ausgabe. Manuskript, Manuskript. Jede Menge Manuskripte sind vermerkt, ein wahres Handschriften-Institut ist das hier.

Noch eine Kuriosität habe ich gefunden, in einem großen, ramponierten Karton: alte Briefe und den Katalog dazu. Er hat auch Briefe aufgekauft. Irgendwessen Briefe an irgendwen: Ehemann an Ehefrau, Vater an Sohn, Bekannter an Bekannten, an Unbekannten. Wer hat diese Briefe verkauft?

Vor lauter Büchern sieht man die Bücher gar nicht. Dich stört's nicht, obwohl ... Keine Ahnung.

25.

Ich habe in der Küche den Wasserhahn laufen lassen und Wasser getrunken. Habe lange am Küchenfenster gesessen und auf den Hof geschaut. Hier hat wohl auch die Großmutter immer gesessen. Das kleine Radio am Ohr, aus dem dummes Gebrabbel tönte.

Dann bin ich ins Bücherzimmer. Die kostbaren Ausgaben sind wohl separat verwahrt. Vielleicht in den Kartons. Es gibt hier vierundvierzig Regalbretter. Bretter eigentlich nicht, ich habe einfach nach Scheidewänden gezählt. Sieht aus wie Eisenbahnzüge. An Bahnsteigen aufgereihte Eisenbahnzüge. Lange Regalbretter, schlicht gezimmert, ähnlich wie in Bibliotheken. Lauter Werkausgaben. Auf Augenhöhe Balzac, Zola und Dickens. Alphonse Daudet. Russische Ausgaben aus den Fünfzigern. Die hatten wir zu Hause auch. Haben wir sie immer noch? Wohin gehen Bücher? Daudets Werke, Flauberts Werke. Man nennt das die gängige gute Bibliothek. Bret-Harte-Bände, Griechische Tragödien. Weiter oben, vom sechsten Regalbrett an stehen Kartons. Unbeschriftet. Ich habe mich hingesetzt und sie unsinnigerweise gezählt.

Die Werkausgaben sind teilweise unvollständig. Namentlich Dickens. Mogela aus Plechanow, wer hat bei euch im Haus Dickens gelesen? Bring mich nicht zum Lachen. Wahrscheinlich dein Vater. Ich weiß es nicht. Wenn einzelne Bände fehlen, sind sie meist ausgeliehen. Wer leiht sich in der georgischen Hauptstadt Tiflis Dickens aus? Auch Zola ist unvollständig.

Seit ihrem Ankauf hat diese Bücher wohl niemand mehr in die Hand genommen oder nur sehr selten. Walter Scotts rosa Werkausgabe ist mit schwarzen Buchzeichen versehen. Warum? Auf den Regalen weiter drüben die Russen. Tolstoi. Mogela aus Plechanow, das ist doch krank: Ponson du Terrail 1880. Sechzig kleine Bände.

Was das alles wert sein mag? Franzosen. Im Zimmer der Großmutter gebundene Zeitschriften, »Niwa«, »Sini Schurnal«. »Klde«. So viel Zeug. Neben der Küchentür eine Riesensammlung, an die vierzig Bände. Geografie, Ethnografie. Brehms »Tierleben«. Die Bücher sehen aus wie eine sinkende *Titanic*. Unwillkürlich habe ich mir vorgestellt, wie alle diese Bücher in Bewegung geraten, lawinenartig runterstürzen und uns unter sich begraben. Siehste, was sich die Nascha alles vorstellt. Dass wir unter diese Bücher geraten. Und es gibt noch viele mehr, unten im Lagerraum. Schachteln mit alten Schenkungsurkunden. Kolia Mogeladse, hatten Sie vielleicht eine

Macke? Verzeihung, entschuldigen Sie, ich sollte mich was schämen. Vielleicht waren diese Bücher ja für mich bestimmt. Oder damit die Familie sie nach Ihrem Tod nach und nach verkaufen und davon leben konnte. Dumas, flammendrot, wie ein Banner ausgerollt, ein roter Waggon. Auf was für Ideen ich komme: Dumas' roter Waggon. Hinter den Büchern leere Kognakflaschen, übers Regalbrett gerollt. So ein heimeliger, altmodischer Anblick. Der Großvater hatte wohl mal einen Herzinfarkt und durfte keinen Alkohol mehr trinken. Süffelte hinter den Büchern versteckte Kognaks. Wer hätte hinter den Büchern nachgesehen? Die Großmutter wird Staub gewischt haben, aber mit dem Staubwedel nur außen entlanggefahren sein. Und der Großvater wird ihr dann gesagt haben, sie solle schon damit aufhören. Und unten im Keller liegt immer noch jede Menge Kognak. François Vidocqs Lebensgeschichte. In französischer Sprache. Warum kann ich kein Französisch? Obwohl, das ist Männerlektüre. Höchst seltsam: Zwischen Seite zweiundzwanzig und dreiundzwanzig stecken vier Fünfundzwanzig-Rubel-Scheine. Abgeschaffte purpurrote Noten mit Lenins Kopf. Sollte mir hier je ein wenig langweilig werden, mache ich mich in den Büchern auf Geldsuche. Nimmt mich wunder, wie viel da herausspringt. He, Gefährte, benimm dich, ich bin nicht alleine, Mogela der Plechanower ist immer da, in meinen Gedanken, du stehst umsonst hinter meinem Rücken.

29.

Das Allermerkwürdigste ist, dass ich das Gefühl habe, die Bücher hätten mich zu sich hereingelockt.

Lesen will ich sie eigentlich nicht. Ich nehme sie nur vom Regal, blättere in ihnen und stelle sie wieder zurück. Ein Gustave-Doré-Album. Mein Gott, wie fürchte ich mich vor dem Mann. Zur Handorgel tanzende arme italienische Kinder. Bei

Doré herrscht auch bei Tag Dunkelheit. Ein Maler für Männer. Dieses Album ist mir unbekannt. Wie's scheint, gab's in Tiflis einst einen Doré-Liebhaber, der alles von ihm hatte und ihn anschaute und anschaute und anschaute. Wie merkwürdig, Doré vor hundertvierzig Jahren in Tiflis. Und dann kaufte der junge bibliophile Kolia Mogeladse alles auf. In schwieriger Zeit, in den zwanziger Jahren. Wer brauchte da Doré-Alben? Wie ich mich fürchte. Seinen Bildern bin ich im ersten Studienjahr zufällig begegnet, und seither fürchte ich mich vor ihm. Auf keiner einzigen Darstellung scheint ein Ausweg auf. Sogar die Sonnenstrahlen sind hoffnungsleer und unheilvoll und steigern das Entsetzen. So eine Ausweglosigkeit hat dich und mich erschöpft, Mogela aus Plechanow. Sie hat uns nichts gelassen. Ein Leben in Dorés Zeichnungen würde den blanken Tod bedeuten. Vielleicht leben wir ja tatsächlich darin? Sechs Alben sind es. Hast du sie dir mal angeschaut? Nein, du hast dir Brehm angeschaut. Meine Stimmung ist gekippt – habe ich überhaupt eine Stimmung? Mogela, ich glaube, ich bin ein Gespenst in diesem Haus. Würde ich an Gespenster glauben und welche sehen wollen, könnte ich mich den Hausgespenstern anschließen, ich würde allmählich durchsichtig, füllte mich mit dem Ächzen und Rascheln des leeren Hauses und der leisen, kaum hörbaren Musik von Fußschritten. Sieh mal, was für einen komplizierten Satz ich hingeschrieben habe. Das kommt von dem Gefühl, eins zu werden mit dem Haus. Du magst Frank Zappa und Bob Dylan, Mogela aus Plechanow? Das hast du nie erwähnt. Ich habe sie unter deinem Bett gefunden zusammen mit kabellosen Kopfhörern. Ich habe auch die Kassette gefunden, von der du mir erzählt hast. Wie hieß der Typ noch mal, der sie dir gegeben hat? Lewiko hatte sie dir hinterlassen. Wie schräg, dass mir dein Lewiko unter deinem Bett in den Sinn kommt. Carmen Miranda. Brasilianische Musik von anno dazumal. Die Kassette nehme ich mit, du hast doch nichts dagegen? Da steht auch eine Telefonnummer drauf. Was ist das überhaupt für eine Geschichte? Weißt du, bis heute glaube ich nicht daran. Klingt doch wie ein Märchen. Dein Barnower Lewiko und seine Russinnen. Die Kassette stecke ich ein.

Sehr merkwürdig. Ganz blödsinnige Musik diese Carmen Miranda. Irgendwie gezwungen fröhlich. Ich kann nicht glauben, dass das deinem Lewiko gefallen hat. Hör mal, weißt du, was ich denke? Dass das unabgeschlossene Geschichten sind. Lewikos Frauengeschichten. Wenn du mich nächstens anrufst, erkläre ich's dir. Ich habe noch nie gehört, dass ein Mensch stirbt und aus dem Jenseits agiert. Einem Freund Aufträge erteilt. Ihm seine Erlebnisse zurücklässt. Das ähnelt dem, was ich über die Verstorbenen und dieses Haus so denke. Ich habe wohl Cortázar'sche Anwandlungen. Weißt du, wer Cortázar ist? Sag jetzt aber nicht mit ernster Miene: »Weiß ich, ein Drogendealer aus Tschughureti, aus der Buchaidse-Straße.« Diese Buchaidse-Straße hatte es dir angetan. Damals, als ich dich fragte, wo du wohnst, hast du gesagt: »Auf der Buchaidse-Straße. Auf der anderen Seite des Flusses.« Und du hast die Hand Richtung Kirche ausgestreckt. Das hat mir sehr gefallen. In Amsterdam. Diesen Namen spreche ich nie wieder laut aus. Weiß nicht, warum. Weißt du, was für ein Gefühl ich habe, Mogela aus Plechanow? Dass mir dieses Haus vollkommen genug ist. Dass ich es nie mehr verlassen will. Nie mehr rausgehen will. Dass ich darin auf dich warte. Ich glaube, niemand würde mich hier finden. Merkwürdig, nicht? Wie im Märchen. Ich glaube, noch keiner hat mich je herkommen sehen. Was für mich zählt, ist, dass du trotz allem da bist, auf mich wirkst. Mir Mut gibst. Mut sagt vielleicht wenig aus. In Wirklichkeit bedeutet Mut unheimlich vieles. Das, was ich vermisste. Worauf ich noch nie getroffen bin und siehe da, es ist meines.

Stopp. Ich schreibe dir hier keine Liebesbriefe. Das stammt aus einem Brief deines Großvaters an die Großmutter. Weißt du, wie er endet? »Ich warte auf dich, dein Kolia Mogeladse.« Gott, wie süß, was habe ich gelacht!

Ich schreibe über dein Haus. Über die alten Schnapsgläser und den Aschenbecher mit der eingestanzten Ballerina. Ein riesiger Aschenbecher. Für lange Zigarettenspitzen gedacht. Was mache ich in dem Haus? Erinnerst du dich, wie wir gewitzelt haben, ich müsste dich, wenn du wiederkommst, mit dem Gold empfangen, das Kolia Mogeladse im Hof vergraben hat? Letztens dachte ich, bei so vielen Büchern ist Lesen sinnlos, denn auch zehn Leben würden nicht reichen dafür. Es genügt, sie einfach durchzublättern. Zwischen den vielen Büchern sitzen und in ihnen blättern bringt auch etwas. Ist irgendwie befriedigend. Hat etwas Therapeutisches, oder so. Hier liest du zwei Gedichtzeilen, dort das Impressum, woanders ein paar Fetzen biografische Angaben über irgendwen – und schon kommst du auf Ideen: der russische Umschlag von »Wölkchen in Hosen«; Byrons greiser Bootsführer auf dem Genfersee in der Schweiz – ein Italiener; Akaki Zereteli – »Ich und meine Rente«; »Warum Eulen lautlos fliegen«; »Katharina von Medici und ihre Kinder«; »Faraday«. Von diesem Faraday bin ich nicht losgekommen, so unterhaltsam ist der. Kap. Saginow. Muss ein Schriftsteller gewesen sein. »Das Gespenst von Temirchanschura«. Mogela, hast du die geringste Ahnung, was für Zeugs du in deinem Haus hast? Worin du lebst? Letzte Woche musste ich an die *Titanic* denken, jetzt stelle ich mir vor, wie aus den Büchern plötzlich alles auf einmal hervorbricht. Wie eine Parallelwelt entsteht. Wie alles herausströmt. Körperlos. Riesig groß und winzig klein zugleich.

Um sich dann im Bücherzimmer wie eine Wolke niederzusenken, auf den Diwan. Weißt du, wie? So wie Zigarettenqualm sich niedersenkt, der nicht aus dem Zimmer hinausfindet. Wenn die Sonne schräg durchs Fenster fällt, wird er sichtbar. Eine Parallelwelt wird das sein. Sehr groß und gleichzeitig sehr klein im Vergleich zur ganzen Welt. Ein riesiger

Kosmos, der auf diesem Diwan darüber wacht, wer hereinkommt und sich hier hinsetzt. Wer weiß, vielleicht habt ihr ja deshalb die Bücher nicht gelesen: weil ihr ohnehin schon in der daraus hervorbrechenden Welt lebt. Ein merkwürdiger Clan seid ihr. Vielleicht sollte ich wirklich einen Spaten nehmen und im Hof zu graben anfangen? Wo Kolia Mogeladse die Schatzkarte versteckt haben mag?

Malula Tamara sei mir Lüftchen Zuflucht, du bist jemand ganz Feines.

Alles ist in dir: Ruhe und Erlösung und Beschwernis und Kummer und Freude und auch große gesprungene Speiseplatten zum Servieren von Fisch mit aufgemalten blassen ovalen Blumen. Fische und Blumen. Worin besteht diese Welt, und wie viele sind wir? Weißt du, warum ich das sage? Wenn ich diese hier verlasse, werde ich zu einer anderen. Wenn ich aus dem Haus gehe und mich dem Ende der Straße nähere, wo der Taxistand ist, trete ich ganz allmählich aus ihr heraus. Sie folgen mir, begleiten mich, zausen mir das Haar, fliegen um mich herum: keine Gespenster, sondern nicht zu Ende gelebte Leben, angefangene und unbeendete Geschichten, kleine, kichernde Verrücktheiten, bedauerliche Abgebrochenheiten (gibt es dieses Wort?), es folgen mir Kolia Mogeladses Hüte und umflattern mich Großmutters Schürzen, die klaffenden Holzkoffer der imeretischen Verwandten und die vogelgleich mit den Buchdeckeln schlagenden Bücher. Buch-Möwen, Mogela aus Plechanow, über dem Hafen kreisende Buch-Möwen. Dort, am Meer, wo du bist, kann man sich das leichter vorstellen, aber vielleicht hast du mich ja auch mit deinen Trips angesteckt, Marihuana-Boy? Nicht böse werden, ja? Ich erreiche den Taxistand. Sie begleiten mich wie einen Ehrengast, sehr herzlich und zwanglos, wie nebenbei. Ich setze mich ins Taxi und fahre dorthin, wo nichts ist. Wo sich Albtraumdinge und Albtraummenschen befinden. Wie aus deinen Träumen, die du manchmal erzählst. Und bei denen ich dich immer fragte: »Bin ich Wasser? Warum erzählst du mir diese Träume?« Dass man den Wasserhahn aufmachen und dem Wasser den bösen Traum erzählen soll, hast du wohl von deiner Großmutter. Du hast erwidert: »Ja, natürlich, du bist der Niagara. Du spülst diese *Scheußlichkeiten* weg.« Ich freute mich, ein Niagara zu sein, nur, hat der nicht auch einen Boden? Sodass die Träume sich dort unten absetzen? Wir beide sind ziemlich gut im Austausch von Schlimmem. Deshalb auch sind wir uns begegnet, weil wir uns gegenseitig vom Schlimmen befreien und es irgendwo vergraben ... Schon gut, schon gut, Mogela aus Plechanow. Bin ein bisschen müd geworden. Verzeih. Wenn es dieses Haus nicht gäbe ... Wie konnte ich nur sein ohne es?

Der erste in der Luft des Hauses hängengebliebene Trinkspruch:

»Geschätzte Tafelgäste, geschätzte Gesellschaft, jawohl, sieben, acht Leute können schon eine Gesellschaft sein, geschätzte Damen, meine liebe Eteri, die du Anlass für dieses Beisammensein bist, Nina, liebe Hausherrin ... Wertes Offizierskorps, Offiziere und Grenadiere wahrhaft georgischer Gesinnung, euer schnauzbärtiger Urjadnik bittet euch untertänigst um Gehör für diesen seinen Trinkspruch ...«

(Klatschen. Rufe: »Wer, wenn nicht Tschatschiaschwili, könnte unser Tolumbaschi sein!«)

»Für dieses erste *Glas*, Verzeihung, für diese ersten drei *Gläser*, die hier auf diesem weißen Teller vor mir stehen wie drei wunderschöne Sterne um den Mond, habe ich einen Trinkspruch vorgesehen auf drei Dinge, von denen jedem unbedingt ein Glas gebührt: Ein *Glas* trinken wir auf das Leben, dieses zweite auf die Liebe und das dritte auf die Liebe, die auch im Tod noch weiterwirkt.«

(Rufe: »Ausgezeichnet, Tschatschiaschwili, amen, amen!«)

»Liebe Eteri, du hübscher Wildfang, du wirst heute fünfzehn Jahre alt, und dafür haben wir uns, die deiner Familie Engstverbundenen, hier versammelt. Du bist noch ein Wildfang, ein Schulmädchen, aber die Zeit wird kommen, wo du eine Frau bist, und vielleicht wendet es das Schicksal so, dass du dieser Familie vorstehen musst. Und dafür braucht eine Frau tausend Dinge. Zum Beispiel Weisheit und Wissen um die Vorlieben dieser Mauern. Jawohl, meine lieben Freunde, blind müsste sein, wer heute zum Wohle dieses Hauses nicht hundert Jahre vorausschaut, wer sich in dieser Runde nicht selbst in diesem Hause sieht!«

(Klatschen. Rufe: »Die Fenster sind doch zu?!«)

»Jawohl, die Fenster sind zu, meine Freunde, und auch die Vorhänge sind zugezogen. Lieber Gastgeber, Kolia Mogeladse, liebe Nina, Eteri, so sehe ich unser Morgen: Ich werde vielleicht als Erster gehen müssen und auf dem Friedhof von Kukia liegen, aber das muss keinen ängstigen, denn ich weiß, die Mauern dieses Hauses bewahren meine Worte. Es wird noch lange, lange Zeit überdauern, und seine Mauern werden die wahrhaften Worte von jedem von uns bewahren, sie werden sich hier niederlassen und dem Haus Kraft verleihen. Sofern, werte Freunde, die Fenster wie erwähnt geschlossen und die Vorhänge zugezogen sind. Für diesen Anlass indes ist die Gitarre genau das Richtige. Denn höre ich zum Ausbringen von Trinksprüchen Gitarrenklang, gelingen mir bessere Sprüche. Liebe Mariko und liebe Eteri, singt uns mit euren süßen Stimmen etwas vor. So, als ob wir in Kutschen unseren Lieblingsweg entlangführen und von Weitem euer Lied ertönte. Von ferne herklingender Gesang ist genau das Richtige für unseren Anlass.«

(Rufe: »Er kann's einfach, er weiß einfach, wie man einen Trinkspruch ausbringt!« Die Mädchen stimmen die Gitarren. Rufe: »*Maladez!* Sie singen wirklich wie von ferne. Wo haben sie das gelernt? Bravo! Und wirklich denkwürdig, was unser Tolumbaschi sagt.«)

»Überlegt: Was ist denn unser Land heute? Es findet sich weder auf der Landkarte noch woanders. Es steht weder in Dokumenten noch kümmert es wen anders. Es hat keine Grenze und keine Armee, nichts Eigenes, es gehört Fremden. Es gibt keinen Gott mehr –«

(Ausruf: »Leiser, Tschatschiaschwili!«)

»Warum, die Fenster sind doch zu? Wie also existiert unser Land? Es existiert durch die Macht der Verstorbenen. Wir besitzen keine Macht mehr. Uns belebt heut hienieden die Macht der Verstorbenen. Ihre Worte sind bewahrt in diesen Mauern, denn in allen Mauern haben sich die wahrhaften Worte unserer Verstorbenen festgesetzt. In diesen Worten ist Liebe, Hoffnung und Treue. Worte und Mauern – daraus besteht unser heutiges geliebtes Georgien, und es ist überall dort, wo die Worte der Alten bewahrt sind. Wahrhaftige Worte, die in uns weiterwirken. Dieses Haus ist für mich Georgien, hier ist jetzt Georgien. Dieses Hirschgeweih, das von der Wand heruntersieht. Dieses von weither ertönende Lied und die Worte, die wir jetzt hier aussprechen, damit sie uns morgen Hilfe sind …

Deshalb habe ich diese drei *Gläser* auf diesen weißen Teller gestellt, deshalb habe ich die Mädchen zu singen gebeten, deshalb schaue ich zu dem Hirschgeweih an der Wand und spreche diese Worte aus, weil diese unsere ehrlichen Worte, unsere Hoffnung, unser Herzenswunsch auch in hundert Jahren noch in diesem Haus wirken werden.

Diese drei *Gläser* versinnbildlichen die Liebe, das Leben und die unablässig strömende und alle Fasern unseres Herzens durchdringende aus dem Jenseits wirkende Liebe und Kraft.

Erheben wir die *Gläser* zu Ehren und auf das Wohl der lieben Eteri, auf dass es ihr immer so gut ergehen möge wie jetzt hier in diesem Haus und dank der Fürsorge unseres Kolia Mogeladse. In diesem Sinne lasst uns –«

(Rufe: »Auf ihr Wohl, auf ihr Wohl!«)

»Ich gebe den Trinkspruch an Ewsew Tschiradse weiter. Mit diesen drei *Gläsern*. Der Segen des Weins möge mit dir sein.«

(Ausruf: »Unser Tschatschiaschwili kann's einfach, er weiß einfach, wie er uns zum Trinken bringt.«)

Liste:

Dostojewski, Der Doppelgänger (russ.)
Stoker, Dracula
Stevenson, Dr. Jekyll and Mr. Hyde
Edgar Poe, Erzählung William Wilson
Oscar Wilde, Das Bildnis des Dorian Gray
Dickens (Werkband), Eine Geschichte aus zwei Städten
Dick. (Werkband), Große Erwartungen (russ.)
Anthony Hope, Prisoner of Zenda
Conrad, Selected Short Stories, The Secret Sharer
Daphne du Maurier, Scapegoat (was zum Teufel heißt das?)
Jane Eyre
Franz Schubert, Schwanengesang (Notenheft, 1882)

Diese Bücher lagen mit Cupro-Faden zusammengebunden im dritten Zimmer, das weder deiner Großmutter noch dem Bruder des Großvaters, dem deportierten, gehört haben konnte. Ich blicke nicht mehr durch bei deiner Verwandtschaft. Morgen schreibe ich dir einen Brief. Interessiert mich, wessen Zimmer das war.

Das Bücherbündel lag auf einem Grammofon.

Schon erstaunlich. Wie Kolia Mogeladse in den achtziger Jahren zu Penguin-Ausgaben kam: Dracula, Dr. Jekyll, du Maurier, Conrad; die Dickens-Bände sind hiesige Ausgaben, die fehlenden Bände aus der Bibliothek. Die Noten gehörten wahrscheinlich auch euch. Was haben sie zu bedeuten? Anthony Hope, ebenfalls eine englische Ausgabe. Dostojewski gehört zu eurer Werkausgabe. »Jane Eyre« ist eine alte georgischsprachige Ausgabe.

Mogela aus Plechanow, wessen Bücher sind das? Hast du die englischen gekauft?

Das Ganze ist merkwürdig. Die Miranda-Kassette unter deinem Bett lag auf dem Dickens-Roman »Barnaby Rudge«.

Das habe ich begriffen: Auf der Kassette eine Telefonnummer. Mogela aus Plechanow, hast du eine Macke? Sag jetzt nicht, du hast die englischen Bücher gekauft und hast nachts Dickens gelesen.

Heute schreibe ich dir, und du gib mir Antwort. Ich mache mir sonst zu viele Gedanken.

Plan:
Die Bücher von außen studieren (Kolia Mogeladses Methode).

Die Bücher überfliegen. Ich geb's ja zu, Edgar Poe habe ich als Jugendliche gelesen, gezwungenermaßen. Dito »Jane Eyre«. Die anderen gar nicht. Diese Dickens-Bände haben mich schon immer abgeschreckt. Zu unserer Zeit las man Dickens nicht mehr.

Ich glaube, ich bin völlig konfus. Ich muss das gleich überprüfen und ... Mogela aus Plechanow, diese Kassette hat dir doch Lewiko hinterlassen und den »Barnaby Rudge« ebenfalls? Ich habe das Gefühl, mit dem Verstorbenen in Verbindung zu sein. Ich bin wirklich konfus im Kopf, als wäre ich in Hitzelethargie verfallen.

Ich muss komisch ausgesehen haben auf der Straße. Mit den Büchern in einer von euren alten Taschen. Plastiktüte habe ich keine gefunden.

Ich habe dir einen Brief geschrieben. Was willst du mehr? Schreib mir zurück. Bisher habe ich dir einfach so geschrieben, weil's mir Freude machte. Aber jetzt geht's um etwas Konkretes. Sag, wem gehören diese Bücher?

Ich will mich am Ende nicht noch fürchten müssen, dieses Haus zu betreten!

Wessen Bücher sind das?

Du bist mir einer! Neben all den Küssen hättest du mir ein bisschen was dazu schicken können. Was heißt »ich weiß nicht, wem die sind«? Na gut, mein lieber Mogela aus Plechanow.

Dann wollen wir mal: Edgar Poe. Im Inhaltsverzeichnis ist die Erzählung »William Wilson« angekreuzt.

Weißt du was? Ich kann diese Bücher wirklich nicht lesen. Manche sind sehr dick. Ich blättere ein bisschen darin und schaue dann auf Wikipedia nach. »William Wilson« habe ich angefangen zu lesen und mich erinnert, worum's geht, um zwei William Wilsons, einen ehrlosen und einen anständigen. Letzterer bringt Ersteren um und wird gewahr, dass er selbst der Ehrlose ist. »Eine Geschichte aus zwei Städten«, Dickens. Darin sind die Nachnamen zweier Personen unterstrichen. Ein Franzose und ein Engländer. Sie gleichen einander äußerlich, der eine ist gutmütig, der andere ein Zyniker. Habe ich auch auf Wikipedia nachgesehen. In »Jane Eyre« sind einige Janes und einige Berthas unterstrichen. Wieder dasselbe: Sie ähneln einander.

Mogela aus Plechanow, schon nur beim Notieren von alldem werde ich nervös.

In der russischsprachigen Ausgabe von »Große Erwartungen« sind zwei Nachnamen unterstrichen. Auf Wikipedia lese ich, dass es Doppelgänger sind.

Die Noten. Dort ist ein Liedtitel unterstrichen. Habe ich auch nachgeschaut. Schuberts Liedersammlung »Schwanengesang«. Vertonte Gedichte, darunter welche von Heine. Das unterstrichene Heine-Lied ist »Der Doppelgänger«. Der Text steht über den Noten: Ein Mann starrt zu dem Haus empor, wo seine Liebste wohnte, und sieht im Mondlicht einen anderen da stehen – sich selbst.

Dostojewski. Habe ich gelesen. Versteht sich von selbst.

Wer hat diese Bücher hergebracht?

Jetzt weiß ich's: Während deiner Abwesenheit hat Lewiko der Barnower sie gebracht und deiner Mutter gesagt, es seien eure, er hätte sie sich ausgeliehen. So wird's gewesen sein, so wie er diesen Dickens-Band zurückbrachte und sagte, er habe ihn ausgeliehen gehabt. Den, in dem er dir die Nummer hinterlassen hat. Zweimal hat er euch Bücher gebracht. »Das sind eure.« Was wollte er dir damit sagen? Du glaubst nicht an solche Dinge? Seit einem Jahr versucht er dir etwas mitzuteilen. Ich bin jetzt wirklich zu nervös. Ich schreibe dir morgen.

Was wollte er dir sagen?

Fragen: Geht es wie in den Büchern um Persönlichkeitsspaltung oder darum, dass Mogela der Plechanower und Lewiko der Barnower Doppelgänger voneinander sind und Letzterer zwar gestorben ist, aber irgendetwas auf dich übertragen hat?

Er hat etwas auf dich übertragen, und zwar ziemlich viel. »Die Rose von Schiras«: Das stammt nicht von dir. Hat Lewiko nicht seine Frau so genannt? Er hat alles Eigene auf dich übertragen. Damit du es fortführst.

Ich muss dir unbedingt schreiben. Ich gehe in die Galerie und schreibe dir von dort. Ich will dich aber nicht verrückt machen.

Oder: Wollte er dich auf seine gespaltene Persönlichkeit aufmerksam machen? Dass er zwei in einem ist? À la Dr. Jekyll?

Mogela aus Plechanow, wenn du Bücher wenigstens ein bisschen mögen würdest. Vielleicht hat er einfach nicht gewusst, wie er anders mit dir reden soll. Was hat er dir gesagt, als ihr euch voneinander verabschiedet habt? Ich erinnere mich: »Ich lasse dir eine Telefonnummer da.« Alles Mögliche hat er dir hinterlassen. Und vielleicht ist da noch viel, viel mehr. Was wollte er dir mit diesen Büchern sagen, nimmt dich das nicht wunder?

Gründe für den Tod Lewikos des Barnowers (ich bin wirklich wie besessen):

Er ist aus dem Restaurant gekommen und, weil betrunken, ins Wasser gefallen (sehr georgisch, für alle glaubhaft).

Er ist aus dem Restaurant gekommen, wo er sich zuvor *Mut angetrunken* hatte, und ins Wasser gesprungen (das würde erhärten, was laut keiner sagen täte, nämlich dass er zahlreiche Probleme hatte und ein sensibler Mann war).

Er ist nirgendwo reingesprungen, sondern hat sich vor seinen Problemen davongemacht. (Hätte er seine Tochter allein gelassen, falls er, mal angenommen, die Frau hätte verlassen oder irgendwohin fortgehen wollen?) Ein ausgesprochen literarischer Ansatz: Existiere ich, oder existiere ich nicht?

Diese letzte Variante macht mir Angst. Will er dir durch diese Bücher sagen: »Ich lebe«, oder: »Eben darum habe ich mich umgebracht«? Ich weiß es nicht. Vielleicht ist er wirklich einfach gestürzt? Insgeheim zumindest glaube ich das. Warum aber hat er diverse Vorbereitungen getroffen? Eine Vorahnung? Es fällt mir schwer, diese Dinge aufzuschreiben. Ich zeig's dir später einmal. Jetzt muss ich dir einen Brief schreiben. Am lachhaftesten ist, dass ich vorsichtig sein muss. Ist doch seltsam, sich aus Sorge umeinander behutsam schreiben zu müssen. Die Rose von Schiras und Mogela aus Plechanow. Gott, wie ich dich vermisse. Meine Haut scheint schon ganz verhärtet ohne deine Liebkosungen. Du sitzt wahrscheinlich herum, wie du immer herumsitzt, und schaust ins Nichts.

Komisch. Wie ich in das Ganze reingeraten bin.

Weitere Fragen: Was ist Lewikos Frau für eine?

Weißt du, was ich glaube? Du hast mir nicht alles gesagt. Du hast mir diese Geschichte nur so beiläufig erzählt.

Auch seiner Frau müsste er etwas hinterlassen haben. Was?

Ich bin doch nicht etwa hyperaktiv? Auch das muss ich dir unbedingt schreiben. Merkwürdig, mündlich und durch den Tonfall könnte ich dir alles ganz einfach begreiflich machen. Schriftlich fällt es mir schwer. Ist die Geschichte mit Lewiko und seinen Frauen nicht irgendwie unsere Geschichte? Ich drücke mich ungeschickt aus, verworren. Aber ich glaube, dass da etwas ist. Gibt es nur mich für dich, oder bist du in Abenteuer verstrickt? Na siehste, wie weit es mit mir gekommen ist. Die Liste mit deinen Frauen, ganz schnell. Dringendst. Es ist zum Totlachen. Aber manchmal weniger lustig, als es den Anschein hat.

Es reicht, ich schreibe dir jetzt.

Ich habe eine geniale Idee. Blödsinn. Trotzdem, wir vereinbaren einen Tag. Wenn ich in deinem Haus bin, rufst du dort an. Obwohl, ich bin ja ständig in deinem Haus. Ruf mich an. Warum rufst du nicht an?

9.

Oje, was liegt in diesen Obligationen für eine Melancholie! Ein ganzer Karton voller Obligationen. Wie reich du bist, Mogela aus Plechanow! Anscheinend hat niemand von der Existenz dieser jetzt ungültigen Papiere gewusst; dein Großvater hatte sie für Notzeiten aufbewahrt. Als man sie fand, waren sie nur noch Papier. Hoch ästhetisch, die Grafik. Hundert-Rubel-Obligationen. Abgezählt und gebündelt. Zu drei Prozent verzinslich. Wertlose Wertpapiere.

Ich habe danach länger über Wert nachgedacht. Denke noch immer darüber nach.

Ein Bärenfell, mit Stricken zusammengebunden und in einen Teppich gewickelt, liegt in einer Wandnische.

Weißt du, was mir jetzt klar ist? Dieser Jemand im Haus war Lewiko der Barnower. Ich warte auf deinen Anruf und deinen Brief. Anscheinend hast du meinen noch nicht gelesen. Die große Melancholie in diesen Obligationen. Fotoalben. Darin habe ich Aufnahmen entdeckt, wie ich sie bei meiner Großmutter früher auch gesehen habe. Ein Gruppenfoto in ihrem Album, nicht nur eins, nein, drei, vier, fünf. Menschen am Strand, eine Person ist schwarz eingefärbt. Von Kopf bis Fuß schwarz. Ich habe meine Großmutter gefragt, ich war noch ein Kind. Wahrscheinlich hast du solche Fragen auch gestellt. Sie schlug das Album mit dem Foto auf und sagte: »Sie war ein böser Mensch.« Ich war so betroffen. Ein böser Mensch, einst befreundet, jetzt ein schwarzer Schatten. Es war eine Frauensilhouette, vollkommen eingeschwärzt. Nicht mit Tusche, eher Retuschierfarbe, denn ich erinnere mich: Als ich Jahre später mit dem Finger über den ausgelöschten Menschen strich, wurde er klebrig. Auch bei euch habe ich geschwärzte Menschen gesehen, auf vier Bildern. Auf einem sind sie zu zweit: deine Großmutter und sonst wer. Von Größe und Figur eine Frau. Auf einem anderen Foto: deine Großmutter, dein Großvater und, eingeschwärzt, ein Mann und eine Frau. Wer sind sie? Mir wurde damals gesagt: »Das hätte uns geschadet, sie auf unserem Bild.« Offenbar wurde sie verhaftet und erschossen. Sie hatten Angst, deshalb löschten sie sie aus. Auch in euren Büchern ist ein Nachname mit violetter Tinte unkenntlich gemacht. Ich weiß, wer es ist. L. Beria. Er ist überall gelöscht.

Die in den Fotoalben waren aber doch Familienmitglieder. War es die Schwägerin deines Großvaters? Vielleicht. Ich erinnere mich, du hast da einmal etwas erzählt. Ausgelöschte Menschen. Wenn ich jetzt Fotos durchsähe, wen würde ich löschen? Niemanden. Ich würde die Fotos einfach zerreißen und fertig. Früher war es anders. Ich überlege immer noch, wer es sein könnte. Hatte Kolia Mogeladse nicht eine Geliebte? Vielleicht war sie seine Geliebte, eine von seinen engen Freunden. Und deine Großmutter hat das Gesicht aus der Vergangenheit dann wortlos gelöscht. Keine Ahnung. Ich warte auf deinen Anruf, sitze, während ich dies hier schreibe, bei dem alten Telefon. Wirst du's irgendwann mal lesen? Echt, dieses Haus hat mir meinen Geist wiederzubeleben geholfen. Hat die Fähigkeit wiederbelebt, Ursachen und Folgen zu erkennen. Ich traue mich mehr. Ich habe sogar den Teekessel aufgesetzt. Es ist mein Haus. Verschwinden Sie, Mogela aus Plechanow, nur wenn Sie mich inständig darum bitten, lasse ich Sie herein.

Bravo, Mogela. Ein toller Brief ist das. Hat dich die neue Umgebung etwa verändert? Erstens weiß ich besser als du, was ich durchgemacht habe. Zweitens kann ich dieses Haus nicht aufgeben. Und du hasst es nicht, du liebst es. Ohne das Haus stirbst du. Du liebst es dermaßen, dass du es am liebsten niederbrennen würdest. Natürlich werde ich dir das nicht schreiben. Ich für meinen Teil liebe es, fest und innig.

Heute ist ein schwieriger Tag. Wir suchen. Ich suche »Moby Dick«. Wie ich vermutete, so ist es auch. Dieser »Moby Dick« gehörte nicht euch. In eurem Katalog gibt es »Moby Dick« auf Russisch, Georgisch (zweimal) und Englisch mit Illustrationen von Rockwell Kent. Diese Exemplare habe ich gefunden. Ich suche das von Lewiko, wo hast du's verkramt? Er hat seine eigenen Bücher gebracht, damit du sie vielleicht Jahre später siehst und dich hineinvertiefst. So muss es sein. Damit du überlegst, woran dein Freund gestorben ist oder was ihn dazu gebracht hat, zu verschwinden. Darauf läuft's hinaus.

Ich werde ganz sicher weder Lewikos Frau noch den Chartschaschoer Bischof mit hineinziehen, denen wie deinem Herrn, Malula Tamara sei mir Lüftchen Zuflucht, ebenfalls etwas hinterlassen wurde. Bücher wahrscheinlich, was sonst.

Verzeih mir, Malula, ich will nicht überanalysieren. Bestimmt nicht. Bloß, Lewiko der Barnower ist immer noch hier, zusammen mit seiner Hinterlassenschaft.

13.

Kolia Mogeladse muss zahllose Geheimnisse gehabt haben. Das ist offensichtlich. Würde ich die Bücher durchstöbern, kämen darin nicht nur Fünfundzwanzig-Rubel-Scheine zum Vorschein. Während sich in Lewikos Büchern symbolische Hinweise finden, sind es in denen des Großvaters geknickte Fünfundzwanzig-Rubel-Scheine. Wozu hat er sie reingelegt? Für Notzeiten? Ich glaube, er hat sie dort einfach vergessen. In den Büchern findet sich aber auch noch anderes. Zum Beispiel in den »Aufzeichnungen der Zarin Katharina«. London. Freie Russische Presse. Gegründet von Herzen. Weißt du, wer Herzen war, Mogela aus Plechanow? Jedenfalls, in dem Buch liegt ein Umschlag und in dem Umschlag eine Grußkarte. Eine alte sowjetische Neujahrskarte. Ein schneeüberzuckerter Tannenzweig, geschmückt mit dem für die Zeit typischen Glitzerzeug. Daragoi kolenka, pasdrawliaiu zibia s nowim, 1946-im godam. Pusz etat god budsit dlia zibia stschistliwim. Pust etot god budsit (muss lachen über die unbedarfte Schreibweise, während ich das herausschreibe) natschalom nowich uspechow w schisni. Net dnia, tschtobi ia ni dumala a zebe s neschnosziu. Twoia L.* Adresse: Handelsministerium der GSSR, Uliza Weiß-der-Teufel-Wo, K. N. Mogeladse. Offensichtlich die Büroadresse. Warum hat er die Karte mit nach Hause genommen? Weil sie hier niemand lesen würde? Wer hätte die Bücher angerührt, schon gar nicht die »Aufzeichnungen der Zarin«! Tja, dein Großvater war ein ironischer Mann. Pflegte er auch so im Stillen zu lachen wie du? Wahrscheinlich. Wo ist Nina bei dem allem? Wenn Nina davon gewusst hätte ... Cherchez Nina. Mit Akzent auf dem a. Meine Stimmung hat sich deutlich gebessert. Mogela aus Plechanow, hast du mit wem angebändelt? Was schreibst du mir da für einen geschäftsmäßigen Brief? Kolia Mogeladse hat sich auch immer zu Frauen gestohlen. Das ist Fakt. Aber ich sehe es ihm nach. Weil er für mich ein ganzes Universum hat erstehen lassen. Auch dir verzeihe ich alles. Weil auch du für mich ein Universum erstehen lässt. Mich nimmt nur wunder, wer Lewiko dem Barnower was nicht verziehen hat. Oder hat er sich selbst etwas nicht verziehen? Oder war es doch nur ein Fehltritt am Flussufer? Ich weiß es nicht. Auch er hat ein Universum erschaffen. Am

* Liebes Koljalein, alles Gute im neuen Jahr 1946. Möge dieses Jahr für dich glücklich werden. Möge dieses Jahr dir neue Erfolge bringen. Kein Tag, an dem ich nicht mit Zärtlichkeit an dich denke. Deine L.

teuersten ist mir jedoch das von dir erschaffene. Persönlichkeitsspaltung? Ich bin noch nicht so weit, darüber nachzudenken, ich packe es nicht.

Was wird sich denn noch alles in den Büchern deines Großvaters finden?

Weißt du, ich glaube, in dieser Bibliothek kannte sich nach dem Tod deines Großvaters nur ein einziger Mensch aus. Lewiko. Dein Großvater hatte ihn die Sprache der Bücher gelehrt. War er oft hier? Unter diesen Büchern? Ich würde ihm verzeihen. Er ist verschwunden, wie mein Mann verschwunden ist. Wieder ein grober Vergleich. An das Gesicht meines Mannes erinnere ich mich nicht mehr. Auf Fotos will ich nicht nachschauen. Niemand wird dies je zu lesen kriegen.

Malula Tamara sei mir Lüftchen Zuflucht, was machen wir im Winter? Danke, danke, danke, danke dir für das wahre Leben. Im Winter müssen wir uns zu dem beknackten Mogela aus Plechanow davonstehlen.

Ich fliege rüber, und du wirst sagen: »Nascha? Wie siehst du denn aus, Mann.« Und dann küssen wir uns, und du sagst: »Rose von Schiras.« Weißt du, was in Lewikos Handschrift auf der letzten Seite von »Dr. Jekyll« steht? Da steht: »John Donne begegnete in Paris der Doppelgängerin seiner verstorbenen Frau.« Wenn ich so wie du herumsäße und kiffte, würde ich denken, dein Lewiko ist nicht tot, und zwar deshalb, weil du noch lebst. Irgendetwas lässt mich in diese Richtung denken.

Animiertes Porträt vor dem Hintergrund des Mogeladse'schen Hauses:

Sie war immer ganz in Schwarz.

Immer schwarze Hose, immer schwarze Brille und diverse schwarze T-Shirts. Sogar die chinesischen Espadrilles waren schwarz. Das Haar fiel ihr auf die Schultern, und über der einen Schulter trug sie eine gleichfalls schwarze Tasche. Auto fuhr sie nicht mehr. Den Wagen hatte sie verkauft. Um schlafen zu können, schluckte sie Schlafmittel. Ab und zu kam sie in die Galerie. Mit Freunden traf sie sich selten; sie wusste, jedes Mal, wenn sie wieder ging, wurde über sie gesprochen, und man hechelte ihre Affäre durch – so ist das eben in Tiflis. Deshalb machte sie keine spontanen Besuche mehr.

Später schluckte sie keine Schlafmittel mehr. Im Mogeladse'schen Keller war sie auf die alten Kognaks gestoßen und hatte zu trinken angefangen. Überall im Haus standen geöffnete, halb geleerte oder leere Kognakflaschen, sie schlief auch im Haus, wählte je nach Stimmung einen Diwan und ein ausgefranstes altes Plaid, legte sich sein Kissen unter den Kopf. Immer nur seins. Auf diese Weise wollte sie ihn lieben. Mit allen Fasern. Mit Haut und Haar. Sie trank Kognak und schrieb in ihr kleines Notizheft, das schnell voll wurde. Oft fiel es ihr hinterher schwer, das Geschriebene zu entziffern, weil sie meist im Halbschlaf auf dem Diwan fläzend schrieb und die Buchstaben auf den kleinen Blättern rauf und runter sausten, als führen sie Achterbahn. Am Kopfende hatte sie immer einen großen Aschenbecher stehen, der ursprünglich wahrscheinlich zur Konfektschale bestimmt gewesen, jedoch in den sechziger Jahren zweifellos zum Weingefäß umfunktioniert worden war. Zuletzt aber war es ein Aschenbecher, denn sie hatte ihn in Mogelas Zimmer gefunden. Die leeren Zigarettenschachteln schmiss sie in eine Schublade.

Kaum einer wusste, wohin sie ging und was sie machte, und obwohl ihr Besseres und Schöneres nie begegnet war, wollte sie auch gar nicht, dass jemand etwas erfuhr. Diese Stadt bedeutete ihr nichts, auch die Freunde nicht und nicht die Bekannten. Die Stadt war nie auch nur im Mindesten ihre Welt gewesen, nicht einmal im einfachen, zufälligen Kontakt. Früher war ihr bloß nicht bewusst gewesen, und sie wäre auch nie auf den Gedanken gekommen, dass kaum etwas existiert, wenn keine Welt existiert, in der unter der Unzahl von Dingen nicht wenigstens ein paar Perlen aufzusammeln sind. Jetzt wusste die Rose von Schiras mit Sicherheit, dass sie Mogela dem Plechanower in dieser Stadt nie begegnet wäre, weil er nie dorthin kam, wo sie ihr ganzes Leben hätte verbringen sollen. Sie hätte ihn nie zufällig gestreift, weil sie sich niemals in derselben Straße aufgehalten hätten, auf derselben Treppe, im selben Aufzug, am selben Tisch, in einem Zimmer. Wo und wann denn?, schrieb die Rose von Schiras einmal auf ein sauberes Blatt, und darunter schrieb sie: Nirgends und niemals. Und ein wenig darunter noch: Dort und damals.

Der Rose von Schiras bedeuteten die Straßen, Häuser, Abzweige, Restaurants, lächelnden Gesichter, lauernden Mienen und all die anderen, völlig gewöhnlichen und gewöhnliche Wirkung hervorrufenden Dinge nichts mehr. Ebenso wenig Beziehungen, Besuche und Gegenbesuche und Selbstoffenbarungen. Nichts mehr bedeuteten ihr selbst die aufrichtigsten Grüße der Freunde ihres Mannes, die mit trauerumflortem Lächeln entgegenzunehmen waren, die Trauer im Verhältnis zum Lächeln wie ein Provisor anno dazumal genau dosierend, damit die Miene nicht aufgesetzt wirkte, auch wenn sie durch und durch falsch war. Dazu Stimmhöhe und -färbung, die unzweifelhaft Zerknirschung, Ungewissheit und den Gram einer Frau, die keine Tränen mehr hat, ausdrücken mussten.

Sie wollte um keinen Preis mehr etwas vorspielen, weil ihr klar geworden war, dass es keinen Sinn und letztendlich keinerlei Bedeutung hat, was ein alter Freund des Ehemannes von dir denkt: Ob du todtraurige oder trotz allem hoffnungsvolle Witwe bist, die zitternd und zagend auf ihren verschollenen Gatten wartet.

Das Universum, das sie gefunden und dessen Grenzen sie bisher noch nicht ausgelotet hatte, wuchs und wuchs. Früher hatte Mogela der Plechanower dieses Universum ausgemacht:

scheinbar schwer zu fassen, schlicht, weder brillant noch ein Wunderknabe, jedoch wahrhaftig, versunken und unscheinbar, irgendwie rein. Nicht rein im Sinne von heilig, sondern von einer Reinheit, wie sie in den Figuren auf Pirosmanis Gemälden zum Ausdruck kommt: ihr Blick, die Schicksalshaftigkeit, die Berge im Rücken der Menschen, die Wolken und Vögel, die schlichte Dynamik – Stille und Reinheit. Velázquez'sche Augen, wie hieß das Gemälde? »Las Meninas«. Sie dachte oft über Dinge wie Leichtigkeit und Schwere nach, darüber, wie sie eins wurde mit dem alten Mogeladse'schen Haus, mit der Welt, in der niemand mehr lebte und die doch lebendig war, erfüllt von unsagbarer Melancholie, fernem Frohsinn, einer alten Melodie, einem nie gehörten Lied, das von irgendwoher hereindrang in das Haus mit den unzählbaren Zimmern und den trüben alten Lampen, die die Räume in gelbliches, hoffnungsloses Licht tauchten, und die Rose von Schiras spürte, wie Lewiko der Barnower die Hand nach ihr ausstreckte. Es war, als huschten sie nachts über die Dächer einer vertrauten Stadt und sie müsste von einem Dach zum anderen springen, wo Lewiko der Barnower schon stand und ihr hilfsbereit die Hand hinstreckte, sie jedoch, sie hatte keine Angst, denn sie hatte gehört, dass man nur nicht hinunterschauen durfte, sondern einfach hinüberschreiten, und dann wusste sie nicht mehr, wer der Jemand war, der ihr die Hand hinhielt, Lewiko der Barnower oder Mogela der Plechanower. Hier, in diesem Haus, wo sie immer vom Duft der Zigarettenkippen geweckt wurde, war ihr vollkommen egal, wer ihr nachts die Hand hinhielt, denn hier umgab sie ein allumfassender Kosmos: Hier gab es niemanden, hier gab es nur die geheime Musik des Mogeladse'schen Hauses, die wahrscheinlich gar keine Musik war, sondern etwas ganz anderes. In diesem Haus kam ihr nie der Gedanke, dass alle, alle, alle tot waren, denn hier gab es nichts Totes und nichts Lebendiges. Es gab keine Scheide zwischen Toten und Lebenden, weil alles hier einfach existierte.

Ihr bedeutete nicht nur das hundserbärmliche, kriegsgebeutelte, sich wie ein ehemaliger Beau dünkelhaft aufgeblasene Tiflis nichts mehr, auch die ganze Welt war ihr nichts, seit es diese scheinbar gewöhnliche, einstmals dunkelrot gestrichene Tür gab und dahinter das Mogeladse'sche Haus, in dem keiner je starb, weil das Mogeladse'sche Universum nicht tot war, und jetzt kam der Rose von Schiras der Gedanke, dass Menschen unterschiedlich sterben. Bedauernswert und unglücklich die, welche die eigene Welt mit in den Tod nehmen, während jene, deren Welt auf keinem Festfloß Platz findet, nie ganz sterben, weil sie auch als Verstorbene präsent bleiben in ihren je eigenen, beim Abschied niemals zu schulternden Welten, und wenn du diese ihre Welt betrittst, werden sie plötzlich lebendig, als ob sie erwachten, so wie Glühwürmchen beim Einnachten, und sie umschwirren dich und führen dich in ihr Reich. Dort gibt es noch andere, Tote und Lebende, dort gibt es nichts Gleichartiges oder Bekanntes, auch nichts Lästiges und keinen Zwang, du betrittst dieses Reich, als hättest du dein ganzes Leben unwissentlich darauf gewartet, es zu schauen, und du gibst acht, ja nichts zu beschädigen oder zu zerbrechen. Du bist im Haus eines anderen – und es offenbart sich als dein eigenes.

14.

Die Bügeleisenkollektion deiner Großmutter. Wahrlich, eine richtige Kollektion ist das. Auf dem Tisch breitete sie ein dickes Moltontuch aus und stellte den Wäschesprenger daneben. Als Kind stibitzte Mogela den Sprenger ständig, um daraus trinken. Er mochte das aus den Löchern spritzende Wasser, eine Gießkanne sei das, und man musste ihm diesen immer wegnehmen. Wohin bin ich jetzt wieder geraten! Wer hat dich als Erster Mogela den Plechanower genannt? Offenbar gab es in jedem Viertel einen Mogela, und ihr musstet auseinandergehalten werden. Sich so vorzustellen war doch genial: Ich bin Mogela, der Plechanower. Wie in alten Zeiten. Wie die Geschlechtsnamen in alten Dokumenten und Büchern. Da gibt es ja auch noch diesen Freund deines Freunds, den Chartschaschoer. Wundert mich, wie du diesen Namen hast behalten können. Kurz, mir gefällt dein Name. Lassen wir die lyrische Abschweifung und kommen zu meinem neuen Hobby: Ich muss jedes Buch durchblättern. Jedes einzelne. Ein großes Unterfangen, aber keineswegs langweilig.

Ich hege den Verdacht, dass Lewiko der Barnower einiges über Kolia Mogeladse selig wusste, und zwar weil er in diesen Büchern geblättert hat. Er hat doch darin geblättert? Diese Mühe hättest du dir nicht gemacht. Ich bin überzeugt, Lewiko der Barnower hat das Sprechen durch Bücher von deinem Großvater gelernt, obwohl sie sich meines Wissens nie begegnet sind. Großartig, diese Vorstellung. Ich bin sehr davon angetan.

Heute schreibe ich dir einen Brief. Aus irgendeinem Grund bin ich sehr vorsichtig, wenn ich mit einem Brief an dich anfange. Am meisten fürchte ich, dass du dich aufmachst und herkommst. Aber es ist wohl gefährlicher, dich zu Wachsamkeit und Vorsicht zu ermahnen, als es nicht zu tun. Nicht, weil du waghalsig und heldenhaft bist. Du bist sogar ein ziemlicher Angsthase. Sondern weil du, wenn dir danach ist, einfach zurückkommst. Das macht mir furchtbar Angst. Ich will nicht, dass sie dich umbringen. Zuvor hatte ich auch schon Angst, gleichzeitig bin ich nie derart glücklich gewesen. Ich werde das nie vergessen. Wie du ankamst aus diesem Amsterdam, wie du mich einfach mithilfe des Telefonbuchs ausfindig gemacht hast. Kinderleicht in der Tat, nicht? Es war zum Verrücktwerden: so zu tun, als würde ich dir nicht antworten, als wärst du nicht am Durchdrehen, als wärst du nicht verletzt und bestürzt. Nie vergesse ich das: »Hey, Nascha, ich warte im ›McDonald's‹ auf dich.« »Nascha« wäre im Normalfall erniedrigend, »Rose von Schiras« hingegen lächerlich gewesen. Wie oft habe ich danach gedacht, tausendmal gedacht: ›Ich bin eine dreckige, durchgeknallte Nascha, durchgedreht wegen diesem komischen Typen, warum nur?‹ Ich weiß, warum, aber ich bin in Gedanken jetzt ganz woanders, Mogela aus Plechanow. Davon werde ich dir nie schreiben können.

Ich setze den Brief für dich auf und tippe ihn dann ins Mail.

Ich küsse dich, Mogela aus Plechanow.

Ich bitte dich, rühr dich nicht fort. Ich weiß, alles wird gut. Wir sind halt so und werden nie haben, was normale Menschen haben. Du musstest fort, weil ich die Vorstellung nicht ertrage, dass jemand dich auf mich und dich anspricht. Ich will mir das gar nicht vorstellen. Zudem ist da immer noch die Angst.

Also, du weißt Bescheid. Ich flehe dich an, weil mir dein letzter Brief gar nicht gefallen hat. Ich werde es ganz, ganz sicher zu dir schaffen. Wir werden beisammen sein.

Es war mein Fehler, dir über Lewiko zu schreiben. Denk nicht an ihn. Echt, es interessiert mich überhaupt nicht, ob er seiner Frau einen Brief oder dem Hochwürden sonst was hinterlassen hat. Ich bitte dich, denk nicht an ihn, denn das ist für dich wie an den Tod denken. Ich bin da anders und will es dir ein andermal auch erklären. Hören wir auf. Ich habe »Moby Dick« doch noch gefunden, und mir ist jetzt alles klar.

Übertreib's nicht mit dem Rauchen (was sag ich dir da, wann hättest du je auf mich gehört?).

Ich schreibe nicht, dass du mir fehlst. Es genügt, dass ich es denke.

Ich küsse, küsse, küsse dich, Mogela aus Plechanow.

Rose v. S.

Siehste, was ich dir da hinschreibe: Rose v. S. Probeweise.

Und nun geht's auf zu Kolia Mogeladses geheimnisvollem Keller.

Auslegeordnung: Funde:

Lauter Briefe. Telegramme.

Viele Briefe sind vom Bruder, aus der Verbannung. Glückwunschtelegramme zum Geburtstag.

Dein Großvater hatte eine Macke. Bücher als Aufbewahrungsorte. Aber clever, z. B. im Album der КВЖД, der Ostchinesischen Eisenbahn. Wer hätte darin je geblättert? Niemand, niemals. Daragoi, mili Kolinka, pasdrawliau zibia ... Twaia Lisa. Twaia Klawdia Deschnikowa, twaia Tania.* Wir Georgier mögen keine Glückwunschkarten und -telegramme. Andere schon. Oder ist es einfach Sitte? Ich weiß es nicht.

Worüber ich nachgedacht habe: Wie schafft man so was? Ohne dass jemand was bemerkt? In so einem großen Haus, in diesem ganzen Kosmos, dieser großen Familie. Offenes Statement: Kolia Mogeladse und Lewiko der Barnower waren vom selben Schicksal bestimmt. Nur schuf und baute sich Kolia Mogeladse sein eigenes Universum, während Lewiko dem Barnower dies nicht gelang und er sich gewissermaßen in Kolia Mogeladses Universum einfügte. Allerdings war ihm das nicht genug.

Weshalb?

Ich weiß, weshalb! Für Lewiko den Barnower war Lügen etwas Schwerwiegendes, für Kolia Mogeladse hingegen simpler Bestandteil des Lebens. Im Vergleich zu Lewiko war Kolia mit allen Wassern gewaschen.

Kann sein, du lügst dauernd, und es ist trotzdem die Wahrheit. Eine von vielen Versionen der Wahrheit nennt sich das. Kann sein, du lügst nicht, sondern sagst einfach nichts, und es ist die größte Lüge. Es hängt vom Einzelnen ab, ob er sich überwinden kann zu reden oder nicht.

Lewiko der Barnower hat wohl viel nachgedacht. Jahrelang.

* Liebes, liebstes Koljalein, ich gratuliere dir ... Deine Lisa. Deine Klawdia Deschnikowa, deine Tanja.

Er hing an dem, was er hatte, und war nicht imstande, es aufzugeben. Am Ende hat er es doch aufgegeben und sich umgebracht, in aller Stille. Würde ich seine Frau kennen, wüsste ich mehr.

Auch über multiple Persönlichkeit hat er sich Gedanken gemacht. Wiederum eine Version der Wahrheit.

Zu Kolia Mogeladses Zeiten lebte man umso besser, je mehr Gesichter man hatte. Fragen gab es nicht. Lewiko hingegen hat unsere Zeit dazu getrieben, Schluss zu machen. In unserer Zeit gibt es nichts als Fragen.

Noch eine Version der Wahrheit. Keine solide Version, aber eine interessante.

So viele Geschichten hinterlassen hat Lewiko der Barnower. Ich allein kenne so viele. Und wie viele kenne ich nicht?

Interessant, dass er dich auserwählt und die Geschichten dir hinterlassen hat. Weshalb? Was wollte er bewirken? Was dachte er? Wahrscheinlich, was ich mir denke: Der Mensch stirbt dann, wenn er will. Und wenn er will, stirbt er nie ganz. Und genau davor fürchte ich mich: dass er immer in deinen Gedanken bleibt, Mogela aus Plechanow.

15.

Was für eine wunderliche Schublade in der Kommode deines Großvaters! Blutdruckmessbänder, ausgetrocknete Baldrianphiolen. Geldbörsen, Uhren. Vier sowjetische Uhren. Unversehrte Gläser aus sowjetischen Thermalquellen-Kurorten. Aus Jessentuki, Schelesnowodsk, Kislowodsk, Gara Maschuk. Auf den Gläsern gold- und silberfarbene Aufschriften. Ein Taschenschachspiel. Stoffreste. Scherenschnitte. Kannst du dich noch an Scherenschnitte erinnern? Man saß dem Scherenschneider Modell, er schnitt aus schwarzem Papier dein Profil heraus, klebte es auf weißes Papier, und fertig war dein Porträt. Schwarz auf weiß. Sogar Gruppenprofile gab es. Kolia Mogeladse 1949. Im Profil. Sogar das Auge ist klar zu sehen, muss ein meisterlicher Scherenschneider gewesen sein. Diese Scherenschneider waren schon etwas Eigentümliches, wie aus einer anderen Zeit, mit ihren Hüten und Brillen. Waren es ehemalige Maler oder Autodidakten? Nicht malende Maler. Ich glaube, dein Lewiko war etwas in der Art. Ist aber fraglich. Zurück zur Schublade: zwei Profile, zueinander blickend. Weißt du, was mich wundernimmt? Hätte deine Großmutter nicht gefragt, wer die Frau auf dem Paarprofil ist? Überhaupt, warum ist dieses Blatt nicht in einem der Bücher versteckt? Und wer nun ist die geschwärzte Frau auf den Fotos? Die Frau des Bruders? Ich weiß es nicht. Noch ein Gruppenbild. Aus Zqaltubo. Ich bin müde.

Ich kann mir immer nur schwer vorstellen, was für Sex man früher bei uns hatte.

Fällt mir wirklich schwer. Im *Historischen* Museum habe ich einmal Stalins Uniform gesehen. Die Hose. Mit seitlich je zwei Knöpfen. Das schließt vieles aus. Wo überhaupt in der Geschichte kommt Sex vor? Er wird verschwiegen. Oder ging verloren. Fing alles mit Sex an, oder ging es mit Sex weiter oder endete es mit Sex? Alle drei Fragen sind dumm. Für mich ist Sex Ausdruck einer Beziehung. *Pleasure*? Wie die Beziehung, so auch das *Pleasure*. Wenn du alles fingierst, wirst du auch den Sex fingieren, allerdings kommen dann fürchterlich langweilige Turnübungen heraus. Wie das obligatorische Morgenturnen damals in der Schule. Später wurde es abgeschafft, so wie auch der Sex. Kurz, ich glaube, ich will sagen, in diesem Haus hat keine einzige der Geschichten, in die ich mich verheddert habe, mit Sex angefangen. Dem Anschein nach vielleicht mit Sex, mit einem flüchtigen sexuellen Abenteuer, doch jedes Mal zeigte sich, dass etwas anderes ausschlaggebend und Antrieb war. Das Universum, das man sich aufzubauen suchte.

Absurd: Auf die süßen Erinnerungen, darauf tranken früher die Jungs, warfen einander bedeutsame Blicke zu, während sie uns zuzwinkerten und uns übermütig provozierten: Na, was war da? Was war da? Wir Mädchen dagegen hatten ganz andere süße Erinnerungen. Die Jungs dachten an ihre Abenteuer. Wir hatten keine Abenteuer. Die Mädchen unserer Generation hatten statt Abenteuern Gefühle. Wir traten nicht in Aktion. Rührten uns nicht. So war das in *Georgia*. Bei den Jungs jedoch, da ging's ab. »Das ging aaab!« – auch so ein Jungens-Ausdruck übrigens.

Aber eine Erinnerung ist eine Erinnerung, mehr nicht. Aus Erinnerungen wird kein Universum. Niemals. Weil sie nicht Aktion sind. Meine Güte, was bist du für eine kluge Frau, Rose von Schiras, du *Halb*witwe, vor allem wenn du ein bisschen Mogeladse'schen Kognak intus hast. Na gut. Zur Schaffung eines Universums genügen Erinnerungen und Abenteuer allein nicht, auch ein Buch über diese Abenteuer schreiben genügt nicht. Auch nicht, wenn man beim Schreiben übertreibt. Um ein Universum zu schaffen, braucht es die Erfindung einer Art ewiger Handlung. »Ewig« ist wohl ein zu hoch gehängtes Wort. Ewiges Wirken ist Gott und seine Welt, während wir eine Art dauernder Dynamik ersinnen müssen, um unser geheimes, unsichtbares Universum hervorzubringen.

Kolia Mogeladse hat so eine Dynamik ersonnen. Was sie ausmacht, erkenne ich allerdings nicht. Sind es die Bücher, ist es die Gastfreundschaft, sind es die Geheimnisse des Hauses, oder ist es das Haus selbst, das er als ganz junger Mann gebaut hat? Oder alles zusammen? Jedenfalls hinterließ er in diesem Haus ein riesiges Universum. Für mich etwas rundum Wunderbares, worüber ich bisher nie nachgedacht habe. Ich glaube, das ist Leben: etwas Dauerhaftes hinterlassen. Weißt du, für Maler liegt das auf der Hand. Für einen Michelangelo. Seine Kapelle bemalte er unter Mühen, mit Genie. Schuf ein plastisches Universum. Ein dauerhaftes, plastisches Universum. Dagegen hier dieses unsichtbare! Auf das du plötzlich stößt und das du betrittst, ganz ohne Vatikan-Eintrittsticket! Ein Buchhalter, der einen ganzen Kosmos schuf, darin seine eigenen vielfältigen Gesichter hinterließ, unzählige andere Menschen, Tausende Bücher, gleichsam Brieftauben, und dieser Kosmos überdauerte die Menschen. Doch bin ich wohl nicht die Erste, die ihn entdeckt hat. Lewiko der Barnower. Er wird nicht so viel gesehen haben, aber er begriff und fügte sich ein. Es scheint, es war der ideale Ausweg. Wer weiß. Im Licht des sichtbaren, gewöhnlichen, mühsamen Lebens betrachtet, mag das roh, harsch, schrecklich erscheinen. Hier jedoch, in diesem Haus sieht es anders aus: Lewiko der Barnower wusste, er würde nicht endgültig sterben. Er hat seine Vorbereitungen getroffen und dieses alte Haus benutzt.

Hättest du nicht gedacht, was, Mogela aus Plechanow, dass du damals auf der Treppe in eine Frau Professor geprallt bist?!

Aber du siehst ja, wie professoral ich bin.

Alter Trinkspruch.

(Ruf: »Das Trinkhorn, reicht es über die Schwelle! Das Trinkhorn, über die Schwelle an Tschatschiaschwili! Frauen, das Trinkhorn ...«

Gegenstimmen: »Verschon uns, Kolia, verschon uns! Das wird uns umhauen.«

Ruf: »Das Trinkhorn, das Trinkhorn! Ja, so ...«

»Von wegen umhauen! In dieser Familie, mein Lieber, haut ein Trinkhorn auf der Schwelle niemanden um.«)

»Es geht bei euch allen herum. Bei wie vielen Gläsern sind wir heute? Richtig. So vielen, wie nötig sind. Ich habe sie nicht gezählt. Wein lässt sich nicht messen. Wein wird erspürt. Na, wozu lagert er in Kwewris? Wir alle wissen, wie viele Liter eine Kwewri fasst, aber wir können nie sagen, wie viel Wein noch darin ist. Weil sie aus Ton und in der Erde vergraben ist. Warum? Jawohl, damit wir den Wein nicht messen können.«

(Rufe: »*Maladez*, Tschatschiaschwili! Heute hast du uns aber tüchtig zum Feiern gebracht!«

»*Maladez*, Tolumbaschi!«)

»Dieses prächtige Trinkhorn soll bei allen herumgehen. Reicht es als Nächstem meinem Ewsew. Ein Lebehoch auf euch Frauen, die ihr unermüdlich und klaglos die Krüge tragt! Was für einen Trinkspruch bringen wir nun aus zum Abschied? Auf die Hausschwelle? Geliebte Schwelle! Ich küsse dich, o Schwelle in unseres Freundes Haus. Hier, ich vergieße auch ein wenig Wein, ein wenig draußen vor der Tür, auf dass auch sie koste und gesegnet sei. Seht, wie lange in die Nacht hinein wir beisammengeblieben sind und was für ein Himmel von dieser Schwelle aus zu erblicken ist! Auf den Mond vor dieser Tür! Trinken wir darauf, dass diese Schwelle immer ein Mond erhelle! Trinken wir auf diese Sterne, deren Namen wir nicht kennen, aber die wir bestaunen wie unbekannte, nie gesehen schöne Frauen, die unser Leben erglänzen lassen allein dadurch, dass wir sie sehen dürfen – darauf trinken wir. Auf die Beständigkeit dieser Sterne.«

(Rufe: »Prosit, prosit, Tschatschiaschwili! Ein Lebehoch auf den begnadeten Redner! Amen, amen!«)

»Ich würde jetzt am liebsten mein Portemonnaie zücken und all mein Geld vor euren Augen zerreißen, aber das wäre unschön, und also tue ich's nicht. Zerreißen deshalb, weil ich zeigen will, dass ich arm bin und lauteren Herzens auf dieser Schwelle stehe. Wo der Engel auf uns herunterschaut und uns alles vergibt.«

(Stimmen: »Still, Tschatschiaschwili, still! Sag so was nicht, hier hat alles Ohren.«

»Lieber, sei leise.«

»Na, na, liebe Frauen.«

»Mensch, das ist gefährlich.«

»Ein Lied, ein Lied.«

Die Frauen stimmen ein Lied an.)

»Ihr Lieben! Meine Besten! Hört nur, wie sie euren Tolumbaschi mit Liedern abschirmen. Und er, der Beschützer dieses Heims, hört es auch. Er sieht es und vergibt uns. Die Frauen singen, auf dass der Feind meine Worte nicht höre, und wo sonst wird so schön gesungen? In welchem Land? Schutzengel der Georgier! Für eure Gnade, eure Macht, eure Vergebung, eure Beschirmung dankt euch Parna Tschatschiaschwili. Schutzgeist dieses Heims, lass dieser Familie, diesem Haus deine Kraft und Macht zuteilwerden! Du unser Verzeiher. Du, unser, der Georgier, Lenker …

Auf den Beschützer dieses Heims, zum Wohl …«

(Rufe: »Ach, mein Lieber … Mit diesem letzten Horn …«)

»Liebe Frauen! Ihr Klugen. Ewsew, trink und gib das Horn an sie weiter.

Und jetzt, Frauen, lasst uns etwas anderes singen. Meine liebe Eteri, die du Anlass bist für diesen Festtag. Singend wollen wir gehen, singend … ›Wenn ich dich seh, dich, meine Süüüüße …‹ Ja, so, sehr schön … Süüüüße. Nimm's mal ein bisschen tiefer …«

WIE NASSE STRANDKIESEL

Oh yeah, I'll tell you somethin'
I think you'll understand
When I say that somethin'
I want to hold your hand
I want to hold your hand
I want to hold your hand

JOHN LENNON / PAUL McCARTNEY

NACHTKRAUT

Mogela der Plechanower kam bei Nachteinbruch nach Hause und rief schon in der Tür: »Mutter, bist du da?«

Sie kam ihm aus dem großen Zimmer entgegengelaufen.

»Du bist zu Hause?«, fragte er.

»Nein, im Theater«, frotzelte sie. »Irgendeine Frau hat angerufen und dir ihre Nummer hinterlassen.«

»Oje.«

»Sie hat sich furchtbar aufgeregt, weil ich ihr keine Handynummer geben konnte. Hier, diese Nummern hat sie hinterlassen.« Sie nahm einen Zettel von der Kommode. »Hier.«

»Sie hat sich aufgeregt?« Mogela nahm ihr den Zettel aus der Hand. »Oje, wer ist das denn?«

»Sie hat russisch gesprochen. Aber ein bisschen eigenartig. Ich glaub, sie ist Ausländerin. Ein paar Wörter hab ich gar nicht verstanden.«

Mogela lachte bitter auf, allerdings im Stillen.

»Was ist das für eine Ländervorwahl?«

»Das sei ihre Mobilnummer und das die Nummer in ihrem Hotel.«

»Katerina Fux. Wer zum Teufel soll das sein?«

Nicht schon wieder. Es nahm kein Ende.

›Mein ganzes restliches Leben werd ich noch damit vertrödeln, den Gastgeber für diese Frauen zu spielen‹, dachte er.

Seine Mutter lächelte. »Du kennst sie nicht?«

»Nein, woher auch? Was ist denn das für ein Vor- und Nachname, Katerina Fux?«

»Ja, wie aus einem Roman«, sagte die Mutter. »Zweimal hat sie angerufen, und beim zweiten Mal war sie sehr ärgerlich. Drei Tage sei sie noch hier, sie hätte tagsüber Zeit, abends sei sie immer besetzt.«

Mogela kicherte. »Wird eine Nutte sein.«

Die Mutter gab ihm eine Kopfnuss. Aber sie lachte. »Was

rufen dich all diese Russinnen immer an? Solange die Sowjetunion existierte, hat sich keine gemeldet, in was für eine Geschichte bist du denn da reingeraten?«

»Ach …« Er winkte ab. »Was hab ich einen Hunger!«

»Ruf sie zurück, mein Junge. Die macht mir sonst die Hölle heiß, wenn sie morgen wieder anruft.«

»Morgen?«

»So sieht's aus. Ein sehr resolutes Mädel.«

»Ein Mädel oder eine Frau?«

»Wenn du ein Junge bist, wird sie ein Mädel sein.«

»O Gott, mach mir was zu essen, bitte. Ich will jetzt keine Katarina Witt.« Er malte sich schon in den schönsten Farben aus, was ihn erwartete.

»Solltest du nicht langsam ans Heiraten denken?«

»Wen denn? Katarina Witt?«, fragte Mogela und ließ sich in einen Sessel plumpsen. »Die hat schon einen Mann. Ich bin wie der Sowieso, der die Menschen ins Totenreich führt. Ein Friedhofs*fremdenführer* bin ich. Diese Art Gewerbe gibt's in Georgien. Scheint jedenfalls so.«

»Was faselst du denn da?«

»Na, ich fasle eben. Bitte, sei so gut, mach mir was zu essen.«

»Ruf sie an, sonst reißt sie mir den Kopf ab. Ich kann das nicht mehr, ich ertrag's nicht mehr, mit irgendwelchen Leuten zu sprechen, das macht mich nervös, regt mich auf.«

»Komm schon, ist doch nichts passiert. Was regst du dich so auf?«

»Das Alter.« Sie lachte und stieg schwerfällig die Treppe zur Küche hinunter.

»Das Alter«, wiederholte Mogela und schlurfte in sein Zimmer. »Welches Alter?« Den Zettel nahm er mit.

Im Hotel hob niemand ab.

»Geh zum Henker«, brummte er und schaute auf die zweite Nummer. »Woher zum Teufel kommst du?«

»Hallo?« Die Frau hatte eine sehr energische Stimme, vollkommen ungeduldig, genau so eine, wie sie Film-Generälen ansteht.

›Boah‹, rief Mogela im Stillen aus und stammelte etwas Englisches.

»Sind Sie das?«, fragte sie auf Russisch. »Ich hab den ganzen Tag versucht, Sie anzurufen … Schenja, sei ein bisschen leiser, siehst du nicht, dass ich mit jemand rede? Entschuldigen Sie. Ich hab Ihre Nummer bekommen. Von Liowuschka, für alle Fälle.« Sie senkte die Stimme. »Für konspirative Zwecke. Sie verstehen. So ist Liowuschka eben. Kurz, ich will Sie nicht stören, Liowuschka wollte, dass ich Sie kontaktiere. Entweder Sie geben mir seine Nummer oder, vielleicht besser, Sie rufen ihn an und er setzt sich dann selbst mit mir in Verbindung. Ich bleibe drei Tage, mein Mann ist zu einem Businessforum hier. Nun, Sie verstehen mich … Die beiden Nummern –«

»Ja.« Er seufzte.

»Dann warte ich also auf seinen Anruf.«

Mogela wappnete sich und setzte sich aufs Bett. »Nein«, sagte er in einem Ton, der Ungeheuer in Schach gehalten hätte.

»Nein?«

»Er ist verstorben, vor fast zwei Jahren.«

Schweigen.

»Ich verstehe«, sagte die Frau leise und in einem Ton, als zerscherbte sie ein Glas zwischen den Fingern.

Er sagte nichts, stellte sich nur vor, wie sie zusammen mit ihrem Mann und dessen glamourösen Kollegen in einem Tifliser Restaurant saß und was sie jetzt wohl denken mochte.

»Hören Sie, könnten Sie sich mit mir treffen?«, fragte sie dumpf.

Mogela der Plechanower hatte gewusst, dass das kommen würde.

»Ja.«

»Noch heute?«

»Ja.«

»Hören Sie, ich war zuletzt vor fünfzehn Jahren in Tiflis.« Sie hatte wieder ihre vorige Stimme. »Wissen Sie, wo das Hotel ›Marriott‹ ist?«

»Welches?«

»Welches? In welchem ›Marriott‹ sind wir?«, fragte sie jemanden auf Englisch. »Okay. Das am Rustaweli-Prospekt. Kennen Sie das?«

»Ja.«

»Es ist jetzt gleich acht. Können Sie um neun? Ich warte in der Lobby auf Sie. Mein Name ist Katerina Fux. Ich sag auch dem Portier Bescheid … Schenja, ich muss jemanden treffen …« Mogela hörte Gelächter am Tisch. »Den Mann einer alten Freundin … Also, ich sag dem Portier Bescheid. Wie erkenne ich Sie?«

»Ich werde eine Zeitung in der Hand halten«, erwiderte Mogela unverfroren.

»Gut, eine Zeitung«, entgegnete sie ernst. »Gut, dann erwarte ich Sie, okay? Um neun Uhr.«

Mogela erschien pünktlich, ohne Socken, schlechter Laune und vom Ambiente wenig beeindruckt in der goldverzierten und in satten Bordeauxtönen gehaltenen Lobby des »Marriott«, wo sonst wohl Abendkleider, unsichtbare Klimaanlagen und Papiere raschelten, Gläser gedämpft klirrten und Füllerspitzen höflich über hochwertiges Notizpapier kratzten.

Er sah sich unter einer Menge Leute, wahrscheinlich Teilnehmern dieses Businessforums, die sich bereit machten, irgendwohin zu gehen. Nicht einmal einen Sitzplatz fand er.

»Sind Sie das?«, hörte er eine aggressive Stimme hinter sich.

Er sah sich um.

Vor ihm stand eine großgewachsene Frau in schwarzer Hose und schwarzem Top, mit dunkelroter Mädchenfrisur und schwarzer Sonnenbrille. Sie hatte ein kämpferisches Kinn.

›Geradezu Kill-Bill-mäßig überfällt die mich‹, dachte Mogela.

»Ja, Sie sind's. Ich hab Sie richtig erkannt.«

»Katerina?« Und zu sich selbst sagte er: ›Wie konnte der nur so unterschiedliche Frauen aufgabeln?‹

»Katerina ... Du sprichst den Namen genauso aus wie Liowuschka. Gehen wir Kaffee trinken.«

Und sie lenkte ihn Richtung Café.

Am schlimmsten war, dass Mogela wieder Bilder durch den Kopf schossen. Diese Katerina und Lewiko zusammen. ›Wenn sie jetzt nur nicht mit Erzählen anfängt. Nur das nicht.‹

Als sie sich gesetzt hatten, bestellte die Frau Tee und Mogela Coca-Cola.

»Entschuldige, ich bin noch nicht ganz bei Verstand«, sagte sie. »Seit einer Stunde bin ich in Tränen, und das, ohne dass sie jemand bemerken darf. Ich bin in die Toilette gestürzt, im Restaurant. Ich konnte nicht mehr. Obwohl's kein Problem ist, was meinen Mann betrifft, überhaupt nicht, aber er mag's nicht, wenn ... Und, na ja ...« Auf einmal begann sie zu weinen, fuhr mit den Fingern unter die Brillengläser. »Ach, zum Teufel«, sagte sie kopfschüttelnd.

Mogela saß da, rauchte und schaute sich das alles wie einen Film im Fernsehen an.

»Außerdem, wie blöd von mir. Ich wusste, dass Krieg ist und so. Ich hab ihn so lange nicht mehr gesehen. Vier Jahre, mehr. Ich bin so weit weg von allem, ich lebe in Los Angeles. Mein Mann, Schenja Fux ... Wenn du was von Kommunikationsbusiness verstehst, wird dir Fux ein Begriff sein. Aber was rede ich da.« Wieder schüttelte sie den Kopf. »Ich kann nicht mal die Brille abnehmen.« Sie versuchte die Tränen mit dem Taschentuch zu trocknen. »Verzeih, bitte« – ihre Stimme hatte nun jede Kraft verloren – »verzeih, ich nehm mich jetzt zusammen. Vielleicht sollte ich was Stärkeres trinken.«

Mogela hielt Ausschau nach der Bedienung.

»Einen Whisky für die Dame, einen doppelten.«

»Einen doppelten?«

»Sie möchte einen doppelten.«

»Was für einen? J & B, Chivas, Jack Daniels …«

»Schätzchen, bitte, bring ihr irgendeinen«, sagte er lachend.

»Ich bring ihr einen Chivas.«

Katerina Fux schaute derweil, die Ellbogen auf dem Tisch und in sich zusammengesunken, in ihr Teeglas.

Der Whisky kam.

»Nein, ich möchte nicht …« Sie griff nach dem Glas. »Tiflis hat sich sehr verändert.«

Mogela nickte.

»Und dieser Krieg, all das Schreckliche …«

Der Krieg war seit geraumer Zeit zu Ende, aber er hatte keine Lust, sie darauf hinzuweisen.

»Ich hab's mir immer gedacht, aber er war eben so. Er hatte meine E-Mail und alles … Noch letztes Jahr dachte ich, er schreibt überhaupt nicht mehr. Das Leben, du weißt ja. Versteh, wer's will, eines Tages triffst du ihn und … Ich nenne es Freundschaft. Ist es Freundschaft? So ein Unsinn, zu meinen, Freundschaft zwischen Mann und Frau sei unmöglich. Sie können wunderbare Freunde sein, kommt nur darauf an, was für Charaktere sie sind. Erst ist da was Brennendes, dann schmilzt es weg, aber die Freundschaft bleibt. Bei mir war es so. Was rede ich da. Unsinn. Du hast wahrscheinlich davon gewusst …« Sie nippte am Whisky. »Brrr, vertrag ich nicht … Weißt du, Sex wird früher oder später schal, Freundschaft nicht. Weißt du, warum ich mit meinem Mann mitgegangen bin? Ich dachte, ich würd vielleicht Liowuschka treffen. Was ich mir nur zusammenfantasiert hab …«

»Und du hattest meine Nummer?« Er musste ja schließlich etwas fragen.

»Ich hab sie seit dreiundachtzig … seit dreiundachtzig. Seit dreiundzwanzig Jahren. Ich hab nur nie angerufen. Er hat mich ja immer angerufen. Wenn ich nach Tiflis kam, haben wir uns vorher abgesprochen. Er hatte meine E-Mail, aber ich nicht seine … Wenn er wenigstens ein Mal geschrieben hätte, dann hätte ich sie gekannt. Mein Gott, mein Gott … Wie ist er gestorben? Was ist ihm zugestoßen? Er hat eine Tochter, nicht wahr? Weißt du, was mich wundernimmt … Darf ich eine Zigarette haben? Ich hab meine auf dem Zimmer gelassen.«

»Wenn du die rauchst …« Mogela spürte, wie er sich von dem Café entfernte, ins Nirgendwo driftete.

»Klar, kein Problem.« Sie schaute auf die Uhr. »Mein Fux wartet. Egal. Falls er herkommt, bist du der Mann meiner verstorbenen Freundin, hörst du? Wie ist er gestorben, sag's mir, bitte.«

»Ich war nicht da«, sagte er wie aus weiter Ferne, ungefähr so, wie wenn neben dir gedämpft gesungen wird. Er hörte sich selbst sagen: »Ich bin zurückgekommen und hab erfahren, dass er tot ist.«

»Was ist ihm zugestoßen? Auf den Gedanken, Liowuschka könnte tot sein, wär ich nie gekommen. Wie das manchmal passiert, wenn man an jemanden denkt …«

»Ich weiß es nicht, niemand weiß es. Er ging weg und blieb verschwunden. Später hat man ihn dann gefunden.« Er steckte sich eine neue Zigarette an.

»Mein Gott.« Sie schüttelte den Kopf. »Mein Gott. Wie schrecklich. Einfach nur schrecklich. Was für eine Ironie … Ich hab ihm noch was gekauft. Karierte Hemden hat er immer gemocht, damals waren die Mode. Ein echtes Cowboyhemd hab ich ihm gekauft. Wie unsinnig, das Leben ist so eine Scheiße. Entschuldige, wahrscheinlich redest du nicht gern darüber …«

»Macht nichts«, sagte Mogela, »macht nichts. Weshalb bist du eigentlich hergekommen?«

»Wir haben immer so Sachen füreinander gekauft, sinnloses Zeug. Einmal kam er nach Petersburg und rief mich an. Ich konnte ihn nicht treffen, wir waren weg. Damals war ich mit Knieper verheiratet, und wir, Knieper, ich und die ganze Bande, waren auf die Krim gefahren. Gott, was war ich unruhig. Ich hab ihn nicht sehen können. Er hatte mich nicht vorgewarnt. Mein Güte, wann war das, ich war sechsundzwanzig damals. Ich hab's nie vergessen. ›Na dann, macht nichts‹, hat er gesagt. Erst anderthalb Jahre später haben wir uns gesehen. Er hatte mir was gekauft damals und alles weggeworfen. Ich hab mich geärgert. ›Warum hast du's weggeworfen, du hättest es doch aufbewahren können‹, hab ich gesagt. Es sei plötzlich witzlos geworden, sagte er. Mein Gott, Liowuschka. Was lässt du mich wie eine Idiotin diese Jeans und das Hemd kaufen. Das Leben ist absurd. Jetzt muss ich ihm meinerseits sagen: Liowuschka, es ist witzlos geworden. Wie bitter. Siehst du, nun muss ich auch alles wegwerfen. Die Zigarren, lauter dummes Zeug. Gott, warum erzähle ich Ihnen das alles?«

»Dir, wir duzen uns.« Er lächelte ihr zu.

»Was bist du für ein höflicher Mensch. Dass du mir so zuhörst.«

Mogela musste lachen.

»Hat er mich nie erwähnt?«

»Nie.«

»Auch nicht gesagt, dass er mir deine Nummer gegeben hat?«

»Neunzehnhundertdreiundachtzig hat er's mir nicht gesagt.«

»Sie sind also enge Freunde gewesen ...«

»Wir sind per du. Wo er dir doch meine Nummer gegeben hat.«

»Ach Gott, natürlich. Gib mir noch eine Zigarette, bitte. Ich nehm mir eine, ja? Ich hab mich sehr aufgeregt. Gott, wie gut, dass dir das Zuhören nicht zu viel wird. Was täte ich sonst? Reden ist immer wichtig. Reden hilft. Wenn ich mein Herz nicht ausschütten kann ... Du verstehst mich, oder? Liowuschka hat mir mal gesagt: ›Ich bin sicher, wenn man stirbt, ist man danach weiter lebendig.‹ Entschuldige die Intimitäten. Ist nicht von Bedeutung. Sag doch noch mal meinen Namen, du sprichst ihn unrussisch aus.«

»Katerina«, sagte Mogela der Plechanower.

»Mein Gott, du sprichst ihn genauso aus wie er.« Katerina Fux senkte den Kopf und fing wieder an zu weinen. »Entschuldige, entschuldige. Man guckt schon zu uns rüber. Entschuldige, ist schon vorbei. Ich hör schon auf.«

Plötzlich nahm sie die Brille ab und fragte geradeheraus: »Hab ich geschwollene Augen?«

Er hätte gerne gesagt: Du hast die fantastischsten Augen der Welt und dass sie geschwollen sind, steht dir sogar, aber das wäre ziemlich lächerlich gewesen. ›Was zum Teufel hab ich da für Anwandlungen‹, dachte er und wurde sich bewusst, dass sie von all den Frauen die Coolste war. Nicht vom Aussehen her. Vom Aussehen her auch, aber ... Was ist das Aussehen schon für ein Kriterium bei einer Russin? Früher hätte man gesagt: Sie sind alle klasse. Fast alle. Anderseits: War Lewiko der Barnower der Typ, der wegen irgendjemandes Aussehen ausflippte? Ach, Lewiko, was sollen die vielen Geheimnisse, und was sollte das mit dem Brilleabnehmen?

Ganz klar, Katerina Fux war die Coolste von allen. Mogela dachte: ›Sie hat ganz umsonst so viel geredet, sie hätte besser gleich die Brille abgenommen, und alles wäre gesagt gewesen.‹

»Sie sind geschwollen, nicht wahr?« Sie setzte die Brille wieder auf.

Katerina Fux, leg mir deine Augen aufs Herz, und ich sterbe friedlich ... So würde es ein beschwipster Lewiko ausgedrückt haben, sofern er von seinen Liebesabenteuern erzählt hätte.

»Nein, es geht.«

»Ich hab Augentropfen dabei, aber ich hab die Tasche im Zimmer gelassen.«

»Du brauchst sie nicht«, sagte plötzlich Lewiko der Plechanower.

Sie seufzte. »Entschuldige, dass ich dich so in Anspruch nehme. Aber ich musste einfach Klarheit haben.«

Für gewisse Dinge hatte Mogela der Plechanower eine

Antenne: Er lehnte sich zu ihr hinüber und fragte leise, aber deutlich: »Willst du was rauchen?«

Sie legte weder die Brille ab noch erwiderte sie etwas, sondern nahm ihr Handy vom Tisch und drückte eine Taste.

»Ewgeni Natanowitsch, kak schisn? ... Skutschaize, da?* ... Ich weiß, ich weiß, ihr langweilt euch sofort ohne mich. Ich komm jetzt gleich hoch und ... Weißt du was, Schenja, ich kann nicht mitkommen ... Warum? Weil ... Ich bin hier in einer heiklen Lage ... Ich muss noch die Tochter meiner Freundin besuchen und ihre Mutter ... Sie reisen morgen ab und ... Was soll ich denn machen? Ich bin so schon ziemlich besorgt ... Hier, ich bin in der Lobby und komm jetzt hoch ... Nein, wozu? Sie holen mich ab und bringen mich wieder ... Nein, natürlich sind's Freundinnen von ihr ... Ich komm jetzt gleich hoch ... Bravo, Fux ... Bist ein echter Mann ...« Sie legte das Handy zurück auf den Tisch und fragte: »Was hast du denn zu bieten?«

»Das Übliche«, erwiderte Mogela. »Was Besseres als Whisky. Ist nur so eine Idee ... Wie du willst.«

»Okay, rauchen wir. Ich geh nur schnell hoch und komm gleich wieder. Was soll ich anziehen?«

Er wusste schon, dass das Ganze nicht mit Spazierengehen im Alexandergarten enden würde.

»Was für die Oper«, sagte er lachend und stand auf.

»Okay. Ich komm gleich wieder.«

Mogela zog mit einem Finger die Gesäßtasche auf und versuchte mit einem Blick über die Schulter zu checken, wie viel Geld er dabeihatte.

›Ach, Lewiko, was hab ich dir gesagt‹, sagte er zu sich, vielmehr zu Lewiko, und ihm kam der Gedanke, dass er selbst jetzt Lewiko der Barnower war.

Wenig später rannten sie über die Straße und betraten den Park. Dort war es dunkel. Mogela kauerte sich an Aleksandre

* Ewgeni Natanowitsch, wie geht's? ... Langweilt ihr euch?

Kimote Dse Oboladses Grabmal hin, zündete den Joint an und gab ihn an Katerina weiter. Katerina Fux hatte einen guten Zug drauf, das sah man im Dunkeln gut.

»Was passiert so in Los Angeles?«, fragte Mogela.

»Der ist stark«, sagte sie und reichte den Joint zurück. »Gedreht, wie früher. Als die Jungs noch Belomorkanal-Zigaretten stopften.«

»Nicht gedreht, gebaut«, sagte Mogela auf Georgisch. »Entschuldige, hab's auf Georgisch gesagt. Joint à la Imperium«, und gab ihn wieder an sie zurück.

»Ja, das Imperium ...«, sagte sie, den Joint zurückgebend. »Der ist gut, richtig gut. Eigentlich mag ich's ja nicht. Selten, wenn's auf Partys was gibt. Fux wird Zustände kriegen.«

»Wer ist Fux?«

»Mein Mann.« Sie brach in Gelächter aus, legte aber gleich die Hand auf den Mund. »Oh ... Wird man hier fürs Kiffen verhaftet?«

»Solche wie du nicht«, erwiderte Mogela.

»Was heißt, solche wie ich?«

»Fux-Ehefrauen aus Los Angeles.«

Beide lachten.

»Da«, sagte Mogela und reichte den Joint weiter.

»Gott, warum ist Liowuschka gestorben?«

»Mach, rauch zu Ende, ich will nicht mehr. Mach ihn alle.«

Sorgsam legte sie die Kippe auf den Grabrand und drückte sie gründlich aus.

»Oh, ist das ein Grab?«

»Allerdings«, sagte Mogela. »Lewiko hat mich mal hergebracht. Dieser Mensch hier hat während des Kommunismus Leute massakriert. Er war Kommissar oder so was. Das Grab bemerkt keiner. Wenn wir schlecht drauf waren, haben wir uns immer hier getroffen, Lewiko und ich. Wenn einer von uns schlecht drauf war ...«

»Im Ernst?«

»Warum nicht?«

»Das war gut«, sagte sie. »Nu, kamandui wetscherom ...* Geld spielt keine Rolle.«

»Und Fux?« Mogela kicherte.

»Fux ist überhaupt kein Problem, er ist auf einer Weindegustation in irgendeiner Kellerei. Was gleichbedeutend ist mit Besäufnis, oder?«

»Du musst aber die Brille abnehmen und erst wieder aufsetzen, wenn wir dort sind, wo wir jetzt hingehen. Sonst glaubt man noch, ich hab eine Blinde im Schlepptau.«

Sie war die Coolste und sie besaß Initiative. Sie war die Einzige, die sich selbst auf die Suche nach Lewiko dem Barnower gemacht hatte, und Mogela begriff, warum er ihr weder seine Telefonnummer noch Adresse gegeben hatte.

»Danke«, sagte Mogela der Plechanower, »danke, Katerina.«

Sie trug eine Fleckenjeansjacke, in einem Ohr einen einfachen Piratenohrring und ein Samtkäppi mit Lederkokarde.

Sie saßen in einem Klub inmitten von Perserteppichen und Schlummerrollen. Die Atmosphäre war dezent, irgendwie gedämpft; eine magere, dunkelhäutige Frau sang fast flüsternd und bewegte sich, als wäre sie gar nicht da, als wäre sie ein Vorhang, den ab und zu ein Luftzug zum Wehen brachte. Mogela kam gerne hierher, wenn er denn Geld hatte, und setzte sich zwischen die Schlummerrollen.

»Wofür?«

»Dass du ihn von dir aus gesucht hast«, erwiderte er und wusste, jetzt würde das Erzählen beginnen.

»Ein Schauer durchlief mich von Kooopf bis Fuuuß ...«, sang die Sängerin.

»Mein Gott, was heißt ›gesucht‹? Eine ganze Geschichte hab ich erfunden, damit ich mit Fux mitgehen konnte, eine

* Na los, befiehl, und ich folge dir ...

nichtexistierende Freundin, alles. Fux sagte, ich solle erst anrufen, vielleicht sei sie ja gar nicht hier.«

»Und der lange Flug ...« Mogela schüttelte den Kopf.

»Mein Gott, manchmal glaube ich nicht, dass so was in Wirklichkeit überhaupt passieren kann. Jetzt, in diesem Moment, denke ich, ich bin gar nicht hier, bin nicht hier angekommen und auch einen Liowuschka hat's gar nie gegeben. Ich nehme es wie von außen wahr, als die Geschichte einer Fremden. Nicht die meine. Und ich bin furchtbar neidisch auf sie. So neidisch, das kannst du dir gar nicht vorstellen. Solche Geschichten lassen sich nicht festhalten. Solche Affären, solche Lieben. Nichts kann man festhalten.«

»Hier hältst du sie fest.« Er tippte ihr mit dem Finger auf die Stirn.

»Hier ... Hier nur ganz wenig«, sagte Katerina Fux, »ganz wenig. Und nur das Schlimme. Weder im Herzen noch im Körper, nirgendwo bleibt etwas, nur hier. Was soll ich hier damit? Ist das Gedächtnis des Herzens nicht besser als das des Gehirns? Nur schmilzt das im Herzen Gespeicherte so schnell dahin ...«

Mogela steckte sich eine Zigarette an und sagte: »Du bist besonders. Das weiß ich jetzt. Ich weiß zwar noch nicht, wozu du diese Geschichte brauchst, aber –«

»Welche Geschichte?«

»Diese ganze Geschichte« – er fuchtelte mit der Hand herum – »mehr als ich weiß keiner. Ich weiß mehr als Lewiko. Lewiko bin jetzt ich ...«

Und dann erzählte Mogela der Plechanower Katerina Fux alles, was er wusste, was er sich überlegt hatte und was unbedingt einen Zuhörer brauchte.

»Eine hochinteressante Geschichte«, sagte sie. »Sie wäre noch interessanter, wenn ich auch auf eine Art darin vorkäme. Aber ich tauche ganz einfach nicht auf ... Nicht die Spur.«

»Ich hätte sie nicht erzählen sollen.« Mogela schien müde und leer. »Woran denkst du?«

»Ich überlege, was wäre, wenn deine Freundin jetzt reinkäme und dich mit mir zusammen sähe.« Katerina lachte. »Was sagst du dann? Das ist die Freundin meines verstorbenen Freunds, ich erzähle ihr gerade von seinen anderen Mädels?«

»Und ich überlege, was du Mister Fux sagen willst, wenn er kommt. Das ist der Mann meiner verstorbenen Freundin?«

»Genau. Die Welt besteht aus organisiertem Schwachsinn und wird über Klischees gesteuert«, erwiderte sie. »Mich lässt das kalt. Ihr seid da viel emotionaler, auch Liowuschka war sehr emotional ... Mein Gott, wie leid er mir tut, so leid. Ich hätte mir nie vorstellen können ... Ich denke nie an den Tod ... Liowuschka hat russisch anders gesprochen als georgisch. Einmal hat er am Telefon was Georgisches gesagt, und ich dachte, er wäre verärgert. Auf Russisch hingegen klang er leise und ruhig.«

»Was denkst du?«, fragte Mogela. »Was denkst du über ihn?«

»Ich weiß nicht. Jetzt kann ich nur denken: Liowuschka ist tot. Für mich ist er heute Abend gestorben. Du hast dich wahrscheinlich an seinen Tod schon gewöhnt.«

Er schüttelte den Kopf. »Ich würde mich gern daran gewöhnen, aber ich schaff's nicht. Er erlaubt's mir nicht. Er hat mich ganz direkt für sich eingespannt.«

»Das alles hat was von einem Märchen. Ich weiß nicht, was ich dir sagen soll. Außer, dass Liowuschka die Fähigkeit hatte, Distanz belanglos zu machen. So war es früher schon, und jetzt ist es auch so. Denn sieh mal, von wo auch immer, er lenkt dich hierhin und dorthin und eine Reihe Frauen dazu. Ich hab dir verziehen, Liowuschka, du bist große Klasse ...« Sie biss sich auf die Lippe. Dann schaute sie auf die Uhr. »Lass uns gehen, ja? Lass uns ein Taxi bestellen.«

»Bestellen ist nicht nötig«, sagte er.

»Was für eine merkwürdige Nacht« – sie nahm die Brille ab – »ganz anders, als ich sie mir auf dem Hinflug vorgestellt hatte. So ist das Leben. Hör mal, ich will alles wissen. Kannst du morgen mit mir zum Friedhof kommen?«

Mogela musste lachen.

»Die Frage hörst du nicht zum ersten Mal, was?« Sie seufzte.

»Ich kann's nicht verhehlen. Katerina Fux kann ich nichts verhehlen«, erwiderte er lächelnd.

»Tatsächlich? Auch wenn ... Ich war immer neugierig auf Liowuschkas Frau.«

Er sagte nichts, winkte ein Taxi herbei und fragte, während er ihr die Tür aufhielt: »Wann willst du zum Friedhof, jetzt?«

»Nein, nein«, wehrte sie ab.

KATIAS BILDER

Das Wort »Design« hatte Lewiko der Barnower zum ersten Mal von Katerina Fux gehört.

Das war in Leningrad gewesen, wo immer Tag war, wobei Lewiko der Barnower tagsüber prinzipiell schlechte Laune hatte. Die Welt um ihn herum irritierte ihn, er sah sich von lauter Schwierigkeiten umgeben, durch die er sich winden musste.

Auf die Frage »Wo ist Lewiko?« konnten die Tifliser Architekturstudenten, die in Leningrad ein Praktikum absolvierten, nur die knappe Antwort geben: »Bei einem Studienfreund seines Vaters.«

Eine erschöpfende Auskunft, denn jeder wusste, dass Wacho, Lewikos Vater, in Moskau und Leningrad Architektur studiert hatte, dort auch in die Aspirantur gekommen war und aus dieser Zeit viele Freunde in den beiden Hauptstädten des großen Imperiums hatte. Es war allgemein bekannt, dass es Lewiko in diesen Städten an nichts fehlte und ihn keiner in ein Studentenwohnheim pferchen konnte: Die Häuser der Freunde seines Vaters standen ihm immer offen, und er wurde immer aufs Allerherzlichste empfangen.

Lewiko schlief mal hier, mal dort. Manchmal auch bei den Freunden seines Vaters, aber nicht so, wie sie sich das vorstellten. Lewiko der Barnower hatte ein seltenes Talent, sich bei Mädels häuslich einzurichten.

Was höchst erstaunlich ist: Lewiko der Barnower lernte Katerina Fux, geborene Lurie, die sich als Spross von Revolutionären bezeichnete, in der Eremitage kennen. Deshalb glaubte sie lange nicht, dass er Georgier war. Allerdings erzählte er ihr das auch lange, fast zehn Jahre, nicht.

Sie dachte, er sei vielleicht Serbe. Worin er einem Serben ähnelte, wusste sie jedoch nicht zu sagen.

Katia Lurie betrachtete gerade einen ägyptischen Sarkophag.

Lewiko der Barnower seinerseits dachte: ›Was guckt sich ein Mädchen mit so einem Aussehen und in so einer Aufmachung Mumien an und macht sich auch noch Notizen? Das kann keine Russin sein.‹

Trotzdem sprach er sie auf Russisch an. »Schön, nicht?« Spöttisch natürlich.

Sie warf ihm einen Blick zu und fragte zurück: »Was wollen Sie?«

Was für Augen sie hatte! Wie glattgewaschene grüne Strandkiesel, von einer feinen Welle überspült und kaum merklich bewegt, in der Sonne schnell ihre Nässe verlierend und auf eine neue Welle wartend.

»Ich hab ein bisschen Hunger. Aber noch auszuhalten«, erwiderte er.

Und dann redeten sie ziemlich lange.

Katia hatte die Maße und, in ihren Worten, die ideale Form des Sarkophags inspiziert, sie sei Designerin, sagte sie. Woher sie diesen obskuren, Sowjetbürgern vollkommen unbekannten Begriff hatte, ist schleierhaft, denn eigentlich studierte sie an der Fakultät für Monumentalkunst der Kunstakademie.

Lewiko der Barnower beruhigte sich damit, dass er aus dem entlegensten Winkel des Imperiums kam und in dessen Hauptstädten alles viel früher Einzug hielt – Hauptsache, er erriet, was »Design« ungefähr bedeutete. Katia war zwei Jahre älter als er und verströmte so viel Energie und Kampfgeist, dass ihm der Gedanke kam: ›Wenn die einen Stein in die Hände kriegt, zermalmt sie ihn zu Bröseln‹, und es wunderte ihn gar nicht, dass das Mädel dem Monumentalismus zuneigte.

Er taufte sie deshalb Muchina, was sie ärgerte und worauf sie ihn Pan Gimalaiski nannte, was ihn deshalb nicht ärgern konnte, weil er keine Ahnung hatte, wer Pan Gimalaiski war.

Katia Lurie wohnte in einem Haus, dessen Fenster beinahe größer waren als die Zimmer selbst und die auch nachts gewaltige Lichtströme hereinließen. Sie bemalte riesige Leinwände, und dies mit der Verve eines wutentbrannten Anstreichers. »Zeitvertreib« und »Raumerfahrung« nannte sie das, daraus entstehe Design, denn sie hatte nicht vor, Malerin oder Bildhauerin zu werden. Sie sei Designerin.

Es war Sommer, eine ziemliche Hitze mit massenhaft Mücken.

Im Haus der Luries gab es einen obercoolen Sony-Kassettenrecorder. Es gab alte Möbel, zwei Peredwischniki-Gemälde und vierzehn sonstige Bilder. Außerdem Theaterskizzen von Kunin, antike Karaffen, vollkommen überraschend einen Fernseher und glänzend vernickelte Badezimmerarmaturen. Außerdem die Fotografie eines Mannes, abgelichtet zusammen mit Picasso, und schwarze, wie nass glänzende Fliesen.

Das Parkett hingegen taugte nichts, und die Eltern waren nicht da. Die Eltern waren auf Madagaskar. Katia Luries Vater war offenbar Diplomat. Ihrer Großmutter jedoch, die ihm von Kamo und Stalin erzählte, gefiel Lewiko der Barnower sehr.

Das alles aber war belanglos, rückte im Schatten von Katia Lurie in den Hintergrund. Völlig in den Hintergrund. Katia Lurie war großgewachsen, aber keine besonders schöne junge Frau. »Mir gefällt dein Design«, pflegte Lewiko ihr zu sagen.

Als sie heimflogen, als die ganze Studentengruppe wieder heimflog, fragte er sie: »Kannst du mir ab und zu deine Augen schicken?«

Sie erwiderte nichts, sondern gab ihm das Geschenk, das sie bereitgehalten hatte. Omar Chayyāms Gedichte. Mit der Widmung: »Mne nrawitsia twaio skritoe sumaschestwie. A taksche mne nrawitsia tschto ti nastoiaschtschi.* Katia Lurie, Designerin, Petersburg.«

Die Augen der Katia Lurie, vor allem beim Aufwachen, die Kefirspur auf ihrer Oberlippe beim Frühstück – Kefir und Batontschiki, haha, typisch Imperium.

»Hier« – er strich ihr leicht übers Augenlid – »genau hier« – er wusste nicht, was »Lid« auf Russisch heißt – »musst du die Tränen sammeln, sammeln und sammeln … Dann schwellen sie an, füllen sich und sehen wunderschön aus. – Das hier ist die Telefonnummer meines Freunds«, sagte er beim Abschied. »Für alle Fälle. Ruf ihn an, du kannst ihm sagen, dass du mich suchst …«

»Hast du kein Telefon?«

»Mein Telefon … Hab ich nicht.«

»Hör mal, bist du verheiratet, Pan Gimalaiski?«

»Das ist nicht wichtig.«

»Nein, überhaupt nicht. Wie dumm von mir … Na gut. Schreibst du mir?«

»Ich schreib dir.«

»Da dir das lieber ist, machen wir's eben postlagernd.«

* Mir gefällt deine verdeckte Verrücktheit. Und mir gefällt auch, dass du echt bist.

»Gut.«

»Zum Glück ist das alles im Sommer passiert. Sonst hätten wir's nicht so ruhig gehabt.«

Wo waren ihre Briefe jetzt?

Katerina lag auf dem Bett, neben ihr schlief Fux. Auf dem Fernsehbildschirm lautloses Gewimmel.

Wo waren die Briefe?

Dieser Mogela war der einzige Mensch, der sie mit Lewiko verband und der etwas wissen konnte.

Katerina Fux rief sich stets diese erste Begegnung mit Lewiko in Erinnerung, nie die folgenden. So war es immer gewesen: Wenn sie einander aus den Augen verloren, erinnerte sie sich an die erste Begegnung und verzieh ihm alles. Einmal hatte sie ihm geschrieben: »Du hast jetzt bei mir den Status eines guten Freunds, und was auch immer in meinem Leben geschieht, ich weiß, du bist in meinem Herzen.« Sie erinnerte sich auch noch an Lewikos russische Antwort: »Es fällt mir zum Sterben schwer, diese Worte zu Papier zu bringen, aber du bist ja nicht mein Mädchen. Du bist nicht mein Mädchen.« – »Was bedeutet denn ›mein Mädchen‹? Liebst du mich nicht?« Die Antwort war: »Mein Mädchen ist einfach nur mein Mädchen. Das ist schmerzlich, aber es fehlt mir die Fantasie, es anders zu sagen.« – »Wie? Bist du eifersüchtig auf meinen Mann?« Katia hatte gezwungen gelacht über ihren Brief. »Was hab ich für ein Recht, eifersüchtig zu sein? Wer bin ich für dich?« – »Gute Frage.«

Diese Korrespondenz setzte sich zwei Monate lang fort. Vorher hatten sie sich dreimal getroffen: zwei Tage, drei Tage, eine ganze Woche. Die Treffen waren abhängig davon, wie viel Geld Lewiko der Barnower gerade hatte. Katia heiratete und ließ sich wieder scheiden, wechselte die Liebhaber und hängte sich ans Designen.

Sie brachte einen Jungen zur Welt, dann ein Mädchen.

Eines Tages kam sie nach Tiflis.

Eine eigenartige Stadt war das, die Straßen wimmelten von Menschen mit Fahnen.

»Wir trennen uns von euch«, erklärte ihr Lewiko.

»Das interessiert mich nicht«, sagte Katerina, die noch nicht Fux hieß.

Er führte sie in ein großes Hotel mit feuchten Wänden.

Vom Balkon aus sahen sie auf der breiten Straße die Demonstranten marschieren.

»Bei uns passiert dasselbe«, sagte Katia.

»Nein, bei euch ist's anders.«

Er war seltsam.

»Küsst du mich nicht mehr?« Katia schloss die Balkontür, und der tosende Straßenlärm verstummte.

»Zieh morgen keine Hose an«, sagte er, »wir müssen zusammen wo hin.«

Am nächsten Tag holte er sie mit einer Klapperkiste ab. Er war kein guter Fahrer. Er brachte den Motor zum Stottern.

›Wozu bin ich eigentlich hergekommen?‹, fragte sie sich. ›Diese vier Tage sind ein Irrwitz.‹

Sie fuhren in die Berge, durch eine Kleinstadt; Katia interessierte sich nicht für die Gegend. Die Straße war schlecht.

Berge und Wald.

»He, wo bringst du mich hin?«

Da waren eine Mauereinfriedung und ein Tor.

»Hier lebt ein Freund von mir. Besser, wir bleiben hier als in der Stadt«, entgegnete Lewiko.

Es war ein Kloster. Vier Mönche hausten dort.

Nachts war es kalt in ihrer Kammer. Sie schlief wie eine Tote. Morgens um fünf klopfte Lewiko an ihre Tür.

Sie lauschten dem Chorgesang und den Gebeten, streunten im Wald herum. Die Mönche sprachen wenig, störten sie auch nicht. Lewikos Freund stellte sich als ehemaliger Bildhauer heraus.

»Na, hab ich euch zusammengebracht?«, witzelte Lewiko.

»Wir könnten hier heiraten«, gab Katia zurück.

»Ja, könnten wir«, sagte Lewiko.

Sie war ruhig, zufrieden und glücklich, spürte und verstand alles. Sie verstand, und ihre Augen schwollen genau so an, wie Lewiko es sich einst zu Studentenzeiten gewünscht hatte, aber sie wollte nicht weinen. Die Mönche boten ihr mit Wasser vermischten Wein an, dessen schlichten Geschmack sie mochte, sie mochte die Stille, die Geräusche des Waldes, die nachts durchs Fensterchen zu ihr in die Kammer drangen.

Wenn sie in den Wald gingen, gaben ihnen die Mönche Korb und Wanderstock mit, und Katia fand da und dort am feuchten Waldboden sogar Pilze. Lewiko kannte sich mit Pilzen nicht aus und schimpfte ein bisschen über das Imperium, wenn auch irgendwie melancholisch.

»Das Imperium interessiert mich nicht.« Es interessierte Katia in der Tat nicht.

»Entschuldige.« Lewiko lächelte.

›Wie sich doch alles geändert hat.‹ Katerina Fux starrte auf das stumme Rap-Clip-Geflimmer des Fernsehers und rauchte notgedrungen, unmutig die Filter abreißend, Philip Morris Ultra Light.

An ihrem Abflugtag waren sie in die Stadt zurückgefahren. Hatten in dem idiotischen Hotelzimmer gestanden und einander angeschaut.

»Jetzt gehst du jungfräulich rein nach Hause zurück«, sagte Lewiko der Barnower.

Katia biss sich auf die Lippe und sah ihm in die Augen. ›Ich hab ihn in meinen Bann geschlagen.‹ Sie wusste, Lewiko der Barnower konnte ihren Augen nirgends entkommen.

»Du auch.« Sie lachte und wandte den Blick nicht von ihm. »Du gehst auch jungfräulich rein heim.«

»Nein«, sagte er, »ich hab ihr vorgelogen, ich würde allein zum Kloster gehen.«

»Du hast Raupen da drin« – sie strich ihm mit der Hand über den Kopf – »große, fette Raupen. Ist nicht schlimm.«

Er nickte.

Katia Lurie schloss ihn fest in die Arme und dachte: ›Und wenn die Welt untergeht, ich weine nicht.‹ Und sie hörte Lewiko den Barnower, der nicht weinte, weinen. Sie weinten nicht, und sie weinten.

»Wie absurd«, flüsterte sie, »wie absurd. Ich wollte so gerne dein Haus sehen. Mit wem du lebst und wie, das interessiert mich so sehr.«

»Dir läuft die Nase.«

»Wie dem Terrier unseres Nachbarn.« Sie lachte, ihre Tränen überspielend. Es war einer von Lewikos alten Sprüchen.

»Nimm die Hände aus den Taschen«, sagte er. Das war einer von Katias alten Sprüchen.

»Danke«, sagte sie. »Was auch immer geschieht ... Ich dreh dir den Hals um.«

»Der tut mir weh«, erwiderte Lewiko lachend, es war eine alte Antwort auf eine alte Frage. »Danke auch.«

Und dann kamen die Kriege. Katia verfolgte die Nachrichten. Ständig gab es Krieg dort unten, und die Briefe kamen seltener und seltener. Katia informierte ihn pflichtbewusst über neue Telefonnummern und neue Affären. Und immer schloss sie mit: »Lebst du noch?«

Damals begann sie, zum Briefschluss jeweils ihre Augen dazuzumalen. Sie hatte sich das gut überlegt, war sehr zufrieden mit dem Resultat. Nur die Augen malte sie, mit Bleistift. »Hier, deine Äuglein«, schrieb sie dazu.

Später schrieb sie ihm: »Ich lebe in Paris. Mein Mann heißt Ewgeni Fux. Dies ist meine Telefonnummer, meine Handynummer, meine E-Mail-Adresse ...«

Und dann geschah das große Wunder. Katia brachte ihre Jüngste in die Schule. Musste vor einer roten Ampel halten, als ihr Handy summte.

»Wo bist du?«, schrie Katerina Fux ins Telefon.

»Im ›Novotel‹, Bercy«, war die Antwort.

Hinter ihr wurde gehupt.

»Mamotschka?«, kam es von ihrem Töchterchen.

»Bitte, ruf mich in fünf Minuten noch mal an. Nein, ich ruf dich an« – ihr Auto rollte kreischend an – »geh nicht weg, bleib im Hotelzimmer, hörst du?«

Er arbeitete an irgendeinem Bauprojekt mit. Es ging nicht so sehr um Bau als vielmehr ... Kurz, er war eine ganze Woche in Paris.

»Weißt du, wie komisch –«

»Komisch, ja« – Katerina Fux ließ ihn nicht ausreden – »megakomisch. Mein Gott, Katerchen, was hast du mit deinen Haaren gemacht?«

»Sie gehen aus, sind müde geworden. Das Haar ist müde geworden, wird weiß.«

»Und was zum Teufel hast du da?« Sie bohrte ihm die Fingernägel in die Stirn.

»Auuuuuu«, schrie er.

»A ti simpazitschni.«

»A ti zotka ... Zozia Kazirina ...* Was für ein idiotisches Hotel, nicht mal rauchen darf man hier.«

»Dafür sind die Betten gut.«

Sie küssten und streichelten einander, wie es lebenserfahrene Frauen und Männer in alten amerikanischen Filmen tun. Exakt so, wie sie sich in diesen Filmen küssen, in verschwiegenen Zimmern, ohne die Regenmäntel auszuziehen und wahrscheinlich bei Nacht: Sie beginnen mit Küssen, und Schnitt.

Nicht weit vom Hotel befand sich das neue Gebäude der französischen Nationalbibliothek mit seinem eigenartigen,

* Gut siehst du aus. – Und du bist [auch schon] ein Tantchen. Tante Katerina ...

überraschenderweise holzbelegten Platz und den breiten Holzstufen. Ein paar Leute lagen dort und sonnten sich. Sie setzten sich ebenfalls hin.

»Die Mutter eines Freunds ist grade gestorben«, erzählte Lewiko der Barnower. »Vorher ist ihr Mann, ihr Exmann gestorben. Den sie über dreißig Jahre nicht mehr gesehen hatte. Sie haben sich früh scheiden lassen, ganz zu Anfang. Da waren tiefe gegenseitige Verletzungen. Nicht mal zu seiner Totenfeier ist sie gegangen. Als mein Freund vom Begräbnis seines Vaters zurückkam, fand er sie tot vor. Zur selben Zeit, wie er seinen Vater begrub, ist ihm die Mutter weggestorben.«

»Mein Gott, sie muss ihn trotzdem geliebt haben«, sagte Katia. »Warum denkst du jetzt an solche Geschichten?«

»Es ist grade passiert und ... Wo wohnst du denn?«

»Im fünfzehnten. So heißt das hier. Die Bezirke sind nummeriert.«

»Ist das gut oder schlecht?«

»Gut.«

»Der Quai des Orfèvres, wo ist der?«

»Da kommst du dran vorbei. Auch an Notre-Dame. Was willst du auf dem Quai des Orfèvres? Hast du eine Frau dort? Jemanden wie mich?« Sie lachte.

»Nein. Maigret hat dort gearbeitet. Interessiert mich, wo er gearbeitet hat.«

Sie schüttelte den Kopf. »Oh, oh ... *Sentiments* ...« Sie verstummte und fügte dann hinzu: »Obwohl, wenn es die nicht gäbe, säßen wir jetzt nicht auf diesen Planken.«

»Danke, Madame Fux.«

Sie saßen schweigend.

»Was meinen Sie, Madame Fux, was ist das Leben?«

»Oje, Bärchen ... Das weiß ich nicht. Ich weiß, dass ich Erinnerungen und Gefühle habe. Aber ich versuche, alles leicht zu nehmen. Ich glaube, das heißt Leben. Das Leben ist so einfach, wenn du den Gefühlen die Spitze nimmst. Na, wie wenn du ein Messer hinlegst und mit dem Hammer die Spitze bearbeitest. Danach ist das Messer harmlos.«

»Mit was für Philosophien kommst du mir denn da?« Lewikos Lachen schien etwas gezwungen. »Du bist auf einmal so anders.«

»Du bist auch anders. Aber gleichzeitig immer noch derselbe.«

»Du auch.«

»Manches stirbt, nicht wahr?«

»Manches stirbt … Weißt du, was stirbt? Die Intensität. Alles andere bleibt.«

»Küss mir die Hand, bitte«, sagte Katia unvermittelt. »Die dort drüben gucken ständig zu uns her, einen obercoolen Eindruck wird das machen.«

Lewiko der Barnower musste lächeln und küsste ihr zart die Hand.

»Bitte sehr … Immerhin sind wir in Paris.«

Und dann waren die Fuxens nach Kalifornien übersiedelt.

Vier Jahre waren es her, seit sie in Bercy auf der Bibliothekstreppe gesessen hatten. Katerina hatte noch immer den Geruch der »Novotel«-Korridore in der Nase und erinnerte sich, wie Lewiko die Schlüsselkarte nicht fand; er hatte sie in der Eile im Zimmer gelassen.

»Du wirst alt, Pan, du wirst alt.« Sie hatte gezwungen gelacht.

»Deinetwegen.«

»Wie, du warst nervös? Mein Gott, und ich erst. Ich hab mit Müh und Not den Wagen wieder in Gang gebracht.«

Katerina Fux rauchte noch immer, während neben ihr ein erschöpfter Ewgeni Fux schlief. In einer Holzkiste auf dem Boden lagen Flaschen mit georgischem Wein.

»Mein Gott, Liowuschka. Wie gern ich dich gesehen hätte«, sagte sie leise und stand auf. Ihre Augen brannten fürchterlich. Sie machte Licht im Badezimmer, stellte sich vor den Spiegel und blickte in die geschwollenen Augen.

»Das wolltest du doch, nicht? Ein richtiges Raubtier bist du«, sagte sie und begann zu weinen. »Das wolltest du doch, dass deinetwegen Tränen fließen ... Was hast du nur getan?«

DER GLOBUS

Mogela der Plechanower stieg aus dem Taxi und öffnete die hintere Wagentür.

»Da unten, in der Senke, wir müssen ein Stückchen zu Fuß gehen.«

Katerina Fux sah aus wie ein Hollywood-Star, der keine Filme mehr dreht und jetzt ganz in Schwarz und hinter schwarzer Sonnenbrille versteckt Frank Sinatras Begräbnis beiwohnt.

Quer über den Armen trug sie einen großen, in Silberfolie gewickelten Strauß.

»Was sind das für Blumen?«, hatte Mogela am Morgen gefragt, als er Ms Fux am Hotel abgeholt hatte.

»Azaleen. Ich hab sie noch gestern Abend bestellt. Meine Lieblingsblumen.« Sie war ein klein wenig angespannt.

Vor ihnen erstreckte sich der Friedhof von Saburtalo.

Um sie herum verströmten eigenartige Bäume einen eigenartigen Duft, und weiter weg, vom Zentrum des Friedhofs her, war ein dumpfes Dröhnen zu hören; wahrscheinlich schnitten Arbeiter dort mit der Elektrosäge Steine.

»Es ist nicht weit«, sagte Mogela, mit der Hand deutend.

»Ich hätte so gerne Liowuschkas Frau kennengelernt. Vermutlich dumm, nicht wahr?«

Er zuckte die Achseln. »Ich kann dich jedenfalls nicht hinbringen«, sagte er leise.

»Nein, natürlich nicht. Es ist nur, ich bin jetzt in einer anderen Situation. Einer vollkommen anderen. Was für ein riesiger Friedhof. Bei euch gibt es keine Kremation, nicht wahr?«

»Nein. Dort, dieser Teil ist neu. Vor zehn Jahren gab's ihn noch nicht. Dort drüben sind nur Kriegsgefallene begraben. Alles junge Männer. Mein Jahrgang und ältere. Wo immer sie uns zu fassen kriegten, haben sie uns abgeschlachtet.«

Er wusste nicht, warum er das sagte. Es war einfach so, dass er seit vergangenem Abend dachte, Katerina Fux könne man alles sagen, überhaupt alles, und um den heißen Brei herumreden wäre jedenfalls nicht nötig, sie würde ohnehin alles merken.

»Diese Seite ist auch neu, Lewikos Seite.«

»Ihr habt ihn alle Lewiko genannt, nicht wahr?«

»Lewiko, Leon, was weiß ich, Lewan.«

»Kommt wahrscheinlich vom Griechischen Leonidas.«

»Weiß nicht, wahrscheinlich.«

»Léon, der Löwe. Er ist ein Löwe ...«

»Lewiko würde platzen vor Lachen. Ein Löwe!« Er half ihr den abschüssigen Pfad hinunter. »Vorsicht!«

»Oh, Liowuschka«, sagte sie plötzlich, »was schleppst du mich hierher ... Gepackt und hergeschleppt hast du mich.«

»Manchmal«, sagte Mogela, »manchmal glaube ich, dass die Toten mehr vermögen als die Lebenden.«

Sie erwiderte nichts.

»Hier rüber« – er nahm sie beim Arm – »hier, das ist es.«

Das Grab war gepflegt, die Erde geharkt, der Stein schlicht.

Katerina Fux stand da und schaute auf das Grab.

Mogela setzte sich auf die Grabeinfassung und zündete eine Zigarette an. Zum x-ten Mal fragte er sich: ›Was machst du bloß mit mir, Lewiko?‹

»Die Inschrift ist georgisch, nicht wahr?«, fragte Katerina unsinnigerweise und bückte sich, um den Strauß niederzulegen.

Sie hatte die Blumen kaum hingelegt, als sie zu weinen begann; über die Einzäunung gekrümmt und sich am Grabstein abstützend, kniete sie auf dem flachen, kalten Rand.

Mogela schaute zur Seite und rauchte.

Als sie etwas zu sich gekommen war, stand er auf und schlenderte zwischen den Gräbern herum.

Er wusste, diese Frau würde von allen am meisten weinen. Da war er sich ganz sicher.

Katerina Fux suchte in ihrer Jackentasche nach einem Taschentuch. Sie saß verkrümmt auf dem Mäuerchen, zog endlich eine Packung Papiertaschentücher hervor und trocknete linkisch die Innenseite der Brillengläser. Als sie sie trockengerieben hatte, begann sie wieder zu reden.

Was sie sagte, war vielleicht nicht wahr, vielleicht hatte Lewiko der Barnower nie dergleichen gedacht und auch sie selbst nicht, aber alles, was sie sagte und zitierte, war echt. So echt, dass Mogela der Plechanower, der ein wenig entfernt von ihr stand, Katerinas Worte vor sich sah. Die Hälfte verstand er gar nicht, weil sie im Weinen untergingen, aber trotzdem sah er sie in aller Deutlichkeit, und er hätte am liebsten mitgeweint. Eher deswegen, weil das, was er vor sich sah, eigentümliche, unbekannte Arten der Liebe waren, er sah etwas, worauf er vermutlich nie geachtet hatte, und er hätte sich gerne bei Lewiko dem Barnower bedankt. Einfach so, »*Spasiba*, Leon, Bruder«, mehr nicht.

Katerina Fux ihrerseits musste eine Frau von übermenschlichen Kräften sein; woher ihr diese Worte zuflossen und wo sie die Kraft fand, sie auszusprechen, war Mogela unbegreiflich. Er wandte sich ab und dachte: ›Sei still, sei still, sei still.‹ Auf der Grabeinfassung lagen zerknüllte Taschentücher. Als sie endlich verstummte, klangen ihre Klageseufzer noch eine Weile nach. Dann stand sie auf und sagte: »Gib mir eine Zigarette, sei so gut. Ich kann meine nicht mehr rauchen.«

Sie setzten sich wieder auf die Grabeinfassung.

»Verzeih mir«, sagte sie. »So viele Jahre ... Wie viele? Zwanzig? Einundzwanzig. So viele Jahre. Weißt du, dass ich ihn nicht mehr hab spüren können? Immer sonst spürte ich ihn. Aus dieser weiten Entfernung. In- und auswendig wusste ich alles. Fühlte, was er machte, womit er sein Leben verbrachte. Und auf einmal konnte ich nichts mehr spüren, er war mir verlorengegangen. Deshalb bin ich hergekommen. So viele Jahre. Und ich kann mich an nichts Negatives erinnern.

Einmal hab ich ihm gesagt, wäre ich seine Frau, ich würde ihn nicht betrügen. Ich war damals gerade ein halbes Jahr verheiratet. Er hat sich totgelacht. Ich hab ihn angeschaut und gedacht, er lacht mich aus, lacht er extra oder muss er wirklich lachen? Ich hatte das im vollen Ernst gesagt, es bedeutete mir etwas. ›Was ist daran zum Lachen?‹, hab ich gefragt und ihn an den Haaren gepackt, im Scherz ... Na, du verstehst. ›Würd mich freuen, glaub's aber nicht‹, hat er gesagt. ›Ehefrauliche Pflichten haben für sie keinerlei Bedeutung.‹ Weißt du, er hat hohe Ansprüche gehabt, innerlich, explizit verlangt hat er nie was. Er hat von Menschen generell Großes und Wahrhaftes erwartet, und wenn es nicht kam, hat er das sehr empfunden. Ich glaube, so war er, nicht wahr? Mein Gott, wie er irgendwas, irgendwelche kleinen, dummen Episoden hochspielen konnte. Um's dir dann ganz nebenbei ins Herz zu treiben.«

Mogela rauchte und starrte auf die geharkte Erde. Unvermittelt sagte er: »Ich glaube nicht, dass er gestorben ist.«

Katerina nahm die Brille nicht ab, sie schaute Mogela, der weiter auf die Erde starrte, durch die Gläser hindurch an.

»Ich glaub's nicht. Ich glaube, dass ...« Er verstummte.

»Bitte, sag's mir.«

»Ich glaube, dass er irgendwohin verschwunden ist«, sagte Mogela der Plechanower, »irgendwohin. Ich weiß nicht ... Ich weiß nicht, hat er's wegen mir getan, wegen seiner Frau, wegen einer von euch oder für sich. Ich hab das noch nie jemand gesagt, aber ich glaube nicht, dass Lewiko hier begraben liegt. Vielleicht war das jemand anders. Ich glaube nicht, dass Lewiko in den Fluss gesprungen und ertrunken ist. Ich glaube nicht, dass der, den man gefunden hat, Lewiko war. Ich war nicht hier, ich weiß es nicht, ich hab's nicht miterlebt.«

Katerina zerdrückte den Zigarettenfilter zwischen den Fingern. »Ja, aber«, sagte sie dumpf, »die Autopsie, die Identifizierung ...«

»Die Identifizierung hat einen Monat nach dem Tod stattgefunden. Seine Frau hat ihn nicht gesehen. Sie ist nicht hingegangen, die Jungs haben ihn identifiziert.«

»Das darf doch nicht wahr sein!«

»He, wo bist du? Weißt du, in was für einer Stadt du hier bist?«

»DNA-Test?«

»Genau, schick die DNA nach Amerika. Was redest du da? Bring mich nicht zum Lachen.«

»Und du meinst, er hat das alles vorgetäuscht und ist irgendwohin abgehauen? Nein ... Nein ... Das war überhaupt nicht seine Art. Vielleicht hat ihn eine seiner Frauen erpresst?«

»Ich weiß es nicht.« Mogela stand auf. »Verzeih. Passiert mir manchmal, dass ich mich verrenne. Ist ja alles so über mich hereingebrochen. Nimm's für Verrücktheit. Bloß, ich hab das Gefühl, dass er mir unbedingt was sagen wollte. Aber ich war nicht da.«

»Und Mailen mochte er nicht.« Katerina lachte leise. »Hattest du kein Telefon?«

»Ich bin ja ebenfalls abgehauen.«

Sie schüttelte den Kopf und erhob sich. »Lass uns gehen.«

Erneut half er ihr den Weg hinauf, ähnlich wie Enkel ihren vom Friedhof kommenden Omas behilflich sind.

»Hör mal, weißt du zufällig, wer Alexandra Palermo ist?«

Katerina zögerte kurz, dann fragte sie: »Wieso interessiert die dich?«

Mogela lachte. »Ich hab sie angerufen, aber da war nur der Anrufbeantworter dran. ›Dies ist der Anrufbeantworter von Alexandra Palermo, Schriftstellerin. Bitte hinterlassen Sie eine Nachricht.‹ Was zum Kuckuck für eine Nachricht soll ich hinterlassen?«

»Oh, mein Gott. Liowuschka.« Wieder schüttelte sie den Kopf. »Alexandra Palermo ist, glaub ich, ein Pseudonym. Sie ist eine geldgierige Schlampe. Hat mit erotischen Romanen ein Vermögen gemacht. Ich jedenfalls nenn sie erotisch. Eigentlich sind's Detektivgeschichten oder so was. Mein Gott ...«

Mogela sagte nichts.

»Willst du sagen, Liowuschka hatte auch mit ihr … Das glaub ich eigentlich nicht. Jedenfalls« – sie wurde nachdenklich – »ich schreib dir. Okay?«

Auf dem Rückweg schwiegen sie.

Als sie am Hotel aus dem Taxi gestiegen waren, reichte ihm Katerina Fux die Hand und fragte: »Was mach ich denn nun mit den Geschenken?«

»Weiß ich nicht«, erwiderte Mogela, »lass sie im Hotelzimmer.«

»Und wenn sie sie uns nachtragen? Fux wird sich wundern.«

»Wirf sie in den Müll.«

»Sicher?«

»Ja.«

»Komm, mein Lieber« – sie umarmte ihn – »vielen Dank für alles.« Sie zog eine Visitenkarte aus der Tasche. »W liuboe wremia sutok, pa liubim waprosam …* Katherine Fux … Hier steht alles drauf.«

»Budu w Kalifornii, saglinu.«** Mogela kicherte.

»Ich will nicht einfach so gehen. Ach Gott, was hilft's?«

»Du könntest ja mir was schenken«, sagte er.

»Ich weiß, absurd, was? Liowuschka tät's freuen.« Sie nahm ihre Brille ab, und Mogela der Plechanower sah, was er sehen wollte.

Katerina Fux verstand wirklich alles.

Leise sagte er: »S bogam!«***

»Druschba!«**** Katerina Fux lachte, drehte sich um und ging schnellen Schritts zum Hoteleingang.

* Zu jeder Tages- und Nachtzeit, egal welches Problem …

** Wenn ich in Kalifornien bin, schau ich vorbei.

*** Geh mit Gott!

**** Freundschaft!

Plötzlich wandte sie sich noch einmal nach ihm um und rief: »Skaschi maio imia.«*

Mogela stand bei der offenen Wagentür. »Katerina«, sagte er laut, »Katerina!«

Sie reckte den Daumen und huschte durch die Tür.

»*Maladez*, Bruder!«, sagte der Taxifahrer.

»Sie wird im Alter noch schön sein«, sagte Mogela der Plechanower.

»Ja«, stimmte der Fahrer zu, »falls sie überhaupt altert.«

* Sag noch einmal meinen Namen.

ALEXANDRA PALERMO

... my love is something you can't reject
I'm changing faster than the weather
if you and me should get together
Who knows, baby, you may comfort me

GEORGE HARRISON

»›Ich bin eine Wunderfrau, schlicht eine Wunderfrau. So eine wie mich hast du noch nie gehabt‹, hab ich ihm kühn und selbstbewusst gesagt ...«

›Und ich sag, ich fick deine Mutter!‹ Beinahe hätte sich diese unsägliche Tifliser Replik laut Bahn gebrochen aus Mogelas Brust; er starrte auf den Bildschirm, während seine Zigarette im Aschenbecher vor sich hin kokelte.

Die Szene spielte sich am Schwarzen Meer ab, auf einer der drei Inseln von Santa Esperanza (offiziell Saint John, von den meisten Johannesinseln, von anderen Denizi Vilayet genannt), der Hauptinsel, wenn man so will; in der unter dem Namen Santa City bekannten, in Urkunden jedoch als Saint-John-Zitadelle erwähnten Stadt; in einem Viertel, das State hieß; in einer Straße, die die nördliche Seite des State-Platzes durchschnitt und mit Malcolm Gardens benannt war; in einem Internet-Café, das schlicht »@« hieß.

Auch wenn in Santa City an allen Ecken und Enden irgendetwas hinunter-, herüber- und ausgerufen wurde, gehörte Herumbrüllen im Allgemeinen nicht zum feinen Ton. Deshalb genierte sich Mogela der Plechanower loszubrüllen.

Er war ohnehin kein lauter Mensch; nur manchmal trieb es auch ihn dazu, laut zu werden. Doch war er seit jeher Meister darin, innerlich loszubrüllen: Er kannte ein, zwei kleine Tricks, um sich den Drang, laut zu brüllen, ganz leicht vom Herzen zu schaffen. Obwohl es eher darum ging, ihn aus dem Kopf zu kriegen.

Zudem hatte ihn seine Freundin, die Rose von Schiras, von Anfang an gewarnt, auf Santa Esperanza gälte jeder Georgier erst einmal als Bandit, Gangster oder ganz einfach als Räuber und dass er auf keinen Fall negativ auffallen dürfe. Seinen auf den Namen Nikolai Perwoj, ehemaliger belarussischer Staatsbürger, lautenden holländischen Pass, den sie ihm beschafft hatte, würden sie ohne viel Federlesens zerreißen und ihm vor die Füße schmeißen. So stand es, seit eine neue Generation georgischer Banditen Santa Esperanza zu ihrem bevorzugten Zufluchtsort erkoren hatte: »'s ist nicht so weit weg, warm, hier und da versteht man sogar unsere Sprache« – und alle begannen sie dort unterzutauchen. Das Untertauchen erwies sich jedoch als gar nicht so leicht, weil sie eben so gerne herumbrüllten. Ihre berühmt-berüchtigten »Heda, Taxi!« oder »Heda, Bedienung!« klangen rüde fürs Esperanzer Ohr, und die ebenso berüchtigte schwarze Kleidung alarmierte das Auge. Dass georgische Söldner ehemals mit glühendem Fanatismus in Santa Esperanzas Bürgerkrieg mitgekämpft hatten, machte die Sache nicht besser. Aber Mogela der Plechanower spielte den aus irgendeinem Grund auf den Inseln hängengebliebenen holländischen Touristen und trieb sich unauffällig in der Stadt herum.

Er hatte seine eigenen Sorgen und seine eigenen Vorsichtsmaßnahmen und trug auch keine schwarze Kleidung.

Schwarz ging es vielmehr in seinem Innersten zu.

Das Wetter war prächtig: Mogela konnte beobachten, wie täglich mehr Touristen in die Stadt kamen. In den Cafés wurden die Sitzplätze rar, und auf dem Sklavenplatz herrschte Gedränge. Zur Lunchzeit versperrten die vielen braungebrannten Halbnackten auf der Terrasse des Hotels »City Piazza«, wo er gerne saß, den Blick auf Straße, Strand und Meer. Unter einem Fetzen Himmel zu sehen waren stattdessen appetitlich gebräunte Süd- und rosafarbene Nordländer, die Skandinavier krebsrot, aber nicht nur die.

Weit weg vom Meeresufer saß Mogela der Plechanower im vorgenannten Lokal und starrte auf den Bildschirm. In diesem Teil der Stadt war es still.

Mogela der Plechanower suchte eine Frau.

Die letzte.

WWW.ALEXANDRAPALERMO.COM

Alexandra Palermo, russische Schriftstellerin, war Autorin von rund fünfzehn Büchern.

Eigentlich waren die Titel dieser Bücher so leicht zu behalten wie Straßennamen. Man hätte sagen können, die Bücher hießen wie Straßen, doch genau so wenig, wie man in einer fremden Stadt fünfzehn Straßennamen im Gedächtnis behält, konnte man sich die Titel dieser Romane merken.

Auf jedem Umschlag von Alexandra Palermos Büchern war ihr Foto abgebildet. Die Fotos waren kombiniert mit künstlerisch gestalteten Allegorien, sodass die Autorin jedes Mal anders erschien: mal in Männerperücke aus dem siebzehnten Jahrhundert, mal als Lady mit Hut beim Pferderennen, mal wie Catwoman in einen Kunstlederanzug gezwängt, mal als Geschäftsfrau, mal als Nutte, mal als Mutter, wobei sie in Interviews behauptete, sämtliche Bücher würden auf eigenen Erlebnissen beruhen. Auf den Privatfotos, die sich auf Alexandra Palermos Website fanden, hatte sie wenig gemein mit den Umschlagcharakteren; sie schien etwa vierzig, fünfzig Jahre alt und sah überhaupt nicht aus wie ein bücherschreibender Mensch. Auf einem Foto räkelte sie sich bäuchlings auf einem breiten Bett und verdrehte den Kopf, als wollte sie einen Blick auf ihr Kreuz und ihre Absätze erhaschen: Als gäb's keinen schöneren Anblick als diesen.

Ihr Name, der eine Verbindung zu Sizilien, und sei es bloß eine mentale, nahelegte, war irreführend. Wer annahm, Palermo sei das Pseudonym eines Lieschen Müller, das die Buchumschläge attraktiver erscheinen lassen sollte, den belehrte die Autorenwebsite freiheraus, dass Palermo ihr wirklicher Nachname sei, jedoch nichts mit Sizilien zu tun habe, weil der Name mit Betonung auf dem »o« ausgesprochen werde, also Palermó, während sich die Stadt Palermo als Palérmo ausspricht.

Lady Palermo streute auf ihrer Website Informationen zum Erfolg ihrer Bücher, zur Anzahl verkaufter Exemplare und veröffentlichte großzügig Romanauszüge, auf deren computerblumenumrankten Seiten weibliche Gefühlszustände – wahrscheinlich Alexandra Palermos eigene – vor, während und nach dem Sex geschildert wurden. Möglicherweise stand in ihren Büchern auch noch anderes, aber die Auszüge zielten darauf ab, den Leser zu ködern. Auf der Gästeseite wurde Alexandra Palermo beschimpft, vermutlich vorwiegend von jungen Männern. Die jungen Frauen disputierten mit ihr und kritisierten sie, obwohl es auch welche gab, die sie lobten; diese schienen sich selbst in den Büchern wiederzufinden.

›Ich fick deine Mutter, ich fick deine Mutter!‹, wiederholte Mogela der Plechanower im Stillen. ›Ich fick deine Bücher! Nimm endlich den Hörer ab!‹

Abends bei Sonnenuntergang – in Santa City querte die Sonne den Horizont unter tausend Entschuldigungen, Verbeugungen, Handküssen und Versprechen, ganz sicher wiederzukehren, und ging, die Hutkrempe ungemein distinguiert mit dem Finger antippend, gleichsam widerstrebend unter, als wolle sie einen ihren Abgang nicht allzu jäh spüren lassen –, also bei Sonnenuntergang bog Mogela der Plechanower, der sich im Gewirr der Seitenstraßen schon gut auskannte, in die Siebenhundert-Schritt-Straße, hielt dort in der Kellerbar Ausschau nach Kalmar, seinem alten Bekannten, und kaufte fünf Piece Rauschkraut bei ihm.

Er fuhr mit der Trambahn nach Hause, drehte sich aus einem länglichen Rizla-Papier einen Joint, setzte sich, die Füße auf dem Fenstersims, in den Sessel, und lauschte dem gedämpften, wohltuenden Geräuschchor der Stadt. Eine Brise trug, natürlich, Meeresduft herbei, zärtlich und erquicklich, und auf den ruhigen Wellen schaukelten, wahrscheinlich, Schiffe, deren rote Lampions bereits leuchteten.

Er kicherte, wie immer im Stillen, denn er hatte keinen Mitraucher, und alleine mochte er keine akustischen Faxen machen, selbst nicht im Rausch.

Im Geiste sah Mogela der Plechanower Mogela den Plechanower wie von außen. Ziemlich lachhaft war der: Unrasiert, mit sumpfbrauner Sonnenbrille saß dieser Mogela im Internetcafé, auf einer irgendwo aus dem Meer ragenden oder auch nicht ragenden Insel, in einer Stadt, die sonnige Melancholie verströmte (obwohl, dieses Wort kannte Mogela der Plechanower gar nicht und was er stattdessen verspürte, war Herzverdruss), und die Website einer Russin betrachtete. Am allerlachhaftesten dabei war, dass diese Russin Schriftstellerin zu sein beliebte.

In seiner Vorstellung verband sich die Frau mit dem Palermo aus Mafiafilmen, mit Calamari, an Stränden liegenden Frauen aus nördlichen Ländern, er sah die Schriftstellerin im Sand stehen, einen dämlichen, mit Fasanenfedern und künstlichen Rosen geschmückten Hut auf dem Kopf. Sie hatte sehr schmale Füße und einen eher großen Kopf, was ihn auf den Gedanken brachte, dass sie gar keine Frau, sondern ein Fisch war, ja, platterdings ein Trickfilmfisch, und unvermittelt sagte Mogela der Plechanower zu Mogela dem Plechanower: »Mogel, los, wir gehen, sonst kommen wir zu spät.« Ihm kam der Gedanke, dieser zweite Mogela müsse irgendwo im Hintergrund gewesen sein, dass er so plötzlich auftauchen konnte, aber als er sich umschaute, überkam ihn Freude: »Boah, Lewiko, alter Penner, du bist schon da?« Die Fisch-Frau sprach auf einmal Georgisch und verkündete, sie kämen zu spät ins Wettbüro. »Kommt sie auch mit?«, fragte Mogela seinen Kumpel, der, typisch für ihn, erwiderte: »Lass sie doch mitkommen, Alter, sie hat ein glückliches Händchen.« Mogela wunderte sich: ›Seit wann haben Fische Hände?‹, betrat eine Telefonzelle, wühlte in der Hosentasche nach Halbpfundmünzen und sagte: »Wart mal, ich ruf ihn an.« Das Merkwürdige war, dass sich die Telefonzelle in Santa City befand, die Straße jedoch in Tiflis.

Mit Ach und Krach fand er die Nummer; er hatte sie auf der Zigarettenschachtel notiert.

Folgender Dialog entspann sich:

Mogela d. P.: Bero, *wie läuft's*, ich bin's, Mogela, der Plechanower.

Berischwili der Jüngere: Oh, Mogel, *hallo*, wie geht's?

Mogela d. P.: Na ja, geht so. Und du?

Berischwili d. J.: Dito, verfickte Scheiße.

Mogela d. P.: Hör mal, Bero, ich ruf wegen der Kassette von Lewiko an.

Berischwili d. J.: Ja, Alter, hab ich gefunden, ist in meinem *Handschuhfach*. Lass uns *treffen*, *charascho*? Der arme Lewiko, Alter ...

Mogela d. P.: Ich weiß nicht, verfluchte ...

Berischwili d. J.: Wenn du magst, können wir uns am Abend *treffen*, jetzt kann ich *keinesfalls* weg. Falls es dir nicht stinkt, kannst du auch jetzt herkommen, ich bin am Meidan, im Büro. Ich hab sie hier, im Auto. Bis sechs bin ich hier. Im Büro. Du gehst vom Meidan aus hoch, beim Bunten Bad links und kommst zu einem gewöhnlichen Haus, »Spielcasino Stranti« steht dran. Da gehst du rein, ich sag der *Wache* Bescheid. Falls es dir nicht stinkt. Wenn doch, *treffen* wir uns.

Mogela d. P.: Ich bin eh grade aus dem Haus, ich komm vorbei.

Berischwili d. J.: *Charascho*, ich warte auf dich. *Dawai*, na dann, *s bogam*.

Mogela d. P.: *S bogam*.

Mogela der Plechanower erkannte die Kassette sofort und steckte sie gleich ein.

»Schräg drauf war der, Alter, er wusste, dass er sich umbringen würde«, sagte Berischwili der Jüngere. »Stehst du auf solche Musik? Irgendwie *abgedreht*, megaschmalzig.«

»Wieso hat er mir die dagelassen, Alter?«, brummte Mogela.

»Der ist zu mir gekommen, Alter, sagt: ›Den Mogela kennst

du doch, den Plechanower‹, *kurz*, er hat gesagt, ich soll dir die Kassette geben irgendwann mal, wenn du auftauchst. Und ich: ›Wohin gehst du denn?‹ Und er: ›Egal, er wollte sie sich mal von mir leihen, und wenn er wiederkommt, bin ich vielleicht nicht da.‹ Angelogen hat er mich. Hab ich später geschnallt. Ein schräger Typ war das, Alter. Mein Bruder ist doch bei ihm ... *Kurz*, du kennst die Geschichte, sie waren wie Brüder, mega-ungleiche Brüder. Sensibelchen nannte mein Bruder ihn. Wir haben ja ganz schön was reingezogen damals. Alle sterben, wenn du auf Droge bist, Mogel, Alter ...«

»Alle«, sagte Mogela der Plechanower.

»Uralt die Kassette, Alter, wo gibt's heutzutage noch Kassetten? Heute gibt's CDs. Der Typ war schon speziell.«

»Neunzehnhundertachtzig oder -einundachtzig war das, ich weiß nicht mehr.«

»Stell dir mal vor, Alter!« Berischwili der Jüngere lächelte traurig.

An die Kassette konnte sich Mogela tatsächlich erinnern, auch an die Musik, die drauf war. Carmen Miranda.

»Die ist so alt wie meine Oma, hör mal, was die da singt«, hatte Lewiko der Barnower lachend gesagt.

»Im Alter deiner Oma kann die gar nicht mehr gesungen haben«, hatte Mogela entgegnet.

Carmen Miranda hatte offenbar eine Schwäche für uralten Samba.

»Was willst du damit, Alter, stehst du da drauf?«, hatte Mogela ihn angemacht.

»Das sind historische *Sachen*«, hatte Lewiko widersprochen. »Das lösch ich doch nicht.«

Damals kosteten Kassetten eine Menge Geld. Und es herrschte die Meinung, sie würden beim Löschen kaputtgehen.

Die Kassette selbst war deutschen Ursprungs, eine »Grundig«, und nicht irgendein Sowjetdreck, der nur vier fünfzig kostete. Sie war gebraucht, aber eben eine echte »Grundig«, eine Ferrochrom-Kassette, wie die damals hießen.

Mogela der Plechanower hatte erst an ihren historischen Wert geglaubt, als ihm Lewiko der Barnower die Geschichte der Kassette erzählte:

Einmal war Lewikos Vater zünftig angeheitert nach Hause gekommen, hatte ebendiese Kassette aus der Tasche gezogen und auf dem Tisch liegen lassen. Lewiko hatte sie eingelegt und abgehört. Eine höchst merkwürdige Kassette war das: offenbar die Aufnahme eines georgischen Festgelages mit einer Frau, die unglaublich herzergreifend »Wenn dereieieinst ...« sang, und einem Mann, der Gedichte rezitierte. Lewiko fühlte sich wie im siebten Himmel, weil ihm so eine hochwertige Kassette gratis in die Hände gefallen war; als er sich ein, zwei Nächte später vors Radio setzte, um alte und neue ausländische Songs reinzubekommen und aufzunehmen, kam sie ihm sehr gelegen, und er überschrieb das georgische Festgesinge und -geschwafel mit vollkommen anderem: Sendeten sie doch in ebender Nacht Carmen Miranda, Brasilien, Samba, pipapo, Zico und Socrates! Er nahm es auf, um es sich später in aller Ruhe anzuhören, nachzuforschen, um wen und was es ging, und wer weiß, vielleicht würde es sich ja auch zum Tanzen eignen.

Die Zeit verging, und eines Tages fragte der Vater nach der Kassette, sie gehöre jemand anders, er hätte sie zum Kopieren mitgenommen, damit die Mutter sich die Aufnahme anhören könnte, aber nach dem Kater ganz vergessen. Lewiko erwiderte: »Ich dachte, die sei von uns, hab sie schon mit anderem überspielt.« – »Was ist denn das für eine Art, hättest wenigstens fragen können. Was da drauf gewesen ist, besitzen nicht viele. Das war die Aufnahme eines Supra, da hat eine Berühmtheit, eine Ärztin gesungen, und zwar alte Lieder, und dieser berühmte Dichter da hat seine unveröffentlichten, verbotenen, antisowjetischen Gedichte vorgetragen. Ich hab die

Kassette von jemand ausgeliehen, wie soll ich sie ihm denn jetzt wiedergeben?« Und die Mutter sagte: »Warum hast du's dann nicht gleich von Anfang an gesagt, wenn da so was drauf war?« – »Ich hab sie doch für dich mitgenommen und sie dann nach dem Kater ganz vergessen.«

Diese Kassette also holte Mogela bei Berischwili dem Jüngeren ab. Sie war ganz deutlich mit CARMEN MIRANDA beschriftet, und darunter stand mit Bleistift, aber nur schwach zu entziffern eine Zahlenreihe. Die Sieben und die Eins waren kaum voneinander zu unterscheiden. Im Ganzen waren es zehn Ziffern. Mogela wusste schon, was zu tun war.

Noch am selben Abend rief er an. Zweimal kam der Anrufbeantworter, eine Frauenstimme, die wie die Wettervorhersage klang: »Guten Tag, dies ist der Anrufbeantworter von Alexandra Palermo. Bitte hinterlassen Sie nach dem Signalton eine Nachricht. Gegebenenfalls rufen wir Sie zurück.«

Beim dritten Mal war ein Georgier dran gewesen, seiner Ausdrucksweise nach aus Mogelas Generation, von gleicher Herkunft und Schicht und aus dem gleichen Holz geschnitzt, der nichts anderes sagte als das schon erwähnte: »Ich fick deine Mutter, verpiss dich!«

Mogela der Plechanower hatte keine Ahnung, wie man mit Promis umgeht, und hatte Alexandra Palermo wüst beschimpft.

Sein Aufenthalt in Santa City behagte ihm nicht, weil er hier nicht vergessen konnte. Die Rose von Schiras hatte ihn beinahe mit Gewalt ins Flugzeug nach Istanbul setzen müssen. Wenn sie sich etwas in den Kopf gesetzt hatte, gab es kein Entkommen, sie drechselte Sätze und verschoss Wörter mit solchem Nachdruck, dazu mit so fürchterlicher Seelenruhe, dass man statt mit ihr zu streiten lieber in einer stinkigen Chinkali-Küche geschlafen hätte. Ihre Stärke waren ihre unerschütterliche Ruhe und ihre Fähigkeit, aus dieser Ruhe heraus urplötzlich Liebe zu verstrahlen, keine Rücksicht zu kennen, alles niederzureißen, sodass man sie mit ihrer ganzen Ruhe und Verrücktheit nicht mehr aus dem Kopf bekam. Jetzt begann ihn das Schweigen zu zermürben. Er konnte in dieser Stadt niemandem erzählen, was er erzählen wollte. Deshalb war er dazu übergegangen, mit seinem Rauschkraut zu reden, eine große Cola-Flasche vor sich und die Füße auf dem Fenstersims.

Die Rose von Schiras war nicht von der Überzeugung abzubringen gewesen, dass man ihn umbringen wollte. »Die bringen dich um, Mogela, und was mach ich dann?! Kannst du mir das, bitte schön, sagen?«

Mogela der Plechanower hatte noch nie einen Gedanken an den Tod verschwendet, noch mochte er an ihn denken. Im Allgemeinen verdünnte er das Denken säuberlich mit Rauschkraut und wusste schon seit geraumer Zeit: So war's ihm am liebsten. In der Einsamkeit stahlen sich seine Gedanken allmählich, beinahe unmerklich ins Traumhafte. Er war eben ein Typ, der halb wach, halb dösend in wundersamen, unsichtbaren Grenzbereichen flottierte.

Als Stadtgänger, der seine Schulgeografie intus hatte, orientierte er sich problemlos und musste in fremden Städten nur einmal, am Ankunftstag, auf die Karte schauen, um sich danach nie mehr in der Himmelsrichtung zu irren. In seinem Schlummer- und Dämmerreich jedoch konnte er in jede beliebige Richtung gehen. Die Grenzen dort waren luftig, als würde eine unerforschliche Macht flatternde Schmetterlinge vorbeitreiben: Du gehst eine Mauer flatternder Schmetterlinge entlang, und schon bist du woanders. Während die Einsamkeit und das Schweigen die Straßen von Santa City in nichts verwandelten, in vollkommenes nichts.

An dem Abend hielten sich in den Regionen, in deren Grenzbereichen Mogela flottierte, lauter Bekannte auf. Wer nach Santa City kommt, wird sich einmal mindestens die Nacht um die Ohren schlagen und kurz vor Morgendämmerung zum alten Hafen ziehen, um an den Ständen des Fischmarkts entlangzugehen. Wenn einen dann inmitten der Nässe, dem Zerhacken und Ausweiden, dem Salz und dem Fischgeruch, dem Rumsen alter Gewichtssteine auf den Waagen und der Unzahl zuckender Fische auf den Theken der Morgen überrascht, weiß man erst gar nicht, warum man hergekommen ist – um die Kleidung mit silbrig schimmernden Schuppen zu sprenkeln oder das seit Menschengedenken unveränderte, lebhafte, meergesättigte Treiben der Fischer und Händler zu verfolgen? Wer wie und warum immer herkommt, Mogela der Plechanower für seinen Teil schaute auf die ihr Leben aushauchenden Fische, auf die aus den Fischbergen starrsinnig aufspringenden, todgeweihten Helden, die, wahrscheinlich, sagten: »Ich bin einen Augenblick früher dran als du, eine Zuckung näher dran als du, und am Abend liegen wir alle in irgendeiner Schänke in einer großen schwarzen Bratpfanne, bloß vor dem Eiskarren fürchte ich mich, denn was Eis ist, weiß ich nicht.« Und dann erkannte Mogela der Plechanower den Fischer. Er trug einen alten Segeltuchmantel und Gummistiefel.

»Mann, Leon, bist du das, Alter?«

Der Fischer legte den Finger an die Lippen.

»Was bin ich froh, Alter! Ich hab ja immer gesagt, das kann nicht sein ... Der ist abgehauen, hab ich gesagt. Du bist abgehauen, was?«

Lewiko der Barnower nickte.

»Wer, wenn nicht ich, hätte dich finden können.«

»Wer, wenn nicht du, hätte mich finden können.«

Lewiko der Barnower saß in einem dunkelroten alten Ford, einem kleinen Laster, klapprig und bodenständig. Auf Santa Esperanza haben die Autos das Lenkrad rechts.

»Wie hast du dich da dran gewöhnen können, Alter, das *Steuer* auf der Seite?«, fragte Mogela, und dann fiel ihm ein, dass Lewiko nie ein Auto gehabt hatte. »Ich hab immer gewusst, dass du abgehauen bist. So ein Unsinn, dass du ins Wasser gesprungen sein sollst.«

»Paidsiom, mili«,* sagte Alexandra Palermo, die ein Netz voller Fische in der Hand hielt. »Wir wollten die doch braten, oder?«

›Diese Russinnen gehen mir auf den Sack‹, dachte Mogela der Plechanower, stieg in Lewikos Ford, startete den Motor und fuhr los. Wohin, bekam er nicht mehr mit, weil er im Sessel zusammengesunken erwachte. Sein rechtes Bein war eingeschlafen und fühlte sich an wie aus Stein.

Er griff nach der Flasche lauwarmer Coca-Cola und nippte daran, rappelte sich hoch und taumelte zum Bett.

Er legte sich hin und rauchte eine Zigarette. Es war ungefähr die Uhrzeit, zu der man zum Fischmarkt gegangen wäre.

Mogela der Plechanower blieb lieber rücklings im Dunkeln liegen und qualmte. Das Einzige, was er sich jetzt noch gewünscht hätte, wäre ein Radio gewesen.

Und auf einmal sagte er zur Zigarettenglut: »Nobodi ...« Und erneut: »Nobodi.« Und fügte hinzu: »Wenn du nach deinem Namen gefragt wirst, musst du sagen, Nobodi. Das ist das Allerbeste.«

Und Mogela der Plechanower wurde sich bewusst, dass seine Stimme ein bisschen Lewikos Stimme glich.

Und Mogela der Plechanower sagte: »Moment, rück mal Kolias Kognak raus. Genehmigen wir uns ein Schlückchen.«

Und dann sagte Mogela der Plechanower: »Hör mal, Mogel, Alter, weißt du, was Duende ist?«

Und Mogela der Plechanower sagte: »*Überhaupt* nichts von dem, was wir sehen, ist, was es scheint. Dahinter gibt's noch jede Menge anderes. Das weißt du doch? Mein Vater sah doch ganz *gesund* aus, aber er hatte Krebs, Alter, und er hat's kei-

* Lass uns gehen, Liebster

nem gesagt. Krebs ist, na ja, Krebs wchudschem slutschae wi, w lutschschem priklutschenie.«*

Noch während er das sagte, merkte Lewiko der Plechanower, dass er wie von selbst oder wie auch immer mit der Stimme Mogelas des Barnowers sprach. Jedenfalls schien es so, und je weiter er redete, desto deutlicher hörte er diese Stimme heraus.

Und dann sagte Mogela der Plechanower: »Wenn du gewisse Dinge nicht abwirfst, stürzt du ab. Hörst du, Mogel, Alter? So wie in einem Ballon Last abgeworfen werden muss … Aber Abwerfen ist so was von scheiße.«

Derart vor sich hin redend war er eingeschlafen. Als die Cola-Flasche aufs Bett kippte, wachte er auf. Ein merkwürdiger Tag. Mogela kam erneut der Gedanke, dass Lewiko der Barnower gar nicht tot war.

Es war ein vollkommen heiterer Gedanke, von einer solchen Unbeschwertheit, als wüsste er: Irgendwo weit weg, in irgendeiner Stadt, ging Lewiko der Barnower friedlich seiner Wege. Die Stadt sah aus irgendeinem Grund wie Tiflis aus, trotzdem war nicht auszumachen, welche Stadt es war, klar hingegen war, dass Spätherbst herrschte, denn Lewiko der Barnower stand auf einer unbesonnten Straße und trug einen Mantel. Nichtsdestoweniger dachte Mogela der Plechanower, dass es sich um Tiflis handelte, denn wie hätte Lewiko, selbst wenn er hätte abhauen wollen, Pepo und Schnuckelmäuschen verlassen können? Mogela selbst hatte nie Frau und Kind gehabt, aber er wusste, georgische Männer mochten Hallodris sein, Verräter und Missratene, sie mochten einem Bettler keine fünf Kopeken gönnen und nicht einmal den Versuch machen, sich aus dem Gewirr ihrer Lügen und Gemeinheiten zu befreien, aber sie würden niemals für irgendwelche Geliebten

* im schlimmsten Fall (und) im besten Fall ein Abenteuer

Ehefrau und Kinder im Stich lassen. Mogela verstand nichts von Familie, doch er wusste, so war's, und deshalb bezweifelte er, dass Lewiko abgehauen war und sich die Familie aus dem Herzen hatte reißen können beziehungsweise dass es ihm an einem fernen, unbekannten Ort, wo er sich versteckt hielt und für sich lebte, gut gehen konnte, wenn zu Hause alle glaubten, er sei tot. Nein, das schien Mogela völlig unvereinbar, und dann verfiel er auf den Gedanken, sich nach dem Frühstück ein bisschen Rauschkraut zu drehen. »Das wäre jetzt das Beste, sonst erwartet mich auf jedem gefahrvollen Pfad ›ein Wolf, schmallippig und langgeschwänzt‹.«

Danach setzte Mogela der Plechanower sein Gespräch mit Lewiko dem Barnower fort, genauer gesagt, war erneut in einem Lewiko der Barnower und Mogela der Plechanower, und das stille Selbstgespräch mit Freundesstimme gelang ihm ganz wunderbar.

Jedenfalls versicherte er sich selbst, dass irgendetwas passiert sein musste, was Lewiko gezwungen hatte, zu verschwinden. Jemand musste ihn in eine Lage gebracht haben, die ihm keinen anderen Ausweg ließ. Diese vier Frauen, die Mogela zum Friedhof geführt hatte, schienen keine Übeltäterinnen zu sein, aber die fünfte? Alexandra Palermo? Die nicht auf seine Anrufe antwortete. Ja, vielleicht hatte Alexandra Palermo irgendetwas ausgeheckt. War ihm mit einer Teufelei in die Quere gekommen. Wenn eine Frau erotische Romane zusammenschreibt, kann sie auch noch mehr anstellen.

Vielleicht hatte er auf der Terrasse des »City Piazza« tatsächlich eine von den Frauen gesehen, sie aber merkwürdigerweise nicht erkannt. War es Katia gewesen? Nur, wie hätte er Katia vergessen können?

Und als die Mittagssonne so richtig niederbrannte, dachte er: ›Vielleicht hab ich ja diese Schlampe von Alexandra Palermo gesehen. Aber wie hätte ich sie erkennen sollen, ich hab sie ja noch nie gesehen.‹

Sich in diesen Gedanken verheddernd, rief sich Mogela der Plechanower in Erinnerung, dass Lewiko der Barnower tot war: Er war aus dem Restaurant »Altes Haus« gekommen und in den Mtkwari gestürzt, es war ein Unfall gewesen, ja, ein Unfall, wer sagt denn, dass es Absicht war.

Mogela zottelte zum Internetcafé, wo ihn ein Brief seiner einzigen Freundin, der Rose von Schiras, empfing:

Ich küsse dich, Mogela aus Plechanow,
Bitte, bitte schreib mir kein dummes Zeug. Dreh nicht durch. Ich komme ganz sicher rüber. Mach nicht, dass ich mich um dich sorgen muss. Ich komme ganz sicher. Ich weiß nun auch ganz viel über deinen Freund. Verzeih, wenn ich Unsinn von mir gebe, aber daran ist dein Haus schuld. Bleib ruhig und warte auf mich. Ums Geld brauchst du dir keine Sorgen zu machen. Es reicht doch, oder? Ich flehe dich an, rauch nicht so viel. Ohne dich sterbe ich. Warte auf mich. Gib mir bis zum Herbst Zeit. Vorher schaffe ich es nicht. Dann werden wir für immer zusammen sein. Für immer. So habe ich es beschlossen. Vor langer Zeit schon. Ich bitte dich, bleib vernünftig.
Ich küsse dich, Mogela aus Plechanow.
Ruf mich an. Deine Rose v. S.

Nach der Lektüre dieser Botschaft beschloss er, jene beiden Menschen anzurufen, die Lewiko am meisten gemocht hatte. Was er am ehesten akzeptieren könnte, wäre, wenn Lewiko bei Katerina Fux Zuflucht gesucht hätte. Oder ihn der Chartschaschoer Bischof in einem Kloster versteckt hätte. Dann überlegte er sich's anders: Es hatte doch keinen Sinn, anzurufen. Wie hätte der Chartschaschoer so perfide sein können, die Totenmesse zu lesen im Wissen, dass Lewiko der Barnower am Leben war? Und dann überlegte er, dass Lewiko vielleicht erst nach seinem Begräbnis an den Hochwürden herangetreten war und dieser nicht gegen das Gesetz der Freundschaft verstoßen mochte. Alles Mögliche dachte Mogela der Barnower und zog am Ende den Schluss, dass alles ein Märchen, Lewiko der Barnower aber dennoch eher lebendig als tot war und Katerina Fux möglicherweise etwas wusste, obwohl ihm auch klar war, dass sie nichts wissen konnte.

Während dieser zermürbenden Gedanken hatten sich alte Gefährten zu Mogela gesellt: Gute Kameraden waren sie, aber hier konnten sie nicht helfen. Auf der Website der Schriftstellerin Alexandra Palermo war die Schriftstellerin mit Filmleuten zu sehen. Wahrscheinlich ging es um die Verfilmung eines ihrer Romane. Vielleicht war es bloß eine Soap, und Lewiko der Barnower hatte auch einen Auftritt. Wer wusste das schon! Mogela stellte sich vor, wie Alexandra Palermo Lewiko den Barnower in ihren Schmuddelbüchern figurieren ließ. Was da dann wohl drinstand? Bloß, wann würde Mogela der Plechanower Alexandra Palermos Romane je lesen? Blödsinn, natürlich nie. Überhaupt las Mogela der Plechanower keine Bücher. Bücher las Lewiko der Barnower.

An einem netten Ort in Santa City befindet sich das Restaurant »Liguria«, das die gemütlichste Terrasse der Welt hat. Zum Mittagessen ist sie meist voller Leute, es gibt Korbstühle, italienische Küche, gute Weine und ein gewisses Etwas, nicht Greifbares, weswegen Menschen ein Restaurant zu ihrem Stammlokal machen. Links der Terrasse führt eine Gasse vorbei, und dort stehen vier Telefonkabinen. Mogela wusste nicht recht, wie er bei diesen vier Telefonen landete, einen Hörer abnahm, zwei Pfundmünzen einwarf und die Nummer wählte.

Die Antwort war wie immer: »Bitte hinterlassen Sie nach dem Signalton eine Nachricht. Gegebenenfalls rufen wir Sie zurück.« Also sagte Mogela nach dem Signal auf Lewiko-Art erbost und ungnädig: »Jetzt nimm schon ab, wie oft muss ich noch anrufen? Nimm das Telefon ab!« Und hängte auf.

Danach lungerte er eine Zeitlang vor der Terrasse herum,

wo die Mittagsgäste lächelnd, zufrieden und voller Appetit mit Messer und Gabel und Gläsern hantierten, Menschen mit einer leichten Sonnenbräune, die gut, mit schlichter Eleganz angezogen waren und denen niemals eingefallen wäre, dass sie zweie, dreie, viere, fünfe oder sechse sind und ratlos, wie all die Personen, die das Leben in ihrem Inneren herangezogen hat, in einem einzigen Gedanken zusammenzubringen sind. Er stürzte wieder zum Telefon, fütterte es aus seinem Vorrat an Pfundmünzen und wählte die Nummer ein weiteres Mal.

»Mili, gde ti mili?«*

Und jetzt wusste Mogela der Plechanower nicht mehr, wie antworten. Sollte er sagen: »Lewiko ist verstorben« oder: »Wie geht's dir, Mädel?«? Und er sagte:

»Wie geht's dir?«

Wunderbar gelang ihm das, ganz im Tonfall Lewikos des Barnowers.

»Liowuschka, bist du's? Wie ich mich freue!«

Die Frau hatte eine etwas heisere, zugleich freundliche Stimme.

»Liowuschka, wo hast du so lange gesteckt? Du bist mir einer. Ich weiß ja, dass ich dich verletzt hab, aber wir sind doch keine Fremden füreinander. Wir können uns alles sagen und brauchen's nicht in uns hineinzufressen. Ich wusste, du würdest anrufen. Ich hab's gespürt. Ein Mal wenigstens hättest du eine Nachricht hinterlassen können. Sag, wie geht's dir?«

»Wie immer.« Mogela tappte im Dunkeln, versuchte jedoch, Lewikos Tonfall beizubehalten. »Und du?«

»Mir geht's gut, mir geht's gut. Meine Bücher kommen jetzt auch in Deutschland und Frankreich heraus. Vielleicht ziehe ich sogar um.«

»Freut mich.«

»Hast du vor herzukommen?«

* Liebster, wo bist du, Liebster?

»Nein. Ich weiß nicht.«

»Du hast mir gefehlt, Liowuschka. Ich hab dir einen langen Brief geschrieben. Ein ganzes Buch. Ich hab ihn aber nicht abgeschickt. Ich dachte, du würdest dich nie wieder melden. Das alles tut mir so leid.«

»Mir auch.«

»Wir hatten doch eine Vereinbarung? Ich kenn dich doch. Du empfindest alles immer so tief, aber dass es so tief sein könnte, dachte ich nicht, sonst hätte ich dir nichts erzählt. Ich bin ja zu nichts verpflichtet, oder? Eben weil ich dir immer alles sagen konnte, liebe ich dich doch und bist du ein Teil von mir. Du bist mir sehr teuer ... Ich freu mich so, dass du angerufen hast.«

»Na, hab einfach angerufen.«

»Bist du in Tiflis?«

»Nein, nein.«

»Wo bist du denn, du Seefahrer?«

»Auf Santa Esperanza. So heißt der Ort –«

»Ich weiß, nahe der Türkei. Hör mal, bist du auf Dienstreise oder machst du Urlaub?«

»Bin einfach so hier, schon eine Weile.«

»Was, lebst du dort?«

»Ich weiß nicht recht ...« Eine Schrecksekunde dachte er, Mogela der Plechanower hätte sich in seine Stimme gestohlen.

»Ich weiß Bescheid, ich weiß Bescheid, Liebster.« Sie lachte leise, irgendwo weit weg. »Kannst du mir deine Koordinaten geben, damit ich dich erreichen kann, oder ist es wie immer?«

»Wie immer«, erwiderte er unter kaum merklichem Lachen.

»Wie du willst. Ich kenn dich doch. Du hast das Ganze also verdaut.«

»Was?«

»Schon gut, Liowuschka. Würde ich dich nicht so gut kennen ... Wenn du imstande wärst, einen Menschen aus dem Gedächtnis zu löschen, würdest du dich ja nicht so quälen. Ich bin doch die Einzige, die alles von dir weiß.«

»Was alles?« Mogela schaute angstvoll auf das Telefondisplay, wo sein Guthaben unerbittlich abnahm. Es blieben kaum noch zwei Minuten, und mehr Kleingeld hatte er nicht.

»Alles, was in dir vorgeht. Was dich quält. Erinnerst du dich, als du mir sagtest ... Erinnerst du dich an Lon Chaney?«

»Lon Chaney?«

»Natürlich erinnerst du dich. Du tust nur wie immer nicht dergleichen. Im Frühling hab ich sogar ein Buch zu dem Thema geschrieben. Es ist aber noch nicht erschienen. Lon Chaneys tausend Gesichter.«

»Ah ja.« Er lachte gezwungen.

»Im Buch verliebt sich eine Frau in einen Mann mit undefinierbarer Identität. Wie Lon Chaneys tausend Gesichter. Der Mann ist viele und verschiedene. Ich bin sehr glücklich über das Buch.«

»Bravo.« Auf einmal merkte er, dass er schrecklich müde war. »Bravo. Ich hab mir deine Website angesehen.«

»Oho. Dann muss ich dir wirklich gefehlt haben. Das Buch ist aber noch nicht auf der Website. Erst im Herbst. Dir wird einiges darin bekannt vorkommen. Hast du mein Dankeschön vergessen? Gab es je jemand in deinem Leben, der sich mit Dankeschön von dir verabschiedet hat?«

Er lachte. »Tja, ich muss los.«

»Gut. Mach dich nicht mehr so rar. Ich freue mich, dass alles wieder gut ist. Wir werden schließlich und endlich älter, nicht wahr?«

»Ja.«

»Na, dann sag's mir ...«

»Was?«

»Sag's mir.«

»Was?«

»Du weißt schon ...«

Er lachte bitter. »Jaaa«, sagte er scheinbar gedankenlos.

»Du scheinst irgendwie sauer ... Ich umarme dich, Liowuschka. Geh mir nicht mehr verloren. Ich spüre erst jetzt, wie sehr du mir fehlst. Ich hab mich gar nicht entschuldigt.«

»Ich will keine Entschuldigung.« Die Stimme brach ihm auf einmal. »Schämst du dich nicht?«

»Siehst du, jetzt hast du's doch gesagt ... ›Schämst du dich nicht?‹« Ihre Stimme klang warm und vertraut. »Diese Worte machen mich hellwach, so lange hab ich sie nicht gehört. Danke, mein Lieber, danke. Küsschen.«

»Küsschen«, flüsterte er, »ich ruf dich an.«

»Danke.«

Er hängte den Hörer auf.

Im Apparat ratterte Kleingeld; offenbar waren noch ein paar Pence übrig.

Er stand stocksteif an der Straßenecke und dachte – na, was wohl?

Und auf einmal brüllte Mogela der Plechanower los, brüllte derart, dass sein Geheul zum Himmel drang. Es drang zum Himmel, riss an den zarten Wolken, die über Santa City flirrten, von denen manche großen weißen, aus unerfindlichen Gründen lilaüberhauchten Menschen, manche Vierbeinern und Vögeln, manche Blumen, Burgen, Häusern und Straßen glichen, riss an den flirrenden, sich eigenartig bewegenden Wolken, die ineinander übergingen und sich unmerklich verwandelten: der müde, langbärtige Mann in ein schönes Mädchen, das Haus in einen Lastwagen, die Löwen in etwas Blumenähnliches. Mogela der Plechanower jedoch nahm das kaum wahr, er starrte nun auf das Pflaster und das dazwischen sprießende Grün und dachte: ›Verfickt noch mal, siehste, was ich brüllen kann?!‹

Auf der Terrasse des »Liguria« saßen die Menschen mit gereckten Gabeln und im Mund steckengebliebenen Bissen und sahen aus wie Menschen auf Vettriano-Gemälden. Wer

Vettriano war, wusste Mogela der Plechanower im Unterschied zur Rose von Schiras nicht. Sie hatte sich in Amsterdam sogar einmal einen Vettriano-Kalender gekauft und sich, wenn sie ihn anschaute, stets mokiert, das sei ja nicht zum Aushalten. Mogela stand nach seinem Gebrüll noch immer da und dachte, wie sehr er die Rose von Schiras liebte und dass er außer ihr nichts Heiles mehr besaß, absolut nichts mehr, und er eine harte Haut und grobe, fühllose Hände und eingeschlafene Füße hatte und, wenn die Rose von Schiras nicht auftauchte, nicht jetzt gleich käme, ohne Hast, ein wenig spöttisch, ein wenig streng und mit ihrer ganzen schlimmen, erstaunlichen Vergangenheit, mit allem, allem, einfach allem, was ihr eigen war und was sie verloren hatte, was sie nicht loswurde und nie loswerden würde – wenn sie nicht jetzt gleich hier, um diese Straßenecke böge, dass er dann sterben würde, denn alles Übrige hätte keinen Sinn. Alles Übrige, das waren diese erstarrten Leute auf der Terrasse des »Liguria«, und alles Übrige interessierte ihn nicht.

Mogela der Plechanower war sich nicht sicher, wer Mogela der Plechanower oder Lewiko der Barnower war, aber er wusste auf einmal: Es gab da noch etwas ganz anderes, etwas weit darüber hinaus, etwas Boden- und Grenzenloses, und es war überhaupt nicht wichtig, wer von beiden er war, Lewiko der Barnower oder Mogela der Plechanower. Er war eins.

Eins war er, Schluss, aus, Ende. Er war eins und musste sich als Einer verhalten.

Als ein Rumtreiber.

Inzwischen waren die Leute wieder zu sich gekommen, schluckten ihren Bissen hinunter und hantierten flink mit Messer und Gabel.

Mogela schaute sich um und sagte zu sich: »Kauf dir ein Ticket.«

»Komm nicht her, komm nicht her!«, heulte irgendwo die Rose von Schiras.

Komm nicht her, ich flehe dich an.

Ein bemerkenswerter Ort war das, dieses Santa City.

Doch Mogela der Plechanower wusste: Siti of Plechanoff – sie war das Ziel.

DANIELA

Help, I need somebody
Help, not just anybody
Help, you know I need someone, help

When I was younger, so much younger than today
I never needed anybody's help in any way
…
Help me, get my feet back on the ground
Won't you, please, please help me
JOHN LENNON / PAUL McCARTNEY

1.

Was, meine Lieben, soll ich euch zu Daniela erzählen?

Daniela fürchtete sich vor der Liebe. Wenn es etwas gab, das tückisch und erschreckend war, so war das die Liebe, glaubte sie, denn die Liebe hatte sie zugrunde gerichtet.

Daniela hieß nicht Daniela. Sondern Manana Kwerniani, ihr Vater war Gigola Kwerniani, der früh verstarb und am Ende des Dorfs, innerhalb der Ringmauer, begraben wurde.

Ihre Mutter erholte sich nie mehr von dem Schlag – wie auch hätte eine Witwe in Schwarz ihres Lebens je wieder froh sein können?

Für Daniela war das eigene Dorf Heimat und Welt gewesen: an den Wald gelehnt, mit vorsichtiger Aufmüpfigkeit am Blitzberg errichtet, Grund und Boden säuberlich von Steinmäuerchen unterteilt, die Auen mit Rodungen abwechselnd.

Was soll ich sagen? Wie jedes Sungalenmädchen hatte Daniela nichts von der Außenwelt gewusst. Denn eine Sungalin hat früh zu heiraten und im Dorf die Herdglut zu schüren, Brote zu backen und den Käse in Salzlake zu legen, Schweinefleisch in den alten Tontopf zu schichten und die Wiege zu schaukeln, während ihr Ehemann fortgeht, um in der Stadt ein Auskommen zu suchen.

So war das Leben im Sungalenland, und keiner hätte an seiner Schönheit herumgedeutelt.

Sungalinnen wissen nichts von Geografie. Sie wissen, dass sie auf einer Insel leben, außer ihrem Dorf kennen sie nur das Meeresufer, den Sungalenhafen, wo sie ihre Ehemänner erwarten, wenn diese von der zweiten Insel nach Hause zurückkehren.

Aus drei Inseln besteht das Land, das sich Johannien nennt, im Volksmund aber noch andere Namen hat. Die Sungalenmänner verdienen sich auf der Hauptinsel ihr Brot und kommen feiertags jeweils nach Hause. Auf der Hauptinsel gibt es eine große, farbige Stadt: Santa City. Doch diese Stadt kennen die Sungalinnen nicht. Sie wissen von ihr nur vom Hörensagen, wenn ihre Männer sich sonnabends zum Trinken hinsetzen und einander von ihren Erlebnissen in der Stadt berichten. Die Sungalinnen hören dann zu, tun aber so, als hörten sie nichts. Denn für sie gilt die Stadt als aller Laster Anfang. So ist es von alters her – zeig mir den Sungalen, der seine Frau in die Stadt gehen lässt! Ein verruchter Ort sei sie für eine Frau, wogegen der Sungale der Überzeugung ist, eine Frau müsse rein sein, ehrbar, sauber und schweigsam, bestrebt, der Muttergottes zu gleichen.

Auf den drei Johannesinseln lebt ein buntes Völkergemisch: Johannesen, die eigentlich Georgier sind; Anglesen, wie die Engländer, Genovesen, wie die Italiener genannt werden, und Osmanen, die man sonst als Türken kennt. Und eben Sungalen; nur sie können, aus sungalischer Sicht zumindest, behaupten, ihre Frauen glichen in Sittlichkeit und Gebaren der Gottesmutter, nur sie können geltend machen, ihre Familien seien der Hort wahrer Reinheit.

Folglich, was für eine Frau kann das sein, die die Nacht im Hotel verbringt?

Solche Meinungen vertritt der Sungale, und deswegen ist ein Sungale auch ein Sungale. Was wäre denn das für ein Sungale, der sich änderte?!

2.

Daniela war eine Hure, anders gesagt, eine Prostituierte.

Was bedeutete, dass sie keine Sungalin mehr war. Wenn ein Sungale sie in der Stadt entdeckt und erkannt hätte, hätte er sie im Stillen oder, falls er betrunken war, lauthals beschimpft. »Och, der arme Kwerniani-Gigola, bloß gut, hat der sich rechtzeitig in die schwarze Erde gelegt, damit er sich das nicht mit ansehen muss.«

Daniela gehörte zur billigsten Sorte der Prostituierten. Wer will, kann in Edmond Clevers Buch »700 Schritt und das ganze Leben« mehr über Prostitution in Santa City erfahren. Da steht, dass es diverse Gruppen von Prostituierten in dieser Stadt gibt, darunter als allerniedrigste die der Kalos, der Bettler-Prostituierten, die selbst am Hungertuch nagen, in der Misere leben und reizlos sind. Nicht einmal nuttenhaft angezogen sind sie. Alle Kalos tragen am Kinn eine kleine Tätowierung, die von Weitem einem Leberfleck gleicht, von Nahem jedoch entweder ein Herz oder eine Rose darstellt oder einfach aus drei hellblauen Punkten besteht. Warum das so ist, könnt ihr in Mister Clevers Buch nachlesen. Was Daniela angeht, genügt aber allemal das hier Erzählte.

Daniela war eine Kalo-Prostituierte – das war das Einzige, was sie mit Sicherheit wusste.

Sie trug verblichene Sporthosen und ein hautenges Sportoberteil.

Im Spätherbst war in Santa City der Film »Kill Bill – Volume 1« gelaufen. Daniela hatte den Film nicht gesehen, aber das große Kinoplakat mit der Frau im gelben Sportdress hatte ihr so sehr gefallen, dass sie in einen Secondhandladen ging und durch glücklichen Zufall, für ganze acht Pfund genauso einen, wenn auch abgetragenen Dress kaufen konnte. Noch dazu mit schwarzen Seitenstreifen. Die Frau auf der riesigen Reklametafel, die wohl auch vom Meer, von den Schiffen aus zu sehen war, schaute ziemlich grimmig und schwang ein blitzendes japanisches Schwert.

Als hätte es in dem alten Haus auf der Nachbarinsel, wo Daniela seit Jahren nicht mehr hinkonnte, kein vorväterliches Schwert gegeben! Welche Sungalenfamilie hätte zu Hause keine alten Waffen besessen, gut gepflegt und mit Gebetssprüchen darauf! An hohen Feiertagen gürteten sich alle

Männer mit der alten Waffe ihrer Vorfahren und begossen das Schwert mit Wein. In alter Zeit waren die Sungalen Krieger gewesen, deshalb trugen sie Sorge für die Waffen. Daniela allerdings hatte das vorväterliche Schwert nie zu Gesicht bekommen und sich darum auch nie Gedanken gemacht, an wen die Waffen der Kwernianis gingen, wenn ihre Mutter starb. Vermutlich an die Onkel und Cousins, wen sonst? Sie würden sie ihrem Erbteil einverleiben.

Nachdem sie jedoch diese schwertschwingende, schöne, wunderschöne Frau gesehen hatte, überlegte Daniela, ob nicht auch sie einmal das ährengleiche alte Schwert der Kwernianis wie weiland Königin Tamar, Herrin des allerheiligsten Schwerts, ergreifen sollte, es gegen die Sungalen erheben und sie erzittern lassen sollte, so wie sie damals vor ihnen zittern musste. Ein wohltuendes Bild war das: Sie würde bei den Namghwdelarischwilis erscheinen und verkünden: »Ich suche euch heim für all das Leid, das ihr dem Kwerniani-Mädchen angetan habt«, und dann auch bei den Ghorakudaschwilis: »Wo habt ihr denn den hübschen Jungen, damit ich ihm wie einem Huhn den Kopf abschneide?«

Auch Abessalom dem Priester würde sie einen Besuch abstatten.

Diese Vorstellung munterte sie auf. Freilich, es war nur eine Fantasie und nichts weiter. Sie würde auch nie so schön sein können wie diese Frau. Daniela war dunkelhäutig, schon sonnenverbrannt aus dem Mutterschoß gekommen, sie hatte einen misstrauischen Blick, war schmal, kompakt, nichts stach hervor an ihr, wie aus einem Guss war sie. Daniela war nicht schön, doch hatte sie – früher einmal – etwas Schönes an sich gehabt. Nun war sie unschön und hatte eine Jungenfrisur, was sie noch unansehnlicher machte. Allerdings war in ihrem Gewerbe Schönheit unnötig. Vollkommen unnötig.

3.

Jede Prostituierte hat ihre eigene herzzerreißende Geschichte, die sie bei zwei Gelegenheiten erzählt: Entweder, um Mitleid zu wecken, oder wenn sie spürt, dass ihr Freier im Grunde seines Wesens kein ganz gewöhnlicher Mann ist und ein gutes Gespräch mag.

So eine Geschichte ist oft mehr erfunden als wahr. Von hundert Geschichten sind wohl dreiundachtzig erfunden. Von den restlichen wird vermutlich eine sich abheben, während die übrigen sechzehn sich alle ähneln und von gleicher Art sind wie die erlogenen dreiundachtzig. Einer Prostituierten zuzuhören ist somit nicht besonders interessant. Es sei denn, ein Mann ist imstande, ihre innerste Sehnsucht zu erfassen, dann taugt auch die Geschichte etwas. Selbstverständlich nur, falls die Prostituierte eine Sehnsucht hat und die Geschichte nicht nur deshalb erzählt, weil sie die Arbeit überhat und die Zeit bis zum nächsten Kunden hinausziehen will.

So ist das, und es erstaunt nicht, dass auch Daniela ihre Geschichte hatte.

Ihre Geschichte war eine wahre Geschichte, die sich in einem Sungalendorf zutrug und die Danielas Vater, Kwerniani-Gigola, zu seinem Glück nicht mehr erleben musste. Obgleich Wohlmeinende gesagt hätten, wäre er noch am Leben und bei Kräften gewesen, wäre nie passiert, was passierte, die Witwe sei dem Mädchen einfach nicht gewachsen gewesen und habe sie nicht zu zügeln vermocht.

Tatsächlich, unansehnlich war Daniela nicht gewesen. In ihrer Mädchenzeit war sie ein feines Ding gewesen, spillerig, geschmeidig und flinkbeinig, und hatte dank ihrer Gewandtheit auch Bubenarbeit verrichtet: Sie hütete im Wald die Ziegen. Im Nachhinein mahnten die Leute, die Kwernianis hätten einen großen Fehler gemacht, das Mädchen die Ziegen auf die Weide führen und sich dort mit Jungs herumtreiben zu lassen. Überzeugend klang das allerdings nicht.

Bei den Sungalen ist es üblich, dass ein Mädchen, sobald sie herangewachsen und um die vierzehn, fünfzehn Jahre alt ist, heiratet, den Herzliebsten, falls sie einen hat und auch die Familien einverstanden sind; falls nicht, wird sie unweigerlich verkuppelt.

Um die Landesgesetze, die eine Heirat vor achtzehn nicht erlauben, scheren sich die Sungalen keinen Deut. Auf dem Papier heiraten sie mit achtzehn und auch dies nur, falls unbedingt nötig. Es kommt des Öfteren vor, dass Vierzigjährige auf dem Papier heiraten wollen, weil irgendeine Notwendigkeit besteht, wegen Erbsachen oder Ähnlichem, dabei jedoch bereits fünfundzwanzig Jahre als Mann und Frau zusammenleben.

Getraut werden die Sungalen vom eigenen Priester; nur dies gilt als richtige Heirat. Allem anderen unterziehen sie sich nur, wenn sie Bescheinigungen brauchen.

Kurzum, weil die Kwerniani-Manana ein so springlebendiges Mädchen war mit langen schwarzen Zöpfen, sagten die Frauen beim Wasserholen an der Quelle immer: »Seht euch das an, wie sie die aufwachsen lassen, die wird fortspringen, davonspringen wird die.« »Fortspringen« heißt, sie heiratet früh und schnell, ohne einen Blick zurück. »Fortspringen« heißt nicht, dass vor der Heirat etwas passiert, das das Mädchen um die Jungfräulichkeit bringt. Falls es doch passiert, dann ganz im Geheimen und nur mit dem Verlobten, und keiner von beiden würde es irgendwem verraten, weil es als Schande gilt. Natürlich gibt es Stelldicheins und Herumschmusereien. Ist die Heirat zudem angekündigt, wissen im Dorf ja alle, dass sie einander lieben, die Familien sich verständigt haben und die Ehe bald vollzogen wird. »Fortspringen wird sie, aber doch nicht ausreißen.« »Ausreißen« bedeutet viel Schlimmeres, und nur die bösen Weiber zischelten damals: »Nicht bloß fortspringen, ausreißen wird die.«

Auch Daniela-Manana hatte einen Liebsten: Gefallen aneinander hatten sie schon sehr früh gefunden. Allerdings ist »Liebster« ein großes Wort, wenn es ums bloße Tauschen von Blicken geht. Der Ghorakudaschwili-Tandila war ein breitschultriger Bursche, ein echter Schaffer, wie man sagt, anständig und eine Stütze der Familie. Ihm gefiel Manana, auch wenn sie eine Ungestüme war. Ihr Auftreten und ihre Fröhlichkeit hatten sein Herz entflammt.

Ebenso sehr Gefallen gefunden an Manana hatte Tandilas Altersgenosse Maissa von den Namghwdelarischwilis. Anzumerken ist, dass sich Tandila und Maissa äußerlich sehr glichen. Beide waren gleich groß, gutaussehend, und beide hatten starke Schultern und Arme. Ob man's glaubt oder nicht, sogar ihr Haar war gleich gelockt. Allerdings hatte Tandila ein offenes, echt sungalisches Bauerngemüt, während Maissa gewitzter und leichtfertiger war. Insgeheim gab Manana Tandila den Vorzug.

Sagen wir es unverblümt: Eigentlich konnte sie keine gute Partie sein. Manana war eine Vaterwaise, und einer Familie wie der ihren haftete in jedem Fall ein Makel an, auch wenn jeder im Dorf wusste, dass die Kwerniani-Witwe für ihre Tochter nicht nur eine, nein, die dreifache Aussteuer zur Seite gelegt hatte. Daher hätten die Ghorakudaschwilis, wäre es zur Sache gegangen, nicht abgelehnt. Zudem hätten sie jederzeit sagen können: »Wir haben eine Waise zu uns genommen«, und das hätte als gute Tat gegolten.

Dass Tandila und Manana Blicke wechselten, blieb nicht unbemerkt, und die Ghorakudaschwilis beobachteten genau, was ihr Junge da trieb und wie ernst es ihm mit seinem Schwarm war. Manana indes sprang wie eh und je fröhlich herum. Die Ghorakudaschwilis maßen sie, befanden, sie sei zwar nicht schön, aber dass sie so rank sei, befähige sie zu harter Arbeit. Allerdings meinten sie auch, sie sei zu schmalhüftig, wie sollte sie da Kinder kriegen?

Und im Flüsterton hieß es: »Wie ein Vögelchen ist sie, unser Junge hebt sie spielend hoch.«

Während so geredet wurde, vergingen Tandila und Manana vor schmerzlichem Sehnen nach Nähe und Erfüllung. Tandila wagte nicht, sie ins Auenwäldchen zu bestellen oder nachts sonst wohin, um sich zum Küssen fortzustehlen.

Eines Tages erfuhr Manana, dass die Ghorakudaschwilis zum Heuen gingen und Tandila über Nacht auf der Heuwiese blieb. Wie sich zeigen sollte, traute sie sich eher, einen Schritt auf die Liebe zuzutun, als der zurückhaltende Tandila.

Jedenfalls, Manana dachte: ›Ich schleich mich nachts aus dem Schlafzimmer, ohne dass meine Mutter es merkt, und geh zur Heuwiese hoch. Er muss sich doch endlich erklären.‹ Sie richtete es so ein, dass sie am Tag vor dem Heuen einen Augenblick mit Tandila allein war, und sagte ihm, sie würde sich zur Heuwiese hochstehlen, sich mit einem Uhuruf ankündigen und er solle sich, sobald alle schliefen, vom Lagerfeuer entfernen. Sie würden sich zusammensetzen und reden.

Tandila errötete, sein Herz begann rasend zu pochen, er zwang sich, die Hände hinter dem Rücken zu halten, sonst hätte er das federleichte Mädchen womöglich bei der Hand gepackt, und das in aller Öffentlichkeit, unerhört! Manana hatte ihm ihr Herz offenbart, und Tandila hätte am liebsten getanzt und gesungen.

Oben auf der Heuwiese zählte er die Stunden. Mit ihm arbeiteten seine Brüder und der Großvater. Es wurde dunkel, sie schlugen ihr Lager auf, legten sich im Kreis ums Feuer und ergaben sich dem Schlaf. Außer Tandila, wie hätte er schlafen können! Sein Herz klopfte. Leider war bei Morgengrauen nichts mehr übrig von Tandilas Herz, denn Manana erschien nicht, und statt des Uhurufs war nur ein Eulenschrei zu hören. Tandila verbrachte die Nacht erst mit Träumereien, dann in Sorge, und am Ende wurde er ein wenig zornig. In seinem Kopf prallten zwei Gedanken aufeinander: Entweder hatte sie ihn an der Nase herumgeführt oder sie hatte ihrer Mutter nicht entwischen können. Er glaubte an das Letztere. So ist die Liebe eben.

Als Tandila ins Dorf zurückkam, konnte er Manana nirgends entdecken und schaute auch nicht übers Steinmäuerchen der Kwernianis; sie sollte nicht sehen, wie verletzt er war.

Bereits am nächsten Tag jedoch, als er vom Brombeerdickicht heraufkam, sah er sie im Garten und ging gemächlich auf sie zu, als hätte er sie gesehen, aber nicht erkannt. Manana rechte irgendetwas zusammen, warf, kaum hatte sie ihn erblickt und sich nach allen Seiten umgesehen, den Rechen hin und flog auf ihn zu.

»Tando, wie geht's dir?«, fragte sie.

»Gut«, sagte Tandila, »und dir?«

»Mir auch, jetzt geht's mir wieder gut.«

»Gut, ade«, sagte Tandila und ging weiter, denn er wusste nicht, was er sagen sollte; Manana würde ihm ja kaum sagen, dass sie sich nicht zur Heuwiese hatte hochstehlen können.

»Mensch, Tando, wohin gehst du? Warum gehst du einfach, hab ich was falsch gemacht?«

»Nein, wie könntest du«, sagte er und ging.

Die Kwerniani-Manana blieb zurück mit tausenderlei Gedanken, von denen wohl keiner erfreulich war.

Danach, bis zum Freitag, dem Markttag, fragte Manana, wann auch immer sie sich über den Weg liefen: »Tando, wie geht's dir?« Und er sagte: »Gut.« Am Markttag nahm sie ihn zwischen den Ständen beiseite, dort, wo Kopftücher verkauft wurden, und fragte: »Mensch, Tando, was gehst du mir immer aus dem Weg, warum lässt du mich links liegen, ohne auch nur einen Blick? Ohne dich bin ich verloren, haben sie dir das nicht beigebracht?«

Tandila wurde nicht wie zuvor bloß rot, sondern sein Gesicht nahm die Farbe des roten Ziegellehms in der Sauerschlucht an, und erwiderte: »Was redest du da, Kwerniani-Manana, was erzählst du mir da?!«

»Na, was wohl, von der Heuwiese, im siebten Himmel bin ich seither und denke: ›Ha, nun bringt er seine Familie mit meiner Mutter zusammen, endlich, endlich.‹«

»Was für eine Heuwiese, was für Heu?«, brachte Tandila, einem Kollaps nahe, hervor.

»Mensch, weißt du nicht mehr? Seitdem red ich mit den Sternen, hab ständig nur dich vor Augen, leb nur noch für dich, für sonst keinen.«

Was anderes war passiert, meine Lieben, was ganz anderes, und keiner von beiden hatte auch nur das Geringste geahnt.

Erinnert ihr euch an den Namghwdelarischwili-Maissa, Nasqidas Sohn? Und jetzt ruft euch die stockdunkle Nacht in Erinnerung, in der ein Mädchen klopfenden Herzens am Waldrand entlang zu den Heuwiesen hochgeht. Vergegenwärtigt euch auch, dass die Wiesen der Ghorakudaschwilis und Namghwdelarischwilis nah aneinandergrenzen.

Die Arme hat sich geirrt, geirrt hat sie sich und ist im Lager der Namghwdelarischwilis gelandet.

Dort, ganz am Lagerrand lag der ehrlose Maissa und dachte: ›Was schreit mir der elende Uhu die Ohren voll, den werd ich mal tüchtig verscheuchen‹, nahm einen Knüppel und wollte damit gegen die Baumäste schlagen und nach dem Vogel schmeißen. Und wie er gegen den Baum schlägt – »Hau ab, lass mich schlafen!« –, hört er rufen: »Mensch, Tando, ich bin's, was willst du mit dem Knüppel?«

Tja, und was tut Nasqidas Junge? Abgefeimt, wie er ist, verstellt er sich und fragt: »Bist du das, Mädel?« – »Ja, ich bin's, Manana.« Und sie klammern sich aneinander in der dunklen Nacht. Es geschieht, was geschehen muss, und als der verfluchte Maissa merkt, dass es dämmert, sagt er zu ihr: »Mach schnell, Manana, es wird gleich hell.«

Manana, die Bedauernswerte, war noch so schmerz- und lusterfüllt, dass sie nur mit Mühe den Pfad hinunterfand und sich zurück ins Haus schlich.

So also war Liebe, und vor sich hatte sie noch immer Tandilas Gesicht.

Ach, das Unglück. Das alles hatte Daniela einmal einem anderen Menschen erzählt. Dieser Mensch stand in einer möblierten Wohnung in der Via Porta Nova.

Er war ein guter Mensch, er wollte nichts von Daniela, schien keiner von denen, die von Frauen wie ihr für fünf Pfund verlangen, was fünfhundert kostet. Er schickte sie zum Marihuanakaufen in die Siebenhundert-Schritt-Straße und steckte ihr das Geld dafür zu.

Einmal hatte er sie zum Pizzaessen ins Restaurant eingeladen und dann auch noch ein zweites Mal.

Deshalb hatte ihm Daniela ihre Geschichte erzählt.

4.

Tandila war ein Goldjunge. Ein Schatz und bildschön. Daniela hatte in ihrem Leben allerhand erlebt, aber Tandila konnte sie nicht vergessen. Sie hatte ihn nicht gekannt. Nie hätte sie ihm etwas antun können, ungeachtet ihrer Schwertfantasien.

Was dem Ghorakudaschwili-Tandila widerfahren war, rührte von seiner Unerfahrenheit her. Nach dem Gespräch zwischen den Marktständen versank er in bitteren Gedanken, fand keine Ruhe mehr und bat Manana schließlich um eine Unterredung. Was dabei vor sich ging, ist unbeschreiblich. Die Kwerniani-Manana hatte ihr Lebtag noch nie geweint, nicht einmal damals, als Gigola das Zeitliche segnete, denn da war sie noch klein gewesen und hatte nicht gewusst, dass ihr Vater nie wiederkommen würde. Tandila indes zitterte am ganzen Leib, als er hörte, was geschehen war; als wahrer Liebender war er überzeugt, dass Manana den Namghwdelarischwili-Maissa im Dunkeln nicht erkannt und dieser sie heimtückisch benutzt hatte. Er fand keine Schuld bei ihr und schob, höchst erbittert, alles auf Maissa. Allein mochten die Liebenden auch sagen, so und so ist es passiert, einen Hausstand würden sie nie gründen können, denn ein gefallenes Mädchen hätten die Ghorakudaschwilis niemals aufgenommen. Tandila in seiner Redlichkeit dachte, sie könnten die Geschichte für sich behalten und tun, was zu tun war, aber da wäre immer noch Maissa, der sie mit wer weiß was für Augen ansehen würde, und diese Blicke ein ganzes Leben lang zu ertragen, würde ungemein schwer sein. Wer weiß, wo sie aufeinandertrafen, wer was im Rausch auszuquatschen begann, wen welcher Groll überkam. Kurzum, am Ende brach sich Tandilas Jugend Bahn: Er rechnete mit Maissa ab.

Einen Knüppel in der Hand, erwartete er ihn an der Abzweigung nach Natbëura. Maissa trieb, halblaut ein Liedchen singend, die Kuh vor sich her. Hätte er Tandilas Augen gesehen, er hätte gleich gewusst, worum es ging und dass er weder viele Worte noch Federlesens machen würde. Er selbst hatte nur eine Weidenrute zum Lenken der Kuh, während Tandilas Knüppel alt und gut gelagert war. Maissa ließ die Kuh Kuh sein und nahm die Beine in die Hand.

Sungalen sind Meister im Knüppelwerfen, und auch Tandila warf seinen Knüppel zielsicher und stolperte, stolperte Maissa nach und stürzte sich auf ihn. Maissa war ein starker Kerl, doch der Niederträchtige ist stets schwächer als der Rechtschaffene, und außerdem tat der Knüppel sein Werk.

Der Ghorakudaschwili-Tandila ließ die Hiebe nur so auf ihn prasseln, schlug ihn zu Brei. Er schlug ihn, wie sein Großvater ihn gelehrt hatte, auf welche Art ein schwertbewaffneter Feind mit bloßem Knüppel anzugehen ist: Will er sich aufrichten, haust du ihn auf die Schienbeine, auf die Kniescheiben und die Rippen. Und als Maissa zusammengekrümmt und mit Platzwunden am Boden lag, schlug er ihn auch auf den Kopf, schlug ihn mit der Gewalt eines Irren wie einen Ball und ließ ihn liegen. Auf das gestöhnte »Töte mich nicht, Tando, ich bin unschuldig« erwiderte er: »Darüber wird Gott richten, verantworte dich im Jenseits vor dem heiligen Georg.«

Ließ ihn liegen, an der Abzweigung nach Natbëura hoch.

Zu seinem Glück lag Maissa nicht lange dort; ein Kuhhirt fand ihn, rief andere Leute herbei, die ihn mehr tot als lebendig hinuntertrugen und in Nasqidas Haus hinbetteten. Die Frauen verarzteten ihn mit allen möglichen Salben, schienten Arme und Beine mit Brettern. Er schien die Sprache verloren zu haben und wimmerte, brachte nur ein klägliches Lallen zustande. Der Constable hörte von dem Vorfall und stattete dem Dorf einen Besuch ab. Aber man ließ ihn weder zu dem Verletzten noch erzählte man ihm den Hergang – ganz nach Sungalenbrauch: »Er hat nachts eine Kuh gesucht und ist gestürzt, wir haben ihn in der Schlucht zusammengelesen und selbst verarztet.«

Auf der Sungaleninsel gibt es ein Irrenhaus, das auch das Gefängnis beherbergt. Sie steckten dem Gefängnisarzt Geld zu, und der kümmerte sich um Maissa, behandelte den Brettergeschienten nach den Regeln ärztlicher Kunst. Mehrmals stand Maissa auf der Schwelle zum Jenseits und kehrte doch wieder zurück. Sprechen fiel ihm immer noch schwer, und wenn er gefragt wurde, was ihm zugestoßen sei, wer ihn so zugerichtet habe, heulte er dumpf, zu mehr war er nicht imstande.

Um das Ende der Geschichte vorwegzunehmen: Der Namghwdelarischwili-Maissa konnte nur noch an Krücken gehen und verbrachte die Tage am Steinmäuerchen sitzend, obwohl dort kaum einer für ein Schwätzchen anhielt. »Guten Tag«, sagten sie und gingen vorbei. Reden wollte keiner mit ihm, aber grüßen musste man schon.

Sobald er ein wenig beieinander war, fing die Fragerei wieder an; es ging auch das Gerücht, der böse Geist von Natbëura hätte ihn behext. Er redete nicht, redete nicht, bis der Priester Abessalom, Vorsteher im Revier der Namghwdelarischwilis, ihm schließlich das Geständnis entriss. »Der Ghorakudaschwili-Tandila hat mich verprügelt.« – »Warum denn?« – »Das weiß er selbst am besten.« Ein Schurke bleibt ein Schurke, mag er auch erbarmungswürdig scheinen.

Die Gefolgsleute der Namghwdelarischwilis erhoben sich, um auf die Ghorakudaschwilis loszugehen und sie niederzumachen; sogar aus der Stadt kamen sie herüber zu Unterredungen, gingen knüppelbewehrt herum, trugen Dolche, legten Gewehre um und fragten Tandila, was passiert war. »Das weiß er selbst am besten«, erwiderte Tandila.

In der Stadt auf ihren Arbeitsstellen arbeiteten die Jungs der beiden Fraktionen zusammen, aber im Dorf gingen ihre Wege auseinander. Und kommt ein Sungale nicht beizeiten zu seinem Recht, endet es böse. Als Rechtsgesetz jedoch anerkennen die Sungalen nur ihr eigenes.

Tandila und Manana stahlen sich heimlich zur Kirche am Wildbach hinauf und beteten um göttlichen Beistand. Manana sagte, sie hätten sündige Gedanken gehabt und würden deshalb jetzt bestraft.

Abessalom der Priester indes war ein lebenskluger Mann: ›Die haben nicht über Wasser- oder Jagdrechte gestritten, auch nicht über Jungenszeug, da ging's um ein Mädchen.‹ Und er hielt das Ende dieses Fadens fest und zog und zog daran, bis er das andere Ende hatte.

Die Sungalin befragte er nie. Stattdessen begann er, Maissa und Tandila wieder in die Mangel zu nehmen, und stellte sich zwischen die beiden Familien: Die eine Hand legte er dem einen Oberhaupt auf die Brust, die andere dem anderen und brachte sie so zum Innehalten. Bei den Sungalen ist ein Priester mehr als ein Priester, und niemals würden sie seine erhobenen Hände missachten. »Das Gesetz verbietet uns Streit«, sagte er, »großes Unglück wird sonst über uns hereinbrechen.«

So zog er weiter am Faden und fand heraus, was geschehen war. Sah das ganze Bild vor sich und machte es öffentlich.

Zuinnerst verabscheuten die Leute Maissa, doch das Gesetz wollte es anders. Die Namghwdelarischwilis überfielen die Kwerniani-Witwe und brannten ihr Feld nieder, schleiften Manana an ihren Zöpfen heraus und brandmarkten sie als Hure, sodass bei ihrem Anblick jeder das Gesicht abwandte, während die Ghorakudaschwilis sich weiter weigerten, eine verbrauchte Frau als Schwiegertochter zu sich zu nehmen. Tandila überlegte, mit ihr durchzubrennen und sich in der Stadt niederzulassen, aber sie hatten ihn im Stall eingesperrt. Vom Ufer schleppten sie Steine herbei und warfen sie gegen die Witwe und ihr Haus; selbst Abessalom der Priester konnte nichts mehr ausrichten und riet der Witwe, das Mädchen wegzuschicken und zu vergessen. Er sähe keinen anderen Ausweg, denn Anlass zu alldem sei das Mädchen gewesen. Die Witwe erwiderte: »Wohin soll ich sie denn schicken, was hat eine Sungalin in der Stadt zu suchen, was soll sie dort machen?« Abessalom der Priester schlug das Kreuz und verkündete: »Soll sie machen, was sie bislang gemacht hat! Sie muss sich vom Dorf fernhalten, und dir bleibt nichts übrig, als mit deinem Kummer zu leben. Ich sorge dafür, dass sie in aller Heimlichkeit im Boot übergesetzt wird, bevor das Dorf dein Haus niederbrennt und deine Tochter steinigt, weil sie Unglück über zwei Familien gebracht hat. Es liegt in ihrer Hand, was sie in der Stadt macht, denn eine wie sie ist keine Sungalin mehr und muss sich nicht mehr verantworten.«

Inzwischen hatte der Priester auch arrangiert, dass für Tandila ein Mädchen ausgesucht und eilig die Vermählung vollzogen wurde. Außerdem hatte der Vorsteher ausgehandelt, dass die Ghorakudaschwilis die Namghwdelarischwilis mit fünf Kühen entschädigten, was diesen als zu wenig vorkam, sie wollten zehn, schließlich sei ihnen der heiratsfähige Sohn zum Krüppel geschlagen worden, doch er brachte sie zum Schweigen: »Euer Bursche trägt größere Schuld als das Mädchen, dennoch: Die Frau ist die Verliererin, nicht der Mann.«

Mit geschnürtem Bündel wurde die Kwerniani-Manana des Nachts an die Küste gebracht; noch vom Boot aus hörte sie die Seufzer der Witwe und weinte still in ihr Bündel. Sie schnitt sich mit einer alten Schere die Zöpfe ab und verwahrte sie an ihrem Herzen, das Herz aber riss sie sich heraus und legte es am Ufer der Sungaleninsel ab, versenkte stattdessen einen großen Stein in ihrer Brust.

Ohne einen Blick zurück kletterte sie ins Boot, denn hätte sie zurückgeschaut, sie wäre gestorben; nur fünfzehn Jahre war sie, nicht mehr, und wurde in der Stadt Hure und Freudenmädchen, auch wenn sie es vielleicht hätte vermeiden können, aber in der Stadt ist das Leben schwer. Ihr Name erlosch, sie wurde nun Daniela genannt.

So erzählte sie es dem Mann, der sie immer Marihuana kaufen schickte. »Ich habe mir das Herz herausgerissen und es am Strand abgelegt und an seiner Stelle einen Stein versenkt. Was kann man von einem Stein schon verlangen?« Der Mann saß da und rauchte Tabak und dachte wer weiß was, denn seine Augen sah sie nicht: Er trug eine sumpfbraune Sonnenbrille.

Ihr fiel ein, was Abessalom der Priester gesagt hatte: »Was auch geschieht, Gott ist in deiner Nähe, und bist du in Seinen Augen schuldlos, wird Er dich wieder aufrichten.«

5.

Daniela stand vor dem Café »Tragitto breve«, als am späten Nachmittag überraschend der alte Newido, Kundenfänger der Bar »Sardine«, an sie herantrat und ihr mitteilte, ein Mann warte im Café »Melissa« auf sie.

Newido stand abends immer in Elvis-Presley-Kostümierung vor der Bar und schrie: »Love me tender! Love me ...«

›Wer wird mich schon ins Melissa reinlassen‹, dachte Daniela, aber sie folgte Newido trotzdem auf die andere Straßenseite. Rein ging sie nicht, der Kundenfänger trat ein und kam in Begleitung seines Auftraggebers wieder heraus. Es war der Mann, mit dem sie sich öfters traf und der sich Nobodi nannte. Er heiße Nobodi, sagte er immer, und wurde tatsächlich Nobodi genannt, so wie Daniela Daniela.

»Grüß dich.« Daniela freute sich.

»Arbeitest du?«, fragte Nobodi.

Sie zuckte die Achseln.

»Hör mal, hast du einen Pass?«, fragte er. Sich zu unterhalten war schwierig bei dem Lärm auf der Straße. Es dämmerte, und die Menschenmassen nahmen zu. Da und dort brannten schon Lichter.

»Ja, hab ich.«

»Gut«, sagte Nobodi. »Kleider auch?«

»Ein paar.«

Er musterte Daniela von oben bis unten; offenbar stellte er sich vor, was für Kleider sie hatte. Dann wühlte er in seiner Hosentasche.

»Mehr hab ich nicht, vielleicht kaufst du dir was.« Er gab ihr mehrere zerknitterte Pfundnoten. An die sechzig Pfund mussten es sein.

»Wozu, Nobodi?«

»Egal, kauf dir was, zieh's an, steck den Pass ein und sei morgen Punkt zwölf vor meinem Hauseingang.«

Er schien aufgeregt.

»Gut.« Daniela wusste, mit Nachfragen kam sie nicht weiter. »Soll ich mir auch eine Perücke kaufen?«

Nobodi musste lachen. »Wie du willst. Ach, und überdeck das da, schmier was drauf.« Er tippte ihr mit dem Finger ans Kinn. »Geh schon.«

Daniela lächelte ihn an und bat ihn um eine Zigarette, bevor sie über die Straße zurückrannte, während er in der Menschenmenge verschwand.

6.

In Ferhad Beys Notariatsbüro hing ein Anker und glänzten viktorianische Möbel. Daniela saß mit der Handtasche auf den zusammengepressten Knien da und folgte Ferhad Beys und Nobodis Gespräch, verstand aber nicht viel. Sie sah, wie Ferhad Bey die Hand reckte und die Finger ungeduldig über dem Drucker spielen ließ, bis dieser endlich die Blätter ausspuckte. Dann beorderte er durchs Telefon irgendwelche Leute ins Büro. Nobodi und der Notar saßen am Tisch und unterschrieben die Papiere, dann baten sie auch Daniela herbei und reichten ihr den Füller. Schreiben hatte sie früher einmal gekonnt.

Schelmisch fragte sie: »In welcher Sprache?«

»In welcher auch immer Sie belieben.« Ferhad Bey lächelte und fuhr sich mit seinen dicken Fingern übers Doppelkinn.

Irgendwie kriegte sie ein paar Buchstaben hin.

Danach unterschrieben auch die herbeigerufenen Leute und verließen das Büro wieder.

»Ein königliches Geschenk, ich gratuliere«, sagte Ferhad Bey und nickte Daniela zu.

Nobodi bedankte sich bei ihm, sie schüttelten einander die Hand, und dann mühte sich der Notar mit der himmelblauen Tür seines Safes ab. Endlich holte er ein in eine schwarze Tüte gewickeltes, viereckiges Etwas heraus und übergab es Daniela mit beiden Händen.

»Gratuliere, lassen Sie es sich wohl ergehen!«

Daniela nahm das Paket, und sie verließen das Notariat unter tausendzweihundert Dankesbezeugungen.

»Was ist das?«, fragte sie.

»Das gehört dir, auch die Papiere, die dabeiliegen, gehören dir, du wirst sie zwar nicht lange nötig haben, aber trotzdem«, erwiderte Nobodi. Er trug ein schwarzes Hemd, und Schweiß perlte auf seiner Stirn. »Wir nehmen ein Taxi.«

Daniela zuckte die Achseln und spähte in die Tüte. »Ein Buch schenkst du mir?«

»Ja, vorübergehend.« Nobodi winkte einen Wagen herbei. »Steig ein, wir fahren. In die Kalivan Street. Merkwürdige Gesetze habt ihr; wenn ein Ausländer was verkauft, nehmt ihr ihm beinahe das ganze Geld ab, einem Einheimischen hingegen fast nichts.«

»Tatsächlich?« Daniela lugte immer noch in die Tüte.

»Wohin in der Kalivan Street?«, fragte der Fahrer.

»Kennst du Morad Bey?«

Der Fahrer grinste bloß.

»›Ali Beys Tabakspfeife‹ kennst du doch?«

»Ja. Zum Café also.«

»Zum Feiern?«, fragte Daniela.

»Nein«, erwiderte Nobodi. »Wir sind Dealer.«

7.

Wer wissen will, wer Morad Bey ist, sollte Edmond Clevers Buch lesen. Es trägt den Titel: »Auf der Suche nach der Tabakspfeife: Im Schwarzen Meer versunkene Glut«.

Meine Nachforschungen werden fortgesetzt. Das Sonderbare daran ist, dass jeder etwas über Ali Beys Pfeife zu berichten hat. Jeder hier kennt diese Geschichte.
Ich bin kein Fremder auf Santa Esperanza und werde besonders geachtet. «Schreiben Sie wieder über uns?», fragt man mich oft. Ob Taxifahrer oder Reiseleiter, man kennt die Titel meiner zwei Bücher und mich selbst.
Ich bin hier ein Insider, und das bedeutet viel. Alle halbe Jahre wächst die Einwohnerzahl von Santa Esperanza, verdoppelt oder vervierfacht sich sogar. Überall wird Neues gebaut.

«Bald wird die ganze Insel ein einziger großer Bungalow sein», sagt mir Alfredo da Costa, ein unabhängiger Wissenschaftler.
Alfredo da Costa ist Direktor des Stadtmuseums in der Zitadelle von Santa City, einer der wohlhabendsten Männer der Insel. Ich habe mich nie über seine Einkunftsquellen informiert, das wäre unschön meinerseits. Die da Costas leben seit fünfhundert Jahren auf der Insel. Sie stammen aus Genua und sind aus der ehemals genuesischen Stadt Kaffa vor dem Ansturm der Turkvölker geflohen. Der Familie da Costa habe ich in meinem Buch «Santa Esperanzas facettenreiche, lebhafte Vergangenheit» ein ganzes Kapitel gewidmet, was Signor da Costa wohl nicht besonders gefallen hat. Genau damit nimmt unser Gespräch seinen Ausgang.
Er ist nicht der Ansicht, dass der heutige Name der Insel auf den Namen des Guts der da Costas zurückgeht, das vom Gutsverwalter seiner Ahnen, einem spanischen Vagabunden, auf Santa Esperanza getauft wurde.
Die These werde ich in diesem Buch nochmals wiederholen, weil es meiner Meinung nach die Wahrheit ist. Zu der Inselgruppe würde aber ihr früherer Name, Saint John, viel besser passen. Esperanza klingt zu süß.
Herr da Costa breitet die Arme aus und sagt, dass diese Insel reichen Kaffinern Hoffnung aufs Überleben gab. Hier konnte man sich gut verbergen.
Ich stimme ihm höflich zu, weil er recht hat. Den Spanier gab es aber doch.
Erörterungen dazu würden zu weit führen, mich interessiert etwas ganz anderes.
Über Ali Bey und seine Tabakspfeife kann keiner besser erzählen als der Direktor des Museums. Alfredo da Costa putzt seine Brille mit dem großen Gestell, als wolle er gleich zu lesen beginnen, und zeigt zum Fenster hinaus aufs Meer.

«Ali Bey war ein müßiger Melancholiker, schuld daran waren das Meer und die Sonne. Haben Sie schon einmal die Friedhöfe dieser Stadt gezählt? Keiner hatte Lust, weiter rauszuziehen. Wissen Sie, welche Familie die ärmste und meistgedemütigte auf diesen Inseln ist? Die Familie der Zichistawis, der Burgherren. Ist das nicht erstaunlich? Von irgendetwas zeugt das doch, nämlich von ihrem Charakter und ihrem Umgang mit der Außenwelt. Jahrhundertelang hatten sie nichts zu tun. Ali Bey war die Verkörperung dieser Tatsache.»

«Wie war Ali Beys christlicher Name?»

«Konstantin ... Konstantin, oder? Sie machen mich stutzig.»

Wir sind in der Zitadelle, am beeindruckendsten Ort der Stadt. Von hier aus sieht man die halbe Insel vor sich liegen, mit dem Fernglas sogar die ganze Insel.

«Warum schreiben Sie nicht eine Geschichte über das englische Regiment?», fragt mich plötzlich Alfredo da Costa. «Die Engländer lieben doch Geschichten über sich selbst.»

«Ich denke, dass das kaum Interesse weckt», erwidere ich ehrlich und füge hinzu: «Gibt es ein Buch über die Geschichte der da Costas? In der Bibliothek konnte ich keines finden.»

«Ja, es gibt ein Manuskript in unserer Privatbibliothek, doch wir drucken es nicht.»

Seinem Neffen, dem flamboyanten Poeten und Müßiggänger Alessandro da Costa, bin ich auch schon einmal begegnet.

«Mister Clever, wir, die da Costas, gaben der Insel ihren Namen. Durch unsere Korrespondenz mit Europa wurde der Name Santa Esperanza geläufig. Das ist die Wahrheit, sofern Sie daran interessiert sind.» So wird es wohl sein, ich werde das nicht bestreiten.

Zurück zu Ali Bey. In dieser Zitadelle lebten Ali Beys Vorfahren und Erben seit Jahrhunderten. Er selbst ist hier geboren. Herr da Costa zeigt mir das Zimmer, in dem die Burgherren das Licht der Welt erblickten: in einem kleinen, fensterlosen Raum, zur Hälfte ein Keller.

«Ali Bey lebte aber nicht in der Zitadelle. Er mochte die Höhe nicht oder war einfach zu faul, wenigstens einmal im Monat hinauf- und hinunterzureiten», erzählt da Costa begeistert. «Ali Bey hatte seine eigenen Vorstellungen. Er liebte das Meer und ließ sich am Ostufer der Hauptinsel nieder.» Der Direktor zeigt mir die alte Landkarte der Insel: «Hier, an dieser Stelle.»

Soviel ich weiß, ist von seiner Wohnstätte nichts übriggeblieben. Seine Nachkommen rissen später ab, was noch davon zeugte. Warum, ist nicht bekannt. Nach seinem Tod wurde sein Neffe von den Osmanen als Burgherr bestätigt. Die Angehörigen und Nachkommen mochten Ali Bey nicht besonders. Sie schämten sich seiner dubiosen Vergangenheit.

Die Legende ist sehr romantisch. Die Wahrheit aber, die ich versuche aufzudecken, ist ziemlich skandalös.

«War Ali Bey homosexuell?»

«Nein. Woher haben Sie das denn?» Alfredo da Costa scheint beleidigt.

«Sie sind der Erste, den ich danach frage.»

«Wie Sie zu Ihren Informationen kommen, ist mir bekannt.» Da Costa wird etwas zynisch. «Der Besitzer des Kaffeehauses, Morad Bey, ist besessen von der Geschichte und hat Ihnen sicher einiges darüber erzählt. Sie haben sich wohl nicht getraut, ihm diese Frage direkt zu stellen, oder?, und anderen ebenso wenig. Vielleicht haben Sie seine letzte Erbin gefragt, Agatia Chanum. Sicher denken Sie, dass ich diese Geschichte verabscheue. Stimmt's?»

«Nein. Ich habe aber keine andere Erklärung gefunden. Er liebte einen jungen Mann, einen schönen Jüngling, den man von ihm fernhielt und auf die kleine Insel verbannte.

Früher war das nicht schwierig. Eines Tages erfuhr Ali Bey, dass der Jüngling verschwunden war, und dachte, er sei ertrunken. Deshalb stürzte er sich ebenfalls in die Fluten. War's nicht so? Ist das etwa keine Liebesgeschichte?»

«Nein, es ist eine Geschichte von Melancholie und Hoffnung – Esperanza ... Sie sagten aber, die Inseln sollten wieder Saint John heißen. Meine Vorfahren waren damals schon auf der Insel und waren die Einzigen, die Türken, Russen, Österreicher und sogar Franzosen an einen Tisch brachten. Das war eine sehr ernste und schwierige Zeit. Eine im Meer verlorene osmanische Provinz mit untätigen Paschas: Ein Ort der Langeweile und des Wartens aufs Sterben, hätten wir, die Genuesen, ihn nicht belebt. Warum denken Sie nicht darüber nach? Ich weiß, worüber Sie in Ihrem neuen Buch schreiben. Sie werden schreiben, dass Ali Bey homosexuell war, weil so eine Geschichte mehr interessiert als das, was ich Ihnen erzähle. Euch Europäern gefällt das besser. Homosexualität! Leicht zu verstehen und rührend.»

«Sind Sie nicht auch Europäer?»

«Ich bin Genuese. Wäre nicht das leichte und abenteuerlustige Wesen der Genuesen, wäre die Welt heutzutage viel kleiner. Auch Ihr Engländer wärt nicht darauf gekommen, über die Meere zu segeln ...»

eine ausgezeichnete touristische Route, wenn von der Hauptinsel zur Südinsel statt der Brücke eine Nachbildung der Pfeife Ali Beys gelegt wäre. Am äußersten Ostzipfel der Hauptinsel stand am Ufer eine Hütte, in der einst der schöne Knabe und dann der Jüngling Basila lebte. Die Route würde sicher vielen Touristen gefallen. Aber es gibt sie nicht, denn sie müsste irgendwohin weiterführen. Doch die Besitzer der anliegenden Territorien wollen keine Touristen hier.

Die Südinsel heißt bei den Einheimischen auch Wisramiani-Insel. Der größte Teil der Ländereien gehört einem der

reichsten Familienclans, den Wisramianis. Sie baten vor acht Jahrhunderten den Inselverwalter, einen Vorfahren Ali Beys, um zwei Morgen Land. Seitdem haben sie keinen Zoll mehr verloren, sondern immer mehr dazugekauft.
Auf der Südinsel befindet sich der Flughafen von Santa Esperanza, genau an der Stelle, wo die Wisramianis ihre erste Residenz hatten. Ungeachtet der vielen Gesuche sind sie strikt dagegen, dass touristische Routen durch ihre Ländereien führen, auch wenn sie aktiv am Tourismusbusiness des Landes beteiligt sind.
Ich befinde mich auf der Südinsel. Durch Vermittlung von Bekannten erhielt ich großzügigerweise die Erlaubnis dazu. Ich fahre mit einem silbernen Mini-Jeep durch die Ländereien der Wisramianis. Den Wagen hat mir freundlicherweise einer ihrer Gutsverwalter geliehen, der auch ihre Leibwächter oder Sungalen, wie sie genannt werden, kommandiert. Ich bin ganz allein. Auf der Insel befindet sich im äußersten Osten ein Hotel. Man sieht am Tag mehrere Flugzeuge den Himmel überqueren. Die Wisramianis wären beleidigt, wenn ich in diesem Hotel übernachten würde. Alle Häuser und Ranches der Insel wurden mir zur Verfügung gestellt. Die Villen der Wisramianis stehen fast alle leer. Deren Herrschaften wohnen während der Woche in der Stadt. Doch die Hausmeister und Wirtschafterinnen sind informiert, dass ein englischer Schriftsteller absteigen könnte. Ein Abendessen, heißes Wasser und ein Nachtlager zu bekommen, ist überall möglich. Sogar bei den Pächtern einer Ranch. Man weiß, wie man Gäste empfängt, und macht das ungezwungen und vortrefflich. Neben mir liegt die Landkarte, die der Gutsverwalter mir mitgegeben hat.
Ich erreiche den Zielort. Es ist kein großes Kap. Im Volksmund heißt es Basilas Kap. An einem Baum ist eine Tafel angebracht, worauf in Englisch steht: «Dieser Ort heißt Kap der Erwartung. Seit jeher sind die Nachkommen unse-

res Geschlechts hierhergekommen, um aufs Meer hinauszuschauen in Erwartung eines Zeichens aus der großen Heimat – Georgien. Die Wisramianis haben nie vergessen, woher sie kamen.»

Ich bin überrascht.

Hierher kommen keine Touristen. Also gehören der Ort und diese Tafel der Familie Wisramiani. Ich stelle mir vor, wie sie ihre Enkel hierherbringen und ihnen die Geschichte ihrer Vorfahren erzählen.

Ja, aber warum ist die Tafel nur auf Englisch beschrieben? Wahrscheinlich für solche Herumtreiber wie mich, doch die Tafel irritiert mich eher. Als wollten mir die Wisramianis damit zeigen, dass alles anders war.

Ich denke erneut an die Geschichte von Ali Bey und Basila: Wir sind in der zweiten Hälfte des 17. Jahrhunderts. Ali Bey, Verwalter der Inseln und Burgherr aus der alten Dynastie der Zichistawis, formell ein Muslim, verlässt seine Zitadelle, um sich am bewaldeten Inselrand, direkt am Meer niederzulassen. Sein engster Vertrauter wird ein vierzehn-, fünfzehnjähriger, blitzgescheiter lockiger Knabe. Dieser folgt ihm nicht in die freiwillige Verbannung, sondern begibt sich mit einem Boot auf die Südinsel an das äußerste Südkap. Das Märchen nimmt seinen Lauf. Ali Bey bestellt bei Istanbuler Handwerkern eine Tabakspfeife. Diese Pfeife, hier Tschibuk oder Kalian genannt, bringt man dem Burgherrn-König-Pascha als zusammensetzbares, fünfzigteiliges langes Rohr. Ali Bey befiehlt den Bootsführern, die Pfeife über die Meerenge zwischen der Haupt- und Südinsel zu legen. Ungefähr so, wie man heute eine Pipeline legt. Laut Überlieferung ruhte die über dem Meer verlegte Pfeife auf zweiunddreißig Stützen, an deren Errichtung die gesamte Inselbevölkerung einen Monat lang arbeitete.

Das Mundstück der Pfeife lag auf Ali Beys Balkon, direkt bei seinem Diwan. Der Pfeifenkopf stand bei Basilas Hütte

am Kap. Basila stopfte, am Ufer sitzend, die Pfeife mit Tabak. Danach legte er Glut auf. Bald darauf konnte Ali Bey auf dem Diwan an der längsten Pfeife der Welt ziehen.
Der Qualm war von einem Ende zum anderen gewiss lange unterwegs. Man könnte es berechnen, doch habe ich es nie versucht. Ali Bey hatte angekündigt, dass er dreimal am Tag rauchen würde: frühmorgens, mittags und abends. Basila konnte seine Aufgabe erfüllen, indem er die Himmelskörper beobachtete. So wusste er, wann es Zeit war, die Pfeife anzuzünden.
Wer die orientalische Kultur auch nur annähernd kennt, weiß, dass der Junge als Tabakspfeifenmeister eine besondere Stellung innehatte und somit alles mit rechten Dingen zuging.
Das Ende dieser Geschichte ist: Ali Bey zog eines Tages lange an seiner Pfeife, aber es kam und kam kein Qualm. Als er es am Abend noch einmal versuchte und wiederum nichts kam, wurde er unruhig. Ohne den Morgen abzuwarten, befahl er seinen Dienern, in der Dunkelheit des Spätherbstes sogleich die Boote zu richten. Sie überquerten die Meerenge bei Sturm und Regen und gingen in einer etwas ruhigeren Bucht an Land. Ali Bey begab sich mit seinen Dienern zum Zipfel der Insel, wo er Basilas Hütte verlassen und die Glut im Pfeifenkopf erloschen vorfand. Wasser hatte sich darin angesammelt.
Es war Nacht, es regnete, und die Wellen überschlugen sich. Ali Bey hatte den weiten Umhang eines Dieners umgeworfen und schaute aufs Meer, das kaum zu sehen war. Dann riss er sich von der Stelle los und stürzte sich in die Fluten.
Seitdem hat ihn niemand mehr gesehen.
Die Diener suchten ihn mit Booten und Fackeln bis zum Morgengrauen.
Dies ist die bloße Geschichte, von der es tausend Interpretationen gibt.

Auf Santa Esperanza gibt es ein paar wenige Leute, die alles erklären können.
Die Taxifahrer haben immer zwei, drei Worte parat, wenn man sie danach fragt: «Ali Bey hatte es satt.»
Ein Polizist würde ohne viel zu überlegen sagen: «Er mochte die Osmanen nicht und ist nach Georgien geflohen.»
Morad Bey aber flüstert geheimnisvoll: «Er war ein Poet, der auf etwas wartete. Er liebte Basila wie seinen Sohn. Basila war sein Deuter. Er wartete auf sein Zeichen. Sie sind zusammen weggegangen. Ich schließe nicht aus, dass ihr Weg geradewegs ins Paradies führte.»
Auf einer Ranch, auf der ich übernachte, spreche ich mit einem sehr beeindruckenden alten Mann mit knorrigen Händen. Er ist Bauer und weiß nicht viel von Ali Beys Pfeife: «Ich glaube nicht daran, dass die Pfeife so lang war. Sein Leibeigener ist vermutlich geflohen. Ali Bey war ein Müßiggänger, denn Pfeiferauchen bedeutet bei uns Müßiggang. Je länger die Pfeife, desto reicher und untätiger ihr Herr.»
Ich habe selten jemanden mit so gesundem Menschenverstand getroffen. Der Mann stammt aus einem Dorf der Nordinsel und sagt noch etwas: «Hier sind die Menschen anders. Ich wurde anders erzogen. Wir sind ganz anders. Wir sind alle Bauern und Banditen.»
«Sie sind Banditen?» Ich muss lächeln.
«Natürlich gefällt uns nicht, was die hier machen, doch die Zeiten haben sich geändert. Bei uns interessiert diese Ali-Bey-Geschichte niemand. Wir haben uns den Burgherren und den Osmanen niemals untergeordnet.»
Es ist erstaunlich, wie er Englisch radebrecht. Sonst kann er außer Georgisch keine andere Inselsprache.
«Die Engländer haben uns betrogen. Wir sind Sungalen. Wissen Sie, was ein Sungale ist?»
«Ein Leibwächter», sage ich.

Der Alte lacht. Er zieht ein altes, abgewetztes Bauernmesser aus seinem Gürtel und wirft es, ohne ersichtlich zu zielen.
Das Messer landet gut fünfzehn Schritt entfernt im Baumstamm.
«Das, das bedeutet Sungale, ein Mann des Waldes und des Königs.»
Das ist mir bekannt.
«Mit den Wisramianis haben wir uns immer gut verstanden. Das wahre Land sind die zwei kleinen Inseln. Die dritte, diese Vergnügungsinsel, ist Lug und Trug.»
Erneut denke ich an Ali Bey.

»Letztendlich gibt es drei mögliche Versionen dieser Geschichte.«

8.

Daniela rauchte Morad Beys besten Tschibuk, trank den weltweit wohlschmeckendsten Kaffee und wurde von vier Angestellten umschwirrt. Die flammendroten Kissen, in denen sie saß, waren weich, die Musik zauberhaft einlullend. Draußen herrschte wahrscheinlich drückende Hitze.

Außerhalb des Separees, in Morads Kaffeehaus, hatten sich Engländer auf den Teppichen niedergelassen. Ein Funkeln und Flimmern erfüllte den Raum.

Morad Bey redete fast ununterbrochen, ständig unter Strom, mit glänzenden Augen. Öfters sprang er plötzlich auf, stürzte in die Küche und kam mit einem neuen Tablett voller Leckereien zurückgeeilt. Er war sich nicht zu schade, sie höchstpersönlich herbeizutragen.

Auch Nobodi saß in den Kissen und nahm ab und zu einen Zug aus dem Tschibuk.

Auf dem Tisch lagen die Papiere ausgebreitet.

Ferhad Bey, der Notar, trat in Begleitung zweier Männer ins Separee. Wiederum war das Kratzen des Federhalters zu vernehmen, wieder gab es freundschaftliches Händeschütteln, und auf dem Tisch lagen plötzlich Hundertpfundnotenbündel. Es wurde lange und sorgfältig gezählt. »Wird schon stimmen«, unterbrach Nobodi, aber Ferhad Bey schüttelte den Kopf. »Der Tag ist viel zu schön, als dass ihr ihn euch durch einen Fehler ruiniert.« Ein weiterer Neuankömmling trat ein: Sampson Brass, so hieß er, brachte Daniela, vollkommen überraschend, ausgesuchte Ehrerbietung entgegen und küsste ihr die Hand; wie sich herausstellte, sollte ihr dieser Mann von nun an als anwaltlicher Berater zur Seite stehen.

Die Hundertpfundnotenbündel schienen kein Ende zu nehmen. Sie zählten und zählten, Brass rauchte Zigaretten mit Mundstück und wackelte bedächtig mit dem Kopf. Morad Bey wurde vor Glückseligkeit noch quirliger. Dann kam ein weiterer Mann hinzu, in weißem Hemd und weißer Hose und mit einer Tasche in der Hand.

»Da kommt der Würgeengel«, spotteten die handfesten Männer, der Weißgekleidete legte seinerseits Dokumente auf den Tisch, und das Geldzählen begann von Neuem. Von den zahllosen Notenbündeln steckte er neun in seine Tasche und reichte Daniela die Dokumente zur Unterschrift.

»Unterschreiben Sie, Chanum, unterschreiben Sie nur«, sagte Morad Bey. »Den Steuereinnehmer werden wir sowieso nicht los.«

Alle lachten.

»Ist doch ein fairer Anteil, oder, Signor di Chiara?«, sagte Brass lächelnd.

»Meiner ist das nicht, er gehört dem Staat«, sagte der Mann. »Ich hab bloß sechs Prozent zugute.« Er nickte allen zu und ging wieder seiner Wege.

Nach und nach verabschiedeten sich auch die anderen, nur Mister Brass blieb noch.

Morad Bey begleitete jeden Einzelnen unter Ehrbezeigungen bis zur Tür des Cafés, wo einer seiner Bediensteten jedem Gast eine rosa Pappschachtel mit Morads Konfekt auf den Weg mitgab.

Mister Brass schaute auf die Uhr. »Mister Jarman erwartet uns«, sagte er. »Sollen wir gehen? Mein Auto steht auf der anderen Straßenseite.«

»Gehen wir«, sagte Nobodi.

»Kommt nicht infrage!«, rief Morad Bey. »Wir müssen das noch begießen und ein wenig plaudern.«

»In eindreiviertel Stunden schließt die Bank«, sagte Sampson Brass und zupfte das feuerrote Tüchlein in der Brusttasche seines schwarzen Jacketts zurecht. »Wir brauchen mindestens eine halbe Stunde für das ganze Prozedere und zehn Minuten bis ins State-Viertel –«

»Schon gut, Wekil Effendi. Dann haben wir ja noch eine Stunde, ich möchte noch ein wenig mit diesen reizenden Leuten parlieren. Mit Ihnen natürlich auch.«

»Packen Sie das ein«, sagte Brass mit Blick auf die Notenbündel.

Morad Bey indes griff nach der bislang beiseite liegenden schwarzen Zellophantüte und schälte blitzschnell, mit bebenden Händen das Buch heraus.

Es war alt und völlig abgegriffen. Morad Bey legte es behutsam auf den Tisch und sprach: »Allah, gepriesen sei deine Gerechtigkeit.«

Nobodi schnappte sich die Tüte und begann, die Geldbündel hineinzuwerfen. Brass lächelte. Morad Bey murmelte vor sich hin und blätterte ganz vorsichtig unter Gott weiß was für Gedanken in dem Buch.

Daniela jedoch begriff immer noch nicht, warum sie so viele Papiere hatte unterschreiben müssen. Sie ahnte zwar, dass Nobodi irgendetwas gedeichselt und das viele Geld dafür bekommen hatte, und nachdem sie selbst dabei gewesen war, würde wohl auch etwas für sie abfallen. Fünfzig Pfund? Hundert? Sensationell wäre, wenn es ein ganzes Bündel wäre. Echt sensationell.

»Ich hab's gewusst«, rief Morad Bey plötzlich, »ich hab's gewusst, es existiert, ich hab's gewusst, Wekil Effendi. Allah, gepriesen sei deine Gerechtigkeit! Helfen Sie mir mal«, bat er Nobodi. »Vielleicht können Sie mir helfen, das hier ist kein johannisches Georgisch, ich kann's nicht lesen.«

»Das in der Mitte sind Dokumente, Gutachten, die noch mein Großvater bekommen hat, in russischer Sprache, nichts von Belang.«

»Gesegnet und gelobt seist du, Sari Beg!«

9.

Das Buch war gar nicht so alt und eigentlich kein Buch. Kolia Mogeladse selig (der Bibliomane) hatte es 1926 im Hof der Kaschueti-Kirche an einem Bouquinistenstand billig erworben. Billig heißt, er hatte es obendrein bekommen: »Schieb mir hundert Rubel rüber, dann darfst du das noch dazunehmen.«

Es war die gebundene Buchmaquette eines für die georgische Geschichtsforschung hoch interessanten Quellenwerks, das Sakaria Tschitschinadse, ein seinerzeit bekannter Büchersammler und Publizist, 1886 in Tiflis herauszugeben beabsichtigt hatte. Er hatte den Text setzen lassen und in die Druckerei gegeben, sogar eine Maquette hatte er machen lassen, dann jedoch wegen Geldmangels vom Druck absehen müssen und später das Buch ganz vergessen.

Daher existierte das Werk nur in einem Exemplar, in Tschitschinadses Privatbibliothek.

Es war dreisprachig, genauer gesagt, zweisprachig. Die Einleitung war georgisch, die eine Hälfte des eigentlichen Texts jedoch johannisch, eine Ausprägung des Altgeorgischen, und in Kirchenschrift verfasst, die in Georgien Nußchuri-, auf den Johannesinseln hingegen Johannuri-Schrift genannt wird; die zweite Buchhälfte war osmanisch und von hinten nach vorn, von rechts nach links zu lesen.

Um genau zu sein, stand, mit geringfügigen Abweichungen, auf Johannisch und Osmanisch exakt dasselbe darin. Das eine war aber nicht die Übersetzung des anderen, sondern es handelte sich um eine in verschiedenen Sprachen zweimal niedergeschriebene Geschichte, die den Erforschern des alten Santa Esperanza alias später Johannesinseln alias noch später Saint John vermutlich sehr zustattenkommen würde.

Der Antiquar von Kaschueti hatte nach Tschitschinadses Tod das Buch zusammen mit anderen Büchern von dessen Verwandten übernommen und gedacht, es sei ein ganz gewöhnliches. Kolia Mogeladse selig seinerseits war gestorben, ohne es je gelesen zu haben, denn statt Bücher zu lesen, blätterte er nur in ihnen herum beziehungsweise inspizierte sie.

Die Inspektion überzeugte Mogeladse, dass dieses Buch ein Unikat war und sich sein Wert mit der Zeit beträchtlich steigern würde. Vierzig Jahre nach seinem Erwerb nahm er es nach Moskau ins Buchmuseum mit, um es von Fachleuten schätzen zu lassen. Schwer zu sagen, welche georgischen Beziehungen er dort spielen ließ und was für Mauscheleien abliefen, aber das Buch kam in einen Extrakatalog und figurierte als Rarität und globales Unikat. 1971 erhielt Kolia Mogeladse einen Expertenbericht, laut dem das Buch aktuell siebenundsechzigtausend Sowjetrubel wert war; der Dollarbetrag zum offiziellen Kurs belief sich auf etwas weniger, auf dem Schwarzmarkt hingegen auf das Doppelte. Kolia Mogeladse selbst beauftragte Mitarbeiter des Tifliser Handschrifteninstituts mit der Erstellung der Herkunftsgeschichte; diese zeigten sich begeistert, denn vom Original hatten sie noch nie gehört, und zweifellos war die Sichtung auch für sie von großem Interesse.

Auch die Familie kannte die Geschichte des Buchs, aber Kolia Mogeladse hatte so viele Bücher, dass keiner mit Zählen nachkam und die wertvollen von den wertlosen unterscheiden konnte.

Der Verfasser war der letzte Regent der Johannesinseln, Sari Beg, der auf Betreiben der Engländer, Osmanen und Russen vom Thron komplimentiert wurde.

Dieser Sari Beg war ein imposanter Mann, ein würdiger.

Anfangs spann er Intrigen, um sein Land zurückzubekommen, gab dann aber auf. Um seine Sache doch noch ins Lot zu bringen, reiste er in den Süden des Russischen Reichs, nach Tiflis, und lebte dort anderthalb Jahre; er traf sogar den Statthalter des Zaren im Kaukasus, wartete jedoch vergeblich auf Hilfe von Russland.

In Tiflis begegnete er Sakaria Tschitschinadse, und sie freundeten sich miteinander an. Das erwähnte Werk verfasste er auf ebendessen Bitte, weil man in Georgien mehr über die Johannesinseln erfahren wollte, die ja einst altes georgisches Land gewesen waren. Dann reiste Sari Beg wieder ab, und Tschitschinadses Buch fiel dem Vergessen anheim.

Das Werk trug den Titel: »Ali Beys Tabakspfeife und Basila«.

Nach Kolia Mogeladses Tod wurde die Familie von Scharen von Antiquaren und Buchwissenschaftlern, die ihre eigenen Listen mitbrachten, heimgesucht: »Dies kaufen wir Ihnen ab und jenes zu dem und dem Preis.«

Mit dem Bücherschatz ließ sich lange und glücklich leben.

Kolia Mogeladse selbst hatte ellenlange Listen hinterlassen mit Empfehlungen, was wann zu verkaufen war und zu welchem Preis, auch was nicht verkauft werden sollte, weil der Wert noch steigen würde. Zwanzig Jahre nach seinem Tod verkaufte seine Schwiegertochter Lamara mithilfe dieser Listen immer noch Bücher und ernährte so die Familie.

Allein Sari Begs unveröffentlichtes Werk war bei allen in Vergessenheit geraten. Wer hätte sich in diesem Büchermeer auch daran erinnert, gelistet war es jedenfalls nicht.

Nun, eines Tages stieß Kolia Mogeladses Enkel auf das Buch.

Die Stelle, wo er es fand, machte ihm bewusst, was für ein genialer Mann sein Großvater gewesen war.

Im Zimmer des Enkels stand ein großes Radiogerät aus Stalins Zeiten, ein »Riga 10«, das gleichzeitig etwas vom Kopf eines wütenden Riesen, von einem Fernseher, einem Haus und weiteren acht, neun Dingen hatte und dem findigen Enkel seit Kinderzeiten als Versteck diente. Zu erwähnen ist, dass diese Radios auf der Rückseite zum Schutz der Innereien eine gelochte Abdeckplatte aus Karton hatten. Wenn man die Befestigung löste, ließ sich die Platte leicht ein wenig abrücken. Das Radioinnere war vergleichbar mit Ali Babas Schatzhöhle.

Jedenfalls, hinter ebendieser Kartonplatte versteckte der findige Enkel seine Zigarettenpäckchen, denn solange er noch Schüler war, verboten sie ihm zu rauchen. Später verwahrte er dort auch sein geliebtes Rauschkraut. Das war aber viel später. Der Karton war mit der Zeit so lotterig und abgenutzt, dass man ihn gar nicht mehr lösen musste, sondern mit zwei Fingern hineinlangen konnte, um eine Kippe herauszuklauben.

Jedenfalls, einmal, als er zwei Finger hineinsteckte, löste sich die Platte ganz und fiel heraus, und der Junge erblickte ein dickes, vergilbtes, fest verklebtes Kuvert.

Darauf stand in violetter Tinte und in altmodischer, verschnörkelter Schrift: »Von Großvater.«

Der Junge dachte, der Großvater hätte ihm wohl Geld hinterlassen, denn er hatte immer mal wieder Zehnrubelscheine wohin gestopft.

Aufgeregt riss er das Kuvert auf und fand darin ein Buch und ein zweites Kuvert. Bei dem Buch handelte es sich um »Ali Beys Tabakspfeife und Basila«. Der Junge war kein großer Bücherleser, aber er wohnte und lebte zwischen lauter Büchern. Im zweiten Umschlag fanden sich Papiere und ein kurzer Brief des Großvaters: »Mein Enkel, dies gehört dir. Möge Gott dich vor Not bewahren. Solltest du jedoch je in Not geraten, verkauf dies. Lass es dich nicht reuen. Es ist viel wert. Schau in den Papieren nach. Lass es dich nicht reuen. Ein gutes Geschäft hält dich lange Zeit über Wasser. Schlechte Geschäfte machen wir jeden Tag genug. Dein Opa Kolia Mogeladse.«

Der Junge weinte; er wurde nicht klug aus den Papieren, zeigte seiner Mutter aber weder den Brief noch das Buch. Sondern stopfte alles wieder in sein Versteck zurück.

Dort lag es lange, und später, als sein Haar grau wurde, merkte er, dass die Not gekommen war, und er steckte das Buch in seine Reisetasche.

10.

»Alles wird sich arrangieren«, sagte Sampson Brass, als sie aus der Bank kamen. »Geben Sie gut auf die Dokumente acht. Ich suche gleich morgen ein paar Aktien aus. Nicht viel, nur für fünfzigtausend.«

»Vielen Dank«, sagte Nobodi. »Ich verlass mich auf Sie, Mister Brass.«

»Wir sind schon zweihundert Jahre in dem Geschäft. Ich bin Sampson Brass der Vierte. Nun, Miss ... Morgen wird man Sie kontaktieren und Sie zur Wohnungsbesichtigung herumführen. Sie sind ja aus Saint John, die *Mortgage* wird nicht hoch sein.«

Daniela verstand und verstand doch nicht.

»Danke, Mister Brass. Ich schaue sicherlich bei Ihnen vorbei«, sagte Nobodi. »Das heißt, falls Sie nicht mit zum Abendessen kommen.«

Sampson Brass richtete sein feuerrotes Taschentuch in der Brusttasche.

»Sitzungen, Sitzungen. In zwanzig Minuten hab ich wieder eine. Wie Sie wissen, bin ich der Privatanwalt der Wisramianis.«

»Den Wisramianis sei's gedankt.« Nobodi lachte leise.

»Sie lieben die Georgier, blind, verrückt.« Der Anwalt lächelte und warf aus irgendeinem Grund Daniela einen Blick zu. »Wer weiß, vielleicht ist Liebe Blindheit und Verrücktheit und nichts weiter.«

Daniela verstand und verstand doch nicht.

»Gut, bis zum nächsten Treffen.« Er reichte Nobodi die Hand. »Hoffentlich ...«

»Bestimmt.«

»Ein guter Tag war das.« Brass ging zu seinem Wagen, hielt noch einmal inne und wandte sich um: »Beinahe hätte ich's vergessen: Da ist ja noch diese eine delikate Sache ... Sie hatten mich drum gebeten. Es war so ein gedrängter Tag heute, dass es mir entfallen ist.«

»Ja, Mister Brass?« Nobodi ging ihm entgegen.

»Was das betrifft« – Brass tippte sich mit dem Finger ans Kinn und warf einen verstohlenen Blick zu Daniela – »wir haben in Istanbul schon angerufen, sie soll in zwölf Tagen anreisen. Eine einfache Operation. Nicht einmal das. Danach kuriert sie sich aus und kehrt zurück. Bis dahin soll sie weiter Schminke benutzen.«

Nobodi nickte.

»Sie sind ein wahrer Samariter.« Brass klopfte ihm auf die Schulter und öffnete die Wagentür.

Daniela stand währenddessen daneben, ihre lächerliche Tasche und den Stapel Dokumente fest an sich gepresst.

»Komm, wir gehen jetzt zu deinem Souterrain und holen

deine Siebensachen. Bis du eine Wohnung ausgesucht hast, bleibst du in meiner, die Miete bis Ende Monat ist ohnehin bezahlt.«

Daniela war wahrscheinlich weder zu weinen noch zu lachen imstande.

»Verlier die Dokumente nicht«, sagte Nobodi und trat auf die Straße hinaus.

»Nobodi, warte«, rief sie plötzlich.

»Kann nicht.« Er zögerte kurz. »Wir müssen uns beeilen. Um zwanzig nach neun geht das Schiff. Ich muss nach Istanbul.«

»Nach Istanbul?«

»Ja.«

»Und wann kommst du zurück?«

Nobodi erwiderte nichts, sondern ging weiter, rempelte dabei sogar einen Passanten an.

Sie lief ihm nach. »Wann kommst du zurück?«

»Nie wieder.« Es war im Verkehrslärm kaum zu hören. Er schritt aus, ohne sich umzusehen.

»Nie wieder? Nie?«

»Nie wieder«, sagte Nobodi. »Ich geh nach Hause zurück.«

Daniela weinte.

Es war ein Bild für die Götter: der Mann, der eiligen Schritts und Zigarette rauchend vorwärtsstrebte, und die magere Frau, die ihm folgte.

»Wie heißt du? Wie heißt du?«, rief sie ihm wie eine Wahnsinnige hinterher.

Er hielt inne und zog seinen Pass aus der Gesäßtasche. »Da ...«

Sie schaute auf den Pass.

»Sei vorsichtig. Wirf das Geld nicht zum Fenster hinaus. Du besitzt hundertachtzigtausend Pfund«, sagte er leichthin. »Brass wird dir zur Seite stehen, und es wird sich noch vermehren. Mach dir ein schönes Leben und denk, was weiß ich ...« Dann sagte er etwas in einer unverständlichen Sprache.

Sie starrte immer noch auf den Pass. »Du bist Holländer? Du hast aber doch gesagt, du bist Georgier?«

»Och je« – er wedelte mit der Hand – »komm jetzt, ich bin spät dran. Ich muss dir noch hundert Dinge sagen.«

ALLES, ALLES, AAALLES IST GUT

Let me take you down
'Cause I'm going to Strawberry Fields
Nothing is real
And nothing to get hung about
Strawberry Fields forever
Living is easy with eyes closed
Misunderstanding all you see
It's getting hard to be someone
JOHN LENNON / PAUL McCARTNEY

»Hier, das ist das Buch. Ich hab dir doch von dem Mann erzählt, von dem Lewiko sprach und der sagte, Verstand und Körper seien getrennte Dinge.« Mogela der Plechanower warf ein schwarz gebundenes Buch aufs Bett.

Die Rose von Schiras begann darin herumzublättern.

»Der Nachname ist unterstrichen. Ich kann das nicht aussprechen«, sagte er.

»Arnold Geulincx«, las die Rose von Schiras vor.

»Genau!« Mogela der Plechanower lachte. »Genau …«

» Die Rose von Schiras wurde leiser und leiser und

»Eigentlich ist das typisch Tifliser Art, ganz typisch, er hat einfach versucht, Kontakt mit dir aufzunehmen.«

»Ja, so ist's mir lieber«, sagte Mogela der Plechanower. »So ist's mir lieber – Tifliser Art, nach dem Zufallsprinzip und vollkommen beknackt. Lassen wir's dabei. So wird's sein und … Sag's noch mal … dass ich ihm *einfach* fehlte und er seine Geheimnisse mit mir teilen wollte. Nicht?«

Die Rose von Schiras nickte.

Ein Lüftchen ließ die Vorhänge an den Fenstern auf der hinteren Glasveranda des Mogeladse'schen Hauses rascheln, so wie immer.

Mogela der Plechanower zuckte die Achseln. »Er wusste es, ahnte …«

»Alles wird gut, Mogela aus Plechanow, für dich« – sie strich ihm über den Kopf – »für uns. Wir gehen fort, verschwinden, und du wirst eins sein und ich werde eins sein.«

1801 – Russland löst das Königreich Georgien auf
und verleibt sich das Land als Gouvernement ein.

1917 – Georgien kommt von Russland los
und wird unabhängig.

1921 – Russland besetzt Georgien erneut.

1990 – Georgien befreit sich erneut von Russland.

Mogela der Plechanower stützte sich an der Tür des Mogeladse'schen Hauses ab, setzte sich schwerfällig, bedächtig auf die Treppe und lehnte die Schulter an die Mauer. Selbst eine Zigarette hervorzuklauben war ihm zu viel, und er dachte: ›Ich glaub, mit dem Rauchen ist's vorbei.‹

Flingo rannte über die Straße, schmiss die Pistole ins Auto und stieg ohne einen Blick zurück ein. Der Wagen fuhr geräuschlos an.

»Mann, Mogel, Alter, soll ich dich auf ein *Abenteuer* mitnehmen?«, fragte aus heiterem Himmel Lewiko der Barnower.

»Mann, Leon, Alter, die haben mich umgelegt«, sagte Mogela der Plechanower und schloss die Augen.

ANMERKUNGEN DER ÜBERSETZERIN

ANMERKUNG ZUR SPRACHE

Im heutigen Alltagsgeorgisch kommen viele Leih- und Slangwörter aus dem Russischen vor.

Die Übernahme russischer Lexik ist Folge eines gemeinsamen kulturell-politisch-wirtschaftlichen Raums, den Georgien historisch mit Russland teilte. Die Zeitspanne kann in zwei Phasen geteilt werden:

1. Georgien war seit Anfang des 19. Jh.s bis in die neunziger Jahre des 20. Jh.s zuerst Teil des russischen Imperiums und danach eine Sowjetrepublik. Georgier wie andere Volksgruppenangehörige dienten in der russischen Armee und unterlagen dem russischen Strafvollzugssystem, ein Faktor, der maßgeblich dazu beitrug, dass russischer Slang in die Sprachen der kleinen Sowjetnationen einging.

2. In postsowjetischer Zeit, nachdem Georgien unabhängig wurde, blieb Russisch Lingua franca in der Kommunikation mit den Nachbarn im Nordkaukasus, in der Russischen Föderation, in Armenien und Aserbaidschan, sodass weiterhin russischer Wortschatz ins Georgische Eingang fand.

Im Allgemeinen werden russische Wörter in der georgischen Umgangssprache als Leihwörter betrachtet, wenn sie dieselbe Bedeutung beibehalten haben wie im Standardrussischen. Es gibt jedoch Entlehnungen, die im Georgischen einen Bedeutungswechsel durchgemacht und eine spezifische Slang-Bedeutung angenommen haben, und zwar sowohl auf der Ebene der Lexik wie der Morphologie.

Aka Mortschiladse nutzt Russizismen in der georgischen Sprache und im Slang ausgiebig zur Charakterisierung von Zeit, Milieu und Personen. Um dies in der deutschen Übersetzung sichtbar zu machen, sind wenige einzelne, häufig vorkommende Lehnwörter sowie längere russische Dialogpassagen, Zitate und Lieder in Russisch belassen und in Fußnoten übersetzt; der russische Text in deutscher Transkription ist von der phonetischen georgischen übernommen (inkl. eventueller abweichender georgischer Aussprache), da im Original alle russischen Wörter und Passagen georgisch transkribiert sind. Einzelne andere russische Wörter und Ausdrücke dagegen erscheinen in der deutschen Fassung übersetzt, aber kursiviert.

ERKLÄRENDE ANMERKUNGEN ZUM ROMAN

S. 7 *Barnow-Straße*: benannt nach dem georgischen Schriftsteller Wassil Barnowi; *Plechanow-Straße*: benannt nach dem russischen Marxismus-Theoretiker Georgi Walentinowitsch Plechanow, heute Dawit-Aghmaschenebeli-Boulevard. Die beiden Viertel befinden sich auf verschiedenen Uferseiten des Mtkwari, der durch Tiflis fließt. Die Bezeichnung der Personen nach ihrem Stadtviertel in Tiflis war und ist für die sehr spezifische Tifliser Mentalität bezeichnend: Die Menschen werden nach ihren Vierteln unterschieden. In den 1970er bis Ende 1990er Jahren gab es auch oft Schlägereien und Kämpfe zwischen Gangs aus verschiedenen Stadtvierteln.

S. 19 *Nobodi*: Anspielung auf das Polyphem-Motiv in der »Odyssee«. Als Odysseus im Anschluss an den Trojanischen Krieg mit einem seiner Schiffe an der Küste der Zyklopen landet, Polyphem ihn mit seinen Gefährten gefangen nimmt und einige von ihnen frisst, macht ihn Odysseus betrunken. Der betrunkene Riese will den Namen von Odysseus erfahren, der sich jedoch listig als »Niemand« bezeichnet. Als Polyphem in tiefen Schlaf gefallen ist, blenden ihn die gefangenen Griechen, indem sie ihm einen glühenden Pfahl ins Auge stoßen. In seinem Schmerz schreit Polyphem die anderen Zyklopen um Hilfe herbei. Als sie sich erkundigen, was geschehen sei, antwortet er ihnen: Niemand habe ihn geblendet. Niemand habe versucht, ihn zu ermorden. Daraufhin kümmern sich die anderen Zyklopen nicht weiter um ihn und Odysseus und seine Gefährten können entkommen. Das »Niemand«-Motiv kommt auch in »Sindbad der Seefahrer« vor.

S. 22 *... der trauerwolkenverhangenen Stadt*: Anspielung an Lord Byrons »Childe Harolds Pilgerfahrt«. Der Anfang des Kapitels kann außerdem als Variation von Strophe 4 und 5 aus dem Ersten Gesang verstanden werden. Byrons Werk beschreibt die Reisen eines jungen Mannes, der aus Enttäuschung Zerstreuung in fremden Ländern sucht.

S. 30 *Kartlisch*: von Kartlien, historische Region Georgiens. Sie umfasst die heutigen georgischen Verwaltungsregionen Niederkartlien, Mzcheta-Mtianeti, Innerkartlien, Tiflis und auch Südossetien.

S. 33 *»Sindbads siebente Reise«*: Fantasy-/Abenteuerfilm des Regisseurs Nathan Juran aus dem Jahr 1958 (Originaltitel: »The 7th Voyage of Sinbad«). Die Spezialeffekte von Ray Harryhausen waren für die damalige Zeit spektakulär.

S. 35 *Nabadi*: traditioneller wärmender Filz-, Schaf- oder Lammfellumhang für Männer in Nordkaukasien, Georgien und den Gebirgsregionen Aserbaidschans sowie russisch-ukrainische Kosaken. Der Nabadi hat keine Ärmel und auch keine Ausgänge für die Arme; die Hände arbeiten aus der Vorderöffnung des Umhangs.

Abragen: »ein ganz bestimmter Räubertyp, den es vor mehr als hundert Jahren gegeben hat. Dieser konnte ein gewöhnlicher Räuber sein, der von seinem Räuberhandwerk lebte, aber immerhin gewisses Verständnis für die Lage seiner Opfer zeigte. Arme und einfache Leute raubte er niemals aus. [...] Dazu gehörte auch der megrelisch-abchasische *abragi* nordkaukasischen Schlags. Dieser war [...] weniger politisch und im heutigen Amerikanisch ausgedrückt ein Outlaw, der der Bevölkerung nichts antat, aber auch mit dem Staat nicht zurechtkam.« (Vgl. Aka Mortschiladse, »Schatten auf dem Weg«, Halle 2018, S. 45).

S. 39 *»Daissi«* – »Abendrot«; *»Msiuri«* – »Sonnenschein«; *»Grusia«* – »Grusinien« (russ. für Georgien).

S. 40 *Durak*: traditionelles russisches Kartenspiel. Ziel des Spiels ist, nach aufgebrauchtem Deck möglichst schnell alle Karten loszuwerden. Als Durak (»Dummkopf«) wird derjenige Spieler bezeichnet, der als Letzter Karten auf der Hand hat. Wer zuerst keine Karten mehr hat, gewinnt.

S. 43 *November-Feiertage*: 7. November – Tag der bolschewistischen Revolution (1917).

S. 49 *... haben wir* 1983: also noch vor den Kriegen in den 1990er Jahren.

S. 67 *Blatnjak*: Woher das Wort kommt, ist umstritten. In jedem Fall bezeichnet *blat* die Sprache der Diebe und Ganoven. Blatnjak sind Lieder, die von Gaunern und ihren Abenteuern, von der Zeit im Gefängnis und im Lager, von der Sehnsucht nach Freiheit und der Heimat handeln. Dazu kommt eine Unzahl von Liedern, die im engeren Sinn nichts mit Kriminalität zu tun haben, die aber den Gaunerliedern in ihrer anarchistischen, jede Autorität ablehnenden Grundhaltung nahestehen, Straßenlieder, freche Scherzlieder, zotige Liebeslieder usw. Viele Blat-Lieder sind aus der Welt der Verbrecher, aus den Gefängnissen und Lagern ins Volk gewandert. Umgekehrt fanden Lieder von den Bühnen Moskaus, Leningrads oder Odessas ihren Weg ins Milieu der Verbrecher. Es gibt Blat-Lieder, die auf berühmten Gedichten beruhen (z. B. »S odesskogo kitschmana« (s. S. 69) auf der Übersetzung von Heinrich Heines Gedicht »Die Grenadiere«), Blat-Lieder, die Variationen älterer Nicht-Blat-Lieder sind. Ursprungsort ist die Hafenstadt Odessa. Während der Bürgerkriegs- und NEP-Ära verbreiteten sie sich von der Schwarzmeerküste ausgehend in die urbanen Zentren der Sowjetunion. Obwohl das Genre ab Mitte der 1930er Jahre stark in den informellen Bereich abgedrängt wurde, genoss es als authentische Ausdrucksform städtischer Volkskultur anhaltende Beliebtheit. Seit 1990 erlebt es eine Renaissance. Alternative Bezeichnungen sind: russische Chansons, Gaunerchansons, Criminal Songs oder eben Blatnjak. (Vgl. Uli Hufen, »Das Regime und die Dandys – Russische Gaunerchansons von Lenin bis Putin«, Berlin 2010).

Arkadi Sewerny: 1939–1980, »König des Gaunerchansons«. Ungeachtet der Nichtbeachtung seitens der offiziellen sowjetischen Medien erreichte er mit seinen Chansons einen Popstar-ähnlichen Status. Während seiner kurzen Karriere in den 1970ern interpretierte Arkadi »Arkascha« Sewerny mehr als hundert Tonbandalben. Die meisten Aufnahmen entstanden während Underground-Sessions – meist in Restaurants oder in Wohnungen, begleitet von wechselnden Restaurant- und Jazzmusiker-Combos.

S. 72 *Were*: Stadtteil in Tiflis, durch den die Barnow-Straße führt.

S. 77 *Carmen Miranda*: eigentlich Maria do Carmo Miranda da Cunha, portugiesisch-brasilianische Sängerin und Schauspielerin (1909–1955). Ihren Spitznamen Carmen erhielt sie nach der Hauptfigur aus Georges Bizets Oper »Carmen«. 1939 ging sie in die USA, um am Broadway ein Gastspiel zu geben. 20th Century Fox nahm sie als Schauspielerin unter Vertrag. Bereits ihr erster Filmauftritt in »Galopp ins Glück« machte Miranda zu einer beliebten Musical-Darstellerin. Meist wurde sie als temperamentvolle Südamerikanerin eingesetzt; ihr Kopfschmuck aus Obst trug ihr den Titel »The Lady in the Tutti-Frutti Hat« ein. Sie trat neben Stars wie Betty Grable oder Alice Faye auf und stahl mit ihrer überdrehten Darstellung etablierten Stars oft die Schau. 1946 galt sie als eine der bestverdienenden Schauspielerinnen Hollywoods.

S. 81 *»Amores Perros«*: erfolgreiches Spielfilmdebüt (2000) des mexikanischen Regisseurs Alejandro González Iñárritu. Er erzählt in drei sich durch einen schweren Autounfall schicksalhaft überschneidenden Episoden über Liebe, Hass, Träume und Tod in Mexiko-Stadt.

S. 96 *Mach nicht mit meinem Lulu-Mädchen ...*: aus O. Henrys Wild-West-Kurzgeschichte »The Caballero's Way«: Don't you monkey with my Lulu girl / Or I'll tell you what I'll do ... Ihr Held Cisco Kid wurde später zu einer populären Figur in zahlreichen Filmen, einer Fernsehserie und in Comics.

S. 99 *Eparchie*: Diözese der Ostkirchen, entspricht dem »Bistum« der Lateinischen Kirche.

S. 102 *Straßenleben*: bezeichnet im Georgischen ein halbkriminelles, männlich dominiertes Milieu. Das durch einen Ehrenkodex geregelte Leben spielte sich außerhalb von Familie und Institutionen ab, eben auf der Straße. Bezeichnend war auch das Tragen obligatorisch schwarzer Kleidung. Anders als in anderen Ländern waren Straßengangs in Georgien nicht sozial markiert; ihre Mitglieder stammten aus allen Gesellschaftsschichten.

S. 124 *Isani*: Stadtbezirk in Tiflis, umfasst jene Teile im Osten und Südosten der georgischen Hauptstadt, die nicht zum historischen Stadtzentrum gezählt werden. Geprägt ist der Bezirk durch Industrie, große Wohnbauten aus den 1930er Jahren bis heute sowie Gewerbegebiete.

S. 125 *Dieb*: Das Wort »Dieb« hat im Georgischen und Russischen eine andere Bedeutung als im Deutschen und meint einen hochrangigen Kriminellen, der den (sowjetischen) Staat nicht anerkennt und ausschließlich von seinen kriminellen Einkünften lebt. Der Ehrenkodex der »Diebe« galt auch außerhalb des Gefängnisses im halbkriminellen Milieu sowie in der Schule; Schüler waren zwangsläufig involviert, auch wenn sie das gar nicht wollten.

S. 133 *die schweren Jungs*: im Georgischen *kai bitschebi* = »gute Jungs«. In der kriminellen Hierarchie nannte man einen zwar nicht zwangsläufig kriminellen, aber nach dem halbkriminellen Ehrenkodex lebenden Mann *kai bitschi* oder *dsweli bitschi* (»alter Junge«; siehe dazu Aka Mortschiladse, »Schatten auf dem Weg«, Halle 2018).

Friedensvertrag von Brest-Litowsk: Dieser wurde im Ersten Weltkrieg zwischen Sowjetrussland und den Mittelmächten geschlossen und nach längeren Verhandlungen am 3. März 1918 in Brest-Litowsk unterzeichnet. Damit schied Sowjetrussland als Kriegsteilnehmer aus.

S. 136 *kai bitschi/kai bitschebi*: siehe Anm. zu S. 133, *die schweren Jungs*.

S. 138 *Karatschochelis*: Handwerker oder Kleinhändler im alten Tiflis. Der Karatschocheli trug traditionell eine schwarze Tschocha und zeichnete sich durch Ritterlichkeit und waghalsige Leichtlebigkeit aus.

S. 153 *»Nauka i schisn«*: »Wissenschaft und Leben«, russisches Wissenschaftsmagazin, das erstmals in den Jahren 1890 bis 1900, später ab 1934 in der Sowjetunion herauskam und noch heute in der Russischen Föderation erscheint.

»Wokrug sweta«: »Rund um die Welt«, russisches Geografie-Magazin, die älteste russischsprachige Zeitschrift. Die erste Ausgabe erschien 1861 in Sankt Petersburg, beinahe dreißig Jahre vor »National Geographic«, demnach ist es eine der ältesten populärwissenschaftlichen Zeitschriften der Welt. Die Publikation von »Wokrug sweta« wurde zweimal eingestellt, von 1918 bis 1927 und während des Zweiten Weltkriegs von 1941 bis 1945. Sie erscheint bis heute.

S. 164 *... als das Geld 1960 ersetzt wurde*: 1961 wurde in der Sowjetunion ein Währungsschnitt im Verhältnis 1:10 vorgenommen. Formal entsprach der Rubel 1961 einer Menge von 0,987412 Gramm Gold. Aufgrund des strikten Goldverbots, also des Verbots des Handels mit Gold für die Bevölkerung, spielte dies in der Praxis jedoch keine Rolle. Offiziell legte die Regierung einen Umtauschkurs von 1:1 zum Pfund Sterling fest. Dieser offizielle Kurs blieb bis zum Ende der Sowjetunion unverändert. Da der Rubel nicht frei konvertierbar war, spielte dieser Kurs nur für den Zwangsumtausch und strafrechtlich eine Rolle. Im Handel innerhalb des Ostblocks wurde der Transferrubel als Verrechnungseinheit genutzt, im Handel mit nicht-sozialistischen Staaten in Westwährung abgerechnet. Dieser Rubel blieb bis zum Zusammenbruch der Sowjetunion in Verwendung und wurde von den Währungen der Nachfolgestaaten abgelöst.

S. 165 *Der Maulbeerbaum …*: letzte Zeilen aus dem Gedicht »Maulbeerbaum« (1945) von Ana Kalandadse, Übersetzung von Adolf Endler. Im Original und in der Originalübersetzung heißt es: »… Und morgen sich um meine Hüften spannt«.

S. 170 *Jim Hawkins*: Erzähler und Hauptperson in Robert Louis Stevensons »Schatzinsel«. Mortschiladse nimmt in zahlreichen Anspielungen immer wieder Bezug auf diesen Roman.

S. 171 *Gorki-Club*: zu Sowjetzeiten Clubhaus, Kulturhaus im heutigen Rosengarten in der Nähe des Aghmaschenebeli-Boulevards.

S. 172 *»Die Reue«*: Spielfilm von Tengis Abuladse (georg.: »Monanieba«). Er wurde 1984 gedreht und 1987 uraufgeführt. Der Film rechnete allegorisch, aber kompromisslos mit dem Stalinismus ab. Er handelt von Warlam Arawidse, einem hochrangigen Mitglied der bolschewistischen Regierung (im Film ähnelt er Lawrenti Beria), der während der stalinistischen Repressionen für den Tod Tausender Unschuldiger verantwortlich ist. Viele Jahre nach seinem Tod gräbt Ketewan, Tochter einer repressierten Familie, Warlam aus seinem Grab aus und erzählt ihre Geschichte, klagt vor Gericht an. Arawidses Enkel Tornike erfährt so die Wahrheit über die Taten seines Großvaters. Die Enthüllung treibt ihn in den Selbstmord. Der Film war bis 1986 in der Sowjetunion verboten. Auf Betreiben des damaligen georgischen KP-Chefs Eduard Schewardnadse konnte er schließlich gezeigt werden und trieb die Veränderungen in der Sowjetunion voran. In vielen sozialistischen Ländern blieb der Film verboten. Nach der deutschen Erstaufführung im ZDF im Oktober 1987 startete die DDR eine Pressekampagne gegen den Film. 1987 gewann »Die Reue« den Nika, den wichtigsten Filmpreis der Sowjetunion, den Großen Preis der Jury bei den Internationalen Filmfestspielen von Cannes 1987 und wurde als bester ausländischer Film für den Oscar nominiert.

Eines schönen Tages …: aus: Robert Louis Stevenson, »Die Schatzinsel«, Kapitel 15 (Der Inselmann).

stolypinsche Waggons: Pjotr Arkadjewitsch Stolypin (1862–1911), russischer Staatsmann, setzte im Amt des Premierministers von 1906 bis 1911 tiefgreifende Reformen im Russischen Kaiserreich durch. Hand in Hand mit seiner sozialen Reform ging ein Programm zur Neulandgewinnung. Dieses konzentrierte sich vor allem auf die Gebiete jenseits des Urals. Von 1908 bis zum Beginn des Weltkriegs fand eine Migration von über 2,8 Millionen Menschen nach Sibirien und Mittelasien statt. Hierzu wurden die Migranten mittels der sogenannten Stolypin-Waggons an den Zielort transportiert.

S. 174 *Pew*: Anspielung auf den blinden Pew, einen der Piraten unter Kapitän Flint in Stevensons »Schatzinsel«.

S. 178 *Sampson Brass*: So heißt auch der Anwalt in Charles Dickens' »Der Raritätenladen«.

S. 180 *Grigol Orbeliani*: Prinz Grigol Orbeliani (1804–1883), georgischer romantischer Dichter und General im Dienst des Zaren. Orbeliani ist eine der schillerndsten Figuren im Georgien des 19. Jh.s; er war bekannt für seine extravaganten Loblieder auf Wein und Frauen sowie für seine patriotische Dichtung, die Georgiens verlorene Vergangenheit und Unabhängigkeit beklagt. Nichtsdestoweniger verbrachte er Jahrzehnte im russischen Heeresdienst und diente sich zum höchsten Rang in der zaristischen Administration im Kaukasus hoch.

Iakinte Lissaschwili: Pseudonym für Iakinte Chomeriki, georgischer Schriftsteller und Lyriker (1897–1972), ein eher übler Vertreter des sowjetischen Sozrealismus. Zu seinen Werken zählt »Kezchoweli« (1941). Es dreht sich um Lado Kezchoweli (1877–1903), Schriftsteller und Revolutionär, der als einer der Ersten Joseph Stalin mit dem Marxismus bekannt machte. Kezchoweli war eine der wenigen Personen, die Stalin um seiner »staunenswerten, herausragenden Fähigkeiten« willen respektiert haben soll.

S. 181 *Kolonkelidse Schorena*: weibliche Hauptfigur im Werk »Die rechte Hand des Großmeisters« von Konstantine Gamsachurdia. Hintergrund des Romans bildet die politische Situation während der Herrschaft König Giorgis I. Der König begehrt die einzige Tochter des Herzogs von Kwetari, Schorena, die jedoch Geliebte von Konstantine Arsakidse, Architekt und Baumeister der Kathedrale Swetizchoweli, ist. Die Eifersucht des Königs macht die Liebe zwischen Arsakidse und Schorena unmöglich. Der König lässt dem Baumeister die rechte Hand abschlagen, auf dass er nie wieder ein so großartiges Bauwerk wie Swetizchoweli errichte. Arsakidse stirbt, die verzweifelte Schorena, die als Nonne in ein Kloster geschickt wurde, nimmt sich das Leben, als sie vom Tod des Geliebten hört. Der Autor beschreibt sie als mutige Frau, die sich der Willkür König Giorgis I. nicht beugt.

S. 221 *Samtredier*: Einwohner von Samtredia, Stadt in der westgeorgischen Region Imeretien.

S. 225 *Sechstel*: Ein Sechstel der Erde nahm die Sowjetunion ein.

... als sich Georgien von Russland trennte: Am 9. April 1991 rief Swiad Gamsachurdia die Unabhängigkeit aus.

S. 228 *Nascha*: russ.: »Flittchen«, »leichtes Mädchen«; im typisch georgischen Kontext eine unverheiratete Frau mit Sexualleben bzw. eine Geliebte, mit der ein Mann ohne Gefühlsbindung und Heiratsverpflichtung Sex haben kann, ja die zu heiraten in Georgien als der Mannesehre abträglich gilt.

S. 237 *... back in the Juesesaaaaar*: Die Beatles sangen: »Well the Ukraine girls really knock me out / They leave the West behind / And Moscow girls make me sing and shout / That Georgia's always on my my my my my my my my my mind / Oh, come on / Hu hey hu, hey, ah, yeah / Yeah, yeah, yeah / I'm back in the USSR / You don't know how lucky you are, boys / Back in the USSR.«

S. 240 *»Koldunia«*: im Original »La Sorcière« (»Die blonde Hexe«), französisch-schwedischer Spielfilm (1956) von André Michel. Die Handlung basiert auf der Novelle »Olessja« von Alexander Iwanowitsch Kuprin (1870–1938), spielt jedoch davon abweichend in Schweden: Der französische Ingenieur Laurent Brulard wird in einer abgelegenen Region mit einer Welt des Aberglaubens konfrontiert. Allerdings findet er die Unterstützung der Gutsbesitzerin Kristina, die in ihn verliebt ist. Eines Tages verläuft er sich im Wald, wird aber von einer alten Frau gerettet, die ihn in ihre Hütte bringt. Dort trifft er ihre Enkelin Ina. Er fällt in den Bann der jungen Wilden, was Kristina eifersüchtig macht. Als Laurent Ina den Dörflern vorstellen will, reagieren sie mit Hass. Vor der Kirche beginnen die Frauen des Dorfes, Ina zu lynchen. Dank Kristinas Eingreifen kann Ina sich losreißen, wird jedoch von einem Stein getroffen. Tödlich verletzt, schleppt sie sich in den Wald, wo sie stirbt.

S. 247 *Wachtang Gorgassali*: siehe Anm. zu S. 304.

S. 253 *... mit Nachnamen Bagrationi*: Die Bagratiden (georg.: »Bagrationi«) sind eine georgische Herrscherdynastie. Sie waren die am längsten regierende königliche Familie im Kaukasus. Sie begannen als Fürstenhaus und erlangten im 9. Jh. in Georgien königlichen Status. 1801 wurden sie zunächst in Kartlien-Kachetien und 1810 in Imeretien vom russischen Zaren entthront, existieren aber bis zum heutigen Tage nominell als Königshaus von Georgien weiter. Nach dem Einmarsch der Roten Armee in Georgien 1921 emigrierten viele Angehörige der Bagratidenfamilie.

S. 267 *Goimi*: Hinterwäldler, Provinzler, Spießer.

S. 272 *... japanischen Film*: »Sonezaki Shinjū« (»Selbstmord aus Liebe in Sonezaki«, 1703), ursprünglich ein Bunraku-Stück (Marionettentheater) des japanischen Dramatikers Chikamatsu Monzaemon (1653–1725), wurde mehrmals verfilmt, u. a. 1978 als historische Romanze von Yasuzo Masumura (»The Love Suicides at Sonezaki«). In georgischer Übersetzung kam das Stück 1981 im Mardschanischwili-Theater in Tiflis auf die Bühne. Inhalt: Ein armer Kaufmann und eine Prostituierte werden durch soziale Zwänge und Intrigen in den Doppelselbstmord getrieben.

S. 273 *... und suchten doch den ganzen Tag nur nacheinander*: Klingt an eine Passage im 1. Kapitel von Julio Cortázars »Rayuela« an, wie es in Mortschiladses Roman viele weitere Anklänge an Cortázar gibt.

S. 274 *Rosengedichte*: von Hafis (geb. um 1315 oder 1325 in Schiras, Iran, gest. um 1390 ebd.), einem der bekanntesten persischen Dichter und Mystiker.

S. 297 *Chosro Mirsa*: auch Rostom Prinz von Kartli oder Rustam Chan (1565–1658), Angehöriger des georgischen Königshauses der Bagrationi, der von den Safawiden-Herrschern in Persien als Statthalter in Ostgeorgien eingesetzt wurde und dort als König von Kartli von 1633 bis zu seinem Tode herrschte (pers. Mirsa = »Prinz«, Chan = »Herrscher«, »Herr«). Seine Herrschaft brachte eine Zeit relativen Friedens und Wohlstands, entvölkerte Gebiete wurden wiederbesiedelt und der Handel wiederbelebt. Obwohl Muslim, schützte er die christliche Kultur Georgiens, doch dominierten an seinem Hof Islam und persische Sitte.

S. 304 *... im ältesten in Georgien aufgefundenen Buch*: das erste erhaltene Werk der georgischen Literatur, »Das Martyrium der Heiligen Schuschanik«, stammt aus dem 5. Jh. Schuschanik, eine armenische Prinzessin weigert sich, dem Christentum abzuschwören und zum Zoroastrismus der persischen Eroberer überzutreten. Sie wird deshalb von ihrem eigenen Ehemann, Warsken, Statthalter des Schahs in Ostgeorgien, in Ketten gelegt und ins Gefängnis geworfen, wo sie nach sieben Jahren stirbt. Ihre Geschichte hat ihr Beichtvater, Jakob Zurtaweli, aufgeschrieben, der auch Schriftsteller war.

... König Wachtang Gorgassali ihn umbringen ließ: Wachtang I. Gorgassali (440–502) herrschte 452–502 über das Königreich Iberien (Ostgeorgien). Er gründete Tiflis, die heutige georgische Hauptstadt. Da er sich von Persien in seiner politischen Unabhängigkeit beeinträchtigt fühlte, stärkte er seine Position, indem er die Autokephalie der georgischen orthodoxen Kirche unterstützte, die zu Byzanz gehörigen westgeorgischen Länder Egrissi, Lasika und Abchasien unter seine Herrschaft brachte, die iberischen Festungen ausbaute, ein Bündnis mit Armenien schloss und Vorbereitungen zu einem großangelegten anti-persischen Aufstand traf. 482 ordnete er an, Warsken, den Vizekönig einer iberischen Provinz und treuen persischen Vasallen, zu töten. Der georgisch-armenische Aufstand wurde niedergeschlagen und das Land 483 und 484 von persischen Strafexpeditionen verwüstet. Nach kurzem Exil schloss Wachtang mit den Persern Frieden und kehrte 485 nach Iberien zurück. Er weigerte sich jedoch, sich einem weiteren persischen Kriegszug gegen Byzanz anzuschließen. Daraufhin griff Schah Kavadh I. Iberien an. Obgleich die Perser dreifach überlegen waren, gelang es den Iberern, ihre Grenzen in einer viertägigen Schlacht zu verteidigen. Wachtang wurde am letzten Tag der Schlacht tödlich verletzt. Er wurde zum georgischen Nationalhelden, seine Geschichte im Lauf der Jahrhunderte legendenumwoben.

S. 305 *Kuropalat*: hoher byzantinischer Titel. Die Position kam zuletzt gleich nach dem Rang des Caesar und des Nobilissimus. Wie diese war der Titel gewöhnlich den Mitgliedern der kaiserlichen Familie vorbehalten, wurde aber auch anderen wichtigen Herrschern im Ausland, besonders den Königen im Kaukasus verliehen. So gab es von 580 bis 1060 sechzehn iberische Könige und Prinzen mit dem Titel des Kuropalats.

»eines ist Liebe …«: Strophe 24 in »Der Mann im Pantherfell«, Übersetzung Hermann Buddensieg.

S. 314 *Kisilbaschisch*: im 16. bis 18. Jh. Bezeichnung für Persisch, oft pejorativ.

S. 316 *Konstantine Mirsa*: 1605 traf Konstantine Mirsa mit seinem Kisilbaschen-Heer auf die Streitmacht der Kachetier, die von Truppen aus Kartli unterstützt wurden. Die Schlacht brachte den Georgiern einen grandiosen Sieg, das ganze Lager der Feinde fiel in ihre Hände, und Konstantine wurde erschlagen.

S. 318 *Giwi Amilachwar*: georgischer Fürst (1689–1754), der in der ersten Hälfte des 18. Jh.s in der Politik Ostgeorgiens eine führende Rolle spielte. Er kämpfte immer wieder gegen das Vordringen der Osmanen und der Perser, wechselte die Seiten und schmiedete diverse Allianzen, um die Autonomie des Königreichs Kartli zu erhalten und die Dynastie der Bagrationi im benachbarten Kachetien daran zu hindern, den Thron zu erobern. Gegen Ende seines turbulenten Lebens schlug er sich auf die Seite seiner ehemaligen kachetischen Feinde und förderte landesweit mehrere Bauprojekte.

S. 321 *Sosselo*: Pseudonym von Stalin, unter dem er als junger Mann Gedichte veröffentlichte (Sosselo = Diminutiv von Iosseb). Josef Wissarionowitsch Stalin wurde geboren als Iosseb Bessarionis dse Dschughaschwili. Den Kampfnamen Stalin nahm er 1912 an.

S. 325 *»Unzucht zu treiben bedeutet …«*: Diese Definition des Sexualakts gibt Sulchan-Saba Orbeliani (1658–1725), georgischer Fürst, Mönch, Diplomat, Schriftsteller und Begründer der neugeorgischen Literatursprache, in seinem Lexikon, dem allerersten Bedeutungswörterbuch zur georgischen Sprache. Ganz klar ist nicht, was Orbeliani unter dem georgischen Wort »ტყუნა« (tquna) verstand. Es kann im Deutschen wörtlich als »ficken« übersetzt werden, doch hat das georgische Wort in bestimmtem Kontext einen negativeren Beiklang, im Sinne von »sexueller Missbrauch, Schändung von Frauen durch Männer«.

S. 335 *… um Lokale in Dagomys mit Beschlag zu belegen*: Damals war es unter reichen Georgiern üblich, ganze Restaurants zu reservieren, um dort zu feiern. Dagomys ist ein beliebter subtropischer Badeort fünf Kilometer nordwestlich von Sotschi an der Küste des Schwarzen Meers.

Tschughureter: Bewohner von Tschughureti, einem Stadtteil von Tiflis auf der linken Seite des Flusses Mtkwari. Er befindet sich entlang der Aghmaschenebeli-Straße rund um den Mardschanischwili-Platz. Ehemals kaukasusdeutsche Kolonie, ist er heute noch durch zahlreiche frühindustrielle Wohn- und Wirtschaftsbauten geprägt.

S. 341 *Dschigit*: wagemutiger, geschickter Reiter, im weiteren Sinn »tapferer Krieger« – im Kaukasus höchstes Lob. Übertragen auch oft: »den Helden spielen«.

S. 343 *Tschutschmeken*: abwertend für mongolische Sibirier, Nomaden.

S. 345 *Kuhschulterblattknochen*: Nach altem Brauch schreiben die Gäste bei wichtigen Feiern, wenn eine Kuh geschlachtet wird, Gedichte und Glückwünsche auf den sauberen, polierten Schulterblattknochen.

S. 347 *Kirow-Park*: heute Were-Park.

S. 353 *Leben nach dem Tod*: Titel des Bestsellers von Raymond A. Moody. Originaltitel: »Life After Life«; die 1. Auflage der deutschen Ausgabe erschien 1977; das Buch über Nahtoderfahrungen war auch in der Sowjetunion und danach während der Perestroika berühmt.

S. 362 *Nimmerklug*: (russ.: »Nesnaika«) ist die Hauptgestalt in den Kinderbüchern »Nimmerklug im Knirpsenland« (1954) und »Nimmerklug in Sonnenstadt« (1958) des sowjetischen Autors Nikolai Nossow. Der dritte Teil, »Nimmerklugs Reise zum Mond« (1965), wurde in deutscher Sprache nicht vollständig veröffentlicht.

S. 380 *»Niangi«*: (georg.: »Krokodil«) Das sowjetische Humor- und Satiremagazin kam in unterschiedlichen Ausgaben in allen Ländern des Ostblocks heraus.

S. 382 *... aus dem Silbernen Zeitalter*: So werden in der russischen Philologie die ersten zwei Jahrzehnte des 20. Jh.s bezeichnet. Diese Zeit war in der russischen Dichtkunst außerordentlich fruchtbar. Als eigentlicher Startpunkt gelten Alexander Bloks Verse von der schönen Dame, einige Wissenschaftler beziehen aber bereits Werke der 1890er Jahre mit ein, darunter Dmitri Mereschkowskis Abhandlung »Über die Gründe des Verfalls der zeitgenössischen russischen Literatur«. Die Dichterkarrieren von Anna Achmatowa, Boris Pasternak und Ossip Mandelstam begannen während dieser Zeit. Das Silberne Zeitalter endete mit dem Russischen Bürgerkrieg.

»Theater und Leben«: (georg.: »teatri da zchowreba«) 1910, 1914–1920, 1923–1926 in Tiflis erscheinendes Literatur- und Theaterwochenmagazin.

S. 383 *Baton*: von georg. »batoni« = »Herr«.

Malula: abgeleitet von georg. »maluli« = »versteckt«, »verborgen«, »heimlich«, »geheim«.

S. 387 *Mary Stopes, »Das Liebesleben in der Ehe«*: Marie Carmichael Stopes (1880–1958) war eine schottische Botanikerin, Autorin, Suffragette und Pionierin. Sie setzte sich zeit ihres Lebens mit Sexualaufklärung und Empfängnisverhütung auseinander. Mit ihren Büchern »Married Love« (dt.: »Das Liebesleben in der Ehe: Ein Beitrag zur Lösung der sexuellen Frage«, Zürich 1958) und »Wise Parenthood« wollte Stopes zum gegenseitigen Verständnis der Geschlechter beitragen und Wissen zu den physiologischen Unterschieden vermitteln. Die Werke, für die damalige Zeit ein Tabubruch, wurden kontrovers diskutiert und mit millionenfacher Auflage in 13 Sprachen übersetzt.

S. 389 *»Niwa«*: russische Zeitschrift, der »Gartenlaube« nachempfunden, herausgegeben vom deutschen Buchhändler und Verleger Adolf Marks. 1859 ging Marks nach Sankt Petersburg und brachte neben Büchern von 1860 bis zu seinem Tod 1904 die Zeitschrift »Niwa« heraus. Das Blatt hatte 1904 immerhin eine Auflage von 254 000 Exemplaren. – *»Sini Schurnal«*: »Blaue Zeitschrift«, russische Boulevard-Illustrierte. Erschien von 1910 bis 1917. – *»Klde«*: »Der Fels«, georgische Tageszeitung, Organ der Unabhängigen Nationaldemokratischen Partei. Erschien in Tiflis von 1916 bis 1920.

S. 393 *Ich warte auf dich ...*: im Georg. Wortspiel mit »mogeli« (dt.: »ich werde auf dich warten«) und dem Namen Mogeladse.

»Wölkchen in Hosen«: Poem (1914/15) von Wladimir Majakowski.

S. 395 *Urjadnik*: Wachtmeister der Landpolizei, Kosakenunteroffizier.

Tolumbaschi: Tischführer, der die Trinksprüche ausbringt, georg. auch Tamada.

S. 407 *Herzen*: Alexander Iwanowitsch Herzen (1812–1870), russischer Philosoph, Schriftsteller und Publizist. Sohn der aus Stuttgart stammenden Luise Haag und des russischen Adligen Iwan Alexejewitsch Jakowlew. Seine Eltern schlossen keine rechtsgültige Ehe, und ihr Sohn erhielt den Namen Herzen, weil er ein Kind des Herzens sei. Herzen studierte an der 1829 physikalisch-mathematischen Fakultät der Universität Moskau, wo er Zugang zu einem oppositionellen Studentenzirkel fand. Aufgrund von angeblich zarenkritischen Äußerungen wurde er verurteilt und verbannt. 1838 durfte er zurückkehren und trat in den Staatsdienst ein. 1847 verließ er mit seiner Familie Russland in Richtung Europa. 1852 kam er nach London, wo er sich für die Verständigung der demokratischen Bewegungen Russlands und Polens engagierte und 1853 die »Freie Russische Presse« gründete, die unzensuriert Schriften auf Russisch druckte.

S. 412 *Festfloß*: Früher wurden auf im Mtkwari schwimmenden, oft auf mehreren miteinander vertäuten Flößen Festgelage abgehalten.

S. 419 *Das Trinkhorn, reicht es über die Schwelle!*: Traditionellerweise muss der Gast, wenn er beim Abschied über die Schwelle nach draußen tritt, ein letztes Mal trinken.

S. 435 *Belomorkanal*: russische Zigarettenmarke. 1932 nach dem Bau des Weißmeer-Ostsee-Kanals, auch Belomorkanal genannt, benannt. Belomorkanal-Zigaretten sind die typischen Papirossa, filterlose Zigaretten mit einem hohlen Pappmundstück. Cannabisraucher leerten den Tabak aus den Zigaretten und füllten sie dann mit einer Tabak-Gras-Mischung; das Mundstück diente als Pappfilter.

S. 436 *Ein Schauer durchlief ...*: Lied »Beim Maulbeerbaum« von Otar Ramischwili (1934–2011), Sänger, Komponist, Dichter, Tifliser Stadtoriginal, Autor zahlreicher Hits, u. a. von »Tbilisso«.

S. 441 *Muchina*: Wera Ignatjewna Muchina (1889–1953), sowjetische Bildhauerin. Sie studierte in Moskau, ging 1912 nach Paris und wurde Schülerin bei Antoine Bourdelle, einem Assistenten Rodins, später nach Italien. Kurz vor Ausbruch des Ersten Weltkriegs kehrte sie nach Russland zurück und begeisterte sich für die Ideen Lenins. Die hochgeschätzte Künstlerin erhielt in den 1930er und 1940er Jahren viele öffentliche Aufträge. Ihr wohl bekanntestes Werk ist die monumentale Plastik »Arbeiter und Kolchosbäuerin« aus rostfreiem Stahl, welche 1937 auf der Weltausstellung in Paris den sowjetischen Pavillon krönte.

Pan Gimalaiski: sowjetische Fernsehserie mit dem polnischen Helden Pan Gimalaiski.

S. 442 *Batontschiki*: russisches Konfekt aus Erdnüssen und Schokolade.

S. 474 *... ein Wolf, schmallippig und langgeschwänzt*: aus dem georgischen Volksgedicht »Drei Wölfe«.

S. 503 *Meine Nachforschungen ...*: Hier zitiert sich Aka Mortschiladse selbst; die Passage ist ein Ausschnitt aus »Santa Esperanza« (Heft »Weinrebe 6«), Halle 2017.

S. 504 *Kaffiner*: Einwohner der Stadt Kaffa. So hieß die Hafenstadt Feodossija auf der Krim im Mittelalter. Die Stadt bekam im 15. Jh. zunehmend Bedeutung als Umschlagplatz für den Schwarzmeerhandel, den Genueser, Venezianer, muslimische und andere Kaufleute betrieben. Von Kaffa aus wurden jährlich umfangreiche Warenladungen ins südliche Schwarze Meer, nach Westen in Richtung Konstantinopel und weiter nach Europa oder das östliche Mittelmeer gebracht. Dieser blühende internationale Handel brach großenteils zusammen, als nach dem Fall Konstantinopels 1453 die Bosporus-Passage als Zugang zum Schwarzen Meer für christliche Kaufleute nicht mehr möglich war.

S. 515 *Sakaria Tschitschinadse*: 1854–1931, Autodidakt, Literaturkritiker, Bibliophiler, Geschichtsforscher und Verleger. Er sammelte und publizierte Hunderte alter Manuskripte georgischer Chroniken und historischer Dokumente, schrieb Beiträge zur Geschichte und Kultur Georgiens und trug zur Verbreitung der georgischen Literatur unter den georgischen Muslimen bei. Er sympathisierte mit den Sozialisten; sein Buchladen in Tiflis war ein beliebter Treffpunkt für junge Revolutionäre, u. a. den jungen Josef Stalin.

S. 525 *Arnold Geulincx*: 1624–1669, flämisch-niederländischer Theologe, Logiker und Philosoph. In der Tradition René Descartes' beschäftigte er sich mit der Philosophie des Geistes und begründete den Okkasionalismus. Demnach sind Körper und Geist getrennte Bereiche, die nur scheinbar in Wechselwirkung miteinander stehen, zwischen denen tatsächlich aber Gott unablässig vermittelt und die Ereignisse beider Bereiche so synchronisiert, dass wir den Eindruck einer kausalen Verbindung erhalten. Neben der Überzeugung, alle unsere Vorstellungen seien rein subjektiv, tritt später ein Leib-Seele-, Körper-Geist-Dualismus, den er von Descartes übernimmt. Anders als Descartes leugnet Geulincx jedoch jeden kausalen Zusammenhang zwischen Körper und Geist. Im »Uhrengleichnis« gibt er das Bild zweier auf den Sonnenlauf exakt abgestimmter Uhren, die völlig unabhängig voneinander funktionieren, aber dennoch stets die gleiche Zeit anzeigen. Gott ist als Schöpfer die Ursache dieser Korrespondenz. Den Zusammenhang von Körper und Geist, Leib und Seele, nennt Geulincx daher auch ein »Wunder«. »Auf Grund dieser Überlegungen muss ich zur klaren Einsicht kommen, dass genau so wenig, wie ich auf die Dinge dieser Welt einwirken kann, diese auf mich einwirken können … Reiner Zuschauer bin ich in dieser Welt. Zuschauer bin ich in diesem Stück – nicht Spieler!«

AKA MORTSCHILADSE, geb. 1966 in Tbilissi, erlebte als junger Mann den Zusammenbruch der Sowjetunion und die Unabhängigkeitserklärung Georgiens. Er studierte Geschichte an der Staatlichen Universität Tbilissi. 1992 erschien sein erster Roman, »Reise nach Karabach«, der auch verfilmt wurde. Inzwischen hat er über zwanzig Romane und zwei Erzählungsbände veröffentlicht und ist einer der bekanntesten georgischen Schriftsteller der Gegenwart. Für seine Romane erhielt er die wichtigsten Literaturpreise seines Landes. Im Mitteldeutschen Verlag erschienen neben vorliegendem Roman »Santa Esperanza« (2017), »Schatten auf dem Weg« (2018), »Obolé« (2018) und »Von alten Herzen und Schwertern« (2020). Der Autor lebt und arbeitet in London. »Liebe und Tod in Tiflis« wurde 2008 in Georgien mit dem prestigeträchtigen SABA-Preis für den besten Roman ausgezeichnet.

RACHEL GRATZFELD arbeitete als Lektorin und Programmleiterin beim Scherz Verlag und bei Klett Schweiz und vertrat als literarische Agentin georgische Verlage, Autoren und Autorinnen, darunter Nino Haratischwili und Tamta Melaschwili. Seit 2017 lebt sie in Tbilissi, Georgien, und arbeitet als Übersetzerin und freie Lektorin. Sie übersetzte u.a. Werke von Lasha Bugadze, Davit Gabunia, Tatia Nadareischwili, Dawit Kldiaschwili und ist Herausgeberin und Mitübersetzerin der Anthologie »Bittere Bonbons – Georgische Geschichten« sowie Mitübersetzerin von »Georgien. Eine literarische Reise«.

AKA MORTSCHILADSE
IM MITTELDEUTSCHEN VERLAG

»Mit Aka Morchiladze ist ein Autor aus Georgien zu entdecken, der sehr welthaltig, aber auch literarisch avanciert von den kaukasischen Wirren erzählt.«

JAN WIELE, FRANKFURTER ALLGEMEINE ZEITUNG

»Nach dem Zerfall der Sowjetunion und der erneuten Unabhängigkeit Georgiens entwickelte sich die jetzt wahrzunehmende Gegenwartsliteratur, angeführt von Aka Mortschiladze.«

HARALD LOCH, NÜRNBERGER NACHRICHTEN

»Die Wahrheiten, die er benennt, sind mit Ironie versehen. So hält man es besser aus beim Lesen.«

WDR 3 GUTENBERGS WELT

SANTA ESPERANZA

Ein Kosmos aus vielen Romanen

Aus dem Georgischen von Natia Mikeladse-Bachsoliani

ISBN 978-3-95462-983-1

SCHATTEN AUF DEM WEG

Unbekannte Geschichten aus der Sowjetzeit in Georgien

Aus dem Georgischen von Natia Mikeladse-Bachsoliani

ISBN 978-3-95462-922-0

OBOLÉ

Roman

Aus dem Georgischen von Natia Mikeladse-Bachsoliani

ISBN 978-3-96311-039-9

VON ALTEN HERZEN UND SCHWERTERN

Roman

Deutsch von Marco Organo

ISBN 978-3-96311-198-3